物語の森へ

児童図書館 基本蔵書目録 2

東京子ども図書館 編

もくじ

- はじめに…………………………… *6*
- このリストの使い方……………… *10*

- フィクション（創作物語）
  - ・幼児〜小学校初級……………… *13*
  - ・小学校中級〜上級……………… *41*
  - ・小学校上級〜中高生…………… *113*

- 昔話・神話・古典文学…………… *167*
  - ・昔話……………………………… *168*
  - ・神話・古典文学………………… *189*

- 詩…………………………………… *197*

- 索引………………………………… *211*
  - ・書名索引 *212*
  - ・人名索引 *228*
  - ・件名索引 *249*
  - ・件名総索引…………………… *373*

- 当館児童室分類表………………… *398*
- 引用文献…………………………… *400*

ぼくたちに本をください、翼をください。
あなた方は力があって強いのですから、ぼくたちがもっと遠くまで飛んでいけるように、ぼくたちを助けてください。
魔法のお庭のまんなかに、真っ青な宮殿を建ててください、月の光を浴びて散歩している仙女たちを見せてください。
ぼくたちは、学校で教わることはみんなおぼえたいと思っています。
でも、どうかぼくたちに夢も残しておいてください。

　　　　　　　　　　　　　ポール・アザール『本・子ども・大人』

はじめに

　この『物語の森へ』は、5年前（2012年3月）に刊行した『絵本の庭へ』につづく「児童図書館基本蔵書目録」の第2巻です。ここでは、戦後から今日までに日本で出版された内外の児童文学（創作物語、昔話、神話、詩など）から、選りすぐりの1600冊あまりをご紹介しています。子どもと本をつなぐ仕事や活動をされている方々、子どものための本づくりに携わる方たちに、長年愛読されてきた児童文学のおもしろさや豊かさをあらためて味わい、未来の子どもたちにも伝えつづけていただきたいと願って編纂しました。

　東京子ども図書館は、今までにも、子どもたちと一緒に本を楽しんできた経験をもとに、さまざまなブックリストを刊行してまいりました。『私たちの選んだ子どもの本』は、石井桃子さんや瀬田貞二さんらをメンバーとする「子どもの本研究会」が1966年に初版を刊行、1974年の同会の解散にともない、当館がその仕事を引き継ぎ、2012年まで改訂を重ねました。このリストでは、わが子にどんな本を選んでやったらいいのかわからない、という親御さんたちの声にこたえるために、そのとき出版されている本の中から良質な絵本や文学作品を選んでご紹介してきました。おかげさまで、親御さんばかりではなく、図書館や文庫活動などに関わる幅広い方々にご利用いただきました。
　また、『私たちの選んだ子どもの本』の補遺版として刊行した『子どもの本のリスト──「こどもとしょかん」新刊あんない 1990-2001 セレクション』（2004年）は、その後の学校図書館の活性化や読書ボランティアの広まりなどを勘案し、ノンフィクションも収録すると同時に、はじめての試みとして、キーワードから本を探せる件名索引を付しました。さらに、東日本大震災後の図書館や文庫再開のために、まずそろえてほしい1000冊を編んだ『今、この本を子どもの手に』（2015年）には、蔵書構成を考えて、絵本、文学、伝記、科学読みものなど全分野をバランスよく収録しています。このブックリストは、『私たちの選んだ子どもの本』に代わる入手可能な本の推薦リストとして、今後も情報を更新し改訂をつづけるつもりです。

　『絵本の庭へ』や『物語の森へ』がこれまでのブックリストと大きく異なる点は、入手が可能かどうかという出版状況の枠を取り払い、すぐれた作品を将来に向けて

伝承すべき文化遺産として記録にとどめようとしたところです。1950年から60年代、戦後の再興に取り組んだ児童書のつくり手たちは、子どもたちに希望を託し、作家、画家、編集者がひとつの思いで、質の高い作品づくりに取り組みました。高度経済成長の恩恵もあり、子どもたちの本棚はかつてないほど彩り豊かになりました。70年、80年代には、その果実を行きわたらせるための公共図書館システムも整ってきました。しかし、その後の電子メディアの普及や受験競争の過熱により、子どもたちがゆったりと本に向きあう時間はどんどん限られるようになりました。少子化による購買層の減少も影響し、出版社は過去に生み出した読みごたえのある傑作を品切れ・絶版にせざるを得ないケースが増えています。たとえ書店で手に入らなくなっても、質の高い作品を蓄積して提供することが使命であるはずの図書館も、施設面や資料提供の利便性という点では飛躍的に進歩したものの、子どものためのサービスを担う専門職員の雇用環境が不安定で、その役割を充分に果たしているとはいえません。

　このような状況の中で、わたしたちができることはなにかと考えたとき、どうしてもやり遂げたいと思ったのが「基本蔵書目録」の刊行でした。「基本蔵書目録」とは、図書館で蔵書の核として常に備えておくべきだという評価を得た本のリストです。もし、その本が紛失したり破損したりしたときには、買い換えなければなりませんし、絶版で入手ができなくなった場合には、傷んでも廃棄せず、修理して保存を心がけなければならない作品であることを示し、蔵書構築の指針としたものです。本来、どこの図書館でも、選書や蔵書管理を入念におこない、評価ランクを定めておけば、その累積が基本蔵書目録の基となるわけですが、現在のような状況で、これを整備するのは簡単ではないでしょう。蔵書の質にこだわる民間の専門図書館として、その前身にあたる家庭文庫時代から培ってきた、わたしたちなりの評価の基準を生かし、どこの図書館でもぜひそろえてほしい、次世代の子どもにも出会ってほしい作品を厳選して紹介したら、いろいろな場できっと役立ててもらえる、そう信じて編纂に着手したのがこの「児童図書館基本蔵書目録」シリーズです。全3巻の構成で、『絵本の庭へ』『物語の森へ』につづく最終巻は、ノンフィクションを集めた『知識の海へ』の予定です。

今回の『物語の森へ』編纂にあたっては、1955年にはじまる家庭文庫時代から引き継いできた蔵書をあらためて読みなおす作業を2000年よりはじめ、15年あまりをかけて選定をおこないました。また、視野を広げるために、他団体による推薦図書リストも参照しながら、過去に出た児童文学シリーズなども分担して読みました。選考メンバーには、当館職員だけではなく、現役の学校図書館員やベテランの公共図書館員にも加わっていただきました（巻末に協力者の一覧）。このような態勢で読みあい、討議を重ねた際の方針は、文学的な質の高さ（破たんのない筋の展開、登場人物の奥行き、独創性、文章のよさなど）や、挿絵や印刷、製本の美しさなどの基本的な評価基準は従来どおり踏襲したうえで、子どもと一緒に本を楽しんできた経験を大切にするということでした。くつろいだ自由な環境で子どもたちが本に対して示す反応——息をつめて集中したり、おもしろいとつぶやいたり、声をあげて笑ったり、続きはないのかと尋ねたり、くりかえし読んだり、借りて帰ったり——を複数のおとなが観察し、数十年にわたって集積したものを手がかりにすれば、子どもの支持を反映した、子どものための本のリストができるのではないかと考えたからです。この選定作業をつうじて深まった確信は、時を超えて子どもたちを魅了してきた作品は、古びないということです。この目録を活用して、それぞれの図書館が核とすべき蔵書をいきいきと魅力的に棚に置き、ゆとりのない生活を送る子どもたちが、永続的な価値のある作品にめぐりあえる一助としていただければ幸いです。

　この『物語の森へ』では、創作物語は、幼児から中・高校生までの読者層を3段階に分けて、それぞれ作家名順に、昔話・神話・伝説は語られた地域ごとに、というように、当館の分類に従って作品を配列しています（詳細は10ページ「このリストの使い方」を参照）。本棚をめぐるように、心のおもむくまま、どこからでもごらんください。また、今回も、巻末に、詳細な「件名索引」を付しました。子どもたちにテーマに沿った本を紹介するブックトークや館内展示、あるいは調べものなどにお役立てください。ただただ見渡すだけでも、おもしろいアイデアが浮かぶかもしれません。

　この「児童図書館基本蔵書目録」は、当初、図書館員や教師、保育者、児童書編

集者など子どもと本に関わる仕事をされている方や専門機関を対象に定めました。情報量が多く大部で、使用頻度を考えて上製本にしたため、価格も手ごろとはいえません。にもかかわらず『絵本の庭へ』は、刊行直後から、こちらの予想をはるかに上回るご利用をいただき、急遽2度の増刷をしました。子どもたちに本の世界の楽しさを知ってもらいたいと願い、熱心に活動されている方たちが全国にたくさんいらっしゃるということを実感いたしました。このたびの『物語の森へ』も、お子さんによい本をと願っている親御さんも含めて、広い層に役立てていただけるように、それぞれの作品内容の紹介はできるだけ平易な文章を心がけました。ページを繰り、興味を引いた作品を、いろいろな機会をとらえて子どもたちに紹介してみてください（ただし、それぞれの子の好みや読書力がありますので、決して押しつけないように）。また、字が読めない子どもや、まだ自分で読むのに慣れていない子には、ぜひ声に出して物語を読んであげてください。ご一緒に楽しむうちに、陰影に富んだ「物語の森」の情景がさまざまに浮かんでくることでしょう。

　おとなに手を引かれながら森に遊び、心躍らせるうちに、子どもたちはやがて、読書人として自立のときを迎えるでしょう。豊かなことばで綴られた物語をとおして、日常をはるかに超えた時空を旅し、過去に生きた人々の心情に想いを馳せ、目に見えぬものを夢見る体験が、そのさきにつづく実社会で、それぞれの道を歩んでいく若者たちの支えになってくれることを願わずにはいられません。

　また、本づくりに携わる方々には、先輩たちが心血を注いだ労作の数々を読みなおし、これからのお仕事の糧にしていただくとともに、入手が困難な作品については、復刊の道を探っていただくことを強くお願いします。

　子どもたちの心を育む「物語の森」が、これからも青々と茂りつづけますように！

公益財団法人 東京子ども図書館
理事長　張替惠子

このリストの使い方

収録範囲

- 1950年代〜2016年に刊行された児童文学作品より、幼児から中学・高校生までにすすめたい約1600冊を収載しました。

- 当館の児童室や文庫で、長年にわたって子どもたちに親しまれ、蔵書の中核に位置すると考えられる作品を選びました。これらは、当館の該当分野の蔵書のうち、約5割を占めます。（右図参照）

  A. 長くよみつがれ、蔵書の核となる良質な作品
  B. Aほどではないが、子どもをひきつけるすぐれた点をもつ作品
  C. 親しみやすく、読書のきっかけとなる作品

  ■ 収録範囲

- 抄訳やダイジェストを中心にした児童文学全集や、成人対象の古典・近代文学を児童向けに編纂している文学全集は、選定の対象から外しました。
- シリーズ作品については、とくにすすめたいものは全巻の書名を列記し、それ以外は主な続巻のみを挙げ、◆を付しました。
- 入手が可能か否かということを考慮に入れず、現在は品切れ、絶版となっている本も紹介しています。

配　列

- 収録した文学作品を、フィクション（創作物語）、昔話・神話・古典文学、詩の3ジャンルに分けました。
- 各ジャンルの配列は、以下の通りです。

  〈フィクション〉
  言語や出版地による区分はおこなわず、対象年齢に従って、3グループ（幼児〜小学校初級／小学校中級〜上級／小学校上級〜中高生）に分けました。各グループ内は、作者名の50音順に配列、同一作者の作品は、書名順に並べました。

  〈昔話・神話・古典文学〉 古典文学については399ページ Kの項参照。
  昔話および、神話・古典文学に大別し、地域別に配列しました。同地域の中では、書名または原典名の50音順に並べました。原典名は書名の前に小見出しで示しました。

  〈詩〉
  作者または編者名の50音順に配列し、同一作者の作品は、書名順に並べました。

記載事項

```
●作者名……………………………①
●書名──副題（シリーズ名）………②
　作者・訳者・画家等………………③
　出版社　出版年……………………④
　ページ数　大きさ…………………⑤
＊対象年齢　…………………………⑥
```

① **作者**等の人名は標題紙を中心に、本の中の記載を基に表記しました。作者が複数いる場合は、代表となる1名を標目（作者名）として示しました。（昔話・神話・古典文学は、書名を標目としました。）

② **書名**等の情報は、標題紙を中心に、奥付、表紙等を参考に表記しました。シリーズ名は、同一作者による連作や、本の形態などを考慮し、絞り込んで記載しました。同一作者のシリーズ内での配列は、日本で刊行された巻次の順です。巻次が明記されていない場合は、日本の作品は刊年順、翻訳書は原書の刊年順としました。

③ **人名**および、**作・訳等の著述区分**は、②と同様の情報を基に表記しました。同一著述区分に4名以上いる場合は、代表者1名を表記しました。
　　記載のないものは、[　]に入れて補いました。

④ **出版社**、**出版年**は、いちばんおすすめしたい版の情報をとりました。
　・著しい差がない場合は、初版を示しました。
　・出版社を変えて再刊されたものなどは、必要に応じて、その情報も列記しています。

　　（例）●カイウスはばかだ（少年少女学研文庫）
　　　　　ヘンリー・ウィンターフェルト作　関楠生訳　片寄貢画
　　　　　学習研究社　1968年　304p　18×12　（→岩波書店　2011年）

　　なお、文庫化・新装版などの細かな変更による改版については、省略しました。

⑤ 縦×横の大きさを、cm単位で示しています。1mm以上超えた場合は繰り上げました。

⑥ 対象年齢は、昔話・神話・古典文学および、詩については、次の記号で表しました。
　　幼……幼児　初……小学校初級　中……小学校中級　上……小学校上級
　　中学……中学生

解題

- 物語のあらすじや、内容紹介に加えて、その本のおもしろさや、特徴が伝わるように努めました。さし絵や造本、読みやすいレイアウトかどうか等も考慮しつつ、子どもがどのように受けとめるか、どういう子に向くかといった点にも触れるようにしました。
- とくに評価の高い作品については、当館既刊の『私たちの選んだ子どもの本』や『お話の本のリスト』などの紹介文を生かしながら、行数を多めにとって、丁寧な解説を心がけました。
- 書名や訳者を変えた新版などが刊行されている場合は、その情報も記載しています。その際の書名の表記は、以下の2種類があります。

(例)

●ムギと王さま（ファージョン作品集）
エリナー・ファージョン作　石井桃子訳
エドワード・アーディゾーニさし絵
岩波書店　1971年　470p　21×16

作者自選の短編集。表題作の「ムギと王さま」のほか、「月がほしいと王女さまが泣いた」など珠玉のような物語……59年初版の岩波少年文庫では11話のみが収録されていた。現在は2分冊の文庫版『ムギと王さま』もある。ほかに同作家の短編集には『町かどのジム』(松岡享子訳)がある。

* 同じ出版社から、書名や装丁を変えて、再刊された作品

* 版元や訳者を変えて出版された作品や、シリーズの続巻

- シリーズの続巻の書誌事項については、見出しの本と異なるときのみ（ ）に入れて示しました。

索引

巻末の索引については、211ページの「索引の見方」および、249ページの「件名索引利用の手引き」をごらんください。

分類表

当館児童室の分類表を398ページに掲載しました。図書整理などの参考になさってください。

引用文献

各ジャンルの扉に、児童文学に関する引用文を掲載しました。その出典は、巻末400ページにまとめてあります。

フィクション（創作物語）
幼児〜初級

　この物語（りすと野うさぎと灰色の小うさぎ）*では、むごいと思われることも仮借なく書かれていますね。
　ふくろうはどうしたって代償を取らなきゃならない、小うさぎはどうしたって代償を払わなきゃならない、そういう関係をぎりぎりまで煮つめて、子どもにちゃんと納得させる形で書いてある。ぼくはこういうのは、残酷とは言えないと思うんです。
　もし、「こういうのはかわいそうで、とても子どもに読んでやれないわ」と言うとすれば、それは逆に、お母さんなり、社会なりの衰弱だと思いますね。

瀬田貞二『幼い子の文学』

　　　*邦訳は『グレイ・ラビットのおはなし』（A・アトリー作）所収

あ行

●アシャロン, セラ

●ともだちができちゃった！

セラ・アシャロン ぶん　光吉 夏弥 やく
スーザン・パール え
大日本図書　1978年　74p　22×16

友達と別れるなんて嫌だったのに、家族で引越すことになった男の子ベニー。新居に着いたとたん、愛犬レックスがいなくなった！一緒に探そうと近所の子たちが次々現れ……。子どもの気持ちを無理なく描く幼年童話。ゆったりした字組と軽妙な挿絵で気軽に読める。

●アトリー, アリソン

●グレイ・ラビットのおはなし
（岩波少年文庫）

アリソン・アトリー作　石井桃子，中川李枝子訳
フェイス・ジェイクス さし絵
岩波書店　1995年　174p　18×12

働き者の灰色ウサギは、森の外れの一軒家に野ウサギとリスと住んでいる。留守中に家が荒らされ、同居人は行方不明。知恵を使いふたりを救いだす話など、シリーズ最初の4話。小さな動物たちの暮しを、田園を舞台に詩情豊かに描く。マーガレット・テンペストの絵による絵本版の続編も紹介するとよい。
『絵本の庭へ』p.121～123参照

●こぎつねルーファスのぼうけん

アリソン・アトリー作　石井桃子訳
キャサリン・ウィグルズワース さし絵
岩波書店　1979年　86p　22×16

みなしご子ギツネのルーファスは、親切なアナグマ一家の養子に。"きけん"が好きな子ギツネが、夜の森で悪い大ギツネに捕まったり、白鳥や月から贈り物をもらったりするお話2つ。いきいきとした会話で登場人物の性格を巧みに表現、挿絵も愛らしい英国の作品。続巻は『こぎつねルーファスとシンデレラ』。

●チム・ラビットのぼうけん
（チムとサムの本）

アリソン・アトリー作　石井桃子訳
中川宗弥 画
童心社　1967年　190p　22×16

村の草刈り場の気持ちよい家に、おとうさんおかあさんと暮しているウサギの男の子チム・ラビット。元気で、きかん気で、無邪気なチムが、森の小動物や人間、畑のかかしたちを相手にくりひろげる楽しいお話9編。チムが草刈り場で見つけたハサミをいたずらして、自分の毛まで刈ってしまう話や、雨の日にお百姓の子ジョンが傘をさしているのを見てキノコをさして歩く話など、どの話にも、田園の日の光や草の匂いが感じられ、素朴なユーモアにあふれている。英国の創作だが、挿絵は日本の画家。単純で繊細な線で、いきいきと小動物を描き、物語の雰囲気を充分に引きだしている。語って聞かせるのにも向く。続巻は『チム・ラビットのおともだち』。

●アベリル，エスター

●ジェニーとキャットクラブ
（黒ネコジェニーのおはなし）

エスター・アベリル 作・絵
松岡 享子，張替 恵子 共訳
福音館書店　2011年　120p　20×14

小さな黒猫ジェニーはみなしごだったが、老船長キャプテン・ティンカーに拾われて、今は幸せに暮らしている。ある晩、ジェニーは船長お手製の赤いマフラーをして、猫の集まりキャット・クラブへ。けれども、内気な彼女は、鼻笛が吹けたり、字が書けたりする有能な会員たちを目の当たりにして逃げ帰る。しかし、そんなジェニーにも、とうとう栄えあるクラブの会員になれる日がやってきた。この第1話にはじまって、ジェニーと仲間たちの活躍するお話7編が全3巻に収められている。（1982年初版『黒ネコジェニーのおはなし』1・2は6編を収録）新しい体験にとまどう猫の気持ちがよく伝わり、共感を誘う。黄と赤のアクセントがきいた洒落た挿絵も魅力。後年に書かれた続編（佐藤亮一訳 旺文社）は、1冊1話読みきりで、少し年長向き。

◆ ジェニーのぼうけん
◆ ジェニーときょうだい
◆ 美人ネコジェニーの世界旅行（旺文社）
◆ のらネコ兄弟のはらぺこ放浪記（旺文社）
◆ ねこネコねこの大パーティー（旺文社）

ほかに絵本版が2冊出ている。
『絵本の庭へ』p.20 参照

●あまん きみこ

●白いぼうし（車のいろは空のいろ）

あまん きみこ 作　北田 卓史 絵
ポプラ社　2000年　125p　22×18

松井五郎さんはタクシーの運転手。空色の車で小さな町を走っていると、変わったお客が乗ってくる。ある日、パンクの修理を手伝ってくれたふたりの小さな男の子を乗せると、大喜びして騒いだふたりが降りた後に、金色のきつねの毛がおちていた。またある日、帽子の中に入っていたモンシロチョウを助けると……。ちょっと不思議で、やさしい雰囲気をもつお話8編。内容が親しみやすいだけでなく、1編が短いので、あまり本を読みなれない子にも薦められる。1968年初版以来、版を重ね、読みつがれてきた。続編もある。

◆ 春のお客さん
◆ 星のタクシー

「すずめのおくりもの」より

●あわ なおこ　安房 直子

●すずめのおくりもの

安房 直子 作　菊池 恭子 絵
講談社　1993年　78p　22×16

谷間の小さな豆腐屋さん。ある朝起きると、戸口に雀がずらり。すずめ小学校の新入生25羽のために、小さな油揚を作ってくれと頼まれる。実直な豆腐屋さんと雀たちの大まじめなやりとりがおかしいお話。素朴な挿絵がたっぷり入り、ゆったりした読みやすい字組。

●いしい ももこ　石井 桃子

●べんけいとおとみさん

石井 桃子 作　山脇 百合子 絵
福音館書店　1985年　198p　22×16

1970年代の東京郊外の家庭が舞台。姐御肌の飼い猫おとみさんと、やんちゃな犬のべんけい、それにかずちゃんとまりちゃん兄妹一家の日常におこる小事件を、お正月からクリスマスまで12のお話で綴る。ユーモアあふれる文章と、お話にぴったりの楽しい絵。

●いとう ひろし　伊東 寛

●ごきげんなすてご

いとうひろし 作・絵
福武書店　1991年　112p　22×16
→徳間書店　1995年

赤ん坊の弟に嫉妬した女の子が「すてごになっちゃうから」と家出。段ボール箱に入って、素敵な家にもらわれることを夢見ていると、迷い犬、ノラ猫、亀まで加わり……。一人称の簡潔な文章に、おかしみのある絵がつき、女の子の気持ちをストレートに表現している。

●マンホールからこんにちは

いとうひろし 作・絵
福武書店　1990年　128p　22×16
→ほるぷ出版　1995年　→徳間書店　2002年

ぼくは、おつかいの帰りにマンホールから首だけ出したキリンに会った。次のマンホールではマンモス、次はかっぱ。皆それぞれに、そこに来たいきさつを語る。身近なマンホールが空想の世界へとつながっていく、奇想天外なストーリーを漫画風の絵が盛りあげる。

●いぬい とみこ

●ながいながいペンギンの話

いぬい とみこ 作　山田 三郎 絵
理論社　1967年　186p　23×16

冒険好きで独立心に富むルルと、泣き虫で内気なキキ。ペンギンのオスの双子が、南極の自然の中で育っていく1年間を描いた物語。両親の留守に出かけたルルが大カモメに襲われたり、2羽一緒に氷山に乗って流されたりと、ペンギンらしい性質を生かしつつスリルに満ちたお話に仕立てている。丁寧に描かれた挿絵も魅力的。初刊は1957年で、幼年童話の長編は当時珍しく、評判になった。以来、何度か体裁を変えて、長く愛読されてきた。

「たぬき学校」より

●いまい たかじろう　今井 誉次郎

●たぬき学校

今井 誉次郎 著　安泰 さしえ
講学館　1958年　167p　22×16

山の中のたぬき学校。いたずら好きのポン太、ポン吉、タヌ八、内気なタヌ子など、無邪気な6匹の子だぬきと、昔気質だが人情味あふれるポン先生との学校生活を綴る。宿題を忘れて立たされたり、掃除の最中にけんかしたりと、子どもに身近な出来事を題材にしたユ

ーモラスなお話4編。長年教職にあった作者の経験が文章のすみずみにまで生かされ、子どもに対する暖かい視線が感じられる。少々教訓めいたところもあるが、子どもたちはあまり気にせず、お話そのものを楽しんでいるようだ。素朴な挿絵がたくさん入り、本嫌いの子にも安心して薦められる貴重な1冊。姉妹編に『おさるのキーコ』という作品もある。

●インキオフ，ディミーター

●赤ちゃんをほしがったお人形

ディミーター・インキオフ さく
くりはら かずのぶ やく
トラウドゥル・ライナー，ヴァルター・ライナー え
偕成社　1994年　70p　22×16

ご機嫌ななめの木の人形マトリョーシカは、親方に赤ちゃん人形を作ってもらってご満悦。ところが今度は、この赤ちゃんが赤ちゃんを欲しがり……。「小さな母さん」という意味のロシアの入れ子人形の由来を語るお話。赤と緑の挿絵も親しみやすく幅広く読まれている。

●ウィルバー，リチャード

●番ねずみのヤカちゃん

リチャード・ウィルバー さく　松岡享子 やく
大社玲子 え
福音館書店　1992年　70p　22×19

ドドさんの家の壁と壁のすき間にひっそりと住むねずみの一家。4匹の子ねずみのうち、ヤカちゃんはバカでかい声の持ち主で、ドドさん夫妻に気づかれた！　読みきかせや語りにも向く躍動感あるお話。挿絵がたっぷりついて、ひとりで読むのにも抵抗がない。

●ウスペンスキー，エドアルド

●フョードルおじさんといぬとねこ

エドアルド・ウスペンスキー 作　松谷さやか 訳
スズキ コージ 画
福音館書店　1988年　278p　22×16

「フョードルおじさん」とよばれている6歳のぼうやは、ある日ことばを話す猫と出会う。ママもパパも飼ってはダメというので、ぼうやは猫と一緒に家出し、田舎暮しをはじめた。風刺のきいたお話に、飄々とした線画の挿絵が合う。作者は旧ソ連の人気作家。

●エインズワース，ルース

●チャールズのおはなし

ルース・エインズワース さく　上條由美子 やく
菊池恭子 え
福音館書店　2000年　135p　22×16

4歳の男の子チャールズは何でも集めるのが大好き。おばあちゃんに作ってもらった"なんでもぶくろ"をさっそく松ぼっくりでいっぱいにした。すると、焚火でベーコンを焼いているおじいさんに会い……。子どもの好奇心や想像力あふれる日常を温かく描いた12編。

●エスティス，エレナー

●キリンのいるへや

エルナー・エステス 作　渡辺茂男 訳　山脇百合子 画
学習研究社　1966年　174p　23×16

小さい女の子、スージーが越してきた家の居間のゴムの木の後ろにキリンがいた！　喋れるキリンのグロリアと楽しくすごす表題作、巨人が町から逃げだし、日付変更線上の島になる「ねむれる巨人」等、ゆったりと空想がふくらむお話3編。柔らかいタッチの挿絵。

エト―オオ

● エドモンドソン, マデライン

● 魔女のたまご

マデライン・エドモンドソン作
掛川 恭子訳　ケイ・シューロー絵
あかね書房　1978年　47p　24×18

古い鳥の巣に1人で暮す年寄り魔女のアガサは、へそまがりで友達もいない。でも、ひょんなことから鳥の卵を育てることに。皆の反対を押しきり、孵った雛にマジョドリと名づけ可愛がるが……。魔女の言動をユーモラスに描く米国の絵物語。コミカルな挿絵が合う。

● エドワーズ, ドロシー

● きかんぼのちいちゃいいもうと

ドロシー・エドワーズさく　渡辺 茂男やく
堀内 誠一え
福音館書店　1978年　239p　22×16

妹は初めてぐらぐらになった歯が自慢で誰にも抜かせない。でも歯医者さんに行くと……という「ぐらぐらのは」や、「おさかなとり」「はさみでじょきじょき」など、やんちゃな妹の行状を、姉の回想で語り、共感をよぶ15編。元気のいい挿絵も主人公の性格をよく表す。読んでやれば幼い子も楽しめる英国の作品。3巻組の新装版は大人っぽい装丁。

「きかんぼのちいちゃいいもうと」より

● エリクソン, ラッセル・E

● 火曜日のごちそうはヒキガエル
（ヒキガエルとんだ大冒険）

ラッセル・E・エリクソン作　佐藤 涼子訳
ローレンス・ディ・フィオリ絵
評論社　2008年　82p　21×16

掃除好きのウォートンと料理好きのモートンは、ヒキガエルの兄弟。ウォートンは、モートンが作ったお菓子をおばさんに届けようと森の雪道をスキーで出発。でも途中でミミズクに捕まり、あわや誕生日のご馳走に！　兄弟の個性を生かした活躍を軽快に描く。挿絵も楽しく、1982年初刊以来親しまれている。
◆消えたモートンとんだ大そうさく
◆ウォートンのとんだクリスマス・イブ
◆SOS！　あやうし空の王さま号　ほか

● エルキン, ベンジャミン

● 世界でいちばんやかましい音

ベンジャミン・エルキン作　松岡 享子訳
太田 大八絵
こぐま社　1999年　35p　18×18

ガヤガヤの都の人々の中でも特に騒々しいのは、ギャオギャオ王子。誕生日祝いに、世界一やかましい音が聞きたいと、父王にねだるが……。軽妙な語りの中に風刺と自然讃歌をこめた米国の話。絵本形式だが、状況の面白さや皮肉が感じとれる、少し読み慣れた子に。

● おおいし まこと　大石 真

● くいしんぼ行進曲

大石 真作　西川 おさむえ
理論社　1985年　142p　22×16

本物のお鮨が食べたいと常々思っていたぼく

がお化け屋敷で助けた友達は、なんと鮨屋の息子だった。思いがけず鮨をご馳走になったぼくは、この手で次はラーメンにありつこうと作戦を練る。テンポの速い筋運びで、結末も読者を満足させる。ペン画の挿絵も愉快。

● おざわ ただし　小沢 正

● きつねのスーパーマーケット

小沢正作　西川おさむ絵
金の星社　1981年　72p　22×19

みちこはスーパーマーケットできつねの店員を見かけた。不思議に思ってついていくと、見なれない売場に。きつねが大まじめで説明する品は、入るとだるまになる風呂桶だの、うちわで扇ぐと大きくなる家だの、変なものばかり。きつねと女の子の掛け合いが楽しい。

棒つきキャンデー……。これらの品物は、思いもかけない役立ち方をして読者を喜ばせる。かっちりした話の構成に加え、ちょっとしたスリルやサスペンスがあり、エルマーと動物たちのナンセンスなやりとりもおかしく、幼児から低学年向き物語の傑作として変わらぬ人気を保っている。続編が2冊あり、3部作をなしている。最初の1冊を読みおえると、大抵の子がすぐあとを読みたがる。幼い子には、続きものにして少しずつ読んでやると楽しい。著者の義母であり、現代アメリカの著名な挿絵画家による絵は様式的ながら奥行きもあり、この話の印象を一段と強めている。
◆ エルマーとりゅう
◆ エルマーと16ぴきのりゅう

か行

● ガネット，ルース・スタイルス

● エルマーのぼうけん

ルース・スタイルス・ガネット さく
わたなべしげお やく　子どもの本研究会 編
ルース・クリスマン・ガネット え
福音館書店　1963年　118p　22×16

男の子エルマー・エレベーターは、年よりの野良猫から、かわいそうな竜の子が、どうぶつ島に囚われて、渡し舟の代りに空飛ぶ乗り物としてこき使われていることを聞き、助けにいくことに。その時リュックに詰めて持っていったのは、チューインガム、歯ブラシと歯みがき、リボン、虫眼鏡、輪ゴム、桃色の

「くまの子ウーフ」より

● かんざわ としこ　神沢 利子

● くまの子ウーフ

神沢利子作　井上洋介絵
ポプラ社　1969年　128p　22×18

小さなくまの子ウーフを主人公にした短いお話9編。第1話「さかなにはなぜしたがない」では、ウーフが、どうしたら魚になれるかとふなにたずねる。するとふなは、毛皮をぬいで冬でもはだかで川の底にすわり、目は決してつぶらず、舌も引っこぬかなければならないと答えたので、ウーフは震えあがって……。

カン―クラ

他に「ウーフはおしっこでできてるか」等。幼い子が考えそうな問題や、自分自身に対して抱く素朴な疑問をテーマにしたユニークな内容のものが多い。絵本から物語にすすむ年ごろの子どもたちに共感をもって迎えられ、読みつがれてきた作品。ペン画の挿絵は、物語の世界をよく描きだしている。

●ふらいぱんじいさん

神沢利子 作　堀内誠一 絵
あかね書房　1969年　94p　22×16

卵をやくのが大好きだったのに、お払い箱になったふらいぱんじいさん。新しい世界を探しにいこうと家を出た。ジャングルのひょうには鏡と間違えられるし、さるは太鼓と勘違い。じいさんが新たな居場所を見つけるまでを、明るい絵とともにテンポよく快活に描く。

●きどうち よしみ　木戸内 福美

●洲本八だぬきものがたり

木戸内福美 文　長野ヒデ子 絵
アリス館　2002年　103p　22×16

淡路島洲本市の伝承をもとにした狸話8編。芝居好きの柴右衛門、夜の町を守る大酒飲みの桝右衛門等、個性豊かな狸8匹が登場。芝居の神様として祀る、食べ物を譲りあうなど、人間との交流を方言を生かした文でほのぼのと語る。筆描きの愛嬌ある絵がぴったり。

●キング＝スミス，ディック

●ソフィーとカタツムリ

ディック・キング＝スミス 作　石随じゅん 訳
デイヴィッド・パーキンズ 絵
評論社　2004年　124p　21×16

ソフィーは、生き物が大好きな4歳の女の子。将来は女牧場マンになると決めている。カタツムリ競争で双子のお兄ちゃんに勝つ話等6つのエピソードで、頑固だが心優しい女の子の日常をそのまま描く。動物の話では定評のある英国作家のシリーズ1作目。続巻5冊。

●クック，マリオン・ベルデン

●しろいいぬ？ くろいいぬ？

マリオン・ベルデン・クック 作　光吉夏弥 やく
池田龍雄 え
大日本図書　1977年　74p　22×16

宿なしの白犬ワッグルズは、何でもくわえるのが大好き。デパートで落ちた帽子をくわえて逃げたら、犬捕りに追われるはめに。石炭で黒くなったり、灰で灰色になったりしながら逃げまわる。シンプルな筋立ての軽い話。挿絵も多く、読書が苦手な子でも読みやすい。

●クラーク，マージェリー

●けしつぶクッキー

マージェリー・クラーク 作　渡辺茂男 訳
モード・ピーターシャム，ミスカ・ピーターシャム 絵
ペンギン社　1981年　175p　20×16
→童話館出版　2013年

小さい男の子アンドルーシクは、クッキーを

見張るよう、おばさんに頼まれた。そこへ、よくばりなガチョウがやってきて……。幼い子の日常を描く絵物語8編。頁を飾る様式的な枠や絵に、画家の故郷である東欧の牧歌的雰囲気があふれる。1924年米国の古典的作品。

●クラッチ，M・S

●なんでもふたつさん

M・S・クラッチ作　光吉夏弥やく
クルト・ビーゼえ
大日本図書　1977年　64p　22×16

"なんでもふたつ"さんは、着る服も履く靴も、家も仕事も何でも2つずつ。悩みも2つ──奥さんと息子が各々1人しかいないこと。小市民的生活を送る紳士の変てこな癖を、ユーモラスな挿絵とともにからりと描く。初刊以来、人気を保ってきた米国の幼年童話。

●グラマトキー，ハーディー

●ちびっこタグボート

ハーディー・グラマトキーえ・ぶん
わたなべ しげおやく
学習研究社　1967年　94p　23×19

タグボートのトゥートゥは、海はこわいし、働くのはきらい。遊んでばかりいるので、港中のわらいものだったが、ある日、急に襲ってきた嵐の中で、岩にはさまれた汽船を独力で救いだし、港の英雄になる。やさしい文章と、水彩の、ちょっと漫画風の躍動感あふれる絵が親しみやすく、絵本から読みものに移るころの子どもたちに喜ばれている。文章を横書きに改めた小ぶりの新装版もある。
  ◆がんばれヘラクレス
  ◆ルーピーのだいひこう
  ◆いたずらでんしゃ
  ◆ホーマーとサーカスれっしゃ

●ゲイジ，ウイルソン

●ガディおばさんのゆうれいたいじ

ウイルソン・ゲイジ作　渡辺 南都子 訳
マリリン・ハフナー絵
岩崎書店　1986年　63p　22×19

ひとり暮らしのガディおばさんの悩みの種は、夜中に幽霊がたてる音。退治しようとあれこれ試みた末、とうとう手紙を書いて、出ていくように頼んだが、その夜聞こえてきたのは、幽霊の泣き声だった。おばさんと幽霊の攻防が楽しい、ユーモラスな挿絵たっぷりの物語。

●ケスラー，レオナード

●さんしん王ものがたり

レオナード・ケスラー さく
おかのうえ すずえ やく
旺文社　1977年　64p　23×16

ボビーは野球が大好きなのに、三振ばっかりで全然打てない。ウイリーは縁起担ぎの帽子を貸してくれ、練習にも付きあってくれた。試合の日、同点で迎えた最終回、次の打席は……。コミカルな絵も楽しく、気軽に読めるお話。ひとり読みを始めた男の子に薦めたい。

●ゴッデン，ルーマー

●クリスマスの女の子
（四つの人形のお話）

ルーマー・ゴッデンさく　久慈 美貴やく
沙樹 ようこ 挿画
福武書店　1989年　112p　22×16

人形をプレゼントしてくれるおばあちゃんを探して知らない街を歩く孤児アイビーと、自分を抱きしめてくれる女の子を待つ人形。両者の出会いと幸せな結末をきめこまやかに描

く。語り口は平易だが、心の内に静かな感動をよびおこすイギリスの作品。同様に人形と子どもの交流を描いた続編3作。

◆ クリスマスのようせい
　別訳に『ふしぎなお人形』(厨川圭子訳　中谷千代子画　偕成社　1966年）がある。
◆ ポケットのジェーン
　別訳に『元気なポケット人形』(猪熊葉子訳　アドリエンヌ・アダムズ絵　岩波書店　1979年）がある。
◆ ゆうえんちのわたあめちゃん

●コーディル，レベッカ

●ポケットのたからもの

レベッカ・コーディル作　三木卓訳
エバリン・ネス絵
あかね書房　1977年　63p　22×16
→リブリオ出版　2000年

農場の男の子ジェイは6歳。牧場の牛を連れ戻しにいく途中、拾った宝物をポケットに入れていく。木の実、矢尻、コオロギ……。初登校の日、ジェイがコオロギを連れていくと、リ…　リ…と鳴き声が。幼い子の密やかな行動を詩的な文章と絵で静かに描く米国の作品。

●ボニーはすえっこ、おしゃまさん

レベッカ・コーディル作　谷口由美子訳
ディシー・マーウィン絵
文研出版　1980年　95p　23×20

ボニーは5人きょうだいの末っ子で、4歳になったばかり。「あんたは小さすぎる」といわれても、ひとりでスケートに出かけたり、急な山道を歩いたり。作者の故郷ケンタッキーの山村が舞台。家族に慈しまれて暮らす女の子の姿を、柔らかな挿絵とともに素直に描く。

●コブナツカ，マリア

●ネンディのぼうけん

マリア・コブナツカ作　内田莉莎子訳
山脇百合子画
学習研究社　1968年　158p　23×16

つきでた耳と丸い鼻がご自慢のネンディは、7歳の少女トーシャが作った粘土の人形。住まいの筆ばこを飛びだし、消しゴム達と一緒にトーシャの世話を焼いたり、冒険したりと大忙し。ポーランドで親しまれてきたお話に、日本の絵本作家が絵を描いた愉快な物語。

●コール，ジョアンナ

●ふたりはなかよし
　　　——ゲーターガールズ

ジョアンナ・コール，ステファニー・カルメンソン作　吉上恭太訳　リン・マンシンガー絵
小峰書店　1996年　79p　22×16

ワニの女の子アリーとエミーは大の仲よしで、何をするのも一緒。夏休みの計画も2人で立てたけど、アリーだけキャンプに行くことに。出発前の1日で計画を全部やらなくちゃ！活きのよい会話でどんどん進み、楽しい挿絵もたっぷり入った、気楽に読める米国の物語。

コルウェル, アイリーン

お話してよ、もうひとつ
　　──コルウェルさんのお話集

アイリーン・コルウェル 選　よつだ ゆきえ 訳
ゆぐち えみこ 絵
新読社　1998年　178p　22×16

英国の先駆的児童図書館員が、子どもに語ったり読みきかせたりするために編んだお話集。16人兄妹の末っ子が自分の部屋を探す「スーザンのへや」（J・L・ブリスリー）等10名の作家による12編を収録。どれも明快なストーリー展開、訳文もこなれている。続巻2冊。

コルシュノフ, イリーナ

ちびドラゴンのおくりもの

イリーナ・コルシュノフ 作　酒寄 進一 訳
伊東 寛 絵
国土社　1989年　107p　22×16

でぶでのろまな男の子ハンノーは、学校でもひとりぼっち。ある日、そんな彼のもとに、ドラゴンの国の落ちこぼれ、ちびドラゴンがやってくる。甘えん坊で、好奇心に満ちあふれたこのドラゴン、人間の国が珍しくて、ハンノーのすることを何でもやってみたがる。そして、ドラゴンに渋々教えてやっているうちに、ハンノーもいろいろなことができるように。子どもの共感をよぶ内容と愉快な挿絵で、幅広く薦められるドイツの作品。

「ちびドラゴンのおくりもの」より

さ行

さとう さとる　佐藤 暁

おばあさんのひこうき

佐藤 さとる 作　村上 勉 え
小峰書店　1966年　79p　27×19

編みものが上手なおばあさんは、ある日、膝の上にとまった蝶の羽と同じ模様の肩掛けをあむことにする。難しい模様に挑戦するうち、突然あみかけの肩掛けが空に浮かびだした。奇想天外だが、素朴な温かさがあり、独特な味わいの挿絵とともに空想がふくらむ物語。

サーバー, ジェームズ

おもちゃ屋のクィロー

ジェームズ・サーバー さく　上條 由美子 やく
飯野 和好 え
福音館書店　1996年　79p　22×19

谷間の小さな町に大男ハンダーがやって来て、法外な要求をつきつけた。食べ物が全部もっていかれると、町中大パニック。そこで風変わりなおもちゃ屋クィローは妙案を考えだす。この作家ならではの詩的な表現や寓意が光る物語。迫力ある挿絵が読者をひきつける。

たくさんのお月さま

ジェームズ・サーバー 文　なかがわ ちひろ 訳
ルイス・スロボドキン 絵
徳間書店　1994年　48p　26×23

病気のお姫様が「月がほしい」というので、王様は大臣らに「月をとってこい」と命ずる。みんな無理だと断るが道化師は……。米のユ

シハーシユ

ーモア作家が初めて書いた童話。純真なお姫様に翻弄される大人の姿にこめられた皮肉を、愛らしい絵が軽やかに包みこむ。絵本形式だが読み慣れた子に。1944年コルデコット賞。

●ジーハ，ボフミル

●ビーテクのひとりたび

ボフミル・ジーハ作　井出弘子訳
アドルフ・ボルン絵
童心社　1980年　102p　23×19

ビーテクは1年生の男の子。おばちゃんのいるプラハまで汽車に乗って一人旅をする。プラハではおばちゃんとあちこち見物。大事件はないが、初めての体験が素直に描かれ、子どもらしい好奇心や喜びが伝わる。漫画家によるアニメ風のカラー絵が魅力的。続巻2冊。

●ホンジークのたび

ボフミル・ジーハぶん　井出弘子，いぬいとみこやく
ヘレナ・ズマトリーコバーえ
童心社　1970年　152p　25×19

5歳の男の子ホンジークは、初めてひとりで汽車に乗り、こうま村の祖父母の家へ。農場で働くおじいちゃんに動物を見せてもらったり、近所の子どもたちと凧揚げしたり。子どもの素朴な心の動きが伝わる旧チェコスロバキアの作品。くっきりした線の明るい挿絵。

●シャーマット，マージョリー・ワインマン

●きえた犬のえ（ぼくはめいたんてい）

マージョリー・ワインマン・シャーマットぶん
光吉夏弥やく　マーク・シマントえ
大日本図書　1982年　62p　22×16

男の子ネートは、近所におこる事件を解決す

る"めいたんてい"。今日も友達のアニーから「絵がなくなっちゃったの」と電話が。アニーに話を聞き、思いつく所はみな探したが……。少年自身が手柄を語る探偵シリーズ初巻。ユーモラスな挿絵がたっぷり入り、読書が苦手な子にも薦められる。続巻は以下等。
  ◆まよなかのはんにん
  ◆なくなったかいものメモ
  ◆きょうりゅうのきって
  ◆かぎはどこだ
  ◆ゆきの中のふしぎなできごと

●こんにちは、バネッサ

マージョリー・ワインマン・シャーマット作
小杉佐恵子訳　リリアン・ホーバン絵
岩崎書店　1984年　54p　22×19

子ネズミのバネッサは、学校で友達が作れないはずかしがりや。お母さんから、ひとりでいる子に「『こんにちは』っていえばいいのよ」と教わり、放課後、ヤギのリサにいったけれど……。主人公の気持ちがまっすぐ伝わる、ほほえましい話。柔らかな挿絵もぴったり。

●シュミット，アニー・M・G

●イップとヤネケ

アニー・M・G・シュミット作　西村由美訳
フィープ・ヴェステンドルプ絵
岩波書店　2004年　190p　22×16

幼い男の子イップの隣家にヤネケという女の子が越してきた。仲よしになった2人は学校ごっこやお人形遊びを楽しむが、時にはけんかも。日常の出来事をそのまま描いた、ごく短いお話42編。シルエットと線を合わせた絵がモダンで愛らしい。オランダの人気作。

●スティーブンズ，カーラ

●おばあちゃんのすてきなおくりもの
カーラ・スティーブンズさく　掛川恭子やく
イブ・ライスえ
のら書店　1990年　94p　22×16

ハツカネズミとモグラとトガリネズミは、ひとり暮しのハタネズミおばあちゃんにスープを届け、誕生日にはケーキとふとんを贈る。その度におばあちゃんは、お話をしてくれる。でもある日、突然……。生と死の意味を平明なことばと暖かな絵で語り、心に残るお話。

●ステーエフ，B

●こねずみとえんぴつ
──12のたのしいおはなしとえのほん
B・ステーエフさく・え　松谷さやかやく
福音館書店　1982年　143p　22×16

作者は旧ソ連のアニメーションの創始者として知られる。表題作のほか「三びきのこねこ」など、素朴で楽しい作品12編をまとめた絵物語集。話はどれも単純で易しく、絵も表情豊かで活気に満ちている。文字はやや小さいので、幼い子には読んであげるとよい。

●ステリット，フランセス

●王さまのアイスクリーム
フランセス・ステリットぶん　光吉夏弥やく
土方重巳え
大日本図書　1978年　74p　22×16

気難しい王さまのおやつは、曜日別のシロップを添えたクリーム。暑い日はできるだけ冷たくしないと雷が落ちる。夏、クリームが冷えず困りきったコック長と娘の前に、山から氷を運んできた少年が……。アイスクリームがどうしてできたかを語る楽しいお話。

●ストー，キャサリン

●ポリーとはらぺこオオカミ
キャサリン・ストー作　掛川恭子訳
マージョリー＝アン・ワッツさし絵
岩波書店　1979年　86p　22×16

昔話の「赤ずきん」「三匹の子ブタ」「七匹の子ヤギ」等を下敷きに、女の子ポリーと、それを食べようとするオオカミのやりとりを描く。ポリーはかしこく、オオカミはまぬけでいつもしてやられる。パロディのおかしさがわかる、少し読書慣れした子に。続編が2冊。

●ストルテンベルグ，ハーラル

●バレエをおどりたかった馬
ハーラル・ストルテンベルグ作　菱木晃子訳
さとうあや絵
福音館書店　1999年　122p　22×16

田舎でのんびり暮していた馬が、旅のバレエ団の踊りに魅せられ、町のバレエ学校に入学。短いスカートをはき、動かない足を動かしてレッスンに励むと……。奇想天外な設定が笑いを誘うノルウェー人作家の処女作。ほのぼのした挿絵がナンセンスな味を添えている。

「バレエをおどりたかった馬」より

●ストング，フィル

●町にきたヘラジカ

フィル・ストングさく　せたていじやく
クルト・ビーゼえ
学習研究社　1969年　106p　23×19

冬のある日、腹ぺこのヘラジカが町に迷いこみ、イバール少年の家のうまやに！　干し草を食べまくり、眠る、勝手気ままな振舞いに、町の人々は上を下への大騒ぎ。飄々とした文章が笑いを誘う1935年、米国の作品。『シナの五にんきょうだい』の画家による絵も秀逸。

●スロボトキン，ルイス

●ダニーとなかよしのきょうりゅう

ルイス・スロボトキン作・画　那須辰造訳
偕成社　1969年　64p　24×20

大昔、洞穴に住む男の子ダニーは、沼に落ちた恐竜の子ディニーを助ける。ふたりは仲よしになり、やがて洪水がおきたときにはディニーが助けに来てくれて……。原始人と恐竜の友情を、軽妙なタッチの絵とともに描く。恐竜好きの子が物語に興味をもつきっかけにも。

●セーデリング，シーブ

●こぶたのおまわりさん

シーブ・セーデリング作・絵　石井登志子訳
岩波書店　1993年　110p　22×16

のどかな村で、お誕生日のケーキが次々盗まれるという事件が発生。ケーキが大好きで鼻のきくこぶたが、警官帽をかぶり、おまわりさんの助手として犯人捜しにのりだす。謎ときの興味で面白く読ませる。スウェーデン出身の作家自身の手になる素人っぽい絵も愉快。

●セルデン，ジョージ

●すずめのくつした

ジョージ・セルデンぶん　光吉郁子やく
ピーター・リップマンえ
大日本図書　1978年　74p　22×16

スコットランドの男の子アンガスの家は靴下工場。皆が町の中心にある大きい店で靴下を買うので、工場の機械は休みがち。ある冬の日、凍えるすずめの足を見たアンガスは……。赤を挿し色にした絵が、すずめの可愛い仕草をよく捉え、お話を一層愛らしくしている。

●そや　きよし　征矢清

●ゆうきのおにたいじ

征矢清さく　土橋とし子え
福音館書店　1997年　98p　22×16

ゆうきは元気な男の子。山で鬼にお弁当をとられた仕返しに、おじいちゃんと鬼退治へ。ゆうきが"かゆかゆいも"に触った手で鬼の角に触ると、鬼は、かゆいかゆいと逃げていく。日常から一歩出た世界で展開する、のどかで、ちょっとおかしな話。挿絵も味がある。

た行

●タイタス，イヴ

●でっかいねずみとちっちゃなライオン

イブ・タイタス ぶん　光吉 夏弥 やく
レオナード・ワイズガード え
大日本図書　1979年　74p　22×16

人間の世界を見に出かけた鼠とライオン。だが妖精の魔法で、人には世界一大きな鼠と小さなライオンに見えるようになる。2匹はそうとは知らず……。米国の作家による寓話風の物語に、コルデコット賞画家が茶を基調にした品のよい絵を添えた。原書は1962年刊。

●たかどの ほうこ　　高楼 方子

●おともださにナリマ小

たかどのほうこ 作　にしむら あつこ 絵
フレーベル館　2005年　63p　21×16

1年生のハルオが学校に行くと、教室も友だちもいつもと違う感じ。間違えてキツネの学校に来ていたのだ。数日後、ハルオの学校に「おともださにナリマ小」という手紙が届き……。キツネと人間の子どもたちの友情の始まりを、元気な絵とともにからりと描く。

●紳士とオバケ氏

たかどのほうこ 作　飯野 和好 絵
フレーベル館　2001年　79p　22×18

それはそれは真面目なマジノ・マジヒコ氏の毎日は判で押したよう。ある日ひょんなことから、同じ家に住む自分そっくりのオバケ氏に出会い、いつもの生活に変化が……。ふたりののんびりした会話やこってりした絵が、なんともいえないおかしさを醸しだす。

●ターちゃんとルルちゃんのはなし
（このまえのにちようび）

たかどのほうこ 作・絵
アリス館　1996年　63p　21×16

新しい縄跳びを買ってもらったターちゃんと、初めてひとりでバスにのったルルちゃん。日曜日の街角で出会った2人の女の子を、それぞれの側から語った2編。子ども心を素直に描いたお話に、作者による愛らしい絵が合う。それぞれ違う子どもが主人公の続巻が2冊。

●たけした ふみこ　　竹下 文子

●クッキーのおうさま

竹下文子 作　いちかわ なつこ 絵
あかね書房　2004年　78p　22×16

りさちゃんのつくったおうさまのクッキー、「あち、あち、あちち！」とさけんでオーブンから飛びだした。台所に住みつき、ものさしやはさみを家来にしたり、お城をつくったり。でもなんだかさみしそうで……。シンプルに展開するお話にぴったりの素朴な挿絵。

●ペンギンじるし れいぞうこ

竹下文子 作　鈴木 まもる 絵
金の星社　1997年　110p　22×16

タクちゃんの家に届いた新しい冷蔵庫は、なんかへん。入れたはずの魚やアイスがなくなってしまう。ある夜、タクちゃんがドアを開けると、ペンギンが出てきた！　口達者なペンギンに連れられて別世界をのぞく男の子を軽いタッチで描く。挿絵も親しみやすい。

●チトゥヴルテック，ヴァーツラフ

●コブタくんとコヤギさんのおはなし

ヴァーツラフ・チトゥヴルテック さく
関沢明子 やく　にしむら あつこ え
福音館書店　2003年　70p　22×16

今日は暑くなるから、アイスクリームがないとクレープみたいにひからびちゃうと聞いたコヤギさん。仲よしのコブタくんのためにアイスを買いにいくが、帰ってみると、テーブルの上にはクレープが……。独特のおかしさがあるチェコの童話6編。絵もユーモラス。

●チャペック，ヨセフ

●こいぬとこねこはゆかいななかま
──なかよしのふたりがどんなおもしろいことをしたか

ヨセフ・チャペック ぶん・え
いぬい とみこ，井出弘子 やく
童心社　1968年　153p　25×19

森の家で暮すこいぬとこねこは、何から何まで人間と同じようにやりたい。ある日、家の中が汚いと気づき、こいぬがブラシに、こねこが雑巾になって大掃除をする第1話にはじまり、軽いタッチのナンセンスなお話9編。幼い子に語りかけながら話を進めているような文章に親しみがもてる。作者はチェコの有名な作家兼画家。この挿絵も話同様ユーモラス。大判の紙面にゆったり組んだ字と、たっぷり入った絵が、子どもたちを誘う楽しい本。

●ディヤング，マインダート

●びりっかすの子ねこ

マインダート・ディヤング 作
中村妙子 訳　ジム・マクマラン 画
偕成社　1966年　120p　22×18

犬屋の納屋で生まれた7匹目の末っ子ねこは、親兄弟に置いていかれ、目の見えない老犬のおりに迷いこむ。ところが、外へ出て遊ぶうち、戻れなくなって……。近所の家を次々訪ね歩く子ねこの冒険を温かく描く。愛らしい子ねこに寄りそって読める幸せな結末の物語。

●てらむら てるお　寺村 輝夫

●ぼくは王さま

寺村輝夫 作　和田誠 絵
理論社　1961年　170p　22×16

ふんわり甘いたまごやきが何より好きで、遊ぶことも大好き、まるで子どもそのもののような王さまを主人公にした愉快なお話。王子さまが生まれたお祝いに、国中の人にたまごやきをご馳走しようと、王さまが"ぞうのたまご"を探させる「ぞうのたまごのたまごやき」、しゃぼん玉の大好きな王さまが、畑を耕してしゃぼん玉の種をまく「しゃぼんだまのくびかざり」等4話を収める。ナンセンスで大らかな雰囲気をもつお話と、ちょっとぼけた味のある挿絵が、広く低学年の子どもたちに親しまれている。「王さま」シリーズは沢山出ているが、やはり最初の1冊を薦めたい。

●デルグレーシュ，アリス

●ヘムロック山のくま

アリス・デルグレーシュ 作
松岡 享子，藤森 和子 共訳　太田 大八 画
福音館書店　1976年　87p　22×16

原書の出版は1952年だが、物語はおそらく今から100年以上前、アメリカのペンシルバニアの田舎で実際にあった出来事をもとにしている。8歳の少年ジョナサンは、お母さんの言いつけで、おばさんの家へ大きな鍋を借りにいくため、はじめて、ひとりでヘムロック山（ほんとうは低い丘だが）を越える。帰りがおそくなり、日が暮れた山中で、大鍋を背負い「ヘムロック山には、クマなんかいない……」と唱えていると、ふたつの黒い影が！巧みな構成と簡潔で響きのよい文章、暖かさとユーモアをもつ好短編。作者が子どもの心の動きとテンポを実によく心得ているのに驚かされる。訳、挿絵もよく、読んで聞かせるにも、自分で読むにも安心して薦められる。

●とみやす ようこ　富安 陽子

●ドングリ山のやまんばあさん

富安 陽子 作　大島 妙子 絵
理論社　2002年　148p　21×16

ドングリ山に住むやまんばあさんは296歳。山の麓から頂上までたった4分30秒で駆け上り、青大将や熊も一撃する力持ち。100年ぶりに出かけた人間の町では時計台のてっぺんで歌と踊りを披露する。無邪気なやまんばの話5編。活力あふれる挿絵も魅力。続巻も。

●ドリアン，マーガリット

●わにのはいた

マーガリット・ドリアン ぶん・え
光吉 夏弥 やく
大日本図書　1983年　56p　22×16

歯痛に苦しむ動物園のわに。いやいや歯医者に出かけるが、怖くてバスを間違えてしまう。隣にすわった坊やに誘われるまま、その子の家に泊まると、実はその父親が歯医者で……。なりは大きいが気の弱いわにの言動がおかしい。作者による洒落た線画の挿絵。

●トレセルト，アルビン

●とらとおじいさん──ちいさいげき

アルビン・トレセルト ぶん　光吉 夏弥 やく
アルバート・アキノ え
大日本図書　1983年　58p　22×16

ジャングルで檻に閉じこめられた虎を助けてあげたのに、「食べさせろ」と迫られたおじいさん。木や牛に相談すると「人間も恩知らず。食べられてやるんだな」。だが狐は……。インド民話を脚色した米国の幼年向戯曲。勢いのあるコミカルな絵が痛快な話にぴったり。

な行

● なかがわ りえこ　中川 李枝子

● いやいやえん
中川 李枝子 さく　子どもの本研究会 編
大村 百合子 え
福音館書店　1962年　180p　22×16

いたずらっ子のしげるをはじめ、ちゅーりっぷ保育園の元気な子どもたちが大勢登場するお話7編。みんなで作った積木の船"ぞうとらいおんまる"で海へ乗りだす「くじらとり」や、赤いバケツをもった茶色のくまの子が保育園にやってくる「やまのこぐちゃん」等。いずれも現実と空想の間を自由に行き来する幼児独特の世界を、切れ味のよい文章でいきいきと表現している。ペンの挿絵ものびのびと明るく、親しみやすい。刊行以来、圧倒的人気を保ってきた日本の幼年童話の傑作。

「いやいやえん」より

● かえるのエルタ
中川 李枝子 さく　子どもの本研究会 編
大村 百合子 え
福音館書店　1964年　110p　22×16

かんたは道で拾ったおもちゃの蛙にエルタと名づけ、立派なお城も作ってやる。するとエルタは、船でかんたを"うたえみどりのしま"へ連れていく。そこには蛙のお妃や、おてんばなお姫さまが……。空想の世界が軽快に広がる。続巻に『らいおんみどりの日ようび』。

● けんた・うさぎ
（子どもとお母さんのおはなし）
中川 李枝子 さく　山脇 百合子 え
のら書店　1986年　110p　22×16

子うさぎのけんたとお母さんのやりとりを描いたお話6編。何でも逆さまのことをする「あべこべ・うさぎ」や、姿が見えないふりをする「きえた・うさぎ」等、幼い子ならではの発想と行動がほほえましい。挿絵も多く、読んでやれば3歳位から楽しめる。姉妹編2冊。

「けんた・うさぎ」より

● たんたのたんけん
中川 李枝子 さく　山脇 百合子 え
学習研究社　1971年　66p　23×19

5歳の誕生日を迎えたたんたのもとに、1通の手紙が舞いこんだ。中身は誰かが描いた地図。探検の地図だと喜んだたんたが、探検隊長になって張り切って出かけると、やはり探検にいくひょうの子と会う。ひょうの子も、きりんの松、うしのしっぽ川と、たんたと同じコースをたどり、やがてふたりはジャングルへ……。探検や冒険に憧れる子どもの気持ちに添ったお話。リズムのある文章は声に出

すと快い。かわいい挿絵もたっぷり入っているので、絵本から物語に移る頃の子どもに薦めたい。続編『たんたのたんてい』では、たんたが虫目がね片手にあやしい事件を追う。

● ももいろのきりん

中川 李枝子 さく　中川 宗弥 え
福音館書店　1965年　88p　21×19

るるこは大きなももいろの紙で、世界一大きくて強いきりんのキリカを作るが、キリカの首が雨に濡れて色がはげてしまう。そこでふたりは、クレヨンのなる木が生えているクレヨン山に向かうが、そこには意地悪くまが。弾むような調子の文章と水彩の挿絵が魅力。

● 森おばけ

中川 李枝子 さく　山脇 百合子 え
福音館書店　1978年　182p　22×16

こもり山に住む森おばけ一家は、おばあちゃんが"ふなよい病"にかかったため、住みなれた山を離れることに。引越し先はなんと町の小学校、しかも1年生の教室……。おばけ一家と生徒たちの交流がいきいきと描かれる。愉快なおばけの絵にひかれて読む子が多い。

● なんぶ かずや　　南部 和也

● ネコのタクシー

南部 和也 さく　さとう あや え
福音館書店　2001年　87p　22×19

怪我をした飼い主に代わってタクシー運転手になった猫のトム。自慢の駿足で走る特製車で、事故にあった子猫を病院に運んだり、銀行強盗を追いかけたりの大活躍。猫専門の獣医がほのぼのとした口調で語った処女作。素朴なタッチの絵もよい。続巻2冊。

● ニューウェル，ホープ

● あたまをつかった小さなおばあさん

ホープ・ニューウェル 作　松岡 享子 訳
山脇 百合子 画
福音館書店　1970年　94p　22×16

小さな黄色い家に住む小さなおばあさんは、頭を使うことにかけては大した人物で、困ったことになると、ぬれタオルで頭をしばり、人さし指を鼻の横にあてて目をつぶる独特のスタイルで頭を使う。すると、たちまちよい考えが浮かんで、どんな難問にもおばあさん流の解決がつく。そんなおばあさんが暖かい羽布団を手に入れた話や、たった1本のマッチを大事にした話など8編。おばあさんの知恵は、奇想天外、無邪気で何だかおかしなものなのだが、子どもたちの共感をよぶ。色つきの楽しい挿絵が沢山入ったきれいな本。ほとんど平仮名で、活字の大きさや組み方にも気を配ってあり、子どもが手に取りやすい。

は行

● ハーウィッツ，ヨハンナ

● はずかしがりやのスーパーマン

ヨハンナ・ハーウィッツ さく　張替 恵子 やく
むかい ながま さえ
学習研究社　1981年　118p　22×16

5歳のテディは、活発な姉さんとは対照的に恥ずかしがりで気が弱い。お母さんに作ってもらったスーパーマンのマントをつけるのが大好きで、そのときだけ強くなれる。ありふれた日常の生活を通して幼い子の心の動きや自立心の芽生えを描いたアメリカの作品。

●ハクスリー，オールダス

●からすのカーさんへびたいじ

オールダス・ハクスリー文　じんぐうてるお訳
バーバラ・クーニー画
冨山房　1988年　40p　22×17

イギリスの著名な小説家、批評家が書いた唯一の幼い子ども向け作品。からすのカーさん夫婦が巣をかけた木の根元の穴に、蛇のガラガラどんがすんでいて、毎日奥さんの産んだ卵を呑んでしまう。困ったカーさんは知恵者のふくろうに相談。夫婦のやりとりも絶妙な喜劇風物語。端正な挿絵が、品よく笑いを誘う。

●はやし あきこ　林 明子

●はじめてのキャンプ

林 明子 さく・え
福音館書店　1984年　103p　22×16

小さな女の子なほちゃんは、重い荷物を持つ、泣かない、薪も集める、暗闇も怖がらないと約束し、大きい子のキャンプに連れていってもらう。でも……。一所懸命がんばった、なほちゃんの満足感が無駄のない文とのびやかな線の絵から伝わる。手に取りやすい装丁。

●パンテレーエフ，アレクセーイ・イヴァーノヴィチ

●ベーロチカとタマーロチカのおはなし

L・パンテレーエフ さく　内田 莉莎子 やく
浜田 洋子 え
福音館書店　1996年　111p　22×16

ないしょで水遊びをして服を盗まれ、裸で家へ帰ったり、森で隠れていて迷子になったり。いいつけを守らずにいつも厄介を引きおこす幼い姉妹と母親とのやりとりを、温かい筆致で描いたロシアの幼年文学。原書1961年刊。こなれた訳文と、内容に合った柔らかな挿画。

●ひがし くんぺい　東 君平

●おかあさんがいっぱい

東 君平 作・絵
金の星社　1981年　188p　22×16

4年4組の34人の子どもたちとそのおかあさんのお話34話＋2話。1話5頁程で、本好き、低血圧など、様々なおかあさんが登場。どこにでもある子どもの日常のエピソードが、温かく親しみやすい。くっきりとしたシンプルな絵が、子どもの表情を巧みにとらえ印象的。

●どれみふぁけろけろ

東 君平 作・絵
あかね書房　1981年　78p　22×16

泳ぎの苦手なたっくんは、プールの日は元気がない。池のほとりで「蛙になりたいなあ」とつぶやくと、うしろの草むらから、"からんからん"と鐘の音。のぞくと、そこは蛙の学校。「あおがえる　あおきちくん」「けろっ」、青蛙の先生が出席をとっていた。蛙の生徒にまじって、立派な蛙になるための勉強を始めたたっくんは……。黒と緑2色の挿絵がどのページにもたっぷり入った楽しい本。活字も大きく、読書が苦手な子にも喜ばれる。

「どれみふぁけろけろ」より

●ヒューエット，アニタ

●大きいゾウと小さいゾウ

アニタ・ヒューエット著　清水 真砂子 訳
五百住乙画
大日本図書　1968年　58p　22×19

小さい象が、自慢屋の大きい象にかけっこ・水吹き・大食いの勝負に挑み、ことごとく勝つ表題作ほか、動物が主人公のお話4編を収録。繰り返し斑点の数を数えるヒョウ、好奇心旺盛なサルなど動物の属性を生かした単純で愉快な物語。3色刷の挿絵も雰囲気に合う。

●ギターねずみ

アニタ・ヒューエット著　清水 真砂子 訳
G・スペンス画
大日本図書　1970年　76p　22×19

音楽好きのギターねずみはギターが上手。気難しいおじさまに気を使って、父さんねずみがギターを隠すが、ギターねずみはギターを発見！　その結果は……。表題作ほか3編が収録されているが、昔話風の語り口は読みやすく、あっと思わせる結末も楽しい。

●フェルト，フリードリヒ

●きかんしゃ1414

フリードリヒ・フェルト作　鈴木 武樹 訳
赤坂 三好 絵
偕成社　1968年　128p　22×18

やすみだ！　やすみだ！　働きつかれた老機関車1414は、ないしょで夜の旅に出る。怒った駅長と機関士の心配をよそに、妹の病気を治す青いほしの花をさがす少年をのせ、氷の原っぱをめざしてひた走る。機関車の気持ちに素直に添える。作者はオーストリア生まれ。

「きかんしゃ1414」より

●フェラ＝ミークラ，ヴェーラ

●かみ舟のふしぎな旅
──三人のシュタニスラウス

ヴェーラ・フェラ＝ミークラ作　中村 浩三 訳
ロームルス・カンデア画
偕成社　1967年　124p　22×18

おじいさん、お父さん、男の子の3人共、名前がシュタニスラウス。日曜日に届いた明後日の新聞で舟を折り川にうかべたら、みるみるうちに大きくなった。3人が乗りこみ冒険が始まる。愉快なお話が小気味よく進むオーストリアの作品。挿絵も洒落ている。続巻も。

●ブライト，ロバート

●リチャードのりゅうたいじ

ロバート・ブライトさく　なかむら たえこ やく
おりも きょうこ え
学習研究社　1969年　86p　23×19

緑の谷間の美しい王国に、火を吐く恐ろしい竜がいた。お姫様はすてきな騎士との結婚を夢見ていたが、王様は竜を退治した者にしか嫁にやらんという。立派な騎士が次々失敗する中、桶屋の下働きリチャードが、自らの発明品で……。昔話風の舞台とリチャードの技術的な発案という組合せが面白い米国の作。

フリーホタ

●ブリスリー，ジョイス・L

●ミリー・モリー・マンデーのおはなし

ジョイス・L・ブリスリーさく　上條由美子やく
菊池恭子え
福音館書店　1991年　198p　22×19

草ぶき屋根のきれいな家に、祖父母、両親、おじさんおばさんと住む小さな女の子が主人公のお話12編。お店番を頼まれたり、村の子どもパーティに出かけたり、子どもらしいほほえましいエピソードばかり。80年以上前の作品だが今も喜ばれている。続巻1冊。

●プリョイセン，アルフ

●しあわせのテントウムシ

アルフ・プリョイセン作　大塚勇三訳
ニルス・アースさし絵
岩波書店　1979年　86p　22×16

テントウムシが指先から飛んでいくときに願い事をすると、叶うと聞いていた女の子。ある日テントウムシが親指にとまって……。表題作や、クリスマス小人の家を訪れた大工さんの話等6編。いずれの話も空想と現実の境をさりげなく描き、素朴な味わいがある。

●ふるた　たるひ　　古田足日

●大きい1年生と小さな2年生

古田足日さく　中山正美え
偕成社　1970年　166p　23×19

自分がチビなのを気にする勝気な2年生のあきよと、体は大きいが泣き虫の1年生のまさや。いつもあきよを頼ってばかりのまさやだったが、あきよのために1人でホタルブクロをとりに……。子どもたちそれぞれの成長をこまやかな描写で綴り、読者の共感をよぶ。

●ロボット・カミイ

古田足日さく　堀内誠一え
福音館書店　1970年　92p　22×19

たけしとようこが作った段ボールのロボット・カミイは、水に弱いし、泣き虫でいばりんぼ。幼稚園に行っても、すぐもめごとをおこし……。幼児そのもののようなカミイの言動が読者をひきつける。からっとした挿絵も魅力。実際の幼稚園の様子を参考に書かれた。

●ベッティーナ

●フランチェスコとフランチェスカ

ベッティーナさく・え　わたなべしげおやく
福音館書店　1976年　64p　24×19

少年フランチェスコの靴は兄さんのお下がり。でも、おばあちゃんのおかげで格好いい盗賊の衣装に！　カーニバルの夜、その衣装で出かけ、憧れの女の子フランチェスカと楽しくすごすが……。イタリア・ミラノを舞台に、少年が巻きこまれた事件や初々しい恋心を、明るい色彩の絵とともに情感豊かに描く。

●ポター，ミリアム・クラーク

●ごきげんいかががちょうおくさん
（どうぶつむらのがちょうおくさん1のまき）

ミリアム・クラーク・ポターさく
まつおかきょうこやく　こうもとさちこえ
福音館書店　2004年　103p　20×15

ある朝、がちょうおくさんは雨靴がないと人騒ぎ。家中探し、ご近所のぶたさん達にも尋ねまわる。大真面目だが、ちょっと抜けていてひとりよがり、でも憎めないがちょうおくさんの行状がおかしい6編。挿絵をたっぷり

つけた、手に取りやすい小型本。続巻も。

●ホフ，シド
●ちびっこ大せんしゅ
シド・ホフ ぶん・え　光吉 夏弥 やく
大日本図書　1979年　74p　22×16

リトル・リーグで1番ちびの男の子ハロルドは、守備も打撃も全くだめ。チームメイトにもばかにされるし、いつもベンチ。でも、シーズン最終試合、9回2死満塁で出番が！一所懸命な主人公に声援を送りたくなるアメリカのお話。シンプルな線の親しみやすい絵。

●ボンド，フェリシア
●こぶたのポインセチア
フェリシア・ボンド 作・絵　小杉 佐恵子 訳
岩崎書店　1987年　56p　22×19

こぶたの女の子ポインセチアの家は、すてきで居心地がいいが、家族が多すぎるのが悩み。本を読みたいのにお気に入りの場所には必ず誰かがいる！　なんとかひとりになりたいポインセチアは、引越しのとき家に残るが……。挿絵もユーモラスで、1、2年生に人気の本。

ま行

●マクネイル，ジャネット
●はじめてのおてつだい
ジャネット・マクネイル 作　松野 正子 訳
キャロライン・ダイナン，
ジェイン・ペイトン さし絵
岩波書店　1979年　94p　22×16

大おばさんのためにお使いにいったメアリーがふしぎな雨傘に助けられる「メアリーとかさの木よう日」、マッジが隣の老夫婦の手伝いにいき、慣れない家事を頑張る「ちいさいおてつだいさん」の2編。一所懸命な女の子の気持ちを素直に描く英国の作。年長者との交わりがさりげなく織りこまれ温かい印象を残す。

●まつおか きょうこ　松岡 享子
●くしゃみくしゃみ天のめぐみ
松岡 享子 作　寺島 龍一 画
福音館書店　1968年　94p　21×19

はくしょんと呼ばれる若者が、くしゃみのおかげで長者の婿になる表題作、しゃっくりのおかげで思わぬ運を拾う「とめ吉のとまらぬしゃっくり」、どえらいいびきを買われて天にのぼって雷になる「かん太さまのいびき」など5短編を収める。構成と語り口は昔話のスタイルをとっているが、いずれも奇抜な発想と誇張の面白さを軸にしたユーモアを、見事に結晶させた創作童話。読んでやれば、4、5歳からでもよくわかり、底抜けの笑いを誘う。

●なぞなぞのすきな女の子

松岡享子さく　大社玲子え
学習研究社　1973年　62p　23×19

なぞなぞの好きな女の子が、なぞなぞをしてくれる相手を探しに森へ行き、お腹をすかせたオオカミに会う。女の子はすぐさまお得意のなぞをかける――しっぽふとくて、口ぱっくり、白い歯ギザギザとがってて、まっかな舌べろペロリとたらし、耳も黒けりゃ手も黒い、なあんだ？　そして、とんまなオオカミが目をつぶって考えこんでいる間にさっさと逃げ帰る。最初、人形劇用に書かれたものだけに、物語の展開や登場人物の会話に、子どもの呼吸に合った快いリズムがある。のびのびした絵が毎頁入り、活字もゆったり組まれているので、本に慣れない子にも読みやすい。

●みしのたくかにと

松岡享子作　大社玲子絵
こぐま社　1998年　59p　18×18

ふとっちょおばさんが、ひと粒の種をまき、「とにかくたのしみ」と書いた札を立てた。馬車で通りかかった王子さまは、それを反対から読んで……。おばさんの機転で、勉強づけの青白い王子が、元気な子どもらしい王子になるまでを、豊富な挿絵とともに温かく描く。『みしのたくかにとをたべた王子さま』（福音館書店　1972年）の改題・新装版。

●マッギンリー，フィリス

●みにくいおひめさま

フィリス・マッギンリーさく　まさきるりこやく　なかがわそうやえ
学習研究社　1968年　94p　23×19
→瑞雲舎　2009年

何でも揃っているのに、唯一器量に恵まれない王女エスメラルダ。上向きの鼻、への字口、輝きのない目。王様が、娘を美しくする魔法使いを求めて懸賞を出すと、1人の婦人がやってきて……。素直な展開の米国の創作おとぎ話。柔らかな水彩の挿絵が洒落た味わい。

●まつの まさこ　松野 正子

●かみなりのちびた

松野正子さく　長新太え
理論社　1976年　118p　23×20

1年生のひろしは、夏休みのある日、おなか丸出しで昼寝をしていて、雷の子ちびたに危うくおへそを取られそうになる。ひろしはちびたをうまくつかまえ、虫かごに入れてしまった。しかし、ちびたがおもしろいところへ連れていくからというので放してやると、ひゅうっと風が吹き、髪の毛が引っぱられる感じがして、ひろしは雷の国へ。ちびたとひろしの、元気のよい友だち同士のようなやりとりが楽しい。カミキリムシくらいの体は真っ赤、アンテナみたいな角1本、腰にはしまのパンツ。雷さまのイメージを現代風にアレンジした愉快な物語。黒の描線に赤だけで彩色した挿絵が、個性的で印象に残る。

「かみなりのちびた」より

●**むらやま かずこ**　村山 籌子

●**リボンときつねとゴムまりと月**
（村山籌子作品集）

村山籌子作　村山知義絵
村山籌子作品集編集委員会 編
JULA出版局　1997年　94p　22×15

大正末期から昭和にかけて多くの幼年童話を発表した作家の作品集全3巻。動物、野菜、台所道具など、身近なものの姿を借りて、子どもの世界をカラリと明るくリズミカルに描く。モダンな挿絵と一体になって独特の世界を形成している。初巻の本書は童話11編、童謡4編、絵ばなし2編を収録。語りにも向く。
◆**あめがふってくりゃ**
◆**川へおちたたまねぎさん**

●**もりやま みやこ**　森山 京

●**こうさぎのあいうえお**

森山京さく　大社玲子え
小峰書店　1983年　119p　22×16

点々をつけると、うさぎの「ぎ」。つけないと、きつねくんの「き」。お母さんに字を習ったこうさぎは、きつねくんに教えにいく。こりすも加えた仲良し3匹の文字をめぐる5話。子どもの興味に沿った親しみやすいお話を、可愛いがきりっと媚びない絵が引きたてる。

や行

●**やますえ やすえ**　山末 やすえ

●**はじまりはイカめし！**

山末やすえ作　西川おさむ絵
秋書房　1987年　94p　23×16

給食のイカめしを床に落としてしまった小2のシュン。落ちた分は、先生が、犬を飼っている子にあげた。本当は自分も犬を飼いたいシュンは帰り道、電信柱に「きつね、あげます」の貼り紙を見て……。男の子の気持ちに素直についてゆける物語。とぼけた挿絵も合う。続巻に『はじまりはへのへのもへじ！』も。

●**ヤング，ミリアム**

●**りすのスージー**

ミリアム・ヤングぶん　光吉郁子やく
アーノルド・ロベルえ
大日本図書　1979年　66p　22×16

料理と掃除と歌が大好きなりすのスージー。樫の木の上で居心地良く暮していたが、乱暴な赤りすたちに家を追われ、空き家の屋根裏にあった人形の家へ。そこで出会ったおもちゃの兵隊が同情し……。ゆったりした活字と可愛い挿絵が親しみやすいアメリカの作品。

●ユードリイ, ジャニス・メイ

●あのね、わたしのたからものはね

ジャニス・メイ・ユードリイ作　かわいともこ訳
エリノア・ミル絵
偕成社　1983年　70p　22×16

1年生のメアリィは内気で、クラスで自分の宝物の話をする時間に話せない。考えつづけたがうまくいかず、ついに、最後の1人になった。そんなある日、父親と話していたメアリィは素晴らしい宝物を思いつく。子どもの感性に寄りそった話の筋と温かな絵が印象的。

●ラブレイス, モード・ハート

●ベッツィーとテイシイ

モード・ハート・ラブレイス作　恩地三保子訳
山脇百合子画
福音館書店　1975年　190p　22×16

テイシイが向かいの家に越してきた日から、ベッツィーは友だちになりたいと思ったが、大層はにかみやのテイシイがやっとうちとけたのは、ベッツィーの5歳の誕生日パーティーだった。それ以来2人は片時も離れず一緒に遊び、一緒に1年生になる。丘に囲まれた郊外の四季を背景に、何気ない子どもの日常生活や女の子らしいこまごまとした遊びを描きながら、巧みに幼い子の内側に入りこみ、たちまち空想にひたる心や、きょうだいに対する複雑な気持ち等を写しとっている。特に際立った出来事があるわけではないが、小さな女の子がいきいきと描かれ、古き良き時代の懐かしい香りがある。素直な挿絵が可愛い。

ら・わ行

●ライアー, ベッキー

●わたしのおかあさんは世界一びじん

ベッキー・ライアーさく　光吉郁子やく
ルース・ガネットえ
大日本図書　1985年　48p　22×16

麦畑で迷子になった6歳の女の子ワーリャは、両親の名前をきかれ、泣きじゃくりながら答える。「わたしのおかあさんは世界一びじん！」。そこで村じゅうの美人のお母さんが集められたが……。ウクライナの農村が舞台の、素朴でほほえましい話。『エルマーのぼうけん』の画家による絵は風俗をよく表す。

●リーフ, マンロー

●おっとあぶない

マンロー・リーフぶん・え　わたなべしげおやく
学習研究社　1968年　64p　23×19

落書き風の愉快な線画とユーモラスな文章で、絶大な人気がある"しつけ"の本。おもちゃを置きっぱなしにした階段をかけおりて怪我をする「かいだんまぬけ」、左右を確かめずに道路に出ていく「ぼんやりまぬけ」など、いろいろな間抜けを登場させて、危険をさけ、事故をおこさないようにと注意する。他に、保健衛生がテーマの『けんこうだいいち』と、生活マナーを教える『みてるよみてる』があり、どれも子どもに喜ばれている。何度か版元や判型を変えて、再刊を重ねてきた。

●リンドグレーン,アストリッド

●ちいさいロッタちゃん

アストリッド・リンドグレーンさく　山室静やく
イロン・ヴィークランドえ
偕成社　1980年　158p　22×16

兄さん姉さんのように大きくなりたくて、堆肥の山に立ち、雨にうたれる3歳の妹ロッタ。それを見た3人きょうだいの姉、マリヤは、「なんてロッタは子どもっぽいんでしょう」と思う。姉の目を通して末っ子のやんちゃぶりを描き、共感をよぶスウェーデンの作品。続編の『ロッタちゃんのひっこし』は、5歳になったロッタが、朝から癇癪をおこしたあげく、隣家の物置の2階へ家出する話。ロッタちゃんが自転車を手に入れる絵本版も。
『絵本の庭へ』p.30 参照

●ルック=ポーケ,ギナ

●おばけはケーキをたべない

ギナ・ルック=ポーケ作　塩谷太郎訳
赤坂三好画
偕成社　1971年　126p　22×18

ブルーメンハウゼン村は、おばけが出るという噂で大騒ぎ。実は、女の子ヤスミーンと男の子ボーネが、村長さんが見捨てた飼犬を助け、隠していたのだ。ところが犬は子犬を産み……。牧歌的な暮しを背景に、子どもたちの知恵と勇気を軽快に描くドイツのお話。

●ロッシュ=マゾン,ジャンヌ

●おそうじをおぼえたがらないリスのゲルランゲ

ジャンヌ・ロッシュ=マゾンさく　山口智子やく
堀内誠一え
福音館書店　1973年　91p　22×16

11匹兄弟の末っ子、小さなリスのゲルランゲは、掃除がきらいで怠けてばかり。ある日、おばあさんにしかられると、「ごはんなしで野宿し、オオカミに食べられそうになっても掃除は覚えたくない」と答えて、家を出ていく。すると、ほんとうにオオカミにつかまって……。作者は伝承文学に詳しく、この話にも巧みに昔話の手法をとりいれているが、描写は現代的で、生意気な子リス1匹に振り回され右往左往するオオカミが実に愉快。脇役たちの性格も鮮やかに描きわけている。フランスの創作らしい洒落たユーモアが楽しめる。いきいきしたカラー挿絵がぴったり。続巻『けっこんをしたがらないリスのゲルランゲ』。

「おそうじをおぼえたがらないリスのゲルランゲ」より

●はんぶんのおんどり

ジャンヌ・ロッシュ＝マゾンさく
やまぐちともこやく　ほりうちせいいちえ
学習研究社　1970年　70p　23×19
→瑞雲舎　1996年

欲深な兄は、父の遺産を全て半分にと主張して、おんどりまでまっぷたつに。やさしい弟の介護で元気になった半分のおんどりが、弟に富をもたらすまでを軽快に語る。昔話を下地にしたフランスの創作。明るい絵がたくさん入り、ほとんど平仮名なので読みやすい。

●ロビンソン，ジョーン・G

●くまのテディ・ロビンソン

ジョーン・G・ロビンソンさく・え　坪井郁美やく
福音館書店　1979年　172p　22×16

小さな女の子デボラとぬいぐるみのくまテディ・ロビンソンは大の仲よし。このふたりの日常のささいな出来事を描いた短い話7編。庭で野宿したり、一緒に入院したり、お祭に行ったり、まいごになったり。素直なペンの挿絵が可愛らしく、特に女の子に喜ばれる。続巻は『テディ・ロビンソンまほうをつかう』。

●ローベ，ミラ

●ゆかいな子ぐまポン

ミラ・ローベ作　塩谷太郎訳
ズージ・ワイゲル画
学習研究社　1977年　190p　23×16

おなかに詰めたゴムまりのせいでポンポンはねるので、ポンと名付けられたぬいぐるみの子ぐま。ある夜、家を抜けだし、憧れの外の世界へ！　雌牛を逃がしておまわりさんに捕まったり、サーカス団を作ったり。幼いポンが仲間と繰り広げる愉快な冒険物語。続編も。

●わたなべ しげお　渡辺 茂男

●ふたごのでんしゃ

渡辺茂男作　堀内誠一絵
あかね書房　1969年　94p　22×16

「べんけい」と「うしわか」はふたごの路面電車。元気いっぱい走って町の人気者だったが、電車通りを車が多く走るようになり……。東京都日野市の電車図書館をモデルにした幼年童話。テンポのよい文章と表情のある電車の絵が、乗り物好きの子どもの心をとらえる。

●もりのへなそうる

わたなべしげおさく　やまわきゆりこえ
福音館書店　1971年　154p　22×16

5歳のてつたくんと3歳のみつやくんが地図を持って森へ行くと、でっかいたまごが。孵ったのは「ぽか、へなそうる」と名乗る恐竜に似た変な動物。2人はへなそうると、隠れんぼや蟹とりして……。幼い子ののびやかな世界をぴったりの挿絵とともに描く。言葉遊びが沢山あるので、声に出して読むと楽しい。

フィクション（創作物語）

中級～上級

アーシュラ・ル=グウィンは書いている。
「真実とは想像力の問題だ。事実は外の世界にかかわっている。真実は内なる世界にかかわっている。」
そしてファンタジー作家がこの「内なる世界」（worlds within）から作品を創りだすときこそ、想像力はもっとも強力かつ刺激的に作用するのである。

シーラ・イーゴフ『物語る力』

あ行

●アトウォーター, リチャード

●ポッパーさんとペンギン・ファミリー

リチャード・アトウォーター,
フローレンス・アトウォーター 著　上田 一生 訳
ロバート・ローソン 絵
文溪堂　1996年　182p　22×15

極地に憧れるペンキ屋・ポッパーさんのもとに「要冷蔵」と書かれた箱が届く。なんと中身は生きたペンギン！　ポッパーさんは、冷蔵庫をペンギンの巣に提供、冬なのに窓を開け、部屋に水をまいて氷を張らせるという大サービス。次々に起こる事件に合わせて、生活を転換していく一家の対応が笑いをよぶ米国の作。『はなのすきなうし』の画家による表情豊かな挿絵が、話の面白さを盛りあげる。以前、学習研究社から別訳が出ていた。

「ポッパーさんとペンギン・ファミリー」より

●アトリー, アリソン

●西風のくれた鍵（岩波少年文庫）

アリソン・アトリー 作　石井 桃子,
中川 李枝子 訳　アイリーン・ホーキンズ さし絵
岩波書店　1996年　182p　18×12

チム・ラビットなど幼い子向きの動物物語で知られる英国の作家による短編集。"なぞなぞかけた　といてみろ"と西風が投げてよこした木の実の鍵で、幼いジョンが幹の扉を開ける表題作、貧しい娘が妖精にみそめられて結婚する「妖精の花嫁ポリー」など6編を収める。自然を背景に、人間と妖精との交流を幻想的に描く。姉妹編『氷の花たば』（フィリップ・ヘップワース さし絵）には、父親が、雪道で命を救ってくれた白マントの男に娘をやると約束する表題作、炎に閉じこめられた金色の熊の願いで花びらのドレスを縫う「木こりの娘」など、自然の息吹にあふれ、昔話を思わせる美しい物語6編を収録。陰影のある線画の挿絵が不思議な世界を引きたてる。

●あまん きみこ

●おかあさんの目──童話集

あまん きみこ 作　浅沼 とおる 画
あかね書房　1975年　138p　21×16

ちょっと不思議な雰囲気をもつ短編8編。表題作は、幼いわたしがおかあさんの瞳に映るものを見つめているうち、おかあさんの思い出の中に生き続けている山や海が見えてきたという話。その他、おかあちゃんは天国へ引越したと信じて、死んだ母親にせっせと手紙を書く男の子の話「天の町やなぎ通り」、釣りの好きなおじさんとくらげの子のユーモラスな交流を描いた「おしゃべりくらげ」など。他にも、戦争の傷跡を描いたもの等テーマはいろいろだが、どれも現実と空想の入りまじった作品で、作者独特の優しさに包まれてい

る。カット風の挿絵も話によく合っている。

●アルコック，ヴィヴィアン

●サーカスは夜の森で
ヴィヴィアン・アルコック作　久米穣訳
浜田洋子画
あかね書房　1986年　290p　21×16

サーカスが倒産、大好きな老象のテシーが処分されることを知った踊り子ベルは、弟分の少年チャーリーと、象を盗みだす。30マイル先のサファリパークまで、夜の森を行く予定だが、無謀な逃避行は波瀾万丈。意外な結末までを、テンポよく描くイギリスの作品。

●アルバーグ，アラン

●犬になった少年──イエスならワン
アラン・アルバーグ作　菊島伊久栄訳
フリッツ・ウェグナー絵
偕成社　1995年　254p　22×16

10歳のエリックは、ある日突然、ところかまわず犬に変身するようになってしまう。困ったエリックは親友ロイに相談し、犬になっている間の合図を決める。イエスならワン、ノーならワンワン。変身するたびに引きおこされる愉快な騒動記。英国の少年たちの日常をいきいきと描く。挿絵も親しみやすい。

●あわ　なおこ　安房直子

●風のローラースケート
　　──山の童話
安房直子著　小沢良吉絵
筑摩書房　1984年　184p　21×16

峠の茶屋の若主人・茂平は手作りのベーコンをいたちに盗まれる。追いかける茂平も逃げるいたちも、魔法のローラースケートで風のように走り……。表題作をはじめ、山が舞台の8つの短編。劇的な展開はないが、幻想的な雰囲気や優しさを感じさせ、特に女の子に好まれる。福音館書店から文庫版も出ている。

●アンデルセン，ハンス・クリスチャン

●おやゆび姫（アンデルセン童話選）
ハンス・クリスチャン・アンデルセン作
大畑末吉訳　初山滋絵
岩波書店　1967年　300p　23×16

デンマークが生んだ世界的童話作家の作品から代表的なものを選び、線描の幻想的な挿絵をつけた選集。第1集には「おやゆび姫」「人魚姫」など17編、第2集『野の白鳥』には「マッチ売りの少女」「赤いくつ」など16編を収める。アンデルセンといえば、"夢のようなおとぎ話"を思い浮かべる人が多い。しかし、作者の宗教観や人生観を反映した作品はそれぞれに意味深く、それが感じとれるようになってから味わってほしい。3分冊の文庫版も。

●子どもに語るアンデルセンのお話
ハンス・クリスチャン・アンデルセン著
松岡享子編　大社玲子扉絵
こぐま社　2005年　220p　18×14

作家生誕200年を記念したお話会から生まれた本。「おやゆび姫」「皇帝の新しい着物」「うぐいす」「野の白鳥」など9編を語り手たちが語りに向くよう手を入れた。耳で聞くとアンデルセンの世界がくっきりと浮かびあがるだろう。巻末に「語り手たちによる座談会」。続巻には「火打箱」「人魚姫」など8編を収録。

アン―イシ

●白鳥

ハンス・クリスチャン・アンデルセン 作
松岡享子 訳　マーシャ・ブラウン 画
福音館書店　1967年　82p　27×19

意地悪な継母の魔法で11人の王子は白鳥に変えられてしまう。兄達を救うため、末娘エリザは決して口をきかずにイラクサで11枚の肌着を編まねばならない。昔話風の創作を、米国の絵本作家が絵物語に。墨色の濃淡と朱鷺(とき)色のみの幻想的な絵が作品世界を伝える。

●イオシーホフ, コンスタンチン・V

●長鼻くんといううなぎの話

コンスタンチン・V・イオシーホフ 作
福井研介 ほか共訳　松井孝爾 絵
講談社　1973年　262p　22×16

ウナギの一生をやさしく辿るユニークな旧ソ連の作品。長鼻くんと呼ばれるウナギの主人公が、大西洋のサルガッソ海で卵から孵り、メキシコ湾流に乗ってヨーロッパへ……。好奇心が強く、大食漢の長鼻くんに親しみを感じさせつつ、17年にわたる旅を描く。生物が自然環境の中でいかに適応していくかを写実的で表情のある絵とともに見せる。

「長鼻くんといううなぎの話」より

●いしい ももこ　石井 桃子

●三月ひなのつき

石井桃子 さく　朝倉摂 え
福音館書店　1963年　95p　21×19

10歳のよし子は、自分のひな人形を持ちたいが、お母さんは既製品を買う気になれない。空襲で失った、おばあさんから初節句に贈られた自分のおひなさまが忘れられないからだ。母子の心の動きをこまやかに描き、心をこめて作られたものの美しさや値打ちを、静かに子どもの心に語りかける。水彩の挿絵もよい。

●ノンちゃん雲に乗る

石井桃子 著　中川宗弥 画
福音館書店　1967年　280p　18×14

8歳の女の子ノンちゃんは、お母さんたちにおいてきぼりにされ大泣き。そして神社の木に登り、池にはり出した枝から落ちてしまう。と、そこは池に映った空の世界で、ノンちゃんは、ふしぎな老人に助けられて雲の舟に乗る。両親やいじめっ子の級友のことを話すうち……。温かなユーモアを交え、子どもの姿や思いを鮮やかに描きだす。初版は桂ユキ子の挿絵で、1947年大地書房から刊行。1951年に光文社から再刊、芸術選奨文部大臣賞受賞。

●山のトムさん

石井桃子 作　深沢紅子 画
福音館書店　1968年　204p　20×14

第二次大戦直後のこと。東北の山あいに、開墾者として移り住んだ家族があった。小学生のトシちゃんにおかあさん、その友だちのハナおばさん、おばさんの甥で中学生のアキラさんの4人。家族の最大の敵は、衣類でも食料でも何でも食いあらしてしまうネズミだった。その対策としてもらわれてきたのが、白黒の雄ネコ、トムさん。物語は、子猫としてやってきたトムが、成長して一家の一員とな

るまでの出来事――数々の珍事や武勇談――を、おだやかなユーモアを交えて、ていねいに綴っている。初版は1957年刊行。戦後、不馴れな農村暮しを懸命につづける一家の姿が見えてくる。福音館文庫版には他1編を収載。

「山のトムさん」より

●いぬい とみこ

●木かげの家の小人たち

いぬい とみこ作　吉井 忠画
福音館書店　1967年　279p　21×16

明治の末、20年間も横浜で教師をしていたミス・マクラクランは、帰国に際し、生徒のひとり、当時まだ尋常小学校3年生だった森山達夫に、古いバスケットをひとつ託した。この中には、実は母国イギリスからつれてきた「小さな人たち」――小人のバルボー夫婦がいたのだ。それに続く30年余り、達夫も結婚して子どもができ、バルボーたちにも子どもが生れる。森山家と小人の一家、ふたつの家族が、第二次大戦へ、そして疎開、空襲、戦後の困難をどう受けとめ、どう生きたか、反戦への強い意志を、静かなファンタジーに織りこんだ著者の代表作。最初の発表は1959年。子どもたちの戦争についての知識が当時に比べて少なくなっているので、多少の説明が必要だろう。

●いわさき きょうこ　岩崎 京子

●小さなハチかい

岩崎 京子作　荻 太郎画
福音館書店　1971年　280p　21×16
→偕成社　1978年

養蜂業の父は花の蜜を求め、日本全国を巡っている。小6の息子・孝は蜂飼いになりたいが、まだ一緒に行けない。ある日、父と蜂の乗る貨車にこっそり乗りこむ。旅を通して養蜂の面白さ、辛さ、抱えている問題等を学びつつ少年が成長していく様を子どもの視点で描き、共感をよぶ。蜂の生態も丁寧に伝える。

●ウィーダ

●フランダースの犬（岩波少年文庫）

ウィーダ作　野坂 悦子訳
ハルメン・ファン・ストラーテンさし絵
岩波書店　2003年　238p　18×12

ベルギーを舞台にした、英国女流作家1872年の作。ルーベンスに憧れ、画家を志す貧しい正直な少年ネロと、忠実な老犬の深い友情と死を描き、若い読者の感涙を誘ってきた。少年が自宅の美しい古い陶器のストーブを愛し、転売先までついていく物語も収録。

●ウィリアムズ, アーシュラ・モーレイ

●ほがらか号のぼうけん

アーシュラ・モーレイ・ウィリアムズ作
渡辺 茂男, 新井 有子共訳
［ガンバー・］エドワード画
学習研究社　1973年　226p　23×16

探検家のハガティーおばさんと、しとやかでいることにうんざりした5人の姪たちは、冒

ウイリーウイン

険を求めて汽船ほがらか号で海に出ることに。そこへ孤児になったもう1人の姪も加わり……。密航者に海賊、人食い人種等も登場する、女の子たちの航海を、大らかな筆致で描く。

●木馬のぼうけん旅行

アーシュラ・ウイリアムズ作　石井 桃子訳
子どもの本研究会編　なかがわそうや画
福音館書店　1964年　238p　22×16

車つきの台の上に4本の足をふんばって立つ小さな木馬は、おもちゃ作りの老人ピーダーおじさんの自慢の作だった。おじさん思いの木馬は、商売不振に病気と、重なる不幸に見舞われたおじさんを助けるため、お金かせぎの旅に出る。そして、因業な地主にこき使われたり、炭坑で石炭車をひいたり、王様一家を乗せた馬車をひっぱったりと、懸命に働く。ところが、せっかくためたお金ばかりか、自分の身さえ危うくなるような恐ろしい事件が次々に起こり……。ハラハラ、ドキドキさせながら、最後まで読者をひっぱっていくお話。長い物語だが、続きものとして読んでやれば、小さい子にも大変喜ばれる英国の作品。文庫版の挿絵は原書のペギー・フォートナム。

●ウィリアムズ，マージェリィ

●ビロードうさぎ

マージェリィ・ウィリアムズ ぶん
いしいももこやく　ウィリアム・ニコルソンえ
童話館出版　2002年　46p　25×19

ぼうやに贈られたぬいぐるみのうさぎ。誰かに心から可愛がられると、子ども部屋の魔法で"ほんとうのもの"になると聞かされるが……。幼子とおもちゃの心の交わりをこまやかに描いた米国1922年の作。カラーの挿絵は陰影に富み、話の神秘性を際立たせる。

●ウィルソン，ジャクリーン

●ふたごのルビーとガーネット

ジャクリーン・ウィルソン作　小竹 由美子訳
ニック・シャラット，スー・ヒープ絵
偕成社　2001年　223p　22×16

ルビーは活発で女優志望、ガーネットはおとなしくて本が好き。10歳の一卵性双生児が交互に綴る秘密の交換ノート。父の再婚、ドラマのオーディション、受験などを通して、いつも一緒だった2人がそれぞれの道を歩き始めるまでを、軽いタッチで語る英国の作。

●ウィンターフェルト，ヘンリー

●カイウスはばかだ（少年少女学研文庫）

ヘンリー・ウィンターフェルト作　関 楠生訳
片寄 貢画
学習研究社　1968年　304p　18×12
→岩波書店　2011年

古代ローマの学校に通う7人の少年たち。ある日、仲間のルーフスの字で神殿に「カイウスはばかだ」の落書きが。筆跡が偽造された？逮捕された彼のため、少年たちは犯人を探す。当時の人々をユーモアこめて描き、巧みな構成で読者をひきつける。作者はドイツ出身で、1940年に米国へ移住した。岩波少年文庫は原

書のシャルロッテ・クライネルトの挿絵を使用。

●子どもだけの町（少年少女学研文庫）

ヘンリー・ウィンターフェルト 作　大塚 勇三 訳
リチャード・ケネディ 画
学習研究社　1969 年　343p　18×12
→フェリシモ出版　2004 年

子どものいたずらに怒ったおとなたちが、ある朝、町から全員出ていった。水も電気も電話も止まっている。ぼくらは子どもだけでこの事態を乗り切ろうとするが、悪がきたちと対立し……。子どもたちの行動をリアルに描く佳品。1937 年刊、本作家の処女作。

●リリパット漂流記

ヘンリー・ウィンターフェルト 作　関 楠生 訳
レギーネ・オフルス＝アッカーマン さし絵
学習研究社　1967 年　272p　21×16

オーストラリアに住むラルフ、ペギー、ジムはゴムボートで漂流してしまう。命からがら辿りついたのは、小人の国だった……。『ガリバー旅行記』に登場するリリパット国の250 年後が舞台。突如巨人となった子どもたちと、小さなおとなたちの掛け合いがユニーク。

●ヴェルフェル，ウルズラ

●火のくつと風のサンダル

ウルズラ・ヴェルフェル 作　関 楠生 訳
久米 宏一 画
学習研究社　1966 年　162p　23×16
→童話館出版　1997 年

男の子チムは、ちび、でぶ、とかかわれるのが嫌でたまらず、ほかの男の子になりたいと悩む。それを知った靴屋の父親は、チムの7 歳の誕生日に手製の赤い靴と、徒歩旅行をプレゼントした。チムは"火のくつ"、父親は"風のサンダル"と名乗り、ふたりは靴直しをしながら、4 週間、気ままな旅を続ける。旅先での小さなエピソードや、チムが寂しがったり、機嫌を悪くしたりする度に、父親が話すユーモラスなたとえ話が楽しい。旅の終わる頃、チムはあるがままの自分を受入れられるほど成長、読後に暖かな満足感を残す作品。読みやすいので幅広く薦められる。

●ウンネルスタード，エディト

●すえっ子Ｏ（オー）ちゃん

エディト・ウンネルスタード 作　下村 隆一，
石井 桃子 共訳　ルイス・スロボトキン 画
学習研究社　1971 年　222p　23×16
→フェリシモ出版　2003 年

ピップ・ラルソン一家は、町工場を経営している発明家のお父さんとやさしいお母さん、18 歳をかしらに子ども7 人、馬 2 頭に猫 1 匹という賑やかさ。この物語の主人公Ｏ（オー）ちゃんは末っ子で可愛がられているが、5 歳にしてはなかなかしっかりした子で、赤ん坊扱いが気に入らない。いやがる猫をうば車に押しこんで散歩にいったり、馬のしっぽをおさげに編んだり、Ｏちゃんの巻きおこす微笑ましい事件を中心に、ラルソン家の生活をこま

ごまと描いた愉快な物語。ペン画の挿絵は、このお茶目な女の子を実に愛らしくいきいきと描いているので、ほかのOちゃんは考えられないほどだ。スウェーデンの創作物語。

●エイキン，ジョーン
●ウィロビー・チェースのおおかみ
ジョーン・エイケン作　大橋善恵訳
パット・マリアットさし絵
冨山房　1975年　304p　22×16

19世紀半ばのイギリスが舞台。ロンドンを遠く離れたウィロビー卿の屋敷へ、卿夫妻の留守中、1人娘ボニーの世話をし、家を取りしきるため、遠縁の婦人がやってくる。ところがこの女、実は仲間とともに、卿の財産の乗っとりを企てていた。物語は、ドーバー海峡に海底トンネルが開通、寒さに追われた大陸の狼の群れが英国に渡ってきているという仮想の設定で展開する。ボニーやいとこのシルビア、屋敷の森にひとり住むサイモンたち少年少女が、悪賢い人間どもを向うにまわして勝利を収める痛快な冒険物語。次の『バターシー城の悪者たち』は、ロンドンを舞台にしたサイモン少年の冒険。そこに脇役で登場する少女ダイドーが、続く『ナンタケットの夜鳥』『かっこうの木』『ぬすまれた湖』（以上　大橋善恵訳）『ダイドーと父ちゃん』（こだまともこ訳）の4冊などで活躍する。いずれもロマンチックで、波瀾万丈の物語。作者の空想のおもむくまま、虚構の世界の面白さをたっぷり味わわせてくれる。一見難しそうだが読みやすいので、内容を説明して薦めたい。

●しずくの首飾り
ジョーン・エイキン作　猪熊葉子訳
ヤン・ピアンコフスキー絵
岩波書店　1975年　150p　23×16

英作家が、自由奔放な想像力で生みだしたファンタジー短編集。名付け親の北風が女の子ローラにくれた不思議な雨つぶの首飾りにまつわる表題作や、イースト入りのミルクで家より大きく膨れたネコの話「パン屋のネコ」等8編を収める。姉妹編『海の王国』には、表題作をはじめ、ロシアやバルカン諸国の昔話を下敷きにした陰影のある物語11編を収録。ポーランド出身の画家による、シルエットを生かした幻想的な絵が物語を引きたてる。

●エグネール，トールビョールン
●ゆかいなどろぼうたち
トールビョールン・エグネール作・画
鈴木武樹訳　赤坂三好画
学習研究社　1966年　202p　23×16

カルデモンメの町はずれに住む3人の泥棒はお人よしで、彼らが盗むのはパンなど必要なものだけ。人を捕まえたくないお巡りさんが3人を追うが……。象やラクダも歩く陽気な町で善人だらけの登場人物が繰り広げる楽しいお話。歌の楽譜もついたノルウェーの作品。

●エスティス，エレナー
●ガラス山の魔女たち
エルナー・エステス作　渡辺茂男訳
エドワード・アーディゾーニ絵
学習研究社　1974年　272p　23×16

もうすぐ7歳のエイミーは、お話に出てくる魔女ばあさんをガラス山に追放することを思いつく。悪さをしなければ万聖節だけは下界に来てよいと通告し、ひとり暮らしのお供にちび魔女を送りこむ。少女の発想と魔女世界の出来事が絡まりあう巧みな展開。英画家の挿絵も秀逸。『魔女ファミリー』の題で別訳も。

●元気なモファットきょうだい
（岩波少年文庫）

エレナー・エスティス 作　渡辺 茂男 訳
ルイス・スロボドキン さし絵
岩波書店　1988年　318p　18×12

まだ馬車が走っていた頃の米国。モファット家は未亡人のママと姉兄妹弟の5人で、黄色い家に住んでいた。その家に、ある日「売り家」の札が。みんなは胸を痛めるが、一家の毎日は事件につぐ事件で……。明るく精一杯に生きる子どもたちの日常を、温かくのびやかに描く。軽妙なタッチのペン画がユーモラスな味わいを添える。続巻に『ジェーンはまんなかさん』『すえっ子のルーファス』等。

●百まいのドレス

エレナー・エスティス 作　石井 桃子 訳
ルイス・スロボドキン 絵
岩波書店　2006年　92p　22×16

アメリカの田舎町。少女ワンダは、家が貧乏なうえ、ペトロンスキーという変な苗字だというので、いつも学校で馬鹿にされている。そのうえ、はげちょろけの服1枚きりしか持っていないのに、戸棚にはドレスが百枚あるといったものだから、それを材料にみんなはますますワンダをからかうようになる。同じクラスのマデラインは、それをいけないことと思うが、止める勇気が出ない。そして突然、ワンダは遠くの町へ引越してしまう。驚くほど美しい百枚のドレスの絵を残して……。人種や経済力による人間の差別、良心や勇気をテーマに、少女たちの心の動きを丹念に追った忘れ難い作品。内容にふさわしい繊細な絵。1954年刊『百まいのきもの』の改訂新装版。

●エリス，デボラ

●ヘブンショップ

デボラ・エリス 作　さくまゆみこ 訳
齊藤 木綿子 さし絵
すずき出版　2006年　278p　22×16

アフリカ・マラウイの少女ビンティはラジオドラマに出演し、私立校に通う13歳。だが棺店"ヘブン・ショップ"を営む父がエイズで死に、その誇らしい日々が一変する。必死に生きる少女と姉兄の姿を通して、エイズと貧困のはびこる現実をありのままに描きだす。社会活動家でもあるカナダ人作家の作品。

●エルショーフ，ピョートル・P

●せむしのこうま (10代の本セレクション)

ピョートル・P・エルショーフ 著
田中 かな子 訳　D・ドミトリエフ さしえ
理論社　1984年　238p　21×16

貧しい百姓の末息子イワンは、小麦畑を荒らす魔法の馬を捕えた。馬は逃してもらうお礼に、金色のたてがみの馬2頭と、せむしの小馬を生んでくれた。小馬の忠実な助けにより、イワンは皇帝の難題を解決。ロシアの昔話をもとにした民族色豊かな物語詩。1834年の発表時、プーシキンはじめ多くの文人から絶賛を浴び、人気を博したという。訳書は多い

●エンデ，ミヒャエル

●ジム・ボタンの機関車大旅行
（ジム・ボタンの冒険）

ミヒャエル・エンデ作　上田 真而子 訳
ラインハルト・ミヒルさし絵
岩波書店　1986 年　348p　22×16

小さな島国フクラム国に小包で届いた赤ん坊ジム。少年になったジムは、親友の機関士ルーカスと、彼の機関車エマに細工して船出。辿りついたマンダラ国で行方不明の姫の話を聞き、その捜索を決意、やがて竜の町クルシム国に着く。個性豊かな登場人物や奇想天外な設定で魅了するファンタジー。独作家の処女作。続巻『ジム・ボタンと 13 人の海賊』でジムの出生の秘密が判明、物語が完結する。

●モモ——時間どろぼうと、ぬすまれた時間を人間にとりかえしてくれた女の子のふしぎな物語

ミヒャエル・エンデ作・絵　大島 かおり 訳
岩波書店　1976 年　360p　22×16

大都会の外れにある円形劇場跡に、モモという不思議な女の子が住んでいた。あるとき、奇妙な灰色の男たちが街に紛れこみ、人間の時間を盗み始める。人々は「よい暮らし」を目指し、せかせかと生きるようになる。見せかけの繁栄とは裏腹に、人々の心はすさみ、都会は砂漠と化してゆく。モモは、時間を司る不思議な老人の助けを借りて、この時間泥棒と対決する。効率優先の現代社会への痛烈な風刺を含んだ作品。幻想的でスリルに満ちたファンタジーとして、幅広く読まれている。

●えんどう ひろこ　遠藤 寛子

●算法少女

遠藤 寛子作　箕田 源二郎絵
岩崎書店　1973 年　214p　22×16

江戸の町医者である父に算法の手ほどきを受ける 13 歳のあきは、武士の子が奉納した算額（算法の問答を書いた絵馬）の誤りを指摘。それが思わぬ事態に……。江戸時代の和算書『算法少女』に想を得た歴史小説。娘の凛とした生き方を、下町の人情を交え清爽に描く。

「算法少女」より

●エンライト，エリザベス

●土曜日はお楽しみ（岩波少年文庫）

エリザベス・エンライト 作・さし絵
谷口 由美子 訳
岩波書店　2010 年　302p　18×12

ニューヨークに住む元気な 4 人きょうだいは、毎土曜日にひとりずつ、全員の 1 週分の小遣いで好きな事をするクラブを結成。13 歳の姉は美容院で大変身、6 歳の末っ子はサーカスに行き迷子に。日常の延長にある子どもらしい冒険や失敗を軽快に描く。原書は 1941 年アメリカで刊行。著者による挿絵もよい。

●ゆびぬきの夏

エリザベス・エンライト 作・絵　堀口香代子 訳
福武書店　1990年　234p　19×14

米国中北部、干ばつの夏。9歳のガーネットは銀の指貫を拾い、幸運の印と喜ぶ。その夜、待望の雨。納屋の建替え、放浪の少年を家族に迎えるなど、よい事がつづき、秋、丹精した子豚は品評会で……。少女の弾むような気持ちを清々しく描く、1939年ニューベリー賞。岩波少年文庫（谷口由美子訳）で新訳再刊。

●おおいし まこと　大石 真

●チョコレート戦争

大石真 作　北田卓史 え
理論社　1973年　154p　23×16

明と光一が、町で大人気の洋菓子屋・金泉堂のショーウィンドウを眺めていると、突然そのガラスが割れた。犯人の濡れ衣を着せられたふたりは、友達と協力して、洋菓子屋を相手に戦う計画を立てる。シンプルな筋立てと、納得のいく結末で親しみやすい。コミカルな味の絵も話と合っている。初版は1965年。

●おか しゅうぞう　丘 修三

●おかえり春子

丘修三 作　武田知万 絵
子ども書房　1992年　183p　22×16

てんかんで知恵が遅れている姉を恥ずかしく思い、姉の世話で忙しい母に対しても寂しさを感じていた春子は、姉が施設に入る日に……。表題作のほか、障害をもつ子どもたちを、ごく身近な人の正直な目で描いた短編5話。少々甘さはあるが、誠実で温かい作品群。

●ぼくのお姉さん

丘修三 著　かみやしん 絵
偕成社　1986年　182p　22×16

ダウン症の姉が、福祉作業所で働いて得た初月給で家族をレストランに招待する表題作ほか5編。いずれも障害をもつ子どもをテーマにしているが、彼らの内面とともに、子どもに向きあう家族や友人の心理もしっかりと捉え、奥行きのある文学作品となっている。

●おかだ じゅん　岡田 淳

●放課後の時間割

岡田淳 作・絵
偕成社　1980年　166p　23×16

ぼくは図工教師。ひょんなことから、人間の言葉を話す"学校ネズミ"と出会い、毎週彼の話を聞くはめに。「学校こわい」というナメクジの歌や、魔法使いの女の子が転校してきた事など、14の話が次々に語られる。ユーモラスで不思議な世界に思わず引きこまれる。

●わすれものの森

岡田淳, 浦川良治 作
BL出版　2015年　87p　22×16

こまったなあ。明日は音楽会なのに縦笛がない。小3のツトムが夕方の教室で探していると、謎の2人組に出くわした。笛は、海の向こう、地図にもない島にある「わすれものの森」にあると言われ……。不思議な森での冒険を主人公とともに味わえる。図工教師2人の合作。1975年、ねべりよんの筆名で刊行された『忘れものの森』（文研出版）に加筆。

●おかの かおるこ　岡野 薫子

●銀色ラッコのなみだ
　　——北の海の物語

岡野薫子著　寺島竜一さしえ
実業之日本社　1964年　206p　22×16

1800年代。エスキモーの少年ピラーラは、珍しい銀色の毛をした子ラッコと出会う。少年は、口外するなという父の言葉にそむき、友達を連れて岩場へ行ってしまう。厳しい自然を相手に生きるエスキモーの生活と、乱獲のため絶滅の危機に瀕しているラッコの生態に、交互に視点をあて、少年と子ラッコの不思議な友情を描く。作者は、懸命に生きる人間と野生生物の双方に暖かい声援を送っている。

●おっこつ よしこ　乙骨 淑子

●合言葉は手ぶくろの片っぽ

乙骨淑子作　浅野竹二画
岩波書店　1978年　336p　22×16

カナダ行きの貨物船「ぺがさす丸」に小犬と密航者が。見つけた新米船員の六平とコックの洋一ら4人は、密航者をかくまうため合言葉を決めて奮闘する。そこへ嵐が……。孤立した空間で働く個性豊かな船員たちと、その中で成長する少年たちを骨太に描いた力作。

●オデール，スコット

●青いイルカの島

スコット・オデル作　藤原英司訳　藪内正幸え
理論社　1966年　228p　23×16

19世紀半ば、米西海岸に近い島であった実話をもとにした作品。ラッコを狙って島に来たアリュート人との争いで、島民は島を去る。12歳の少女カラーナと弟が残されるが、弟は野犬に殺されてしまう。生きるために厳しい自然と果敢に向きあう様を、少女の独白体で、淡々と描く。映画のスチールと挿絵を併用している。1961年ニューベリー賞受賞作。

●オトリー，レジナルド

●ラッグズ！　ぼくらはいつも
　　いっしょだ

レジナルド・オトリー作　倉本護訳
クライド・ピアソン画
大日本図書　1976年　308p　22×16

1930年代、オーストラリア奥地の牧場。猟犬親子の世話を託された雑用係の少年は、愛情をこめて犬たちを育てる。だが母犬は離され、やがて子犬ラッグズも……。孤独な少年の心情と、過酷な自然の中で生きる人々が少年に向ける温かい視線を、さりげない筆致で描く。

●オールコット，ルイザ・メイ

●四人の姉妹　上・下（岩波少年文庫）

ルイザ・メイ・オールコット作　遠藤寿子訳
[ヒルダ・ファン・ストックム絵]
岩波書店　1958年　上242p，下290p　18×12

南北戦争時代のアメリカを背景に、貧しいが信仰篤い両親の下で育つ、マーチ家の4人姉妹を描いた古典的な家庭小説。美しい長女のメッグ、作家を夢みるジョー、内気で音楽好きなベス、小さな淑女を気どる末娘のエィミ。若くのびやかな彼女達の喜びや苦しみ、そして悩みは、いつの時代にも、少女達の共感をよぶ。『若草物語』の題で矢川澄子訳（福音館書店）や掛川恭子訳（学習研究社）もある。

か行

●カウト，エリス
●いたずら小人プムックル

エリス・カウト作　大塚勇三訳
バーバラ・フォン・ジョンソン絵
学習研究社　1970年　242p　23×16

ドイツの家に住みつく、いたずら好きなコボルト小人が主人公。老家具師のエーダー親方は、最近、探し物ばかりして仕事がはかどらないのを嘆いていたが、ある日、ニカワの壺が歩いていくのを見かけ、そこに、くっついて離れられなくなった小人を発見。この小人たちは一度人に見られたが最後、その人には姿を隠せなくなる。そこで、小人のプムックルとエーダー親方の奇妙な共同生活が始まる。無邪気だがすこぶる自分勝手なプムックルの引きおこす珍事件の数々は？　子どもはプムックルがものを知らず、自分流に解釈するのをおかしがるが、心の底では共感と同情を禁じ得ないようだ。プムックル自作の詩や当意即妙な受け答えも楽しく、挿絵も漫画風なので、軽く、読みやすい。続編『小人のプームックル』『プームックルとお城のおばけ』などが、評論社から松尾幸子訳で出ている。

●カウリー，ジョイ
●サンゴしょうのひみつ

ジョイ・カウリー作　百々佑利子訳
シェリル・ジョーダンさし絵
冨山房　1986年　247p　22×16

南太平洋の島が舞台。聾唖の少年ジョナシは寂しさをいやすため海へ出て、ふしぎな白い海亀に会う。ジョナシの慰めとなる海亀は村人には悪魔に見える。やがて村に災害が起り……。美しい自然とポリネシア人の素朴な生活や神話が融けこんだ、独特の雰囲気の物語。作者はニュージーランド人。

●ガードナー，ジョン・レナルズ
●ぼくの最高機密（トップシークレット）

ジョン・レナルズ・ガードナー作　渡邉了介訳
タカタケンジ絵
佑学社　1993年　159p　22×16

ぼくは小学4年生。理科コンクールの研究"人間光合成"の実験に成功して肌が緑色になったのに、信じてくれるのは祖父だけ。そこで一計を案じて大統領に訴えると、実験結果は国家の最高機密に！　奇想天外でスピーディな展開、風刺もきいていて、楽しめる。

●かどの えいこ　角野 栄子
●魔女の宅急便

角野栄子作　林明子画
福音館書店　1985年　262p　21×16

魔女と普通の人間の間に生まれた少女キキは13歳。魔女になるため独り立ちする日を迎える。ほうきにまたがり黒猫ジジと共に港町に降りたって、宅急便屋をはじめ……。新米

●カニグズバーグ，E・L

●クローディアの秘密
E・L・カニグズバーグ 文・絵　松永 ふみ子 訳
岩波書店　1969年　204p　22×16

11歳の少女クローディアは、家での不公平な扱いや日常のくり返しにあきあきして、家出を決意した。でも都会っ子の彼女は、昔風の家出などまっぴらごめん。口が堅くて、へそくりをためこんでいる弟のジェイミーを相棒に、メトロポリタン美術館へ。夜は、豪華だがかびくさい展示品のベッドで眠り、噴水をお風呂代わりに。ところが、特別陳列の、ミケランジェロ作といわれる天使の彫像の秘密を調べていくうちに……。謎解きの面白さをからめて、思春期の少女の内面の成長を描いた作品。現代的でさめた筆致が、今の子の感覚に添うようだ。1968年ニューベリー賞。

●ベーグル・チームの作戦
（岩波少年文庫）
E・L・カニグズバーグ 作・さし絵　松永 ふみ子 訳
岩波書店　2006年　228p　18×12

マークは12歳のユダヤ系少年。ママが自分たちの野球チームの監督に、兄さんがコーチになるなんて！　マークとしては微妙な立場だ。男の子らしい様々な問題を抱えた都会の少年たちを、鮮やかに捉えて見せたアメリカの作品。原書は1969年刊。1974年の初訳の題名は『ロールパン・チームの作戦』。

●魔女ジェニファとわたし
E・L・カニグズバーグ 文・絵　松永 ふみ子 訳
岩波書店　1970年　186p　23×16

転校して間もないエリザベスは、ハロウィーンの朝、同じ5年生のジェニファに会う。魔女だと名乗る彼女に、見習いにされると……。友達作りの苦手なふたりが少しずつ友情を育んでゆくさまを、エリザベスの一人称でからりと描く。作者自身による挿絵がユニーク。

●ガーネット，イーヴ

●ふくろ小路一番地（岩波少年文庫）
イーヴ・ガーネット 作・さし絵　石井 桃子 訳
岩波書店　1957年　308p　18×12

ふくろ小路に住むラッグルスさん一家は、ごみ屋のだんなさんと、洗濯屋のおかみさん、それに子ども7人の大家族。貧しさが楽天的な一家におこる事件を、ユーモアたっぷりに描く。一日一善を実行しようとして、預り物のペチコートに熱いアイロンを当て縮ませてしまう長女、黒手ギャングの隊員の名に恥じない冒険をやってのける双子の男の子……。バイタリティあふれる登場人物の活躍が魅力。1937年刊の英国作品。翌年カーネギー賞。

●カルヴィーノ，イタロ

●マルコヴァルドさんの四季
（岩波少年文庫）
イタロ・カルヴィーノ 作　関口 英子 訳
セルジョ・トーファノ 絵
岩波書店　2009年　282p　18×12

春、路面電車の停留所でキノコを見つけた作

業員のマルコヴァルドさん。周囲の人達にもキノコ狩りを勧めるが、その夜、みんな病院で鉢合わせ……。空想好きかつ律儀な中年男性とその家族の四季。イタリア特有の皮肉や哀感が漂う20の短編。文学を読み慣れた子に。1968年初訳は安藤美紀夫。挿絵も秀逸。

●カロル，ルス

●南極へいったねこ（冒険小説北極星文庫）

ルス・カロル，ラトロブ・カロル作　小出正吾訳
平凡社　1956年　168p　19×14

米北東部の波止場から南極へ向けて出帆する船に、1匹のトラ猫がもぐりこむ。炊事室のコックにラック（幸運）と名づけられ、子犬のボウヤとともに、船内の人気者に。片道1万5千キロの船旅や越冬、極地飛行等の冒険譚に動物たちの活躍を織りこんだ愛らしい作品。写実的な挿絵が魅力を添える1935年の作。

「ちびっこカムのぼうけん」より

●かんざわ としこ　神沢 利子

●ちびっこカムのぼうけん

神沢利子作　山田三郎絵
理論社　1961年　166p　22×16

北の果てに暮す元気な男の子カム。病気の母さんにイノチノクサを持ち帰るため、また、大男ガムリイの魔法で鯨に変えられた父さんを救うため、幼なじみのトナカイを連れて旅に出る。火の山や北の海を舞台に、熊や大ワシ、フクロウ、サケ、シャチなどが登場、波瀾万丈の物語が展開する。作者が子ども時代をすごした北方の自然が、物語に結晶し、独特な雰囲気をもつファンタジーに。緻密な描線の活気あふれる挿絵が想像を支える。

●キッド，ダイアナ

●ナム・フォンの風

ダイアナ・キッド作　もりうちすみこ訳
佐藤真紀子絵
あかね書房　2003年　102p　21×16

ボートピープルとしてオーストラリアにやってきたベトナムの少女ナム・フォンは、喋れず、笑えず、海にも行けない。過酷な過去が彼女の心を縛りつけているから。が、担任教師や周りの人々はそれを柔らかくほぐしていく。祖国を失うことの意味を問いかける佳作。

●キップリング，ラディヤード

●ゾウの鼻が長いわけ
──キプリングのなぜなぜ話
（岩波少年文庫）

ラドヤード・キプリング作・さし絵　藤松玲子訳
岩波書店　2014年　284p　18×12

知りたがりのゾウがワニに質問したばかりに鼻をかまれ……。表題作他、サイの皮等、動物の由来譚10編と文字ができたわけなど2編。『ジャングルブック』で知られる英作家1902年の作。自身による挿絵や解説、詩を含む初の完訳。我が子に向けたという、遊び心溢れる語りが今も楽しい。評論社版の別訳も。

●ギャリコ,ポール

●セシルの魔法の友だち

ポール・ギャリコ作　野の水生訳
太田大八 画
福音館書店　2005年　314p　21×16

南仏に住む8歳の少女セシルと天竺ねずみのジャン＝ピエールは、互いに一目ぼれ。ふたりが不思議な魔法で心を通わせる第1話から、サーカスでの活躍を語る第4話まで。ねずみとの触れあいを通して成長する少女の4年間を爽やかに描く。米作家による1963年の作。

「ふしぎの国のアリス」より

●キャロル,ルイス

●ふしぎの国のアリス（岩波少年文庫）

ルイス・キャロル作　田中俊夫訳
ジョン・テニエルさし絵
岩波書店　1955年　214p　18×12

ある暑い日の昼下がり、チョッキのポケットに時計を入れたウサギを追って、アリスが落ちていった穴の底には、何とも不思議な世界があった。妙な飲み物や食べ物のせいで、アリスの背は伸びたり縮んだり。出会うものといえば、ニヤニヤ笑いながら消えるネコ、お茶の会をする三月ウサギと帽子屋、専制的なハートの女王……。各所に散りばめられた奇妙な論理は、読者にもナンセンスな世界の楽しさを味わわせてくれるだろう。作者は若き数学教授で、この物語は同僚の幼い娘たちに語りきかせたものだという。1865年刊行当時、児童文学に独創的で画期的な分野を開いたといわれ、ファンタジーの古典として今なお愛されている。英国の諷刺画家による挿絵も味わい深い。続編に『鏡の国のアリス』。福音館古典童話シリーズの生野幸吉訳もある。

●ギヨ,ルネ

●ミシェルのかわった冒険（国際児童文学賞全集）

ルネ・ギヨ原作　波多野完治訳　桜井誠さしえ
あかね書房　1965年　224p　22×16

孤児ミシェルは密航を企ててマルセイユにやってくる。顔がそっくりな金持ちの子と間違われたり、乗り組んだ船でもう1人の密航者に出会ったりしながら象牙海岸に到着。富豪の下で木材伐採の監督見習いとなる。波瀾万丈の筋立てが魅力のフランスの冒険小説。

●キング,クライブ

●ぼくと原始人ステッグ（福音館文庫）

クライブ・キング作　上條由美子訳
エドワード・アーディゾーニ画
福音館書店　2006年　268p　17×13

少年バーニーはチョーク（白亜）の廃坑に落ち、穴の底で、捨てられたガラクタを利用して暮らす原始人ステッグに会う。言葉は通じないが2人は友達になり……。不思議な雰囲気が漂う63年英国の作。旺文社から河野一郎訳が『ごみすて場の原始人』という題で出ていた。

●キング＝スミス，ディック

●子ブタシープピッグ
ディック・キング＝スミス 作　木原 悦子 訳
メアリー・レイナー 絵
評論社　1991年　154p　21×16

子ブタのベイブが、もらわれてきた農場で、母ブタを恋しがっていると、牧羊犬のフライが母親役をかって出る。以来2匹はいつも一緒。やがてベイブは見よう見まねで羊の番を始め、素質を見込んだフライは特訓を開始する。動物たちのやりとりも愉快な英国の物語。

●パディーの黄金のつぼ
ディック・キング＝スミス 作　三村 美智子 訳
デヴィッド・パーキンス さし絵
岩波書店　1995年　142p　22×16

アイルランドの農場に住む少女ブリジッドは、人間には見えないはずの小人・パディーが見えるようになる。穴のあいた長靴をはいている等4つの条件がそろっていたからだ。動物と話ができるパディーとの楽しい日々、そして悲しい別れ。温かな読後感を残す佳品。

●みにくいガチョウの子
ディック・キング＝スミス 作　卜部 千恵子 訳
デヴィッド・パーキンス さし絵
岩波書店　1994年　164p　22×16

鳥好きのジャックは動物公園からダチョウの卵をこっそり持ち帰り、家のガチョウに温めさせる。やがて孵った雛オリバーはたちまち仮親を見下ろすほどに成長し、ダチョウの特性を発揮。鳥の将来を案じる心優しい少年を軸に、農場の鳥たちのやりとりを軽妙に描く。

●キングマン，リー

●アレックと幸運のボート
リー・キングマン 作　山内 玲子 訳
岩波書店　2002年　220p　22×16

米国の海辺の町に住む11歳のアレック。この夏、ボートレースでの優勝を夢見て、くじの一等賞品のボート獲得に賭けていた。結果は外れるが、ひょんなことでそのボートを借りることになり、猛練習の日々をすごす。思春期に向かう少年の成長を爽やかに伝える。

●とびきりすてきなクリスマス
リー・キングマン 作　山内 玲子 訳
バーバラ・クーニー 絵
岩波書店　1990年　96p　22×16

米国東部の小さな村に住むセッパラ家は、子ども10人の大家族。クリスマスも近いある日、長兄の乗った船が行方不明に。一家の悲しむ姿を見て10歳のエルッキが兄の代わりにしたことは……。素直で、心温まるお話。挿絵が物語を一層ひきたてる。造本も美しい。

●クライン，ロビン

●ペニーの日記読んじゃだめ
ロビン・クライン 作　安藤 紀子 訳
アン・ジェイムズ 絵
佑学社　1993年　103p　21×16
→偕成社　1997年

10歳のペニーは馬が大好きな女の子。年寄りは退屈と思っていたが、嫌々出かけた慰問先の老人ホームで話のわかるおばあさんに会い……。活発で少々口の悪いペニーの心の動きが軽快に伝わる豪州の作。写真や馬のカードに書きこみを添えた日記らしいレイアウト。続編に『ペニーの手紙「みんな、元気？」』。

●クラーク，ポーリン

●魔神と木の兵隊 (国際児童文学賞全集)

ポーリン・クラーク 原作　神宮 輝夫 訳
太田 大八 さしえ
あかね書房　1968年　298p　22×16

マックス少年が見つけた12人の木の兵隊。太鼓の音で動き始め、武勇伝も語る兵隊達にマックスは夢中になる。これは作家のブロンテ姉弟が愛した百年前の人形なのか？　賞金目当ての人や記者が追う中、マックスは兄姉と力を合わせ、兵隊達を安住の地に……。史実を題材にした巧妙な筋立てと、いきいきとした人物描写が魅力。1963年カーネギー賞。

●クリアリー，ベバリイ

●がんばれヘンリーくん
（ゆかいなヘンリーくんシリーズ）

ベバリイ・クリアリー 作　松岡 享子 訳
ルイス・ダーリング 絵
学習研究社　2007年　231p　20×14

ヘンリーは、どこにでもいるような、ごくふつうのアメリカの男の子。自分の身にあっというようなことが起こらないかなあといつも願っていたのだが、町で見つけた痩せ犬を自分のものにしようと決めたときから、彼の身にも次々と事が起こるようになる。あばら骨がすけて見えるのでアバラーと名づけたその犬とパトカーで家に送られることに始まって、熱帯魚のグッピーを100万匹飼う破目になるやら、なくしたフットボールを弁償するために1436匹のミミズを捕まえなくてはならなくなるやら……。けんか友達スクーター、女友達ビーザス、その妹ラモーナ等、これまた、すぐ身近にいそうな子どもを登場させ、いかにもありそうな情況の中、思いもかけぬ愉快な事件を起こさせる。読者の子どもは作中人物に容易に同化し、心から笑うと同時に、作者の中に、自分たちの代弁者を見出した気になるだろう。原書1950年刊、邦訳の初版は1968年。その後、小ぶりの新装版に変わったが、根強い人気を保っている。続編『ヘンリーくんとアバラー』『ヘンリーくんとビーザス』『ヘンリーくんと新聞配達』『ヘンリーくんと秘密クラブ』はヘンリーが主人公。『ビーザスといたずらラモーナ』『ラモーナは豆台風』『ゆうかんな女の子ラモーナ』『ラモーナとおとうさん』『ラモーナとおかあさん』『ラモーナ、八歳になる』『ラモーナとあたらしい家族』『ラモーナ、明日へ』は、ビーザスとやんちゃな妹ラモーナが中心。『アバラーのぼうけん』は、間違って見知らぬ家族に連れさられた愛犬のアバラーが主役となり、ヘンリーのもとに帰りつくまでを描く。

●子ねずみラルフのぼうけん

ベバリー・クリアリー 作　谷口 由美子 訳
赤坂 三好 画
あかね書房　1976年　190p　21×16
→童話館出版　1996年

古びたホテルに泊まった少年キースは、乗物の玩具で遊んでいた。壁穴からそれを見ていた子ねずみのラルフは、その中のオートバイにこっそり試乗。半分のピンポン玉をヘルメット代わりにかぶり、ホテルの中をバイクで飛ばすラルフの姿が、様になっていてユーモラス。少年との交流も共感を呼ぶ。続巻も。

●ひとりっ子エレンと親友
ベバリイ・クリアリー 作　松岡享子 訳
ルイス・ダーリング 画
学習研究社　1977年　206p　23×16

小3のエレンは、毛糸の下着が取りもつ縁で、転校生の女の子オースチンと親友に。毎日一緒にすごしていたが、おそろいの服を着る計画が失敗し、2人は絶交状態に。原書刊行は1951年米国。日常にありそうな出来事や気持ちの動きを自然にすくいとる。同級生の男の子が主人公の『いたずらっ子オーチス』も。

●クリスチャン，メアリ・ブラウント
●犬の毛にご注意！
（めいたんてスーパーわん）

メアリ・ブラウント・クリスチャン 作
神鳥統夫 訳　リサ・マッキュー 絵
大日本図書　1985年　94p　22×16

犬のスーパーわんは、実は名探偵。ある日、飼い主のジョーンズ刑事は、署長から愛猫ミーミーの世話と、ジプシー舞踊団のエメラルドのネックレスの警備を任される。人語を解し、変装が得意な毛むくじゃらの犬が活躍するアメリカのシリーズ。勢いのある筋運びで、読書の苦手な子にも。『ドッグフードは大きらい』『骨をかぎだせ！』等シリーズ全6巻。

●クリーチ，シャロン
●あの犬が好き

シャロン・クリーチ 作　金原瑞人 訳
ウィリアム・スタイグ イラスト
偕成社　2008年　142p　20×14

「……女の子のもんだよ。／詩なんてさ」最初の授業では詩を書くのを嫌がったジャック。だが色々な詩を読むうち、時にその表現も借りて、死んだ愛犬への切ない思いを綴るように。ぽつぽつと呟くような少年の言葉のみを並べ、心の深部を浮かびあがらせる構成は見事。

●グリパリ，ピエール
●木曜日はあそびの日
（岩波少年文庫）

ピエール・グリパリ 作　金川光夫 訳
飯野和好 画
岩波書店　1978年　262p　18×12

パリの裏通りで、作家のピエールさんが毎週木曜日に子どもたちと即興で作った話を集めた、という枠の短編集。美女になるため少女を食べようとする魔女の話や、愛しあう靴の夫婦の話など、昔話の形に、奇抜な着想と現代感覚を盛りこんだ、洒落た味わいの12話。

●グリーペ，マリア
●小さなジョセフィーン
（北国の虹ものがたり）

マリア・グリーペ 作　大久保貞子 訳
［ハラルド・グリーペ さし絵］
冨山房　1980年　226p　21×16

スウェーデンの田舎町。古い牧師館に暮す6歳のジョセフィーンは、忙しい家族に反発して小さな鞄一つ持って家出したり、新しく来た庭師のおじいさんを神様だと思いこんだり。北国の自然の中で想像力豊かに成長する少女の姿をいきいきと描く。3部作の1作目。
◆ヒューゴとジョセフィーン
◆森の子ヒューゴ

●クリュス，ジェームス

●ザリガニ岩の燈台

ジェームス・クリュス 作　植田 敏郎 訳
ロルフ・レティッヒ さし絵
偕成社　1966年　200p　23×16

第二次大戦終結直前。爆撃にあったユリエおばさんといたずら小人ハンスは、燈台守ヨーハンのいるザリガニ岩をめざし航海中。その旅の間に、ヨーハン、カモメ、水の精らが語る10の物語。いずれも奇想天外でバラエティーに富み、飽きさせない。線画の挿絵も愉快。ドイツを代表する児童文学作家の作品。

●グリーンウォルド，シーラ

●わが家のバイオリンそうどう

シーラ・グリーンウォルド 作・絵　小杉 佐恵子 訳
大日本図書　1993年　130p　21×16

誕生日を迎えたロージーは、カメラマンのおじさんから、バイオリンをひく姿を写真集にすると言われ、気が重い。実はバイオリンは大嫌いだし、大の苦手。10歳になったばかりの女の子の一人称で語る、軽いタッチの読み物。ユーモラスなペン画がお話にぴったり。

●グレーアム，ケネス

●おひとよしのりゅう

ケネス・グレーアム 作　石井 桃子 訳　寺島 竜一 画
学習研究社　1966年　154p　23×16

村はずれの丘に竜がきた。実はものぐさで詩が好きな竜なのだが、村は大騒ぎに。そこへ竜退治の騎士・聖ジョージが現れ、両者戦わざるを得なくなる。本好きの男の子が間を取りもち……。ほのぼのした現代風おとぎ話。他に豚のバーティーがクリスマスを祝う1話。

●たのしい川べ——ヒキガエルの冒険

ケネス・グレーアム 作　石井 桃子 訳
E・H・シェパード さし絵
岩波書店　1963年　360p　23×16

春のある日、暖かい陽気に誘われて地上にとびだしたモグラは、日の光を浴びる草や木、きらめき流れる川を見て陶然となる。そこに現れた1匹の川ネズミ。内気で気のいいモグラは、実際家でしかも詩人の川ネズミと友達になり……。思慮深いアナグマ、見栄っ張りのヒキガエルなど、巧みな性格描写によって描きだされた登場人物たちと、これまたこまやかに描写された川、森、畑。四季折々の田園を舞台に、そこに住む小動物たちの繰り広げるドラマを通して、自然界の美と神秘、それを享受する喜びを表現した英国ファンタジーの古典。作者も満足したという挿絵が秀逸。

●クレスウェル，ヘレン

●村は大きなパイつくり

ヘレン・クレスウェル 作　猪熊 葉子 訳
V・H・ドラモンド さし絵
岩波書店　1970年　218p　21×16

グラベラはダンビー村のパイつくり、ローラー家の1人娘。一家は伯父の謀略で王様ご注文の品に失敗、窮地に陥る。だが王様が最大で最上のパイを選ぶ競技会を開催することに

なり、村じゅうの後押しをうけ……。途方もない挑戦を愉快に描く、イギリスのほら話。

● クレメンツ，アンドリュー

● 合言葉はフリンドル！

アンドリュー・クレメンツ 作　田中 奈津子 訳
笹森 識 絵
講談社　1999 年　143p　22×16

奇抜な思いつきで人気の5年生ニックは、ペンを"フリンドル"と呼ぶことに決めた。辞書を敬愛する国語のグレンジャー先生はそれを止めようとするが、騒ぎは学校じゅうに広まりマスコミも巻きこんで……。斬新な着想と展開の面白さで一気に読める米国の作品。

● こちら『ランドリー新聞』編集部

アンドリュー・クレメンツ 作　田中 奈津子 訳
伊東 美貴 絵
講談社　2002 年　191p　22×16

目立たない小学5年の転校生カーラは、自作の壁新聞で注目の的に。無気力な担任も発奮、級友の助力も得て学級新聞に発展するが、ある記事を種に校長が担任をクビにしようと画策し……。著者は元教師。テンポよく読ませつつ、表現の自由と責任について考えさせる。

● ナタリーはひみつの作家

アンドリュー・クレメンツ 作　田中 奈津子 訳
伊東 美貴 絵
講談社　2003 年　230p　22×16

ナタリーが書いた物語を読んで、親友のゾーイは本にしようと決意。エージェントを設立し、出版社と交渉する。ニューヨークを舞台に12歳の少女2人が才能を発揮、理解ある大人の協力も得て、夢を実現させる成功物語。出版社の内側や、本ができる過程ものぞける。

● クレンニエミ，マリヤッタ

● オンネリとアンネリのおうち

マリヤッタ・クレンニエミ 作　渡部 翠 訳
マイヤ・カルマ 絵
プチグラパブリッシング　2005 年
207p　21×16
→福音館書店　2015 年

1人っ子で両親が別居中のアンネリと、9人兄妹の真ん中のオンネリ。親友の2人は、ひょんなことから、薔薇横丁に"小さな女の子用"の家を手に入れ、一緒に住みはじめる。その、ままごとのような暮しをこまごま描き、読者の女の子たちを夢中にさせるフィンランドの作品。ピンクに彩色された挿絵もぴったり。1972年に大日本図書より初訳が出た。

● クロス，ジリアン

● あやつられた学校
（悪魔の校長シリーズ）

ジリアン・クロス 作　安藤 紀子 訳　飯田 貴子 絵
偕成社　2000 年　246p　19×12

ハンター家の養女となったダイナは、その家の兄弟・ロイドとハービーと同じ学校に転入。そこには秩序を信奉する校長と、気味悪いほど統制のとれた生徒達がいた。催眠術を使う校長の陰謀と、ロイドらの戦いを軽快に描き、気楽に読めるSF仕立ての物語。続巻2冊。

● 象と二人の大脱走

ジリアン・クロス 作　中村 妙子 訳
評論社　1997 年　346p　21×16

1881年、米国東部。見世物の象の世話係になった孤児の少年タッドのもとへ、象を騙しとろうという者がやってきた。タッドは、象使いの娘シッシーと象を守る旅に出る。手に汗握る西部への逃避行と時代を映す多彩な

人物が印象的な英国の作品。

●幽霊があらわれた

ジリアン・クロス作　安藤 紀子 訳
八木 賢治 カット
ぬぷん児童図書出版　1995 年　263p　22×16

学校で問題を起こした少年コリンは、校長の言いつけで学生劇に加わることに。だが、"スウィーニー・トッド"という残忍な床屋が登場する演目の稽古が進むにつれ、次々と怪事件が。劇の筋を巧みに絡めたサスペンスに富む展開で、少年の心理を浮き彫りにした物語。

●ケストナー，エーリヒ

●エーミールと探偵たち
（ケストナー少年文学全集）

エーリヒ・ケストナー 作　高橋 健二 訳
ワルター・トリヤー さし絵
岩波書店　1962 年　212p　21×16

エーミールは、美容師として働くお母さんとふたり暮し。休暇に、ベルリンの祖母の家まで初めてひとり旅をするが、車中で、あやしい紳士に大切なお金をすられてしまう。ベルリンに着くなり、エーミールは泥棒追跡を開始。途中、次々と知りあった子どもたちも協力してくれる。スピードと機知とユーモアにあふれた痛快な物語。1929 年刊のケストナーの代表作だが、現在も新鮮な魅力を失わず、多くの子どもたちに愛読されている。続編に『エーミールと三人のふたご』がある。

●サーカスの小びと
（ケストナー少年文学全集）

エーリヒ・ケストナー 作　高橋 健二 訳
H・レムケ さし絵
岩波書店　1964 年　266p　21×16

サーカス団で魔術師と暮らす小人の男の子メッ

クスヒェン。せがんで魔術師の助手にしてもらうと、身軽さをいかして大活躍、たちまち人気者になる。身長約 5 cm の勇ましい男の子と周囲の人々を、風刺を交えて活写する。元気のよい挿絵が合う、軽快な空想物語。

●点子ちゃんとアントン
（ケストナー少年文学全集）

エーリヒ・ケストナー 作　高橋 健二 訳
ワルター・トリヤー さし絵
岩波書店　1962 年　184p　21×16

点子はちびで元気な女の子。金持ちの両親は仕事や社交に忙しい。一方、母親が病気の少年アントンは、毎晩、橋の上で靴ひもを売り生計を立てている。だが、なぜか点子も同じ場所で物乞いを……。ユーモアと風刺をきかせたドイツの物語。軽妙な挿絵も魅力。

●飛ぶ教室（ケストナー少年文学全集）

エーリヒ・ケストナー 作　高橋 健二 訳
ワルター・トリヤー さし絵
岩波書店　1962 年　234p　21×16

クリスマス休暇目前のドイツの男子高等中学校では、芝居「飛ぶ教室」の稽古が進んでいた。そこへ、仲間が実業学校の生徒に拉致されたとの報が……。境遇や個性の違う、多感な少年たちに、彼らの敬愛する先生の姿等を絡め、悲喜こもごもの日々と友情を描く名作。

●ふたりのロッテ
（ケストナー少年文学全集）
エーリヒ・ケストナー作　高橋健二訳
ワルター・トリヤーさし絵
岩波書店　1962年　202p　21×16

夏休みのキャンプに行ったルイーゼは、自分と瓜二つの少女ロッテを見つけてびっくり。2人は、離婚した父と母に別々に育てられた双子だったのだ。真相を知った2人はこっそり入れ替わり……。両親を和解させるまでを斬新な発想で語る。原書はドイツ1949年刊。

●ケルン，ルドウィク・イェジー
●すばらしいフェルディナンド
ルドウィク・イェジー・ケルン作
内田莉莎子訳　カジミェシュ・ミクルスキ絵
岩波書店　1967年　254p　23×16

火曜日のこと、夕食のあとで犬のフェルディナンドは、ご主人と一緒に居間のソファに寝そべりながら考えた——うしろの二本足で立って、人間たちと同じように外の世界を歩きまわれたら！　するとふしぎ、フェルディナンドは紳士になって、洋服をこしらえ、一流のレストランで食事をし、ホテルに泊まり、エレベーターで空を飛ぶ。ゆく先々で注目を浴び、ピンチも見事に切りぬけていくフェルディナンドに、子どもたちは舌を巻き、拍手を送るにちがいない。しゃれたユーモラスな味が、おとなにも喜ばれる。作者はポーランドの児童文学作家で、詩人としても有名。続きに『おきなさいフェルディナンド』がある。

●ゴッデン，ルーマー
●台所のマリアさま
ルーマー・ゴッデン作　猪熊葉子訳
C・バーカーさし絵
評論社　1976年　116p　21×17

9歳の少年グレゴリーにとって、マルタは初めて気の許せるお手伝いだった。20数年前に離れた故国ウクライナを思い、悲しげなマルタ。少年は、台所にマリア様のイコンを作ってあげようと……。内気な少年が殻を破って成長していく様を描き、自然な感動をよぶ。

●コッローディ，カルロ
●ピノッキオの冒険（岩波少年文庫）
カルロ・コッローディ作　杉浦明平訳
エドアルド・バルゲール さしえ
岩波書店　1958年　306p　18×12

ジェッペットじいさんが木ぎれで作った人形ピノッキオは大変ないたずら好き。じいさんは一着しかない上着を売って教科書を買ってやるが、人形は学校に行かず、したい放題。あげくにロバにされたり、嘘をつくと鼻が伸びたり……。長く人気を保つイタリアの古典。福音館書店から安藤美紀夫訳も出ている。

●ゴードン，シェイラ

●ジャカランダの花さく村
──南アフリカの物語

シェイラ・ゴードン作　唐沢則幸訳　村田収絵
講談社　1991年　206p　22×16

南アの貧しい村の少女レベッカは9歳。家族5人仲もよいし、隣には親友ノーニもいる。だが、村は白人の町になるという。反対演説をした父は逮捕され……。アパルトヘイトを扱うが、少女の気持ちが丹念に描かれ、穏やかな印象を残す。作者は南ア生まれ、米在住。

さ行

●さいとう あつお　斎藤惇夫

●グリックの冒険

斎藤惇夫作　薮内正幸画
岩波書店　1982年　348p　23×16

飼いリスのグリックは、伝書鳩のピッポーに、北の森では野生のリスたちが自由に暮していると教えられ、家を飛びだす。辿りついた動物園で、雌リス・のんのんと出会い、2人で北を目ざす。さまざまな困難を乗りこえてたくましく成長するグリックの姿を描いた冒険物語。初版は、1970年アリス館牧新社刊。

●冒険者たち
──ガンバと十五ひきの仲間

斎藤惇夫作　薮内正幸画
岩波書店　1982年　380p　23×16

ドブネズミのガンバと15匹の仲間たちは、一族絶滅の危機を訴える島ネズミの頼みに、冒険心と義侠心をそそられ、夢見が島へ。島を支配するイタチ一族との壮絶な死闘のさなかに、ガンバは友情や愛とは何かを知る。冒険に憧れる心をうたった長編ファンタジー。初版は、1972年アリス館牧新社刊。続きに『ガンバとカワウソの冒険』がある。多くの動物絵本を手がけた画家による活気ある挿絵。

●さいとう ひろし　斉藤洋

●ルドルフとイッパイアッテナ

斉藤洋作　杉浦範茂絵
講談社　1987年　274p　22×16

魚屋に追われ、長距離トラックの荷台に飛びのった飼い猫のルドルフは、岐阜から東京に来てしまう。土地のボス猫イッパイアッテナに、野良として生きる知恵や心意気を教わり、たくましくなる。その上、字の読み書きまで教わるが……。軽快な書きぶりの冒険物語。

「キツネ森さいばん」より

●ささき としあき　佐々木利明

●キツネ森さいばん

佐々木利明さく　ひらやまえいぞうえ
福音館書店　1984年　126p　21×16

一面の銀世界の中に、黒々と浮かぶキツネ森

が舞台。年男は新しいスキーが欲しくて、貧乏な母に「キツネのスキー大会で一等になった」という夢の話をして、念願のスキーを手に入れる。有頂天で妹をつれ、新品のスキーを試しにいくと、ふしぎな具合にキツネ森へ呼びよせられ、嘘の夢の話をして母親をだまし、キツネたちの名誉を傷つけたという理由で、裁判にかけられることに。劇的な面白さには欠けるが、きめこまかく丁寧な物語で、自然描写は的確。方言がうまく生かしてあり、静かな語り口の中にとぼけたおかしさがある。初版は1976年アリス館牧新社刊『キツネ森裁判』、林田路郎の作者名で出ていた。

●さとう さとる　佐藤 暁

●ジュンとひみつの友だち

佐藤 さとる 作　村上 勉 画
岩波書店　1972年　204p　21×16

小3の男の子ジュンは、家から見える鉄塔をダイスケと名づける。その名を呼ぶとふしぎな男の子が現われた。ジュンはその子を鉄塔の化身だと思うが、その鉄塔は倒されることになって……。少年の日常とファンタジーがさりげなく織りなされた実在感のある作品。

●だれも知らない小さな国
（コロボックル物語）

佐藤 さとる 作　村上 勉 絵
講談社　1969年　222p　22×16

少年のころから、森の小山のふしぎな魅力にとりつかれて、自分だけの秘密の場所にしたいと願いつづけてきた主人公の「ぼく」。青年になってその小山を借りうけ、小屋を建てようとすると、おかしな事ばかり身の回りにおこる。そこは、言い伝えどおり、コロボックルの国だった……。現代生活の中で自分の夢を追いつづける青年と小人たちの出会いや、青年が小人たちに信頼され、その保護者になっていく過程が克明に描かれている。アイヌ伝承のコロボックル小人を現代によみがえらせたユニークな作品。続編に『豆つぶほどの小さないぬ』『星からおちた小さな人』など。1959年の初版以来、何度か改訂を重ねたが、日本の創作童話の中では群を抜いてよく読まれており、忘れられないというひとも多い。

●さとう たかこ　佐藤 多佳子

●ハンサム・ガール

佐藤 多佳子 作　伊藤 重夫 絵
理論社　1993年　166p　22×16

パパは専業主夫、ママはキャリア・ウーマン、ワタシは男の子ばかりの野球チームで大活躍。それぞれ好きにやっているのに、"男社会"の壁は厚く……。小5の元気な女の子のテンポよいおしゃべりで進む少女小説。軽いタッチの挿絵も合っていて、よく手に取られている。

●ザルテン，フェーリクス

●バンビ——森の、ある一生の物語
（岩波少年文庫）

フェーリクス・ザルテン 作　上田 真而子 訳
ハンス・ベルトレ さし絵
岩波書店　2010年　312p　18×12

森に生れた子鹿バンビは、母の死、幼馴染との恋、長老鹿との出会いなどを通して、孤独に耐えて生きる立派な雄鹿に成長していく。動物の生態に沿い、自然の厳しさと美しさ、人間の怖さや生きる喜びを、格調高く伝える。著者はハンガリー出身、ドイツ語原書は1923年刊。1952年刊の初版は高橋健二訳。

●サン＝テグジュペリ，アントワーヌ・ド

●星の王子さま

アントワーヌ・ド・サン＝テグジュペリ 作
内藤 濯 訳
岩波書店　1962年　140p　23×16

砂漠に不時着した飛行士は、突然、「ね……ヒツジの絵をかいて」と話しかけてきた小さな男の子の出現に驚く。それは、家ほどの大きさの星から地球へやってきた王子さまだった。深い寓意と哲学の込められたフランスの作品。著者の手になる水彩の挿絵が美しい。1953年刊の岩波少年文庫版が初訳。

●サンプソン，デリク

●ブータレとゆかいなマンモス

デリク・サンプソン 作　張替 恵子 訳
サイモン・スターン 画
学習研究社　1981年　136p　23×16

舞台は氷河時代。不器量で不平屋の男ブータレは、いつも仲間はずれ。近くで、のんびりと暮らすマンモスが癪で、いつかぎゅうという目に合わせてやりたいが……。原始人とマンモスの奇妙な友情を、漫画風の達者な絵とともに綴る。ひねった面白さのわかる子に。

●ジェザーチ，ヴァーツラフ

●かじ屋横丁事件（岩波少年文庫）

ヴァーツラフ・ジェザーチ 作　井出 弘子 訳
ヨセフ・チャペック 画
岩波書店　1974年　240p　18×12

プラハのよろず屋で下働きしている13歳のフランティーク。店の主人は守銭奴で、どうやらつけの金額を水増ししているよう。貧しい人々を救うため、少年が行動をおこすと、いつしか横丁を巻きこむ大騒動へ。痛快な悪者退治のストーリー。とぼけた挿絵も面白い。

●シャオ　カンニュウ　肖 甘牛

●月からきたトウヤーヤ

肖 甘牛 作　君島 久子 訳　太田 大八 絵
岩波書店　1969年　182p　23×16

わらじ作りのおばあさんが、月のおじいさんにわらじを作ってやったお礼に、トウモロコシの種をもらう。大切に育てると、それは光り輝く実をつけ、中からかわいい男の子が誕生する。トウヤーヤと名づけられたその子は、おばあさんの眼病をなおすため、花花山（ホワホワ）へ金の鳥をさがしにいく。舞台は中国広西（クワンシー）地方。チワン族の伝承をもとに、民話学者が書いた創作童話。素朴で彩り豊かなストーリー、話中に挿入されたかけあいの歌やなぞなぞ等も調子よく、子どもの興味をひく。雰囲気をよく伝える挿絵がふんだんに入り読みやすい。

●シャープ,マージェリー

●くらやみ城の冒険（ミス・ビアンカシリーズ）

マージェリー・シャープ 作　渡辺 茂男 訳
ガース・ウィリアムズ 絵
岩波書店　1987年　262p　20×14

小さなねずみたちが「囚人友の会」なるねずみの世界組織を結成、無実の囚人を救出するという、大胆な発想の物語シリーズ。囚人友の会の総会でくらやみ城に幽閉されているノルウェーの詩人の救出を決定。貴婦人ねずみのミス・ビアンカ、家ねずみのバーナード、海賊ねずみのニルスが、断崖絶壁の上の監獄にしのびこみ、恐しい監獄長と残忍な大ねこを相手に決死の冒険をくり広げる。続いて、横暴な大公妃の館から、孤児の少女を救い出す『ダイヤの館の冒険』、もとは大公妃の悪らつな執事だったが、前非を悔い改めた男を古塔から救出する『ひみつの塔の冒険』、地底の塩坑へ少年テディを救いだしに向かう『地下の湖の冒険』など全7巻。どの物語も、不可能としか思われない計画に小さなねずみたちが挑戦、知恵と勇気の限りをつくし、ねずみである利点を最大限に生かして、事を成功に導く。その面白さが読者を夢中にさせる。いきいきと個性的に描かれた登場人物の魅力も大きい。ことに、優雅で頭がきれるミス・ビアンカと、彼女に献身的な愛情を抱きながらうまく表現できない無骨なバーナードが印象に残る。こまかなタッチの挿絵が物語のイメージをふくらませる。1967年～73年刊行の初版では、4巻までが別の題で出ていた。

●シャルドネ,ジャニーヌ

●もしもしニコラ！

ジャニーヌ・シャルドネ 作　南本 史 訳
岡本 颯子 画
あかね書房　1975年　190p　21×16
→ブッキング　2005年

パリに住む8歳の女の子リーズは、今夜はひとりで留守番。ママもパパも仕事だから。怖くなって電話を取り、あてずっぽうに番号を回すと、相手は田舎の男の子ニコラだった。弾んで流れるような2人の会話が楽しく、懐かしいような暖かさのあるフランスの作品。

●シュウエル,アンナ

●黒馬物語（岩波少年文庫）

アンナ・シュウエル 作　土井 すぎの 訳
岩波書店　1953年　358p　18×12

「わたしがよくおぼえている、さいしょの場所は、きれいに澄みきった池のある、ひろびろとした、気持ちのいい牧場でした」に始まるこの作品は、原書の副題「ある馬の自伝」が示すとおり、ブラック・ビューティと名づけられた馬の一生の物語である。牧場での子ども時代、親切な地主のもとでの青年時代の幸せは、地主がイギリスを去ると同時に消え、その後ビューティを待ちうけていたのは、貸馬屋、辻馬車屋を転々とする苛酷な運命だった。一生をほとんど病床で過ごした一婦人が、篤いキリスト教信仰と、動物、人間を問わず、しいたげられている者への深い思いやりから書いたもので、1877年の刊行以来評判となり、今日まで動物愛護を力強く訴えている。

●シュミット，アニー・M・G
●ネコのミヌース
アニー・M・G・シュミット作　西村 由美訳
カール・ホランダー絵
徳間書店　2000年　246p　19×14

青年記者ティベは内気で取材ができず、クビ寸前。そこへ化学ゴミを食べて人間に変身してしまった雌猫ミヌースが現れる。彼女が猫の情報網を駆使したお陰で、ティベは敏腕記者になるが……。作者は国際アンデルセン賞作家。コメディータッチのオランダの作品。

●シール，コリン
●青いひれ
コリン・シール作　犬飼 和雄訳
ロジャー・ヘルダン原画
ぬぷん児童図書出版　1981年　300p　22×16

マグロ漁船「青いひれ」号の船長である父から、弱虫で役立たずと軽蔑されている14歳の息子スヌーク。だが、巨大な竜巻で乗組員は死に、父もまた重傷を負ったとき、少年は……。広大なオーストラリアの海を舞台に、マグロ漁の厳しさ、父と子の葛藤を力強く描く。

●シンガー，アイザック・バシェビス
●やぎと少年
アイザック・バシェビス・シンガー作
工藤 幸雄訳　モーリス・センダック絵
岩波書店　1979年　134p　23×16

家族同様のヤギを売りにいき、吹雪にあった少年が、ヤギの乳で3日3晩生き延びる話、とんま村や悪魔の話など全7編。ポーランド出身の米国ノーベル賞作家が望郷の念を込め、東欧ユダヤ人の共通語（イディッシュ）で書いた。飾らない文体が、同郷の父をもつ画家の繊細なタッチの絵と響きあい、深い味わいを醸す。

●スウェイト，アン
●砂に消えた文字
アン・スウェイト作　猪熊 葉子訳　太田 大八画
大日本図書　1972年　304p　22×16

12歳の少女ケイトは、父の転勤でイギリスを離れ、リビアに行くことに。親友の父親から、第二次大戦に出兵した若き日に、リビアの砂漠に埋めた日記があると聞き、探しだすと約束する。思春期の入り口にいる少女が、大人になることに目を向けていく様を丁寧に描く。

●スズキ　コージ
●大千世界のなかまたち
スズキ コージさく
福音館書店　1985年　86p　22×20

本と本の隙間に住み、紙魚を食べているスキママン、机の引出しを占領するセンリョール等、身の回りにいる（？）奇妙ないきもの40種を絵と文で紹介。一種奇怪な雰囲気もあるが、著者独特のユーモアと想像力の産物である大千世界は不思議に人をひきつける。

●スタルク，ウルフ
●聖ヨーランの伝説
ウルフ・スタルク作　菱木 晃子訳
アンナ・ヘグルンド絵
あすなろ書房　2005年　63p　23×16

3兄弟の末っ子ヨーランは、父の言葉「心の声のひびくがままに」を胸に旅立つ。辿りつ

いた海辺の国では、美しいお姫様が竜のいけにえに……。欧州に伝わる竜退治の聖人伝説を、スウェーデンの人気作家が独特のおかしみ漂う物語に脚色。雰囲気にぴったりの挿絵。

●ストー，キャサリン

●ルーシーのぼうけん

キャサリン・ストーアさく　山本まつよやく
大社玲子え
子ども文庫の会　1967年　128p　20×14

3人姉妹の末っ子7歳のルーシーは、とても活発。男の子たちの遊び仲間にしてもらうため、探偵になって泥棒を捕まえようと決意した途端、本当に泥棒の犯行を目撃してしまった。たったひとりで犯人たちの隠れ家をつきとめる、ルーシーの勇ましい活躍が痛快な英国の作品。続編に『ルーシーの家出』がある。

「ルーシーのぼうけん」より

●ストレトフィールド，ノエル

●バレエ・シューズ

ノエル・ストレトフィールド著　中村妙子訳
阿部博一挿絵
すぐ書房　1986年　406p　20×14

考古学者のガムおじさんに引きとられ、姉妹として育つ3人の少女。おじさんの留守中、経済的理由から下宿人を置いた縁で、バレエや演劇を教える学院の生徒になる。姉妹が各々の道を選ぶまでを描く、1936年刊の英国職業小説の草分け。お伽話的な筋立てと写実的な描写の魅力で読み継がれてきた。ほかにサーカスや映画など脚光をあびる仕事を扱った作品も。以前にも別訳があったが、同作家の作品をまとめて紹介するのは同社も初めて。

●スピリ，ヨハンナ

●ハイジ　上・下〈岩波少年文庫〉

ヨハンナ・スピリ作　竹山道雄訳
レオナルト・ヴァイスガルトさし絵
岩波書店　上 1952年，下 1953年
上 308p，下 258p　18×12

アルプスの山で祖父と暮していた女の子ハイジは、ある日突然、フランクフルトのお屋敷に連れていかれ、車椅子の少女クララのお相手をすることになる。しかし、ハイジは山恋しさのあまり病気に。無邪気なハイジと頑固者の祖父、ヤギ飼いの少年ペーターとその信心深い盲目の祖母など、多彩な登場人物が織りなす物語。アルプスの自然描写も素晴しい。福音館古典童話シリーズ（矢川澄子訳）や、岩波少年文庫の新訳もある。

●スミス，ドディー

●ダルメシアン
──100と1ぴきの犬の物語

ドディー・スミス著　熊谷鉱司訳
ジャネット・グラハム＝ジョンストン，
アン・グラハム＝ジョンストン絵
文溪堂　1996年　342p　22×15

白地に黒い水玉模様が美しい犬の夫婦に15匹の子犬が誕生。だが、冷酷な女クルエラは、その毛皮欲しさに子犬たちを誘拐、親犬たち

の救出作戦が始まる。ディズニーの映画化で知られる英国の作品。ユーモラスな犬の性格づけと劇的な展開が、読者をひきつける。

●スラトコフ，ニコライ

●北の森の十二か月　上・下
──スラトコフの自然誌
（福音館のかがくのほん）

ニコライ・スラトコフ文　上：福井研介訳
下：松谷さやか訳　ニキータ・チャルーシン絵
福音館書店　1997年　各310p　22×16

ロシア北部の森で30年以上自然観察を続けた著者の短編135話を12の月に分けて収録。「ヘラジカの足あと」「アリの友情」など、いずれも自然に対する優しく暖かい目がある。動物も植物も人間も同じ生き物という原点に立ち、人間とは？　と静かに問う。ロシアの伝統を継ぐ、動物の特徴を捉えた挿絵も秀逸。

●スレイ，バーバラ

●黒ネコの王子カーボネル

バーバラ・スレイ作　山本まつよ訳　大社玲子画
子ども文庫の会　1970年　302p　22×16
→岩波書店　1985年

10歳のロージーはお母さんとふたり暮し。夏休み、掃除でもしてお金をかせごうと、市へほうきを買いにいく。ところが、ロージーがそれと知らずに買ったのは、廃業した魔女のほうきと、口をきくネコ。この誇り高いりっぱな黒ネコは、赤ん坊のとき魔女にさらわれた、ネコの国の王子だった。ロージーと友達のジョンは、意地悪な魔女がカーボネルにかけた奴隷の魔法をとこうと懸命になる。緻密な構成、快いテンポで見事な大団円へと進んでいくストーリー。面白くて、ふしぎな話の好きな子に薦めると、とても喜ばれる。ペン画の挿絵がたっぷり入って読みやすい。

●スンド，シャスティン

●おたよりください

シャスティン・スンド作　木村由利子訳
アンジェリカ・セラーノ＝プネル絵
大日本図書　1991年　128p　21×16

8歳のリンダは、新聞の文通募集欄で見た同じ年のオルガに手紙を出す。ところがそれは新聞の誤植。オルガはひとり暮しの80歳のおばあちゃんだった。文通をつづけるうち、2人は実の祖母と孫のように仲よくなる。手紙だけで構成され、大きな事件はないが、しみじみと心に訴えるスウェーデンの作品。

●セケリ，チボール

●ジャングルの少年

チボール・セケリ作　高杉一郎訳　松岡達英画
福音館書店　1983年　148p　22×16

アマゾン河で船が壊れ、河岸の原始林で途方に暮れたわたしたちの前にインディオの少年が現れる。船を直す間、わたしは彼に連れられて漁や狩りをし、大自然の中で生きる知恵を学ぶ。探検家がエスペラント語で書いた1冊。ストーリーも面白く、緻密な挿絵もよい。

●せた ていじ　瀬田 貞二

●お父さんのラッパばなし

瀬田貞二著　堀内誠一画
福音館書店　1977年　186p　21×16

「ラッパふいて」と頼む3人の子に父が語るほら話14編。富士の裾野から駿河の城の金の鳳凰を呼び寄せたり、溺れかかってイルカに

助けられたり、ニューヨークの高層ビルのガラス拭き競争で優勝したり。世界を巡る父の途方もないほら話が愉快。からりと明るい絵。

「お父さんのラッパばなし」より

●セーリン，ガンヒルド
●きょうだいトロルのぼうけん
ガンヒルド・セーリン作　小野寺百合子訳
ウィニー・ガイラー画
学習研究社　1971年　192p　23×16

古い石橋の中に暮す小さなトロル一家。ある日、おちびちゃんがさらわれた！　モッサとラーバの姉妹は、いたずらステュッベと3人で弟を探しにいく。川やハリネズミや木イチゴも助けてくれて……。スウェーデンの自然の中で繰りひろげられる昔話風の素朴なお話。

●セルー，ポール
●ふしぎなクリスマス・カード
ポール・セルー作　阿川弘之訳
ジョン・ローレンス絵
講談社　1979年　92p　24×18

クリスマスに新しい別荘に行く途中、9歳の僕と家族は森で迷った。偶然見つけた家には不思議なおじいさんが……。翌朝、残されていた1枚のカードの絵は、僕たちがいる森そっくりだった。神秘的な雰囲気が印象的な小品。著者は鉄道旅行記等を著した米国の作家。

●セルデン，ジョージ
●天才コオロギニューヨークへ
ジョージ・セルデン作　吉田新一訳
ガース・ウイリアムズ絵
あすなろ書房　2004年　215p　22×16

ピクニック用の籠に入って都会に来てしまったコオロギのチェスター。地下鉄の売店の少年に飼われ、猫やネズミと仲よくなるが、お札をかじったり、ボヤを起こしたり。が、彼の名演奏が評判をよび……。巧みな展開で少年や動物たちの友情を爽やかに描く。表情豊かな挿絵も魅力。1974年学習研究社刊『都会にきた天才コオロギ』を改題。続巻もある。

●そや きよし　征矢 清
●かおるのたからもの
征矢清作　大社玲子絵
あかね書房　1972年　134p　22×16

小学生の女の子かおるは、同じクラスの男の子に頼んで大切にしている本を借りる。しかし幼い弟がいたずら書きをして本はめちゃくちゃに。同じ本を探して返すが、違うと突き返される。友達の気持ちを理解しようと悩む、かおるの心の動きが丁寧に描かれる。続巻も。

●ソーヤー，ルース
●ローラー＝スケート (青い鳥文庫)
ルース・ソーヤー著　亀山龍樹訳　児島なおみ絵
講談社　1985年　340p　18×12

両親が外国で療養する1年間、ルシンダはピ

ーターズ先生の家に預けられる。人なつこく、好奇心旺盛な彼女が、ニューヨークの街をローラースケートで駆け回って巻きおこす様々な出来事を、日記も交えていきいきと描く。1937年ニューベリー賞。古風だが親しみ易い少女小説。作者は、米国のお話の語り手。

●ゾンマーフェルト，エイメ

●ぼくの名はパブロ（国際児童文学賞全集）

エイメ・ゾンマーフェルト 原作　中山 知子 訳
武部 本一郎 さしえ
あかね書房　1967年　224p　22×16

家族でメキシコに住むノルウェーの少年フレドリックは、ある日、靴磨きの少年パブロと知りあう。パブロは真面目な良い少年だったが、少年刑務所に収容されてしまう。少年たちの友情を描きつつ、メキシコの歴史や風土、国が抱える問題などを分かりやすく伝える。作者は1959年に国際アンデルセン賞を受賞。

た行

●タイタス，イヴ

●ベイジルとふたご誘拐事件
（ねずみの国のシャーロック・ホームズ）

イヴ・タイタス 作　各務 三郎 訳
ポール・ガルドン 絵
あかね書房　1978年　130p　20×14

ベイジルはネズミの国の名探偵。ベーカー街221-Bに通い、敬愛するシャーロック・ホームズからこっそり学んだ探偵術で、鮮やかに難事件を解決していく。その活躍を、親友で助手のドーソン博士が語る。米作家によるシリーズ1作目。挿絵も愛らしく、気のきいたパロディ作品として楽しめる。続巻3冊。童話館出版から出た新訳はやや大人っぽい装丁。

●たかし よいち　高士 與市

●竜のいる島

たかし よいち 作　太田 大八 絵
理論社　1984年　354p　21×16

一郎太少年は中1の夏、ある島で海中に巨大な影を見る。謎の古代生物か？　島の友だちや新聞記者、古生物学者である叔父、怪獣を追うイタリア人研究家らも巻きこみ、緊迫した追跡劇が始まる。流人伝説や首長竜の化石発掘を巧みにからめた読み応えのある冒険物語。初版は1976年、アリス館牧新社刊。

●ダッタ，アルプ・クマル

●密猟者を追え

アルプ・クマル・ダッタ 作　鈴木 千歳 訳
ジャグデシュ・ジョシー 絵
佑学社　1986年　151p　23×16

インドの動物保護区ではサイの密猟があいついでいた。保護区に住む3人の少年は、密猟者に殺されたサイを発見。周りには犯人と思われる足跡が……子どもたちは時に勇敢に、時に冷静に、徐々に犯人を追いつめていく。子どもたちの活躍が緊迫感のある描写で語られる。インドの教師兼作家の1979年デビュー作。

●ターヒューン，アルバート・ペイソン

●名犬ラッド（岩波少年文庫）

アルバート・ペイソン・ターヒューン 作
岩田欣三 訳　ロバート・ディッキー さし絵
岩波書店　1951年　370p　18×12

この物語を読んだ人は、だれでも犬という動物を改めて見直す気になると同時に、こんな犬が本当にいたのだろうかという疑問をもつに違いない。ラッドは、それほどすばらしい驚くべき犬だった。作者の愛犬で純血のコリー種。忠誠心、勇気、献身、自制心、高潔……様々な徳をその身で示したような行為の数々は、すべてありのままの事実だという。ぬれぎぬを着せられて罰せられても黙々と耐えるラッド。下半身マヒの子どもに襲いかかろうとする毒ヘビに生命を賭して立ちむかうラッド。その一生を追って語られる数々のエピソードは、全体として大きな愛の物語となって感銘をあたえる。米国の古典的な作品。

「名犬ラッド」より

●ダール，ロアルド

●チョコレート工場の秘密

ロアルド・ダール 作　田村隆一 訳
J・シンデルマン 絵
評論社　1972年　238p　21×16

貧しい少年チャーリーが、憧れのワンカ氏のチョコレート工場見学のくじを当てた。他に当てたのは、大食いの少年やわがまま娘……。世界一有名、でも謎の多いこの工場で子どもたちが経験したことは……。辛口のユーモアがきいた英国の人気作家の代表作。柳瀬尚紀訳、クェンティン・ブレイク絵の新版も。

●ぼくらは世界一の名コンビ！
──ダニィと父さんの物語

ロアルド・ダール 作　小野章 訳
ジル・ベネット さし絵
評論社　1978年　276p　21×16

ダニィは男らしくて頼もしい父さんと2人暮し。この父さんの何よりの楽しみは、金持ちの森のキジを密猟することだった。奇抜な着想の愉快な話。子どもが憧れる素晴らしい父親像を闊達に描く。同社2006年刊の新訳軽装版タイトルは『ダニーは世界チャンピオン』（柳瀬尚紀訳　クェンティン・ブレイク絵）。

●魔女がいっぱい

ロアルド・ダール 作　清水達也，鶴見敏 訳
クェンティン・ブレイク 絵
評論社　1987年　302p　21×16

夏休み、ホテルでぼくが紛れこんだ「英国児童愛護協会」の会合は、魔女達の集会だった！魔女たちは英国中のガキをねずみに変える計画を練っていたのだ……。とびきり怖くてとびきり面白い話を求める子に自信をもって薦められる作品。パンチのきいた挿絵。

●マチルダはちいさな大天才

ロアルド・ダール 作　宮下嶺夫 訳
クェンティン・ブレイク 絵
評論社　1991年　332p　21×16

マチルダは学齢前にディケンズを読み、難しいかけ算もこなす超天才。外見はおとなしいこの子が、娘をかさぶた位にしか思わない愚かな両親や横暴な女校長を、知恵と超能力で

チャーツツ

やっつける。痛快なストーリーと風刺のきいたユーモア、話にぴったりの挿絵も魅力。

●チャーチ，リチャード

●地下の洞穴の冒険

リチャード・チャーチ 作　大塚 勇三 訳
ジョフリー・ウィッタム さし絵
岩波書店　1971年　230p　22×16

退屈な夏休み、ジョンは、野原で偶然洞穴を発見、秘密クラブの仲間5人で探検に出かけた。周到な準備をし、慎重に行動したのだが、思わぬ事故で、ジョンともう1人の少年は、深い縦穴の底に取り残されてしまう。2人はあきらめず地下の川沿いに先へ進むが、垂れ下がった岩壁に行く手を阻まれ……。少年たちそれぞれの性格が冒険を左右し、事の成否に関わっている点が、作品に深みをもたせている。地下の暗闇の中での息づまるような冒険を、緊迫した筆致で描いたイギリスの傑作。1962年刊の岩波少年少女文学全集には、本作と、続編『ふたたび洞穴へ』を併収。

●チャペック，カレル

●ダーシェンカ——あるいは子犬の生活

カレル・チャペック 文・絵・写真
保川 亜矢子 訳
SEG出版　1995年　99p　28×22

チェコの国民的作家が、愛犬の誕生直後からの日々の成長を、ユーモアたっぷりの文と絵で綴る大型本。いたずら好きな愛すべき子犬に、人間の子に語るように聞かせた物語や、表情豊かな写真集も。いろいろな翻訳版が出ているが、これはチェコ語からの訳。余白を活かしたレイアウトで子どもにも薦めやすい。

●長い長いお医者さんの話
（岩波少年文庫）

カレル・チャペック 作　中野 好夫 訳
ヨセフ・チャペック さし絵
岩波書店　2000年　360p　18×12

チェコの文学者、劇作家として活躍したカレル・チャペックの童話集。郵便屋さんやおまわりさん、宿なしのルンペンやカッパなど、ちょっと風変りな主人公が登場する機知とユーモアにみちた話9編。風刺のきいたおしゃべりや、現実と空想のたくみな結びつきに新鮮な魅力がある。兄ヨセフの描いたペンの挿絵は、軽妙な味が物語の雰囲気にぴったりで、この本の楽しさを倍加している。1952年少年文庫初版には7話のみ収録。1962年刊のハードカバーにはカラーの挿絵ページがある。

「長い長いお医者さんの話」より

●つつい よりこ　　筒井 頼子

●ひさしの村

筒井 頼子 作　織茂 恭子 画
福音館書店　1990年　272p　21×16

戦後まもない東北の山村。4年生のひさし一家は疎開先に住み続けているが、よそ者意識が抜けない。しかし友達との遊びや、村中総出の旅芝居見物などを通して、次第に仲間に

とけこんでいく。豊かな自然の中での素朴で人間味ある暮しが、目に見えるように描かれている。妹が主人公の続編『いく子の町』も。

●ティバー，ロバート

●アリスティードの夏休み

ロバート・ティバー作　八木田宜子訳
クウェンティン・ブレイク画
あかね書房　1979年　118p　21×16

フランスの男の子アリスティードは海水浴用のマットレスに乗ったまま流され、英国の海岸に漂着、イギリス少年たちの戦争ごっこの捕虜に。「戦争はいけない」と父に言われているアリスティードは……。夏休みの冒険をさらりと描いた楽しい読みもの。挿絵は漫画風。

●ディヤング，マインダート

●丘はうたう

マインダート・ディヤング作　脇明子訳
モーリス・センダック絵
福音館書店　1981年　224p　22×16

トウモロコシ畑の続く田舎に越してきた男の子レイ。小学生の兄姉はチビ扱いするが、彼は丘の上で馬を見つけ内緒で世話をする。でも秋の大雨が……。幼い子の喜びや畏れ、勇気と家族の温かさをこまやかに描く。内面を映すような繊細な挿絵。1961年、米国刊。

●コウノトリと六人の子どもたち

マインダート・ディヤング作　遠藤寿子訳
モーリス・センダックさし絵
岩波書店　1967年　356p　23×16

北海に面したオランダの小さな漁村。村の小学校に通う6人の子どもたちは、幸運のしるしであるコウノトリが、なぜ自分たちの村にだけは巣を作りに来ないのかと疑問に思い、先生の助言と励ましを得て、その原因をつきとめ、鳥を呼び寄せようと努力する。夢を実現しようとする子どもたちの姿も健気だが、その過程で、彼らが、これまで関わりのなかった村のおとなたち――とりわけ両足のない、村でものけ者にされ恐れられている男――と世代を超えた友情と協力の関係を結んでいく様子を丹念に描き、深い印象を残す。1955年ニューベリー賞。初訳は56年の少年文庫。

●デイ＝ルイス，セシル

●オタバリの少年探偵たち
（岩波少年文庫）

セシル・デイ・ルイス作　瀬田貞二訳
エドワード・アーディゾーンさし絵
岩波書店　1957年　254p　18×12

戦争の廃墟で、戦争ごっこに熱中していた2組の少年たちが、敵味方力を合わせて、贋金づくりのギャングを追いつめるまでの活気あふれる物語。作者は、イギリスの詩人作家で、フランス映画にヒントを得て、この作品を書きあげたといわれる。いきいきと個性的に描かれた少年たち、早いテンポで展開するサスペンスに満ちた事件の盛りあがり、しかも現実味を失わない確かな描写力などで、『エーミールと探偵たち』以来の少年小説と評価された。乱暴な口をききあう生意気盛りの男の子たちの友情、仲間への信頼と忠実さなどが読者の胸を打つ。著名な絵本作家によるペン画の技が際立ち、この挿絵で物語の雰囲気が決まったといえるほど。脇明子による新訳も。

●デュボア，ウィリアム・ペン

●三人のおまわりさん
ウィリアム・ペン・デュボア 作　渡辺 茂男 訳
柳原 良平 画
学習研究社　1965年　162p　23×16

魚がたっぷりとれる豊かなファーブ島で、市長の次にえらいのが3人のおまわりさん。でも、誰も悪いことはしない……はずが、ある日、魚捕り網が全部盗まれた！ 犯人は海の怪物？ 少年ボッツフォードが機転をきかし、難問を解決していく様子が愉快。洒落た挿絵。

「三人のおまわりさん」より

●二十一の気球 （青い鳥文庫）
ウィリアム・ペン・デュボア 著　渡辺 茂男 訳
竹山 のぼる 絵
講談社　1986年　206p　18×12

1883年8月、巨大な気球に乗りこみ、太平洋横断に出発したシャーマン教授が、なんと3週間後、潰れた20の気球とともに、大西洋を漂流していた。救出された教授の語るふしぎな体験とは？ ユーモアとウィットに富む空想冒険物語。1948年ニューベリー賞。

●名探偵しまうまゲピー
ウィリアム・ペン・デュボア 作・画
渡辺 茂男 訳
学習研究社　1970年　138p　23×16

サーカスの売上金が毎晩半分盗まれ、犯人捜しの依頼が探偵事務所に届く。ただし、探偵の条件は綱渡り、ライオンの調教、道化等ができる事。抜擢されたのは赤と白のしまうまゲピー。サーカス団に潜入し、調査を開始。意外な結末に心暖まる。作者の描く絵も魅力。

●デンネボルク，ハインリヒ・マリア

●ヤンと野生の馬 （国際児童文学賞全集）
ハインリヒ・マリア・デンネボルク 原作
高橋 健二 訳　ホルスト・レムケ さしえ
あかね書房　1965年　200p　22×16

大きな百姓家の末っ子ヤンは、年寄りの下男ナッツと名コンビ。ヤンは足の悪い野生の子馬バルタザルに夢中だが、山林官が殺してしまうのでは、と気が気でない。そこでナッツは一計を案じ……。少年の一途な気持ちが素直に伝わるドイツの作品。挿絵も愛らしい。

●トウェイン，マーク

●王子とこじき （学研世界名作シリーズ）
マーク・トウェーン 作　久保田 輝男 訳
W・ハザレル 画
学習研究社　1975年　352p　20×14

米児童文学の古典。舞台は英国16世紀。貧民の子トムは、王子のエドワードと誕生日が同じ日で、容姿も瓜二つ。宮殿で出あった2人は服を取りかえた。ボロを着た王子は追いだされ屈辱的な生活を強いられる。人間の残酷さや偽善ぶりを描く、寓意性の強い作品。

●トム・ソーヤーの冒険（岩波少年文庫）

マーク・トウェイン作　石井桃子訳
岩波書店　1952年　408p　18×12

アメリカの国民文学の父といわれるトウェインが1876年に発表、世界中で愛読されてきた少年小説。トムはミシシッピ川沿いの村の腕白少年。友だちのジョーや宿なしハックと、島で海賊の生活を楽しんだり、墓場で殺人事件を目撃したり、洞窟を探検して行方不明になりかけたりと、スリル満点の日々を重ねる。いきいきした会話やキラリと光る警句とユーモアに満ち、現代の読者をも夢中にさせる。

●ドゥシニスカ，ユリア

●いたずら小おに

ユリア・ドゥシニスカ作　内田莉莎子訳
赤坂三好画
学習研究社　1967年　164p　23×16

いたずら小おにイヒッチェクは笑うとお腹が一杯になる。ナキムシ君、ダラシナイ君、ダダッ子ちゃん、次々に悪い子の髪の毛や襟に住みついては、そそのかし、笑いものにしていたが……。奇抜な登場人物と、テンポよい場面展開が飽きさせないポーランドのお話。

●ドッジ，メアリー・メイプス

●銀のスケート——ハンス・ブリンカーの物語（岩波少年文庫）

メアリー・メイプス・ドッジ作　石井桃子訳
ヒルダ・ファン・ストックムさし絵
岩波書店　1988年　406p　18×12

オランダの兄妹ハンスとグレーテルは、父が堤防工事のけがで廃人同様になったあと、母を助けて暮している。事故の前、父がどこかへ隠した千ギルダーの貯金、兄妹が獲得をめざすスケート大会一等賞の賞品・銀のスケート靴、ハンスの友達のスケート旅行など、興味深いエピソードが綾をなして長編の物語を構成している。物語中にオランダの風俗や歴史が巧みに織りこまれているのも大きな特色。一見取りつきにくい印象だが、読みはじめれば面白く、読後の満足感も大きい。原著は米国で1865年に出版され、少年少女小説の先駆をなした。白黒の版画風挿絵つき。1952年刊の初版の題は『ハンス・ブリンカー』。

「星のひとみ」より

●トペリウス，サカリアス

●星のひとみ

サカリアス・トペリウス作　万沢まき訳
丸木俊絵
岩波書店　1965年　220p　23×16

フィンランドのアンデルセンといわれるトペリウスの短編集。冬の山道でそりを走らせていたラップ人の夫婦はオオカミに追われ、女の子の赤ん坊をそりから落としてしまう。赤ん坊が夜道にころがって星を眺めているうち、星の光がその子の瞳に宿り、女の子は七重の壁をとおして物を見、人の心を見抜く力をもつようになる。神秘的で深い印象を残す表題作「星のひとみ」ほか、「夏至の夜の話」「霜の巨人」など10編を収める。北欧神話の神さまや、巨人や小人が登場する話も多い。全編をとおして、厳しい自然と古い伝説に満ちた北の国のもつ幻想的な美しさがみなぎっている。初版は1953年刊の岩波少年文庫版。

●とみやす ようこ　富安 陽子

●妖怪一家九十九さん

富安陽子作　山村浩二絵
理論社　2012年　151p　21×16

九十九家7人は、ヌラリヒョンのパパ、ろくろっ首のママ、一つ目小僧など、実は妖怪。住み慣れた野原の開発が進み、役所の仲介で団地の地下12階に住む。ある夜、怪しい人影を見つけた一家は……。人に混じって暮す妖怪たちを飄々と描く。とぼけた味の絵も楽しく、続巻に次々と手を伸ばす子が多い。

●ド・モーガン，メアリ

●風の妖精たち（岩波少年文庫）

メアリ・ド・モーガン作　矢川澄子訳
オリーヴ・コッカレルさし絵
岩波書店　1979年　246p　18×12

決して口外しないことを条件に、風の妖精たちから踊りを習い、比類なき踊り手に成長した娘が、その約束を命がけで守る表題作など7編。ヴィクトリア朝英国の女流作家らしい美しさと想像力に満ちたふしぎな物語に流麗な挿絵が合う。原書1900年刊。同著者の短編集には他に『針さしの物語』などがある。

●トラヴァース，パメラ・L

●風にのってきたメアリー・ポピンズ

パメラ・L・トラヴァース作　林容吉訳
メアリー・シェパードさし絵
岩波書店　1975年　238p　23×16

子どもたちの面倒をみるばあやに急にやめられて途方に暮れていたバンクス夫人のところへ、東風に運ばれてきたように、どこからともなくやってきたメアリー・ポピンズ。子どもたち——ジェインとマイケルと双子の赤ん坊は、厳しいが、妙に人をひきつけるこの人に、たちまち魅せられてしまう。なにしろ、階段の手すりを下から上へすべり上がったり、空っぽのはずの鞄から、エプロン、歯ブラシ、寝巻、はては羽布団まで揃った寝台をとり出したりするのだから。魔法のようなことを次々やってみせる彼女のおかげで、子どもたちは、心躍るふしぎな体験をするが、春の第1日目、西風に乗って彼女は、バンクス家を去っていく……。出来事の面白さもあるが、読者をひきつけるのは、なんといってもメアリー・ポピンズその人。威厳があって、気取りやで、どことなく愛嬌のあるこの主人公は、1度読んだら忘れられない印象を残す。線画の挿絵も魅力。メアリー・ポピンズは都合3回バンクス家にやってくるが、各々の時期におこったことを本作と『**帰ってきたメアリー・ポピンズ**』『**とびらをあけるメアリー・ポピンズ**』に、3度の訪問中におこった他の出来事を、4冊目『**公園のメアリー・ポピンズ**』に収めている。初訳1954年少年文庫。

●トリース，ジョフリー

●この湖にボート禁止
（少年少女学研文庫）

ジョフリー・トレーズ作　田中明子訳
太田大八画
学習研究社　1969年　340p　18×12

英国湖水地方の村に引越してきたビルとスーザンの兄妹は、ボートを見つけて大喜びするが、なぜか地主は湖でのボート遊びを禁じる。不審に思ったビル達が地主の身辺を探ると……。自然や日常の描写に、謎解きと宝探しの面白さを織りこんだ作品。初訳1957年の平凡社・冒険小説北極星文庫。多賀京子訳の福音館文庫（リチャード・ケネディ画）も。続編『**黒旗山のなぞ**』も読み応えがある。

●トリース, ヘンリー

●夜明けの人びと（岩波少年文庫）

ヘンリー・トリース 作　猪熊 葉子 訳
［チャールズ・キーピング 絵］
岩波書店　1997年　182p　18×12

人類「夜明け」の時代。絵の好きな少年「まがり足」は種族間の略奪や殺し合いに嫌気がさし、家を出る。戦いのない世界を求めて、さまよい歩くうち、夢や絵が生み出す力を信じるようになる。詩人でもあるイギリスの作家が平和を希求し、簡素な文章で表現した中編。物語の独創性を際立たせる印象的な挿絵。初訳は1971年に大日本図書より刊行された。

●ドリュオン, モーリス

●みどりのゆび

モーリス・ドリュオン 作　安東 次男 訳
ジャクリーヌ・デュエーム 絵
岩波書店　1965年　214p　23×16

チトは、触ると何にでも花を咲かせることのできる不思議な親指をもつ男の子。刑務所、貧民窟、病院等に親指を触れると花が咲き、荒んだ人々の心に希望が生まれた。だがお父さんの工場で作っているものは……。平和への願いを謳ったフランスの詩的な古典作品。

●トールキン, J・R・R

●サンタ・クロースからの手紙

J・R・R・トールキン［著・絵］
ベイリー・トールキン 編　せた ていじ やく
評論社　1976年　48p　29×23

「指輪物語」の著者がサンタになりかわり、4人の我が子に宛てて15年間送った手紙集。1年に1通、震える"サンタ文字"で、サンタと手伝いの北極熊やエルフの暮し、ゴブリンの侵入等、北極での出来事が現実感をもって綴られる。著者による美しい水彩の絵も魅力。

●ホビットの冒険

J・R・R・トールキン 作
瀬田 貞二 訳　寺島 竜一 絵
岩波書店　1965年　476p　23×16

ホビットとは作者の創造による小人族。平穏な暮しを好むホビット族の家系の出であるビルボ・バギンズは、心地よい我が家を後に、心ならずもドワーフ小人の黄金奪還の旅に同行する。が、ゆくてにはトロルや竜が待ちうけ、魔法使いガンダルフの助けを得てもなお苦難の旅。しかし、この冒険を経て知恵と勇気を身につけたビルボは、ドワーフたちを助け、ついに目的を達成させる。作者は、英国の中世英語学、英文学の権威で、伝承文学の要素をたっぷり盛りこんだこの壮大なファンタジーによって、人間の愛と信頼と英知をうたい、人と妖精と小人族が共存した荒々しくも豊かな時代を見事に描きだしている。日本の画家による挿絵が、物語の雰囲気をよく伝える。続編「指輪物語」（本書143頁）はビルボの甥フロドが主人公。

●トルストイ, レフ・ニコラーエヴィッチ

●イワンのばか（岩波少年文庫）

レフ・ニコラーエヴィッチ・トルストイ 作
金子 幸彦 訳　田中 義三 さし絵
岩波書店　1955年　298p　18×12

ロシアの文豪トルストイによる民話をもとにした作品。3人兄弟の末っ子イワンは、兄たちからばかにされるほど正直な働き者。あるとき、3匹の小悪魔が兄弟をひとりずつ受持って誘惑しようとするが、イワンだけには歯が立たず、逆にやられてしまう……。この表題作をはじめ、「愛のあるところには神もいる」等11編。いずれも、トルストイの人生観を基調にした物語で、お説教臭さはあるが、子どもは、まざまざと見えるように語られるストーリーにひきこまれ、話の底に流れる精神にも素直に感動するようだ。読んで聞かせると味が出るものが多い。福音館書店刊『トルストイの民話』（藤沼 貴訳）は原書の完訳。

な行

●ナイト, エリック

●名犬ラッシー（青い鳥文庫）

エリック・ナイト 作　飯島 淳秀 訳　岩淵 慶造 絵
講談社　1995年　348p　18×12

英国ヨークシャー州の貧しい一家に飼われていた美しいコリー犬ラッシーが公爵に売られ、遠くスコットランドへ連れていかれる。だが、飼い主だった少年ジョーに会うため脱走、ひたすら南下する。テレビや映画で有名な名犬物語の原作。訳はこなれていて読みやすい。

●なかむら たえこ　中村 妙子

●クリスマス物語集

中村 妙子 編訳　東 逸子, 牧野 鈴子 さし絵
偕成社　1979年　216p　23×16

聖夜を扱った伝説、童話、詩などから、ディケンズ「ベツレヘムの夜」、ラーゲルレーヴ「クリスマス・ローズの伝説」等14編を訳者が選んだ。温かく優しい話が多い。ニューヨーク・サン新聞の1897年社説「サンタクロースっているんでしょうか？」も収録。

●なす まさもと　那須 正幹

●お江戸の百太郎

那須 正幹 作　長野 ヒデ子 画
岩崎書店　1986年　188p　22×16

岡っ引きの千次親分の息子、百太郎は12歳。寺子屋に通い、亡き母の分も家事を担うしっかり者。人はよいが腕はさっぱりの父親顔負けの名探偵ぶりを発揮して誘拐、幽霊話などの難事件を解決する4話。威勢のいい口調が楽しく、気軽に読める。筆の挿絵もぴったり。

●にいみ なんきち　新美 南吉

●ごんぎつね（岩波少年文庫）

新美 南吉 作　宮田 奈穂 さし絵
岩波書店　2002年　306p　18×12

きつねのごんが、貧しい村人・兵十にした悪戯を悔いて彼に善行をするが、誤解されるという表題作や「おじいさんのランプ」「てぶくろを買いに」等、代表的な12編を収録。29歳で夭折したが、独特な物語世界で日本児童文学史上大きな位置を占める作家の短編集。

●ニクル，ペーター

●ほらふき男爵の冒険

ペーター・ニクル 再話　矢川澄子 訳
ビネッテ・シュレーダー 画
福音館書店　1982 年　63p　29×22

18世紀に実在したドイツ貴族の有名な冒険譚を新たに再話、絵本仕立てにした。緻密でシュールな雰囲気の絵と「わがはいは、わざと冬のさなかをえらんでロシアへの旅にでた」といった時代がかった文がよく合い、荒唐無稽で洗練されたホラ話を盛りあげている。

●ニューマン，ロバート

●ホームズ少年探偵団

ロバート・ニューマン 作　美山二郎 訳
藤沢友一 さし絵
佑学社　1981 年　222p　22×16

少年アンドリューとともに田舎からロンドンに来た家庭教師が行方不明に。アンドリューは名探偵ホームズの手伝いをしているウィギンズ兄妹と知りあう。一緒に事件解決を手伝ううちに……。ホームズらを登場させ、巧みにドイルの世界を再現した少年向き推理小説。

●ネイラー，フィリス・レノルズ

●さびしい犬

フィリス・レノルズ・ネイラー 作　斉藤健一 訳
井江栄 絵
講談社　1993 年　222p　22×16

米国の片田舎。11歳の夏、怯えたビーグル犬がぼくについてきた。シャイローと名づけたけど、飼い主は嫌われ者の猟師ジャッド。彼が犬を殴るのを見て……。犬を守りたい一心で行動する少年の姿をまっすぐ描く1992年ニューベリー賞。改題新訳『シャイローがきた夏』（さくまゆみこ 訳　あすなろ書房）も。

●ネストリンガー，クリスティーネ

●みんなの幽霊ローザ

クリスティーネ・ネストリンガー 作
若林ひとみ 訳
クリスティーネ・ネストリンガー Jr. さし絵
岩波書店　1987 年　220p　22×16

守護天使さえいれば大丈夫、と思っている怖がりやの少女ナスティが夜の留守番をしていると、現れたのはおばあさんの幽霊のローザ。彼女が守護幽霊になってくれたのはいいが……。アパートや学校で起こる大騒動を愉快に描く。1979年オーストリア児童図書賞を受賞。

「砂の妖精」より

●ネズビット，イーディス

●砂の妖精（福音館古典童話シリーズ）

イーディス・ネズビット 作　石井桃子 訳
ハロルド・R・ミラー 画
福音館書店　1991 年　350p　21×16

田舎の一軒家に引越してきたシリル達4人兄妹は、砂利掘り場で"砂の妖精"サミアドを

掘りだしてしまう。妖精とはいうものの、サミアドは毛むくじゃらで、角の先に目のついた奇妙な姿。1日1つ願いを叶えてくれるが、それが常に厄介事を招くことに。魔法をめぐる珍事をユーモラスに描く英国ファンタジーの古典。3部作を成しており、2作目『火の鳥と魔法のじゅうたん』（猪熊 葉子 訳　岩波書店）では、同じ子ども達の前に2千年の眠りから覚めた火の鳥と、日に3つの願いを叶えてくれる魔法の絨毯が現れる。3作目『魔よけ物語』上・下（八木田 宜子 訳　講談社）では、砂の妖精に再会。古物商から手に入れた魔よけの片割れを求めて、古代エジプトなどを旅する。20世紀初頭の作品だが、筋立ての面白さや登場人物達の個性が魅力となって、今も読者を空想の世界にたっぷりと遊ばせてくれる。

●ノーソフ，ニコライ・ニコラエヴィチ

●ヴィーチャと学校友だち
（岩波少年文庫）

ニコライ・ニコラエヴィチ・ノーソフ 作
福井 研介 訳　ゲ・ボージン さし絵
岩波書店　1954年　320p　18×12

4年生のヴィーチャは、算数が大の苦手、一方、友だちのシーシキンは文法がだめ。苦手科目を克服する方法はあるのか。壁新聞のこと、学芸会で起こした騒ぎや、サーカスに心奪われたこと……。友だち同士助けあって勉強する旧ソ連の子どもたちの姿が、ヴィーチャの活気あふれる口調でいきいきと語られる。

●ネズナイカのぼうけん（偕成社文庫）

ニコライ・ニコラエヴィチ・ノーソフ 作
福井 研介 訳　アレクセイ・ミハイロビッチ・ラープチェフ さし絵
偕成社　1976年　348p　19×13

おとぎの国の〈花の都〉に住む小人・ネズナイカは、ほら吹きで、女の子を見るといじめるだめな男の子。15人の仲間と気球旅行に行き、女の子の町に墜落。騒動を起こす……。1954年にソ連で刊行され、人気を博した作品。愛くるしい挿絵が小人たちの暮しぶりや個性を際立たせ、想像をふくらませてくれる。

●ノートン，メアリー

●空とぶベッドと魔法のほうき
（岩波少年文庫）

メアリー・ノートン 作　猪熊 葉子 訳
エリック・ブレッグヴァッド さし絵
岩波書店　2000年　342p　18×12

夏休みにおばさんの家に預けられたケアリィと弟2人は、魔女修行中のプライスさんの失態を目撃。口止め料に、好きな所へ飛んでいける魔法のベッドを手に入れる。まず出かけたロンドンでは、警察に捕まることに……。のびやかに空想をふくらませてくれる英国のファンタジー。以前、学習研究社から『魔法のベッド南の島へ』『魔法のベッド過去の国へ』（赤坂 三好 画）の2冊で出ていた。

●床下の小人たち

メアリー・ノートン 作　林 容吉 訳
ダイアナ・スタンレー さし絵
岩波書店　1969年　246p　21×16

ある家の床下に、"借り暮らしや"の小人の家族、ポッドとホミリーと娘のアリエッティが住んでいた。彼らは用心深く身を隠しながら、床上の人間達から生活必需品のすべてを"借りて"暮していたが、あるとき、この家に来た男の子に姿を見られてしまう。人間生活をそのまま縮小したような小人達の暮し、彼らの喜びや不安をリアルに描いた、現代英国の空想物語の傑作。続巻は、人間に追いつめられ、男の子の助けで逃げだした小人達のその後を描く。1953年カーネギー賞。

- ◆野に出た小人たち
- ◆川をくだる小人たち
- ◆空をとぶ小人たち
- ◆小人たちの新しい家 (猪熊葉子訳)

わいのある絵がお話を盛りあげ親しみやすい。

「オズの魔法使い」より

は行

●パイル，ハワード

●銀のうでのオットー

ハワード・パイル作・さし絵　渡辺茂男訳
学習研究社　1967年　236p　21×16
→偕成社　1983年　→童話館出版　2013年

中世ドイツが舞台。戦いと略奪に明け暮れる竜の館の城主・泥棒男爵の1人息子オットーは、生まれてすぐ母を亡くし、僧院で物静かな少年に育つ。成長して館に戻った彼は、父の敵に捕えられ……。緊迫感のある筋運びと重厚な挿絵で、深い印象を残す歴史小説。原書刊行1888年の米国の古典的作品。

●バウム，ライマン・フランク

●オズの魔法使い
（福音館古典童話シリーズ）

ライマン・フランク・バウム作　渡辺茂男訳
ウィリアム・ウォーレス・デンスロウ画
福音館書店　1990年　318p　21×16

竜巻に巻きあげられた少女ドロシーが、オズ大王の治める国で出会う冒険を描く米ファンタジーの古典。映画やミュージカルにもなり、邦訳も多いが、本書は著者と当時の代表的なイラストレーターによる凝った作りの初版本を再現。古風なアメリカンコミックの味

●パーク，リンダ・スー

●モギ──ちいさな焼きもの師

リンダ・スー・パーク著　片岡しのぶ訳
藤川秀之カット
あすなろ書房　2003年　199p　20×14

12世紀、韓国の焼き物の村。橋の下に住む孤児の少年モギの心を強く捉えたのは、名工ミンが作りだす高麗青磁。自分も作りたい……。貧しい少年のひたむきな努力が、頑ななミンの心を溶かし、願いが叶うまでを、まっすぐに描く米国の作品。2002年ニューベリー賞。

●バケット，モーリー

●フクロウ物語

モーリー・バケット文　松浦久子訳
岩本久則絵
福音館書店　1996年　246p　22×16

英国で「野生動物リハビリセンター」を開く著者一家のもとに持ちこまれた2羽のモリフクロウ。彼らとのてんやわんやの生活を、息子の視点から愛情をこめて語る。人なつこさと野生をあわせもつフクロウの生態が、いきいきと描かれ、興味深い。漫画風の挿絵。

ハシ―ハネ

●バジョーフ，パーヴェル・ペトローウィチ

●石の花

パーヴェル・ペトローウィチ・バジョーフ 作
島原 落穂 訳　A・ベリューキン 画
童心社　1979年　158p　22×18

旧ソ連の作家の名著「孔雀石の小箱」から選んだ5編。農奴制時代のウラル鉱山を舞台に、圧制にあえぐ労働者の美への憧れや山への畏れを、ふしぎな伝承話と絡ませて深い印象を残す。民族模様風の挿絵が美しい。全4巻のうちの1巻。岩波少年文庫『石の花』（佐野朝子 訳）は8編収載。幼い子には『火のおどり子　銀のひづめ』（松谷さやか 訳　偕成社）も。

●パターソン，キャサリン

●テラビシアにかける橋

キャサリン・パターソン 作　岡本 浜江 訳
ドナ・ダイアモンド さし絵
偕成社　1981年　262p　20×14

米国の田舎町に住む10歳の少年ジェシーは、都会から移ってきた少女レスリーと、小川の向こうの森に想像上の王国テラビシアを作る。2人は毎日、放課後にそこへ行き、王国で楽しくすごしていたが……。作者の息子の体験をもとに、親友を失う悲しみと再生を描き、深い印象を残す。1978年ニューベリー賞。

●バターワース，オリバー

●大きなたまご

オリバー・バターワース 作　松岡 享子 訳
ルイス・ダーリン さし絵
学習研究社　1968年　272p　21×16

米国東部の田舎町。僕の家の雌鶏がマクワウリ大の卵を産んだ。孵ったのは恐竜トリケラトプス！　国会まで巻きこんだ騒動を、恐竜の世話をした12歳のネイトが語り、途方もない話に真実味を与える。臨場感あふれる挿絵もユーモラスで、特に男の子に薦めたい。2015年に岩波少年文庫版で再刊した。

●バーネット，フランセス・ホッジソン

●小公子 （岩波少年文庫）

フランセス・ホッジソン・バーネット 作
吉田 甲子太郎 訳　古茂田 守介 さし絵
岩波書店　1954年　348p　18×12

米国の裏町で、母の手ひとつで育てられていたセドリックのもとに、亡き父の故郷英国から使いが来る。祖父ドリンコート伯爵の跡継ぎとして迎えられることになったのだ。若君フォントルロイ公として立派な屋敷で暮し始めたセドリックは、天性の無邪気さで、頑なな老伯爵の心を和らげ、周囲の人々を幸せに導いていく。1897年に若松賤子の訳で紹介されて以来、長く愛読されてきた古典的作品。跡目相続にまつわる事件、余りにも理想化された少年の姿などが、現代のおとなには作りものめいて感じられるかもしれないが、主人公の誠実さやけなげさ、幸せな結末などが、子どもには印象深く、満足を与えるだろう。

●小公女 （岩波少年文庫）

バーネット 作　吉田 勝江 訳　森田 元子 さし絵
岩波書店　1954年　396p　18×12

大好きな父の死によって、裕福な寄宿女生徒セーラの境遇は屋根裏部屋に住む召使へと激変。重労働、飢え、寒さ、教師からの迫害に明るく耐える。そこへ……。魔法のような思いがけない幸せな結末にいたる少女小説の古典。19世紀末の英社会の諸問題も垣間見られる。

● **秘密の花園**（福音館古典童話シリーズ）

フランシス・ホジソン・バーネット 作
猪熊葉子 訳　堀内誠一 画
福音館書店　1979年　448p　21×16

メリーは、お金持ちの家に生まれながら、両親にかまってもらえず、わがままで偏屈な女の子に育つ。その後、彼女は孤児となり、インドからイギリスの田舎にある叔父の屋敷に引きとられた。その屋敷には、百もの部屋があり、庭には、誰も入ることを許されない秘密の庭園があった。そしてある時、広い屋敷のどこからか、子どもの泣き声が聞こえてくる……。題名にひかれて手にとる子が多いが、そんな読者の期待を裏切らない作品。「小公子」「小公女」と共に、バーネットの名作として知られ、今日でも愛読されている。

● バーバ，アントニア

● **幽霊**

アントニア・バーバ 作　倉本護 訳
評論社　1975年　260p　21×16

母や赤ん坊と貧しく暮らしていたルーシィ、ジェミー姉弟。一家は突然訪ねてきた謎の老人の依頼で、古い屋敷に住みこむことになった。そこで、百年前に火事で亡くなった子ども達の幽霊と出会う。彼らを救おうと姉弟が奮闘するタイムファンタジー。緻密な構成が魅力。

● **ロッカバイ・ベイビー誘拐事件**

アントニア・バーバ 作　倉本護 訳
評論社　1975年　260p　21×16

休暇を姉家族とすごしに英国からニューヨークに来た3兄妹。銀行頭取の息子誘拐事件に遭遇し、その顛末を14歳の長男リチャードが語る。警察を頼れぬ状況で現地の子ども達のネットワークを駆使し、犯人に迫るスリリングな展開。大都会ならではの側面も見える。

● バビット，ナタリー

● **悪魔の物語**

ナタリー・バビット 作・絵　小旗英次 訳
評論社　1994年　122p　21×16

邪悪だがどこか憎めない悪魔が主人公。この地獄の王は、退屈しのぎに変装して地上に現れ、人間にちょっかいを出したりするが、対する人間たちもなかなかにしたたかで負けていない。おかしさに風刺を加味した10の短編。著者自身の挿絵も味わい深い。続巻1冊。

● **時をさまようタック**

ナタリー・バビット 作　小野和子 訳
評論社　1989年　174p　21×16

10歳の少女ウィニーは、心の冒険を求めて家出、森でタック一家に出会う。彼らは不思議な泉の水を飲み、心ならずも永遠の生命を得ていた。時の流れや変化から取り残されたタックたちと、人生の入り口にたつウィニー。両者をからませ、限りある命の美しさを語る。

●バーマン, ベン・ルーシャン

●アライグマ博士 河をくだる

ベン・ルーシャン・バーマン 作　木島 始 訳
アリス・キャディ 画
福音館書店　1970 年　180p　20×14

ミシシッピー河畔の自然を舞台に、個性的な動物たちが繰りひろげる中編3部作の初巻。洪水から故郷のまずがふちを救わんと、ヘビ、カエル、ウサギ、キツネたちが人間をけしかける。老アライグマが一部始終を「わたし」に話してきかせる設定。風刺のきいた独特のおかしさがある。飄々とした絵も魅力。別訳で評論社刊『ナマズ入江の物語』（全5巻）も。

●ハムズン, マリー

●小さい牛追い（岩波少年文庫）

マリー・ハムズン 作　石井 桃子 訳
［エルザ・ジェム さし絵］
岩波書店　1950 年　260p　18×12

ノルウェーの、とある谷間の小さな農場。男2人、女2人の兄妹は、両親と一緒に村中の牛をあずかって山の牧場で夏をすごす。大自然の中で簡素な暮しをする兄妹の日常を、ユーモアたっぷりにいきいきと描いた物語。英語版からの暖かく美しい挿絵。続編に『牛追いの冬』。中谷千代子絵のハードカバー版も。

●ハムレ, レイフ

●オッター32号機SOS
（国際児童文学賞全集）

レイフ・ハムレ 原作　山室 静 訳
岩井 泰三 さしえ
あかね書房　1965 年　238p　22×16

北極圏の基地をめざして飛びたった空軍機が、救助信号を発し消息を絶った。搭乗員の2人は脱出に成功するも、極北の荒野で遭難。飢えや寒さ、怪我、狼の襲来といった試練に立ちむかううち、2人の関係は……。冒険とスリルに満ちた展開に、性格の衝突も織りこんだ味わい深い作品。作者はノルウェーの軍人。

●バラージュ, ベーラ

●ほんとうの空色（岩波少年文庫）

バラージュ・ベーラ 作　徳永 康元 訳
大社 玲子 さし絵
岩波書店　2001 年　156p　18×12

級友に借りた青絵具をなくした貧しい男の子が野の花で作った「ほんとうの空色」。空を描くと、そこには本物の太陽や月が輝いて……。ふしぎな出来事がおこる中で成長していく少年の姿を描く1925年の作。作者はハンガリーの映画評論家・劇作家として有名。亡命中に出版されたドイツ語の初版からの他社訳も出たが、これはハンガリー語からの改訳版。

●バリー, ジェイムズ・マシュー

●ピーター・パンとウェンディ
（福音館古典童話シリーズ）

ジェイムズ・マシュー・バリー 作　石井 桃子 訳
F・D・ベッドフォード 画
福音館書店　1972 年　326p　21×16

永遠に子どものままのピーター・パンは、ウェンディ、ジョン、マイケルの姉弟を連れて自分の住むネヴァーランドに飛んでいく。そこでは、フック船長率いる海賊や、インディアンたちとの冒険の日々が待っていた。英劇作家による有名な作品。誇り高く傷つきやすい主人公は、大人にとっては郷愁を誘う存在だが、子どもの読者は、ピーターの冒険その

ものを純粋に楽しむようだ。ダイジェスト版も多いが、本書は原典を忠実に訳したもの。

●ハーン，メアリー・ダウニング

●時間だよ，アンドルー

メアリー・ダウニング・ハーン作
田中薫子訳・カット
徳間書店　2000年　246p　19×14

夏休み、12歳のドルーは大叔母さんの家の屋根裏で自分と瓜二つの少年と出会う。それは早世したはずの曽祖父のいとこ、アンドルー。2人は入れ替わり、ドルーはアンドルーの時代、1910年へ。時をこえた友情と家族愛を滑らかな筆致で描く。温かな読後感の米国の作。

●バンクス，リン・リード

●リトルベアー
　　――小さなインディアンの秘密

リン・リードバンクス作　渡辺南都子訳
高橋由為子絵
佑学社　1990年　239p　22×16
→小峰書店　1995年

少年オムリが誕生日にもらった古い洗面戸棚とプラスチックのインディアン人形。偶然、人形は100年以上前のイロコイ族酋長の息子として甦る。身長10センチ足らずの誇り高きインディアンと少年との間に奇妙な友情が芽生え……。斬新な設定と軽快なテンポで一気に読ませるイギリスの作品。挿絵もよく合っている。続編に『**リトルベアーとふしぎなカギ**』『**リトルベアーのふしぎな旅**』がある。

●バーンフォード，シーラ

●三びき荒野を行く
　　（国際児童文学賞全集）

シーラ・バーンフォード原作　山本まつよ訳
武部本一郎さしえ
あかね書房　1965年　218p　22×16

飼い主の親友に預けられた犬2匹と猫1匹。3匹はある日、自分達の家に帰ろうとカナダの荒野を越える400キロ近い旅に出る。途中熊と戦ったり、川ではぐれたり、次々と事件が起こる。3匹が助けあいながら厳しい自然や野生動物に立ちむかう姿を逞しく描く。原書は1961年刊、多くの児童文学賞を受賞。

●ピアス，フィリパ

●ハヤ号セイ川をいく

フィリッパ・ピアス作　足沢良子訳
エドワード・アーディゾーニ絵
講談社　1974年　354p　22×16

庭先の川に流れついたカヌーが縁で知りあった2人の少年デビッドとアダムが、アダムの一族に伝わる謎の詩を手掛りに、隠された宝を捜す。よく練られた筋立ての面白さ、英国セイ川周辺の独特の風物や人間のいきいきとした描写はさすが。巧みなペン使いの挿絵。

●ペットねずみ大さわぎ

フィリパ・ピアス作　高杉一郎訳
アラン・ベーカー挿絵
岩波書店　1984年　184p　22×16

友達からもらった2匹のジャービル（荒地ネズミ）をこっそり飼う少年と、大の動物嫌いの母。その攻防の板挟みになる気の弱い継父と、兄に味方する妹たち。日常の出来事を、テンポの速い筋運びと、鋭い心理描写で鮮やかに描く。写実的な白黒の挿絵。

●幽霊を見た10の話

フィリパ・ピアス作　高杉一郎訳
ジャネット・アーチャーさし絵
岩波書店　1984年　210p　22×16

超自然的な10話を収めた短編集。原題となっている「影の檻」では、いわくつきの畑から掘りだされた小瓶を手にした少年が、不気味な体験をするふしぎな出来事の裏に、人の思いや愛、人生の深い影がのぞく。卓越した想像力と筆力を感じさせる質の高い文学作品。

ビアンキ，ヴィタリー

●みなし子のムルズク（ビアンキ動物記）

ヴィタリー・ビアンキ著　樹下節訳
イ・リズニチ，イェ・チャルーシンさしえ
理論社　1968年　254p　21×16

老猟師は、オオヤマネコをしとめた際、1匹の子を連れかえり、ムルズクと名づけ育てる。両者間には太い絆ができるが、様々な試練の後、ムルズクは野生へと戻る。この表題作ほか黒テンの物語「密林のアスキル」等2編。動物の生活を人間とからめつつ冷静で的確な筆致で描く。作者は野生動物の生態を描いた物語の数々で著名な旧ソ連の作家。訳書は多いが、本書は全7巻完訳シリーズの1冊。

BB

●風のまにまに号の旅
（あなぐまビルのぼうけん）

BB作　神鳥統夫訳
D・J・ワトキンス＝ピッチフォード絵
大日本図書　1983年　138p　22×16

貧しい独り者のあなぐまビルは、放浪のうたいねずみから、幸運と冒険が舞いこむと予言される。すると本当に古い貨物船が手に入り、大金を運ぶことに。行く手には情け知らずの海賊一味が……。のどかな田園を舞台に繰りひろげられる冒険物語。著者自身によるペンの挿絵も楽しく親しみやすい。以下は続巻。
◆船のクリスマス
◆海賊のしゅうげき
◆どらねこ潜水艦
◆あしのささやき号
◆さよなら風のまにまに号

ヒューズ，シャーリー

●チャーリー・ムーン大かつやく

シャーリー・ヒューズ作・絵　岡本浜江訳
佑学社　1982年　167p　23×16
→童話館出版　1996年

夏休み。チャーリーは、海辺でびっくりおもちゃ屋を開くおばさんの家に遊びにきた。すると、新装開店したばかりの見せ物小屋が、何者かに荒された。犯人を追うチャーリーの活躍を、人間模様を交えテンポよく描く。作者による挿絵がたっぷり入り、コメディを観るように気楽に読めるイギリスの作品。

ヒューズ，モニカ

●イシスの燈台守

モニカ・ヒューズ作　水野和子訳
すぐ書房　1986年　250p　20×14

地球から遥かに離れた惑星イシスが舞台。16歳の少女オルウェンは、燈台守として、従者ガーディアンと平穏な日々を送っていた。だが、汚染した地球から80人の移住団が到着し、マークという青年に恋をしたことで……。衝撃的な事実を受けとめ、恋愛との狭間で葛藤する少女の姿がありありと見える。1980年刊、カナダの近未来SF小説。続編1冊。

●ファージョン, エリナー

●ガラスのくつ（ファージョン作品集）

エリナー・ファージョン作　石井桃子訳
E・H・シェパードさし絵
岩波書店　1986年　296p　21×16

エラは16歳。母が死に、父親が継母を迎えてからというもの、地下のお勝手で女中仕事をさせられている。ある日、王様から舞踏会の招待状が届き……。シンデレラの昔話を題材にした劇を物語に書き改めたもの。主人公エラは明るく、茶目っ気のある少女として描かれ、全編、ミュージカルのような楽しい雰囲気にあふれている。初出は講談社1968年。同様に、イギリスの昔話トム・ティット・トットを題材にした『銀のシギ』もある。

●町かどのジム

エリノア・ファージョン作　松岡享子訳
エドワード・アーディゾーニ絵
童話館出版　2001年　171p　22×16

いつも町かどのミカン箱に座っている年老いた元船乗りのジムが、仲よしの男の子デリーに語るお話8つ。ナマズの子だった緑色の子猫、愛に飢えている虹色の海ヘビ……。枠と物語が見事なハーモニーを奏でる名作。1965年刊の学習研究社版（三芳悌吉画）が親しまれてきたが、繊細な原書の挿絵を得て再刊。

●ムギと王さま（ファージョン作品集）

エリナー・ファージョン作　石井桃子訳
エドワード・アーディゾーニさし絵
岩波書店　1971年　470p　21×16

作者自選の短編集。表題作の「ムギと王さま」のほか、「月がほしいと王女さまが泣いた」「金魚」「レモン色の小犬」「ガラスのクジャク」など珠玉のような物語27編を収める。昔話風なものから短編小説風なものまで多彩を極め、現実的でありながら詩的で空想的、想像力の豊かさはほかに類がない。この1冊には、作品が沢山はいっているので、読めそうなもの、好きなものから拾って読んでいく楽しみもあり、幅広く薦められる。繊細なアーディゾーニの挿絵は出色。1956年カーネギー賞。59年初版の岩波少年文庫では11話のみが収録されていた。現在は2分冊の文庫版『ムギと王さま』『天国を出ていく』もある。同作家の短編集は他に『年とったばあやのお話かご』や『イタリアののぞきめがね』がある。

●フィールド, レーチェル

●人形ヒティの冒険（世界少女名作全集）

レーチェル・フィールド作　久米元一訳
赤穴宏さし絵
講談社　1964年　286p　18×13

ナナカマドの木でできた人形ヒティの思い出の記。百年以上前に作られ、いろいろな少女の手に渡り、燃える船に取りのこされたり、インドで迷子になったり。どんなときも前向きなヒティの、人形らしい言動が丁寧に描かれ読者をひきつける。1930年ニューベリー賞。

●フォゲリン, エイドリアン

●ジェミーと走る夏

エイドリアン・フォゲリン作　千葉茂樹訳
ポプラ社　2009年　295p　20×14

フロリダの少女キャスは走るのが好きな12歳。夏休み、隣に黒人一家が越してくると知るや、父は境に塀を建てた。隙間から覗くうち、キャスは同年の少女ジェミーと仲よくなり、一緒に走る練習を始める。白人、黒人両家族の偏見が解れていく様を自然に描き、爽やかな読後感を残す米国人作家デビュー作。

●ブッシュ，ヘレン

●海辺のたから

ヘレン・ブッシュ 作　沢登 君恵 訳
横溝 英一 さしえ
ぬぷん児童図書出版　1977年　254p　22×16

19世紀初め英南部・海辺の村。大工の娘メアリーは巻貝等が石になった「変わり石」集めに夢中。父亡き後、それを集めて売るうち、12歳で魚竜の化石を発見。古生物学に貢献した実在の人物の少女時代をくっきり描く。著者はカナダの地質学者。あすなろ書房から『海辺の宝もの』（鳥見 真生 訳）として再刊。

●ブッツァーティ，ディーノ

●シチリアを征服した　クマ王国の物語

ディーノ・ブッツァーティ 作・画
天沢 退二郎，増山 暁子 訳
福音館書店　1987年　138p　26×19

ある冬、シチリア山中のクマ達が飢えと寒さにたまりかねて平地へおりる。そこで、人間軍と戦い、クマ王国を打ちたてたが……。個性豊かなクマ達、星占いの老教授、幽霊、化け猫等々、登場人物も多彩。ユーモアと寓意に満ちた物語は舞台劇でも観るよう。作者画のこまごまとした絵が楽しいイタリアの本。

●ふなざき よしひこ　舟崎 克彦

●ぽっぺん先生の日曜日

舟崎 克彦 著・さし絵
筑摩書房　1973年　248p　22×16
→岩波書店　2000年

独身で気ままな生物学助教授が、偶然見つけた子どもの頃の愛読書「なぞなぞの本」を眺めるうち、本の中に入りこむ。出るためには、風変わりな動物たちの謎々に答えなければならない。風刺と頓知がきいたナンセンス物語。続きに『ぽっぺん先生と帰らずの沼』など。

●フライシュマン，シド

●ジンゴ・ジャンゴの冒険旅行

シド・フライシュマン 作　渡邉 了介 訳
佐竹 美保 画
あかね書房　1995年　239p　21×16

孤児院に預けられた少年ジンゴは、偶然宝の地図が彫られたクジラの歯を手に入れる。折りしも父親と名のる紳士が現れ、ジンゴを引きとるが……。開拓時代のアメリカを舞台にくりひろげられる活劇調の物語。ジプシーの風俗等も織りこまれて雰囲気をもりあげる。

●ぼくのすてきな冒険旅行
（少年少女学研文庫）

シド・フライシュマン 作　久保田 輝男 訳
長尾 みのる 画
学習研究社　1970年　288p　18×12

金脈探しに沸く1849年米国。12歳のジャックは破産寸前の大好きなおばさまを救うため、忠実な執事とともに密航、西部に向かう。南米経由の船旅や金鉱町の荒くれたちとの渡り合いを経て、2人が絆を深めていく様を洒脱に

語る痛快な物語。ポプラ社より『ゴールドラッシュ！――ぼくと相棒のすてきな冒険』（金原瑞人、市川由季子 共訳）として新訳再刊。

●身がわり王子と大どろぼう

シド・フライシュマン 作　谷口 由美子 訳
ピーター・シス 絵
偕成社　1989年　162p　22×16
→童話館出版　2011年

孤児ジェミーは、あくたれ王子の身代りに鞭を受ける少年。城暮しに飽きた王子に連れられて城を出るが、悪漢に捕まり……。冒険をとおし2人が友情を結ぶまでをテンポよく描く、現代版「王子と乞食」。挿絵も表情たっぷりで、親しみやすい。1987年ニューベリー賞。

●プライス，スーザン

●オーディンとのろわれた語り部

スーザン・プライス 作　当麻 ゆか 訳
パトリック・リンチ 挿絵
徳間書店　1997年　116p　19×14

北欧神話をもとにした英作家の創作。神オーディンの力を借りる邪悪な魔法使いと、女神フレイヤを崇めるアイスランド一の語り手との闘い。迫力のある展開で、ふしぎな雰囲気に引きこまれる。挿絵は劇画調で力強く、字組もゆったりしているので気軽に薦めやすい。

●ゴースト・ドラム
　　――北の魔法の物語

スーザン・プライス 作　金原 瑞人 訳
福武書店　1991年　218p　19×14

女魔法使いの跡継ぎに選ばれたチンギスは、魔力をもつ太鼓ゴースト・ドラムをあやつる優秀な魔女に成長。一方、冷酷な皇帝の城には皇子が幽閉されていた。彼の怒りと絶望の叫びを聞いたチンギスは……。荒涼とした北

国のイメージと原初的な力にあふれた英国ファンタジー。1988年カーネギー賞受賞作。

●プラチェット，テリー

●トラッカーズ（遠い星からきたノーム）

テリー・プラチェット 作　鴻巣 友季子 訳
木村 直代 画
講談社　1992年　294p　22×16

身長約12cmの小人、ノーム族の若者マスクリンは、人間の土地開発で住みかを追われ、仲間と百貨店へ辿りつく。そこには、百貨店創業者を神と崇め、店を全世界と信じる大勢のノームがいた。大昔、地球に不時着したノームが故郷へ戻るまでの3部作初巻。人間社会への風刺がきいた英国のSFファンタジー。
◆ディガーズ
◆ウィングス

●プリョイセン，アルフ

●小さなスプーンおばさん

アルフ・プリョイセン 作　大塚 勇三 訳
ビョールン・ベルイ 画
学習研究社　1966年　166p　23×16

ノルウェーの片田舎に、ご亭主とふたりで静かに暮しているごく普通のおばさんが主人公

だが、普通でないのはこのおばさん、時々、何の前触れもなくスプーンほどに縮んでしまうこと。時もところもお構いなく小さくなるのだから大変。ベッドから無事降りるにも一工夫いる。こねているねり粉の鉢にころげこむやら、自分がお守りしているはずの赤ん坊に人形扱いされるやら……。だが、気丈で働き者のこのおばさんは少しもあわてず、てきぱきと困難を切りぬけ、スプーンくらいの体でなくてはできない冒険をやってのける。発想は奇想天外だが、物語は素朴で大らかでのびのびしており、筋の面白さとともに、おばさんやご亭主の人柄の魅力が読む者をひきつける。続きに、『スプーンおばさんのぼうけん』がある。3冊めは『スプーンおばさんのゆかいな旅』で、おじさん自慢のぼろ自動車で旅に出る話。最初の1冊を読むと、ほとんどの子が続きを読みたがり、3冊読み終えて、また始めから、くり返し楽しむ子もある。漫画風の愉快な絵が物語にぴったりで、まずこれが、子どもたちの目をとらえる。

●プレス，ハンス・ユルゲン

●くろて団は名探偵

ハンス・ユルゲン・プレス 作・画　大社 玲子 訳
佑学社　1984年　138p　22×16
→岩波書店　2010年

くろて団は、子ども4人とリス1匹がメンバーの探偵団。事件をかぎつけると、警察顔負けの捜査で、切手偽造や宝石窃盗犯を追って活躍する4話を収録。見開きごとに、丹念に描きこまれた漫画風の絵とクイズがあり、読者も手掛りを探しながらゲーム感覚で読める。読書慣れしていない子のきっかけづくりに。

●フレミング，イアン

●チキチキバンバン
── まほうのくるま（ぼうけんその1）

イアン・フレミング 作　渡辺 茂男 訳
ジョン・バーニンガム 画
冨山房　1980年　62p　24×17

発明家のポット氏が手に入れた解体寸前のレーシングカー。修理し発進させようとすると、チキ チキ バン バン！　と音がして、車はふしぎな力を発揮、ポット家を奇抜な冒険へ誘いだす。"007"の作者が息子のために書いた唯一の児童書。洒落た味のある挿絵も愉快で、軽く楽しめる。あすなろ書房より、こだまともこ訳による新装版刊行。続巻2冊。

●フロイゲン，ピーパルク

●北のはてのイービク（岩波少年文庫）

ピーパルク・フロイゲン 作　野村 泫 訳
イングリッド・ヴァン・ニイマン さし絵
岩波書店　2008年　148p　18×12

イービク少年が初めて狩りに出た夏、父はセイウチに殺され、カヤックも失った。北グリーンランドの離れ小島で暮す一家は、飢えの苦しみに。ようやく結氷し、イービクは助けを求めにいく途中、白クマに襲われる。著者の幼少期の体験に基づく物語。簡潔で緊迫感のある描写で、昔の先住民の生活を伝える。

●プロイスラー，オトフリート

●大どろぼうホッツェンプロッツ

オトフリート・プロイスラー 作　中村 浩三 訳
F・J・トリップ さし絵
偕成社　1966年　184p　23×16

カスパール少年と親友のゼッペルが、おばあ

さんの誕生日に贈った新式のコーヒーひきを、ホッツェンプロッツが盗んでいった。黒ひげもじゃもじゃ、かぎっ鼻、腰に短刀、手にピストルのこの大泥棒をなんとかつかまえようと、ふたりの少年が知恵をしぼって追跡する……。森の隠れ家やふしぎな館を舞台に、魔法使いや妖精まで登場するスリル満点の大活劇。人物は大げさに戯画化され、漫画的な話だが、数少ない登場人物をじょうずに操り、小道具を巧みにからませて話を進める筋運びのうまさには、思わずひきこまれる。続巻『大どろぼうホッツェンプロッツふたたびあらわる』『大どろぼうホッツェンプロッツ三たびあらわる』で物語は完結。出版以来各国語に訳され、各地で劇化されたドイツの作品。

●大力のワーニャ

オトフリート・プロイスラー 作　大塚 勇三 訳
堀内 誠一 画
学習研究社　1973 年　276p　23×16

お百姓の末息子ワーニャは、途方もない怠け者。ふしぎな老人の予言に従い、かまどの上で 7 年寝て過ごし、大力を授かると、皇帝の冠を求めて出発する。独の作家がロシア民話を膨らませ躍動感あふれる物語に。一途な主人公が共感をよぶ。瑞雲舎より『大力ワーニャの冒険』の題で再刊、岩波少年文庫版も。

●小さいおばけ

オトフリート・プロイスラー 作　大塚 勇三 訳
F・J・トリップ 画
学習研究社　1967 年　178p　23×16

古いお城に住み、真夜中の 1 時間だけ目を覚ます小さいおばけ。憧れの昼の世界に出かけるが、日光にあたったとたん白い体が真っ黒に。無邪気なおばけが思わず引きおこしてしまう騒動が楽しく、幅広い子に親しまれてきた。徳間書店より、はたさわゆうこ訳で再刊。

●小さい魔女

オトフリート・プロイスラー 作　大塚 勇三 訳
ウィニー・ガイラー 画
学習研究社　1965 年　190p　23×16

小さい魔女の年は"たったの 127 歳"。魔女としてはまだ若くて新米なので、年に 1 度のワルプルギスの夜のお祭りにも出してもらえない。もし"いい魔女"になれば出席させてやろうとおかしらに言われて、小さい魔女は魔法の勉強に励み、人助けもしたのだが……。無邪気で、そそっかしく、元気いっぱいの魔女は、子どもにとって魅力的な存在。相棒の口をきくカラスとのコンビで、大いに笑わせる。快いテンポで進むストーリー、素朴な明るさと暖かいユーモアあふれる作風で、いつも人気の作品。漫画風の楽しい挿絵。

●小さい水の精

オトフリート・プロイスラー 作　大塚 勇三 訳
ウィニー・ガイラー 画
学習研究社　1966 年　182p　23×16

池の底で生まれた元気な水の精。好奇心旺盛で、水車の輪に巻きこまれたり、釣り人をからかったり。両親や鯉の友達に囲まれ、すくすく育つ主人公を明るく描く。ペン画の挿絵も愛らしく、読みきかせれば幼児から楽しめる。徳間書店より、はたさわゆうこ訳で再刊。

●ヘイウッド，キャロリン

●風船とばしの日

キャロリン・ヘイウッド さく　厨川 圭子 やく
マルグレット・レティヒ え
偕成社　1980 年　182p　22×16

全校一斉に風船をとばして、拾った人からの手紙を待つ楽しい学校行事を物語にしたアメリカの作品。最初に、風船をとばす 1 年生たちの光景が、2 章以降には風船を拾った側の

小さなドラマ6話が、素直に描かれる。同社新装版の書名は『ふうせんがはこんだ手紙』。

●ベイリー，キャロライン・シャーウィン

●ミス・ヒッコリーと森のなかまたち

キャロライン・シャーウィン・ベイリー 作
坪井 郁美 訳　ルース・クリスマン・ガネット 画
福音館書店　1975年　220p　22×16

ミス・ヒッコリーは胴が林檎の枝、頭がヒッコリーの実でできた娘の人形。家をシマリスに取られ、果樹園の鳥の巣で冬を越すことに。誇り高く、ちょっと頑なな彼女が、自然の中で生きる術を身につけていく様を、詩情とユーモアを交えながら描く。意表を突く結末が印象深い。1947年ニューベリー賞。挿絵も秀逸。ほるぷ出版から再刊後、福音館文庫化。

●ヘルトリング，ペーター

●クララをいれてみんなで6人

ペーター・ヘルトリング 作　佐々木 田鶴子 訳
ペーター・クノル さし絵
偕成社　1995年　286p　20×14

空想家のフィリップ、お天気屋の妹テレーゼ、お喋りなパウルと両親。騒がしいが楽しく暮すショイラー一家に赤ちゃんが生まれることに。ところが、お母さんが病気で胎児にも影響が？　個性豊かな家族ひとりひとりの気持ちを軽快なタッチで描く現代ドイツの作品。

●ベルナ，ポール

●オルリー空港22時30分

ポール・ベルナ 作　上野 瞭 訳
長尾 みのる さし絵
学習研究社　1968年　272p　21×16

アナキストのミュロが爆弾をしかけたとの噂に緊迫する空港で、3歳の女の子のパパが行方不明に。案内係のラファエルと放送係のアドリーヌは、女の子の話から謎を解こうとする。パパはどこ？　ミュロとは？　意外な展開で読み手を飽きさせないフランスの作品。

●ペルフロム，エルス

●第八森の子どもたち

エルス・ペルフロム 作　野坂 悦子 訳
ペーター・ファン・ストラーテン 絵
福音館書店　2000年　422p　22×16

1944年大戦下のオランダ。11歳の少女ノーチェと父は避難民となり森の中の農家に住む。気のいい一家や先客の青年らとすごした終戦までを、彼女の目をとおして綴る。著者が体験した「すごく嫌なこともあるけど楽しいこともあった」戦争中の生活が等身大に伝わる。

●ボストン，ルーシー・M

●海のたまご

ルーシィ・M・ボストン作　猪熊葉子訳
ピーター・ボストン画
大日本図書　1969年　116p　22×19
→岩波書店　1997年

英国南西端コンウォール。休暇で海辺の村にきていたトビーとジョーの兄弟は、ある朝、卵形の石を秘密の岩場に置いた。そこで2人は半人半魚の少年トリトンに出会う。美しい海を舞台に、少年たちのふしぎな冒険を繊細な筆致で描く。陰影に富んだ挿絵がよく合う。

●グリーン・ノウの子どもたち
　　（グリーン・ノウ物語）

ルーシー・M・ボストン作　亀井俊介訳
ピーター・ボストンさし絵
評論社　1972年　254p　21×16

母を亡くした7歳の少年トーリーは、冬休みに、1人で田舎の古い屋敷へ。その屋敷はグリーン・ノウとよばれ、大おばあさんにあたるオールドノウ夫人が住んでいた。古い心なごむ家と、"こわいくらい年をとっている"のに子どものようにいきいきした大おばあさんに迎えられ、トーリーは、この家で300年も前に生きていた子どもたちと、楽しい交わりを経験する……。本書は英国東部の領主屋敷を共通の舞台とする一連の物語の1冊目。（この巻のみ学習研究社刊の瀬田貞二訳『まぼろしの子どもたち』もある）。続く『グリーン・ノウの煙突』は、翌年の春休みに、トーリーが過去の子どもたちと屋敷の宝探しをする話。『グリーン・ノウのお客さま』は、オールドノウ夫人のもとで夏休みをすごす中国人の少年ピンと、自由を求めて動物園から脱走したゴリラとの友情を描いた感動的な物語で、1962年のカーネギー賞を受けた。ほかに、トーリーとピンが、屋敷を奪いとろうとする魔女と戦う『グリーン・ノウの魔女』など。各巻少しずつ味わいは違うが、読者をひきつけてやまない物語の底には、国境や人種、さらに時間の隔たりさえも超えた生命の結びつきを願う、作者の熱い思いが流れている。作者の息子の手になる白黒の挿絵も印象的。

●ポーター，エレノア・ホジマン

●少女ポリアンナ（偕成社文庫）

エレノア・ホジマン・ポーター作
菊島伊久栄訳　児島なおみさし絵
偕成社　1986年　352p　19×13

両親を亡くしたポリアンナは、厳格な叔母に引きとられる。息のつまるような暮しの中、どんな状況でも喜びを見つける〈うれしくなる〉ゲームをする天真爛漫な彼女に、周囲のみんなが励まされる。ところがある時、車に轢かれ……。幸せな読後感を感じさせるアメリカの古典的少女小説。続編もある。

●ホフマン，エルンスト・テオドール・アマデウス

●クルミわりとネズミの王さま
　　（岩波少年文庫）

エルンスト・テオドール・アマデウス・ホフマン作
上田真而子訳　岸弘子カット
岩波書店　2000年　180p　18×12

マリーはクリスマスプレゼントにもらったクルミわり人形を一目で気に入る。その夜、七つ頭のネズミの王さまが現れ、クルミわり率いる玩具たちと戦い始める。バレエ組曲にもなった1816年刊の古典作品。夢想と現実の間をたゆたう幻想的な雰囲気が魅力。1951年初版は國松孝二訳。他に『くるみわり人形とねずみの王さま』（山本定祐訳　冨山房）も。

●ポーランド，マーグリート

●カマキリと月
── 南アフリカの八つのお話

マーグリート・ポーランド作　さくまゆみこ訳
リー・ヴォイト絵
福音館書店　1988年　214p　22×16

南ア生まれの作家による創作物語集。月をつかまえようとしたカマキリを描く表題作他「小さなカワウソの冒険」「ジャッカルの春」等7編を収録。厳しい自然の中に生きる動物たちの営みを通して、先住民の宇宙観や大きな生命の流れを感じさせる。挿絵も秀逸。

●ポールセン，ゲイリー

●ひとりぼっちの不時着

ゲイリー・ポールセン作　西村醇子訳
安藤由紀絵
くもん出版　1994年　236p　22×16

小型飛行機が墜落し、たった1人森の中に放りだされた13歳のブライアン。手元にある手斧1本だけを頼りに、生存をかけた孤独な闘いが始まる。火の確保、寝床作り、食物探しなど、必死のサバイバル生活が臨場感をもって描かれる。作者の体験にもとづく物語。

●ホワイト，E・B

●シャーロットのおくりもの

E・B・ホワイト作　さくまゆみこ訳
ガース・ウイリアムズ絵
あすなろ書房　2001年　223p　21×16

生まれたときに、ひ弱で殺されかけた子豚のウィルバー。少女ファーンに助けられ、丸々と太るが、やがてはハムにされる運命と知る。その友達・クモのシャーロットは、彼を救うため、納屋で"奇跡"をおこす。米国の農場を舞台に、生と死の厳粛さを描いた動物ファンタジー。初版は1953年、『こぶたとくも』（鈴木哲子訳　法政大学出版局）として刊行。

●ボンド，マイケル

●くまのパディントン

マイケル・ボンド作　松岡享子訳
ペギー・フォートナム画
福音館書店　1967年　214p　20×14

ブラウン夫妻は、ロンドンのパディントン駅で、奇妙な帽子をかぶり、古ぼけたスーツケースに腰かけているクマを見つける。暗黒の地ペルーから密航してきたというこのクマは、首に「どうぞこのくまのめんどうをみてやってください。おたのみします」と書いた札を下げていた。そのままにしておけぬ気がした夫妻は、クマに駅の名をつけて家へつれて帰る。さて、このクマが1匹加わったばかりに、夫妻に息子のジョナサン、娘のジュディ、それに家政婦のバードさんの5人家族のブラウン家からは、永久に平和と安穏が失われることになる。なにしろ、この若いクマ君、滅法好奇心旺盛、何にでも鼻をつっこまなくてはいられない上に、全く独特の価値基準と、これまた彼一流の正義感をもつ行動的人物だからだ。お風呂場で、地下鉄で、百貨店で、海辺で、行く先々でパディントンがひきおこす珍事は、どういうものか最後には予想だにしなかった幸せな結末を見、一件落着するごとにこの天真爛漫なクマ紳士に対する読者の愛着が増すことになる。この作品に達者で軽妙な挿絵をかいた画家のフォートナムは、ユニークで愛すべき人物の創造に、作者に劣らぬ寄与をしている。続編に『パディントンのクリスマス』『パディントンの一周年記念』『パディントンフランスへ』ほか6冊がある。

ま行

●マクドナルド，ジョージ

●お姫さまとゴブリンの物語（岩波少年文庫）

ジョージ・マクドナルド 作　脇 明子 訳
アーサー・ヒューズ 挿画
岩波書店　1985年　368p　18×12

美しいアイリーン姫をさらって地下王国の花嫁にしようと企む小鬼ゴブリンたちと、それを阻止して姫を守る鉱夫の少年カーディ。豊かな想像力と独特の世界観に満ち、ふしぎな世界に誘いこむ19世紀英国のファンタジー。銅版画の挿絵もよい。別訳に『王女とゴブリン』（村上 光彦 訳　太平出版社　1978年）、続巻に『カーディとお姫さまの物語』がある。

●金の鍵（岩波少年文庫）

ジョージ・マクドナルド 作　脇 明子 訳
アーサー・ヒューズ 挿画
岩波書店　1996年　224p　18×12

虹の端で金の鍵を見つけた少年モシーが、妖精の国で出会った少女とともに、影の源の国を探す表題作のほか、「魔法の酒」「妖精の国」の2編を収める。作者の故郷スコットランドの風土に、独自の神秘的思想を反映させた作品。空想物語を好む子に。原書1871年。

●ふんわり王女（マクドナルド童話全集）

ジョージ・マクドナルド 作　蕗原 富美枝 訳
D・P・ラスロップ さし絵　本庄 久子 装幀
太平出版社　1977年　140p　22×16

魔女の呪いで〈重さ〉を失ったお姫さまは、つなぎとめないと空中に浮く。恋に〈落ちる〉こともできない。だが、優しい王子様に出会って……。軽妙な語り口の1860年代に発表された英国の古典的ファンタジー。脇 明子 訳『かるいお姫さま』（岩波書店　1995年）も。

●マクラクラン，パトリシア

●のっぽのサラ

パトリシア・マクラクラン 作　金原 瑞人 訳
中村 悦子 絵
福武書店　1987年　146p　19×14
→徳間書店　2003年

パパの出した奥さん募集の広告を見て、海辺の町からサラがやってきた。大草原が気に入り、ママになってくれるだろうか。百年程前の米国を舞台に、期待と不安に揺れる姉弟の気持ちを素直に描き、温かい印象を残す中編。作者の母親の体験が基。1986年ニューベリー賞。続編に『草原のサラ』（こだま ともこ 訳）。

●マーシャル，ジェームズ

●フクロウ探偵30番めの事件

ジェームズ・マーシャル 作・画　小沢 正 訳
あかね書房　1981年　174p　21×16
→童話館出版　1995年

名探偵のフクロウ女史エリナーが助手のネコ

を連れて避暑に来た海辺のホテルには、一風変わったお客がそろい、怪しい事件がつづく。不平屋のブタ、病弱なコヨーテなど多彩な面々のやりとりが面白い。作者自身の絵がとぼけた味を加え、気軽な読み物になっている。

●マックロスキー，ロバート

●ゆかいなホーマーくん

ロバート・マックロスキー 文・絵　石井 桃子 訳
岩波書店　1965年　216p　23×16

ホーマーくんは米国の小さな町に住む男の子。ペットのスカンクのおかげで強盗を捕まえたり、おじさんの食堂で自動ドーナツ製造機を動かしたら、故障してドーナツが山のようにできてしまったり。彼を巡る奇想天外な事件を作者自身の絵と共にユーモラスに語る6編。

●まつたに みよこ　松谷 みよ子

●龍の子太郎──長編童話

松谷 みよ子 著　久米 宏一 さしえ
講談社　1960年　192p　22×16

貧しい村の掟にそむいた罰に、龍に変えられ、遠い湖に身を隠した母をたずねる龍の子太郎の冒険。ついに龍の姿の母にめぐりあった太郎は、母と力を合わせて湖を干しあげて広い田をひらき、母も人間にもどる……。信州の小泉小太郎伝説をもとにした民話風の創作で、テンポの早い物語の展開が読者を飽きさせない。同じ作者による『まえがみ太郎』（福音館書店→偕成社）は、村人の幸福の象徴である火の鳥を救うために、空飛ぶ馬に乗った太郎が命の水を求めて遍歴する物語で、これも民話風。力作だが、2冊とも本の作りが地味なので、上手に紹介するなり、読んで聞かせるなり、おとなが手を添えてやるとよい。

●マーヒー，マーガレット

●魔法使いのチョコレート・ケーキ
──マーガレット・マーヒーお話集

マーガレット・マーヒー 作　石井 桃子 訳
シャーリー・ヒューズ 画
福音館書店　1984年　174p　22×15

魔法の腕はよくないが、抜群においしいチョコレート・ケーキを作る魔法使いの話（表題作）など8つの短編と詩2編を収める。いずれも想像力あふれる、ふしぎな魅力をもつニュージーランドのファンタジー。「葉っぱの魔法」「メリー・ゴウ・ラウンド」等、お話で語る人も多い。挿絵も分かちがたい魅力を放つ。

●マーフィ，ジル

●魔女学校の一年生
（"魔女学校"シリーズ）

ジル・マーフィ 作・絵　松川 真弓 訳
評論社　1987年　110p　21×16

ミルドレッドはカックル魔女学校の1年生。友だちをブタに変えたり、薬の調合を間違えたり、毎度どじな失敗から大騒動を引きおこす。テンポよく進む話にぴったりの挿絵がつき、特に中学年くらいの女の子に人気がある。読みだすと続巻をつぎつぎに読む子が多い。

- ◆魔女学校の転校生
- ◆どじ魔女ミルの大てがら
- ◆魔女学校、海へいく

●マルシャーク,サムイル

●森は生きている――四幕十場

サムイル・マルシャーク作　湯浅芳子訳
L・ズスマンさし絵
岩波書店　1972年　254p　23×16

スラヴの伝承をもとに書かれた4幕10場の戯曲。わがままな女王が、大みそか、春に咲くマツユキソウの花を探せとおふれを出した。欲深な継母と娘は、花を探せと、優しくて働き者の継娘を雪の森へ追いやる。そこへ12の月の精たちが現れ……。素朴な昔話をふくらませて楽しい物語に。ユーモラスな風刺もきいている。初訳は1953年の岩波少年文庫。

●マロ,エクトール

●家なき子　上・中・下（偕成社文庫）

エクトール・マロ作　二宮フサ訳
エミール・アントワーヌ・バイヤールさし絵
偕成社　1997年　上352p、中356p、下416p
19×13

捨て子のレミは8歳のとき、旅芸人のヴィタリス親方に売られ、南フランスを巡る。その途中に出会った美しく優しい貴族・ミリガン夫人。彼女は実の母親だったのだが……。生みの親とめぐり逢うまでの苦難を描く名作の完訳。さまざまな形で紹介されてきたが、本書はこなれた訳が読み易い。原書初版の挿絵。

●家なき娘　上・下（偕成社文庫）

エクトール・マロ作　二宮フサ訳
H・ラノスさし絵
偕成社　2002年　上328p、下310p　19×13

少女ペリーヌは父母亡きあと、父を勘当した祖父が経営する紡績工場に、偽名で働きはじめる。明るく前向きな少女が、頑なな祖父の心を捉え、労働者の生活を改善するまで。初版の細密な挿絵が、古典的な味わいを添える。1893年刊、フランス人作家による古典の完訳。

「家なき娘」より

●ミヒェルス,ティルデ

●レムラインさんの超能力
（岩波少年文庫）

ティルデ・ミヒェルス作　上田真而子訳
リロ・フロムさし絵
岩波書店　1980年　152p　18×12

事務所の帳簿係を務める実直なレムラインさんは、ひとり暮し。ある朝、交通事故で頭を打った後遺症で、自由に壁を通りぬけられる超能力の持ち主に！　その上、玄関に赤ん坊が置かれていて……。現実と空想のまじりあったドイツのおかしい物語。挿絵もコミカル。

●みやぐち しづえ　宮口 しづえ

●ゲンと不動明王（宮口しづえ童話全集）

宮口 しづえ 著　朝倉 摂 画
筑摩書房　1979年　222p　22×16

信州の小さな山寺の子ゲンは、母を亡くした後、隣村のお寺に預けられたが、なじめず、帰されてくる。しかし我が家には新しい母がいて、妹のイズミが、無邪気にまつわりついていた……。少年らしいはにかみや強情から素直に気持ちを表現できないゲンと、優しく人なつこいイズミ。ふたりの子どもの心の内が、方言をまじえた簡潔な文章で見事に描かれている。同じ兄妹を主人公とした続編に、『山の終バス』『ゲンとイズミ』がある。信州の地に根を下ろした作者の誠実な人間観、育ちゆく者への慈しみのまなざしが、時代に左右されない清新な魅力をもつ。挿絵もよい。

「ゲンと不動明王」より

●みやざわ けんじ　宮沢 賢治

●風の又三郎（宮沢賢治童話集）

宮沢 賢治 作　春日部 たすく 画
岩波書店　1963年　330p　23×16

谷川の岸の山の分校に、見なれぬ風体の謎めいた男の子が転校してくる。村の子どもたちは、男の子が何かするたびに風が吹くといって、その子を風の又三郎とよぶが……。賢治童話の代表作といわれる「風の又三郎」のほか、「どんぐりと山ねこ」「注文の多い料理店」「オッペルとぞう」など、作者がイーハトーヴとよんだ郷里岩手県の自然と風物を素材に、詩的な心象風景をとらえ、独特の空想世界をうたいあげた作品18編を収める。姉妹編の『銀河鉄道の夜』には、表題作のほか、「グスコーブドリの伝記」など、幻想的で宗教的な雰囲気をたたえた12編を収録。万人向きとはいえないが、感受性の柔らかなうちに一度は読ませてみたい作品。3分冊の文庫版も。

●水仙月の四日

宮沢 賢治 作　赤羽 末吉 画
福音館書店　1969年　48p　21×19
→創風社　1997年

雪国の春先、水仙月の四日には、雪婆んごの言いつけで雪童子たちが嵐をおこすという。山道を急いでいた男の子がその雪嵐の中で倒れるが……。自然現象を擬人化した詩情あふれる童話。微妙な色合いと闊達な筆遣いの絵が、イメージを膨らませ、幻想的な世界に誘う。

●セロひきのゴーシュ

宮沢 賢治 作　茂田井 武 画
福音館書店　1966年　56p　21×19

楽長に叱られてばかりのゴーシュ。公演を間近に控えたある夜、家にねこが現れトロイメライを弾けという。それから毎夜、かっこう、たぬき、ねずみら、訪れる動物たちの奇妙な要求に応えるうちにセロの腕前が上達していく。素朴でふしぎな雰囲気の話とカラー挿絵が共鳴した絵物語。同じ形式の『雪わたり』（堀内 誠一 画）は、幼い兄妹が、雪の野原で出会ったきつねに、幻燈会に招かれる話。

●ミルン，A・A

●クマのプーさん
プー横丁にたった家

A・A・ミルン作　石井桃子訳
E・H・シェパードさし絵
岩波書店　1962年　400p　23×16

小さな男の子クリストファー・ロビンを中心に、縫いぐるみの玩具たちがくりひろげる幼い者の世界。主人公は気がよくて少し頭の弱いクマのプーさんで、そのほかプーの親友のコブタ、利口なウサギ、学者風のフクロ、年よりロバの愚痴っぽいイーヨーなどが登場する。これらの登場人物の性格が個性的にいきいきと描写され、大まじめな彼らのやりとりが読者を笑わせずにはおかない。詩人で劇作家であったミルンが小さな息子のために書いたこの物語は、英国の代表的なファンタジーに数えられ、1926年と28年の出版以来、子どもにもおとなにも愛され続けてきた。シェパードの挿絵は、ほかの絵は考えられないほど、この話にぴったり。初訳は原書どおりの2冊組で、1940年と42年に刊行。お話ごとに分冊したカラー挿絵入りの絵本版15冊も。

●メーテルリンク，モーリス

●青い鳥（岩波少年文庫）

モーリス・メーテルリンク作　末松氷海子訳
大社玲子さし絵
岩波書店　2004年　254p　18×12

貧しい木こりの子チルチルとミチルの兄妹は、クリスマス前夜、ふしぎな老婆に青い鳥を探すよう頼まれる。2人は光の精に導かれ、夜の御殿や幸福の楽園、未来の国などを訪れるが……。ベルギー出身のノーベル賞作家による戯曲で、初演は1908年。青い鳥に込められた寓意と夢幻的なイメージが印象的。1951年初版の若月紫蘭訳などを参考にした新訳。

●メランビー，ケネス

●モグラ物語
（自然に生きる動物物語シリーズ）

ケネス・メランビー作　藤原英司訳
バート・キッチン絵
佑学社　1980年　114p　22×16

雄モグラ・タルパを例に、モグラの生態を語る。赤ん坊時代から、巣離れし、外敵や罠の危険を逃れたり、洪水にあったりという経験をしながら成長、父親となるまでの約1年を追う。自然に従ってひたすら生きる小動物の知恵や能力に驚かされる。端正な絵も美しい。

●メリル，ジーン

●歯みがきつくって億万長者
　　──やさしくわかる経済の話

ジーン・メリル作　岡本さゆり訳　平野恵理子絵
偕成社　1997年　174p　22×16

ケイトの同級生ルーファス（12歳）は思いつきの天才。売っている歯磨きは高すぎると、自分で作って売ったら大当たり！　利益見積、株式会社等の経済のしくみ、チューブの中身の量り方など実践的な算数をちりばめながら軽快に進むサクセスストーリー。米国の作品。

● モーリヤック, フランソワ

● 十八番目はチボー先生
（岩波少年文庫）

フランソワ・モーリヤック 作　杉 捷夫 訳
岩波書店　1958年　180p　18×12

チボー嬢は家庭教師を頼まれ、列車に乗る。隣席の肉屋から、教え子になるエルネストが甘やかされ放題の大変な暴君で、今までに17人の教師が辞めたと聞く。さて、チボー先生の方策は？　児童向けの中編だが、仏ノーベル賞作家の筆は人間の本性を的確に描きだす。

「十八番目はチボー先生」より

● モワット, ファーレイ

● ぼくとくらしたフクロウたち

ファーレイ・モワット 作　稲垣 明子 訳
R・フランケンバーグ 絵
評論社　1972年　150p　21×16

大平原に住み、山ほどペットがいるのに、フクロウも欲しいと思っていたぼくは、2羽のフクロウのひなを手に入れる。臆病で甘ったれのメソ、利口で勇敢なクフロは、次々に愉快な事件を引きおこす。カナダの作家が少年時代をすごしたサスカチュアンを舞台に、動物との交流を愛情深く、ユーモラスに描く。

● モンゴメリ, ラザフォード

● キルディー小屋のアライグマ

ラザフォード・モンゴメリ 作　松永 ふみ子 訳
バーバラ・クーニー さし絵
学習研究社　1971年　230p　21×16
→福音館書店　2006年

人間嫌いのジェロームじいさんの住む山奥の小屋。アライグマやスカンクの一家が住み着いた上、隣の娘エマ・ルーまでやってきて……。頑固なじいさんの心がほぐれていく様子を、淡々とかつユーモラスに描く。クーニーによる素朴な挿絵もよい。原書は1949年米国刊。

● モンゴメリー, ルーシー・モード

● 赤毛のアン（完訳赤毛のアンシリーズ）

ルーシー・モード・モンゴメリー 作
掛川 恭子 訳　山本 容子 画
講談社　1990年　470p　21×16

孤児院から少年を貰おうとした老兄妹のもとに来たのは、赤毛のやせた女の子アン。想像力豊かでお喋りなこの少女は、2人と暮しはじめ、静かな村に小事件を巻きおこしていく。個性的な主人公と、舞台となる島の美しい描写が魅力。村岡花子の名訳で長く親しまれてきたカナダの有名な少女小説。続編に『アンの青春』『アンの愛情』ほか7巻。掛川訳の調子は村岡訳より少し現代的になっている。

や行

●ヤング，ジム

●ぼくの町にくじらがきた

ジム・ヤング文　熊谷 伊久栄 訳
ダン・バーンスタイン 写真
偕成社　1978年　51p　21×17

「くじらは、大きなぞうみたいだ。たいようや月のように、いだいなんだ」真冬の海岸に打ちあげられた鯨が3日目に息を引きとるまでを、少年の鯨に寄せる悲しみやおそれを通して、一人称で詩情豊かに綴る。黒白の写真が美しい。北米東海岸の実話を基にした作品。

●ヤンソン，トーベ

●たのしいムーミン一家
（トーベ・ヤンソン全集）

トーベ・ヤンソン作・絵　山室 静 訳
講談社　1968年　274p　23×16

ある春の朝、長い冬眠から目覚めたムーミントロールは、山のてっぺんで黒いシルクハットを見つける。それは中に入ったものを別のものに変えてしまう魔法の帽子だった。その時から、ムーミン谷には、次々と奇妙なことがおこって……。フィンランドの女流画家の生みだした、詩的で陰影に富んだファンタジー。主人公の、元気いっぱいだがさびしがりやのムーミントロール、若き日の思い出を書きつづけているムーミンパパ、明るく働き者のムーミンママ、愛らしいスノークのおじょうさん、気ままな風来坊スナフキン、臆病者のスニフ、そして彼らの平和な暮しに不気味な影を投げかけるニョロニョロや飛行おに

等々、空想上の生きものがたくさん登場する。これらの登場人物を、ユーモラスに、また愛情をこめて描きだした挿絵も魅力。子どもからおとなまで幅広いファンをもつ作品。

- ◆ ムーミンパパの思い出（小野寺 百合子 訳）
- ◆ ムーミン谷の夏まつり（下村 隆一 訳）
- ◆ ムーミン谷の冬（山室 静 訳）
- ◆ ムーミン谷の仲間たち（山室 静 訳）
- ◆ ムーミンパパ海へいく（小野寺 百合子 訳）
- ◆ ムーミン谷の彗星（下村 隆一 訳）
- ◆ ムーミン谷の十一月（鈴木 徹郎 訳）

●ゆもと かずみ　湯本 香樹実

●夏の庭――The Friends

湯本 香樹実 作
福武書店　1992年　226p　19×14
→徳間書店　2001年

ぼくと山下、河辺は6年生3人組。親戚の葬式に出た山下の話を聞き、3人は死人を見てみたいと思いはじめる。そこで"今にも死にそうな"ひとり暮しのおじいさんに目をつけて見張るが……。作者はシナリオライター。奇抜な設定だが、少年たちの描き方には一種のリアリティがあり面白く読ませる。

●よこやま みつお　横山 充男

●おれたちゃ映画少年団

横山 充男 作　古味 正康 絵
文研出版　2001年　191p　23×16

高知・四万十川のほとりに住むぼくたちは映画が大好きだが、友人のかっちゃんといつも行っている映画館がつぶれそう。ぼくたちは映画館を守るため立ちあがったが……。60年代の地方の町を舞台に、個性的で純朴な人々の間で成長していく少年の姿を素直に描く。

●ヨング，ドラ・ド

●あらしの前

ドラ・ド・ヨング作　吉野 源三郎 訳
ヤン・ホーウィ さし絵
岩波書店　1969年　230p　22×16

第二次大戦下のオランダ。静かな村の開業医オルト家では、6人の子どもと、ドイツから逃れてきたユダヤ人少年が穏やかに暮らしていた。だが、ナチスが侵攻し、一家は戦争の嵐に巻きこまれていく。未来への希望を失わず、結束して生きようとする家族の姿が感動的。戦後の新たな出発を描く『あらしのあと』（寺島竜一絵）も。初版は1951年刊少年文庫。

●ヨンソン，ルーネル

●小さなバイキング ビッケ

ルーネル・ヨンソン作　石渡 利康 訳
エーヴェット・カールソン絵
評論社　2011年　230p　20×13

バイキングの族長の息子ビッケは、狼から逃げだす弱虫だけど、頭がよく優しい少年。父親率いる遠征航海に加わると、勇敢だが考えなしの大人達を見事な知恵で援護する。テンポが速く痛快なスウェーデンの6冊シリーズの初巻。この巻のみ学習研究社の別訳『小さなバイキング』（大塚勇三訳　1967年）もある。続編に『ビッケと赤目のバイキング』等。

ら・わ行

●ライヴリィ，ピネロピ

●トーマス・ケンプの幽霊

ピネロピ・ライヴリィ作　田中 明子 訳
評論社　1976年　266p　21×16

引越し先の古家に落ち着いたハリソン家では、おかしな手紙が置かれたり、物が壊れたり、不可解なことばかり。息子のジェームズが疑われるが、実は幽霊の仕業。17世紀に生きていた魔術師の幽霊に振り回され、過去の出来事に目を向けていく少年をユーモラスに描くイギリスの作品。1974年カーネギー賞受賞作。

●ライヒェ，ディートロフ

●フレディ
　　——世界でいちばんかしこいハムスター

ディートロフ・ライヒェ作　佐々木 田鶴子 訳
しまだ しほ 絵
旺文社　2001年　159p　22×16

ハムスターのフレディはペット人生に疑問をもち、飼主の子の宿題を見て文字を習得する。鉛筆をてこにケージを開け、外の世界に出ていき、ついにはパソコンをマスターして人間に気持ちを伝えられるまでに。ハムスターの一人称で軽快に進むドイツの物語。続巻も。

●ラーゲルレーヴ，セルマ

●ニルスのふしぎな旅　上・下
（福音館古典童話シリーズ）

セルマ・ラーゲルレーヴ作　菱木晃子訳
ベッティール・リーベック画
福音館書店　2007年　上516p，下534p
21×16

トムテを怒らせ、小人にされたガチョウ番の少年ニルスは、白ガチョウの背に乗り、ガンの群れとともにスウェーデン中を巡る空の旅へ。乱暴で嫌われ者のニルスが、旅を通して成長する姿を各地の伝説や地理を交えて描く。ノーベル賞作家による1907年刊の古典。偕成社文庫『ニルスのふしぎな旅』全4巻（香川鉄蔵、香川節訳　1982年）も親しまれてきた。

●ラダ，ヨゼフ

●きつねものがたり

ヨゼフ・ラダさく・え　内田莉莎子やく
福音館書店　1966年　163p　22×16

森番の家に飼われていた賢い子ぎつねは、お話を読んでもらっているうちに人間語を覚え、自由を求めて森へ逃げだす。ところがどうやって食べ物を手に入れるかが悩みの種。昔話に出てくるきつねのまねをしてみるが失敗、森番の留守に電話で肉屋をだまし、まんまとハムをせしめたまではよかったが……。元気で決してへこたれないきつねが、村人を向こうにまわして大奮闘、ついに森番に出世するまでを描く。世界的に有名なチェコの漫画家による、素朴な知恵と笑いにあふれたお話。短くはないが、一気に読ませる魅力をもつ。様式化した独特のスタイルの絵も楽しい。

●黒ねこミケシュのぼうけん

ヨゼフ・ラダ文・絵　小野田澄子訳
岩波書店　1967年　262p　23×16

ナシノキ村の靴屋の黒猫ミケシュは、お話を聞くうちに人間の言葉を覚えてしまう。動物仲間と楽しく暮していたが、あるとき広い世の中に出ていくことに……。ボヘミアの自然を背景にした、のどかなおかしみのある物語。作家自身による挿絵も素朴でユーモラス。

●ランキン，ルーイズ

●山の娘モモの冒険
（冒険小説北極星文庫）

ルーイズ・ランキン作　中村妙子訳
クルト・ヴィーゼさしえ
平凡社　1957年　284p　19×14

チベットの少女モモは、最愛の犬ペンパをさらった隊商を追い、ひとりヒマラヤの険しい山道を駆け下り、カルカッタへ。大都会の雑踏の中で犬を取りもどせるか、はらはらさせ、一気に読ませる。舞台となったチベットやインドの風物が、写実的な挿絵とともに鮮やかに浮かびあがる。1948年刊の米国の作品。

●ランサム，アーサー

●ツバメ号とアマゾン号　上・下
（ランサム・サーガ　岩波少年文庫）

アーサー・ランサム 作・さし絵　神宮 輝夫 訳
岩波書店　2010年　上340p，下332p　18×12

英国湖水地方。夏休み、ウォーカー家の4人兄妹は無人島でのキャンプを許される。小帆船ツバメ号を操っていると、海賊を自称する愉快な姉妹がアマゾン号で現れ……。帆走法や野外生活の仕方が詳細に描かれ、子どもだけの冒険の魅力が全編にあふれる古典的シリーズの初巻。各巻独立した作品だが、登場人物はほぼ共通で、巻を追って子どもたちもだんだん成長し、冒険も複雑に、サスペンスに満ちたものになる。個性的な人物の組合せが楽しい。日常的な子どもの生活をバックにリアルな冒険を組みこんだことで、「宝島」以来の冒険小説に、新しいタイプを創始したといわれる作品。読みだすと読破する子が多い。初版は1958年刊の岩波少年文庫（岩田欣三・神宮輝夫訳）。その後ハードカバー「アーサー・ランサム全集」全12巻が刊行された。本書は全面的に訳を見直した新装版。

- ◆ツバメの谷　上・下
- ◆ヤマネコ号の冒険　上・下
- ◆長い冬休み　上・下
- ◆オオバンクラブ物語　上・下
- ◆ツバメ号の伝書バト　上・下
- ◆海へ出るつもりじゃなかった　上・下
- ◆ひみつの海　上・下
- ◆六人の探偵たち　上・下
- ◆女海賊の島　上・下
- ◆スカラブ号の夏休み　上・下
- ◆シロクマ号となぞの鳥　上・下

●リトル，ジーン

●ぶきっちょアンナのおくりもの

ジーン・リトル 作　田崎 眞喜子 訳
ジョーン・サンディン 挿絵
福武書店　1990年　276p　19×14

第二次世界大戦直前のドイツ。5人兄弟の末っ子アンナは、字も読めず動作も鈍く、学校でも家でも1人ぼっち。だが家族で移住したカナダで視覚障害があると分かり、特別クラスに通い始める。理解ある人々と出会い、心を開いてゆく少女の姿をきめ細やかに描く1972年の作。作者は台湾生まれのカナダ人。

●リーブズ，ジェイムズ

●月曜日に来たふしぎな子
（岩波少年文庫）

ジェイムズ・リーブズ 作　神宮 輝夫 訳
エドワード・アーディゾーニ イラスト
岩波書店　2003年　230p　18×12

月曜日、突然現れた女の子のため騒動に巻きこまれるパン屋一家を描いた表題作や「11羽の白いハト」等6編。いずれも人肌の暖かさを感じさせる昔話風の作品。著者は、伝承文学の再話者や詩人としても活躍した英国の作家。原書からの挿絵がふしぎな世界を広げる。

●リンドグレーン，アストリッド

●エーミールと大どろぼう
（エーミール物語）

アストリッド・リンドグレーン 作　尾崎 義 訳
ビヨルン・ベルイ 絵
講談社　1972年　146p　22×19

天使のように可愛い5歳のエーミールは、実

はとんでもない悪戯坊主。スープ鉢に頭を突っこみ抜けなくなったり、景色を見せようと妹を旗柱にぶらさげたり。ひと昔前のスウェーデンの農場を舞台にした騒動の数々を、愉快な挿絵とともに綴る。読みきかせれば、学齢前でも楽しめる。岩波少年文庫の新訳タイトルは『エーミルはいたずらっ子』(石井登志子 訳)。続巻2冊は以下のとおり。年少向きに書かれた3部作(岩波書店)もある。

- ◆『エーミールとねずみとり』(講談社)
  → 『エーミルとクリスマスのごちそう』(岩波書店)
- ◆『エーミールと六十ぴきのざりがに』(講談社)
  → 『エーミルの大すきな友だち』(岩波書店)

●さすらいの孤児ラスムス
（リンドグレーン作品集）

アストリッド・リンドグレーン 作　尾崎 義 訳
エーリック・パルムクヴィスト さし絵
岩波書店　1965年　298p　22×16

9歳の男の子ラスムスは、自分で里親を探すため孤児院を抜けだし、風来坊の音楽師オスカルと巡りあう。2人でさすらいの旅を続けるうち、事件に巻きこまれ……。スウェーデンの田舎を舞台に、男の子の望みが叶うまでを暖かな筆致で描く。主人公名は同じだが、『ラスムスくん英雄になる』は姉想いの別の少年と愛犬トーケルと親友ポントゥスの物語。

●長くつ下のピッピ
―― 世界一つよい女の子
（リンドグレーン作品集）

アストリッド・リンドグレーン 作　大塚 勇三 訳
桜井 誠 さし絵
岩波書店　1964年　262p　22×16

9歳の女の子ピッピ・ナガクツシタは学校へも行かず、ごたごた荘にひとり暮し。小さなサルと馬を1頭飼い、世界一力が強くてこわいものはなく、大変なおてんばで空想好きでほら吹きだが、心はとても暖かい。この型破りな女の子の愉快な行状の数々を描いたナンセンスな明るい物語。『ピッピ船にのる』『ピッピ南の島へ』と続く3部作だが、これほど子どもに好かれる作品も少ないだろう。子どもが心中あこがれているようなことを、ピッピは何の束縛も受けず、苦もなくやってのける。ピッピに託して、子どもの楽しみ、喜びや悲しみ、心のかげりまでを、鮮やかに描きだした作者の力量には驚くほかはない。

●はるかな国の兄弟
（リンドグレーン作品集）

アストリッド・リンドグレーン 作　大塚 勇三 訳
イロン・ヴィークランド さし絵
岩波書店　1976年　318p　22×16

もうじき病気で死ぬことを知ったぼくに、やさしい兄さんヨナタンは、死後の国「ナンギヤラ」の話をしてくれた。でも先にそこへ行ったのは兄さんの方だった。桜の花咲く幻想的な世界で、兄弟は残酷な騎士テンギルと戦う。弟カールが語る、心揺さぶる冒険譚。

●ミオよ、わたしのミオ
（リンドグレーン作品集）

アストリッド・リンドグレーン 作　大塚 勇三 訳
イロン・ヴィークランド さし絵
岩波書店　1967年　302p　22×16

9歳の孤児ボッセは、ある日突然ストックホ

ルムの町から姿を消す。実はボッセは魔神に連れられて「はるかな国」へ行き、そこで長い間求めていた父に巡りあったのだった。父はその国の王で、ボッセは本当はミオという名の王子であることがわかる。「はるかな国」の平和をおびやかす騎士カトーと戦うため、ミオは友だちのユムユムと冒険にのり出していく。現実世界では薄幸だった男の子が別世界で英雄的な使命を果たそうとする幻想的な物語。いたずらに心理描写に陥ることなく、主人公が一人称で語る、冒険物語の形式をとっているので、比較的広範囲の子どもたちに読まれている。繊細な雰囲気をもつ挿絵。

●名探偵カッレくん
（リンドグレーン作品集）

アストリッド・リンドグレーン作　尾崎義訳
エーヴァ・ラウレルさし絵
岩波書店　1965年　232p　22×16

スウェーデンの小さな町に住む少年カッレの望みは、名探偵になること。ところが夏休みに、友だちのエーヴァ・ロッタの親戚だと名のる怪しげな男を見張るうち、宝石泥棒と対決するはめに……。続編の『カッレくんの冒険』では高利貸し殺人事件、『名探偵カッレとスパイ団』では、科学情報スパイ事件と取り組んで活躍する。平和な田舎町で、赤バラ軍、白バラ軍に分かれて戦争ごっこに興じる少年少女。そんな彼らの健康で素朴な日常に、悪人を向こうにまわしての名捜査ぶりをからませ、面白く、読みごたえのある物語に仕立てている。少年少女向け探偵ものの傑作。

●やかまし村の子どもたち
（リンドグレーン作品集）

アストリッド・リンドグレーン作　大塚勇三訳
イロン・ヴィークランドさし絵
岩波書店　1965年　196p　22×16

やかまし村には家が3軒、子どもは6人しかいない。女の子3人、男の子3人の子どもたちが、野いちごつみに出かけたり、干し草置き場で遊んだり、遊び小屋をつくったりする村での生活と、子どもたちの通っている小さな学校での様子を、7歳の女の子リーサの口をとおしていきいきと語る。大自然に包まれた農村の、のびのびとした子どもたちの日常は、いかにも楽しげで、読者をひきつけずにはおかない。子どもたちの表情をよくとらえた豊富な挿絵も楽しい。『やかまし村の春・夏・秋・冬』『やかまし村はいつもにぎやか』と続く3部作で、図書館や文庫では、多くの子が一度は夢中になる人気のシリーズ。

●ルイス，C・S

●ライオンと魔女（ナルニア国ものがたり）

C・S・ルイス作　瀬田貞二訳
ポーリン・ベインズさし絵
岩波書店　1966年　254p　21×16

ピーター、スーザン、エドマンド、ルーシィの4人兄妹は、ロンドンの空襲を避けて、田舎にある、古くて広大な屋敷にやってくる。その一室にあった大きな衣装だんすは、この世とは別の国、ナルニアへの入り口だった。白い魔女に支配され、永遠の冬に閉ざされているナルニアに平和を取りもどすため、ピーターたち兄妹は、偉大なライオン・アスランとともに戦う。全7巻シリーズ。各巻は独立した物語になっているが、全体では、ナルニアという空想上の王国の誕生から滅亡までを描いた、一大絵巻を成している。著者はケンブリッジ大学の英文学教授で、その篤い信仰に基いた小説、SF等で知られる。本作も、善と悪、正と不正、愛と死、罪とあがない等をテーマとした作品。しかしそれがこの上なくふしぎで、面白く、劇的な物語に仕立てられているので、読者は主人公たちと一緒に、空想の世界での素晴らしい冒険を堪能できる。日本でも、邦訳刊行以来、多くの子どもを魅了してきた、英国ファンタジーの傑作。

- ◆カスピアン王子のつのぶえ
- ◆朝びらき丸東の海へ
- ◆銀のいす
- ◆馬と少年
- ◆魔術師のおい
- ◆さいごの戦い

●ルイス，ヒルダ
●とぶ船
ヒルダ・ルイス作　石井桃子訳
ノーラ・ラヴリンさし絵
岩波書店　1966年　350p　23×16

ピーターが歯医者の帰り、ひとめでそのとりこになり、ふしぎな老人から買ったバイキング船の模型は、持ち主を望みの場所に連れていってくれる空とぶ船だった。ピーターら4人きょうだいは、お母さんを入院先へ訪ねたのを手始めに、エジプトへ、北欧神話の都へ、中世のイギリスへと、時空を超えた旅と冒険を重ねる。確かな歴史的知識を根底に書かれた英国のタイムファンタジー。初訳1953年。

●レアンダー，リヒャルト
●ふしぎなオルガン（岩波少年文庫）
リヒャルト・レアンダー作　國松孝二訳
岩波書店　1952年　278p　18×12

著者はドイツの著名な外科医。この本に収められたお話は、彼が独仏戦争に従軍中、故郷の子どもたちに書き送ったものだという。若いオルガン作りが、神様の思召しにかなった花嫁花婿が教会にはいってくると、ひとりでに鳴りだすというオルガンを作りあげる。しかし功名心に捉われた彼は、自分の結婚式にオルガンが鳴らなかったのを花嫁のせいにして……。短いが深い感動をよびおこす表題作等22編。各々の話は、美しく心打たれるもの、軽い風刺をきかせたものと様々だが、いずれもみずみずしい情緒と、ほのかな哀感をたたえている。高学年への読みきかせや語りにも向く。2010年刊の新版では2編を割愛した。

●ローソン，ロバート
●ウサギが丘
ロバート・ローソン作・画　松永冨美子訳
学習研究社　1966年　194p　23×16

丘の上の大きな空家に、また人間が住むらしい。まわりに住む動物たちはその話でもちきり。いい人だろうか、野菜畑を作るだろうか？足自慢のウサギのジョージイぼうやを中心に、動物と人間の交流を愛情こめて描く。作者自身による柔らかな筆致のペン画も魅力。1945年ニューベリー賞。新訳『ウサギの丘』（田中薫子訳　フェリシモ出版）も出ている。

●ロダーリ，ジャンニ
●マルコとミルコの悪魔なんかこわくない！
ジャンニ・ロダーリ作　関口英子訳　片岡樹里絵
くもん出版　2006年　159p　20×14

双子の兄弟マルコとミルコが肌身離さず持ち歩くのは、投げた人の手に戻ってくるようにしこんだブーメラン・カナヅチ。これを使えば、泥棒もお化けも悪魔だって怖くない。ふ

ロヒ―ロフ

たりの"最強無敵"ぶりを、イタリアの国際アンデルセン賞作家が語る痛快な7話。挿絵も親しみやすく、出版以来、幅広い子に人気。

●ロビンソン，ジョーン・G

●思い出のマーニー 上・下
（岩波少年文庫）

ジョーン・ロビンソン作　松野 正子 訳
ペギー・フォートナム 絵
岩波書店　1980年　上214p，下202p　18×12

誰にも心を開かない孤児のアンナは、夏、海辺の村に預けられる。ある日、淋しい入江で、同い年のふしぎな少女マーニーに会い、一緒に遊ぶようになるが……。徐々に自らの殻を破り、変わっていく少女の内面を静かな筆致で描く。幼年物語で知られる英作家の長編。

●ロフティング，ヒュー

●ささやき貝の秘密（岩波少年文庫）

ヒュー・ロフティング 作　山下 明生 訳
ロイス・レンスキー さし絵
岩波書店　1996年　330p　18×12

9歳の少年ジャイルズがりんご売りの老婆からもらったのは、誰かが持ち主の噂をすると熱くなり、その噂をささやく不思議な貝だった。それを王様に献上した少年は、騎士にりたてられて……。「ドリトル先生」とは趣の異なるロマンチックな歴史ファンタジー。

●ドリトル先生アフリカゆき
（ドリトル先生物語全集）

ヒュー・ロフティング 作・さし絵　井伏 鱒二 訳
岩波書店　1961年　244p　23×16

イギリスの小さな田舎町・パドルビーのお医者さんドリトル先生は、ある日、オウムのポリネシアに、動物にもそれぞれ言葉があることを教えられ、熱心に研究をはじめる。動物語を覚えたドリトル先生は、人間の医者をやめてしまい、動物の患者ばかりみながら、ポリネシアはじめ、くいしん坊のブタのガブガブ、家政婦役のアヒルのダブダブたちと家族のように暮らしていた。そこへ、アフリカから、サルの間に疫病が流行しているという使いが来て、先生はアフリカへ……。奇抜な着想と筋立ての面白さに加えて、ドリトル先生と動物たちの交友ぶりが楽しく、話の底に暖かいヒューマニズムが感じられる。作者は、正義と愛と平和を抽象的な言葉で表わすかわりに、登場人物のいきいきとした行動を借りて、読者に示したのだといえよう。作者自身による線画の挿絵は、主人公や動物たちをユーモラスに描き、物語をより魅力のあるものにしている。刊行以来、幅広い年齢の子に愛されてきたシリーズ全12巻。少し長いが、低学年に読みきかせてもよいし、高学年、時には中学生にまで喜んで読まれる作品でもある。

◆ドリトル先生航海記
◆ドリトル先生の郵便局
◆ドリトル先生のサーカス
◆ドリトル先生の動物園
◆ドリトル先生のキャラバン
◆ドリトル先生と月からの使い
◆ドリトル先生月へゆく
◆ドリトル先生月から帰る
◆ドリトル先生と秘密の湖
◆ドリトル先生と緑のカナリア
◆ドリトル先生の楽しい家

「ドリトル先生アフリカゆき」より

●ローベ，ミラ

●なまけものの王さまと かしこい王女のお話

ミラ・ローベ作　佐々木田鶴子訳
ズージ・ヴァイゲル絵
徳間書店　2001年　132p　19×14

食べては寝てばかりの王様ナニモセン五世が重病に。活発な王女ピンピは治してくれる人を探しに森へ駆けこみ……。王女の活躍で王様が改心するまでを愉快に描くオーストリアの作品。1976年学習研究社刊『ぐうたら王とちょこまか王女』(塩谷太郎訳)の新訳再刊。

●リンゴの木の上のおばあさん

ミラ・ローベ作　塩谷太郎訳
ズージ・ワイゲル画
学習研究社　1969年　188p　23×16
→岩波書店　2013年

アンディは他の子におばあさんがいるのに、自分にだけはいないのがさびしくてならない。ところが、お母さんから亡くなったおばあちゃんの写真を見せてもらった日、いつも遊ぶ庭のリンゴの木に登ると、そこに写真そっくりのおばあさんがいた。お金持ちで、何でもでき、アンディの夢をすっかりかなえてくれる空想上のおばあちゃん。同じころ、近くにひとり暮しのおばあさんが越してくる。リュウマチで身体が不自由なこのおばあさんを手伝っているうちに、アンディには、血はつながっていないが、現実にいるこのおばあさんへの愛情がわいてくる。憧れと現実を巧みに融合させた結末は、子どもを満足させる。暖かい人間関係が柱となった作品。

●ローランド，ベティ

●鉄橋をわたってはいけない

ベティ・ローランド作　石井桃子訳
寺島竜一絵
岩波書店　1980年　86p　22×16

父の死後、母の実家の農場へ越してきた7歳のジェイミーは、渡ってはいけないといわれている鉄橋の向こうに住む友達の家に、ひとりで行ってしまう。行きは無事だったが……。新しい家に根をおろすまでの少年の心理をありありと描きだすオーストラリアの作品。

●ロンゲン，ビエルン

●山にのまれたオーラ（岩波少年文庫）

ビエルン・ロンゲン作　河野与一訳
富山妙子さし絵
岩波書店　1957年　184p　18×12

おばあさんが孫達に、おじいさんの少年時代の出来事を語る形の話。山でヤギ番をする9歳のオーラ。ある日、夕立で避難した岩穴で岩崩れにあい、ヤギと一緒に閉じこめられ……。少年や周囲の人の心情が伝わり、素朴ながら忘れ難い印象を残すノルウェーの作品。

●ワイルダー，ローラ・インガルス

●大きな森の小さな家

ローラ・インガルス・ワイルダー作
恩地三保子訳　ガース・ウィリアムズ画
福音館書店　1972年　255p　21×16

今から百数十年前、米国北部の"大きな森"の丸太小屋に、若い夫婦と、メアリー、ローラ、キャリーの幼い娘たちが暮していた。近くに家は1軒もなく、会うのは野生動物ばか

り。とうさんは森を開墾し、狩りをし、かあさんは洗濯や炊事はもちろん、バターやチーズつくりなど、家の仕事に忙しい。厳しい自然と闘い、その自然に育まれる開拓者の生活や、日常のこまごまとした営みが、5歳の次女ローラの目をとおしていきいきと描かれる。素朴で暖かな家族の暮しが、感動をよぶ。本書は、1867年生れの著者が、64歳の時に書きはじめた自伝的な長編シリーズの1冊目にあたる。物語は、一家が新しい土地を求めて幌馬車で旅をする『大草原の小さな家』、ローラが初めて学校へ通う『プラム・クリークの土手で』、鉄道敷設の仕事を得たとうさんについて現場を移り住み、最後に自分たちの本物の家をもつ『シルバー・レイクの岸辺で』、後にローラの夫となるアルマンゾの少年時代を描いた『農場の少年』と続く。この後は鈴木哲子訳(谷口由美子新訳)で岩波書店より刊行。『長い冬』は大寒波が襲った町で物資の補給が途絶える中、耐えぬく一家を描く。『大草原の小さな町』等で、ローラの結婚やその後の生活が語られる。

●ワーシー，ジュディス

●空とぶ庭

ジュディス・ワーシー 作　神鳥統夫 訳
大社玲子 絵
佑学社　1986年　159p　23×16

植物が好きなヘレンの夢は庭をもつこと。転校したばかりの学校にはなじめず、いじめっ子には狙われ、庭への憧れは募るばかりだが、アパート住まいではただの夢。しかし、ふとしたことから……。内気な女の子の気持ちがまっすぐ丁寧に描かれた1冊。挿絵も魅力的。

●わだ まこと　和田 誠

●冒険がいっぱい

和田誠 作　長新太 絵
文溪堂　1995年　182p　20×16

祖父が孫に聞かせる戦中・戦後の少年時代。疎開先で見た腹話術の人形が、将校の前で突然本当にしゃべりだし、反戦を訴えたために首を切られた話など、ちょっとふしぎな6話を収録。時代の影の中ですら、明るさを放つ子どもの世界を、独特のタッチで描く。

●わたなべ しげお　渡辺 茂男

●寺町三丁目十一番地

渡辺茂男 作　太田大八 画
福音館書店　1969年　233p　21×16

昭和初期、福地写真館の1年を小6の仁の目から描く自伝的作品。頑固だが子煩悩な父親福っつあんと母親、子ども9人に助手等総勢13人の大所帯。寝る時は便所に行列、おやつの焼き芋は26本。いきいきとした人物描写や情景から、当時の暮しぶりが温かく伝わる。

「寺町三丁目十一番地」より

フィクション（創作物語）

上級〜中高生

いったい何かの文学作品を読んで、それはどこの世界の話でもいい、とにかく読んだあとで、そのほっとした気持ちのなかで、自然にわが日本のことが考えられ、わが家のことが考えられ、わが身のことが考えられて、そして何となく、他国もこうなのだナ、よその家族もこうなのだナ、よその人もこうなのだナと考えられ、それにそれぞれの後悔やら、口惜しさやら、よろこびやら、おれもいつまでこうしてはいられぬゾという気持ちやらにおそわれるとしたら、それはその人がその作品をほんとに読んだ証拠なのであって、それでこそその人はその作品を読んだということになるのだ。

中野重治『中野重治全集 第25巻』

あ行

フィクション 上級～中高生

●アイトマートフ，チンギス

●キルギスの青い空（フォア文庫）

チンギス・アイトマートフ作　佐野 朝子 訳
高田 三郎 画
童心社　1982年　220p　18×12

20世紀前半のキルギスの草原が舞台。15歳の少年セーイトが、密かに心を寄せる兄嫁と負傷兵との恋愛に真実を見る「ジャミリャー」。村に学校を作り、命がけで自分を学者にしてくれた教師の愛と苦闘の姿を語る「最初の先生」の2編。若者達の姿を詩情豊かに描く。初訳は1970年刊『草原の歌』（学習研究社）。

●アヴィ

●星条旗よ永遠なれ

アヴィ作　唐沢 則幸 訳
くもん出版　1996年　286p　20×14

朝礼中に国歌をハミングした高校生が停学に。彼は愛国心から歌ったのか？　担任、教頭、親、マスコミ等がそれぞれの思惑で行動することで、事件が本質から離れていく。その経緯を日記や記事を用い、ドキュメンタリー形式で鮮烈に浮かびあがらせた米1991年の作。

●アーウィン，ハドリー

●愛しのアビー

ハドリー・アーウィン著　桐山 まり 訳
新樹社　1996年　214p　19×13

チップが想いを寄せた少女アビーには、常に謎めいた部分があった。その背後には衝撃的な事実が。アビーは彼を信頼して実父の性暴力を明かし、助けを求める。必死の思いで受けとめ、彼女を支えた少年の13歳～19歳の回想。アメリカ人女性2名の共著による秀作。

●あくたがわ　りゅうのすけ
　　芥川 龍之介

●羅生門　杜子春（岩波少年文庫）

芥川 龍之介 作　岸 弘子 カット
岩波書店　2000年　198p　18×12

日本の説話をもとにした「鼻」「羅生門」、中国の説話に材をとった「杜子春」「魔術」ほか、私小説的な「トロッコ」、警句集「侏儒の言葉」など全12作品を収載。表記は、適宜、漢字をひらがなに直し、段落、読点をふやすなどの変更を加え、読みやすくなった。

●アダムス，リチャード

●ウォーターシップ・ダウンのうさぎたち　上・下

リチャード・アダムス著　神宮 輝夫 訳
評論社　1975年　上406p，下342p　19×13

「危険が近づいてくる！」弟ウサギの予感に、ヘイズルは仲間と村を離れる。そこには宅地造成の立札が。安住の地を求めるウサギ達の苦難を、英国の丘陵を舞台に描くファンタジー。ウサギの視線に添った臨場感、寓意に満ちた社会描写が印象的。1973年カーネギー賞。

●アドラー，キャロル・S

●銀の馬車
キャロル・S・アドラー 作　足沢 良子 訳
北川 健次 画
金の星社　1983年　206p　21×16

両親は別居中。夏休み、12歳の少女クリスは、妹といっしょに父方の祖母の家へ。母は生活に疲れて怒りっぽく、彼女は父と暮らしたいが……。祖母が貸してくれた銀細工の馬車のふしぎな魔法に助けられ、辛さを乗りこえる少女の内面を鮮やかに描く。読後感はさわやか。

●アトリー，アリソン

●時の旅人
アリスン・アトリー 作　小野 章 訳
評論社　1981年　324p　21×16

母方の古い農園で、少女ペネロピーは過去と現在を行き来しながら、囚われの女王メアリーとそれを救おうとする若き領主の運命を見る……。16世紀イングランドの歴史的悲劇と、主人公の鋭い感性が相まった、美しく密度の高い作品。松野正子訳の岩波少年文庫版も。

●アーノルド，エリオット

●白いタカ（岩波少年文庫）
エリオット・アーノルド 作　瀬田 貞二 訳
フレデリク・F・チャプマン 絵
岩波書店　1958年　296p　18×12

1770年代のある日、ケンタッキーの開拓村からさらわれた白人の少年ジョンは、最初はオタワ族の、ついでチペワ族のインディアンの中で育てられる。たえず周囲の憎しみの目にさらされながらも、人一倍の頑張りで自分を鍛え、強靭な精神と肉体の持ち主に成長。戦の功労により「白いタカ」の名をもらい、ようやく部族の中に自分の場所を得る。だが、その後も酋長の息子との反目や白人の毛皮会社とのいざこざなど、数多くの試練が彼をまちかまえている……。男らしい気概あふれる主人公の魅力と、緊迫した事件の連続で、息もつがせず読ませる。1955年刊、アメリカの作品。インディアンを内部から描いた点がユニーク。読みでのある物語を探している子に。

●アミーチス，エドモンド・デ

●クオレ　上・下──愛の学校
（岩波少年文庫）
エドモンド・デ・アミーチス 作　前田 晃 訳
岩波書店　1955年　上 256p、下 290p　18×12

1880年代に書かれたイタリアの国民文学ともいえる作品。小学4年生の少年エンリーコが、学校や家庭での出来事を綴った日記の形式をとっており、その間に「毎月のお話」と題して、先生が語ってくれる短い物語が組みこまれている。その中には「母をたずねて三千里」など、それだけで独立した作品として扱われることもある感動的な物語が多い。原題はイタリア語の「心」の意。両親や級友に支えられ成長する主人公の姿をとおして、友情、誇り、愛国心などのテーマを熱っぽく追求している。偕成社文庫版の矢崎源九郎訳も。

●アームストロング，ウィリアム・H

●父さんの犬サウンダー（岩波少年文庫）
ウィリアム・H・アームストロング 作
曽田 和子 訳
岩波書店　1998年　178p　18×12

19世紀後半、奴隷解放後のアメリカ。黒人小作の父は、飢えた家族のため肉を盗み、白

人に捕まる。飼犬サウンダーも致命傷を負い、姿を消す。息子はその行方を捜し……。父の帰りを待ちわびる家族の姿、犬との絆をとおして生の温もり、悲しみを静かに伝える。1970年ニューベリー賞。旧版の題名は『ほえろサウンダー』(飯島 和子訳　学習研究社)。続編『大地に歌は消えない』(清水 真砂子訳　大日本図書　1975年)は、その50年後。息子モーゼズは長じて、白人の農夫アンソンの農場で働く。アンソンの良き友で、彼の3人の子の師ともなったモーゼズは、黒人というだけで不条理な死を遂げる。悲劇だが温もりが残る。いずれも著者の少年時代の体験が基。

●アームストロング, リチャード

●海に育つ——キャム・レントンの航海記録 (岩波少年文庫)

リチャード・アームストロング 作　林 克己 訳
M・レスツィンスキー さし絵
岩波書店　1957年　324p　18×12

船での実習2年目、16歳のキャムは貨物船ラングデイル号に乗りこんだ。でも、一等運転士は当直をさせてくれない。嫌がらせ？だが、その本心を知ると……。様々な事件や悪天候にあう中で、キャムが船員として人間的に成長していく様を、航海用語を交えて描く。

●燃えるタンカー (偕成社文庫)

リチャード・アームストロング 作　神宮 輝夫 訳
安徳 瑛 カット
偕成社　1980年　294p　19×13

第二次大戦中の大西洋上で、英国のタンカーが敵の砲撃を受けて炎上、船長も瀕死の重傷を負う。救助艇に逃れた14人を故国へ連れ帰る責任は、ひとり18歳の実習生ブルの肩に。あまりにも重い任務だった……。人間の意志と能力の素晴らしさを力強く描いた物語。

●アーモンド, デイヴィッド

●肩胛骨は翼のなごり

デイヴィッド・アーモンド 著　山田 順子 訳
東京創元社　2000年　180p　19×13

マイケルは引越し先の古いガレージで、不潔な背広を着て弱りはてた「彼」を見つけた。隣家の少女ミナと介抱するうち、その背中に翼があることを知る。生後まもない危篤の妹を案じる少年の、夢幻のような体験を繊細な描写で綴る。1998年英カーネギー賞受賞作。

●アリグザンダー, ロイド

●タランと角の王 (プリデイン物語)

ロイド・アリグザンダー 作　神宮 輝夫 訳
評論社　1972年　266p　21×16

架空の国プリデインを舞台に、王たちや魔法使い、小人などふしぎな生き物たちが登場する壮大なファンタジー。全5部作は、各々独立した物語だが、底ではひとつにつながっている。一方にプリデイン全土の制圧をねらう死の王アローンと女王アクレン、それに対し、ドン一族の王子ギデイオン卿と、偉大な魔法使いダルベン率いるタランたち一団がいる。この善と悪、生と死のふたつの力の対決から事件は起こり、あらゆる者を二分する壮絶な戦いに発展する。人間の根源的な問題を扱うが、英国の伝統的な作品に比べると、一種の軽さがあって読みやすい。血気にはやる豚飼いの少年だったタランが、命がけの冒険をし、恋をし、自分が何者であるかを求めつづけ、ついに真の王になる過程は、若い読者の心をそそり、深い印象を残すようだ。英国ウェールズの伝説から着想を得た米国の長編物語。

◆タランと黒い魔法の釜
◆タランとリールの城
◆旅人タラン
◆タラン・新しき王者

● いしもり のぶお　石森 延男

● コタンの口笛　1・2

石森 延男 著　鈴木 義治 絵
東都書房　1957 年　① 382p，② 332p　22×16
→偕成社　1976 年

戦後まもない頃の札幌に近いコタン（アイヌ人集落）が舞台の長編物語。各巻副題は①あらしの歌、②光の歌。中3の姉マサと、中1の弟ユタカは学校で差別され、必死にそれと闘う。その姿や、彼らを温かく包む教師や友を、アイヌの風習や迫害の歴史も織りこみつつ丁寧に描く。偏見による差別、支えを失った絶望感等、普遍的な問題を含み、1957年の刊行から半世紀以上を経ても色あせない。

● いとう ゆう　伊藤 遊

● えんの松原

伊藤 遊 作　太田 大八 画
福音館書店　2001 年　406p　21×16

平安時代の宮中。女童（めのわらわ）と偽って仕える13歳の少年・音羽は、年下の東宮に祟る怨霊の正体を探るため、怪しい黒鳥の棲む「えんの松原」へ。台詞回しなどやや軽い現代調だが、格調のある挿絵が時代の雰囲気を醸しだし、日本的なファンタジーを堪能させてくれる。

● 鬼の橋

伊藤 遊 作　太田 大八 画
福音館書店　1998 年　342p　21×16

平安期の都を舞台に、実在した貴族・小野篁（おののたかむら）の少年期を描く歴史ファンタジー。12歳の篁は、異母妹が落ちて死んだ井戸に吸いこまれ、冥界への橋に辿りつく。そこへ鬼たちが現れ……。橋の番人役の坂上田村麻呂など、個性的な脇役たちの存在が光る力作。

● いまにし すけゆき　今西 祐行

● 肥後の石工

今西 祐行 著　井口 文秀 絵
実業之日本社　1965 年　210p　22×16
→岩波書店　2001 年

鹿児島の町の中央を流れる甲突川（こうつき）にかかっていた石づくりの美しい5つの橋。これらは、天保年間に、肥後の国、今の熊本県から石工をよんで造らせたものだが、工事上の秘密を守るため、石工たちは、橋の完成後、「永送り」と称して、国に帰る途中、刺客の手にかかって殺されたという。その石工頭・岩永三五郎（実在した人物）に、作者が創造した幾人かの人物——徳之島の百姓あがりの刺客、三五郎の身代りに殺される乞食とその遺児姉弟などを配して、封建時代の特殊な状況を背景に、橋づくりに生きる石工の仕事への情熱と人間的な苦悩との葛藤を描いている。地味だが、歴史に取材した数少ない秀作として薦めたい。

● いわさき きょうこ　岩崎 京子

● 花咲か

岩崎 京子 著　斎藤 博之 画
偕成社　1973 年　258p　21×16

「ながつき十七にち、うゑげんにほうこう」

ウイ―ウエ

江戸時代後期。江戸・駒込の植木屋に奉公した少年常七は、厳しい修行時代を経て一人前の植木職人になり、晩年は染井吉野とおぼしき桜の苗を各地に植える。朴訥な主人公や周囲の庶民の姿がいきいきと伝わる歴史小説。常七の覚え書きから話が展開する設定も新鮮。

●ヴィース，ゴードン

●地のはてにいどむ
（アドベンチャー・ブックス）

ゴードン・ヴィース 作　瓜生 卓造 訳
石田 武雄 画
学習研究社　1971年　254p　19×14

北西航路の航海や南極点への到達を史上初めて成しとげたノルウェーの探検家・ロアルト・アムンゼン。極地探検に身を捧げようと決心した少年期から最後の探検に出かける老年期までの超人的な業績を辿り、一生涯、未知の旅に焦がれつづけた姿を克明に描く。

●ヴィーヘルト，エルンスト

●まずしい子らのクリスマス
（ヴィーヘルト童話集）

エルンスト・ヴィーヘルト 作　川村 二郎 訳
白水社　1962年　242p　21×16

みなしごの兄と妹は炭焼きの夫婦に引きとられ、辛い仕事をさせられていた。クリスマスイブの晩、ふたりは、実は魔女だった妻に追いだされ、森の動物たちに導かれてふしぎな家に辿りつく。表題作ほか「王さまの風車小屋」「少年と水の精」「石の手」など10編。ナチス政権下に執筆活動を制限される中で書かれたという童話集。続巻が2冊ある。

●ウィリアムソン，ヘンリー

●かわうそタルカ（福音館日曜日文庫）

ヘンリー・ウィリアムソン 著
順子・ホーズレー 訳　C・F・タニクリフ 絵
福音館書店　1983年　364p　19×13

英国、北デボンの水辺で生まれたタルカは、勇敢で機敏な雄カワウソに成長する。雌とじゃれあい、狩人や天敵に追われ……。宿敵である猟犬の喉を噛み切って死ぬまでの野生の日々を鮮明に綴った、動物文学の古典。緻密な挿絵が、自然の神秘や躍動感を伝えている。

●ウェストール，ロバート

●海辺の王国

ロバート・ウェストール 作　坂崎 麻子 訳
徳間書店　1994年　262p　19×14

第二次大戦下の英国。家に爆弾が命中し、12歳のハリーはひとりになる。誰も僕を知らないところへ行こう。彼は海辺をさまよい、様々な人に出会うが……。情景や人物が目に浮かぶような優れた描写。ハッピーエンドでない結末にも強い現実感があり、引きこまれる。

●水深五尋

ロバート・ウェストール 作
金原 瑞人，野沢 佳織 訳　宮崎 駿 画
岩波書店　2009年　348p　21×16

英国の港町が舞台。戦時下に暮す16歳の少年チャスは、海岸で段ボール箱を積んだ大きな平底ボウルを拾う。敵潜水艦に英国船攻撃を指示する発信機か？　スパイはどこ？　チャスは友人らと必死の捜索を開始。手に汗握る展開の中に思春期の少年の微妙な心理も描く。

●うえはし なほこ　上橋 菜穂子

●獣の奏者　1・2

上橋菜穂子 作
講談社　2006年　①319p,②415p　20×14

軍事用の獣・闘蛇が大量死し、獣ノ医術師の母が処刑された。数奇な運命を辿る娘エリンは、王国が飼う獰猛な獣・王獣の世話係となり、その1匹と心を通わせることに。崩壊寸前の王国の運命と少女の成長をダイナミックに描く。国際アンデルセン賞作家による力作。

●ウェブスター，ジーン

●あしながおじさん
（福音館古典童話シリーズ）

ジーン・ウェブスター 作・画　坪井 郁美 訳
福音館書店　1970年　256p　21×16

孤児ジュディーは孤児院の評議員に文才を認められ、この紳士に毎月手紙を書くという条件で大学に行かせてもらう。ジュディーは彼を"あしながおじさん"と呼び、大学生活の驚きや喜びを絵入りで書き送る。ユーモアあふれる手紙のみで構成された少女小説の古典。1950年刊の岩波少年文庫版は遠藤寿子訳。

「あしながおじさん」より

●ヴェルヌ，ジュール

●海底二万海里（福音館古典童話シリーズ）

ジュール・ベルヌ 作　清水 正和 訳
アルフォンス・ド・ヌヴィル 画
福音館書店　1973年　740p　21×16

各地の海で不審な海難事故が続発。その原因を探る調査隊に参加したフランス人科学者ら3人は、謎の人物ネモ船長率いる潜水艦ノーチラス号に捕られ、驚異の海底旅行を体験する。1872年に発表された冒険科学小説の完訳。未来を先取りした奇抜な着想と豊かな構想、人間に対する深い洞察力は、今も新鮮な輝きを放っている。エッチングによる挿絵も魅力。大友徳明訳の偕成社文庫版もある。

●神秘の島　上・下
（福音館古典童話シリーズ）

ジュール・ベルヌ 作　清水 正和 訳　J・フェラ 画
福音館書店　1978年　上470p，下464p
21×16

南北戦争中、南軍の拠点を気球で脱出した5人の男と1匹の犬は暴風にあい、絶海の孤島に無一物で投げだされる。博学なサイラス技師を中心に島を切りひらいていくが、やがて奇怪な出来事が続発し……。ネモ船長も登場、劇的な展開で読者を魅了する1870年代の冒険小説。大友徳明訳の偕成社文庫3分冊も。

●二年間の休暇
（福音館古典童話シリーズ）

ジュール・ベルヌ 作　朝倉 剛 訳
太田 大八 イラスト
福音館書店　1968年　536p　21×16

ニュージーランドにある寄宿学校の生徒15人は、夏季休暇中の沿岸航海のためスラウギ号に乗りこんだ。ところが、出航の前夜、船長らの不在中に艫綱が解かれ、船は少年たちだけを乗せて大海に流れでた。孤島に漂着し

た彼らは、8歳から14歳の子どもだけで、秩序と友愛に満ちた集団生活を始める。自然との闘い、不安、国籍の違いからくる偏見や対立をのりこえ、やがて、この島に漂着した数人の悪者たちと対決する……。明治29年「十五少年」として紹介されて以来、多くの読者に親しまれてきた作品の完訳。格調のある挿絵が物語の雰囲気をよく表わしている。本の厚さから手にとりにくいかもしれないが、夏休みなどには格好の読み物となろう。上下2分冊の偕成社文庫版（大友徳明訳）もある。

●ヴェルフェル，ウルズラ

●灰色の畑と緑の畑

ウルズラ・ヴェルフェル作　野村氾訳
岩波書店　1974年　152p　22×16

貧しさゆえに村を追われる少女が、同じ名をもつ金持ちの少女に憎しみをいだく表題作ほか13編。貧富の差、人種差別、戦争、離婚など、子どもの直面する厳しい現実をありのままに描く。問題を読者に問いかける形が、1970年発表時に話題を呼んだドイツの作品。

●ヴォイチェホフスカ，マヤ

●LSD——兄ケビンのこと

マヤ・ヴォイチェホフスカ作　清水真砂子訳
岩波書店　1983年　214p　19×13

優等生でスポーツも抜群の兄ケビンは、家族の崇拝の的だった。だが大学から1年ぶりに戻ってきた兄はすっかり変っていた。薬物をやっている？　60年代の揺れ動く米社会を背景に、真実の自己を求めて傷つき悩む青年の姿を、兄を心底心配する弟の日記の形で綴る。

●闘牛の影（国際児童文学賞全集）

マヤ・ヴォイチェホフスカ原作　渡辺茂男訳
富山妙子さしえ
あかね書房　1970年　208p　22×16
→岩波書店　1997年

伝説的名闘牛士だった亡き父。だが一人息子のマノロは、牛への恐怖心を克服できず、周囲の期待に応えて、その跡を継ぐ確信がもてない。スペインの町を舞台に、自らの進むべき道を模索し、選びとる少年の姿をこまやかに描く。ポーランドに生まれ米国に移住した著者が、スペイン滞在時の経験を生かして創作した。1965年ニューベリー賞受賞作。

●夜が明けるまで（岩波少年文庫）

マヤ・ヴォイチェホフスカ作　清水真砂子訳
岩波書店　1980年　292p　18×12

第二次大戦下、ナチス侵攻により、家族と祖国ポーランドを脱出した12歳の少女が自らを語る。英、仏などを転々としながらも、頑なまでに自己を保ちつづけた少女の心のひだを感性豊かな筆致で鋭く描き、その時代と人々の姿をも炙りだす。著者の自伝的作品。

●ウォルシュ，ジル・ペイトン

●夏の終りに

ジル・ペイトン・ウォルシュ作　百々佑利子訳
岩波書店　1980年　194p　19×13

英国南西部の海辺にある祖母の別荘で、休暇をすごす少女マッジ。従弟ポールとの1年ぶりの再会を喜びながらも、盲目の大学教授への同情が高じ……。限られた空間と人物配置の中で、各々の心の綾を鮮明に浮きあがらせた青春小説。現在形の引き締まった文体が効果的。マッジの晩年までを描いた続編もある。

●ヴォロンコーワ

●町からきた少女（岩波少年文庫）

ヴォロンコーワ 作　高杉 一郎 訳
高松 甚二郎 さし絵
岩波書店　1956年　214p　18×12

第二次大戦下の旧ソ連の農村。夫は従軍し、義父や3人の子どもと暮すダーシャ。ある日、町から逃げて来た避難民の中にいた孤児の少女ワーリャを引きとる。周りの人々の愛情に包まれ、辛い過去をもつワーリャが家族のひとりとして、心を開いていく様子が胸に響く。

●ウルフ，ヴァージニア・ユウワー

●レモネードを作ろう

ヴァージニア・ユウワー・ウルフ 作
こだま ともこ 訳
徳間書店　1999年　302p　19×14

大学への学費のためにベビーシッターを始めた14歳のラヴォーンの仕事先は、17歳の未婚の母ジョリーの家。汚い部屋、鼻をたらした子どもたち。2人の少女の人生が出会い、別の道を歩きだすまでを、少女の語り口そのままに瑞々しく描き、若い世代を励ます。

●エッカート，アラン・W

●アナグマと暮した少年

アラン・W・エッカート 作　中村 妙子 訳
［ジョン・ショーエンヘール 絵］
岩波書店　1982年　222p　22×16

極端に内気で人を怖れ、動物に親しみを感じる風変わりな6歳の男の子ベンは、大草原で雌アナグマの巣に迷いこみ、2ヵ月ともに暮した。1870年のカナダでの実話に基づく物語。野生動物と少年の関わりのほか、父子関係にも触れつつ、少年の心の成長を描く。

●エンデ，ミヒャエル

●はてしない物語

ミヒャエル・エンデ 作
上田 真而子，佐藤 真理子 訳
ロスヴィタ・クヴァートフリーク 装画
岩波書店　1982年　590p　23×16

でぶで不器用、何事にも自信のない少年バスチアン。ある日彼は、古本屋で見た1冊の本にひかれ、こっそり読み始める。それは、危機に瀕したファンタージエン国の物語だった。夢中になって読み進むうち、その物語の主人公が自分に助けを求めていることを知り……。現実と物語の世界を交互に見せる構成で読者を誘う。内なる想像力を喪失した現代人に対する警告をこめた寓意性の強いドイツの長編。

●おぎわら のりこ　荻原 規子

●風神秘抄

荻原 規子 作
徳間書店　2005年　590p　19×14

平安末期、笛の名手16歳の草十郎は平治の乱に加わるが敗走。生きる目的を失う中、魂

オテ―オル

鎮めのために舞う少女糸世（いとせ）に会う。2人の笛と舞に未来を変える力があるのに気づいた後白河上皇は……。史実を巧みに織りまぜ生き方を模索する若者の恋を描く歴史ファンタジー。

●オデール，スコット

●黄金の七つの都市

スコット・オデール作　大塚勇三訳
サミュエル・ブライアント画
岩波書店　1977年　356p　22×16

16世紀の半ば、新スペイン（今のメキシコ）には膨大な黄金をもつ七都市があると信じられていた。地図師の少年エステバンは、未知の国の地図を作るために、宝探しに同行するが……。今は獄中にいる彼の回想で進む形式。歴史に材をとり、厳しい状況下にある人間を、力強く描く国際アンデルセン賞作家の代表作。

●小川は川へ、川は海へ

スコット・オデール作　柳井薫訳
小峰書店　1997年　279p　20×14

19世紀初頭の米国史に基づく物語。ショショーニ族の少女サカジャウィアは、他部族に掠奪され、10代前半で母となる。その直後、西部探検隊の案内役として、赤子を背に川をたどって海へ向かううち、白人隊長に魅かれていくが……。少女の訥々とした語りから、インディアン独特の世界観が浮かびあがる。

●オブライエン，ロバート・C

●死のかげの谷間 (SOSシリーズ)

ロバート・C・オブライエン作　越智道雄訳
評論社　1985年　318p　20×14

核戦争後、汚染を免れた谷間で、ひとり生き残った15歳の少女アンは、畑を耕し、家畜の世話をして暮す。ある日、核防護服をつけた若い男がやってきた。この男、何か秘密がありそう。人類絶滅の極限状況の恐怖を、少女の日記が効果的に伝える米国の近未来SF。

●フリスビーおばさんと　ニムの家ねずみ

ロバート・C・オブライエン作　越智道雄訳
ゼナ・バーンスタインさし絵
冨山房　1974年　320p　22×16

野ねずみのフリスビーおばさんが偶然知り合った家ねずみ達は、ある実験のせいで高度な知能をもつようになり、人間の家から電気や水道を引いて快適に暮していた。だが、そうした生活に疑問をもつ者たちが……。SF的設定でテンポよく展開、今日的な文明批判もこめた斬新な作品。1972年ニューベリー賞。

●オールドリッジ，ジェイムズ

●ある小馬裁判の記

ジェイムズ・オールドリッジ作　中村妙子訳
評論社　1976年　268p　21×16

オーストラリアの貧しい移民少年スコティーと、裕福だが下半身不随の少女ジョジーは小馬の所有権をめぐり裁判で対立。町中を二分した事件を、少年の弁護人の息子で、今は新聞記者のキットがふり返る。事件を俯瞰した眼差しは、緊張感と、成りゆきを見とどける満足感を誘う。裁判の場面は圧巻。

●タチ ――はるかなるモンゴルをめざして

ジェイムズ・オールドリッジ作　中村妙子訳
評論社　1977年　222p　21×16

絶滅種・蒙古野馬の群れを、モンゴルの一少年が発見。世界各地の野生生物保護地に分けられることに。少年が魅了された若い牡馬タ

チも英国へ送られるが、ある日、忽然と姿を消してしまう。遥かな故郷モンゴルをめざし旅をするタチと、貴重な野馬を追う人々の様子が、モンゴルの少年とイギリスの少女の往復書簡の形で語られる。深い感動を残す佳作。

●オルレブ，ウーリー

●壁のむこうから来た男

ウーリー・オルレブ 作　母袋 夏生 訳
岩波書店　1995年　266p　20×14

第二次大戦下のワルシャワ。下水道を通ってゲットーに品物を運ぶ義父の手伝いをすることになった少年マレクは、ある出来事がきっかけで実父がユダヤ人だったことを知る。凄絶なゲットーでのユダヤ人蜂起に至る日々を、その渦中で生きたマレク。この時代とユダヤ人問題を身に迫るものとして感じさせる。

●壁のむこうの街

ウリ・オルレブ 作　久米 穣 訳
偕成社　1993年　326p　20×14

第二次大戦下のポーランド。11歳のユダヤの少年アレックスは強制移送の途中逃走。破壊された建物に隠れ住み、父を待つ。孤独と恐怖。そこで見た人間の醜さと愛。息づまる情況の中で成長する少年を冷静に描く。著者は1931年ワルシャワ生まれのイスラエル人。

か 行

●カーター，ピーター

●果てしなき戦い

ピーター・カーター 作　犬飼 和雄 訳
ビクター・G・アンブラス さしえ
ぬぷん児童図書出版　1977年　426p　22×16

8世紀、バイキングに村を侵略されたケルト族の少年マダー。運命に翻弄されたすえ、学問や信仰の尊さに出会う。しかし、その静謐な世界も、人間の欲望や血の粛清と無関係ではなかった。血なまぐさい戦いを描きながら、人間にとって尊厳とは何なのか、という今日にも通じる問題を、おさえた語り口で浮き彫りにする。イギリスの重厚な歴史小説。

●反どれい船

ピーター・カーター 作　犬飼 和雄 訳
ぬぷん児童図書出版　1983年　446p　22×16

19世紀初頭、英国は他の国に先駆けて奴隷制を廃止。奴隷貿易を阻止するために、反奴隷艦隊をアフリカ西海岸へ送りこんだ。その戦艦に乗りこんだ志願兵15歳の孤児ジョンと、現地人によって奴隷にされたリアポの波瀾万丈な半生を、臨場感ある筆致で描く。

●カーター，フォレスト

●リトル・トリー

フォレスト・カーター 著　和田 穹男 訳
藤川 秀之 挿画
めるくまーる　1991年　356p　20×14

1930年代、北米アパラチア山中に暮すチェ

ロキー・インディアンの祖父母と幼児期をすごした著者の自伝的回想録。貧しいが精神的に満ちたりた生活、自然との共存、全身全霊で学んだ知恵。迫害の歴史もあるが、真っ正直に生きる人々の姿は明るく、心をとらえる。

かつお きんや　勝尾 金弥

●天保の人びと

かつおきんや著　内田喜三男さしえ
牧書店　1968年　276p　22×16
→アリス館牧新社　1975年　→偕成社　1982年

天保9年、加賀の国では米の凶作に苦しむ農民たちが年貢を軽くしてもらおうと奉行に訴える。奉行は村へ調査にくるが、それは周到にしかけられた罠だった……。史実に基づく歴史小説。12歳の少年・松吉の一人称で農民の厳しい生活や虐げられる様子、江戸と地方の関係等、重層的に時代を再現。続巻2冊。

カーティス，クリストファー・ポール

●バドの扉がひらくとき

クリストファー・ポール・カーティス作
前沢明枝訳
徳間書店　2003年　270p　19×14

10歳の黒人少年バドは、里親の家を逃げだし、パパを捜しにいく。どんな時も扉は開くのよ、という死んだママの言葉と、形見のジャズバンドのチラシをもって。人種差別の激しい大恐慌時代の米国で、困難を「楽しく生きる知恵」に変えながら明るく進む少年像を、時代の空気と共に描く。2000年ニューベリー賞。

●ワトソン一家に天使がやってくるとき

クリストファー・ポール・カーティス作
唐沢則幸訳
くもん出版　1997年　300p　20×14

家族とミシガン州に住む10歳のケニー。悪戯が過ぎる13歳の兄を、厳しい祖母に預けようと、一家で南部へ出かけるが、そこで事件が……。はちゃめちゃだが温かく、笑いのたえない黒人一家。60年代の社会情勢を背景に、兄弟の葛藤や家族の絆をいきいきと描く。

ガーナー，アラン

●ブリジンガメンの魔法の宝石

アラン・ガーナー作　芦川長三郎訳
寺島龍一さし絵
評論社　1969年　292p　21×16

母の乳母だった夫婦に預けられたコリンとスーザン兄妹。田舎の村で、2人はふしぎな現象に次々遭遇する。スーザンのもつ水晶に秘密が？　魔法使い、小人らが現れ、息もつかせぬ冒険が続く。ウェールズ伝承に材をとったファンタジー。1960年刊の第1作。やや難解だが独特の雰囲気をもつ。同じく伝説を基にした4作目でカーネギー賞を受賞した。

カニグズバーグ，E・L

●ジョコンダ夫人の肖像

E・L・カニグズバーグ作　松永ふみ子訳
岩波書店　1975年　166p　22×16

名画「モナ・リザ」のモデルとなったジョコンダ夫人とは、だれなのか。天才ダ・ヴィンチと、その徒弟で元浮浪児のサライ、美人ではないが知性あふれるミラノ公妃らとの交流を通し、その謎に迫る。ダ・ヴィンチをはじ

め、様々な人間像が手にとるように描かれる。

●ガーフィールド, リオン

●金色の影

リオン・ガーフィールド,
エドワード・ブリッシェン 作
沢登 君恵 訳　チャールズ・キーピング 絵
ぬぷん児童図書出版　1981 年　294p　22×16

神々の姿を自分の目で見たいと願う、吟遊詩人を軸に、ギリシア神話を独自の観点から描き直す。ゼウスとプロメテウスの戦い、ヘラクレスの贖罪の旅など、苛酷な運命に翻弄される、神々と人間の物語が展開。ユニークな挿絵が人間味あふれる物語と共鳴し、光彩を放つ。同作家コンビによる『ギリシア神話物語』(小野 章訳　講談社)は、ゼウスとヘーラと、息子ヘーパイストスとの葛藤を中心に、神話世界を再創造した。71 年カーネギー賞。

●少年鼓手

リオン・ガーフィールド 作　高杉 一郎 訳
アントニー・メイトランド 画
福音館書店　1976 年　271p　22×16

18 世紀フランス。栄光を求め英軍の少年鼓手として従軍していたチャーリー・サムソンは、敗走する途中で、将軍の娘の恋人の遺書を手にしたことから、様々な欲望を抱く人々の思惑に巻きこまれていく。純粋な少年の挫折をとおして、人間の複雑さと真実の愛に迫る。

●見習い物語

レオン・ガーフィールド 作　斉藤 健一 訳
中釜 浩一郎 絵
福武書店　1992 年　476p　19×14

18 世紀ロンドン。繁栄の陰で、点灯夫や産婆等の徒弟奉公に励む若者たちを描く 12 の連作短編集。過酷な下積み生活の中でも夢や希望をもちつづける彼らの姿とともに、一見華やかに見える街や人々のもつ陰影も浮かびあがる秀作。2 分冊の岩波少年文庫で再刊。

●カラーシニコフ, ニコライ

●極北の犬トヨン

ニコライ・カラーシニコフ 作　高杉 一郎 訳
アーサー・マロクヴィア 絵
徳間書店　1997 年　316p　19×14

シベリア流刑途上の"私"がツングース人グランから聞いたという話。貧しい猟師グランは、厳寒の中で死んだ老友の家から、孫と子犬を救い出した。犬は賢い猟犬に育ち、グランに富をもたらす。厳しい自然と結びついた人の暮しや犬との深い絆が丹念に描かれ、感動をよぶ。後に米国に渡った著者が、自らの体験をもとに 1950 年に英語で発表した。1968 年、学習研究社の初訳は辻まことの挿絵。

●かわむら たかし　川村 たかし

●山へいく牛

川村 たかし 著　斎藤 博之 画
偕成社　1977 年　214p　21×16

小 4 の鳰子は出征した父に代わって、母牛を山の村に連れていく。子牛を思う母牛に同情

し、自分の悲しみを重ねる島子を描く「山へいく牛」など、牛と人の交わりを描いた8編。いずれも、人々の心情を、こまやかな筆遣いで映しだす。墨絵のような力強い挿絵。

●きし たけお　岸 武雄
●千本松原
岸武雄 作　梶山 俊夫 画
あかね書房　1971年　238p　21×16

江戸中期、美濃の国の木曽川、長良川、伊尾川に囲まれた村。度々の水害に、幕府は、勢力を増してきた薩摩の武士を治水工事に駆りだす。その苦労と葛藤を、村の少年与吉の目で描く。おさえた筆致の中に人間模様や当時の暮しが浮かび、どっしりした読後感がある。

●キップリング，ラディヤード
●ジャングル・ブック
（福音館古典童話シリーズ）

ラディヤード・キップリング 作　木島 始 訳
石川 勇 画
福音館書店　1979年　484p　21×16

人くいトラに襲われてオオカミの洞穴に迷いこんだ人間の赤ん坊が、モーグリ（カエルの意）と名づけられ、オオカミ夫婦に育てられる。モーグリはクマのバルーと黒ヒョウのバギーラを師に、ジャングルの掟を学び、獣の知恵と力に人間の尊厳をそなえた、たくましい若者に成長した。だが彼の心は、人間と動物の間でふたつに引き裂かれる……。インドの密林を舞台に、人間の知と愛と勇気を描いた、ふしぎな魅力をもつ物語。著者はインド生まれのイギリス人。代表作である本作の原書は、短編と詩から成る The jungle book（1894年）とその続編。その中から、本書はモーグリの話だけを選んだもの。ほかに、中野好夫

訳の岩波少年文庫などもある。

●ギフ，パトリシア・ライリー
●ノリー・ライアンの歌
パトリシア・ライリー・ギフ 作
もりうち すみこ 訳
さ・え・ら書房　2003年　223p　20×14

19世紀半ばのアイルランド。英国人の厳しい搾取の中、主食のジャガイモが全滅。歌好きのノリーは、米国への移住を夢みながら必死に家族を支えていく。米国の作家が、祖先の体験談をもとに創作。淡々とした筆致の文章から、絶望と苦しみの中で生きぬく姿が迫る。

●キャメロン，イアン
●呪われた極北の島
イアン・キャメロン 作　倉本 護 訳
評論社　1975年　282p　20×14

カナダ北部を船旅中、鯨捕りの私は、行方不明の息子を捜索する大佐とその友人に出会った。3人は、鯨の墓場といわれている極北のプリンス・パトリック島へ。猛ふぶきにあい、謎の金髪の部族の捕虜になるなど、北極の荒涼とした世界での冒険がありありと描かれる。

●キャンベル，エリック
●ゾウの王パパ・テンボ
エリック・キャンベル 作　さくま ゆみこ 訳
有明 睦五郎 挿絵
徳間書店　2000年　246p　19×14

50年前、密猟団の虐殺から唯一逃れた象、パパ・テンボと、その命を狙う残忍な密猟者。サバンナを舞台に、両者の因縁、密猟者を追

う一行、象に魅了された少女の3つの流れが交錯。象の神秘的な生態を描き、人間界に警鐘を鳴らす、タンザニア在住の英作家の作。

●ライオンと歩いた少年

エリック・キャンベル作　さくまゆみこ訳
中村和彦絵
徳間書店　1996年　230p　19×14

引越し先のアフリカで父と乗った小型機が墜落。奇跡的に軽傷ですんだ14歳のクリスは、救助を求めてひとり草原に踏みだす。その後ろから寄り添うように1頭の老ライオンが……。死期を悟ったライオンと、死に抗う少年とのふしぎな交わりを緊迫した筆致で描く。

「ライオンと歩いた少年」より

●グージ，エリザベス

●まぼろしの白馬（岩波少年文庫）

エリザベス・グージ作　石井桃子訳
ウォルター・ホッジズさし絵
岩波書店　1997年　326p　18×12

19世紀、孤児となった13歳のマリアは英国南西部に住む遠縁の貴族に引きとられる。夜、月光を浴びて銀色に輝く庭園の奥に、小さな白馬を見たマリアは、館の伝説に隠された謎を解こうとする。個性的な登場人物や詩的な風景描写が魅力の英国のファンタジー。1947年カーネギー賞受賞。1964年に、あかね書房「国際児童文学賞全集」として初訳刊行された。以来、長く親しまれてきた作品。

●クシュマン，カレン

●アリスの見習い物語

カレン・クシュマン著　柳井薫訳　中村悦子絵
あすなろ書房　1997年　159p　21×16

中世英国の農村。家も親も名前すらなく、生きのびることに精一杯だった少女が、自らをアリスと名づけ、産婆ジェーンにこき使われながらも、見習いとしての自覚をもつまで。当時の暮らしぶりが目に浮かぶ、静かな語り口の作品。1996年ニューベリー賞受賞作。

●金鉱町のルーシー

カレン・クシュマン著　柳井薫訳
あすなろ書房　2000年　255p　20×14

19世紀半ば、母や弟妹と共にゴールドラッシュに沸くカリフォルニアに移住した少女。東部に帰りたいと願いつつも必死に働き、金探しの荒くれ男たちとも次第に心を通わせてゆく。古き良き時代の人間模様と、少女が西部を故郷だと思い定める姿を鮮明に描く。

●クーパー，ジェイムズ・フェニモア

●モヒカン族の最後（福音館古典童話シリーズ）

ジェイムズ・フェニモア・クーパー作　足立康訳
ニューエル・コンヴァース・ワイエス画
福音館書店　1993年　580p　21×16

18世紀半ば、北米では英仏の植民地戦争が激化していた。英軍を率いる父に会うため、少佐に伴われ、砦に向かったコーラとアリス姉妹は森で迷い、モヒカン族生き残りの3人の勇者に出会う。彼らの案内で旅を続けるが、仏軍側の先住民の襲撃にあい……。白人でありながら先住民に近い生活を営むホークアイ等、登場人物も多彩な1826年刊、米国古典

文学の全訳。先駆的画家による重厚な挿絵。

●クーパー，スーザン

●コーンウォールの聖杯

スーザン・クーパー作　武内孝夫訳
M・ギルえ
学習研究社　1972年　410p　19×14
→同社新装版　2002年

アーサー王伝説を下敷きに、善と悪との対決を描く壮大なファンタジー5部作の序章にあたる作品。夏の休暇でコーンウォール地方を訪れた3人きょうだいが屋根裏で見つけた羊皮紙は、アーサー王の聖杯の在り処を示す古地図だった。解読に乗りだした3人に迫る不気味な敵の影……。聖杯をめぐる冒険を緊迫感あふれる筆致で描く。続く4巻は「闇の戦い」シリーズとして評論社から刊行。その初巻『光の六つのしるし』（浅羽英子訳）では、農場の末息子ウィルが、11歳の誕生日に、自分が魔術の世界の者で、闇との戦いに身を捧ぐべく定められていることを知る。子ども時代に戦争を体験した作者が、伝説の世界と現代社会を重ね、人間の内にある光と闇を照らしだした意欲作。以下『みどりの妖婆』『灰色の王』『樹上の銀』でシリーズ完結。

●クラーク，アン・ノーラン

●アンデスの秘密

アン・ノーラン・クラーク作　渡辺茂男訳
富山妙子画
冨山房　1975年　264p　22×16

ペルーの高地に住むインディオの少年クシは、老人チュートとヤーマ（ラマ）を飼って暮していた。ある日、自らのルーツをたずね古都クスコへ旅立つ。そこでクシは、征服者に支配された人々の姿を見る。滅びゆく運命に抗

し、民族の伝統を守りつたえる少年を詩的に描く、1953年ニューベリー賞受賞作。著者は長年、北・中南米の先住民教育に携わった。

●荒野の羊飼い

アン・ノーラン・クラーク作　山崎勉訳
石原優子さしえ
ぬぷん児童図書出版　1980年　334p　22×16

スペイン・バスク地方出身の少年ケパは、米国で牧羊業者として成功した名付け親ペドロの誘いでアイダホへやってきた。そこで老羊飼いティオ・マルコと、羊の群れを連れ1年間の放牧の旅に。孤独や自然との闘いを経て成長する少年の姿を実在感をもって描く。

●クラッチャー，クリス

●ホエール・トーク

クリス・クラッチャー著　金原瑞人，西田登訳
青山出版社　2004年　286p　20×14

2歳で捨てられ、白人夫婦に預けられたT・Jは、「黒人で日系で白人」の混血の17歳。IQも運動能力も抜群だが、怒りと痛みを常に抱え、ことあるごとにそれが噴出。そんな彼が高校で水泳チームを作ることになり……。変人揃いのメンバーや家族とともに、深い心の傷を乗りこえる様をテンポよく描く米国の作。

●クリーチ，シャロン

●ハートビート
シャロン・クリーチ作　もきかずこ訳
堀川理万子絵
偕成社　2009年　254p　20×14

「タッタッ、タッタッ／はだしで草をふんで／わたしは走る」12歳のアニーは走るのと絵を描くのが好き。祖父の老い、母の中に育つ命、走り仲間で幼馴染のマックスの苛立ち、同じ林檎を百日間描く宿題……。少女の惑いや喜びをリズミカルな散文詩で表した秀作。

●めぐりめぐる月
シャロン・クリーチ作　もきかずこ訳
講談社　1996年　374p　20×14
→偕成社　2005年

アメリカ先住民の血をひく13歳のサラマンカは、家出した母の跡を追って祖父母と旅に出る。オハイオから2千マイルの道々、親友フィービィにおきた事件を語るうちに明らかになっていく、自身と母の物語。少女が現実を直視できるまでを、何層にも物語を重ねた手法で鮮やかに描く。1995年ニューベリー賞。

●グリーペ，マリア

●鳴りひびく鐘の時代に
マリア・グリーペ作　大久保貞子訳
ハラルド・グリーペさし絵
冨山房　1985年　335p　22×16

16歳のアルヴィド王は、王という役割になぜかなじめない。周囲の人たちの注目も、華麗な儀式も、彼にとっては重荷になるばかりだった。一方、城から離れた森の中には、首切り役人が、姉の忘れ形見である甥のヘルゲと暮していた。ヘルゲは父親もわからぬ生まれだが、いつも明るく、生の喜びに満ちている。運命の導きにより、王とヘルゲが出会った時……。陰うつな石造りの城、毒々しい笑いをふりまく道化の小人、星占い、朝な夕なに鳴り響く教会の鐘。まるで中世の絵物語を見るような状況を背景に、真の自分でありたいと悩む主人公らの若々しい息吹を、繊細かつ美しく描きだしたスウェーデンの作品。

●忘れ川をこえた子どもたち
マリア・グリーペ作　大久保貞子訳
ハラルド・グリーペさし絵
冨山房　1979年　216p　22×16

にぎやかな市で、貧しいガラス職人の作ったガラス器が高く売れた。一方、職人の幼子たちが突然、行方不明に……。このふしぎな誘拐事件を軸に、北欧神話や伝説の世界を思わせる神秘と幻想に満ちた物語が展開する。白黒の版画の挿絵。感受性豊かな年長の子に。

●クリュス，ジェームス

●笑いを売った少年
ジェイムス・クリュス著　森川弘子訳
未知谷　2004年　296p　20×14

素敵な笑い声をもつ少年ティムは、父親を失った悲しみから、謎の紳士にどんな賭けにも勝つ代価として、笑いを売りわたしてしまう。だが、富の虚しさを知り、笑いを取りもどす旅へ。"悪魔との契約"をテーマに、魂の救済を求めて闘う主人公をスリリングに描き、読者の共感をよぶ。1962年刊のドイツの作品。

●クローバー，シオドーラ

●イシ——二つの世界に生きたインディアンの物語

シオドーラ・クローバー 作　中野 好夫,
中村 妙子 訳　ルース・ロビンズ 画
岩波書店　1977年　284p　22×16

誇り高い北米先住民の一部族・ヤヒ族として生きてきたイシは1911年、最後のひとりになって心萎え、白人世界に向かう。博物館での最晩年に彼が語った生涯を、心を通わせた人類学者の妻がまとめた。先住民の生活の詳細な描写は、現代の文明について考えさせる。

●ゲインズ，アーネスト・J

●ミス・ジェーン・ピットマン
（福音館日曜日文庫）

アーネスト・J・ゲインズ 著　槙 未知子 訳
太田 大八 画
福音館書店　1977年　485p　19×14

南北戦争末期、米国南部ルイジアナ州。北軍兵士からジェーンの名をもらった奴隷の少女は解放宣言後、北部オハイオをめざす。道もわからないまま歩きつづけ……。本人が語るという設定。激動の社会を背景に、堂々と生きた黒人女性の生涯を描き、強い印象を残す。

●ゲールツ，バルバラ

●二度とそのことはいうな？

バルバラ・ゲールツ 著　酒寄 進一 訳
中釜 浩一郎 画
佑学社　1989年　255p　20×14

空軍大佐の父が秘密警察（ゲシュタポ）に捕まる。そして、兄が……。ヒトラー政権下のドイツで少女時代を過ごし、家族を失った作者自身の自伝的物語。家族ですごした平和な時間、淡い初恋といったありふれた日常の描写が、かえって戦争の影を映しだしている。

●ケント，ルイーズ

●四せきの帆船
（アドベンチャー・ブックス）

ルイーズ・ケント 作　中崎 一夫 訳
岩本 唯宏 画
学習研究社　1971年　324p　19×14

1497年7月、リスボンを出帆するまでのいきさつから、2年後、その4隻の帆船でインドへの航路を拓いて帰国したヴァスコ＝ダ・ガマ一行の苦闘の日々を描く。同行した2人の少年の活躍と成長、ガマ兄弟や個性的な船員たちの姿に、ユダヤ人問題等を絡めて米国の女性作家が活写。時代を重層的に伝える。

●こいで しょうご　小出 正吾

●ジンタの音

小出 正吾 著　鈴木 義治 画
偕成社　1974年　210p　21×16

明治の終わり頃の三島を舞台に、主人公正助の少年時代を描いた短編6話。高等小学校1

年生になった正助たちが、勇ましいジンタの音と極彩色のポスターにつられて、隣町まで"教育参考世界大動物園"を見物にいく「ジンタの音」。口演童話の久留島武彦がひきいるおとぎ芝居に町中がわきたつ「おとぎ芝居」など。いずれも、厳格だが愛情深い両親のもとで元気に育つ正助を中心に、当時の子どもの風俗、遊び、学校生活などがいきいきと再現されている。文章は平明で、全体にしみじみとした暖かさとユーモアが漂っている。自伝的要素が濃い作品だが、懐古趣味に陥らず、現代の読者にも共感をもって読まれる佳作。

●ゴッデン，ルーマー

●ディダコイ

ルーマー・ゴッデン作　猪熊葉子訳
C・グレッグさし絵
評論社　1975年　212p　21×16

7歳の少女キジィは、ジプシーと白人の混血であるディダコイ。曽祖母と愛馬と、荷馬車で暮していた。曽祖母の死後、理解ある提督や元判事の女性に助けられるが、心を閉ざし……。野性的な少女が、異なる価値観の中で生きる葛藤を描いて、心を打つ英国の作品。

●人形の家

ルーマー・ゴッデン作　瀬田貞二訳
堀内誠一絵
岩波書店　1967年　260p　23×16

エミリーとシャーロットの姉妹と、人形たち——けなげな木製のオランダ人形トチーを中心とする一家4人と犬1匹——の物語。百年も前、姉妹の大伯母に当たる少女の持ものだった人形の家をめぐって、姉妹たち人間と、トチーたち人形が繰りひろげるドラマが、まるで同じ舞台で同時に進行するふたつの劇を観るように描きだされる。人間に頼り、"願う"以外自分たちの運命を開くすべをもたない人形のドラマは、人間のそれより苛酷で、高慢で心のねじけたヤギ皮の人形マーチペーンの出現によって悲劇的様相を見せる。イギリスの女流作家が、緻密な構成と巧みな性格描写で、愛と真実、美と永続的価値など、人生の深い問題を見事に浮き彫りにした。

●コーディル，レベッカ

●ケティのはるかな旅

レベッカ・コーディル作　谷口由美子訳
田中槇子イラスト
冨山房　1989年　414p　22×16

開拓時代の米国。モラビア教徒（キリスト教の分派）たちに育てられた孤児同然の16歳の少女ケティの暮しは、行方知れずだった兄の出現で一変する。兄の家族たちと一緒に新天地をめざす苦難の川の旅。開拓者魂に徹した粗野な人々の中で、愛と信仰を守ろうとする少女を愛情こめて描く。読み応えのある作品。

●ゴードン，シェイラ

●草原に雨は降る

シェイラ・ゴードン作　犬飼和雄訳
ぬぷん児童図書出版　1989年　303p　22×16

現代南アフリカが舞台。差別を意識せずに育った黒人少年テンゴは、勉強のため都会に出る。少年は知識欲に燃えるが、怒涛のような差別撤廃運動に巻きこまれていく……。周囲の人々や白人の側の気持ちも丁寧に描き、複雑な人種問題を考えさせる。著者は南ア出身。

●コール，ブロック

●森に消える道

ブロック・コール作　中川千尋訳
福武書店　1992年　234p　19×14

サマーキャンプ伝統のゲームの標的にされ、裸で湖の小島に置き去りにされた、13歳の少年と少女。2人は島を脱出し、空家に入ったり、服を盗んだりしながら逃走する。周囲になじめなかった2人が、互いに心を開いていく様子を、簡潔な文章でテンポよく描く。『〈ヤギ〉ゲーム』に改題し徳間書店より再刊。

●コルシュノフ，イリーナ

●ゼバスチアンからの電話

イリーナ・コルシュノフ作
石川素子，吉原高志 共訳
福武書店　1990年　276p　19×14
→白水社　2014年

17歳の少女ザビーネの恋人ゼバスチアンは、ヴァイオリンが何より大切。彼女は、彼のために自分を見失いそうになり別れを決心。父の独断で田舎へ引越すなど、家庭の事情も複雑な中、ザビーネの気持ちの変化をリアルに描き、自立や男女の関係について考えさせる。

●だれが君を殺したのか

イリーナ・コルシュノウ作　上田真而子訳
岩波書店　1983年　204p　19×13

ドイツのヤングアダルト向けの小説。峠道のカーブを自転車で疾走し、トラックにぶつかって死んだクリストフ。事故か、それとも自殺か？　唯一の目撃者であり、親友でもあるマルティンが語る形式で、作者は大人社会の入口で挫折した若者の像を鮮やかに描きだす。親や教師の凡庸さ、醜さに耐えられないクリストフ。身についた素晴らしい音楽の才も、女友達の愛も、彼を救うことはできなかった。過去と現在を交錯させながら進む緊迫感あるストーリー。クリストフだけでなく、マルティンや周囲の大人たちの描き方にも、作者の人間に対する誠実で暖かい姿勢が感じられる。

●コルドン，クラウス

●ベルリン 1919

クラウス・コルドン作　酒寄進一訳
理論社　2006年　664p　19×13

1918年11月、ベルリンで起きた知られざる革命の顛末を、貧民街に住む13歳の少年ヘレの視点で克明に描く。片腕を失って戦争から帰還した革命派の父やその同志たち、様々な父と子の姿、反乱水兵との友情、結核の少女との初恋などをとおし、正義とは、平和とは、自由とは何かを突きつける長編。同じ一家の第一次大戦末期からナチス崩壊までを追う3部作の初巻。1984年ドイツの作。続巻に『ベルリン 1933』『ベルリン 1945』。

●モンスーン　あるいは白いトラ

クラウス・コルドン作　大川温子訳
理論社　1999年　588p　19×14

13歳の貧しい少年ゴプーは、ボンベイで金持ちの息子バプティと知り合う。バプティはゴプーを友だちにと望むが、周囲の反対で使用人とすることに。ゴプーは家への仕送りを楽しみに働くが、バプティの起こした事件に巻き込まれ……。カーストの異なる少年たちの出会いと別れをとおして、インドの自然や風俗、社会の多面性を克明に見せる長編。

さ行

●サウスオール，アイバン

●ヒルズ・エンド
アイバン・サウスオール作　小野章訳
評論社　1976年　298p　21×16

ヒルズ・エンド村あげてのピクニックの日、猛烈な台風が村を襲う。別行動で洞窟探検に出かけた先生と子ども7人が翌朝戻ると、村は壊滅状態に。先生は倒れ、保安要員も亡くなった。くじけそうになりつつも、果敢に危機に立ちむかう子どもたちを克明に描く。

●風船をとばせ！
アイバン・サウスオール作　久米穣訳
評論社　1983年　174p　21×16

けいれん性脳性マヒの少年ジョンは、過保護な母親のはじめての留守に、かつてない解放感をおぼえ、高いガムの木にひき寄せられて、無我夢中で登ってしまう……。障害をもつ少年の自立と成長を、心の奥にある世界も含めた見事な心理描写をとおして描いた作品。

●燃えるアッシュ・ロード
アイバン・サウスオール作　石井桃子,
山本まつよ訳　中川宗弥画
子ども文庫の会　1968年　308p　22×16

熱い北風が吹き、すべてがパリパリに乾くオーストラリアの1月。ブッシュでキャンプをしていた少年3人があやまって火事を起こし、火は恐ろしい勢いで燃え広がる。山ひとつ隔てたアッシュ・ロード沿いの集落では、大人たちは救援に出かけ、老人と子どもだけが残っていた。やがて火は、ここにも迫ってくる。畑で倒れた父親を抱えて途方にくれるローナ、弟妹への責任に押しつぶされそうになるピッパ、過保護な祖父母に反抗するピーター。そこへ、過失におびえる3人の少年も……。極限状況の中で、それぞれ自分を乗りこえていく思春期の少年少女を、鮮やかにとらえた緊迫感あふれる物語。偕成社文庫の小野章訳も。

●さかい ひろこ　坂井 ひろ子

●むくげの花は咲いていますか
坂井ひろ子作　太田大八絵
解放出版社　1999年　186p　21×16

強制連行された12歳の息子を捜しに、1943年、金判男（キムパンナミ）は日本に渡る。だが筑豊炭坑では、想像を絶する苛酷な労働と、朝鮮人への非人道的な扱いが待っていた。2組の在日夫婦から聞いた話をもとにした創作物語。方言の独白体が事実の重みを淡々と伝える。

「旅しばいのくるころ」より

●ささき かくこ　佐々木 赫子

●旅しばいのくるころ
佐々木赫子著　市川禎男画
偕成社　1973年　258p　21×16

戦後すぐの岡山の農村。どなってばかりの酒

浸りの父と体を壊した母。こんな両親をもつ4人兄妹の姿を、4年生のやよいの目から綴る。極貧で下着もなく、旅芝居さえ観にいけない。そんな状況を切りぬけていく、生命力あふれる子どもたちの姿を、からりと描く。

●サッカー，ルイス

●穴
ルイス・サッカー作　幸田敦子訳
講談社　1999年　310p　20×14

先祖がうけた呪いのせいか、不運つづきのイェルナッツ家。4代目スタンリーも無実の罪で砂漠の少年院に送られ、毎日、穴掘りを命じられる。そこには女所長の奸策が……。曽祖父や祖父の挿話が重層的に織りこまれた、巧みな展開。1999年ニューベリー賞受賞。

●サトクリフ，ローズマリ

●運命の騎士
ローズマリ・サトクリフ作　猪熊葉子訳
チャールズ・キーピング絵
岩波書店　1970年　396p　23×16

11世紀、ノルマン人のブリテン征服直後。犬飼いとして育てられた孤児ランダルは、数奇な運命のもとで騎士となっていく。彼の魂の成長を、時代と社会を見すえながら描き、人間としての普遍的な生き方をも示す歴史小説。作者は物語の舞台サセックスに住んでいた。

●王のしるし
ローズマリ・サトクリフ作　猪熊葉子訳
チャールズ・キーピング絵
岩波書店　1973年　394p　23×16

紀元2世紀頃のスコットランド。奴隷剣闘士フィドルスは、王位を奪われ盲目にされた馬族の王マイダーと容姿が似ていたため、突然彼の身代わりに。緊迫した情況下、運命と闘い、人間として生きるとは何かを探る力作。人物の内面を映しだす挿絵も印象深い。

●第九軍団のワシ
ローズマリ・サトクリフ作　猪熊葉子訳
C・ウォルター・ホッジズ絵
岩波書店　1972年　380p　23×16

ローマ帝国支配下のブリテンを舞台にした、ローマン・ブリテン4部作の初巻。百人隊長マーカスは、父が率いて消息を絶った第九軍団の象徴である〈ワシ〉の旗印が辺境の地にあることを知り、奴隷エスカとともにそれを取りもどす苦難の旅に出る。続編は『銀の枝』『ともしびをかかげて』（1960年カーネギー賞）『辺境のオオカミ』。いずれも史実を踏まえ、鮮やかな人間ドラマに仕立てた骨太の作。

●太陽の戦士
ローズマリ・サトクリフ作　猪熊葉子訳
チャールズ・キーピング絵
岩波書店　1968年　328p　23×16

紀元前900年ごろ、青銅時代のブリテンを舞台にした物語。片腕のきかない少年ドレムは、部族の戦士をめざして槍の修練に励む。一人前の戦士になるには、狼をひとりで倒さなければならないのだ。しかし、彼はこの試練に失敗、部族を追われて、羊飼いの仲間となる。孤独と屈辱の日々を送るドレムだが、ある時思いがけないことが起こり……。肉体的障害を克服し、氏族社会の中で自分の場を獲得していく少年。作者は、成長期にある人間の内面を克明に描きながら、ひとつの時代や風土、生活の細部までをまざまざと再現、歴史小説家としての実力をいかんなく発揮している。

●シートン, アーネスト・トムソン

●シートン動物記　1〜6
アーネスト・トムソン・シートン［作］
龍口直太郎訳
評論社　1958年　238p〜270p　19×14

野生動物の生態を、観察と実話をもとに物語った動物文学の傑作。アメリカ西部開拓時代にその名を馳せた狼王の、人間も舌を巻く賢さや悲劇的な最期を描く「ロボ」のほか、兎、熊、コヨーテなどの姿を情感こめて描き、哀切にみちた印象を残す。抄訳もふくめ様々な版が出ているが、本書は29話を作家自身による全挿絵をそえて6巻にまとめた決定版。

●シャスターマン, ニール

●父がしたこと
ニール・シャスターマン作　唐沢則幸訳
くもん出版　1997年　318p　20×14

父が母を射殺。父を許せるか。11歳で母を父に奪われたプレストンは多感な少年期をどのように生きたか。実際に米国で起きた事件の当事者の少年にインタビューし、一人称の物語として再構築。苦しい話だが、綿密な心理描写から米国的なある愛の姿が浮かびあがる。

●シャミ, ラフィク

●片手いっぱいの星
ラフィク・シャミ作　若林ひとみ訳
岩波書店　1988年　330p　20×14

シリア人作家の自伝的作品。1960年代ダマスカス。パン屋の息子で、新聞記者志望のぼくの日記。家族、仲よしの知恵ある老人、好きな女の子、抵抗運動に挺身する記者ら、貧しいが前向きに生きる人々の日常を、少年の素直な目をとおして綴る。原書はドイツ語。

●シャーロック, パティ

●ウルフィーからの手紙
パティ・シャーロック作　滝沢岩雄訳
評論社　2006年　350p　20×14

ベトナム戦争中の米国。軍用犬が足りないと、陸軍兵士の兄から手紙がきた。13歳のぼくは、ジャーマンシェパードの愛犬ウルフィーを軍にさし出した。やがて犬の名で手紙が届きはじめ……。当時の社会を背景に、家族への愛と愛国心の間で揺れつつも、着実に成長をとげる少年を描く。巻末の注が理解を助ける。

●シュタイガー, オットー

●海が死んだ日
オットー・シュタイガー著　高柳英子訳
堀越千秋絵
リブリオ出版　1992年　350p　22×16

ブルターニュの海辺の村に石油基地建設計画がもち上がる。頑強に抵抗するケルジャンは、村人の非難の的に。しかし、石油タンカー事故で汚染された海を見て、人々は初めて彼の真意を理解、自然を元に戻そうと立ちあがる。実際の事件を材に複雑な人間模様を織りこみ、環境破壊について問いかけるスイスの作品。

●泥棒をつかまえろ！
オットー・シュタイガー作　高柳英子訳
佑学社　1988年　206p　23×16
→童話館出版　2013年

担任夫妻と行ったアルプスでの夏のクラス・キャンプで、お金がなくなった。警察はイタリア人労働者が犯人と断言。少年たちは彼を

追いつめ暴行するが……。その顛末を、15歳の主人公ペーターが女友達に語る形で描き、集団心理や差別意識をあぶり出す。

別居や学校で傷ついた心を癒され、問題を解決していく。内省的な少女の日常を丁寧に描いた心温まる作品。著者は英国の木版画家。

●ジョージ，ジーン・クレイグヘッド

●狼とくらした少女ジュリー

ジーン・クレイグヘッド・ジョージ 作
西郷 容子 訳　ジョン・ショーエンヘール 挿絵
徳間書店　1996年　258p　19×14

広大なツンドラで道に迷ったエスキモーの少女ジュリー。父のことばを思いだし、必死で狼と心を通わせて、食物を分けてもらおうとする。厳寒の地で、生きのびるために知恵と勇気をふりしぼる少女の姿を、緊迫感ある筆致で描く。1973年ニューベリー賞受賞作。

●ジョーンズ，コーディリア

●わたしのねこカモフラージュ

コーディリア・ジョーンズ 作・さし絵
山内 玲子 訳
岩波書店　1991年　228p　22×16

小さな町で母と間借り生活を始めたルースは、迷い猫が縁で、風変わりな老婦人とマイケル少年に会う。その交流から、ルースは両親の

●シンガー，アイザック・バシェビス

●お話を運んだ馬（岩波少年文庫）

アイザック・バシェビス・シンガー 作
工藤 幸雄 訳　マーゴット・ツェマック さし絵
岩波書店　1981年　220p　18×12

ノーベル文学賞を受賞したユダヤ系アメリカ人作家の短編集。戦争や迫害によって殺された同胞への追悼の気持ちをこめて、母語であるイディシ語で創作をつづけた。「ワルシャワのハヌカ前夜」等3編は、貧しいながらも幸せだった自身の幼年時代を描いた自伝的要素の濃い話。「ヘルムのとんちきとまぬけな鯉」等5編は昔話風のこっけいなもの。内容はさまざまだが、哀切が漂い、独特の魅力がある。続編にユダヤの昔話を基にした5編と創作3編を集めた『まぬけなワルシャワ旅行』も。

●スウィフト，ジョナサン

●ガリヴァー旅行記
──小人国・大人国（岩波少年文庫）

ジョナサン・スウィフト 作　中野 好夫 訳
村山 知義 さし絵
岩波書店　1951年　276p　18×12

船が難破し、小人の国に漂着したことに始まるガリヴァーの冒険物語。18世紀のアイルランド人作家による、政治的風刺や皮肉のきいた成人文学だが、奇想天外なストーリーの面白さが子どもたちをひきつけてきた。本書は原作の味を生かしつつ、子ども向きに省略した訳。福音館書店からの完訳版には、1894年のペン画の挿絵を百余枚収録。

● **すぎ みきこ**　杉みき子

● **小さな雪の町の物語**

杉みき子文　佐藤忠良画
童心社　1972年　94p　21×19

著者の生まれ育った新潟県高田市（現上越市）の自然と人を題材にした15編。早起きして家の前に積もった重たい雪を踏み、道をつける主婦のつとめを描いた「おばあちゃんの雪段」など何気ない日常を描いたものから幻想的なものまで幅広い。いずれも地味だが温もりのある小品で、短編小説の趣がある。雪国の暮しの中から日本の原風景が見えてくる。淡い白黒の挿絵を配した美しい本造り。

● **スタルク，ウルフ**

● **うそつきの天才**

ウルフ・スタルク著　菱木晃子訳
はたこうしろう絵
小峰書店　1996年　71p　19×14

「はっきりいって、13歳にしてはうそをつくのがうまい」ぼく。みじめな家出体験も美化して級友の羨望を集め、飼ってもいない飼犬の死を綴った作文で教師の絶賛を得る。スウェーデンの作家の軽妙な短編2つ。挿絵、装丁ともにしゃれた小ぶりの本。続編4冊。

● **スティーブンソン，
　　ロバート・ルイス**

● **さらわれたデービッド**
　（福音館古典童話シリーズ）

ロバート・ルイス・スティーブンソン作
坂井晴彦訳　寺島龍一画
福音館書店　1972年　454p　21×16

孤児となった17歳のデービッド。遺言に従い父の生家を訪ねるが、強欲な叔父の策略により帆船の船長に誘拐される。その船が難破、九死に一生を得たが……。18世紀スコットランドを舞台に、少年が出会う冒険の数々を、イングランド圧政下の社会状況を絡めて活写する、読みごたえのある歴史小説。

● **ジーキル博士とハイド氏**
　（岩波少年文庫）

ロバート・ルイス・スティーヴンスン作
海保眞夫訳　建石修志さし絵
岩波書店　2002年　174p　18×12

薄気味悪い男ハイドが、残酷な殺人を犯す事件が発生。弁護士アタスンは、人々の信頼篤い古くからの友人・医師ジーキル博士から、ハイドに財産を譲るという遺言状を預かっていた。2人の関係は？　SFと探偵小説の手法で人の心に潜む「善と悪」を浮き彫りにした名作。

● **宝島**（福音館古典童話シリーズ）

ロバート・ルイス・スティーブンソン作
坂井晴彦訳　寺島龍一画
福音館書店　1976年　458p　21×16

時は18世紀。海賊あがりの老水夫の死後、残された宝の地図を頼りに、宿屋の息子ジム少年らは、南海の孤島をめざし船出する。が、その船のコック、陽気な一本足のジョン・シルヴァーが、宝を狙う海賊だったとは……。1883年に英国で刊行された、手に汗握る海洋冒険小説の先駆け。大正時代の初訳以来さまざまな訳本が出ているが、できるだけ原作に忠実なものを薦めたい。本書は物語に合う活きのよい訳。岩波少年文庫は阿部知二訳。

●ストー，キャサリン

●マリアンヌの夢
キャサリン・ストー 作　猪熊葉子 訳
マージョリ＝アン・ウォッツ さし絵
冨山房　1977年　302p　22×16
→岩波書店　2001年

病気で起きられない10歳のマリアンヌが、退屈まぎれに家の絵を描くと、夢の中にその家が現れた。少年を描くと、少年が。彼は病気で、現実でも長期療養中のマークだった。現実と交差する夢の中での恐怖と不安。乗りこえる努力。子どもの心の奥を描く秀作。

●ストウ，ハリエット・エリザベス・ビーチャー

●トムじいやの小屋（岩波少年文庫）
ハリエット・エリザベス・ビーチャー・ストウ 作
杉木喬 訳　高松甚二郎 さしえ
岩波書店　1958年　416p　18×12

舞台はアメリカ・ケンタッキー州。人格者で信心深い黒人奴隷トムは、理解ある主人が没落し、冷酷な農場主に売られ命を落とす。かたや、乳児をつれて必死でカナダに逃亡する若い奴隷夫婦。2つの話が並行して進み、読者をひっぱる。1852年の刊行直後から評判になり、奴隷解放の世論を喚起し、南北戦争の引き金になったといわれる作品。本書は大人向けの長編を少年少女向けに抄訳したもの。

●スピア，エリザベス・ジョージ

●からすが池の魔女
エリザベス・ジョージ・スピア 作　掛川恭子 訳
寺島竜一 絵
岩波書店　1969年　332p　22×16

17世紀末、米国東部。孤児になり、太陽輝くバルバドス島から来た16歳の少女キットは、謹厳な信仰を守る土地柄になじめない。異教徒の老婆ハンナとの交流に慰められるが、2人に魔女の嫌疑が。奔放な少女が勇気ある女性へと成長する姿を、史実を背景に、緻密に描いた1959年ニューベリー賞受賞作。

●青銅の弓
エリザベス・ジョージ・スピア 作　渡辺茂男 訳
佐藤努 画
岩波書店　1974年　344p　22×16

ローマ帝国支配下のイスラエル。18歳のダニエルの父はローマ兵に殺され、母は狂死、妹は精神を病む。ダニエルは山岳ゲリラの配下となり復讐の機会をねらう。その頃、キリストのおこなう奇跡や、愛を説く説教が、人々を魅了していた。憎しみ、許し、愛、信仰を読者に鋭く問う佳作。1962年ニューベリー賞。

●スピネッリ，ジェリー

●ひねり屋
ジェリー・スピネッリ 作　千葉茂樹 訳
理論社　1999年　276p　19×14

5000羽の鳩を撃つ「鳩の日」に仕留め損なった鳩をひねり殺す「ひねり屋」は、少年達の憧れ。だが9歳のパーマーは、ひねり屋になりたくなかった。彼は密かに1羽の鳩を飼い始め……。疎外感を抱く少年の心の動きを丁寧に描き、ふしぎな現実感をもつ米国の作品。

●スマッカー，バーバラ

●六月のゆり
バーバラ・スマッカー作　いしいみつる訳
トム・マックニーリイさしえ
ぬぷん児童図書出版　1979年　270p　22×16

母から引き離され、人買いに売られた奴隷少女ジュリリー。ミシシッピの大農園で、せむしのライザと出会い、逃亡を決意する。道中、支援者に助けられつつ、2人で自由の地カナダをめざす。史実を踏まえ、人間の残酷さや精神の気高さを描いた迫力ある作品。

●セベスティアン，ウィーダ

●私は覚えていない
ウィーダ・セベスティアン作　安藤紀子訳
阿部公洋カット
ぬぷん児童図書出版　1983年　287p　22×16

黒人少女リーナがコンテストに優勝したことから、一家への嫌がらせがはじまる。怒り戸惑うリーナを父は穏やかに諭すが、仕事中に撃たれた。瀕死の父を発見したリーナは、父のことばを胸に犯人を……。肌の色の違いをこえて、人間の理解に目覚めていく少女を静かに描く。米国白人作家による1979年の作。

●セルバンテス，ミゲール・デ

●ドン・キホーテ （岩波少年文庫）
ミゲール・デ・セルバンテス作　永田寛定訳
ギュスターヴ・ドレさし絵
岩波書店　1951年　346p　18×12

1605年にスペインで出版され、今日まで読みつがれている古典。騎士道物語を読みすぎて自らを伝説の騎士だと思いこんだ老郷士が、馬にまたがり、従士サンチョ・パンサをひきつれて、遍歴の旅にでる物語。世間体などおかまいなく思いのままに行動する主人公と、少々脳みそが足りない従士とのやりとりを、皮肉をこめた喜劇仕立てで描き、笑いをさそう。同時に、年老いてなお、夢や正義を胸に旅をつづける老郷士の姿が印象深い。本書は、訳者が原作の味わいを保ちつつ、冒険に関わりのない挿話などを省いて、子ども向けに訳したもの。1987年刊の新版（牛島信明編訳）は、本編の10年後に刊行された「後篇」を合わせ、3回の旅立ちを1回にまとめている。

「ドン・キホーテ」より

●セレディ，ケート

●白いシカ
ケート・セレディ作・絵　瀬田貞二訳
岩波書店　1968年　146p　23×16

アジア出身の祖先をもつフン＝マジャール族の古い伝説をもとにしたハンガリー建国の物語。マジャール族の長老ニムロードは、大神ハズールのお告げに従い、一族を率いて、アジアの地を後にした。その後、3代の指導者たちが、大神ハズールの使いである白いシカに導かれ、先住民族らと闘って前進をつづけ、ついに緑のハンガリー平野に至る。叙事詩風の、勇壮で神秘的な物語。作者は史実を

セレ―タウ

前面に押しださず、想像力を駆使して民族の底に脈うつ精神をうたっている。作者の手になる流動感のある白黒の挿絵は、物語の神秘的で力強いイメージを打ちだしている。地味な感じを与える本なので、まず挿絵を見せながら、ストーリーを紹介してやるとよい。

た行

●ダウド，シヴォーン

●ボグ・チャイルド

シヴォーン・ダウド 作　千葉 茂樹 訳
塩田 雅紀 画
ゴブリン書房　2011年　479p　20×14

1981年、北アイルランド。18歳の少年ファーガスは、湿地で2千年前の少女のミイラを発見する。過激派として服役中の兄はハンストに突入。兄をいかに救うかという現実と、時折意識に入りこむ少女の過去の物語が絡みあう巧みな展開で、少年の苦悩と決断を描く。作者は2007年に夭逝した英国アイルランド系の女性作家。09年本作でカーネギー賞受賞。

●セレリヤー，ヤン

●銀のナイフ（岩波少年文庫）

ヤン・セレリヤー 作　河野 六郎 訳
岩波書店　1959年　232p　18×12

1944年、ナチス占領下のポーランド。小学校長だったヨセフ・バリツキーにはスイス人の妻と3人の子どもがいたが、そのヨセフが捕虜収容所を命がけで脱走するスリルにみちた場面から、この物語ははじまる。一方、ナチスに父母を連行されたバリツキー家のきょうだい3人は、孤児ヤンが持っていた銀のペーパー・ナイフから父の脱走を知る。3人はヤンとともに、戦後の混乱の中を飢餓や病気と戦いながら、父母を求め、スイスを目指して旅をする。戦争の悲惨と人種をこえた人間愛の美しさを、子どもの目をとおして描いた劇的な作品。英作家・詩人による1956年の作。

●タウンゼンド，ジョン・ロウ

●アーノルドのはげしい夏

ジョン・ロウ・タウンゼンド 作　神宮 輝夫 訳
グラハム・ハンフリーズ 画
岩波書店　1972年　318p　22×16

アーノルドの目の前に、突如同じ名を名のる謎の男が現れた。男は寂れた町を開発しようと企んでいるらしい。少年の平穏な毎日が男の出現によって徐々に奪われていく。彼は何者か、そして、自分は？　自らの存在が壊れる恐怖を緊迫感のある筆致で描く。児童文学におけるリアリズムを重視する英作家の代表作。

●たけざき ゆうひ　竹崎 有斐

●石切り山の人びと

竹崎 有斐著　北島 新平画
偕成社　1976年　266p　21×16

5年生のがき大将権六と仲間の少年たち、左傾した息子のために職を辞し、その息子・和彦と孫娘みよを連れて、帰郷してきた元陸軍大佐・田子老人、親代々の石切り場の採掘権を守ろうと命がけの、権六のおとうら石工たち……。熊本近郊の、良質の石材を切りだす石切り山を舞台に、多彩な登場人物が、複雑にからみあいながら展開する物語。太平洋戦争末期を描きながら、図式的な戦争反対文学にならず、確かな筆で雑草のようにしぶとく生きる人々をとらえ、日本のある時代をなまなましく現出している。権六ら、はつらつとした野生児たちが精一杯活躍する面白さは、読者を最後まで離さない。方言の使い方も巧み。

●ターナー，フィリップ

●シェパートン大佐の時計

フィリップ・ターナー作　神宮 輝夫訳
フィリップ・ガウ さし絵
岩波書店　1968年　268p　22×16

デイビドの家の仕事場にある大時計は、昔シェパートン大佐が預けたもの。時計にまつわる謎をかぎつけたデイビドと友達2人は、古い手がかりをもとに、事件を解明していく。ヨークシャーの荒野を舞台に、少年たちの行動と心理を緻密に描いた英作家による力作。一種の推理小説だが、だれにでも読みいいとはいえないので、翻訳ものを読みなれた子に。

◆ハイ・フォースの地主屋敷
◆シー・ペリル号の冒険

●ダンカン，ロイス

●とざされた時間のかなた
（SOSシリーズ）

ロイス・ダンカン作　佐藤 見果夢訳
評論社　1990年　320p　20×14

17歳の少女ノアは、再婚した父の新しい家族と一夏をすごす。若く美しい義母は優しくノアを迎えるが、その瞳には殺意が。花の香漂う米南部を舞台に、奇想天外な設定で読者を堪能させてくれるミステリー。1986年エドガー・アラン・ポー賞最優秀ジュニア小説部門。

●チェンバーズ，エイダン

●二つの旅の終わりに

エイダン・チェンバーズ作　原田 勝訳
徳間書店　2003年　524p　19×14

英国人の高校生ジェイコブは、第二次大戦中兵士だった祖父を助けたオランダ人女性、ヘールトラウに招かれアムステルダムを訪れる。50年前と現在の物語が交互に語られ、次第に秘密が明らかに。安楽死、同性愛など重いテーマを含むが、少年が空間と時間の旅をとおして自身をつかみとっていく姿が爽やか。

●ディケンズ,チャールズ

●クリスマス・キャロル
（岩波少年文庫）

チャールズ・ディケンズ作　脇明子訳
ジョン・リーチさし絵
岩波書店　2001年　216p　18×12

クリスマス前夜のロンドン。強欲冷血な老商人スクルージは、3人の幽霊に自分の過去、現在、未来を見せられ……。19世紀、産業革命で生まれた貧しい庶民の立場から、社会の問題を訴える作品を残した英国の文豪の名作。原書初版本等からの挿絵が雰囲気を伝える。1950年の少年文庫初版は村山英太郎訳。

●テツナー,リザ

●黒い兄弟——ジョルジョの長い旅

リザ・テツナー作　酒寄進一訳
福武書店　1988年　684p　19×14
→あすなろ書房　2002年

19世紀半ば。スイス山奥の農民の息子ジョルジョは、貧しさ故に、ミラノの煙突掃除夫に売り飛ばされる。ろくに食事も与えられずこき使われるが、仲間と出会い、結社「黒い兄弟」に入る。親友の死、泥棒の疑いをかけられて逃亡……。波瀾万丈の日々を乗りこえ、少年が幸せをつかむまでを迫真の描写で綴る。

●デフォー,ダニエル

●ロビンソン・クルーソー
（岩波少年文庫）

ダニエル・デフォー作　海保眞夫訳
ウォルター・パジェット挿画
岩波書店　2004年　350p　18×12

何不自由ない生活を約束されていながら、船乗りに憧れて家出し、難破して無人島に漂着、28年間自給自足の孤独な暮らしをつづけたロビンソン・クルーソー。1719年、イギリスで大人向けの本として刊行された本書は、子どもの興味をそそる内容で、長年にわたって愛読され、今では児童文学の古典となっている。抄訳は数多いが、本書は原作の生命ともいうべき細部を生かした訳で、情景がいきいきと目に見え、主人公が確かな存在感をもって感じられる。岩波少年文庫の初出は1952年阿部知二訳。坂井晴彦訳の福音館書店版も。

●デューマ,アレクサンドル

●三銃士（岩波少年文庫）

アレクサンドル・デューマ作　生島遼一訳
長沢節さし絵
岩波書店　1951年　402p　18×12

19世紀仏の文豪の歴史小説。17世紀、青年ダルタニャンは身を立てようと、国王の側近を頼ってパリに出る。着いて早々、ひょんなことからアトス、ポルトス、アラミスという誉れ高き三銃士と知りあう。篤い友情で結ばれた4人が、独裁者リシュリュー宰相を向うに、縦横無尽に活躍する様が痛快な一大ロマン。本書はダルタニャンの活躍を中心にまとめた抄訳。福音館書店版は朝倉剛の完訳。

●デ・ラ・メア,ウォルター

●九つの銅貨

ウォルター・デ・ラ・メア作　脇明子訳
清水義博画
福音館書店　1987年　254p　21×16

貧しく美しい娘が、妖精の小人にその心根を試され、見事に及第して幸せを得るという表題作ほか4編。いずれも伝承に根ざした物語。夢と現実が渾然となったふしぎな世界での、

この世ならぬ者と人間との関わりを描き、読者の魂の奥深くにふれる。著者は英国の詩人。

●ドイル，コナン

●シャーロック・ホウムズの冒険
（岩波少年文庫）

コナン・ドイル作　林克己訳　向井潤吉さし絵
岩波書店　1955年　320p　18×12

探偵小説の古典として、世界中で愛読されてきたシャーロック・ホウムズの短編から、「赤毛連盟」「口のまがった男」等6編を収録。19世紀末、ロンドンはベーカー街に住む探偵ホウムズは、鋭い観察眼と明晰な頭脳の持ち主。犯罪に関する広い知識を総合して状況を判断し、天才的な閃きで難事件を解決する姿を、友人の医者ワトスンが語る。推理小説にひかれる年頃の子どもたちには上質な作品を薦めたいが、そんな時にぴったりの本。改訂新版の題名は、『シャーロック・ホウムズまだらのひも』。続巻も以下のように改題。
- ◆シャーロック・ホウムズの回想
  →シャーロック・ホウムズ 最後の事件
- ◆シャーロック・ホウムズ帰る
  →シャーロック・ホウムズ 空き家の冒険

●ドハティ，バーリー

●ディア ノーバディ

バーリー・ドハティ著　中川千尋訳
新潮社　1994年　244p　20×14

受験直前の18歳の少女ヘレンが妊娠。父親は同い年の恋人クリス。出産までの2人の迷いや苦しみ、周囲の大人たちの思いを、まだ見ぬ子にあてたヘレンの手紙とクリスの回想で描く。主人公らの人生に取りくむ真摯な姿勢と、作者の彼らを見る目の暖かさに好感がもてる英国の作品。1992年カーネギー賞。

●トール，アニカ

●海の島（ステフィとネッリの物語）

アニカ・トール著　菱木晃子訳
新宿書房　2006年　294p　20×14

1939年、ウィーンのユダヤ人少女ステフィは、ナチスを恐れる両親の計らいで、妹とスウェーデンに疎開。ことばも通じない小島で、妹と別れ、厳格な養母に引きとられる。戦争の影におびえ、孤独感を抱きつつも、異文化に順応していく思春期の少女を、感傷を排した筆致で描く。1996年の出版直後から注目を集めたスウェーデン作家のデビュー作。全4部。
- ◆睡蓮の池
- ◆海の深み
- ◆大海の光

●トールキン，J・R・R

●旅の仲間　上・下（指輪物語）

J・R・R・トールキン著　瀬田貞二訳
寺島龍一さし絵
評論社　1972年　上418p，下368p　22×16

『ホビットの冒険』（本書79頁）に続く、壮大な叙事詩的ファンタジー3部作の第1部。百歳をこえ、隠遁生活にはいったホビット族のビルボは、甥のフロドに全財産と黄金の指輪を譲る。それは、冥王サウロンの手によって作られた指輪だった。闇の力がこめられたこの指輪を葬るため、フロドは仲間とともに遍歴の旅に出る。人と妖精と小人族が共存していた頃の"中つ国"の歴史を、陰影を含んだ筆遣いで勇壮に描く。中学生から大人まで。
- ◆二つの塔　上・下
- ◆王の帰還　上・下

な行

●ナイドゥー，ビヴァリー

●炎の鎖をつないで
―南アフリカの子どもたち

ビヴァリー・ナイドゥー著　さくまゆみこ訳
伏原 納知子 カット
偕成社　1997年　310p　20×14

アパルトヘイト下の南ア共和国。15歳の黒人少女ナレディの村にも強制移住命令がくだる。動揺しつつも抵抗を始めた村民たち。ナレディの中学でもデモが計画される。差別による苦しみや弾圧の恐ろしさを、同国出身作家が抑えた文章で描く。原書は1989年刊。

「向こう横町のおいなりさん」より

●ながさき げんのすけ　長崎 源之助

●向こう横町のおいなりさん

長崎 源之助著　梶山 俊夫 画
偕成社　1975年　310p　21×16

昭和14年。お稲荷さんの境内やトサツ場の裏で遊ぶ横浜の下町の子どもたち。そこへ旅芝居の座長の娘エッちゃんが引越してくる。悪童たちの縄張り争いなど、子どもたちが群れをなして遊ぶ様子が丹念な筆致で描かれている。著者の少年時代の体験にもとづく作品。

●なしき かほ　梨木 香歩

●西の魔女が死んだ

梨木 香歩 著
楡出版　1994年　206p　19×14
→小学館　1996年

中学1年のまいは、学校になじめず、田舎に住むイギリス人の祖母のもとで暮しはじめる。祖母は自分が魔女の血筋だといい……。心穏やかに規則正しく暮す「魔女修行」をとおして、自分を取りもどしていく主人公など、登場人物がこまやかに描かれ、充実した読後感。版元を変えながら、読みつがれている。

●なす まさもと　那須 正幹

●少年たちの戦場

那須 正幹 作　はた こうしろう 絵
新日本出版社　2016年　222p　20×14

幕末〜第二次大戦間に戦闘に関わった4少年の連作短編集。戊辰戦争で官軍に加わった餅屋の倅・幸助、対する二本松藩として戦った小士郎。満蒙開拓青少年義勇軍に入隊した祥平、沖縄戦で鉄血勤皇隊に召集された誠二。それぞれの事情を淡々と語りながら、若者が時代に翻弄される不条理を炙りだす意欲作。

●ニクソン，ジョーン・ラウリー

●クリスティーナの誘拐
（SOSシリーズ）

ジョーン・ラウリー・ニクソン作　宮下 嶺夫 訳
評論社　1984年　332p　20×14

石油財閥の娘クリスティーナが誘拐される。恐怖と苦痛の数日をへて救出されると、彼女自身が狂言誘拐の犯人だとされていた。周囲の冷たい視線に耐え、自力で身の潔白を明かすまでをスリリングに描く。1979年エドガー・アラン・ポー賞最優秀ジュニア小説部門。

●ネストリンガー，クリスティーネ

●あの年の春は早くきた

クリスティーネ・ネストリンガー作
上田 真而子 訳　岩淵 慶造 さし絵
岩波書店　1984年　282p　22×16

1945年春、ドイツ占領下のウィーン。8歳の少女クリステルの一家は、空襲を逃れ、郊外の別荘番となる。そこへ侵攻してきたソ連軍も駐留することに。戦争の混乱の中をたくましく生きる人々の姿を、豊かな感性と行動力あふれる少女の目を通して描いた自伝的作品。

●ノース，スターリング

●はるかなるわがラスカル

スターリング・ノース 著　亀山 龍樹 訳
ブッキング　2004年　263p　19×13

1918年米国北部。11歳の少年は森で拾ったアライグマの赤ん坊にラスカルと名づけ、かわいがる。賢く、好奇心旺盛なラスカルは父と2人で暮らす少年の無二の親友になる。豊かな自然を背景にした自伝的作品。おとなになっていく少年の姿が、いきいきと描かれる。学習研究社、角川書店、小学館等からも刊行。

「はるかなるわがラスカル」より

は行

●パウゼヴァング，グードルン

●見えない雲

グードルン・パウゼヴァング 著　高田 ゆみ子 訳
沢田 としき イラスト
小学館　1987年　270p　19×13

両親の留守中、原発で爆発事故がおきた。14歳の少女ヤンナ－ベルタは自転車に乗り、弟と必死でにげる。西ドイツを舞台に、見えない放射能の恐怖や、不安におしつぶされそうな極限状況にある人間群像を、リアルに描く近未来小説。チェルノブイリ事故翌年の作。

●ハウフ，ヴィルヘルム

●冷たい心臓──ハウフ童話集
(福音館古典童話シリーズ)

ヴィルヘルム・ハウフ作　乾 侑美子訳
T・ヴェーバー ほか画
福音館書店　2001年　670p　21×16

19世紀のドイツに彗星のごとく現れ、若くして世を去った作家の童話集3冊を1冊にまとめた。アラビアの砂漠を旅する隊商の一行に、立派な身なりの男が追いつき、仲間にしてくれと頼む。この謎めいた男は、休憩の度に交代で話をしていこうと提案、最初に自分で"コウノトリになったカリフの話"を語る。こうして旅の終わりまでに、"幽霊船""切られた手の話"などが語られ、最後には謎の男の正体が明らかになるという趣向の「隊商」ほか、「アレッサンドリアの長老とその奴隷たち」「シュペッサルトの森の宿屋」いずれもが話中話形式の枠物語。アラブやドイツの黒森を舞台にくりひろげられる話は、どれもふしぎで、華やかな雰囲気をもち、物語の醍醐味を堪能できる。重厚な銅版挿絵も魅力。怖い話を聞きたい子に読んでやると、たいへん喜ばれる。岩波書店、偕成社からも別訳が出ている。

●バウマン，ハンス

●大昔の狩人の洞穴 (岩波少年文庫)

ハンス・バウマン作　澤柳 大五郎訳
岩波書店　1955年　230p　18×12

1940年仏・ラスコー。4人の少年が洞穴で絵を発見。学校の先生を介し、パリから少年たちの所にやってきた学者・ブルイユ神父は、壁画を前に、氷河時代の人類の生活について語る。有名な実話をもとに、スペイン・アルタミーラ遺跡の発見にもふれながら、なぜ絵が生まれたか、壮大な歴史の謎を解きあかす。

●コロンブスのむすこ (岩波少年文庫)

ハンス・バウマン作　生野 幸吉訳
カール・フリードリヒ・ブルスト さし絵
岩波書店　1958年　436p　18×12

米大陸を発見したコロンブスの次男・13歳のフェルナンは、修道院を脱走し、父の第4次航海に加わる。その旅は、現地人や反対派の船員との闘いや嵐が続く地獄の日々。成果はなかったが、フェルナンはタハカというインディオの少年との篤い友情を結ぶ。人間味あふれる英雄の晩年を息子の目を通して描く。

●草原の子ら　上・下
──ジンギス・カンの孫たち
(岩波少年文庫)

ハンス・バウマン作　関 楠生訳
ロートフックス さし絵
岩波書店　1957年　上230p，下294p　18×12

クビライとアリク・ブカの兄弟は、モンゴルの覇者ジンギス・カンの孫として、アジア征服の戦に出る。猛攻へ突きすすむアリク・ブカ。敵の民や文化を尊重しようと考えるクビライ。ふたりの考えはくい違う。力強いモンゴル騎兵の描写と共に青年たちの葛藤を描く。独の作家が史実をもとに創作した歴史小説。

●ハンニバルの象つかい

ハンス・バウマン作　大塚 勇三訳
ウルリク・シュラム 絵
岩波書店　1966年　362p　23×16

紀元前3世紀、数奇な運命でカルタゴの名将軍ハンニバルの象使いとなった少年。象のスールと心をつないだ彼は、ハンニバル軍のローマへの大遠征に参加する。歴史を織りこんだ丹念な筆致で、少年の目をとおし、人と人が憎みあう戦争とは何かを問いかける。

●バージェス，メルヴィン

●オオカミは歌う

メルヴィン・バージェス 作　神鳥 統夫 訳
清水 勝 イラスト
偕成社　1994年　206p　20×14

絶滅したはずのイングランド狼の存在を知ったハンターは、執拗な追跡をはじめる。子連れの夫婦狼は、知恵と体力をふりしぼってそれに対抗。狼と人間の凄惨な闘いをとおして、人間の残酷性が浮き彫りになる。狼の慟哭が聞こえてくるようなイギリスの作品。

●パターソン，キャサリン

●海は知っていた——ルイーズの青春

キャサリン・パターソン 作　岡本 浜江 訳
山野辺 進 さし絵
偕成社　1985年　330p　20×14

1940年代、アメリカ東岸の小さな島が舞台。誕生の瞬間から、身体が弱く周囲の注目の的だった双子の妹を憎み、自分の進む道を求めて悩む姉ルイーズの少女時代を回想で綴る。貧しく宗教に縛られた島の生活を背景に、思春期の激しい感情をリアルな筆致で描き、読者を圧倒する。1981年ニューベリー賞受賞作。

●ワーキング・ガール
　　　——リディの旅立ち

キャサリン・パターソン 作　岡本 浜江 訳
喜多木ノ実 イラスト
偕成社　1994年　372p　20×14

産業革命期の米国。父は行方知れず、母は精神を病む中、13歳のリディは紡績工場の女工になる。過酷な労働環境だったが、彼女は文字を習い、本を読み、新しい考え方を広げていく。少女が自分の生きる道をみつけるまでを、力強く描き、時代の肌触りがよみがえる。

●ハラー，アドルフ

●黄金境への旅
　（アドベンチャー・ブックス）

アドルフ・ハラー 作　塩谷 太郎 訳　太田 大八 画
学習研究社　1972年　256p　19×14

1521年、メキシコのアステカ帝国は、スペイン人コルテスにより滅ぼされた。奸智に長けたコルテスが、一歩一歩、強大なメキシコ軍を崩していく様子と、そこにあった人間ドラマを、純真で信仰心の篤い、実在の小姓オルテギリ少年の手記という形で描いた歴史物語。

●ハリス，ルース・エルウィン

●丘の家のセーラ（ヒルクレストの娘たち）

ルース・エルウィン・ハリス 作　脇 明子 訳
岩波書店　1990年　438p　20×14

英国の小村、ヒルクレスト荘に住む才能豊かで個性的な4姉妹が主人公。両親を亡くした彼女たちと、後見人である牧師夫妻とその息子たちが、第一次大戦をはさんでの10年間に、各々深く関わりあいながらどのように生き、成長していったかを描く。初巻は内省的な末娘セーラの視点から。続巻3冊。それぞれがカルテットのように響きあう長編小説。
- ◆フランセスの青春
- ◆海を渡るジュリア
- ◆グウェンの旅だち

ハリス, ローズマリー

●ノアの箱船に乗ったのは？

ローズマリー・ハリス 作　浜本 武雄 訳
國重 陽子 さし絵
冨山房　1987年　294p　22×16

旧約聖書に出てくる大洪水をもとにした物語。時代を4千年前のエジプト第六王朝に設定し、登場人物を自由に脚色している。怠け者で腹黒いノアの息子ハムに代り、貧しい動物使いの若者ルーベンが動物を連れ、猫とライオンを求めて旅立つ。厳しい砂漠の旅、エジプト王との友情、権力争い等を織りまぜた、彩り豊かな英の冒険小説。1969年カーネギー賞。

「ノアの箱船に乗ったのは？」より

バルトス＝ヘップナー, バルバラ

●コサック軍シベリアをゆく

バルバラ・バルトス＝ヘップナー 作
上田 真而子 訳　ビクター・G・アンブラス 画
岩波書店　1973年　448p　23×16

16世紀ロシア。14歳の少年ミーチャは外の世界に憧れ、コサック軍の長エルマークについていく。有能な頭に率いられた軍はシベリアを征服するが……。戦いとは、許すとは何かを問う少年の姿が印象的。ドイツの女性作家が史実をもとに描いた重厚な歴史小説。

続編『急げ 草原の王のもとへ』は、戦いのその後を、征服されたタタール人の側から描く。

ハーン, メアリー・ダウニング

●12月の静けさ

メアリー・ダウニング・ハーン 著　金原 瑞人 訳
佑学社　1993年　231p　22×16

図書館でよく見かけるホームレスにはベトナム戦争で受けた心の傷が。15歳のケリーは彼の力になろうとするが拒絶され……。父親や友人たちともズレを感じている画家志望の少女の独白体。現実と理想の間で揺れつつ、真剣に人間の生き方を模索する姿が共感をよぶ。

ハーン, ラフカディオ

●雪女　夏の日の夢（岩波少年文庫）

ラフカディオ・ハーン 作　脇 明子 訳
岩波書店　2003年　254p　18×12

日本の伝説や奇談を再話した作品群の中から、「雪女」「耳なし芳一の話」など12編と、「夏の日の夢」など4編のエッセイを新たに訳し収録。著者は、小泉八雲の名でも知られるギリシャ人。約百年前の日本の生活、風習、伝統を観察し、愛した彼の驚きや素顔とともに「知られざる日本」が読者にも見えてくる。

ハンター, モーリー

●砦

モーリー・ハンター 作　田中 明子 訳
評論社　1978年　304p　20×14

スコットランド特有の、謎の石の建造物ブロッホは、だれが、何のために作ったのか分か

っていない。作者は、2千年前の同地にひとりの足の不自由な少年を登場させ、彼がブロッホを築きあげるまでを劇的な物語に練りあげた。古代宗教の荘重な雰囲気に満ちた力作。

●魔の山

モーリー・ハンター 作　田中明子 訳
評論社　1978年　156p　21×16

禁を破って魔の山のふもとを耕した農夫は、妖精シーの怒りをかって捕えられ、魔の山で奴隷となり、7年目には生贄となる運命に。それを知った息子は……。スコットランド北西部の伝承に材をとった、当地生れの作家による物語。ふしぎな緊迫感をたたえている。

●パンテレーエフ，アレクセーイ・イヴァーノヴィチ

●金時計（岩波少年文庫）

アレクセーイ・イヴァーノヴィチ・パンテレーエフ 作
佐野朝子 訳　小林与志 さし絵
岩波書店　1976年　250p　18×12

浮浪児ペーチカが酔っぱらいからまきあげた大事な金時計。更生施設「少年の家」で塀ぎわの穴に隠すが、次第に重荷になっていく。作者の少年時代が投影された表題作ほか2編。ロシア革命後の激動の時代を生きる底辺の子どもたちの姿を、愛情こめていきいきと描く。

●バーンフォード，シーラ

●ベル・リア──戦火の中の犬

シーラ・バンフォード 作　中村妙子 訳
評論社　1978年　284p　20×14

1939年から45年までの第二次大戦下、1匹の小さな白犬がフランスからイギリスへ、戦火の中を転々とする。ベル・リアと名づけられたその犬は、懸命に生きながら、出会った人に深い慰めと生きる力を与える。驚くほど利口で健気な小犬に視点をおいて、イギリス人の経験した戦争の現実を印象深く映しだす。

●ピアス，フィリパ

●サティン入江のなぞ

フィリパ・ピアス 作　高杉一郎 訳
シャーロット・ヴォーク さし絵
岩波書店　1986年　292p　22×16

母と2人の兄とともに、母方の祖母の家で暮す10歳のケート。父の墓を見つけたことから、死んだと聞かされている父に関心をもち、過去の事実を探りはじめる。日常の小さな出来事を背景に、謎が解明されていく緻密な構成の作品。巧みな人物描写が生きている。

●トムは真夜中の庭で

フィリパ・ピアス 作　高杉一郎 訳
スーザン・アインツィヒ 絵
岩波書店　1967年　304p　23×16

夏休み、トムは、はしかにかかった弟から隔離されて、おばの家に預けられる。退屈しきっていたが、ある夜、階下の大時計が13時をうつのを聞く。トムが裏口のドアを開けると、いつもの汚れた裏庭は、広々とした美しい庭園に変わっていた。そのふしぎな庭に足を踏みいれたトムは、古めかしい服を着た少女ハティに出会った……。時をこえた人の心のつながりを感動的に描く。神秘的な雰囲気の詩情豊かな英国タイムファンタジー。

●まぼろしの小さい犬
（少年少女学研文庫）

フィリッパ・ピアス作　猪熊葉子訳
アントニィ・メイトランド画
学習研究社　1970年　256p　18×12
→岩波書店　1989年

平凡な家庭の5人きょうだいの中で育ちながらどこか孤独な少年ベンは、自分の犬が欲しくてたまらない。でもそれは、ロンドンの街中の生活ではかなわぬ夢だった。彼が現実の犬をあきらめた時から、目をつぶると、小さな犬が見えるようになる。少年が現実から逃避し、心の中の犬と固く結ばれていく過程が、恐しいほどの現実味をもって描きだされる。作者のこまやかな筆による、詩のように美しい場面の数々が心に残る。大きな満足を読者に与えて完結する幕切れは、劇的で感動的。原書からの挿絵は、柔らかなタッチのペン画。

●ピウミーニ，ロベルト
●光草（ストラリスコ）

ロベルト・ピウミーニ作　長野徹訳
小峰書店　1998年　159p　20×14

光を浴びられない病気の少年のために、壁に絵を描くことを依頼された画家。彼と少年は閉ざされた空間の中、想像力の翼を広げ、山や海を創りだしていく。詩的な文章の連なりに、ふたりの心の交流、自然、生と死が豊かに重なる佳品。著者はイタリアの児童文学者。

●ピカード，バーバラ・レオニ
●剣と絵筆

バーバラ・レオニ・ピカード著　平野ふみ子訳
大坪美穂挿絵
すぐ書房　1981年　492p　19×14

伯爵の5番目の息子スティーヴンは、内気で感受性が強く、絵心のある少年だった。だが、武勇が尊ばれる14世紀の英国では、からかいの的となっていた。自分の性格を克服して立派な騎士になろうと努める彼が、運命の手に導かれ、自ら望んで僧院の画家になるまでを劇的に描く。自分らしい生き方を探る主人公の姿は、現代の若者にも通じるだろう。

●ヒッカム・ジュニア，ホーマー
●ロケットボーイズ　上・下

ホーマー・ヒッカム・ジュニア著　武者圭子訳
草思社　2000年　上294p，下322p　20×14

1957年、高校1年の僕は夜空を横切る人工衛星に魅せられ、5人の仲間とロケット作りを始めた。NASAの元技術者が宇宙を夢見た少年時代を回顧した自伝的小説。頑固な父との対立や当時の暮しがみずみずしく描かれる。映画「遠い空の向こうに」の原作。続編も。

● BB

● リーパス──ある野ウサギの物語
（福音館日曜日文庫）

B.B. 著　掛川恭子訳
D・J・ワトキンス＝ピッチフォード絵
福音館書店　1977年　186p　19×13

夏のはじめに生まれた野ウサギの子リーパスは、フクロウやキツネの攻撃をかわし、人間や猟犬を出しぬき、立派な雄ウサギとなっていく。英国の美しい田園を舞台に、孤独でたくましい野生の生き物の姿を描いた佳作。緻密な銅版画の挿絵も著者の手になるもの。『**野うさぎの冒険**』に改題し、岩波少年文庫で再刊。

● ヒメネス，フランシスコ

● この道のむこうに

フランシスコ・ヒメネス作　千葉茂樹訳
小峰書店　2003年　175p　20×14

豊かな生活を求めカリフォルニアに不法入国したメキシコ人一家。綿花や苺を摘む季節労働は辛く、環境は劣悪で、失業や強制退去の恐怖がつきまとう。唯一の支えは家族の強い絆だった。一家の次男による自伝的短編連作。少年の前向きな生き方が希望を感じさせる。

● ヒメネス，フワン・ラモン

● プラテーロとぼく
──アンダルシアのエレジー
（岩波少年文庫）

フワン・ラモン・ヒメネス作　長南実訳
ラファエル・アルバレス・オルテガさし絵
岩波書店　1975年　390p　18×12

ノーベル賞を受賞したスペインの詩人が、故郷のアンダルシア地方を、愛するろばのプラテーロと歩く。そこで見た自然や町、生活する人々の姿を鋭い美的感性で切りとった138編の散文詩の完ス。幸せだった幼年時代、美しい自然や故郷への愛とともに、死や辛い現実も含む心象風景が、人生の真実を、素直にあるがままに伝える。線画の挿絵が詩と響きあう。

● ヒル，デイヴィッド

● 僕らの事情。

デイヴィッド・ヒル著　田中亜希子訳
求龍堂　2005年　230p　20×14

サイモンは僕の親友だ。そして、いつか死んでしまう……。15歳の少年ネイサンが筋ジストロフィーを患う同級生との最後の1年を語る。毒舌家で頭が切れるサイモンとゲームをしたり女の子の話をしたり。軽い筆致ながら忘れ難い印象を残すニュージーランドの作。

● ヒントン，スーザン・E

● アウトサイダーズ

スーザン・E・ヒントン著　清水真砂子訳
大和書房　1983年　218p　20×14
→あすなろ書房　2000年

貧しく、すさんだ生活を送る少年たち"グリーサーズ"。対立する金持ちグループの執拗な襲撃をうけるが、ある夜の殺人事件が更な

フアーフオ

る悲劇を生むことに。17歳の女子高生による鮮烈な処女作。純粋さと脆さをあわせもつ若者の姿が、等身大に伝わる。原書は米国1967年刊。あすなろ書房より唐沢則幸の新訳も。

●ファージョン，エリナー

●リンゴ畑のマーティン・ピピン
（ファージョン作品集）

エリナー・ファージョン作　石井桃子訳
リチャード・ケネディさし絵
岩波書店　1972年　584p　21×16

旅の歌い手マーティン・ピピンが、父親に恋愛をとがめられ塔に閉じこめられた少女と、それを見張る6人の娘たちに語る6つの話。サセックスの自然の中で美しい恋物語が展開する。2分冊の少年文庫版もある。続編『ヒナギク野のマーティン・ピピン』は、前作の娘たち7人の子どもにピピンが話をしながら、子どもの親を当てるという設定。

●フィンガー，チャールズ・ジョゼフ

●勇敢な仲間（岩波少年文庫）

チャールズ・ジョゼフ・フィンガー作
吉田甲子太郎訳　J・ドーガァティさし絵
岩波書店　1956年　456p　18×12

16世紀、マジェラン（マゼラン）が5隻の船隊を組んでおこなった初の世界一周航海。波瀾万丈の旅を少年水夫オスバーンの目を通して描く。船長らの抗争、陰謀、暴動、そして自然の脅威に翻弄されるも、先住民への信頼を失わず、正義を信じてまっすぐに生きる少年の姿が感動的。米国の作家による力作。挿絵は『アンディとらいおん』の作者による。

●フェーアマン，ヴィリ

●少年ルーカスの遠い旅

ヴィリ・フェーアマン作　中村浩三，
中村采女訳　ヘルベルト・ホルツィング，
トーマス・フェーアマン画
偕成社　1991年　620p　20×14

1870年代のプロイセン。ルーカスの父は多額の借金を残して出奔、職人肌の大工である祖父は、その借金返済のため、仲間とルーカスをつれて南北戦争後の米国へ。祖父と芸術家肌の父とは葛藤があったらしい……。時代背景や当時の職人の仕事ぶりを丹念に描きながら、少年の成長を綴ったドイツの長編。

●隣の家の出来事

ヴィリ・フェーアマン作　野村泫訳
岩波書店　1980年　328p　19×14

19世紀末、ドイツの田舎町で男の子が殺され、近所に住む少年ジギの父親が犯人との噂が流れた。一家がユダヤ人というだけで、親しかった人々が次第に遠ざかっていく。そんな中でもジギと親友のカールは友情を育む。偏見の恐ろしさがヒリヒリと肌に迫る作品。

●フォックス，ポーラ

●十一歳の誕生日

ポーラ・フォックス作　坂崎麻子訳
ぬぷん児童図書出版　1998年　246p　22×16

11歳のネッドは、誕生日にもらった空気銃を夜中に持ちだし、一瞬動いた影に発砲する。数日後、目を怪我した猫が……。病身の母や独り暮しの老人らとのふれあいを通じ、少年が罪悪感から解放されるまで。繊細な描写が心に残る。同社刊『片目のねこ』の改題再刊。

●ブラックウッド,ゲアリー

●シェイクスピアを盗め！

ゲアリー・ブラックウッド著　安達まみ訳
白水社　2001年　226p　20×14

孤児院育ちの14歳の少年ウィッジ。速記術を仕込まれたため、怪しい男に買われ、「ハムレット」の舞台を盗み写せと命じられる。17世紀の英国社会とグローブ座の内幕を克明に活写、不幸な少年が居場所を見つけ、信頼や友情を知るまでを軽快に描く。続編2冊。

●ブラッドフォード,カーリン

●九日間の女王さま

カーリン・ブラッドフォード作　石井美樹子訳
すぐ書房　1991年　299p　20×14

16世紀半ば、公爵家の令嬢ジェーンは、ヘンリ8世亡き後の王位継承争いに巻きこまれ、16歳で女王になった直後、斬首刑に処せられた。英国の史実に基づく歴史小説。内省的な少女が、周りに翻弄されながらも運命を潔く受けいれるまでをドラマチックに描く。

●ブラッドベリ,レイ

●たんぽぽのお酒

レイ・ブラッドベリ著　北山克彦訳　長新太絵
晶文社　1971年　352p　20×14

1928年の夏。12歳の少年ダグラスが感じた、生きている実感、新しいテニスシューズの感触、人生の孤独と不安……。家族で仕込んだたんぽぽのお酒には、その夏がそっくりつまっている。米国のSF作家が、独特の感性と手法で、少年の日の夢と成長を表現した秀作。

●ブリッグズ,キャサリン・M

●魔女とふたりのケイト

キャサリン・M・ブリッグズ作　石井美樹子訳
コーディリア・ジョーンズさし絵
岩波書店　1987年　362p　22×16

スコットランドの領主の娘キャサリンは、継母の娘のケイトと仲がよい。が、継母であるケイトの母は実は魔女で、継娘キャサリンを憎み……。イギリスの民俗学・妖精学の大家が、昔話「クルミわりのケイト」を下敷きに創作。17世紀半ばの人間界と超自然界との関わりを、史実も織りまぜつつ巧みに物語り、読者をひきつける長編ファンタジー。

●妖精ディックのたたかい

キャサリン・M・ブリッグズ作　山内玲子訳
コーディリア・ジョーンズさし絵
岩波書店　1987年　300p　22×16

17世紀半ばの英国。"家つき妖精"ディックが何百年も守ってきた地主一族が没落、妖精など信じぬ新興の商人一家が主となる。市民が台頭した変動期の人間模様を、妖精や魔女の世界を絡めて描き、時代の息吹まで伝えるユニークな空想物語。木版画の挿絵も秀逸。

●ブリンズミード,ヘブサ・フェイ

●青さぎ牧場

ヘブサ・フェイ・ブリンズミード 作　越智 道雄 訳
アネット・マッカーサー＝オンスロー さし絵
冨山房　1976 年　390p　22×16

裕福だが孤独な 16 歳の少女リルは父の死を機に、突然現われた祖父と、田舎の農場で暮すことに。家の改装や畑仕事、地元の人たちとの出会いなどを通して、世界が広がり、出自の秘密も明らかに。豪州を舞台に、自分の居場所を見つけていく少女を爽やかに描く。

●ブルガー,ホルスト

●父への四つの質問

ホルスト・ブルガー 作　佐藤 真理子 訳
山下 一徳 カット
偕成社　1982 年　286p　20×14

16 歳の息子が戦争体験者である父に 4 つの質問をする。ユダヤ人の問題、ヒトラーユーゲント、兵士志願、戦争について。その答えとしての父の回想は率直かつ具体的で、戦争というものの実態をまざまざと再現する。題材は重いが、一気に読ませるドイツの作品。

●ブルックナー,カルル

●黄金のファラオ

カルル・ブルックナー 作　北条 元一 訳
ハンス・トーマス さし絵
岩波書店　1973 年　366p　23×16

ツタンカーメン王の墓をめぐる 3 部構成の物語。3300 年前の墓泥棒の話、ナポレオンのエジプト遠征を機にはじまる発掘と碑文解読の歩み、英国人カーターによる王墓発見を、史実に基づきながら再現する。古代の泥棒たちの所業や、発掘と解読の場面が臨場感たっぷりに描かれ、その興奮がいきいきと伝わる。初出は 1963 年、『黄金のパラオ』の題で刊行。

●メキシコの嵐（岩波少年文庫）

カルル・ブルックナー 作　北条 元一 訳
向井 潤吉 さし絵
岩波書店　1958 年　420p　18×12

20 世紀初頭のメキシコ。荘園で働く貧しいインディオの綿摘み少年パブロは、理不尽な目にあっている所を牛飼いの青年ミゲールに助けられた。やがてパブロは投獄されたミゲールの脱獄を助け、ともに革命運動に身を投じる。オーストリアの作家がメキシコ革命を背景に、少年の成長と時代を描く 1949 年の作。

●プルードラ，ベンノー

●ぼくたちの船タンバリ
（岩波少年文庫）

ベンノー・プルードラ 作　上田 真而子 訳
岩淵 慶造 さし絵
岩波書店　1998 年　398p　18×12

さすらいの老船乗りルーデンが、村に遺した小さな帆船。暴風雨で打撃をうけた村の組合は船を売ろうとするが、少年ヤンは老人との思い出が残る船をなんとしても守ろうと……。子どもの純粋さとおとなの思惑の衝突、揺れうごく心を克明に描く旧東ドイツの作品。

●プレスラー，ミリアム

●ビターチョコレート

ミリアム・プレスラー 作　中野 京子 訳
さ・え・ら書房　1992 年　199p　21×16

15 歳の少女エーファは、人生がうまくいかないのはすべて自分が太っていて醜いせいだと思いこんでいる。そんな彼女を癒してくれたのは、甘いチョコレートでも、過酷なダイエットでもなく……。思春期の少女がもつ様々な問題を、ストレートに嫌味なく描く独の作。

●プロイスラー，オトフリート

●クラバート

オトフリート・プロイスラー 作　中村 浩三 訳
ヘルベルト・ホルツィング 絵
偕成社　1980 年　350p　20×14

門付けの少年クラバートは奇妙な夢に誘われ、森の水車小屋で 11 人の粉ひき職人の仲間になる。親方は金曜の夜ごと、職人たちをカラスに変え、魔法を教えていた。1 年目の大晦日、職人頭が不審な死を遂げる……。ドイツ東部の伝説を素材にした緊迫感あふれる物語。

●フロロフ，ワジム

●愛について

ワジム・フロロフ 作　木村 浩，新田 道雄 訳
ユーリイ・ワシーリエフ さし絵
岩波書店　1973 年　350p　22×16

サーシャは 14 歳。女優の母は地方公演から帰ってこない。共演している男優と恋をしているらしい。自身も級友の少女が気がかりだ。人間にとって愛するとは何か。葛藤する少年の愛と性を克明に描く。原書は 1966 年刊。発表された旧ソ連で大きな波紋をよんだ作品。

●ペイトン，K・M

●愛の旅だち（フランバーズ屋敷の人びと）

K・M・ペイトン 作　掛川 恭子 訳
ビクター・G・アンブラス さし絵
岩波書店　1973 年　316p　22×16

12 歳の孤児クリスチナは、伯父家族の住むフランバーズ屋敷に引きとられた。共に暮すのは、粗暴で狩りが好きな伯父、父親似で乗馬がうまい長男、当時、揺籃期にあった飛行機に夢中の次男。第一次世界大戦をはさむ英国の田園を舞台に、少女が生き方を決断するまでを鮮やかに描く連作の初巻。続きに『雲

のはて』（1970年カーネギー賞）、『めぐりくる夏』等。2009年、岩波少年文庫の新装化に伴い『フランバーズ屋敷の人びと』に改題。

●運命の馬ダークリング

K・M・ペイトン作　掛川恭子訳
岩波書店　1994年　454p　20×14

英国競馬のメッカ、ニューマーケットが舞台。気ままな祖父が競馬用の子馬を格安で競り落としたため、孫娘ジェニーがその飼育を担うことになる。その馬は、悲願の栄光を得るが……。家族や恋人との葛藤の中から自らの進む道を選びとっていく少女像が爽やか。

●ヘス，カレン

●ビリー・ジョーの大地

カレン・ヘス作　伊藤比呂美訳　華鼓挿画
理論社　2001年　306p　19×13

大恐慌と干ばつ、土嵐がふきぬけるオクラホマの農村。14歳の少女ビリー・ジョーは、母と弟が事故死する原因を作った父と自分が許せない。土埃のような索漠とした心が少しずつ癒されていく2年間を、日記風の自由詩で綴る。荒れた風景と少女の心が一体となり胸に響く。1998年ニューベリー賞受賞。

●ペック，リチャード

●シカゴよりこわい町

リチャード・ペック著　斎藤倫子訳
東京創元社　2001年　190p　20×14

9歳の男の子「わたし」と7歳の妹は夏休みを祖母の家ですごすことに。拳銃をぶっぱなし、平気で大法螺をふく祖母に度肝を抜かれるが、その言動の裏にある独自の正義感にひかれていく。7回の夏を少年の一人称で回想する。爽快な読後感。続巻2冊。

●ペック，ロバート・ニュートン

●豚の死なない日

ロバート・ニュートン・ペック著　金原瑞人訳
リチャード・ヘス装画
白水社　1996年　174p　20×14

1920年代の米国ヴァーモント州。労働と清貧を尊ぶシェーカー教徒の少年ロバートは、偶然、近所の牛のお産を助ける。お礼に子豚をもらい大切に育てるが、不妊症とわかり……。父子の絆をみずみずしく描き、1972年発表時に全米で話題になった自伝的小説。続巻も。

●ベネット，ジャック

●ラッキー・ドラゴン号の航海

ジャック・ベネット作　斉藤健一訳
福武書店　1990年　254p　19×14

ベトナム戦争終結後、共産主義下の生活から逃れ、ボートピープルとなった少年クアンの一家。おんぼろの漁船で、海図や機器もないままオーストラリアをめざす。海賊や台風等、次々に襲う危機の中で、家族を支え、未来を信じて果敢に闘うクアンの姿が共感をよぶ。

●ヘルトリング，ペーター

●ヒルベルという子がいた

ペーター・ヘルトリング作　上田真而子訳
クリスタ a.d. ジーペンさし絵
偕成社　1978年　134p　20×14

施設で暮す9歳の少年ヒルベル。頭痛に襲われると奇声をあげ乱暴を働く。うまくしゃべれないが美しい歌声をもち、彼なりの論理で健気にふるまうが……。少年の気持ちや周囲の大人達の姿を克明に描く。こうした子への理解を願う作者の思いが胸に響くドイツの作。

●ヘントフ，ナット

●ジャズ・カントリー

ナット・ヘントフ著　木島始訳
晶文社　1966年　254p　19×13

ジャズに夢中の高校生トムは、弁護士の息子だが、ジャズ・トランペッターのプロをめざし、黒人ジャズメンの住む世界に引きこまれていく。その中で、白人であることの葛藤、将来への迷いが彼を苦しめ……。人種問題にも関わりつづけるジャズ評論家の青春小説。

●ポー，エドガー・アラン

●エドガー・アラン・ポー　怪奇・探偵小説集　1・2
（偕成社文庫）

エドガー・アラン・ポー作　谷崎精二訳
建石修志さし絵
偕成社　1985年　①222p、②236p　19×13

かわいがっていた猫を傷つけたことから破滅にむかう男の告白「黒猫」、誤って墓に埋められてしまうことを恐れる男の話「早すぎた埋葬」等、死や災害などを前にして、自らを追いつめてしまう人の心理や、突飛な行動を描く米の古典的恐怖小説。2巻合わせて10編。

●ホガード，エリック・C

●小さな魚

エリック・C・ホガード作　犬飼和雄訳
ミルトン・ジョンソンさしえ
冨山房　1969年　272p　22×16

第二次大戦末期のイタリア。12歳の孤児グイドは、仲間と3人でナポリからカッシノまで放浪する。飢えと恐怖にさらされ、小魚のように漂いながらも、おとなたちとその人生を見つめ、戦争とは何かを考える少年の姿を、硬質で透明な筆致で描く。米国1967年の作。

●ホッジズ，C・ウォルター

●アルフレッド王の戦い

C・ウォルター・ホッジズ作・絵　神宮輝夫訳
岩波書店　1971年　300p　23×16

5世紀中頃、バイキングと戦い、アングロ・サクソン民族をひとつにまとめた、実在のアルフレッド王。その心身ともに苦しい戦いを、彼の書記となった"片足のアルフレッド"が語る。劇的な構成で、王の人間としての苦悩とその時代を見事に描く。続編に『**アルフレッド王の勝利**』。作者自身による力強い挿絵。

●コロンブス海をゆく
（アドベンチャー・ブックス）

ウォルター・ホッジス作・画　坂井晴彦訳
学習研究社　1970年　290p　19×14

1492年、コロンブス第1回目の航海。スペイン王からの資金調達、船上での謀反、原住民との軋轢……。富を求め西をめざした大冒険を、当時の世界観を織りまぜつつ、コロンブスの身近にいた3人の述懐で、克明に描く。著者は挿絵画家としても有名な英国の作家。初訳は1957年冒険小説北極星文庫。

●ボーデン，ニーナ

●おばあちゃんはハーレーにのって

ニーナ・ボーデン作　こだまともこ訳
金子恵さ絵
偕成社　2002年　294p　20×14

11歳の少女キャットの祖母はバイクを飛ばし、生活も自己流の変人だが、実は有名な精神科教授。悪口をいいながらも祖母との2人暮しに満足していたキャットを、心の通わない両親が引きとるという。家族やいじめの問題を扱うが、軽妙な語り口で読後感は爽やか。

●ホランド，イザベル

●顔のない男

イザベル・ホランド作　片岡しのぶ訳
冨山房　1994年　255p　19×14

14歳のチャールズは、離婚歴4回の母と意地悪な姉から逃げたくて、全寮制の高校をめざしている。ある日、「顔のない男」とよばれる、大火傷の痕のある元教師に出会って個人授業を受けるうち、自己や現実を見つめはじめる。麻薬や同性愛を扱いつつ、少年の心のひだを丁寧に描く、米国1972年の作。

●ポリコフ，バーバラ・ガーランド

●ホレイショー──人生っておかしなもんだね

バーバラ・ガーランド・ポリコフ作
岡本浜江訳　浜田洋子画
あかね書房　1995年　167p　21×16

2年前、シェイクスピア学者の父を亡くした12歳のホレイショーは母と祖父の3人暮し。3人とも喪失の痛みから抜けだせない。ある日、祖父の愛犬が死に……。互いを気づかいギクシャクしていた家族が、歩みよっていく様を淡々と描き、静かな感動をよぶ米国の作。

●ホルスト，メノ

●死の艦隊──マゼラン航海記
（少年少女学研文庫）

メノ・ホルスト作　関楠生訳　松井豊画
学習研究社　1969年　284p　18×12

1519年9月、マゼランは、234名の船員を乗せた5隻の艦隊で、スペインのセビリャから世界一周の冒険に出た。3年後、セビリャに

戻ったのは、ビクトリア号1隻、乗組員13名だけ。途次、フィリピンでマゼランも死亡した壮絶な航海の全貌を、迫力のある筆致で骨太に伝える。1952年ドイツの作品。

●ポールセン, ゲイリー
●少年は戦場へ旅立った
ゲイリー・ポールセン著　林田康一訳
あすなろ書房　2005年　115p　20×14

南北戦争下のアメリカ。15歳の少年チャーリーは北軍を正義と信じ、年齢を偽り入隊。だが戦場では隣にいた友人が殺され、自らも夥しい死体を踏みこえ、人を殺すのが現実だった。著者は米国のYA作家。実在の人物をモデルに人間を破壊する戦争の原点に鋭く迫る。

●ホワイト, ルース
●スイート川の日々
ルース・ホワイト作　ホゥゴー政子訳
福武書店　1991年　268p　19×14

炭鉱に働く父が射殺され、6歳のジニーは、姉と母と、スイート川峡谷の粗末な家に引越す。心ない噂、貧しい生活、親友の自死など、子ども時代の6年間を澄明な感覚で捉え、一人称で語る自伝的物語。1950年代、米国南部の谷あいの暮しがいきいきと描かれる。

●ホワイト, ロブ
●マデックの罠 (SOSシリーズ)
ロブ・ホワイト作　宮下嶺夫訳
評論社　1989年　286p　20×14

地質学専攻の学生ベンは、冷徹な実業家マデックの狩猟ガイドとして砂漠へ。だがマデックは誤って人を射殺、罪を逃れようと狡猾な企てをし、ベンを裸同然で水も食料もない灼熱の地に放りだす。体力と知力をつくした必死の攻防に、息をのむ米国のサスペンス小説。

ま行

●マイヤーズ, ウォルター・ディーン
●ニューヨーク145番通り
ウォルター・ディーン・マイヤーズ作
金原瑞人, 宮坂宏美訳
小峰書店　2002年　255p　20×14

黒人やヒスパニック系が多いニューヨーク・ハーレムの145番通り。ここの住民の哀歓をうたう10の短編集。主人公は、生前葬をする男や、貧しい妻子もちのボクサー、薬物中毒の若者ら。それぞれに人生の苦渋が濃厚に滲む話だが、どこにもある人間の情けや温かさが、この街だからこその熱さで伝わってくる。

マクームシ

●マーク，ジャン

●ライトニングが消える日
ジャン・マーク著　三辺律子訳
パロル舎　2002年　224p　20×14

7回目の引越し。転校先の中学で、アンドルーは変わった奴に会う。読み書きは苦手だが、飛行機にはやけに詳しいビクター。超音速戦闘機ライトニングの引退を背景に、少年たちの夏を描く。何気ない描写からリアルな人物像が立ちあがる。1977年カーネギー賞。

●マゴリアン，ミシェル

●おやすみなさいトムさん
ミシェル・マゴリアン作　中村妙子訳
評論社　1991年　414p　20×14

第二次大戦中の英国。長年、田舎で独り暮しをしてきた偏屈なトム老人は、ロンドンからの疎開児童ウィリーを渋々引きとる。少年は異常な母との生活で心身共に傷ついていた。2人は、互いの傷を癒していくが……。少年が心優しい周囲の人々に支えられ成長していく様を、劇的な展開でいきいきと描く長編。

●マーヒー，マーガレット

●足音がやってくる
マーガレット・マーヒー作　青木由紀子訳
岩波書店　1989年　236p　20×14

8歳の男の子バーニーはある日、幽霊にとりつかれる。怯えるバーニーをよそに、ふしぎな現象は次々におこり、遂には足音が聞こえてくる。果たしてバーニーは、一族に生まれるという魔法使いか。魔法は悪なのか。緊迫感たっぷりに展開する家族ドラマ。1983年カーネギー賞受賞のニュージーランドの作品。

●めざめれば魔女
マーガレット・マーヒー作　清水真砂子訳
岩波書店　1989年　390p　20×14

生まれつき魔法に感応する力をもつ14歳のローラ。ある日、幼い弟が急激に衰弱しはじめ、彼女はそれが悪霊のせいだと見ぬく。弟を救うため、ローラは魔女に変身して戦う。現代的な主人公の中に魔法の力を蘇らせ、少女から娘への変身という普遍的テーマに奥行きを与えている。1985年カーネギー賞受賞。

●マンケル，ヘニング

●少年のはるかな海
ヘニング・マンケル作　菱木晃子訳
ささめやゆき絵
偕成社　1996年　270p　20×14

11歳の少年ヨエルは元船員の父と2人暮し。幼いころ家を出た母のことが、今も父子の間でわだかまっている。そんな不信や、孤独感を癒したのは、過去に傷をもち、世間からはみだした人たちだった。スウェーデンの静かな田舎町を舞台に、思春期の少年が、自分と向き合っていく姿をきめこまやかに描く。

●ムシェロヴィチ，マウゴジャタ

●金曜日うまれの子
マウゴジャタ・ムシェロヴィチ作　田村和子訳
岩波書店　1996年　316p　20×14

1993年、ポーランドの地方都市。16歳の少女アウレリアは、母を亡くし、再婚した父との接点ももてない。だが、田舎の祖母のもとで暮すうち、自分の居場所を見出していく。少女を取りまく人間模様を、複数の視点から巧みに描く。同じ町を舞台にした連作の1冊。

フィクション　上級～中高生

●メイスフィールド，ジョン

●ニワトリ号一番のり
（福音館古典童話シリーズ）

ジョン・メイスフィールド 作　木島 平治郎 訳
寺島 龍一 画
福音館書店　1967年　412p　21×16

19世紀半ば、英国人はチャイナ・クリッパーといわれる帆船で、中国からロンドンへ、速さを競いあって新茶を運んだ。その航海を、ひとりの船員の目から描く。船乗りたちの人間模様や、救命ボートでの漂流、他の船との息詰まる競争など、臨場感あふれる描写が魅力。著者は船員経験のある英国の桂冠詩人。

●メイン，ウィリアム

●地に消える少年鼓手

ウィリアム・メイン 作　林 克己 訳
デイヴィッド・ナイト さし絵
岩波書店　1970年　288p　22×16

キースとデイヴィッドは、森のはずれで聞いた物音を確かめに出かけた。そこに現れたのは、200年前にアーサー王の宝を求め、地下に入ったという伝説の少年だった。英国の少年たちの日常に、伝説や風習を巧みに織りこんだストーリーが、独特の雰囲気を醸しだす。

●闇の戦い

ウィリアム・メイン 作　神宮 輝夫 訳
岩波書店　1980年　212p　19×13

15歳の少年ドナルドは、病床で苦しむ父親と、教師をしながら看病する母親との3人暮し。安らぎのない、閉ざされた日常生活から突然、彼は竜の荒れ狂う異次元の世界へ迷いこむ。2つの世界を交錯させて描き、思春期の孤独な少年の内面を浮き彫りにした英国の作品。

●もりした けん　森下 研

●男たちの海

森下 研 作　安保 健二 画
福音館書店　1972年　348p　21×16

マグロ漁船「第十八福神丸」の船長の息子で16歳の太一。漁師を継ぐ気はないが、父の考えで、別のマグロ漁船「天祐丸」に乗せられる。脱走を図ったり、時化の海に落ちたりしながら、遂に自分の道を見つけるまで。漁師の厳しい暮しや少年の成長が切々と伝わる。

●ユゴー，ヴィクトル

●レ・ミゼラブル　上・下
（福音館古典童話シリーズ）

ヴィクトル・ユゴー 作　清水 正和 編訳
G・ブリヨン，バヤール 画
福音館書店　1996年　上630p、下660p
21×16

一切れのパンを盗み、19年も投獄されたジ

ャン・ヴァルジャン。素性を隠し、市長にまでなるが……。19世紀前半のフランスの動乱を背景に、社会の底辺に生きる人々を描いた長編小説から、訳者が物語の骨格となる部分を抜粋し、原作の半分程に。大部だが読み易い。19世紀の木版画の挿絵。岩波書店の『レ・ミゼラブル』上・下（豊島与志雄訳 旧題『ジャン・ヴァルジャン物語』1953年）は訳者が主人公と周辺に的を絞って抜粋。

室にかくまってもらう。その2年7ヵ月にわたる日々を綴ったこの物語は、作者自身の体験に基づくもの。外界との接触を絶たれた生活にいらだつ姉妹、あの手この手で敵をあざむき、2人をかくまい通す、純朴で心の広いお百姓の家族。両者は時に衝突しながらも、次第に深い絆で結ばれていく。本書は、いきいきと子どもらしい少女の目を通して描かれ、ユーモラスな味さえ感じさせる。人間への信頼を取りもどし、希望を与えてくれる作品。

ら行

●ライス，デイヴィッド

●国境まで10マイル──コーラとアボカドの味がする九つの物語

デイヴィッド・ライス作　ゆうきよしこ訳
山口マオ画
福音館書店　2009年　228p　19×13

テキサス州最南部、リオ・グランデ・バレーに暮すメキシコ系米国人の人々を描く9編。メキシコ人家政婦の家族との交流を通し、彼女や自分自身を理解していく少年の物語「もうひとりの息子」等。2つの国の間での葛藤もあるが、明るく大らかに生きる姿が印象的。

●ライス，ヨハンナ

●シニとわたしのいた二階

ヨハンナ・ライス作　前川純子訳
冨山房　1977年　342p　22×16

第二次大戦中、オランダに住むユダヤ人の少女アニー（10歳）は、姉のシニと一緒に、ナチスから逃れるため、ある農家の2階の一

●ライトソン，パトリシア

●ぼくはレース場の持主だ！

パトリシア・ライトソン作　猪熊葉子訳
M・ホーダー絵
評論社　1972年　228p　21×16

11歳のマット達5人は、公共の建物の持主になったふりをして遊んでいた。だが、現実と空想の区別がつかないアンディが老人の冗談を真に受け、レース場を3ドルで買う。少年達は彼を傷つけずに現実を伝えようと……。結末まで読者を引っぱるオーストラリアの作。

●星に叫ぶ岩ナルガン

パトリシア・ライトソン作　猪熊葉子訳
評論社　1982年　268p　21×16

孤児の少年サイモンは、田舎に住む遠縁の老兄妹に引きとられる。そこで、太古の眠りから覚め、大地を移動し始めた巨岩ナルガンや水の精達に出会う。自然と現代文明の関わりを、オーストラリア原住民の伝承をもとに描くファンタジー。冒頭、巨岩の視点から始まるのにやや戸惑うかもしれないが、次章では少年の視点に移り、ふしぎな世界を味わえる。

●ライラント,シンシア

●メイおばちゃんの庭

シンシア・ライラント 作　斎藤 倫子 訳
中村 悦子 画
あかね書房　1993年　163p　21×16

大好きなメイおばちゃんが死んだ。孤児のあたしを引きとり、溢れる愛を注いでくれた。おじちゃんは抜け殻のようだ。あたしとおじちゃんと級友の少年クリータスは霊媒を訪ねる旅に出る。愛する者を失った人たちが、優しさと時を杖にして、立ちなおるまでを静かに伝える。1993年ニューベリー賞受賞作。

●ラム,チャールズ

●シェイクスピア物語（岩波少年文庫）

チャールズ・ラム，メアリ・ラム 作
野上 彌生子 訳　向井 潤吉 さしえ
岩波書店　1956年　270p　18×12

シェイクスピアの戯曲の中でも、とくに有名な作品を、英国の文学者チャールズ・ラムと実姉メアリ・ラムが、散文の物語に書き改めた。邦訳ではラム姉弟の再話した20編の中から、「リア王」「マクベス」「ロメオとジュリエット」など悲劇5編と、「あらし」「ヴェニスの商人」など喜劇8編を選ぶ。いずれも、偉大な文豪の作品を、原典の持ち味をそこなうことなく再創造したものとして、高く評価されている。戯曲にはなじみにくい子どもたちにも読みやすく、シェイクスピアへの手引書として楽しめる。原書は1807年に刊行。

●リヒター,ハンス・ペーター

●あのころはフリードリヒがいた（岩波少年文庫）

ハンス・ペーター・リヒター 作　上田 真而子 訳
岩淵 慶造 さし絵
岩波書店　1977年　250p　18×12

1925年、ぼくとユダヤ系ドイツ人のフリードリヒは、同じアパートで1週間の間をおいて生まれた。失業中の父と、郵便局に勤めるフリードリヒのお父さん。人種や宗教の違いはあるが、両家は仲よく助けあって暮していた。しかし、時代は徐々にユダヤ人を不利な立場に追いこみ、彼らに対して同情の念を表すことさえ、危険な状態となる……。作者は、2つの家庭のエピソードを年代順に積み重ねていくという構成で、現代の狂気の歴史を冷徹に描写。救いようのない悲惨な結末を読者につきつけ、その解決を次世代にゆだねている。〈ぼく〉のその後を描く続編2冊。
◆ぼくたちもそこにいた
◆若い兵士のとき

●リュートゲン,クルト・ハインリヒ・ボードー

●オオカミに冬なし
── グリーンランドとアラスカとのあわい、ある不安な生活の物語

クルト・ハインリヒ・ボード・リュートゲン 作
中野 重治 訳　K・J・ブリッシュ さし絵
渡部 雄吉 写真
岩波書店　1964年　368p　23×16

19世紀後半のある冬、アラスカの最北端バロー岬で、7隻の捕鯨船団が氷に閉じこめられた。情況は絶望的と思われたとき、救助船の舵取りで大酒のみのジャーヴィスが、救出の旅を志願する。彼の熱意に動かされ、若き人類学者のマッカレンも同行を決意。自然の

猛威と戦いながら、ふたりは氷原を進み、死と道連れの旅を続ける。ジャーヴィスをこの行動に駆りたてたものは何か。また、マッカレンが彼との旅で得たものは？　極限時に人間が示す勇気と信頼、愛と真心……。粘りのある文体で綴られた作品で、訳文も重厚。読み通すにはかなりの読書力が必要だが、読後には、生涯忘れ得ぬ感動を覚えるだろう。

●リンドグレーン，アストリッド

●わたしたちの島で（リンドグレーン作品集）

アストリッド・リンドグレーン作　尾崎 義訳
ロバート・ヘイルズ さし絵
岩波書店　1970年　406p　22×16

ストックホルムからウミガラス島へ、避暑に来た一家。楽天的な父メルケルと4人の子どもたちは、元気な島の女の子チョルベンや愛犬"水夫さん"とすぐ仲よしに。穏やかな日々でのちょっとした騒動、島民や動物たちとの交流を明るく綴る。1964年作者自身が手がけたテレビ・ドラマ脚本がもとの異色作。

●ル＝グウィン，アーシュラ・K

●影との戦い（ゲド戦記）

アーシュラ・K・ル＝グウィン 作
清水 真砂子 訳　ルース・ロビンス さし絵
岩波書店　1976年　278p　22×16

著者の創造した架空の世界アースシー、その世界に武勲を語り伝えられる大魔法使いゲドの生涯の物語。ゲドは、古来多くの魔法使いを生んだ地として名高いゴント島に生まれた。幼い頃から魔法の才を示した彼は、より高度な術を身につけるため、賢人の島ローク島へと船出する。ところが、血気盛んな若者であるゲドは、魔法の修行中、おごりとねたみの心から、死の影を呼びだしてしまった。以来、ゲドは"影"に追われてさまようが、ある時から影を追いつめていき……。ゲドが分身ともいえる影を自らに吸収し、初めて全き人間になるまでが本書。続巻に、ゲドが手に入れたエレス・アクベの腕環の、残る半分を奪還、アースシーに平和をもたらす『こわれた腕環』、死の国におもむき、不死の世界への扉を閉じて、世界を全きものとする『さいはての島へ』など。著者は米SF作家。文化人類学の豊富な知識と、既成の概念にとらわれない自由な物の見方を、存分に発揮して物語世界を構築し、ゲドの内面の成長を軸とする魂のドラマを展開してみせた。深い思想と豊かな想像力で"現代"に鋭く迫ったファンタジー。

●ルブラン，モーリス

●怪盗ルパン（岩波少年文庫）

モーリス・ルブラン作　榊原 晃三訳
岩淵 慶造 さし絵
岩波書店　1983年　360p　18×12

生まれながらの盗みの天才、仕事も趣味をかねて城や上流の邸を襲い、財宝を巻きあげる怪盗紳士アルセーヌ・ルパン。フランス生まれのこの怪盗は、英国のホームズに匹敵する冒険推理小説の人気者となっている。本書は、最初の短編集の完訳で、1904年に雑誌に発表された第1作「ルパン逮捕される」等9編

を収める。変装の名人で、神出鬼没のルパンの活躍が華やかで痛快。続編に『奇岩城』ほか。

●レアード，クリスタ

●ゲットーの壁は高くて
クリスタ・レアード 作　青木 信義 訳
太田 京子 さし絵
ぬぷん児童図書出版　1994年　254p　22×16

ナチス占領下のワルシャワ・ゲットー。ユダヤ人の生活は、暴力、飢え、不信に支配されていた。コルチャック先生の「孤児の家」で暮す13歳のミーシャは、病気の母のため、銃殺覚悟で壁の外部と食料の闇取引きをくり返す。ユダヤ人の子ども達を支えた実在の医師を登場させ、少年の心の動きを鮮明に描く。

●レスター，ジュリアス

●私が売られた日
ジュリアス・レスター 著　金 利光(キム イグァン) 訳
あすなろ書房　2006年　223p　20×14

頭がまっ白。母さんとこれっきり会えないなんて……。少女エマが四百数十人の黒人と売られた日は、土砂降りだった。1859年ジョージア州で開かれた米国最大の奴隷市の史実をもとに、様々な立場の人々の当時とその後を戯曲形式で描き、心の叫びを直截に伝える。

●レヒアイス，ケーテ

●ウルフ・サーガ　上・下
ケーテ・レヒアイス 作　松沢 あさか 訳
カレン・ホレンダー 絵
福音館書店　1997年　上360p，下392p
19×14

群れの掟を守り、平和に暮す狼たちのもとへ、世界征服を目論む巨大な狼が大軍を率いてやってきた。ひ弱な若狼シリキは起ち上がり、兄弟とともに敵に向かっていく。自然界に生きるものの調和や対立を、狼族の世界に映し、壮大なスケールで描くオーストリアの作。

●空白の日記（福音館日曜日文庫）
ケーテ・レヒアイス 著　松沢 あさか 訳
一志 敦子 画
福音館書店　1997年　544p　19×14

オーストリア北部のリンツ近郊に住む医者の娘レナの目で見た1938年から45年の戦争の日々を綴った自伝的作品。ナチを批判、あるいは支持する人、歴史の流れの中で様々な人生を強いられた人々の姿を客観的、冷静に描き、民衆にとっての"戦争"の姿を映しだす。

●ロックリン, ジョアン

●シュトルーデルを焼きながら

ジョアン・ロックリン作　こだまともこ訳
井江栄絵
偕成社　2000年　198p　20×14

伝統のりんご菓子シュトルーデルを焼くときには家族の歴史を語る。亡くなった祖父の秘伝の方法でお菓子を焼きながら、2人の孫娘が語る先祖代々のエピソード。ロシアから米国に移民したユダヤ人一家の物語をとおし、絆の強さ、民族の厳しい歴史が見えてくる。

「シュトルーデルを焼きながら」より

●ローリー, ロイス

●ザ・ギバー──記憶を伝える者

ロイス・ローリー作　掛川恭子訳
講談社　1995年　270p　20×14

苦痛も争いもない共同体で育った少年ジョナスは、12歳の儀式で記憶の伝達者に選ばれる。そして自分が快適に育った共同体では、戦争や飢餓等の苦痛の記憶と共に人間的な感情も剥奪されていたことを知る。SF仕立てで現実にもありうる管理社会の恐ろしさを描く1994年ニューベリー賞。新評論より島津やよいの新訳『ギヴァー──記憶を注ぐ者』。

●ロンドン, ジャック

●荒野の呼び声（偕成社文庫）

ジャック・ロンドン作　阿部知二訳
山本耀也カット
偕成社　1977年　180p　18×12

裕福な家庭の飼犬バックは、下働きの男に連れだされ、そり犬としてアラスカに売られる。打たれ、闘い、飢える過酷な生活の中で、彼の内に狼の血が蘇る。比類なきリーダー犬に成長した彼は、ある日、野性の呼び声を聞いて……。1903年に発表され反響を呼んだ名作。

わ行

●ワースバ, バーバラ

●クレージー・バニラ

バーバラ・ワースバ作　斉藤健一訳
徳間書店　1994年　238p　19×14

ニューヨーク郊外に暮す14歳のタイラー。完璧主義の父に反発した同性愛者の兄が家を出て、母はアル中。家庭でも学校でも孤独な彼の救いは野鳥写真を撮ること。ある日、撮影場所で1歳上の少女ミッツィと会い……。思春期の少年の視点で、内面の成長を瑞々しく描く。

昔話・神話・古典文学

　静けさと安らぎの感情、今よりもっと幸せな世界があるという感じ
——それがあるかないか、信じるか信じないかは別として——
本もののメルヒェンからは、必ず、こういったものが感じとれるものなのです。
　今日でもなお、子どもたちの幸せは、何といっても、愛し、信頼する人の口から、メルヒェンを語ってもらうことにあります！

シャルロッテ・ルジュモン『グリムおばさんとよばれて』

昔話

◆◇ 世界各国

●エパミナンダス
（愛蔵版おはなしのろうそく）

東京子ども図書館 編・刊　大社 玲子 絵
1997年　183p　16×12　＊中～

子どもたちに長年お話を語って聞かせてきた経験をもとに、語り手用に編んだ小冊子版のお話集「おはなしのろうそく」。それを子ども向きに再編集した小型ハードカバー・シリーズの1巻目。お母さんに用をたのまれるが、次々にとんちんかんなことをやらかす男の子の話（表題）をはじめ、イギリスの昔話「かしこいモリー」、フィンランドの昔話「森の花嫁」、手遊び「こぶたが一匹……」等11編を収録。さし絵がたっぷり入り、字組みもゆったりしているので読みやすい。続巻9冊。
◆ なまくらトック
◆ ついでにペロリ
◆ ながすね ふとはら がんりき
◆ だめといわれてひっこむな
◆ ヴァイノと白鳥ひめ
◆ 雨のち晴
◆ 赤鬼エティン
◆ ホットケーキ
◆ まめたろう

「エパミナンダス」より

●子どもに聞かせる世界の民話

矢崎 源九郎 編　藤城 清治 カット
実業之日本社　1964年　398p　22×16　＊中～

世界81の国あるいは民族から1編ずつ、タイプの違う話を集めた民話集。ヤギが機転をきかせてライオンから逃げ出す「ヤギとライオン」（トリニダード・トバコ）、岩が働き者の弟に銀を吐き出してくれたのを知り、出かけた欲張りの兄がひどい目にあう「岩じいさん」（中国）、豆から生まれた小さな女の子が魔物を退治する「マメ子と魔物」（イラン）等々、面白い話ばかり。読んでやれば、幼児から小学生まで、幅広い年齢の子に喜ばれるだろう。家庭に1冊あると、家族そろって楽しめる。年少者向けのお話を選んで再構成した『こども世界の民話』上・下もある。

●世界のむかし話

瀬田 貞二 やく　太田 大八 え
学習研究社　1971年　159p　24×18　＊中～

ヨーロッパの昔話を中心に14編を収める。けちで欲ばりなおばあさんが、頭のいい宿なしの口車にのせられ、釘1本でできるスープの作り方を習ったと大喜びする「くぎスープ」（スウェーデン）、ドングリが頭に当たっただけで、この世の終わりがきたと大騒ぎするめんどりの話「この世のおわり」（フィンランド）など、滑稽味のある短い話や動物話が多く、幼い子への読みきかせや語りに向く。文章も簡潔で美しい。ほぼ見開きごとに、楽しい挿絵が入っている。判型を変え、のら書店から『世界のむかしばなし』として再刊。

●みどりいろの童話集
（ラング世界童話全集）

アンドルー・ラング [編著]　川端 康成, 野上 彰 訳
油野 誠一 さし絵
東京創元社　1958年　246p　22×16　＊中～

イギリスの古典学者・民俗学者で、詩人でも

あるラングが、世界各国の昔話や創作童話を再話して編んだお話集。各巻タイトルに色の名前をつけたシリーズ（話の内容が色にちなんでいるわけではない）で、原書は19世紀末から20世紀にかけて出版された。日本語版では165話を選び、12巻にした。第1巻は、日本の「二ひきのかえる」、フランスの「ろばの皮」といった昔話のほか、ドイツの作家ハウフの「ながい鼻の小人」等17話。気楽に読めて、しかも面白いので子どもに人気がある。のちに偕成社文庫（12冊）などで再刊。

◆◆ 日本

●かもとりごんべえ
——ゆかいな昔話50選（岩波少年文庫）

稲田 和子 編　宮田 奈穂 さし絵
岩波書店　2000年　254p　18×12　＊中〜

「旅学問」「たのきゅう」など、日本各地に伝わる笑い話を中心に、神話や動物物語からもおかしい話を収録。50話を、大きい話・ほら話、運のある話など8タイプに分けて紹介。各話に県名、巻末に解説、出典を付す。方言の味わいを残した再話は、声に出すと楽しい。

●子どもに語る日本の昔話　1〜3

稲田 和子，筒井 悦子 著　多田 ヒロシ カット
こぐま社　1995〜1996年　各188p
18×14　＊中〜

長く昔話の再話を手がけてきた研究者と、文庫で子どもにお話を聞かせてきた語り手とが協力して編んだ日本昔話集。全国各地から採った話73編を全3巻に収める。会話やとなえ文句に方言を生かして再話。活字の組み方がゆったりとして、手にとりやすい小型本。

●子ども寄席　1〜6

柳亭 燕路 文　二俣 英五郎 え
こずえ　1975年　各126p　22×16　＊中〜

落語家で、古典落語の研究家でもあった著者の子ども向け落語集。全60話を収める。初日から6日目の千秋楽までの寄席の形をとる。各日に「いれこみ」や「うちだし」、休憩時間を表す「仲入」の項に落語についてのコラムを設けたり、漫才師へのインタビューを入れたりと、寄席を身近なものにする工夫が随所に見られる。酒脱な挿絵も効果的。同じ構成の第2集も。その後、2冊ずつ合本した『子ども落語』1〜6（ポプラ社）、18話を収めた2冊本『子ども寄席　春・夏』『子ども寄席　秋・冬』（日本標準）などで再刊。

●小さなわらいばなし　1〜4

さとう わきこ 文　二俣 英五郎 画
こずえ　1974〜1975年　108〜120p　22×18
＊中〜

江戸小咄198話を子どもにもわかりやすく紹介。「侍と殿様」「裏長屋のくらし」などのテーマで分け、見開き1話の構成。滑稽な毛筆の絵と相俟って、庶民の目で見た江戸時代の社会をユーモアと風刺をもって伝える。巻末に松本新八郎による解説を付す。2冊ずつ合本したポプラ社版（1981年刊）もある。

●日本のおばけ話──川崎大治民話選

川崎大治 著　赤羽末吉 え
童心社　1969年　256p　23×15　＊中～

人の心が読める一つ目の「山おやじ」、主人の恨みをはらす「佐賀のばけねこ」など43編。しめっぽい話、笑いをさそう話など、どの話も短いが、童話作家による独特の語り口で、多種多様な日本のおばけ話をたっぷり味わえる。水墨の情緒ある挿絵が雰囲気を盛りあげる。巻末に歴史学者・松本新八郎の解説。

●日本の伝説　南日本編（偕成社文庫）

大川悦生 著　坪田譲治 編　山高登 カット
偕成社　1978年　308p　19×13　＊中～

四国、九州から沖縄までの41編の伝説を収める。地域柄、キリシタン伝承や中国、朝鮮との交流の影響を感じさせる話がある一方、四国のタヌキや九州の河童、沖縄のキジムンなど、それぞれの気候風土に根ざした話もあり、飄々とした文章のたのしい伝説集になっている。ほかに北日本、東日本、西日本編があり、各地の伝説を知りたいときに役立つ。

●日本のむかし話

瀬田貞二 ぶん　瀬川康男，梶山俊夫 え
学習研究社　1971年　159p　24×18　＊初～

おなじみの「ねずみのすもう」や「まのいいりょうし」から、「ほらあなさま」「ぶよのいっとき」のような珍しい話まで全部で13編。ある地域に、よく整った形で伝わっている話を土台に、ほかの話も参照しつつ再話してあり、岩手の古い聞き書きをもとにしたという「花さかじい」などには、力強くひなびた味が出ている。会話や歌には方言をとりいれてあるが、地の文は独特の調子があり、声に出して読むと、ことばの響きやリズムが耳に残って面白い。読んでもらえば小さい子にも楽しめるやさしい話もいくつか入っている。装丁や挿絵に凝った美しい本。判型を変え、『日本のむかしばなし』（のら書店）として再刊。

●彦一とんちばなし　上・下
（偕成社文庫）

小山勝清 著　難波淳郎 カット
偕成社　1977年　上250p，下280p　19×13　＊中～

肥後の国に伝わる彦一話99話。著者が少年時代に聞いた彦一話をもとに、天狗やキツネとの知恵比べを人間世界に置きかえたり、新しい話を加えたりしている。殿様からの信頼も篤い彦一は、その頓智で村の人や御家来衆を助ける。胸のすくような落ちがたのしい。

●ゆかいな吉四六さん

富田博之 著　箕田源二郎 さしえ
講談社　1960年　162p　22×16　＊中～

吉四六さんの話は日本中にあるが、主に大分県の話をもとに再話した19話。どれも頓智をきかせて殿様や侍や庄屋さんなど、権威者をやっつけるのだが、ユーモラスに描けているので、結末は心地よいものとなっている。

●わらしべ長者
──日本の民話二十二編

木下順二 作　赤羽末吉 画
岩波書店　1962年　340p　23×16　＊中～

劇作家・木下順二が、「文学的密度の高い」「安

定した民話の文体」で再話を試みた日本の民話集。全国各地に伝わる話22編を収める。「かにむかし」「瓜コ姫コとアマンジャク」などは、劇的な場面構成や、擬声語の面白さが効果的。中には、登場人物の性格や行為の理由などがくわしく説明されていて、民話というより、創作に近い物語になっているものもあるが、素朴な民話をたくさん読んだ子なら、著者独特の語り口や、文学的な味つけを楽しむことができるだろう。墨絵風の挿絵。1958年初出の少年文庫『日本民話選』は13編収録。

●アイヌ童話集

金田一京助, 荒木田家寿 著　鈴木義治 さしえ
東都書房　1962年　282p　22×16　＊中〜

アイヌ民族は、昔話（ウェペケル）や叙事詩（ユーカラ）を口伝えで受け継いできた。国語学者・金田一京助が、それらを採集し和訳したものの中から、弟である荒木田が子ども向けに読みやすく書きなおした。「よもやま昔話」9編と、正直じいさんと意地悪じいさんの対比がおかしい「パナンペ・ペナンペ昔話」3編、人祖オキクルミの行績を讃える聖伝を昔話風にした4編を収録。万物が神であったころ、神と人が互角に戦ったり、からかったりする様がおおらかに楽しく伝わってくる。

●ひとつぶのサッチポロ
——アイヌの昔話（平凡社名作文庫）

萱野茂 著　水四澄子 絵
平凡社　1979年　250p　21×16　＊上〜

アイヌ民族である著者が集めた昔話から、日高地方のアイヌに伝わる話を20編収める。花嫁に化けたが、サッチポロ（筋子）をほおばったために正体がばれた狐の話、踊りのうまい小鍋の神の話など、いずれも珍しく面白い。白黒の力強い挿絵もよく雰囲気を伝える。

●ポイヤウンベ物語

安藤美紀夫 作　水四澄子 画
福音館書店　1966年　190p　22×16　＊上〜

少年英雄の活躍を語る叙事詩を、子どもにわかりやすい物語に再話したもの。神と人の間に生まれたポイヤウンベが、心ならずも巻きこまれた戦に勝ちつづける中、生き別れた異母兄や妹と再会、敵対する長の妹であるオヤル姫と結ばれ平穏を得るまで。地上と天空をかけめぐる、雄大で劇的な展開にひきつけられる。潔い人物像にアイヌ民族の理想が読みとれる。伝統様式を生かした迫力ある挿絵。

◆◆ アジア

●アジアの昔話　1〜6

ユネスコ・アジア文化センター 企画
アジア地域共同出版計画編集委員会 編
松岡享子 訳
福音館書店　1975〜1981年　118〜162p　22×16　＊中〜

日本をはじめ、パキスタン、マレーシア、ネパール、スリランカなど、アジアの国連加盟国が共同で企画編集したシリーズ。18ヵ国48編の話を全6巻に収めている。それぞれの国の人が自国に伝わる話を再話、各国の代

昔話

表的画家が描いたカラー挿絵を添えた。悲しい愛の物語「カオ兄弟の物語」(ベトナム)や、うわべだけの賢さを笑った愉快な「黄太郎青太郎」(タイ)、〈敵〉と〈友〉という名をもつ2人の男がともに旅をする「ドシュマンとドゥースト」(イラン)、日本の「浦島太郎」など、話の趣もさまざま。その国の人々の暮しぶりやものの考え方がよく表れている。訳文もこなれているので読みきかせや語りにも向く。後に再刊された『子どもに語るアジアの昔話』1・2(こぐま社)には内27話を収載。

●アジアの笑いばなし
(現代アジア児童文学選)

アジア地域共同出版計画会議 企画
ユネスコ・アジア文化センター 編　松岡享子 監訳
東京書籍　1987年　262p　22×16　＊中〜

アジア、太平洋のユネスコ加盟17ヵ国の笑い話48編と、なぞなぞ、ことわざを収める。怠け者や頭の足りない者を主人公にした話、頓智話など、どれにもアジア民族特有の大らかで楽天的な気分が漂い、親しみやすい。伝承の話だけでなく現代の創作も含む。

◆韓国・朝鮮

●韓国のむかし話
――おどりをおどるトラほか
(大人と子どものための世界のむかし話)

崔仁鶴(チェ インハク) 編訳　金沢佑光 さし絵
偕成社　1989年　174p　22×16　＊中〜

韓国に口づたえで伝わる昔話から選んだ18話。3人兄弟が父の貧しい遺産でそれぞれ金持ちになる「おどりをおどるトラ」や、日本の羽衣伝説に似た「きこりと天女」など、いずれも庶民の暮しや願いが伝わる。韓国の民俗学者が採集し、日本語に訳した。

●金剛山(クムカンサン)のトラたいじ (世界むかし話)

鳥越やす子, 佐藤ふみえ 訳　呉炳学(オー ビョンハク), 二本柳泉, 橋本哲 絵
ほるぷ出版　1979年　290p　23×19　＊中〜

鉄砲撃ちの名人の息子が修業を重ね、トラ退治から帰らない父の敵討ちに行く表題作ほか、「牛になったなまけ者」「ムカデとモグラの婚約」など13編。朝鮮民族の苦闘の歴史がうかがえる。ほかに台湾の話9編とモンゴルの話8編を収録。人の心を打つ劇的な話が多い。のちに新装版が刊行された。

●だまされたトッケビ
――韓国の昔話

神谷丹路 編訳　チョン スンガク 絵
福音館書店　1999年　191p　22×16　＊中〜

韓国の伝説上の化け物トッケビ話を15編収録。表題作は、明日の晩返すからというトッケビに酒代を貸すと、毎晩返しに来たので、大金持ちになった男の話。悪さもするが人もよいトッケビは、どこか憎めず愛着がわく。韓国の絵本作家の絵が暮しぶりを伝える。

●ネギをうえた人
――朝鮮民話選(岩波少年文庫)

金素雲(キン ソウン) 編　金義煥(キン ギカン) さし絵
岩波書店　1953年　250p　18×12　＊中〜

人間がまだネギを知らなかったころ、人々は牛と人間の区別がつかず、親や兄弟までも食べることがあった。その浅ましさに嫌気がさして旅に出た男は、ネギを食べると、人間が人間に見えるようになることを知り……という表題の話のほか、悪いトラに追われた3人の娘が、神様に助けられ、日、月、星になるという「金のつなのつるべ」、愉快な「おむこさんの買いもの」など34編。日本の昔話や羽衣伝説に似た話もある。短く、単純な話が多いので、読んでやれば、小さい子にもよくわかる。読書に慣れない子にも薦められる。

◆中国

●銀のかんざし（世界むかし話）

なたぎりすすむ訳　エド・ヤング絵
ほるぷ出版　1979年　330p　23×19　＊中〜

表題作ほか「トラたいじ」「牛飼いと織姫」「弟ウサギ」など21編を収める。天界魔界を巻きこんで展開するスケールの大きな話、劇的な話、しみじみした話、動物譚など多彩。コルデコット賞受賞画家による流麗な挿絵も印象的。のちに2分冊にした新装版が出た。

●子どもに語る中国の昔話

松瀬七織訳　湯沢朱実再話　三山陵扉絵
こぐま社　2009年　190p　18×14　＊中〜

形見分けでシラミしかもらえなかった弟が、シラミをついばんだ雄鶏をもらい、その雄鶏を食べてしまった犬をもらって幸せになるという「牛のシラミいっぴき」や、お年玉の由来譚等18話。中国の民間伝承の研究者が漢民族に伝わる話を選んで訳し、語り手が再話した。日本の昔話との共通性もあり興味深い。

●白いりゅう黒いりゅう
―― 中国のたのしいお話

賈芝, 孫剣冰編　君島久子訳　赤羽末吉絵
岩波書店　1964年　156p　23×16　＊中〜

中国の各民族の間に語り伝えられた話の中から、子どもに向くような話を6編選んで訳した。イ族に伝わる「九人のきょうだい」は、子宝に恵まれない老夫婦が1度に授かった9人の子が、それぞれ超人的な特性を使って暴君をほろぼすという話。ほかに、チベットに穀物をもたらした「犬になった王子」、プーラン族の「天地のはじめ」、漢族のこっけいで皮肉な話「ねこ先生と、とらのおでし」、タイ族の劇的な話「くじゃくひめ」、パイ族の白竜廟の縁起を語る「白いりゅう黒いりゅう」と実に多様で、いずれも豊かな空想と雄大なスケールをもつ。筆描きの挿絵が味わいを増す。

●チベットのものいう鳥

田海燕編　君島久子訳　太田大八画
岩波書店　1977年　292p　23×16　＊上〜

真の知恵と聡明さを授けてくれるという金玉鳳凰を捕えた王子が、城へ帰る道中、鳳凰は王子に口をきいてはいけないという戒を破らせようとして、次々と話を語って聞かせる。鳳凰の語る24の話を聞くうちに、王子は賢明な王としての資質を身につけるという、枠物語形式の昔話集。中国とインドの交通の要地であったチベットの話らしく、両国の文化のほか、ラマ教の影響も色濃く表れている。鳳凰の語る話は、いずれも色彩豊かで面白いが、洗練された味わいと人間の生き方に対する示唆があるので、ある程度読み慣れた子に。

●中国のむかし話（偕成社文庫）

君島久子, 古谷久美子共訳　西山三郎さし絵
偕成社　1985年　292p　19×13　＊中〜

漢族のほか、壮・侗語族、苗・謡語族など言語系統によって5グループに分けた少数民族の話を34話収録。「牛飼いと織姫」「火をはく竜」などスケールの大きな話が多い。各民族の紹介を付し、出典も明記。続く『**中国のむかし話2**』（永田耕作編訳）には蒙古族ほか

昔話

15の少数民族に伝わる27話を収める。

●錦の中の仙女（岩波少年文庫）

伊藤 貴麿 編訳　大石 哲路 さし絵
岩波書店　1956年　296p　18×12　＊中〜

中国の民話集。表題の話をはじめ、「西南へひとすじに」「心臓をぬきとって難を避けさせる」「空とぶしかばね」など、全18編。現実とふしぎの世界がまじりあった中国らしい話が多い。あやしい雰囲気をたたえた劇的な話はどれも面白いが、素朴な民話というより、むしろ創作に近く、権力者に対する抵抗や民衆全体の幸福をうたうものなどもある。巻末に、中国の民話全般についてのくわしい解説。

●子どもに語るモンゴルの昔話

蓮見 治雄 訳・再話　平田 美恵子 再話　興 安(ヒン ガン) 扉絵
こぐま社　2004年　190p　18×14　＊中〜

竜王の娘を救い、鳥や獣のことばが分かる石をもらった狩人の話「石になった狩人」、ラクダとネズミが争う十二支の起こり、馬頭琴の由来譚など、遊牧民ならではの、人と動物の強い絆、知恵や勇気が伝わる15話。モンゴル口承文芸の研究者と語り手による再話。お話や読みきかせにも。語るための手引き付。

◆東南アジア

●象のふろおけ（世界むかし話）

光吉 夏弥 訳　テプシリ・スークソパ 絵
ほるぷ出版　1979年　250p　23×19　＊中〜

マレーシア、フィリピン、ベトナムなどの昔話を集めた23冊の英語原典から36話を選んで翻訳。いじわるな壺作りが、象を洗う風呂桶を作るはめになるタイの話（表題）や、マメジカのカンチルが知恵を働かせてワニを出しぬく話（インドネシア）など、のびやかな話が多い。南国の民衆の暮しをよく表す挿絵。『世界むかし話 東南アジア』として再刊。

●タイのむかし話
──ストン王子とマノーラー姫ほか
（大人と子どものための世界のむかし話）

吉川 利治 編訳　おぼ まこと さし絵
偕成社　1990年　164p　22×16　＊中〜

タイ語で書かれた5冊の昔話集から12話を選んで訳したもの。表題作には、水底界の竜王や天上界の王女など多彩な人物が登場、「浦島太郎」や「天人女房」に似かよったところもあり、親しみを感じさせる。ほかに、修験者の出てくる話や、仏教的な人生観に裏打ちされた話など、バラエティに富んだ内容。

●虹になった娘と星うらない
──インドネシアの昔ばなし
（世界の昔ばなし）

菊地 三郎 編訳　三谷 靱彦 絵
小峰書店　1986年　223p　22×16　＊中〜

村の掟をやぶって結婚した2人は、村人の怒りをかうが、神様は2人を哀れに思い虹に変えてやるという表題の話のほか、てのひらに乗るほど小さな娘が、知恵で大男をやっつける話など21話。日本ではあまり知られていない話が多い。インドネシア語からの翻訳。

●ビルマ（ミャンマー）のむかし話
──竜のたまごほか
（大人と子どものための世界のむかし話）

大野 徹 編訳　むかい ながまさ さし絵
偕成社　1991年　174p　22×16　＊中〜

日の神と雌の竜の結婚譚と、ルビーが採れる由来譚が結びついた表題の話ほか、「山の魔物ピー・パンティン」等11民族の21話を収録。ワニやニシキヘビをはじめ多くの動物や山の魔物、人魚などが登場、自然と身近に接して培われてきた世界観や、仏教の影響が垣

間見られる。長さもほどよく、素朴な味わい。

● ものぐさ成功記──タイの民話
（ちくま少年図書館）

森 幹男 編訳
筑摩書房　1980年　232p　20×14　＊中学

「まぬけなトラとうそつきウサギ」など寓話風の動物話や、世界の始まりを語る神話風の話、ふしぎに満ちた本格的な昔話など19編。タイで出版された多くの民話集や、編訳者自身が直接採集したものの中から、現地の人びとによく知られた話を選んだ。全体に明るく開放的な感じがある。タイのわらべうたや子守りうた、遊び、正月行事なども紹介する。

◆ インド

● インドのむかし話
　　──天にのぼるベールの木ほか
　（大人と子どものための世界のむかし話）

坂田 貞二 編著　西岡 由利子 さし絵
偕成社　1989年　184p　22×16　＊中～

著者が北インドのひとつの村で聞いた200余の昔話から10話を選び収録。人間の運命を巡る神さまの争い、〈語らない姫〉を語らせた賢い王さま、正直な坊さまが泥棒に仕返しする話など、様々な人物が活躍する。インドの細密画風の挿絵が雰囲気を伝えている。

● 人になりそこねたロバ
　　──インドの民話（ちくま少年図書館）

タゴール 暎子 編訳　サンディップ・K・タゴール 絵
クリスティ・タゴール カット
筑摩書房　1982年　250p　20×14　＊中学

インド在住20年の著者が編んだ昔話集。インド全体を東西南北4地方に分けた32編。飼っているロバを人間にしてもらおうとした

洗濯屋が、悪知恵の働く先生に一杯食わされる表題の話ほか、神話や伝説、宗教色の濃い話が多い。解説では、風土や文化について述べ、訳注でヒンドゥー教の神々やインド特有の言語について説明する。民族色豊かな挿絵。

● 魔法のゆびわ（世界むかし話）

光吉 夏弥訳　畠中 光享 絵
ほるぷ出版　1979年　266p　23×19　＊中～

イヌとネコとヘビを助けた息子が、魔法の指輪で運を開く表題の話ほか、「勇敢なつぼ作り」「光り姫」など25話を収める。近世以降に刊行された英語の昔話集から選んでいて、チベットやネパールの話も含む。長い話から短い頓智話まで幅広く、楽しい話が多い。インドに滞在経験のある画家の様式的な絵も魅力。『世界むかし話 インド』として再刊。

◆ 中近東

● アラビア物語　1・3
　　──みどりの文庫（青い鳥文庫）

川真田 純子 訳　天野 喜孝 絵
講談社　① 1989年、③ 1990年
① 196p、③ 198p　18×12　＊中～

アラブ世界の子どもに親しまれてきた昔話集「みどりの文庫」から、第1巻は8編、第3

巻は5編を収録。美しい若者が、魔女から手に入れた火打石を使い、憧れの姫と結婚する話や、魔術を心得た妻が、死の網に捕えられた夫を救おうとする話など。アッラー神を信じる砂漠の民の、情熱的な愛の物語が多いが、見た目で人を判断するなと諫める教訓話も。

●アラビア物語　2・4
──ジュハーおじさんのお話
（青い鳥文庫）

川真田 純子訳　天野 喜孝 絵
講談社　②1989年, ④1990年
②196p, ④198p　18×12　＊中〜

ジュハーおじさんは、その機知や頓智で人々を笑わせてきたアラビアの人気者。7世紀、イラクに住んでいた彼が、子どもを集めて聞かせたという話を、それぞれ9編ずつ収録。オリーブを入れた甕の底にお金を隠し、友人にとられてしまった男が、子どもの知恵によって救われた話や、泥棒がロバに変えられてしまう話など、アラビアの乾いた熱い気候の中から生まれた道徳観や生活が見えてくる。

●お月さまより美しい娘
──トルコの昔ばなし（世界の昔ばなし）

小山 皓一郎 編訳　山口 みねやす 絵
小峰書店　1985年　218p　22×16　＊中〜

東西文化の交わるトルコの昔話集。白雪姫に似た表題作や、父王に追い出された娘が、怠け者の男を改心させる「ものぐさメフメット」、70歳の老婆が妖精の助けで王子の花嫁になる「スミレの葉にもきずつく娘よ」など15話。珍しい話が多く、全体に華やかで官能的。

●子どもに語るトルコの昔話

児島 満子 編訳・カット　山本 真基子 編集協力
こぐま社　2000年　188p　18×14　＊中〜

屁理屈で窮地を切りぬける頓智者ホジャの笑い話6編のほか、予言どおり、どん底人生を経て幸せな老後を迎える「シカのお告げ」、臆病者が大男をやっつける「豪傑ナザル」など9編を収録。トルコで口承文芸を研究した語り手が翻訳。独特の大らかな味わいがある。

●天からふってきたお金
──トルコのホジャのたのしいお話

アリス・ケルジー文　岡村 和子訳　和田 誠 絵
岩波書店　1964年　156p　23×16　＊中〜

昔、トルコにいたというナスレッディン・ホジャのお話集。権力者にへつらわず、頓智で世の中をわたったホジャは、古くからトルコ人の理想の人物だった。屁理屈で相手をへこますのも上手だが、知恵が回るようでいて間の抜けたところもある。時々、人を食ったようなこともするが根は善人だ。このホジャの活躍する話が16入っており、どれも短くて読みやすい。とぼけた味の挿絵が出色。

●ナザルの遺言──アラブのはなし
（世界のメルヒェン図書館）

小澤 俊夫 編訳
イゾルデ・シュミット＝メンツェルさし絵
ぎょうせい　1981年　218p　18×14　＊上〜

抜群の推理力をもつナザルの4人の息子たちの話（表題）のほか、算数遊びの要素のある「むずかしい遺産わけ」、求婚者の力試しに勝つ若者の話「アハメド＝エルビシュリといとこの物語」など12話を収録。知恵を楽しむ痛快な話が多い。軽妙なタッチの挿絵もよい。

●ペルシアのむかし話（偕成社文庫）

ヘプナー 再話　細田 理美 訳　西岡 由利子 さし絵
偕成社　1990年　204p　19×13　＊中〜

魔力をもつ親方の下で働く若者が、秘かに憶えた魔法を試み、最後に親方と対決する「魔法使い」、酔って砂漠で眠った若者が見た、果てしなくつづく悪夢の話「この世の楽園」など17話。どの話もエキゾチックでふしぎに

満ちている。1982年ドイツ刊の原書から翻訳。

●ものいう馬（世界むかし話）

こだま ともこ 訳
ウィリー・ポガニー，ヴラディミール・タマリ 絵
ほるぷ出版　1979年　298p　23×19　＊中〜

トルコの昔話11話とアラブの昔話8話を収録。魔王にさらわれた自分の妻を王子が探す「あらしの魔王」、継母にうとまれた王子が、同じ日に生まれた馬に助けられて冒険を重ねる表題の話など。「アラビアン・ナイト」を思わせる、豪胆かつ絢爛たる物語の世界が楽しめる。『世界むかし話 中近東』として再刊。

◆◆ ヨーロッパ

◆ イギリス・アイルランド

●イギリスとアイルランドの昔話

石井 桃子 編訳　ジョン・D・バトン 画
福音館書店　1981年　333p　22×16　＊中〜

イギリス昔話集の決定版ともいえるジェイコブズ再話のものや、アイルランド生まれの詩人イェーツが編んだ昔話集などから選んで翻訳。有名な「三びきの子ブタ」「ジャックとマメの木」などイギリスの昔話22編と、小人や妖精の出てくる、いかにもアイルランドらしい昔話8編を収める。短くて怖い話、おかしい話、ロマンチックな話など多彩。再話、翻訳ともすぐれ、幅広い年齢の子に喜ばれる。挿絵や装丁も美しい。1959年刊『**イギリス童話集**』（あかね書房）より改訂を重ねてきた。

●おやゆびトム（世界むかし話）

三宅 忠明 訳　クェンティン・ブレイク 絵
ほるぷ出版　1979年　330p　23×19　＊中〜

1950年以降に出た5冊の原典から選んだイングランド、スコットランド、ウェールズ、アイルランドの昔話39編を収録。「おばあさんと子ブタ」「ミスター・フォックス」など、なじみの話もあるが、ジェイコブズの再話とはまた違った語り口を楽しみながら読むこともできる。訳文はやや硬いが、人気イラストレーターによる描きおろしの挿絵がユーモラス。『世界むかし話 イギリス』として再刊。

●金のがちょうのほん
――四つのむかしばなし

レズリー・ブルック 文・画
瀬田 貞二，松瀬 七織 訳
福音館書店　1980年　99p　26×20　＊幼〜

有名な昔話「金のがちょう」「三びきのくま」「三びきのこぶた」「親ゆびトム」の4つを収めた英国の美しい古典絵本。肖像画家だった作者は、登場人物それぞれを表情豊かに描き、背景の細部にも楽しい工夫をこらしている。訳文の調子も心地よい。原書1904年刊。

「金のがちょうのほん」より

昔話・神話・古典文学

●子どもに語るアイルランドの昔話
渡辺 洋子，茨木 啓子 編訳
こぐま社　1999年　204p　18×14　＊中〜

ケルト人の血を引く民衆が語りついだ14編を収録。妖精譚「妖精とめ牛」、本格昔話「熊の毛皮の王子」など、語り口は素朴で、現実とふしぎの世界を自由に行き来し、妖精を身近に感じて生きる人々と風土が立ちあがる。アイルランド伝承文学の研究者がダブリン大学の資料から話を選び、語り手とともに再話。文章はなめらかで、語りや読みきかせに向く。

●子どもに語るイギリスの昔話
ジョセフ・ジェイコブズ [再話]　松岡 享子 編訳
太田 大八 扉絵
こぐま社　2010年　206p　18×14　＊中〜

貧しい娘が、その運命ゆえ、男爵に命を狙われる「魚と指輪」、頭の足りない男の愉快な話「脳みそを買う」、怖い「フォックス氏」など、さまざまな趣の16編。19世紀末に英の民間伝承研究者がまとめた2冊の昔話集から訳出。よく練られた訳文は、読んでも聞いても快い。

◆ドイツ

●いばら姫（グリム童話選）
グリム兄弟 編　相良 守峯 訳　茂田井 武 絵
岩波書店　1966年　422p　23×16　＊中〜

19世紀に、ドイツのグリム兄弟が集めて出版した昔話集から選んだ。表題の「いばら姫」をはじめ「オオカミと七ひきの子ヤギ」「ヘンゼルとグレーテル」「赤ずきん」「白雪姫」など子ども向きのお話30編が収められている。続編の『鉄のハンス』にも同じく30編が入っており、この2冊でグリムのすぐれた話はほとんどそろっている。挿絵は民話の素朴な世界をユーモラスに表現。初版は、1951〜52年刊の少年文庫『グリム童話選』3分冊。

●子どもに語るグリムの昔話　1〜6
ヤーコプ・グリム，ヴィルヘルム・グリム [再話]
佐々 梨代子，野村 泫 訳　ドーラ・ポルスター 挿絵
こぐま社　1990〜1993年　180〜188p
18×14　＊中〜

明治期よりグリムの翻訳はあまた出ているが、これは、長年子どもたちにグリムを聞かせてきた語り手とドイツ文学者とによる、忠実かつ耳で聞いて楽しめるグリム・アンソロジーの決定版。全部で200話ほどある話の中から、子どもに喜ばれた「おおかみと七ひきの子やぎ」「がちょう番の娘」など64話を選んで全6巻に収めた。美しく、手にとりやすい装丁。幼児には読んでやりたい。全巻末に語りの経験を生かした解説、第6巻には話名総索引が。

「子どもに語るグリムの昔話1」より

●黒いお姫さま――ドイツの昔話
ヴィルヘルム・ブッシュ 採話　上田 真而子 編訳
佐々木 マキ 絵
福音館書店　1991年　142p　22×16　＊中〜

"マクスとモーリッツ"の愉快な絵物語で知られるドイツの画家の集めた昔話。表題の話は、死後、炭のように真っ黒になり、夜な夜な棺から出て番人を殺すお姫様の物語。ほかに10話を収めるが、奇妙でおかしみのあるものが多く、グリムとはまた違った魅力をもつ。

●白いオオカミ
――ベヒシュタイン童話集
（岩波少年文庫）

ルードヴィヒ・ベヒシュタイン 作
上田 真而子 訳　太田 大八 さし絵
岩波書店　1990年　206p　18×12　＊中～

道に迷い、黒い小人に助けられた王様が末娘を彼にやることになり、白い狼が迎えにくる、という表題作の他、ドイツの民話収集家の昔話集から9編を収録。グリムの少し後の出版だが、「ねがい小枝をもった灰かぶり」など、主人公が強い意志をもつ自由な再話で、教育的配慮もされ、素朴な昔話とは異なる趣。

●真夜中の鐘がなるとき
――宝さがしの13の話
（プロイスラーの昔話）

オトフリート・プロイスラー 作
佐々木 田鶴子 訳　スズキ コージ 絵
小峰書店　2003年　135p　20×14　＊中～

ドイツやその周辺の伝承を児童文学作家が語り直したお話集。夢のお告げを信じて金銀を手に入れる話や、忠告を無視して宝番の怪物に襲われる話など13編を収録。続巻に、ファウスト博士の伝説など、悪魔や魔女の話を集めた『地獄の使いをよぶ呪文』、幽霊の話を集めた『魂をはこぶ船』。怖い話や神秘的な話を求める子どもの興味を満足させるような、簡明で親しみやすい語り口。各話冒頭に、舞台や背景などに触れた作者による導入部があり、ふしぎな世界を幾層にも広げてくれる。

●メドヴィの居酒屋（世界むかし話）

矢川 澄子 訳　ホルスト・レムケ 絵
ほるぷ出版　1979年　286p　23×19　＊中～

グリムの昔話集に未収のドイツの昔話27編。オオカミ・キツネ・クマ・ウサギが居酒屋で食べたい放題の末、毛皮屋からやっと逃げだした表題の話ほか、「どろぼうの花嫁」など

どれも楽しめる。国際アンデルセン賞受賞のドイツ人画家によるいきいきとした挿絵。のちに『世界むかし話 ドイツ』として再刊。

◆北欧

●かぎのない箱
――フィンランドのたのしいお話

ジェイムズ・C・ボウマン，マージェリイ・ビアンコ 文　瀬田 貞二 訳　寺島 竜一 絵
岩波書店　1963年　175p　23×16　＊中～

フィンランドの昔話集。ねらった雷鳥をうたずに、3年間養ってやった狩人が、お礼にかぎのない箱をもらう。その箱のかぎを手に入れるまでの長い年月の物語（表題）のほか、恐ろしい海の神にさらわれた3人の娘の話「ユルマと海の神」など全7話。昔話の宝庫といわれる北欧らしく、スケールが大きく、魔法がふんだんに出てくる。神秘的でふしぎに満ちた話は、どれも子どもをひきつける。

●子どもに語る北欧の昔話

福井 信子，湯沢 朱実 編訳　多田 ヒロシ 扉絵
こぐま社　2001年　190p　18×14　＊中～

北欧5ヵ国の昔話15話を収録。トロル女につかまった王子を貧しい家の娘が救いだす「リヌスとシグニ」（アイスランド）、「ヘンゼルとグレーテル」に似た「屋根がチーズでできた家」（スウェーデン）など、どれも大らかなユーモアに満ちている。中、短編が多く、子どもに語るのに向く。巻末に各話の解説付。

●ソリア・モリア城（世界むかし話）

瀬田 貞二 訳　カイ・ニールセン，イングリ・ダウレア，エドガー・ダウレア 絵
ほるぷ出版　1979年　290p　23×19　＊中～

フィンランドとノルウェーの昔話。トロルを

昔話

やっつけて3人の姫を救いだし、なまけ者の息子が紆余曲折の末、末の姫と結婚して幸せになるという表題の話ほか、「悪魔の生皮」「からだに心臓のない巨人」など13編を収録。北国の厳しい自然を背景に、とどまるところのない人間の空想力が息づいている。挿絵も魅力。『世界むかし話 北欧』として再刊。

●太陽の東 月の西（岩波少年文庫）

ペテル・クリステン・アスビョルンセン,
ヨルゲン・モオ編　佐藤俊彦訳
富山妙子さし絵
岩波書店　1958年　238p　18×12　＊中〜

19世紀に活躍した、"ノルウェーのグリム"といわれる2人の研究家アスビョルンセンとモオによる3巻の民話集から18編を選ぶ。表題の話は、美しい娘が魔女や北風に助けられて、太陽の東、月の西にあるトロルの城に連れ去られた恋人を救いだすというもの。劇的でふしぎな雰囲気のある話のほか、小さな男の子が機転をきかせて悪いトロルをやっつけるという素朴な話や、民衆の知恵と笑いから生まれた話などバラエティに富み、幅広い年齢の子どもたちに喜ばれる。

●ノルウェーの昔話

ペーテル・クリステン・アスビョルンセン,
ヨルゲン・モー編　大塚勇三訳
エーリク・ヴェーレンシオル,
テオドル・ヒッテルセン画
福音館書店　2003年　398p　22×16　＊中〜

19世紀に編まれたノルウェーの昔話集から34編を選んで訳す。おなじみの「パンケーキ」「海の底の臼」のほか、灰つつきエスペンの冒険話や、家畜たちが狼を退散させる「自分たちだけで暮らそうと森に行った羊とブタ」など。原書からの、表情豊かな挿絵が多数。

●フィンランド・ノルウェーの むかし話――森の神タピオほか（大人と子どものための世界のむかし話）

坂井玲子, 山内清子編訳　金関昌幸さし絵
偕成社　1990年　180p　22×16　＊中〜

19世紀に、両国でそれぞれ出版された著名な昔話集から選んだもの。森の神の娘と結婚した狩人リッポと、その息子の物語「森の神タピオ」などフィンランドの6話と、「トロルとたべっくら」などノルウェーの8話。大らかなユーモアがある、比較的短い話が多い。

●ものいうなべ
――デンマークのたのしいお話

メリー・C・ハッチ文　渡辺茂男訳　富山妙子絵
岩波書店　1964年　158p　23×16　＊中〜

アメリカ人が再話したデンマークの昔話集。貧乏な百姓のために、金持ちのところへ出かけては麦や金貨を取ってくる「ものいうなべ」、弱虫の末っ子が活躍する「かあさん子のたからさがし」など8話。のんびり明るくて悲しさや暗さがなく、どの話も子どもに好かれる。

◆フランス

●サンドリヨン（世界むかし話）

八木田宜子訳
堀内誠一, ロジャー・デュボアザン絵
ほるぷ出版　1979年　310p　23×19　＊中〜

シンデレラとして知られる表題作ほかフランスの代表的な昔話9編と、スイスの昔話11編を英語の昔話集から選んで訳す。仏のペロー再話の「赤ずきん」「ねむりの森の美女」は教訓や風刺がきいた文章で、グリムとは異なる味わい。スイスの昔話には「牧夫とおばけ」など、牧夫や山の小人の出てくる話が多い。『世界むかし話 フランス・スイス』として再刊。

●なぞとき名人のお姫さま
　　──フランスの昔話

山口智子 編訳　パトリス・アリスプ 絵
福音館書店　1995年　190p　22×16　＊中〜

19世紀後半から20世紀初頭にかけて採話されたフランス各地の昔話集より選んだ11編。3日考えても解けない謎を出した人を夫にするという表題の話、おかみさんの機転で悪魔を出しぬくお百姓の話など、陽気で軽やかな味わい。現代的でコミカルな挿絵。

●眠れる森の美女
　　──ペロー昔話集（青い鳥文庫）

シャルル・ペロー 作　巖谷國士 訳　東逸子 絵
講談社　1998年　230p　18×12　＊上

「赤ずきんちゃん」「サンドリヨン」など、『過ぎし日の物語集』（1697年刊）に含まれる教訓付昔話8編に韻文の2短編を加えた10作品を収録。ペロー特有のユーモアやフランス宮廷風のエスプリを生かした訳文。素朴な昔話を楽しんだ後の少し年長の子にすすめたい。

●フランスのむかし話
　　──ゆうかんなリヨンほか
　　（大人と子どものための世界のむかし話）

長野晃子 編訳　石倉欣二 さし絵
偕成社　1989年　160p　22×16　＊中〜

19世紀から20世紀中頃までにフランスで刊行された数種類の民話集から11話を選んで収録。やさしい末息子が妖精から必ず的を射ることのできる魔法の矢をもらい、巨人を退治してお姫さまと結婚する表題の話のほか、愉快な一口話などを収める。編者は仏文学者。

◆南欧

●カナリア王子
　　──イタリアのむかしばなし

イタロ・カルヴィーノ 再話　安藤美紀夫 訳
安野光雅 画
福音館書店　1969年　150p　21×14　＊中〜

継母に森の古城に閉じこめられた王女が、魔法使いにもらった本の頁を繰ると、愛しい王子はカナリアになって……という表題作等7編。イタリアの作家が200編の昔話を集めた『イタリア民話』から自選。いずれもハッピーエンドの明るく洒落た味わい。挿絵も合う。

●子どもに語るイタリアの昔話

剣持弘子 訳・再話　平田美恵子 再話協力
剣持晶子 扉絵
こぐま社　2003年　190p　18×14　＊中〜

王子が"ミルクのように白くて、血のように赤い娘"を求めて旅に出る「三つのオレンジ」、人食い鬼へのご馳走を食べてしまった男の子「はらぺこピエトリン」、石鹸をさがしに、水の中のガラスの階段をおりていく「ネコの家に行った女の子」など15話を収録。イタリアの、陽気で色鮮やかな雰囲気が伝わる。

●スペインのむかしばなし

バージニア・ハビランド 再話　まさきるりこ 訳
バーバラ・クーニー 画
福音館書店　1967年　96p　24×16　＊中〜

のみの皮でタンバリンを作らせた王様が、謎かけをする「のみ」、父親の財産を4等分し、運試しにでかけた「四人のきょうだい」など6話を収録。からっと明るい南欧の風土が感じられる。米の著名な児童図書館員による再話。挿絵も表情豊かで魅力的。のちに『四人のきょうだい』（学校図書）として再刊された。

181

昔話

● ネコのしっぽ（世界むかし話）

木村則子 訳　ウイリアム・パパズ 絵
ほるぷ出版　1979年　334p　23×19　＊中〜

イタリア、ポルトガル、スペイン、ギリシャの4ヵ国の32編を収めた。「王さまノミを飼う」などの、明るくしゃれた雰囲気の話が多い。挿絵は、軽妙なタッチで人びとに愛されてきた画家によるもの。読みきかせやお話にも向く。『世界むかし話 南欧』として再刊。

● ポルコさまちえばなし
　　——スペインのたのしいお話

ロバート・デイヴィス 文　瀬田貞二 訳
F・アイヘンバーグ 絵
岩波書店　1964年　154p　23×16　＊中〜

スペインの昔話を、米国の作家が再話した。むかしむかしスペインには、動物を治めるポルコさまというブタがいた。ポルコさまは、たいそう賢く機知に富み、情け深く、そのうえ愉快な人物。動物はもちろん、人間からも信頼され、尊敬されていた。だから、ほんとうに困ったことがおこると、だれでも——人間でも、動物でも——ポルコさまのところへかけつける。ここには、「将軍の馬」「パブロのがちょう」など、ポルコさまが知恵を傾けて解決してやった面白い事件が8つ語られている。どれもからっとした味をもち、軽い風刺がきいている。挿絵もなかなかユーモラス。

● みどりの小鳥——イタリア民話選

イタロ・カルヴィーノ 作　河島英昭 訳
エマヌエーレ・ルッツァーティ さし絵
岩波書店　1978年　298p　23×16　＊中〜

現代イタリアの代表的作家が、自身の編んだ民話集から、子ども向けに34話を選び、編纂し直したもの。妬み深い伯母たちによって川に捨てられた美しい王子と王女の、数奇な運命を描いた表題の話をはじめ、勇ましい若者が、500年前の死人の腕を武器にして魔法

使いをやっつける話、間抜けな若者ジュファーを主人公にした愉快な話など、バラエティに富んだ内容。南国らしい明るさと大らかさが感じられる。くり返しの多い素朴な話も入っているが、しゃれた味わいの話が多く、活字も小さいので、読みなれた子にすすめたい。

◆ ロシア

● 子どもに語るロシアの昔話

アレクサンドル・アファナーシエフ ［編］
伊東一郎 訳・再話　茨木啓子 再話　太田大八 扉絵
こぐま社　2007年　198p　18×14　＊中〜

19世紀に編まれた昔話集から13話を、研究者と語り手が共同で訳出・再話した。骨の一本足の魔女バーバ・ヤガー、冬将軍マロース、火の鳥など、厳しい自然を映した個性的な人物が印象的。「てぶくろ」に似た積みあげ話「ネズミの御殿」には素朴な味がある。

● まほうの馬
　　——ロシアのたのしいお話

A・トルストイ，M・ブラートフ 文
高杉一郎，田中泰子 訳　E・ラチョフ 絵
岩波書店　1964年　164p　23×16　＊中〜

著名な作家と民俗学者が再話したロシア民話集を、父娘が共同翻訳。ばかな末息子のイワ

ンがふしぎな馬に乗って活躍する「まほうの馬」をはじめ、賢いワシリーサの変身した「かえるひめ」、何でも望みのままにかなう「カマスのめいれい」など12編。ずるいキツネや、強いが間抜けなオオカミが登場する動物話や、ばかなお人よしや弱いものが勝つ話など、どれも筋は明快で面白い。読んでやれば小さい子にも分かる話が多いから、お話のテキストにも使える。民族衣装をつけた動物たちを表情豊かに描いた絵がたっぷり入っている。

●ロシアの昔話

内田 莉莎子 編訳　タチヤーナ・マブリナ 画
福音館書店　1989年　390p　26×19　＊中〜

花嫁にしたカエルが実は美しい王女だったという「カエルの王女」や「マーシャとくま」など33編。動物を主人公にした素朴な話から、時空を超えた壮大な物語まで、バラエティに富んでいる。旧ソ連の代表的絵本画家がつけた挿絵は民族色豊かで、しかもモダンな感覚にあふれている。大判の本なので、まるで画集を見ているような楽しさも味わえる。

●ロシアのむかし話 (偕成社文庫)

松谷 さやか，金光 せつ 編訳
コノノフ，コチェルギン，クズネツォフ さし絵
偕成社　1985年　302p　19×13　＊中〜

まぬけな末息子が、川で捕えたカマスから何でも望みのかなう呪文を教えてもらい、幸せになる「カマスの命令」をはじめ、「イワンのばか」「魔法の馬」など、奇想天外な冒険が展開する有名な話を含む26編。広大な大地に育まれた様々なタイプの話を収める。続巻の『ロシアのむかし話2』(金光 せつ 訳訳)は、「うるわしのワシリーサ」「イワンと魔法の馬」など16編。共に編訳者による詳しい解説付。

◆ 東欧

●吸血鬼の花よめ——ブルガリアの昔話

八百板 洋子 編訳　高森 登志夫 絵
福音館書店　1996年　206p　22×16　＊中〜

欧州と小アジアの間に位置し、東西文化の接点となった国独特の雰囲気をもつ昔話。姫が、吸血鬼になってしまった許婚を救おうとする表題の話、助けたトカゲに願いのかなう石をもらう「パーベルじいさんの光る石」など12編。話に合った繊細なペン画の挿絵。

●三本の金の髪の毛 (世界むかし話)

松岡 享子 訳　クリスティーナ・トゥルスカ 絵
ほるぷ出版　1979年　310p　23×19　＊中〜

お姫さまとの結婚を望む若者が、王の命令で、太陽の金の髪の毛を取りにいく表題の話ほか、風土や民族性を映した19編を収めた中・東欧の昔話集。劇的で彩り豊かな話が堪能できる。ポーランド生まれの画家による挿絵が秀逸。『世界むかし話 東欧』として再刊されたほか、人気のある16話を選び、訳文を練り直した新装版(のら書店)も。

●千びきのうさぎと牧童

ヤニーナ・ポラジンスカ 文　内田 莉莎子 訳
ミーハウ・ブィリーナ 絵
岩波書店　1972年　236p　23×16　＊中〜

ポーランドの昔話集。魔法使いにさらわれた粉屋の3人娘の話「まほうの本」、みなしごの羊飼いの少年と雪のように真白な羊の愛情を描いた「白いひつじ」、欲ばりな殿さまの奸計を見破って成功する若者の話(表題)など7編。どの話もしっかりした骨太な構成に加えて、くったくのない楽しさがあり、陰のない明るさがみちている。昔話にしては会話が多く、描写も詩的で表現がこまかい。歌や

昔話

詩がふんだんに入った、かなり長い話で、素朴というより、文学的な香りの強い再話といえよう。木版画風の挿絵は、様式化されたスタイルに柔らかな色を配した美しいもの。

●太陽の木の枝
──ジプシーのむかしばなし

イェジー・フィツォフスキ 再話　内田 莉莎子 訳
堀内 誠一 画
福音館書店　1968年　158p　21×16　＊中～

ポーランドのジプシー（ロマ）学者が子ども向けに再話した昔話集から、訳者が選んで翻訳した。病を治し、死者をよみがえらせる枝を探しにいく若者の話（表題）など12編。鮮やかな色彩につつまれた、印象的な話が多い。続巻に『きりの国の王女』がある。

●りこうなおきさき
──ルーマニアのたのしいお話

モーゼス・ガスター 文　光吉 夏弥 訳　太田 大八 絵
岩波書店　1963年　159p　23×16　＊中～

お話の宝庫といわれるルーマニアの昔話を集めた。王さまが大臣に、市でヒツジを売って、その代金と一緒にヒツジも連れて帰ってこいと難題を出したが、大臣のりこうなむすめは、見事にその難題をといたばかりか、つぎつぎ知恵を働かせて、ついには王さまと結婚してしまう。この表題の話をはじめ、素朴でわかりやすいものばかり13編入っている。なか

に「カメのせなかはなぜまるい」「セキレイはなぜしっぽをふる」のような動物を主題にした、なぜなぜ話がたくさんあるのも面白い。短くて語りやすい話が多いので、語りにも使われる。古風な感じを出した挿絵がいい。

◆◆ アフリカ

●うたうカメレオン（世界むかし話）

掛川 恭子 訳　レオ・ディロン,
ダイアン・ディロン, 松枝 張 絵
ほるぷ出版　1979年　306p　23×19　＊中～

「顔がまずけりゃ歌を習うがいいさ」といわれ、歌の稽古をしたカメレオンが、怪物を退治する表題の話をはじめ、アナンシの話など、アフリカ各地の21編を収める。どの話も、大地に根ざした、大らかで力強い趣がある。『世界むかし話 アフリカ』として再刊。

●語りつぐ人びと
──アフリカの民話（福音館日曜日文庫）

江口 一久 ほか著訳　和田 正平 ほか写真
福音館書店　1980年　404p　19×13　＊中学

南西北アフリカ合わせて7地域の民話37編を、その背景とともに紹介したユニークな本。地域別に収録された昔話を、現地の人の民話にまつわる思い出や、風土の解説、担当研究者の調査体験などと併せて読むと、遠い国が身近に感じられ、興味深い。地図、写真入り。

●キバラカと魔法の馬
──アフリカのふしぎばなし

さくま ゆみこ 編訳　太田 大八 画
冨山房　1979年　198p　24×18　＊中～

アフリカならではの珍しい話13編を収めた。

表題の話は、魔神にさらわれた男が、城に閉じこめられていた魔法の馬とともに脱出、やがて、この町のサルタンの娘と結婚し、ふしぎな力を発揮して舅にも認められるようになるというスワヒリの昔話。版画風の挿絵は迫力ある筆致で魔神や精霊たちを描きだす。

●ゴハおじさんのゆかいなお話
──エジプトの民話

デニス・ジョンソン‐デイヴィーズ 再話
千葉 茂樹 訳
ハグ‐ハムディ・モハンメッド・ファトゥーフ，
ハーニ・エル‐サイード・アハマド 絵
徳間書店　2010年　94p　22×16　＊初～

エジプトの頓智話。主人公ゴハおじさんが、売ったはずの老ロバを商人の口上に乗せられ買ってしまったり、身なりで客を差別する風呂屋をやりこめたり。短くシンプルな語り口の15話。現地の天幕職人がアップリケ風に布を縫いあわせたカラー挿絵も魅力。

●タンザニアのむかし話
──ザンジバル島につたわる話
（大人と子どものための世界のむかし話）

宮本 正興 編訳　伏原 納知子 さし絵
偕成社　1991年　160p　22×16　＊中～

イスラム教の預言者が不信心な男を旅の道中で試す「預言者スレイマンと魔法の杖」や、知恵者のアブヌワスが活躍する頓智話、動物話など。編者自身がスワヒリ語で採集した話が中心。イスラム教の島らしい、東洋文化とアフリカの伝統が入りまじった22話。

●なぜどうしてものがたり
──ケニアの民話

パメラ・コーラ 作　土屋 哲 訳
キバチ・マリマ さし絵
岩波書店　1981年　112p　22×16　＊中～

「コウモリは、なぜ、夜だけ外に出るのか」

など、子どもが好きななぜなぜ話10話を収める。原書はケニアで最も読まれている児童書の1つで、著者が幼いときに祖母から聞いた話を書きとめたもの。人々の自然観も見えてくる。挿絵もケニアの画家によるもの。

●モロッコのむかし話
──愛のカフタンほか
（大人と子どものための世界のむかし話）

ヤン・クナッパート 編　さくま ゆみこ 訳
赤星 亮衛 さし絵
偕成社　1990年　176p　22×16　＊中～

アフリカ大陸の北に位置するモロッコはイスラム教徒の多い国。お話の中にも宗教心の篤い人たちが登場する。「愛のカフタン」や「かしこいむすめと砂漠の王さま」のように、知恵を使って難関を突破する娘が主人公の話は痛快。訳文がなめらかで、読みやすい。

●山の上の火
──エチオピアのたのしいお話

ハロルド・クーランダー，ウルフ・レスロー 文
渡辺 茂男 訳　土方 久功 絵
岩波書店　1963年　158p　23×16　＊中～

冷たい風が吹く高い峰の上で、一晩じゅう裸で立っていられたら、家や家畜や畑をやるといわれて、ご主人と賭けをしたアルハという若者が、向かいの山で物知りじいさんが燃やしてくれる火に励まされて目的を果す表題の

昔話

話をはじめ、エチオピアに伝わる15話。話の中に登場する英雄や悪者が人間のこともあれば、動物のこともあり、賢い人も出てくれば、題名どおりの「とんだぬけさく」もいる。どの話も素朴でユーモアに富み、寓意や風刺があってもからりとしていて後味が悪くない。すべて現地で採集したもので、珍しい話が多い。様式化した力強い挿絵も合っている。

◆◆ 南北アメリカ

◆ 北米

●アメリカのむかし話（偕成社文庫）

渡辺 茂男 編訳　桜井 誠 カット
偕成社　1977年　344p　19×13　＊中〜

アメリカ合衆国に伝わる話を集め、4つのグループに分けて編んだ昔話集。西部劇でおなじみのデービー・クロケットが、寒さで凍りついた地球に、熊のからだから絞りだした油をかけて動かしてやる話や、世界一のペンキ屋が広告板にストーブの絵を描くと、本物のように燃えさかり、ついに火事になってしまう話など、底抜けにおかしいほら話7編。ほかに、世界の始まりを語るインディアンの伝説10編、ヨーロッパからの移民によって伝えられた話6編と、黒人の民話7編。それぞれに違った持ち味があって楽しめる。初刊は1959年の『アメリカ童話集』（あかね書房）。

●ウサギどんキツネどん
―――リーマスじいやのした話
（岩波少年文庫）

ジョーエル・チャンドラー・ハリス 作
八波 直則 訳　A・B・フロースト さしえ
岩波書店　1953年　278p　18×12　＊上〜

19世紀、新聞記者をしていたハリスが、アメリカ南部の黒人に伝わる話を集めて編んだという有名な昔話集。黒人のリーマスじいやが、白人の男の子に語って聞かせる形式で、34話を収める。じいやの話には、アフリカ起源のものらしい大胆で飄逸な語り口が生きており、中でも、したたかな知恵を競って、互いにだましだまされるウサギどんとキツネどんの話の面白さは他に類がない。訳文にも、なまりの強いじいやの口調がよく生かされていて、ユニークな味わいがある。白黒のペンの挿絵。同訳者による学研版『うさぎどんきつねどん』には、本書にない別の話も入っている。

「ウサギどんキツネどん」より

●カラスだんなのおよめとり
―――アラスカのエスキモーの
　　たのしいお話

チャールズ・ギラム 文　石井 桃子 訳　丸木 俊 絵
岩波書店　1963年　174p　23×16　＊中〜

自慢屋のカラスが、さんざん苦労しておよめさんをもらう表題の話、山が手ばたきする間に通りぬけなければぺつぶされてしまう難所を、

渡り鳥が命がけで飛びぬける「手ばたき山」など9編。アラスカに住むエスキモーの昔話で、この種族の自然観察の中から生まれたユニークな面白さがある。挿絵は、物語に愛らしさを添え、子どもをひきつける。

●北の巨人 （世界むかし話）

田中 信彦 訳
マモル・フナイ 絵，アーサー・フロスト 挿絵
ほるぷ出版　1979年　306p　23×19　＊中～

表題の話は、北の国の村に住むオボクという心の優しい少年が、道に迷い、北の巨人に助けられるが、これをねたんだもう1人の少年は、巨人の言いつけを守らず……というエスキモーの昔話。ほかに、北米先住民に伝わる昔話や、がにまたビルなど西部の男たちのほら話、フランス系カナダ人の話、黒人のリーマスじいやの話など、多様な28話を収める。『世界むかし話 北米』として再刊。

●精霊と魔法使い
—— アメリカ・インディアンの民話

マーガレット・コンプトン 再話　渡辺 茂男 訳
ローレンス・ビヨルクンド 絵
国土社　1986年　226p　22×16　＊中～

1895年、はじめて子どものために出版された、北米先住民の昔話集の翻訳。勇敢な狩人が、同居する母親に愛する妻を殺されるが、妻は白いカモメになって会いにくるという話や、コヨーテに火を盗ませる話など16編。広大な北米の森と湖を舞台に、巨人や小人、勇者や魔術師らが、動物たちと活躍する空想力豊かな物語。1971年版の原書からとられた挿絵は、その世界を一層際立たせている。

●トンボソのおひめさま
—— フランス系カナダ人のたのしいお話

マリュース・バーボー，
マイケル・ホーンヤンスキー 文　石井 桃子 訳
アーサー・プライス 絵
岩波書店　1963年　168p　23×16　＊中～

父王の遺産である3つの魔法の品を、美しいお姫さまにだましとられた王子が、鼻を伸ばしたり縮めたりする果物を使って、それらをとりもどす表題作や、夜ごとに知恵の実を盗みにくる金の不死鳥を追って、ガラス山の向こうのサルタン大王の国へ出かけるジャン王子の活躍を描いた「金の不死鳥」など、フランス系カナダ移民の間に語りつがれた昔話5編。素材をなすフランス民話本来の明るさに、再話者のユーモア、機智あふれる会話を駆使した巧みな性格描写が加わって、華やかな彩りにみちている。起伏のある長い話が多い。

◆中南米

●銀の国からの物語

チャールズ・ジョセフ・フィンガー 作
犬飼 和雄 訳　辻 まことさし 絵
学習研究社　1970年　280p　21×16　＊中～

米国の作家が、南米を旅しながら集めたインディオの民話集。怠け者の村人たちが何でもしてくれる人形をもらったことで、働く幸せを再認識する話や、双子の兄弟が巨人たちを倒す話、無欲な一族が動物グアナコに変身し、その霊が青い花に宿る話など17編。自然に密着した独自の文化が培った、神秘的な世界を彩り豊かに語る。1925年ニューベリー賞。

昔話

●ふしぎなサンダル（世界むかし話）

福井 恵樹 訳　竹田 鎮三郎 絵
ほるぷ出版　1979年　318p　23×19　＊中〜

メキシコやボリビア、ギアナ、ニカラグア、ペルーなど中南米14ヵ国の34編を収録。インカからヨーロッパ由来と思われる話まで幅広く、珍しい話が多い。コヨーテ、ピューマ、コンドルなどの動物も活躍する。メキシコ在住の画家の絵が味わい深い。後に『世界むかし話 中南米』として再刊。

●ブラジルのむかしばなし　1〜3

カメの笛の会 編
東京子ども図書館　① 2011年　②・③ 2013年
① 40, 20p　②・③各 33, 19p　21×15　＊初〜

日系ブラジル人の子どもたちにお話を届ける活動から生まれた冊子。第1巻には、カメが笛を吹いてうたい、ヒョウをからかう愉快な「カメの笛」や、アマゾンに咲く大きな蓮の由来譚など昔話3話と創作手遊び歌1編。2、3巻には昔話各2編のほか、ブラジルに関するクイズも入っている。子どもが描いたカット絵も親しみやすい。ポルトガル語併記。

●魔法のオレンジの木
　　──ハイチの民話

ダイアン・ウォルクスタイン 採話
清水 真砂子 訳　エルサ・エンリケス さし絵
岩波書店　1984年　256p　23×16　＊中〜

カリブ海に浮かぶ島に伝わる話27編を収める。小さな娘のスカートからこぼれ落ちたオレンジの種が芽を出し、天までのびて、いじわるな継母をやっつけるという表題の話のほか、あけっぴろげでユーモラスな話、不気味な話など様々。原書は特に子ども向けに編んだわけではないが、ふしぎな魅力に富んだ話の数々は、子どもたちをひきつける。再話者が実際に語りの場に参加して採集したもので、昔話の間に、語り手の様子やその場の雰囲気を伝える説明を入れ、話に出てくる歌の楽譜ものせている。民族色豊かな白黒の挿絵。

◆◆ オセアニア

●マウイの五つの大てがら
　　（世界むかし話）

光吉 夏弥 訳　チャールズ・キーピング ほか絵
ほるぷ出版　1979年　234p　23×19　＊中〜

太平洋の島々の21話を収録。表題のマウイは、空を押しあげる、火を持ち帰るなど神話的な活躍をし、彼の話はポリネシア全域に伝わっている。人間を助けてご馳走をもらうハワイの小人ネフネフ、動物や植物、習慣の由来譚など土地と結びついた素朴な話が多い。『世界むかし話 太平洋諸島』として再刊。

神話・古典文学

◆◆ 世界

聖書

●旧約聖書物語

ウォルター・ジョン・デ・ラ・メア 作
阿部 知二 訳　小松崎 邦雄 絵
岩波書店　1970年　462p　23×16　＊上〜

イギリスの著名な詩人が子どものために書いた聖書物語。旧約全39編より初めの9編を再話。神がアダムとエバをつくり、ふたりが禁断の実を食べて追放されることで始まる「創世記」から、ダビデがイスラエルの王になる「サムエル記 上」までを香り高い文学作品として語り、キリスト以前の世界を伝える。

●はじめての聖書　1
　　──古くからの約束

小塩 節 ほか訳　ジェニー・ダーレンオールド 絵
こぐま社　1992年　204p　23×18　＊中〜

初めて聖書を手にとる子どもたちのために、ドイツで原典から大切な部分を抜粋して作られた。訳文は読みやすく挿絵も豊富。本書は天地創造からユダヤの民が救い主を求めるまで。続く『はじめての聖書2──新しい約束』はルカによる福音書を中心に、イエスの生涯と、その弟子たちの働きを伝える。聖書全体がひと通り見渡せるまとめと、語句の説明付。

◆◆ 日本

宇治拾遺物語

●鬼と仏と人間の小さな物語
　　──宇治拾遺物語(平凡社名作文庫)

川端 善明 著　川端 健生 絵
平凡社　1978年　284p　21×16　＊上〜

鎌倉時代に編まれた説話集から44話を選び現代語訳。「こぶとり」「腰折れ雀」などの昔話、応天門の変にまつわる話など多様だが、いずれも今も昔も変わらない心の有様を冷徹に描き、人間というものをあぶり出す。後に刊行された『**宇治拾遺ものがたり**』(岩波少年文庫)は平凡社版から3話を除き7話を追加。

御伽草子

●鬼と姫君物語──お伽草子
　　(平凡社名作文庫)

大岡 信 著　平山 英三 絵
平凡社　1979年　234p　21×16　＊上〜

室町、江戸の物語草子から、「一寸法師」「鉢かづき」などよく知られたお伽話6編を選んで現代語訳。時代精神を尊重し、原文の響きや味わいを生かした文体は、古典への導入として貴重。「浦島太郎」を加え、『**おとぎ草子**』(岩波少年文庫) として再刊した。

神話・古典文学

義経記(ぎけい)

●源氏の旗風——義経物語
（平凡社名作文庫）

北川 忠彦 著　守屋 多々志 絵
平凡社　1978年　292p　21×16　＊上〜

源義経の生涯を、出生から死までたどった物語。「義経記」を中心として「平家物語」ほか、能、人形浄瑠璃、歌舞伎等からも題材を集めている。鞍馬山での修行、弁慶との出会いをはじめとして、兄頼朝との確執、平泉での最期まで、主人公に寄りそって読める。

古事記

●古事記物語（岩波少年文庫）

福永 武彦 作　吉岡 賢二 さし絵
岩波書店　1957年　296p　18×12　＊上〜

日本最古の書物である「古事記」を、小説家で詩人でもある著者が、原文に忠実にと心がけて、子ども向きに再話したもの。イザナギノ神、イザナミノ神の国つくりの話から、スサノオノ命(ミコト)やヤマタケルノ命の数々の冒険物語まで、24話を収める。古代の神々や英雄たちの勇ましい活躍ぶりをうたった物語には、荒々しさと繊細さがまじりあったふしぎな魅力がある。文章も読みやすく、詩の形に書き直された歌謡はユーモラスで、古代人の大らかさが伝わってくるようだ。イナバノシロウサギや、ヤマタノオロチという名前を聞いたことはあっても、話の内容は知らないという子どもも多いので、折にふれて紹介したい。

●子どもに語る日本の神話

三浦 佑之 訳　茨木 啓子 再話　山﨑 香文子 挿絵
こぐま社　2013年　196p　18×14　＊上〜

耳で聞いて楽しむことを目的に再話・編集された。神話の素朴さが伝わる柔らかい語り口。イザナキとイザナミによる「国のはじまり」「天の岩屋」「スサノオとヤマタノオロチ」など10編。最終章「ヤマトタケル」は、英雄伝の醍醐味がある。版画の挿絵もよく合う。

●はじめての古事記——日本の神話

竹中 淑子，根岸 貴子 文　スズキ コージ 絵
徳間書店　2012年　126p　22×16　＊初〜

「古事記」の物語中、冒頭の神話の部分のみを、やさしいお話の形にまとめた13編。声に出して読むと、神々の荒々しさや躍動感が際立つ。肉太のタッチの挿絵は、神話のもつ原初的な力強さを表現。ゆったりとした字配りなので、低学年でも手に取りやすいだろう。

今昔物語

●武蔵野の夜明け——今昔物語集
（平凡社名作文庫）

杉浦 明平 著　箕田 源二郎 絵
平凡社　1979年　264p　21×16　＊上〜

平安末期に編まれた大説話集から39話を選び現代語訳。武士、盗賊、僧侶、画家、行商人など、さまざまな身分階層の人々が登場する。短い話が歯切れよい文体で語られ、当時の生活や物の考え方がいきいきと伝わる。『今昔ものがたり』（岩波少年文庫）として再刊。

神話・古典文学

日本霊異記

●くさらなかった舌──日本霊異記
（平凡社名作文庫）

水上勉著　丸木俊絵
平凡社　1977年　212p　21×16　＊上〜

平安初期の薬師寺の僧、景戒による仏法説話集より41話を現代語に訳す。骸骨になっても、舌だけは腐らずに法華経を唱えた話、黄泉の国から戻った男の告白など、摩訶不思議な出来事をとおして仏教の教えを説く。昔の日本人の世界観を知る、少し怖い話として紹介できる。後に『日本霊異記──遠いむかしのふしぎな話』（岩波少年文庫）として再刊。

◆◆アジア

アラビアン・ナイト

●アラビアン・ナイト
（福音館古典童話シリーズ）

ケイト・D・ウィギン、ノラ・A・スミス編
坂井晴彦訳　W・ハーヴェイほか画
福音館書店　1997年　582p　21×16　＊上〜

アラビアン・ナイトは、アラブ世界で長い間語りつがれたのち、18世紀初頭に、フランス人東洋学者ガランがアラビア語写本から仏語訳したことを機に西洋の人々を魅了した。「千一夜」ともよばれるこの物語は、長短さまざまの260余編の話から成るが、本書は、米国の児童文学者が子ども向けに編んだ10話より8話を選んだもの。「アリ・ババと四十人の盗賊の話」や「船乗りシンドバッドの物語」などが、あまり省略せずに書かれており、細部の魅力が楽しめる。19世紀の英語原書からとった版画が入り、雰囲気を盛りあげる。

●アラビアン・ナイト　上・下
（岩波少年文庫）

E・ディクソン編　中野好夫訳
ジョン・キデルモンローさし絵
岩波書店　上1959年，下1961年
上308p，下336p　18×12　＊上〜

ガランの仏語訳原本より、英国人の編者が子ども向けに再話した古典的名著の翻訳。「アラディン──魔法のランプ」、「魔法の馬」「ものいう鳥」など、ペルシアや中国等を舞台にした16編を収載。有名な話、面白い話ばかりを選んである。子どもだといって調子を落とさず、独特の語り口を生かした文章で、訳文も滑らか。装飾的な挿絵が美しい。

●子どもに語るアラビアンナイト

西尾哲夫訳・再話　茨木啓子再話　太田大輔扉絵
こぐま社　2011年　204p　18×14　＊中〜

ペルシャの若い妃シェヘラザードが毎夜語りつづけた、という枠物語の導入にはじまり、「空飛ぶじゅうたん」「漁師と魔人」など10話を収める。子どもたちが耳から楽しめるよう、アラブ研究者とお話の語り手が協力して、原作の面白さを生かしつつ簡潔に再話した。華やかな彩りの装丁も魅力的。巻末に解説。幼い子への導入には、ルドミラ・ゼーマンによる3冊組の絵本もある。
『絵本の庭へ』p.97〜98参照

神話・古典文学

◆ 中国

●西遊記　上・下
（福音館古典童話シリーズ）

呉承恩(ゴショウオン)作　君島久子訳　瀬川康男画
福音館書店　上1975年，下1976年
上568p，下628p　21×16　＊上〜

中国をはじめ、世界中で愛読されている、おなじみの孫悟空の物語。花果山の頂にある仙石から生まれた猿の孫悟空が、聖僧玄奘三蔵に従って天竺へおもむき、ありがたい経典を手に入れて帰るまでの、数々の冒険を語る。玄奘は7世紀に実在した高僧。インド各地を巡り多くの仏教の原典を携えて唐の都に帰った。彼の壮挙は当時の人々を驚かせ、さまざまな逸話を生みだし、巷では講談として語りつがれたという。それらをまとめた明代の長編小説をもとにしている。波瀾万丈の筋立てと、律動感あふれる訳文で、名調子の講談さながらの面白さがある。様式的で凝った挿絵も魅力的。岩波少年文庫（全3巻）や幼い子向けの絵本（3冊）もある。『絵本の庭へ』p.29参照

●三国志　上・中・下（岩波少年文庫）
羅貫中(ラカンチュウ)作　小川環樹，武部利男訳
太田大八さし絵
岩波書店　1980年　上308p，中350p，下328p　18×12　＊中学〜

2、3世紀頃、中国が魏、蜀、呉の三国に分かれて戦っていた時代の物語。陳寿が著した歴史書を、14世紀後半に羅貫中が小説にした。本書は、訳者が子ども向けに、原文に忠実に、半分の長さに縮めた。漢の皇帝の血をひく劉備玄徳が張飛、関羽、諸葛孔明らとともに、乱世を戦いぬいていく様を中心に、当時の英雄豪傑の活躍を闊達に描き、読者を魅了する。入門編として幼い子向けの3冊組の絵本版もすすめられる。『絵本の庭へ』p.29参照

●水滸伝　上・下（岩波少年文庫）
施耐庵(シタイアン)作　松枝茂夫編訳　福田貂太郎さし絵
岩波書店　上1959年，下1960年
上442p，下484p　18×12　＊中学

水滸伝とは「水のほとりの物語」の意で、中国の代表的な民衆文学。史実をもとにしてできた話で、長年講釈師によって語りつがれ、芝居にもなったが、清朝初期に、現在のような形にまとめられた。宋江以下108人の好漢が、梁山泊を根城に、弱きを助け強きをくじいて大活躍するという、豪快無比の物語。原書の持ち味を生かしながら、5分の1の長さに縮めてある。漢字（ルビ付き）が多く、一見むつかしそうだが、もともと大衆娯楽なので、筋は荒唐無稽、登場人物は単純明快、チャンバラもののような面白さがある。

●花仙人──中国の昔話
松岡享子文　蔡皋(サイコウ)画
福音館書店　1998年　56p　22×19　＊初〜

花を愛する老人・秋先(しゅうせん)が丹精こめて世話していた庭が、乱暴者に荒らされてしまう。これを知った花の仙女が庭を元どおりにするが、老人は妖術使いとして囚われの身に……。作者が子どものころに読んだ明代の話を、情感をこめて再話。中国人画家によるあでやかな絵がふんだんに入り、手に取りやすい1冊。

●聊斎志異(リョウサイシイ)（岩波少年文庫）
蒲松齢(ホショウレイ)作　立間祥介編訳　蔡皋さし絵
岩波書店　1997年　282p　18×12　＊上〜

清時代の怪異小説集494編から31話を収載。強欲な梨売りを妖術でこらしめる「道士と梨の木」、菊好きの当主と菊の精とのふしぎな交流を描いた「菊の姉弟」など、中国独特の死生観がうかがえる。中国人画家による水墨の挿絵が、その世界をやわらかに包みこむ。25話を収めた別訳に『中国の不思議な物語』（上野山賀子編訳　偕成社）もある。

神話・古典文学

◆インド

●ジャータカ物語
――インド童話選（岩波少年文庫）

辻 直四郎，渡辺 照宏 共訳　茂田井 武 さし絵
岩波書店　1956年　234p　18×12　＊上～

"ジャータカ"とは、釈迦の前世の物語という意味。紀元前から北インドに流布していた伝承をもとにした仏教説話集で、5世紀にまとめられた。この本では、パーリ語原典に収められている547話の中から、子どもたちに向く話を30編選び、訳している。日本では「クラゲの使い」として知られている「ワニとサル」の話のほか、「ウサギの施し」「あわてウサギ」など、なじみ深い話も多い。いずれも、ボーディサッタ（菩薩）が、人間や動物の姿になって徳を施したり、知恵で人を導いたりといった話。教訓的だが素朴な味わいがあり、幅広い年齢の子をひきつける。

「ジャータカ物語」より

●ラーマーヤナ

エリザベス・シーガー 著　山本 まつよ 訳
鈴木 成子 さし絵
子ども文庫の会　2006年　330p　19×13　＊上～

紀元前にインドで生まれ、影絵芝居などにより広くアジアに流布した長編叙事詩を、米国の研究者が子ども向きに再話。コーサラ国のラーマ王子が、魔王にさらわれた愛妻シータを猿の王の部下ハヌマーンらの援軍を得て救出する武勇伝。人情の機微や道徳観が随所にちりばめられ、奥深い味わい。訳文も力強い。

◆◆ヨーロッパ

北欧神話

●神々のたそがれ

ロジャ・ランスリン・グリーン 作　瀬田 貞二 訳
ブライアン・ワイルドスミス さし絵
学習研究社　1971年　278p　21×16　＊上～

北欧の人々が語りついだ神話を、英国の児童文学者が、「散文のエッダ」「詩のエッダ」とよばれるアイスランドの原典などをもとに再話。宇宙創生から、神々と巨人族の戦いと滅びの日までを、子どもに分かりやすい、一貫した壮大な絵巻にして見せる。核になるこの物語に、万物の父オージンやその息子の雷神トール、悪知恵のあるロキらの、種々の事件をからませて語る。こうしたエピソードが重なり、神々の国はラグナロークの日（終末）を迎える……。寒く暗い風土を映した荒削りで劇的な物語は、独特の魅力をもち、読者をひきつけ最後まで離さない。挿絵は、白黒のペン画の表現に新しい道を開いたといわれる。

神話・古典文学

●神々のとどろき——北欧神話

ドロシー・ハスフォード作　山室静訳
ビクター・アンブラス絵
岩波書店　1976年　164p　23×16　＊上〜

北欧の厳しい自然の中で生まれた神話を、米国の児童文学者が子ども向けに再話した。神々と巨人の誕生から滅びの日までの壮大な物語を、簡潔直截な語り口で再話したものとして定評がある。写実的な挿絵も劇的な雰囲気を盛りあげるが、訳文はやや力強さに欠ける。

●北欧神話（岩波少年文庫）

パードリック・コラム作　尾崎義訳
ウィリー・ポガニーさし絵
岩波書店　1996年　314p　18×12　＊上〜

世界の始まりから、神々のたそがれまでを、アイルランドからアメリカに移住した詩人・劇作家が、子ども向けに再話した。北方の荒々しい風土を反映しているが、あまりに荒々しいところは控えめに描写している。人気絵本作家による挿絵は、洒落た味わい。1955年初版のタイトルは『オージンの子ら』。

ギリシア・ローマ神話

●ギリシア神話（世界児童文学全集）

石井桃子編　富山妙子さしえ
あかね書房　1967年　336p　23×16　＊中〜
→のら書店　2000年

数々の神話の中で最も美しく、面白いといわれるギリシア・ローマ神話。小アジアの民族が豊かな想像力によって生みだした詩歌や工芸品は、その後ヨーロッパ文明に大きな影響を及ぼした。本書は英米の少年少女向きの本をもとに、「プロメテウスの火」「パンドラ」「ミダス王」など、オリュンポス山にすむゼウスをはじめとする神々の物語24編と、ホメーロスの叙事詩からの「トロイア戦争」ほか1編を収録。平明で格調ある再話で、挿絵もよい。導入の解説や巻末索引も役に立つ。

●ギリシアの神々の物語

ロジャー・ランスリン・グリーン著
山本まつよ訳　矢野ゆたか絵
子ども文庫の会　1996年　260p　19×13　＊上〜

英国の児童文学者による子ども向けの再話。アポロン、プロメテウス、ヘラクレスなどの冒険物語を中心にした19章。「神々の出現」から「巨人族との戦い」までを大きな流れに沿ってまとめた。神々の関係や事件のつながりがわかり、なじみのない子でも読みやすい。

●ギリシア・ローマ神話　上・下
（岩波少年文庫）

トマス・ブルフィンチ作　野上彌生子訳
岩波書店　1954年　上246p，下214p　18×12
＊上〜

古代ギリシアからローマへと受けつがれた神々の物語を解説した19世紀アメリカの神話学者の著書から、訳者が子ども向けの話を選んだ。エロスと美しい王女プシュケの愛の物語、ヘラクレスやペルセウスの冒険談を上

神話・古典文学

巻に、下巻にはホメロスの叙事詩「イリアス」「オデュッセイア」をもとにしたトロイア戦争の物語などを収める。文章は簡潔だが、内容はかなり高度。美術品の図版多数。

●ホメーロスのイーリアス物語

ホメーロス［原作］
バーバラ・レオニ・ピカード 作　高杉一郎 訳
ジョーン・キデル＝マンロー さし絵
岩波書店　1970年　310p　23×16　＊中学

ギリシア最古の長編叙事詩を、英作家が少年少女のために、散文の形に再話したもの。トロイア戦争末期、英雄アキレウスは総指揮官に逆らい戦線を離脱するが、盟友の戦死を機に復讐の戦いへ。アキレウスの怒りを中心に劇的に構成され、数々の英雄の性格や行動が、くっきりと描かれている。前後に戦争の経緯についての解説を付す。本書と対をなす、『**ホメーロスのオデュッセイア物語**』は、トロイア戦争後、故郷へ向かったイタケー島の王オデュッセウスの波瀾に満ちた航海と、王はすでに死んだものとして、王妃に言い寄っていた無礼な求婚者たちへの復讐を描く。しっかりと組み立てられた筋、真実味のある人物像、叙事詩ならではの直截でテンポの速い語り口と、面白い物語の要素をすべて備えた古典中の古典。古代ギリシア風の挿絵が美しい。

イソップ寓話

●イソップのお話 （岩波少年文庫）

河野 与一 編訳　稗田 一穂 さし絵
岩波書店　1955年　345, 11p　18×12　＊中〜

イソップのお話は、古い昔から寓話の典型とされている。寓話は、人生経験を積まないと、奥の意味をくみとれない場合があるので、幼い子には向かないが、この本の中には、「ウサギとカメ」や「北風と太陽」のように、話の面白さが、素直に子どもの中に入っていくものも多い。本書は信頼のおけるギリシャ語のテキストからの翻訳で、少年少女向きに300の話が選んである。訳文はよくこなれた日本語として定評があり、巻末には、ギリシャの奴隷だったといわれるイソップについて、諸説を紹介したよい解説・索引がついている。

アーサー王物語

●アーサー王と円卓の騎士
（福音館古典童話シリーズ）

シドニー・ラニア 編　石井 正之助 訳
N・C・ワイス 画
福音館書店　1972年　428, 34p　21×17
＊上〜

15世紀に英国のサー・トマス・マロリーが散文で一代記の形にした『アーサー王の死』を、米国の詩人が少年向きに簡潔にまとめたもの。マーリンらの魔術の妖しさ、王妃や騎士の世界の華やかさは読者の想像を駆りたてる。古雅で華麗な文体を生かしてあり、上の年齢の子に向く。ワイスの写実的な挿絵も格調高い。

神話・古典文学

●アーサー王物語 (岩波少年文庫)

ロウジャー・ランスリン・グリーン 編
厨川文夫 訳　L・ライニガー さし絵
岩波書店　1957年　310p　18×12　＊上〜

5〜6世紀に実在したというブリトン人将軍の武勇が語りつがれ、騎士道の理想の君主として流布した英雄譚。アーサー王の剣の伝説に始まり、彼に仕えた円卓の騎士たちの華麗な活躍や、彼の王国ログレスの終焉を語る。ヨーロッパ中世のいくつかの文学作品をもとに、英国の児童文学者が若者向けに読みやすい物語にした。本書は、原作23話のうち、16話を選び訳出。影絵アニメーションの先駆者による版画風の挿絵が味わい深い。

●ロビン・フッドのゆかいな冒険

ハワード・パイル 作・さし絵
村山知義，村山亜土 訳
岩波書店　1971年　310p　23×16　＊上〜

イギリスの伝説的英雄ロビン・フッドの物語。13世紀頃、英国各地でうたわれたバラードや小さな物語本をもとに、アメリカの挿絵画家であり、物語作家でもあるパイルがまとめたもの。森役人にそそのかされて王様のシカを射殺し、おたずね者となったロビンのもとに、"小人のジョーン"と呼ばれる大男をはじめ、頼もしい仲間が集まってくる。物語は、ロビンとその一党が、シャーウッドの森を根城に、ノッチンガムの郡長や大貴族、金持ち相手にくり広げる冒険の数々を、華やかな、調子のよい文体で描き出す。装飾的な枠取りをした古典的雰囲気の挿絵や、訳者による書き文字が美しい。数あるロビン・フッド物の中でも出色の作。初版は、1951年刊岩波少年文庫。

「ロビン・フッドのゆかいな冒険」より

詩

ある言葉は耳に快く響きますし、口にすると舌に感じのよいものです。またある言葉は魔力をもち、心を神秘感(ワンダー)でみたします。
マジックとミュージック、これが最良の詩にはふたつながら具わっています。そしてそれが一緒になって、詩の特別な悦びを私たちに授けてくれます。

ハーバート・リード　This way delight
瀬田貞二訳『幼い子の文学』より

あ行

●いしがき りん　　石垣 りん

●宇宙の片隅で――石垣りん詩集

石垣 りん著　水内 喜久雄 選・著　伊藤 香澄絵
理論社　2004年　126p　21×16　＊中学～

多くの詩集を編纂してきた編著者が、「表札」で知られる詩人（1920～2004）の作品より選んだ34編。日々のいのちを言葉に変えて編んだという詩から、日常に潜むユーモアや残酷も自然に伝わる。書名は「私たち／宇宙の片隅で　輪になって／たったひとつの　井戸を囲んで／暮らします」（太陽のほとり）から。

●いしかわ たくぼく　　石川 啄木

●啄木のうた

石川 啄木［著］　城 侑編　川田 幹 装画
童心社　1971年　94p　21×19　＊中学～

啄木は感傷的で薄幸な詩人というイメージをもたれがちだが、編者は、啄木の歌はさめているのであって弱いものではないと考え、『一握の砂』『悲しき玩具』より短歌187首、第二詩集『呼子と口笛』より詩12編を選んだ。そこからは、繊細だが、図太くもあり、情熱的であり続けた姿が見えてくる。他社からも子ども向けに歌集が刊行されているが、赤黒2色使いの挿絵と装丁も美しい本書を薦めたい。

●いちかわ のりこ　　市河 紀子

●草にすわる

市河 紀子 選詩　保手濱 拓絵
理論社　2012年　95p　18×14　＊上～

「わたしのまちがいだった／わたしの　まちがいだった／こうして　草にすわれば　それがわかる」という八木重吉の表題詩や、それに呼応して詠まれた谷川俊太郎の「間違い」をはじめ、井上ひさし、まど・みちお等18人の37編を収めたアンソロジー。対をなす『やさしいけしき』も同時刊行。いずれも柔らかな線画が添えられた美しい本の装丁、静かな佇まいに詩人の言葉が生きる。選者は児童書の編集者で、新聞の詩のコラムも担当。

●いとう えいじ　　伊藤 英治

●日本一みじかい詩の本

伊藤 英治編　吉川 民仁画
岩崎書店　2003年　142p　20×14　＊中学～

明治から昭和の詩人62人による1行詩集。「まっすぐな一本の決心」（はたちよしこ・白葱）、「わがねがふところを月輪も知らぬ」（佐藤春夫・孤寂）など、見開きに1編の詩を配し、古代紫に色づけされた抽象的な墨絵と広い余白で、詩の世界を広げる美しい装丁。

●いばらぎ のりこ　　茨木 のり子

●おーいぽぽんた
――声で読む日本の詩歌166

茨木 のり子 ほか編　柚木 沙弥郎画
福音館書店　2001年　194p　24×16　＊上～

万葉集から現代まで、詩、短歌、俳句を166編収載。連綿と流れてきた日本人の死生観、美意識、細やかな感性が伝わる。多少難しく

とも、声に出して美しい調べにふれてほしい。付録の解説「俳句・短歌鑑賞」(大岡信著)は、平易な文章でその世界に近づけてくれる。

● 落ちこぼれ——茨木のり子詩集

茨木のり子著　水内喜久雄選・著
はたこうしろう絵
理論社　2004年　127p　21×16　＊中学〜

「落ちこぼれ／和菓子の名につけたいようなやさしさ」と、いわゆる落ちこぼれを逆の発想でとらえた表題作、戦時中の青春の詩「わたしが一番きれいだったとき」など33編。平明なことばで人間を洞察し、いとおしみ、また不条理をはねかえす強い意志が潔い。

● うちだ りさこ　　内田 莉莎子

● ロシアのわらべうた

内田 莉莎子[編訳]　丸木 俊絵
架空社　2006年　64p　19×16　＊幼〜

「おんどりどん」「ふゆよ ようこそ！」等ロシアで親しまれてきた童謡や民謡28編を収録。12編は楽譜付。子守うたや動物が主人公の素朴なうたが多く、リズミカルな訳とのびやかな絵がその味わいを伝える。1969年さ・え・ら書房刊の大型絵本を小型にした新装版。

● おおおか まこと　　大岡 信

● 声でたのしむ美しい日本の詩
　——近・現代詩篇

大岡信, 谷川俊太郎 編　安野 光雅 カット
岩波書店　1990年　194p　20×14　＊中学

日本の詩歌の中から、声に出して読まれることを考えて作品を選び編んだアンソロジー。明治以降の詩72編を収めた本書と、万葉集から現代までの作品346編を収めた『声でた

のしむ美しい日本の詩——和歌・俳句篇』がある。ゆったりした紙面で、漢字にはルビをふり、短い解説をつけるなど行き届いた編集。装丁も洗練されている。家族で楽しめる本。

● 星の林に月の船
　——声で楽しむ和歌・俳句
（岩波少年文庫）

大岡 信編　柴田 美佳さし絵
岩波書店　2005年　222, 8p　18×12　＊上〜

「天の海に 雲の波立ち 月の船 星の林に 漕ぎ隠る見ゆ」(柿本人麻呂)など、古代から現代まで、千数百年間、詠まれてきた和歌や俳句から、親しみやすい194作を選び、時代にそって配列した。簡潔な鑑賞の手引きで、ことばのもつ美しさと力が浮かびあがる。

● おか まさふみ　　岡 真史

● ぼくは12歳——岡真史詩集

岡真史[著]　高史明, 岡百合子 編
筑摩書房　1976年　184p　20×16　＊中学

作者は作家・高史明の息子で、12歳で自死した。彼の詩帖は「悲の証しであるとともに、……人のこころを教える導きの手でもあった」と、父は公開を決意。あまりに繊細で感受性が強いことの残酷さも伝わるが、その現実よりひとりの少年のことばとして味わいたい。

カメ―キタ

か 行

● **かめむら ごろう**　亀村 五郎

● こどものひろば

亀村 五郎 編　東 君平 絵
福音館書店　1983年　238p　19×15　＊幼～

「おしりって／やくにたたないね／ぶたれるだけで」(5歳)「おかあさん／へびは どこからしっぽなの？」(4歳)。子どもがぽつりともらした子どもならではの呟き200余編を集めた。無邪気な驚きが新鮮。元気な挿絵もよく合い親しみやすい本。編者は元小学校教諭。

● **かわさき ひろし**　川崎 洋

● 海があるということは
　――川崎洋詩集

川崎 洋 著　水内 喜久雄 選・著　今成 敏夫 絵
理論社　2005年　128p　21×16　＊中学

「海があるということは……ニンゲンの始源の生まれ故郷を／いつも見晴るかすことができる／ということ……」(海がある)等38編。脚本、批評など幅広い活動をした詩人(1930～2004)の、きりっとした勁さとしなやかな優しさが、静かに聞こえる。

● **きじま はじめ**　木島 始

● あわていきもののうた

木島 始 詩　梶山 俊夫 絵
晶文社　1978年　98p　22×16　＊中～

「ねこのねごと」「へびとえび」「はばかりながら はえは」など31編。いずれも現実や架空の生きものを、弾むようなことばで描きだしている。ナンセンスな語呂合わせから含蓄のある心象風景まで幅広いので、小学校中級以上に薦めたい。木版画の挿絵も味わい深い。

● **きたはら はくしゅう**　北原 白秋

● からたちの花がさいたよ
　――北原白秋童謡選

北原 白秋 作　与田 凖一 編　初山 滋 装画
岩波書店　1964年　338p　23×16　＊中～

大正から昭和にかけて活躍した詩人で、近代童謡の開拓者でもあった白秋の、1000編をこえる童謡の中から、150編を選んで収める。編者は白秋に師事した詩人。春、夏、秋、冬、および、いろいろのうた、の5種に分けている。表題の「からたちの花がさいたよ」のほか、「あめふり」「この道」など、童謡や歌曲として親しまれ、国民的財産ともなった作品や、やわらかな音の響きの美しいわらべうた風のもの、「かぐや姫」や「浦島」など昔話から着想を得たものなど、内容は多彩。自分から手を出す子は少ないが、紹介したり、読んでやったりするとよい。初山滋の挿絵も独特の味を出し、時代の雰囲気を伝える。

●くさの しんぺい　　草野 心平

●げんげと蛙

草野 心平詩　さわ・たかし編　長野ヒデ子絵
教育出版センター　1984年　143p　22×16
＊上〜

自然や"生きとし生けるもの"への愛をうたいつづけた詩人の、約60年間、1800編の作品の中から、短い詩の秀れたもの、比較的わかりやすいものを、54編選んだ。軽いタッチの挿絵には、しゃれた表情がある。編者による解説「心平の生いたちと詩の世界」を付す。

●くどう なおこ　　工藤 直子

●てつがくのライオン
　　──工藤直子少年詩集

工藤 直子著　佐野 洋子絵
理論社　1982年　142p　21×16　＊中学

猫、すすきなど身近な動植物を題材にした詩、ある瞬間の心理を鋭く写した詩、空想的な物語詩など、バラエティに富んだ内容。発想は自由で、のびのびとした広がりが感じられる詩集。飄々とした雰囲気の漂うカットも、作品に合う。日本児童文学者協会新人賞受賞作。

●のはらうた　1

くどう なおこ作　島田 光雄画
童話屋　1984年　158p　16×11　＊初〜

のはらの住人──風や池、虫や動植物たちのうたを著者が書きとめた、という詩集。「さんぽをしながら／ぼくは　しっぽに　よびかける／『おおい　げんきかあ』／すると　むこうの　くさむらから／しっぽが　ハキハキへんじをする／『げんき　ぴんぴん！』／ぼくは　あんしんして／さんぽを　つづける」。これは、へびいちのすけの「あいさつ」という詩。他にけやきだいさくの「いのち」、お

がわはやとの「うみへ」など52編。いずれにも、小さな自然をいとおしむ著者の温かい眼差しとユーモアが感じられる。カットや装丁も美しく、しゃれた造りの小型本。続巻も。

●こくどしゃ へんしゅうぶ
　　　　国土社編集部

●とんぼのめがね──戦後名作選 1

国土社編集部編　小林 与志絵
国土社　1976年　78p　21×19　＊初〜

「とんぼのめがねは／水いろめがね…」「ぶんぶんぶん／はちがとぶ…」「すうじの1はなーに／こうばのえんとつ…」など、だれでも一度はうたったことのある日本の童謡38編を収めた詩集。巻末に、作者27名の紹介がのっている。すっきりしたカットが美しい。

●こばやし えみこ　　小林 衛己子

●あかちゃんとお母さんの
　　あそびうたえほん

小林 衛己子編　大島 妙子絵
のら書店　1998年　39p　19×14　＊幼〜

「めんめんすーすー……」と唱えながら子どもの目元や鼻をさわる「あそびうた」。ごく幼い子向きの21編を選び、遊び方がわかるかわいいさし絵をつけた小型本。編者は長年わらべうたの実践をしてきた保育者。遊び方の説明も丁寧で、初めてでも親子で楽しめる。続く『子どもとお母さんのあそびうたえほん』(2000年) は、3〜5歳児向きのわらべうた15編を紹介。シコを踏み「ちびすけどっこい　はだかでこい」、手をさわって「ここはてっくびてのひら」など、すぐやってみたくなる。

●**こばやし じゅんいち**　小林 純一

●**みつばちぶんぶん**

小林純一詩　鈴木義治絵
国土社　1975年　78p　21×19　＊初〜

表題の童謡「みつばちぶんぶん」ほか36編を集める。当り前だと思っていたことを違う角度から見てみると、思わぬ発見があることを知らせる詞が多い。「ぼくって　いったい何だろう……ぼくの見ている　バラがある……ぼくが無ければ　バラはない」というように。

の洒落たカットが豊富に入った小型本。

●**サトウ ハチロー**

●**とんとんともだち**

サトウハチロー詩　こさかしげる絵
国土社　1975年　78p　21×19　＊初〜

「リンゴのうた」等の歌謡曲、「ちいさい秋みつけた」「べこの子うしの子」などの童謡を生み、一世を風靡した詩人（1903〜1973）の童謡39編が収められている。不良少年だった詩人の中に秘められていた子どもの心が素直に表れている。赤黒2色の切り絵風の挿絵。

さ行

●**さかた ひろお**　阪田 寛夫

●**サッちゃん**

阪田寛夫詩　和田誠絵
国土社　1975年　78p　21×19　＊初〜

1959年の初出以来、今も親しまれている「サッちゃん」ほか、「おなかのへるうた」、「夕日がせなかをおしてくる」など童謡36編を収める。子どもたちの日常のひとこまを、子どもの話しことばを生かしておおらかにとらえる。ユーモア漂う挿絵も魅力を添えている。

●**てんとうむし**

阪田寛夫作　島田光雄画
童話屋　1988年　158p　16×11　＊中〜

表題作の他、「練習問題」「ばんがれ まーち」「熊にまたがり」など42編。著者の6冊の詩集から選んだアンソロジー。いずれにも豊かな感性があふれ、そこにはシャイだが、しっかりと自分の目をもつ詩人がいる。筆描き

●**さとう よしみ**　佐藤 義美

●**ともだちシンフォニー**
　　──佐藤義美童謡集

佐藤義美著　稗田宰子選　高畠純挿絵
JULA出版局　1990年　167p　18×14　＊中〜

"今"に生きる子どものため、躍動感あふれる詩を創りつづけた詩人の全作品から、53編を選んで収める。おなじみの可愛い童謡「いぬのおまわりさん」や「グッバイ」。ことばあそびが楽しい「かなかなぜみ」、繊細な感覚の光る「月の中」など。カット、装丁も美しい。

●**さなだ きくよ**　真田 亀久代

●**まいごのひと**──真田亀久代詩集

真田亀久代著　こばやしのりこ絵
かど創房　1992年　88p　23×16　＊上〜

「コップ／お水をつぎますよ／いいですか……」身近な題材を、五感をくすぐる言葉であらわした「コップのうた」、幼い頃暮した韓国の思い出の「おきなぐさ」、中国残留孤児

のかなしさをうたった「まいごのひと」等27編。いずれも感性の柔らかさの光る清新な作品。

●しまだ ようこ　　島田 陽子

●ほんまにほんま
——大阪弁のうた二人集

島田陽子，畑中圭一 著　島田順子 カット
サンリード　1981年　90p　22×19　＊中～

「ほんまに　ほんまやで／さいぜんまでは　でけたんや／けあがり　それに／さかあがり」（畑中・ほんまやで）。主に季刊誌「こどものうた」に発表した大阪弁の詩（島田18編、畑中20編）を収載。方言のもつ大らかなリズムにのせた気持ちが子どもにも響くようだ。

●しんかわ かずえ　　新川 和江

●翼あるうた——日本女流詩集

新川和江 編　堀文子 装画
童心社　1971年　94p　21×19　＊中学～

明治から現代に至る、女性詩人16人の作品39編を、年代順に配したアンソロジー。与謝野晶子、深尾須磨子、竹内てるよ、林芙美子、戦後では、白石かずこ、吉行理恵らの作品が収められている。「君死にたもうことなかれ」に始まる1編1編の詩は、女性ならではの力強さ、直截さ、また繊細な美しさをもった、味わい深いもの。中学生以上、幅広い年齢の読者に薦めたい。明治以降、近代的自我を開花させてきた日本女性の精神史を、全体から汲みとってほしいという編集意図。その思いがまっすぐに伝わる、ユニークな1冊。墨絵風の落ちついた挿画と装丁が美しい。

●すぎやま あきら　　杉山 亮

●お江戸はやくちことば

杉山亮 文　藤枝リュウジ 絵
カワイ出版　1998年　31p　22×19　＊初～

「お綾や、親におあやまり！」「ひき抜きやすい釘ひき抜く釘抜き…」江戸時代から伝わる早口ことばにひねりの利いた新作を加えた15編を収録。肉太の活字と厚塗りの絵で江戸らしさを粋に再現、視覚的にも楽しめることば遊びの本。続く『お江戸決まり文句』（2000年）では、歌舞伎や時代劇の名セリフ18句を紹介。先生に用事を頼まれたら「おっと合点承知でぃ」、怒られたら「トホホ。バッテン承知でぃ」。覚えて使ってほしいという著者の現代的な解釈と応用が愉快。『お江戸なぞなぞあそび』（2001年）には、「上は大水、下は大火事なあに？」など14のなぞなぞを掲載。一つひとつに切れ味のよい解説がつく。

た行

●たにかわ しゅんたろう
谷川 俊太郎

●遊びの詩（詩のおくりもの）
谷川 俊太郎 編
筑摩書房　1981年　156p　20×14　＊中学〜

「あそびこそ尊とかりけれ……」という北原白秋の詩にはじまり、日本や世界各地の伝承うた、筒井康隆やヨーコ・オノらの現代詩など、古今東西の遊びに関連する詩を集めた。ナンセンス詩、なぞなぞ、数えうた等々、さまざまな角度から、遊びにみちたことばの世界を見せてくれる。「愛」「青春」などテーマ別の詩集シリーズ全7巻の1冊。

●ことばあそびうた
谷川俊太郎 詩　瀬川康男 絵
福音館書店　1973年　35p　23×14　＊幼〜

「かっぱかっぱらった／かっぱらっぱかっぱらった／とってちってた」と促音の面白味を最大限に生かした「かっぱ」や、「はなののののはな／はなのななあに／なぞななのはな／なもないのばな」と同音の重なりで美しい野の広がりを想起させる「ののはな」など、15編の詩を収める。いずれも日本語のリズムと響きを地に、語呂合わせの面白さをふんだんに組みこんだナンセンスな詩で、他に類をみない。内容にふさわしい様式的な絵と、凝ったレイアウト。文にも絵にも、特に子どもを意識した甘さはないが、数あることば遊び絵本の中でも抜群の人気がある。くりかえし声に出して読んでやれば、幼い子から楽しめる。続編は『ことばあそびうた・また』。

●誰もしらない
谷川俊太郎 詩　杉浦範茂 絵
国土社　1976年　78p　21×19　＊初〜

「……誰もしらない　ここだけのはなし」と思わず口ずさみたくなる表題作（中田喜直作曲）をはじめ、詩人が1950〜70年代に書いた童謡等33編を集めた。「うそだうそだ　うそなんだ」「宇宙船ペペペペランと弱虫ロン」など、斬新な発想が光る詩は、今も新鮮。

●どきん──谷川俊太郎少年詩集
谷川俊太郎 著　和田誠 絵
理論社　1983年　142p　21×16　＊上〜

「いしっころ」「うんこ」等、身近な題材を扱ったもの、「海の駅」「おかあさん」等の心理的なもの、「うしのうしろに」「あいうえおうた」等、ことば遊び風のものと3章に分け、53編を収録。平易な口調でのびのびとうたわれた詩に、単純な線の絵がよく合っている。

●マザー・グースのうた　1〜5
谷川俊太郎 訳　堀内誠一 画
草思社　1975〜1976年　62〜63p　22×16　＊中〜

「ひねくれおとこがおりまして　ひねくれみちをあるいてた」「ロンドンばしがおっこちる　おっこちるったら　おっこちる」英語圏の人々の心象に深く息づく伝承童謡177編を、

詩人が親しみやすい日本語に訳し、5分冊にまとめた。1編ずつに付いている挿絵も、異国情緒をとらえている。巻末には原詩全文も紹介。後に106編を選び小型の3分冊で再刊。

●みみをすます
谷川俊太郎 著　柳生弦一郎 絵
福音館書店　1982年　182p　21×20　＊中～

昨日の雨だれ、百年前の百姓のしゃっくり、あらゆる音に「みみをすます」表題作。他に人の一生を語る「ぼく」、ホームレスの姿を描く「そのおとこ」等6編。いずれも人間の生の根源を鋭く見つめる。児童画風の人物画が多数挿入され、詩の雰囲気を高めている。

●よりぬきマザーグース
（岩波少年文庫）
谷川俊太郎 訳　鷲津名都江 編
岩波書店　2000年　166,42p　18×12　＊中～

「ロンドンばしが　おっこちる」「きらきらちいさなおほしさま」などよく知られた英国の伝承童謡50編を「あそびのうた」「ぐさっとくるうた」など6つに分けて収録。原詩併記。挿絵は18～19世紀の英国の木版画。巻末の編者による解説で詩の背景がわかり面白い。

●わらべうた　上・下
谷川俊太郎 編　堀内誠一 画
冨山房　上1982年，下1983年　各47p
23×16　＊幼～

「このこのかわいさ　かぎりなし　てんにたとえて　ほしのかず……」などの子守うた、「ひとつ　ひとやのぼっちゃんが　ふたつふたやへもらわれて……」などの数えうた、「ことしのぼたんは　よいぼたん……」などの遊びうた、それになぞなぞ、早口ことば……。谷川氏が北原白秋編の『日本伝承童謡集成』から選んだ約90編。声に出して読むと、日本語の音の響きの楽しさと美しさ、イメージの豊かさに、改めて感心させられるだろう。日本的情緒とモダンな感覚が一体となった絵には新鮮な魅力があり、子どもをひきつける。わらべうたを現代に生かそうと試みる詩人と画家コンビによる作品。

●デ・ラ・メア，ウォルター

●孔雀のパイ――詩集
ウォルター・デ・ラ・メア 詩　まさきるりこ 訳
エドワード・アーディゾーニ 絵
瑞雲舎　1997年　158p　23×16　＊中学

英国の詩人による子どものための詩集。月光や静けさをうたった幻想的なもの、子どもの何気ない日常を切りとったもの等、繊細な感受性と洞察力を感じさせる82編。丁寧な訳文とペンの挿画が雰囲気をとらえる。茶色の活字で大人びた造本。原題による索引付。

な・は行

●なかむら みのる　中村稔

●ひとりで読もう
中村稔 編　奥勝實 画
岩波書店　2001年　191,5p　21×16　＊上～

山村暮鳥「風景」、高村光太郎「ぼろぼろな駝鳥」、島崎藤村「初恋」など、詩史に残る79編を、四季、動物、生と死、愛などの6つに分け収載。詩人の心の叫びとともに、ことばのもつ力、日本語の美しさが立ちあがる。若い読者が、日本の近現代詩と出会う入り口に。

●にほんこうくう こうほうぶ
　　　日本航空広報部
●俳句の国の天使たち

日本航空広報部 編　水野 あきら 俳句選
ジャック・スタム 英訳　田沼 武能 写真
関口 コオ きり絵
あすか書房　1988年　118p　25×22　＊中〜

俳句を世界共通の短詩ハイクに、という意図で編んだユニークな俳句集。幼稚園児から中学生までの日本の子どもたちが詠んだ句約400点（内90点は英訳付）に、様々な国の子どもの写真を配している。「せのびして春を知らせる温度計」「セロテープぐったりしている八月だ」「サイダーの泡ことごとく反抗期」。いずれの句も子どもらしい感覚を自分のことばでストレートに表現。堅苦しいきまりにとらわれない作品は、のびのびとして新鮮だ。写真は子どもたちの一瞬の表情をよくとらえ、写真集としても楽しめる。幅広い層に。

●はいたに けんじろう
　　　灰谷 健次郎
●たいようのおなら──児童詩集

灰谷 健次郎 ほか編　長 新太 絵
サンリード　1980年　102p　23×19　＊初〜

「たいようがおならをしたので／ちきゅうがふっとびました……」という表題作など、幼児から8歳までの子どもの詩75編。身近な事柄が、見たまま感じたまま、のびのび表現される。余白にゆったり配された挿画もしゃれている。のら書店から小型化して新装再刊。

●はせ みつこ　　波瀬 満子
●しゃべる詩あそぶ詩きこえる詩

はせみつこ 編　飯野 和好 絵
冨山房　1995年　159p　23×16　＊中〜

舞台やテレビで"ことばパフォーマンス"をつづけてきた編者によるアンソロジー。まど・みちお、谷川俊太郎ら35人の詩人の作品から57編を収録する。ことばあそびやナンセンスなど、声に出して読むことで詩の面白さを体感できる。続編に、『みえる詩あそぶ詩きこえる詩』（1997年）の他1冊。

●はたなか けいいち
　　　畑中 圭一
●すかたんマーチ──畑中圭一詩集

畑中 圭一 詩　本信 公久 絵
らくだ出版　1985年　79p　21×16　＊中〜

「シャッポ／ちょっと／とって／バット／ふって／ヒット……」など、現代の子どものことばの感覚を生かしたことば遊び、語呂合わせの楽しさが味わえる。大阪弁を交えた詩も面白い。ペン画に緑のアクセントをつけたカットもとぼけた雰囲気を出している。

ま行

●まつおか きょうこ
松岡 享子

●それほんとう？
松岡 享子さく　長新太え
福音館書店　1973年　128p　20×14　＊初～

「あめりかうまれの／ありのありすさんが／あるあきの／あかるいあめのあさ……」といった具合に、頭に同じ字のつくことばを並べて作ったナンセンスな詩44編。いっこくもののいかが、いじっぱりのいそぎんちゃくといさかいを起こしたり、のっぽののるうえーじんがのいろーぜになったりと、思いがけないことばの組み合わせから、途方もないほら話の世界が広がる。長いものは4ページにもわたって同じ音がたたみかけてくるが、その徹底したナンセンスぶりには、子どももおとなも笑いながら「それ　ほんとう？」とききかえさずにはいられない。ことば遊びの面白さを満喫させてくれるユニークな本。赤と緑、2色のクレヨンの愉快な線画。判型と一部のことばを改めたソフトカバーの新装版も。

●まど・みちお

●くまさん
まど・みちお作　島田光雄画
童話屋　1989年　158p　16×11　＊中～

冬眠から目覚めて、自分がくまだと思いだすくまさん、うさぎに生まれてうれしいうさぎ、枝をはなれて地面に辿りついた、さくらの花びら。みんな、何ものにも代えがたい存在であると気づかせてくれる52編。他社刊の詩集から編集部が選んだ。小ぶりの美しい装丁。

●ぞうさん
まど・みちお詩　東 貞美絵
国土社　1975年　78p　21×19　＊初～

童謡として歌われた48編を集めた。「ポケットのなかには／ビスケットがひとつ／ポケットをたたくと……」という「ふしぎなポケット」や、「ぞうさん」「やぎさん　ゆうびん」など、お馴染みのものも多い。ことばのリズムと、子どもの心をもった表現が心地よい。

●つぶつぶうた（まどさんの詩の本）
まど・みちお著　伊藤英治編　長新太絵
理論社　1994年　94p　19×14　＊初～

「おふろあがり」（ニンジン）「さんぱつはきらい」（ケムシ）など、余白たっぷりの見開きページに、けしつぶのようなごく短い詩が1編、しゃれた絵と共に置かれる。まくら、ちゃわんといった身近なものが、まったく新しく見える。同シリーズ『にほんご にこにこ』では、ことば遊びの詩が集められている。

●てんぷらぴりぴり
まど・みちお著　杉田豊画
大日本図書　1968年　58p　22×19　＊中～

秋のにおい、シソの実の天ぷらをあげるお母さんをうたった表題詩のほか、「クジャク」「シマウマ」「二本足のノミ」「つけもののおもし」「地球の用事」など29編。「つぼを　見ていると／しらぬまに／つぼの　ぶんまで／いきを　している」（つぼ）のように、身のまわりの事物を清新な感覚でとらえ、すべてのものの中に息づく命をうたった作品が多い。日常的な素材が、詩人の目を通るとどう変わるか、子どもにも深い印象を与えるだろう。リズムの快さ、ことばの響きの面白さを感じさせる詩も多いので、読んで聞かせるのもよい。

マト—ヤキ

● どうぶつたち——THE ANIMALS

まど・みちお詩　美智子選・訳　安野光雅絵
すえもりブックス　1992年　47p　27×21　＊中～

国際アンデルセン賞の候補として、まど氏を海外に紹介するという企画から生まれた本。「いいけしき」「ヤマバト」など、生き物や自然をうたった20編とその英訳を、見開き左右に収めた。詩の心をよくつかんだ訳と、内容に合った装丁。ていねいな本造りも魅力。

● まめつぶうた
　　——まど・みちお少年詩集

まど・みちお作　赤坂三好え
理論社　1973年　158p　23×19　＊中～

「途方もない宇宙の前では、何も知らない小さな子ども」であるという詩人が「私の『不思議がり』を集めたようなもの」という110余編。小さいツメクサ、シソの茎の四角、ページの中でつぶれた蚊……。身近な存在への、驚きと愛おしさがあふれた初期の自選詩集。

● みき たく　　三木 卓

● 詩の玉手箱

三木卓編・解説　柚木沙弥郎絵
いそっぷ社　2008年　238p　19×14　＊中学～

中原中也、W・ブレイク、萩原朔太郎、岡真史等51人の詩を1編ずつ選び、4月から3月まで月ごとにまとめて紹介。詩人である編者の感性が光る選詩、各々に付された解説は易しいことばながら鋭くその詩と詩人の本質を突く。若者向の新聞連載稿が基。絵も合う。

● むろう さいせい　　室生 犀星

● 動物のうた

室生犀星著　須田寿画
大日本図書　1967年　78p　22×20　＊中～

室生犀星が子どものために、身近な動物をうたった詩33編。室生朝子氏のあとがきによれば、1943年に『動物詩集』と題して刊行されたものだが、口語を使った簡潔な詩ばかりで、今読んでも古さを感じさせない。四季に分けて、春はチョウ、スズメ、タニシ、夏はカブトムシ、ホタル、金魚、秋はカマキリ、イナゴ、モズ、冬にフナ、クマ、ウサギなど、日常子どもの目にふれやすい生きものがうたわれている。生きているものの命を、何より大切に思う著者の気持ちが、そのままにじみ出た素朴な詩ばかりなので、特に詩が好きな子でなくても、だれにでも楽しめる。

や・ら行

● やぎ じゅうきち　　八木 重吉

● こころのうた——詩集

八木重吉ほか詩　初山滋装画
童心社　1967年　94p　21×19　＊上～

大正から昭和初期の代表的な14人の詩人の抒情詩50編を収録。八木重吉の「静かな焔」など11編の詩に始まり、山村暮鳥、立原道造、三好達治、萩原朔太郎……とつづく。中原中也の「汚れっちまった悲しみに」、高村光太郎の「レモン哀歌」、宮沢賢治の「永訣の朝」など、有名な作品も多い。小学校上級でも親しめるものから、かなり大人っぽいものまで様々だが、いずれも若々しい抒情にあふれ、

読者の心にしみ通る。巻末に、堀尾青史氏の気持ちのゆき届いた解説。レイアウトも、装画も、詩の息づかいを巧みに引きだしている。

●よしの ひろし　吉野 弘

●素直な疑問符──吉野弘詩集

吉野弘著　水内喜久雄選・著　葉祥明画
理論社　2004年　118p　21×16　＊中学～

「小鳥に声をかけてみた／小鳥は不思議そうに首をかしげた。……意味不明な訪れに／私もまた／素直にかしぐ、小鳥の首でありたい。」(表題作)など34編。ともすれば見逃しがちな身の回りの自然や言葉をみつめ、自分の心に問いかける。人への暖かさが伝わる。

●ルイス，リチャード

●春の日や庭に雀の砂あひて
　　──E. J. キーツの俳句絵本

リチャード・ルイス編　いぬいゆみこ訳
エズラ・ジャック・キーツ絵
偕成社　1999年　31p　28×21　＊中～

一茶や蕪村、子規ら十余人の23句を原文と英文で収録した絵本。鬼貫の表題句は A day of spring ; In the garden, Sparrows bathing in the sand. 米国の絵本作家による情感溢れるコラージュは日本的な美を突きぬけ、季節を内包した俳句の世界を見事に再現している。

索引

この索引は、本リストに収録した図書全点の書名、
人名（作者、訳者、編者、画家）および件名の索引です。

索引の見方

1. 書名索引と人名索引は、それぞれの項で 50 音順に配列しました。
   件名索引については、249 ページの「件名索引利用の手引き」をご参照ください。

2. 助詞の「は」「へ」「を」は、表記のとおり配列しました。
   （例）「子どもは…」→発音はコドモワだが、表記どおり「コドモハ」の位置に配列。

3. 長音、濁音、半濁音は無視しました。ァ、ィ、ェ、ッ、ャ、ュ、ョなどは、大きい表記と同列に配列しました。
   （例）「マッキー」→「まつき」、「ヴァインライヒ」→「うあいんらいひ」

4. 複数の作品がある著者で、名前の表記が数とおりある場合、および中国・韓国人名の読みは、（ ）の中に表記しました。
   （例）松岡 享子（まつおか きょうこ）、肖 甘牛（シャオ カンニュウ）

5. カタカナ表記の人名は、姓と名を明確にするため、次のように表記しました。
   ・本における表記が「名・姓」の場合は、「姓, 名」
   　（例）ミヒャエル・エンデ→エンデ, ミヒャエル
   ・本における表記が「姓・名」の場合は、「姓 名」
   　（例）イ・オクベ→イ オクベ

6. 末尾の数字は収載ページを示しています。
   （例）……………………………91, 122

書名索引

あ

合言葉は手ぶくろの片っぽ 52
合言葉はフリンドル！ 61
愛について 155
アイヌ童話集 171
愛の旅だち 155
アウトサイダーズ 151
青いイルカの島 52
青い鳥 101
青いひれ 68
青さぎ牧場 154
赤鬼エティン 168
赤毛のアン 102
あかちゃんとお母さんのあそびうたえほん
.... 201
赤ちゃんをほしがったお人形 17
悪魔の物語 85
アーサー王と円卓の騎士 195
アーサー王物語 196
朝びらき丸東の海へ 109
アジアの昔話1～6 171
アジアの笑いばなし 172
足音がやってくる 160
あしながおじさん 119
あしのささやき号 88
遊びの詩 204
あたまをつかった小さなおばあさん 31
穴 134
アナグマと暮した少年 121
あの犬が好き 59
あのころはフリードリヒがいた 163
あの年の春は早くきた 145
あのね、わたしのたからものはね 38
アーノルドのはげしい夏 140
アバラーのぼうけん 58
あめがふってくりゃ 37
雨のち晴 168
アメリカ童話集 186
アメリカのむかし話 186
あやつられた学校 61
アライグマ博士 河をくだる 86
あらしのあと 104
あらしの前 104
アラビア物語1・3 175
アラビア物語2・4 176
アラビアン・ナイト 191
アラビアン・ナイト 上・下 191
アリスティードの夏休み 75
アリスの見習い物語 127
ある小馬裁判の記 122
アルフレッド王の勝利 157
アルフレッド王の戦い 157
アレックと幸運のボート 57
あわてきもののうた 200
アンデスの秘密 128
アンの愛情 102
アンの青春 102

い

家なき子 上・中・下 99
家なき娘 上・下 99
イギリスとアイルランドの昔話 177
イギリス童話集 177
いく子の町 75
イシ 130
石切り山の人びと 141
イシスの燈台守 88
石の花 84
急げ 草原の王のもとへ 148
イソップのお話 195
いたずら小おに 77
いたずら小人プムックル 53

いたずらっ子オーチス	59
いたずらでんしゃ	21
イタリアののぞきめがね	89
イップとヤネケ	24
愛しのアビー	114
犬になった少年	43
犬の毛にご注意！	59
いばら姫	178
いやいやえん	30
イワンのばか	80
インドのむかし話	175

う

ヴァイノと白鳥ひめ	168
ヴィーチャと学校友だち	82
ウィロビー・チェースのおおかみ	48
ウィングス	91
ウォーターシップ・ダウンのうさぎたち 上・下	114
ウォートンのとんだクリスマス・イブ	18
ウサギが丘	109
ウサギどんキツネどん	186
うさぎどんきつねどん	186
ウサギの丘	109
牛追いの冬	86
宇治拾遺ものがたり	189
うそつきの天才	137
うたうカメレオン	184
宇宙の片隅で	198
馬と少年	109
海があるということは	200
海が死んだ日	135
海に育つ	116
海の王国	48
海の島	143
海のたまご	95
海の深み	143
海は知っていた	147
海へ出るつもりじゃなかった 上・下	106
海辺の王国	118
海辺のたから	90

海辺の宝もの	90
海を渡るジュリア	147
ウルフィーからの手紙	135
ウルフ・サーガ 上・下	165
運命の馬ダークリング	156
運命の騎士	134

え

SOS！　あやうし空の王さま号	18
エドガー・アラン・ポー　怪奇・探偵小説集1・2	157
エパミナンダス	168
エーミールと大どろぼう	106
エーミルとクリスマスのごちそう	107
エーミールと三人のふたご	62
エーミールと探偵たち	62
エーミールとねずみとり	107
エーミールと六十ぴきのざりがに	107
エーミルの大すきな友だち	107
エーミルはいたずらっ子	107
LSD	120
エルマーと16ぴきのりゅう	19
エルマーとりゅう	19
エルマーのぼうけん	19
えんの松原	117

お

おーいぽんた	198
黄金境への旅	147
黄金の七つの都市	122
黄金のパラオ	154
黄金のファラオ	154
王さまのアイスクリーム	25
王子とこじき	76
王女とゴブリン	97
王の帰還 上・下	143
王のしるし	134
お江戸決まり文句	203
お江戸なぞなぞあそび	203
お江戸の百太郎	80
お江戸はやくちことば	203

狼とくらした少女ジュリー	136
オオカミに冬なし	163
オオカミは歌う	147
大きい1年生と小さな2年生	34
大きいゾウと小さいゾウ	33
大きなたまご	84
大きな森の小さな家	111
大どろぼうホッツェンプロッツ	92
大どろぼうホッツェンプロッツ ふたたびあらわる	93
大どろぼうホッツェンプロッツ 三たびあらわる	93
オオバンクラブ物語 上・下	106
大昔の狩人の洞穴	146
おかあさんがいっぱい	32
おかあさんの目	42
おかえり春子	51
丘の家のセーラ	147
丘はうたう	75
小川は川へ、川は海へ	122
おきなさいフェルディナンド	63
おさるのキーコ	17
オージンの子ら	194
オズの魔法使い	83
おそうじをおぼえたがらないリスのゲルランゲ	39
オタバリの少年探偵たち	75
おたよりください	70
落ちこぼれ	199
お月さまより美しい娘	176
オッター32号機SOS	86
おっとあぶない	38
オーディンとのろわれた語り部	91
お父さんのラッパばなし	70
おとぎ草子	189
男たちの海	161
おともださにナリマ小	27
鬼と姫君物語	189
鬼と仏と人間の小さな物語	189
鬼の橋	117
おばあさんのひこうき	23
おばあちゃんのすてきなおくりもの	25
おばあちゃんはハーレーにのって	158
おばけはケーキをたべない	39
お話してよ、もうひとつ	23
お話を運んだ馬	136
おひとよしのりゅう	60
お姫さまとゴブリンの物語	97
思い出のマーニー 上・下	110
おもちゃ屋のクィロー	23
おやすみなさいトムさん	160
おやゆびトム	177
おやゆび姫	43
オルリー空港22時30分	94
おれたちゃ映画少年団	103
女海賊の島 上・下	106
オンネリとアンネリのおうち	61

か

カイウスはばかだ	46
海賊のしゅうげき	88
海底二万海里	119
怪盗ルパン	164
帰ってきたメアリー・ポピンズ	78
かえるのエルタ	30
顔のない男	158
かおるのたからもの	71
鏡の国のアリス	56
かぎのない箱	179
かぎはどこだ	24
影との戦い	164
かじ屋横丁事件	66
カスピアン王子のつのぶえ	109
風にのってきたメアリー・ポピンズ	78
風の又三郎	100
風のまにまに号の旅	88
風の妖精たち	78
風のローラースケート	43
片手いっぱいの星	135
片目のねこ	152
語りつぐ人びと――アフリカの民話	184

かっこうの木	48	きつねのスーパーマーケット	19
カッレくんの冒険	108	きつねものがたり	105
ガディおばさんのゆうれいたいじ	21	キツネ森さいばん	64
カーディとお姫さまの物語	97	キツネ森裁判	65
カナリア王子	181	キバラカと魔法の馬	184
壁のむこうから来た男	123	吸血鬼の花よめ	183
壁のむこうの街	123	旧約聖書物語	189
カマキリと月	96	きょうだいトロルのぼうけん	71
神々のたそがれ	193	きょうりゅうのきって	24
神々のとどろき	194	極北の犬トヨン	125
かみなりのちびた	36	ギリシア神話	194
かみ舟のふしぎな旅	33	ギリシア神話物語	125
かもとりごんべえ	169	ギリシアの神々の物語	194
火曜日のごちそうはヒキガエル	18	ギリシア・ローマ神話 上・下	194
からすが池の魔女	138	きりの国の王女	184
カラスだんなのおよめとり	186	キリンのいるへや	17
からすのカーさんへびたいじ	32	キルギスの青い空	114
ガラスのくつ	89	キルディー小屋のアライグマ	102
ガラス山の魔女たち	48	金色の影	125
からたちの花がさいたよ	200	銀色ラッコのなみだ	52
ガリヴァー旅行記	136	銀河鉄道の夜	100
かるいお姫さま	97	金鉱町のルーシー	127
かわうそタルカ	118	金時計	149
川へおちたたまねぎさん	37	銀のいす	109
川をくだる小人たち	83	銀のうでのオットー	83
韓国のむかし話	172	銀の枝	134
ガンバとカワウソの冒険	64	金の鍵	97
がんばれヘラクレス	21	金のがちょうのほん	177
がんばれヘンリーくん	58	銀のかんざし	173
		銀の国からの物語	187
き		銀のシギ	89
		銀のスケート	77
ギヴァー	166	銀のナイフ	140
きえた犬のえ	24	銀の馬車	115
消えたモートンとんだ大そうさく	18	金曜日うまれの子	160
きかんしゃ1414	33		
奇岩城	165	**く**	
きかんぼのちいちゃいいもうと	18		
ギターねずみ	33	くいしんぼ行進曲	18
北の巨人	187	グウェンの旅だち	147
北のはてのイービク	92	ぐうたら王とちょこまか王女	111
北の森の十二か月 上・下	70	空白の日記	165

書名	ページ
クオレ 上・下	115
草にすわる	198
くさらなかった舌	191
孔雀のパイ	205
くしゃみくしゃみ天のめぐみ	35
クッキーのおうさま	27
くまさん	207
くまの子ウーフ	19
くまのテディ・ロビンソン	40
くまのパディントン	96
クマのプーさん プー横丁にたった家	101
金剛山(クムガンサン)のトラたいじ	172
雲のはて	155
クラバート	155
くらやみ城の冒険	67
クララをいれてみんなで6人	94
クリスティーナの誘拐	145
クリスマス・キャロル	142
クリスマスの女の子	21
クリスマスのようせい	22
クリスマス物語集	80
グリックの冒険	64
グリム童話選	178
グリーン・ノウの煙突	95
グリーン・ノウのお客さま	95
グリーン・ノウの子どもたち	95
グリーン・ノウの魔女	95
クルミわりとネズミの王さま	95
くるみわり人形とねずみの王さま	95
グレイ・ラビットのおはなし	14
クレージー・バニラ	166
黒いお姫さま	178
黒い兄弟	142
黒馬物語	67
クローディアの秘密	54
くろて団は名探偵	92
黒ネコジェニーのおはなし 1・2	15
黒ネコの王子カーボネル	70
黒ねこミケシュのぼうけん	105
黒旗山のなぞ	78

け

けしつぶクッキー	20
けっこんをしたがらないリスのゲルランゲ	39
ゲットーの壁は高くて	165
月曜日に来たふしぎな子	106
ケティのはるかな旅	131
獣の奏者1・2	119
元気なポケット人形	22
元気なモファットきょうだい	49
げんげと蛙	201
肩胛骨は翼のなごり	116
けんこうだいいち	38
源氏の旗風	190
けんた・うさぎ	30
ゲンとイズミ	100
剣と絵筆	150
ゲンと不動明王	100

こ

こいぬとこねこはゆかいななかま	28
公園のメアリー・ポピンズ	78
こうさぎのあいうえお	37
コウノトリと六人の子どもたち	75
荒野の羊飼い	128
荒野の呼び声	166
声でたのしむ美しい日本の詩 近・現代詩篇	199
声でたのしむ美しい日本の詩 和歌・俳句篇	199
氷の花たば	42
木かげの家の小人たち	45
ごきげんいかががちょうおくさん	34
ごきげんなすてご	16
こぎつねルーファスとシンデレラ	14
こぎつねルーファスのぼうけん	14
九日間の女王さま	153
九つの銅貨	142
こころのうた	208
コサック軍シベリアをゆく	148

古事記物語	190		こぶたのポインセチア	35
ゴースト・ドラム	91		ごみすて場の原始人	56
コタンの口笛 1・2	117		ゴールドラッシュ！	91
こちら『ランドリー新聞』編集部	61		コロンブス海をゆく	158
国境まで 10 マイル	162		コロンブスのむすこ	146
ことばあそびうた	204		こわれた腕環	164
ことばあそびうた・また	204		コーンウォールの聖杯	128
こども世界の民話 上・下	168		ごんぎつね	80
子どもだけの町	47		今昔ものがたり	190
子どもとお母さんのあそびうたえほん	201		こんにちは、バネッサ	24
子どもに語るアイルランドの昔話	178			
子どもに語るアジアの昔話 1・2	172		## さ	
子どもに語るアラビアンナイト	191			
子どもに語るアンデルセンのお話	43		さいごの戦い	109
子どもに語るイギリスの昔話	178		さいはての島へ	164
子どもに語るイタリアの昔話	181		西遊記 上・下	192
子どもに語るグリムの昔話 1〜6	178		サーカスの小びと	62
子どもに語る中国の昔話	173		サーカスは夜の森で	43
子どもに語るトルコの昔話	176		ザ・ギバー	166
子どもに語る日本の神話	190		ささやき貝の秘密	110
子どもに語る日本の昔話 1〜3	169		さすらいの孤児ラスムス	107
子どもに語る北欧の昔話	179		サッちゃん	202
子どもに語るモンゴルの昔話	174		サティン入江のなぞ	149
子どもに語るロシアの昔話	182		さびしい犬	81
子どもに聞かせる世界の民話	168		さよなら風のまにまに号	88
こどものひろば	200		さらわれたデービッド	137
子ども寄席 1〜6	169		ザリガニ岩の燈台	60
子ども寄席 秋・冬	169		三月ひなのつき	44
子ども寄席 春・夏	169		三国志 上・中・下	192
子ども落語 1〜6	169		サンゴしょうのひみつ	53
こねずみとえんぴつ	25		三銃士	142
子ねずみラルフのぼうけん	58		さんしん王ものがたり	21
この湖にボート禁止	78		サンタ・クロースからの手紙	79
この道のむこうに	151		サンドリヨン	180
ゴハおじさんのゆかいなお話	185		三人のおまわりさん	76
小人たちの新しい家	83		三びき荒野を行く	87
小人のブームックル	53		算法少女	50
コブタくんとコヤギさんのおはなし	28		三本の金の髪の毛	183
子ブタシープピッグ	57			
こぶたとくも	96		## し	
こぶたのおまわりさん	26		しあわせのテントウムシ	34

書名	頁
シェイクスピア物語	163
シェイクスピアを盗め！	153
ジェニーとキャットクラブ	15
ジェニーときょうだい	15
ジェニーのぼうけん	15
シェパートン大佐の時計	141
ジェミーと走る夏	89
ジェーンはまんなかさん	49
シカゴよりこわい町	156
時間だよ、アンドルー	87
ジーキル博士とハイド氏	137
地獄の使いをよぶ呪文	179
しずくの首飾り	48
シチリアを征服したクマ王国の物語	90
シートン動物記１～６	135
シニとわたしのいた二階	162
死のかげの谷間	122
死の艦隊	158
詩の玉手箱	208
シー・ペリル号の冒険	141
ジム・ボタンと13人の海賊	50
ジム・ボタンの機関車大旅行	50
シャイローがきた夏	81
ジャカランダの花さく村	64
ジャズ・カントリー	157
ジャータカ物語	193
しゃべる詩あそぶ詩きこえる詩	206
シャーロック・ホウムズ 空き家の冒険	143
シャーロック・ホウムズ帰る	143
シャーロック・ホウムズ 最後の事件	143
シャーロック・ホウムズの回想	143
シャーロック・ホウムズの冒険	143
シャーロック・ホウムズ まだらのひも	143
シャーロットのおくりもの	96
ジャン・ヴァルジャン物語	162
ジャングルの少年	70
ジャングル・ブック	126
十一歳の誕生日	152
12月の静けさ	148
十八番目はチボー先生	102
樹上の銀	128
シュトルーデルを焼きながら	166
ジュンとひみつの友だち	65
小公子	84
小公女	84
少女ポリアンナ	95
少年鼓手	125
少年たちの戦場	144
少年のはるかな海	160
少年は戦場へ旅立った	159
少年ルーカスの遠い旅	152
ジョコンダ夫人の肖像	124
シルバー・レイクの岸辺で	112
しろいいぬ？ くろいいぬ？	20
白いオオカミ	179
白いシカ	139
白いタカ	115
白いぼうし	15
白いりゅう黒いりゅう	173
シロクマ号となぞの鳥 上・下	106
ジンゴ・ジャンゴの冒険旅行	90
紳士とオバケ氏	27
ジンタの音	130
神秘の島 上・下	119

す

水滸伝 上・下	192
水深五尋	118
水仙月の四日	100
スイート川の日々	159
睡蓮の池	143
すえっ子Oオーちゃん	47
すえっ子のルーファス	49
すかたんマーチ	206
スカラブ号の夏休み 上・下	106
すずめのおくりもの	15
すずめのくつした	26
光草ストラリスコ	150
素直な疑問符	209
砂に消えた文字	68
砂の妖精	81
すばらしいフェルディナンド	63

スプーンおばさんのぼうけん	92
スプーンおばさんのゆかいな旅	92
スペインのむかしばなし	181
洲本八だぬきものがたり	20

せ

星条旗よ永遠なれ	114
青銅の弓	138
聖ヨーランの伝説	68
精霊と魔法使い	187
世界でいちばんやかましい音	18
世界のむかし話	168
世界のむかしばなし	168
世界むかし話 アフリカ	184
世界むかし話 イギリス	177
世界むかし話 インド	175
世界むかし話 太平洋諸島	188
世界むかし話 中近東	177
世界むかし話 中南米	188
世界むかし話 ドイツ	179
世界むかし話 東欧	183
世界むかし話 東南アジア	174
世界むかし話 南欧	182
世界むかし話 フランス・スイス	180
世界むかし話 北欧	180
世界むかし話 北米	187
セシルの魔法の友だち	56
ゼバスチアンからの電話	132
せむしのこうま	49
セロひきのゴーシュ	100
千びきのうさぎと牧童	183
千本松原	126

そ

草原に雨は降る	131
草原の歌	114
草原の子ら 上・下	146
草原のサラ	97
ぞうさん	207
象と二人の大脱走	61
ゾウの王パパ・テンボ	126
ゾウの鼻が長いわけ	55
象のふろおけ	174
ソフィーとカタツムリ	20
空とぶ庭	112
空とぶベッドと魔法のほうき	82
空をとぶ小人たち	83
ソリア・モリア城	179
それほんとう？	207

た

大海の光	143
第九軍団のワシ	134
大千世界のなかまたち	68
大草原の小さな家	112
大草原の小さな町	112
大地に歌は消えない	116
台所のマリアさま	63
ダイドーと父ちゃん	48
タイのむかし話	174
第八森の子どもたち	94
ダイヤの館の冒険	67
たいようのおなら	206
太陽の木の枝	184
太陽の戦士	134
太陽の東 月の西	180
大力のワーニャ	93
大力ワーニャの冒険	93
宝島	137
たくさんのお月さま	23
啄木のうた	198
ダーシェンカ	74
タチ	122
ターちゃんとルルちゃんのはなし	27
龍の子太郎	98
ダニーとなかよしのきょうりゅう	26
ダニーは世界チャンピオン	73
たぬき学校	16
たのしい川べ	60
たのしいムーミン一家	103
旅しばいのくるころ	133

旅の仲間 上・下	143
旅人タラン	116
だまされたトッケビ	172
魂をはこぶ船	179
だめといわれてひっこむな	168
タラン・新しき王者	116
タランと黒い魔法の釜	116
タランと角の王	116
タランとリールの城	116
ダルメシアン	69
だれが君を殺したのか	132
誰もしらない	204
だれも知らない小さな国	65
タンザニアのむかし話	185
たんたのたんけん	30
たんたのたんてい	31
たんぽぽのお酒	153

ち

小さい牛追い	86
小さいおばけ	93
小さい魔女	93
小さい水の精	93
ちいさいロッタちゃん	39
小さな魚	157
小さなジョセフィーン	59
小さなスプーンおばさん	91
小さなバイキング	104
小さなバイキング ビッケ	104
小さなハチかい	45
小さな雪の町の物語	137
小さなわらいばなし 1～4	169
地下の洞穴の冒険	74
地下の湖の冒険	67
チキチキバンバン	92
父がしたこと	135
父への四つの質問	154
地に消える少年鼓手	161
地のはてにいどむ	118
ちびっこカムのぼうけん	55
ちびっこ大せんしゅ	35

ちびっこタグボート	21
ちびドラゴンのおくりもの	23
チベットのものいう鳥	173
チム・ラビットのおともだち	14
チム・ラビットのぼうけん	14
チャーリー・ムーン大かつやく	88
チャールズのおはなし	17
中国の不思議な物語	192
中国のむかし話	173
中国のむかし話2	173
チョコレート工場の秘密	73
チョコレート戦争	51

つ

ついでにペロリ	168
月からきたトウヤーヤ	66
翼あるうた	203
ツバメ号とアマゾン号 上・下	106
ツバメ号の伝書バト 上・下	106
ツバメの谷 上・下	106
つぶつぶうた	207
冷たい心臓	146

て

ディア ノーバディ	143
ディガーズ	91
ディダコイ	131
でっかいねずみとちっちゃなライオン	27
てつがくのライオン	201
鉄橋をわたってはいけない	111
鉄のハンス	178
テディ・ロビンソンまほうをつかう	40
テラビシアにかける橋	84
寺町三丁目十一番地	112
天からふってきたお金	176
天国を出ていく	89
点子ちゃんとアントン	62
天才コオロギニューヨークへ	71
てんとうむし	202
てんぷらぴりぴり	207
天保の人びと	124

と

- 闘牛の影 ... 120
- 父さんの犬サウンダー ... 115
- どうぶつたち ... 208
- 動物のうた ... 208
- 都会にきた天才コオロギ ... 71
- 時の旅人 ... 115
- 時をさまようタック ... 85
- どきん ... 204
- とざされた時間のかなた ... 141
- 年とったばあやのお話かご ... 89
- どじ魔女ミルの大てがら ... 99
- ドッグフードは大きらい ... 59
- 隣の家の出来事 ... 152
- とびきりすてきなクリスマス ... 57
- とびらをあけるメアリー・ポピンズ ... 78
- 飛ぶ教室 ... 62
- とぶ船 ... 109
- トーマス・ケンプの幽霊 ... 104
- トムじいやの小屋 ... 138
- トム・ソーヤーの冒険 ... 77
- トムは真夜中の庭で ... 149
- ともしびをかかげて ... 134
- ともだちができちゃった！ ... 14
- ともだちシンフォニー ... 202
- 土曜日はお楽しみ ... 50
- トラッカーズ ... 91
- とらとおじいさん ... 29
- どらねこ潜水艦 ... 88
- 砦 ... 148
- ドリトル先生アフリカゆき ... 110
- ドリトル先生航海記 ... 110
- ドリトル先生月から帰る ... 110
- ドリトル先生月へゆく ... 110
- ドリトル先生と月からの使い ... 110
- ドリトル先生と秘密の湖 ... 110
- ドリトル先生と緑のカナリア ... 110
- ドリトル先生のキャラバン ... 110
- ドリトル先生のサーカス ... 110
- ドリトル先生の楽しい家 ... 110
- ドリトル先生の動物園 ... 110
- ドリトル先生の郵便局 ... 110
- トルストイの民話 ... 80
- どれみふぁけろけろ ... 32
- 泥棒をつかまえろ！ ... 135
- ドン・キホーテ ... 139
- ドングリ山のやまんばあさん ... 29
- とんとんともだち ... 202
- トンボソのおひめさま ... 187
- とんぼのめがね ... 201

▶な

- 長い長いお医者さんの話 ... 74
- ながいながいペンギンの話 ... 16
- 長い冬 ... 112
- 長い冬休み 上・下 ... 106
- 長くつ下のピッピ ... 107
- ながすね ふとはら がんりき ... 168
- 長鼻くんといううなぎの話 ... 44
- なくなったかいものメモ ... 24
- ナザルの遺言 ... 176
- なぜどうしてものがたり ... 185
- なぞとき名人のお姫さま ... 181
- なぞなぞのすきな女の子 ... 36
- ナタリーはひみつの作家 ... 61
- 夏の終りに ... 120
- 夏の庭 ... 103
- なまくらトック ... 168
- なまけものの王さまとかしこい王女のお話 ... 111
- ナマズ入江の物語 ... 86
- ナム・フォンの風 ... 55
- 鳴りひびく鐘の時代に ... 129
- 南極へいったねこ ... 55
- ナンタケットの夜鳥 ... 48
- なんでもふたつさん ... 21

に

- 西風のくれた鍵 ... 42
- 錦の中の仙女 ... 174
- 虹になった娘と星うらない ... 174

西の魔女が死んだ 144
二十一の気球 76
二度とそのことはいうな？ 130
二年間の休暇 119
日本一みじかい詩の本 198
にほんご にこにこ 207
日本のおばけ話 170
日本の伝説　南日本編 170
日本のむかし話 170
日本のむかしばなし 170
日本民話選 171
日本霊異記 191
ニューヨーク145番通り 159
ニルスのふしぎな旅 上・下 105
ニルスのふしぎな旅 1〜4 105
ニワトリ号一番のり 161
人形の家 131
人形ヒティの冒険 89

ぬ

ぬすまれた湖 48

ね

ネギをうえた人 172
ねこネコねこの大パーティー 15
ネコのしっぽ 182
ネコのタクシー 31
ネコのミヌース 68
ネズナイカのぼうけん 82
眠れる森の美女 181
ネンディのぼうけん 22

の

ノアの箱船に乗ったのは？ 148
野うさぎの冒険 151
農場の少年 112
のっぽのサラ 97
野に出た小人たち 83
野の白鳥 43
のはらうた1 201
のらネコ兄弟のはらぺこ放浪記 15

ノリー・ライアンの歌 126
ノルウェーの昔話 180
呪われた極北の島 126
ノンちゃん雲に乗る 44

は

灰色の王 128
灰色の畑と緑の畑 120
俳句・短歌鑑賞 199
俳句の国の天使たち 206
ハイジ 上・下 69
ハイ・フォースの地主屋敷 141
白鳥 44
はじまりはイカめし！ 37
はじまりはへのへのもへじ！ 37
はじめてのおてつだい 35
はじめてのキャンプ 32
はじめての古事記 190
はじめての聖書1・2 189
はずかしがりやのスーパーマン 31
バターシー城の悪者たち 48
パディーの黄金のつぼ 57
パディントンの一周年記念 96
パディントンのクリスマス 96
パディントンフランスへ 96
はてしない物語 121
果てしなき戦い 123
バドの扉がひらくとき 124
ハートビート 129
花咲か 117
花仙人 192
歯みがきつくって億万長者 101
ハヤ号セイ川をいく 87
針さしの物語 78
はるかな国の兄弟 107
はるかなるわがラスカル 145
春のお客さん 15
春の日や庭に雀の砂あひて 209
バレエ・シューズ 69
バレエをおどりたかった馬 25

ハンサム・ガール	65
ハンス・ブリンカー	77
反どれい船	123
ハンニバルの象つかい	146
番ねずみのヤカちゃん	17
バンビ	65
はんぶんのおんどり	40

ひ

光の六つのしるし	128
彦一とんちばなし 上・下	170
肥後の石工	117
ひさしの村	74
ビーザスといたずらラモーナ	58
美人ネコジェニーの世界旅行	15
ビターチョコレート	155
ピーター・パンとウェンディ	86
ビッケと赤目のバイキング	104
ピッピ船にのる	107
ピッピ南の島へ	107
ビーテクのひとりたび	24
ひとつぶのサッチポロ	171
人になりそこねたロバ	175
ひとりっ子エレンと親友	59
ひとりで読もう	205
ひとりぼっちの不時着	96
ヒナギク野のマーティン・ピピン	152
ひねり屋	138
火のおどり子　銀のひづめ	84
火のくつと風のサンダル	47
ピノッキオの冒険	63
火の鳥と魔法のじゅうたん	82
ひみつの海 上・下	106
ひみつの塔の冒険	67
秘密の花園	85
百まいのきもの	49
百まいのドレス	49
ヒューゴとジョセフィーン	59
ビリー・ジョーの大地	156
びりっかすの子ねこ	28
ヒルズ・エンド	133
ヒルベルという子がいた	157
ビルマ（ミャンマー）のむかし話	174
ビロードうさぎ	46

ふ

フィンランド・ノルウェーのむかし話	180
風神秘抄	121
ふうせんがはこんだ手紙	94
風船とばしの日	93
風船をとばせ！	133
ぶきっちょアンナのおくりもの	106
フクロウ探偵30番めの事件	97
フクロウ物語	83
ふくろ小路一番地	54
ふしぎなお人形	22
ふしぎなオルガン	109
ふしぎなクリスマス・カード	71
ふしぎなサンダル	188
ふしぎの国のアリス	56
ふたごのでんしゃ	40
ふたごのルビーとガーネット	46
ふたたび洞穴へ	74
二つの旅の終わりに	141
二つの塔 上・下	143
豚の死なない日	156
ふたりのロッテ	63
ふたりはなかよし	22
ブータレとゆかいなマンモス	66
船のクリスマス	88
ブームックルとお城のおばけ	53
フォードルおじさんといぬとねこ	17
ふらいぱんじいさん	20
ブラジルのむかしばなし1〜3	188
プラテーロとぼく	151
プラム・クリークの土手で	112
フランスのむかし話	181
フランセスの青春	147
フランダースの犬	45
フランチェスコとフランチェスカ	34
フランバーズ屋敷の人びと	156
ブリジンガメンの魔法の宝石	124

フリスビーおばさんとニムの家ねずみ 122
フレディ 104
ふんわり王女 97

へ

ベイジルとふたご誘拐事件 72
ベーグル・チームの作戦 54
ベッツィーとテイシイ 38
ペットねずみ大さわぎ 87
ペニーの手紙「みんな、元気？」............... 57
ペニーの日記読んじゃだめ 57
ヘブンショップ 49
ヘムロック山のくま 29
ペルシアのむかし話 176
ベル・リア 149
ベルリン 1919 132
ベルリン 1933 132
ベルリン 1945 132
ベーロチカとタマーロチカのおはなし 32
辺境のオオカミ 134
ペンギンじるし れいぞうこ 27
べんけいとおとみさん 16
ヘンリーくんとアバラー 58
ヘンリーくんと新聞配達 58
ヘンリーくんとビーザス 58
ヘンリーくんと秘密クラブ 58

ほ

ポイヤウンペ物語 171
放課後の時間割 51
冒険がいっぱい 112
冒険者たち 64
ホエール・トーク 128
ほえろサウンダー 116
ほがらか号のぼうけん 45
北欧神話 194
ぼくたちの船タンバリ 155
ぼくたちもそこにいた 163
ボグ・チャイルド 140
ぼくとくらしたフクロウたち 102
ぼくと原始人ステッグ 56

ぼくのお姉さん 51
ぼくのすてきな冒険旅行 90
ぼくの最高機密 53
ぼくの名はパブロ 72
ぼくの町にくじらがきた 103
ぼくは王さま 28
ぼくは 12 歳 199
ぼくはレース場の持主だ！..................... 162
僕らの事情。...................................... 151
ぼくらは世界一の名コンビ！................... 73
ポケットのジェーン 22
ポケットのたからもの 22
星からおちた小さな人 65
星に叫ぶ岩ナルガン 162
星の王子さま 66
星のタクシー 15
星の林に月の船 199
星のひとみ 77
ホットケーキ 168
ポッパーさんとペンギン・ファミリー 42
ぽっぺん先生と帰らずの沼 90
ぽっぺん先生の日曜日 90
ボニーはすえっこ、おしゃまさん 22
骨をかぎだせ！..................................... 59
炎の鎖をつないで 144
ホビットの冒険 79
ホーマーとサーカスれっしゃ 21
ホームズ少年探偵団 81
ホメーロスのイーリアス物語 195
ホメーロスのオデュッセイア物語 195
ほらふき男爵の冒険 81
ポリーとはらぺこオオカミ 25
ポルコさまちえばなし 182
ホレイショー 158
ホンジークのたび 24
ほんとうの空色 86
ほんまにほんま 203

ま

まいごのひと 202

マウイの五つの大てがら	188
まえがみ太郎	98
マザー・グースのうた 1〜5	204
魔術師のおい	109
魔女がいっぱい	73
魔女学校、海へいく	99
魔女学校の一年生	98
魔女学校の転校生	99
魔女ジェニファとわたし	54
魔女とふたりのケイト	153
魔女の宅急便	53
魔女のたまご	18
魔女ファミリー	48
魔神と木の兵隊	58
まずしい子らのクリスマス	118
町かどのジム	89
町からきた少女	121
町にきたヘラジカ	26
マチルダはちいさな大天才	73
マデックの罠	159
まぬけなワルシャワ旅行	136
魔の山	149
魔法使いのチョコレート・ケーキ	98
まほうの馬	182
魔法のオレンジの木	188
魔法のベッド過去の国へ	82
魔法のベッド南の島へ	82
魔法のゆびわ	175
まぼろしの子どもたち	95
まぼろしの小さい犬	150
まぼろしの白馬	127
まめたろう	168
まめつぶうた	208
豆つぶほどの小さないぬ	65
魔よけ物語 上・下	82
真夜中の鐘がなるとき	179
まよなかのはんにん	24
マリアンヌの夢	138
マルコヴァルドさんの四季	54
マルコとミルコの悪魔なんかこわくない！	109
マンホールからこんにちは	16

み

見えない雲	145
みえる詩あそぶ詩きこえる詩	206
ミオよ、わたしのミオ	107
身がわり王子と大どろぼう	91
ミシェルのかわった冒険	56
みしのたくかにと	36
みしのたくかにとをたべた王子さま	36
ミス・ジェーン・ピットマン	130
ミス・ヒッコリーと森のなかまたち	94
みつばちぶんぶん	202
密猟者を追え	72
みてるよみてる	38
みどりいろの童話集	168
みどりの小鳥	182
みどりのゆび	79
みどりの妖婆	128
みなし子のムルズク	88
見習い物語	125
みにくいおひめさま	36
みにくいガチョウの子	57
みみをすます	205
ミリー・モリー・マンデーのおはなし	34
みんなの幽霊ローザ	81

む

ムギと王さま	89
むくげの花は咲いていますか	133
向こう横町のおいなりさん	144
武蔵野の夜明け	190
ムーミン谷の十一月	103
ムーミン谷の彗星	103
ムーミン谷の仲間たち	103
ムーミン谷の夏まつり	103
ムーミン谷の冬	103
ムーミンパパ海へいく	103
ムーミンパパの思い出	103
村は大きなパイつくり	60

め

- メイおばちゃんの庭 163
- 名犬ラッシー 80
- 名犬ラッド 73
- 名探偵カッレくん 108
- 名探偵カッレとスパイ団 108
- 名探偵しまうまゲピー 76
- メキシコの嵐 154
- めぐりくる夏 156
- めぐりめぐる月 129
- めざめれば魔女 160
- メドヴィの居酒屋 179

も

- 燃えるアッシュ・ロード 133
- 燃えるタンカー 116
- モギ 83
- 木馬のぼうけん旅行 46
- 木曜日はあそびの日 59
- モグラ物語 101
- もしもしニコラ！ 67
- ものいう馬 177
- ものいうなべ 180
- ものぐさ成功記 175
- モヒカン族の最後 127
- モモ 50
- ももいろのきりん 31
- 森おばけ 31
- 森に消える道 132
- 森の子ヒューゴ 59
- もりのへなそうる 40
- 森は生きている 99
- モロッコのむかし話 185
- モンスーン あるいは白いトラ 132

や

- やかまし村の子どもたち 108
- やかまし村の春・夏・秋・冬 108
- やかまし村はいつもにぎやか 108

や（続）

- 〈ヤギ〉ゲーム 132
- やぎと少年 68
- やさしいけしき 198
- 山にのまれたオーラ 111
- ヤマネコ号の冒険 上・下 106
- 山の上の火 185
- 山の終バス 100
- 山のトムさん 44
- 山の娘モモの冒険 105
- 山へいく牛 125
- 闇の戦い 161
- 闇の戦いシリーズ 128
- ヤンと野生の馬 76

ゆ

- ゆうえんちのわたあめちゃん 22
- ゆうかんな女の子ラモーナ 58
- 勇敢な仲間 152
- ゆうきのおにたいじ 26
- 幽霊 85
- 幽霊があらわれた 62
- 幽霊を見た10の話 88
- ゆかいな吉四六さん 170
- ゆかいな子ぐまポン 40
- ゆかいなどろぼうたち 48
- ゆかいなホーマーくん 98
- 床下の小人たち 82
- 雪女 夏の日の夢 148
- ゆきの中のふしぎなできごと 24
- 雪わたり 100
- ゆびぬきの夏 51

よ

- 夜明けの人びと 79
- 妖怪一家九十九さん 78
- 妖精ディックのたたかい 153
- 夜が明けるまで 120
- 四人のきょうだい 181
- 四人の姉妹 上・下 52
- よりぬきマザーグース 205
- 四せきの帆船 130

ら

- ライオンと歩いた少年 127
- ライオンと魔女 108
- らいおんみどりの日ようび 30
- ライトニングが消える日 160
- 羅生門 杜子春 114
- ラスムスくん英雄になる 107
- ラッキー・ドラゴン号の航海 156
- ラッグズ！ ぼくらはいつもいっしょだ 52
- ラーマーヤナ 193
- ラモーナ、明日へ 58
- ラモーナとあたらしい家族 58
- ラモーナとおかあさん 58
- ラモーナとおとうさん 58
- ラモーナ、八歳になる 58
- ラモーナは豆台風 58

り

- りこうなおきさき 184
- りすのスージー 37
- リチャードのりゅうたいじ 33
- リトル・トリー 123
- リトルベアー 87
- リトルベアーとふしぎなカギ 87
- リトルベアーのふしぎな旅 87
- リーパス 151
- リボンときつねとゴムまりと月 37
- 竜のいる島 72
- 聊斎志異 192
- リリパット漂流記 47
- リンゴの木の上のおばあさん 111
- リンゴ畑のマーティン・ピピン 152

る

- ルーシーの家出 69
- ルーシーのぼうけん 69
- ルドルフとイッパイアッテナ 64
- ルーピーのだいひこう 21

れ

- レ・ミゼラブル 上・下 161
- レムラインさんの超能力 99
- レモネードを作ろう 121

ろ

- 六月のゆり 139
- 六人の探偵たち 上・下 106
- ロケットボーイズ 上・下 150
- ロシアの昔話 183
- ロシアのむかし話 183
- ロシアのむかし話２ 183
- ロシアのわらべうた 199
- ロッカバイ・ベイビー誘拐事件 85
- ロッタちゃんのひっこし 39
- ロビンソン・クルーソー 142
- ロビン・フッドのゆかいな冒険 196
- ロボット・カミイ 34
- ローラー＝スケート 71
- ロールパン・チームの作戦 54

わ

- 若い兵士のとき 163
- 若草物語 52
- わが家のバイオリンそうどう 60
- ワーキング・ガール 147
- 忘れ川をこえた子どもたち 129
- わすれものの森 51
- 忘れものの森 51
- 私が売られた日 165
- わたしたちの島で 164
- わたしのおかあさんは世界一びじん 38
- わたしのねこカモフラージュ 136
- 私は覚えていない 139
- ワトソン一家に天使がやってくるとき 124
- わにのはいた 29
- 笑いを売った少年 129
- わらしべ長者 170
- わらべうた 上・下 205

227

人名索引

あ

アイトマートフ, チンギス 114
アイヘンバーグ, F 182
アインツィヒ, スーザン 149
アヴィ 114
アーウィン, ハドリー 114
青木 信義 165
青木 由紀子 160
赤穴 宏 89
赤坂 三好 33, 39, 48, 58, 77, 82, 208
赤羽 末吉 100, 170, 173
赤星 亮衛 185
阿川 弘之 71
アキノ, アルバート 29
芥川 龍之介 114
朝倉 剛 119, 142
朝倉 摂 44, 100
浅沼 とおる 42
浅野 竹二 52
浅羽 莢子 128
アジア地域共同出版計画編集委員会
　　（アジア地域共同出版計画会議）........ 171, 172
芦川 長三郎 124
アシャロン, セラ 14
アース, ニルス 34
アスビョルンセン, ペテル・クリステン 180
東 逸子 80, 181
東 貞美 207
安達 まみ 153
足立 康 127
アダムズ, アドリエンヌ 22
アダムス, リチャード 114
アーチャー, ジャネット 88
アーディゾーニ（アーディゾーン）, エドワード
　　.......... 48, 56, 75, 87, 89, 106, 205
アトウォーター, フローレンス 42
アトウォーター, リチャード 42
アドラー, キャロル・S 115
アトリー, アリソン（アリスン） 14, 42, 115
アーノルド, エリオット 115
アハマド, ハーニ・エル-サイード 185
アファナーシエフ, アレクサンドル 182
阿部 公洋 139
阿部 知二 137, 142, 166, 189
阿部 博一 69
アベリル, エスター 15
天沢 退二郎 90
天野 喜孝 175, 176
あまん きみこ 15, 42
アミーチス, エドモンド・デ 115
アームストロング, ウィリアム・H 115
アームストロング, リチャード 116
アーモンド, デイヴィッド 116
新井 有子 45
荒木田 家寿 171
有明 睦五郎 126
アリグザンダー, ロイド 116
アリスプ, パトリス 181
アルコック, ヴィヴィアン 43
アルバーグ, アラン 43
安房 直子 15, 43
アンデルセン, ハンス・クリスチャン 43, 44
安東 次男 79
安藤 紀子 57, 61, 62, 139
安藤 美紀夫 55, 63, 171, 181
安藤 由紀 96
安徳 瑛 116
安野 光雅 181, 199, 208
アンブラス, ビクター・G ... 123, 148, 155, 194
安保 健二 161

い

飯島 和子 →曽田 和子
飯島 淳秀 80
飯田 貴子 61
飯野 和好 23, 27, 59, 206
井江 栄 81, 166
イオシーホフ，コンスタンチン・V 44
五百住 乙 33
生島 遼一 142
井口 文秀 117
池田 龍雄 20
石井 正之助 195
石井 登志子 26, 107
石井 美樹子 153
いしい みつる 139
石井 桃子（いしい ももこ）...... 14, 16, 42, 44,
　　　　　　46, 47, 49, 54, 60, 77, 81, 86,
　　　　　　89, 98, 101, 109, 111, 127,
　　　　　　133, 152, 177, 186, 187, 194
石垣 りん 198
石川 勇 126
石川 啄木 198
石川 素子 132
石倉 欣二 181
石随 じゅん 20
石田 武雄 118
石原 優子 128
石森 延男 117
石渡 利康 104
市川 禎男 133
いちかわ なつこ 27
市河 紀子 198
市川 由季子 91
一志 敦子 165
井出 弘子 24, 28, 66
伊東 一郎 182
伊藤 英治 198, 207
伊藤 香澄 198
伊藤 重夫 65
伊藤 貴麿 174
伊東 寛（いとう ひろし）................... 16, 23
伊藤 比呂美 156
伊東 美貴 61
伊藤 遊 117
稲垣 明子 102
稲田 和子 169
いぬい とみこ 16, 24, 28, 45
乾 侑美子（いぬい ゆみこ）............. 146, 209
犬飼 和雄 68, 123, 131, 157, 187
井上 洋介 19
猪熊 葉子 22, 48, 60, 63, 68, 79, 82, 83,
　　　　　　85, 95, 131, 134, 138, 150, 162
茨木 啓子 178, 182, 190, 191
茨木 のり子 198, 199
井伏 鱒二 110
今井 誉次郎 16
今成 敏夫 200
今西 祐行 117
岩井 泰三 86
岩崎 京子 45, 117
岩田 欣三 73, 106
岩淵 慶造 80, 145, 155, 163, 164
岩本 久則 83
岩本 唯宏 130
巖谷 國士 181
インキオフ，ディミーター 17

う

ヴァイゲル，ズージ　→ワイゲル
ヴァイスガルト，レオナルト　→ワイズガード
ウィギン，ケイト・D 191
ヴィークランド，イロン 39, 107, 108
ウィグルズワース，キャサリン 14
ヴィース，ゴードン 118
ヴィーゼ（ビーゼ），クルト 21, 26, 105
ウィーダ 45
ウィッタム，ジョフリー 74
ヴィーヘルト，エルンスト 118
ウィリアムズ，アーシュラ・モーレイ
　（ウイリアムズ，アーシュラ）............. 45, 46

ウィリアムズ（ウイリアムズ），ガース
　..................................67, 71, 96, 111
ウィリアムズ，マージェリィ 46
ウィリアムソン，ヘンリー 118
ウィルソン，ジャクリーン 46
ウィルバー，リチャード............................17
ウィンターフェルト，ヘンリー 46, 47
ウェグナー，フリッツ 43
ヴェステンドルプ，フィープ 24
ウェストール，ロバート 118
上田 一生 42
植田 敏郎..60
上田 真而子....... 50, 65, 95, 99, 121, 132, 145,
　　　　　　148, 155, 157, 163, 178, 179
上野 瞭..94
上野山 賀子......................................192
ヴェーバー，T 146
上橋 菜穂子......................................119
ウェブスター，ジーン 119
ヴェルヌ（ベルヌ），ジュール..................119
ヴェルフェル（ウェルフェル），ウルズラ
　.. 47, 120
ヴェーレンシオ，エーリク 180
ヴォイチェホフスカ，マヤ 120
ヴォイト，リー 96
ヴォーク，シャーロット.........................149
ウォッツ，マージョリ＝アン　→ワッツ
ウォルクスタイン，ダイアン 188
ウォルシュ，ジル・ペイトン 120
ヴォロンコーワ 121
牛島 信明 139
ウスペンスキー，エドアルド 17
内田 喜三男......................................124
内田 莉莎子
　..........22, 32, 63, 77, 105, 183, 184, 199
浦川 良治（ねべりよん）.........................51
卜部 千恵子.......................................57
瓜生 卓造 118
ウルフ，ヴァージニア・ユウワー 121
ウンネルスタード，エディト 47

え

エアリク，ベッティーナ　→ベッティーナ
エイキン（エイケン），ジョーン 48
エインズワース，ルース...........................17
江口 一久..184
エグネール，トールビョールン 48
エスティス，エレナー（エステス，エルナー）
　.................................... 17, 48, 49
エッカート，アラン・W.......................121
エドモンドソン，マデライン 18
エドワーズ，ドロシー...........................18
エドワード，ガンバー..........................45
エリクソン，ラッセル・E 18
エリス，デボラ 49
エルキン，ベンジャミン 18
エルショーフ，ピョートル・P 49
エンデ，ミヒャエル.......................50, 121
遠藤 寿子................................52, 75, 119
遠藤 寛子..50
エンライト，エリザベス....................50, 51
エンリケス，エルサ..........................188

お

呉 炳学（オー ピョンハク）.....................172
大石 哲路..174
大石 真..18, 51
大岡 信.......................................189, 199
大川 温子......................................132
大川 悦生.......................................170
大久保 貞子..................................59, 129
大社 玲子..............17, 36, 37, 43, 69, 70,
　　　　　　71, 86, 92, 101, 112, 168
大島 かおり......................................50
大島 妙子....................................29, 201
太田 京子......................................165
太田 大輔......................................191
太田 大八....... 18, 29, 56, 58, 66, 68, 72,
　　　78, 112, 117, 119, 130, 133, 147,
　　　168, 173, 178, 179, 182, 184, 192

大塚（大塚）勇三............34, 47, 53, 74, 91, 93,
　　　　　　　　104, 107, 108, 122, 146, 180
大坪 美穂...150
大友 徳明....................................119, 120
大野 徹..174
大橋 善恵...48
大畑 末吉...43
大村 百合子　→山脇 百合子
丘 修三...51
岡 真史...199
岡 百合子..199
岡田 淳（ねべりよん）...............................51
岡野 薫子...52
おかのうえ すずえ....................................21
岡村 和子..176
岡本 颯子...67
岡本 さゆり..101
岡本 浜江.............................84, 88, 147, 158
小川 環樹..192
荻 太郎...45
荻原 規子..121
奥 勝實...205
尾崎 義.................106, 107, 108, 164, 194
小沢 正..19, 97
小澤 俊夫..176
小沢 良吉...43
小塩 節...189
越智 道雄....................................122, 154
乙骨 淑子...52
オデール（オデル）, スコット...............52, 122
オトリー, レジョナルド............................52
小野 章..............................73, 115, 125, 133
小野 和子...85
小野田 澄子.......................................105
小野寺 百合子...............................71, 103
オブライエン, ロバート・C.....................122
オフルス＝アッカーマン, レギーネ..............47
おぼ まこと..174
織茂 恭子（おりも きょうこ）................33, 74
オールコット, ルイザ・メイ......................52
オルテガ, ラファエル・アルバレス..........151

オールドリッジ, ジェイムズ.....................122
オルレブ, ウーリー（ウリ）......................123
恩地 三保子.................................38, 111

か

海保 眞夫..................................137, 142
ガイラー, ウィニー.........................71, 93
ガウ, フィリップ..................................141
カウト, エリス......................................53
カウリー, ジョイ...................................53
各務 三郎...72
香川 鉄蔵..105
香川 節...105
掛川 恭子...........................18, 25, 52, 102, 138,
　　　　　　　151, 155, 156, 166, 184
梶山 俊夫...................126, 144, 170, 200
春日部 たすく...................................100
ガスター, モーゼス..............................184
カーター, ピーター..............................123
カーター, フォレスト............................123
片岡 しのぶ................................83, 158
片岡 樹里..109
片寄 貢...46
勝尾 金弥（かつお きんや）....................124
桂 ユキ子..44
カーティス, クリストファー・ポール........124
ガードナー, ジョン・レナルズ..................53
角野 栄子..53
ガーナー, アラン................................124
金川 光夫..59
金沢 佑光..172
金関 昌幸..180
カニグズバーグ, E・L....................54, 124
金子 恵...158
金子 幸彦..80
ガーネット, イーヴ................................54
ガネット, ルース・クリスマン.....19, 38, 94
ガネット, ルース・スタイルス....................19
金原 瑞人
　　　　..........59, 91, 97, 118, 128, 148, 156, 159

231

金光 せつ 183
ガーフィールド，リオン（レオン） 125
上條 由美子 17, 23, 34, 56
かみや しん 51
神谷 丹路 172
亀井 俊介 95
カメの笛の会 188
亀村 五郎 200
亀山 龍樹 71, 145
萱野 茂 171
唐沢 則幸 64, 114, 124, 135, 152
カラーシニコフ，ニコライ 125
カルヴィーノ，イタロ（イターロ）
 .... 54, 181, 182
カールソン，エーヴェット 104
ガルドン，ポール 72
カルマ，マイヤ 61
カルメンソン，ステファニー 22
カロル，ラトロブ 55
カロル，ルス 55
かわい ともこ 38
川崎 大治 170
川崎 洋 200
河島 英昭 182
川田 幹 198
川端 健生 189
川端 康成 168
川端 善明 189
川真田 純子 175, 176
川村 二郎 118
川村 たかし 125
神沢 利子 19, 20, 55
カンデア，ロームルス 33
神鳥 統夫（美山 二郎）...... 59, 81, 88, 112, 147

き

菊島（熊谷）伊久栄 43, 95, 103
菊池 恭子 15, 17, 34
菊地 三郎 174
岸 武雄 126
岸 弘子 95, 114

木島 始 86, 126, 157, 200
木島 平治郎 161
喜多 木ノ実 147
北川 健次 115
北川 忠彦 190
北島 新平 141
北田 卓史 15, 51
北原 白秋 200, 205
北山 克彦 153
キーツ，エズラ・ジャック 209
キッチン，バート 101
キッド，ダイアナ 55
キップリング，ラディヤード
 （キプリング・ラドヤード） 55, 126
キデル＝マンロー，ジョーン
 （キデルモンロー，ジョン） 191, 195
木戸内 福美 20
木下 順二 170
木原 悦子 57
キーピング，チャールズ 79, 125, 134, 188
ギフ，パトリシア・ライリー 126
君島 久子 66, 173, 192
金 利光（キム イグァン） 165
木村 直代 91
木村 則子 182
木村 浩 155
木村 由利子 70
キャディ，アリス 86
キャメロン，イアン 126
ギャリコ，ポール 56
キャロル，ルイス 56
キャンベル，エリック 126, 127
ギヨ，ルネ 56
ギラム，チャールズ 186
桐山 まり 114
ギル，M 128
金 義煥（キン ギカン） 172
金 素雲（キン ソウン） 172
キング，クライブ 56
キング＝スミス，ディック 20, 57
キングマン，リー 57

金田一 京助 171

く

クヴァートフリーク, ロスヴィタ 121
草野 心平 201
グージ, エリザベス 127
久慈 美貴 21
クシュマン, カレン 127
クズネツォフ 183
クック, マリオン・ベルデン 20
工藤 直子（くどう なおこ）....................... 201
工藤 幸雄 68, 136
クナッパート, ヤン 185
クーニー, バーバラ 32, 57, 102, 181
國重 陽子 148
國松 孝二 95, 109
クノル, ペーター 94
クーパー, ジェイムズ・フェニモア 127
クーパー, スーザン 128
久保田 輝男 76, 90
熊谷 伊久栄　→菊島 伊久栄
熊谷 鉱司 69
久米 元一 89
久米 宏一 47, 98
久米 穣 43, 123, 133
クライネルト, シャルロッテ 47
クライン, ロビン 57
クラーク, アン・ノーラン 128
クラーク, ポーリン 58
クラーク, マージェリー 20
クラッチ, M・S 21
クラッチャー, クリス 128
グラハム＝ジョンストン, アン 69
グラハム＝ジョンストン, ジャネット 69
グラマトキー, ハーディー 21
倉本 護 52, 85, 126
クーランダー, ハロルド 185
クリアリー, ベバリイ（ベバリー）...... 58, 59
クリスチャン, メアリ・ブラウント 59
クリーチ, シャロン 59, 129
くりはら かずのぶ 17

グリパリ, ピエール 59
グリーペ, ハラルド 59, 129
グリーペ, マリア 59, 129
グリム, ヴィルヘルム 178
グリム, ヤーコプ 178
グリム兄弟
　→グリム, ヴィルヘルム　→グリム, ヤーコプ
厨川 圭子（くりやがわ）....................... 22, 93
厨川 文夫 196
クリュス, ジェームス（ジェイムス）..... 60, 129
グリーン, ロジャー（ロジャ／ロウジャー）
　・ランスリン 193, 194, 196
グリーンウォルド, シーラ 60
グレーアム, ケネス 60
クレスウェル, ヘレン 60
グレッグ, C 131
クレメンツ, アンドリュー 61
クレンニエミ, マリヤッタ 61
クロス, ジリアン 61, 62
クローバー, シオドーラ 130

け

ゲイジ, ウイルソン 21
ゲインズ, アーネスト・J 130
ケストナー, エーリヒ 62, 63
ケスラー, レオナード 21
ケネディ, リチャード 47, 78, 152
ケルジー, アリス 176
ゲールツ, バルバラ 130
ケルン, ルドウィク・イェジー 63
ケント, ルイーズ 130
剣持 晶子 181
剣持 弘子 181

こ

高 史明（コ サミョン）................................ 199
呉 承恩（ゴ ショウオン）............................ 192
小泉 八雲　→ハーン, ラフカディオ
小出 正吾 55, 130
幸田 敦子（野の 水生）.......................... 56, 134
河野 一郎 56

233

河野 与一	111, 195
河野 六郎	140
鴻巣 友季子	91
こうもと さちこ	34
国土社編集部	201
こさか しげる	202
児島 なおみ	71, 95
児島 満子	176
小杉 佐恵子	24, 35, 60
小竹 由美子	46
こだま ともこ	48, 92, 97, 121, 158, 166, 177
コチェルギン	183
コッカレル, オリーヴ	78
ゴッデン, ルーマー	21, 63, 131
コッローディ, カルロ	63
コーディル, レベッカ	22, 131
子どもの本研究会	19, 30, 46
ゴードン, シェイラ	64, 131
コノノフ	183
小旗 英次	85
小林 衛己子	201
小林 純一	202
こばやし のりこ	202
小林 与志	149, 201
コブナツカ, マリア	22
小松崎 邦雄	189
古味 正康	103
古茂田 守介	84
小山 勝清	170
小山 皓一郎	176
コーラ, パメラ	185
コラム, パードリック	194
コール, ジョアンナ	22
コール, ブロック	132
コルウェル, アイリーン	23
コルシュノフ (コルシュノウ), イリーナ	23, 132
コルドン, クラウス	132
コンプトン, マーガレット	187

さ

蔡 皐 (サイ コウ)	192
西郷 容子	136
斎藤 惇夫	64
斉藤 健一	81, 125, 156, 166
斉藤 洋	64
斎藤 博之	117, 125
斎藤 倫子	156, 163
齊藤 木綿子	49
サウスオール, アイバン	133
坂井 晴彦	137, 142, 158, 191
坂井 ひろ子	133
坂井 玲子	180
榊原 晃三	164
坂崎 麻子	118, 152
坂田 貞二	175
阪田 寛夫	202
酒寄 進一	23, 130, 132, 142
相良 守峯 (さがら もりお)	178
沙樹 ようこ	21
さくま ゆみこ	49, 81, 96, 126, 127, 144, 184, 185
桜井 誠	56, 107, 186
佐々 梨代子	178
佐々木 赫子	133
佐々木 田鶴子	94, 104, 111, 179
佐々木 利明 (林田 路郎)	64
佐々木 マキ	178
ささめや ゆき	160
笹森 識	61
佐竹 美保	90
サッカー, ルイス	134
さとう あや	25, 31
佐藤 暁 (さとる)	23, 65
佐藤 多佳子	65
佐藤 忠良	137
佐藤 努	138
佐藤 俊彦	180
サトウ ハチロー	202

佐藤 ふみえ	172
佐藤 真紀子	55
佐藤 真理子	121, 154
佐藤 見果夢	141
佐藤 義美	202
佐藤 亮一	15
佐藤 凉子	18
さとう わきこ	169
サトクリフ, ローズマリ	134
真田 亀久代	202
佐野 朝子	84, 114, 149
佐野 洋子	201
サーバー, ジェームズ	23
ザルテン, フェーリクス	65
さわ・たかし	201
沢田 としき	145
沢登 君恵	90, 125
澤柳 大五郎	146
サンディン, ジョーン	106
サン=テグジュペリ, アントワーヌ・ド	66
サンプソン, デリク	66
三辺 律子	160

し

施 耐庵（シ タイアン）	192
ジェイクス, フェイス	14
ジェイコブズ, ジョセフ	178
ジェイムズ, アン	57
ジェザーチ, ヴァーツラフ	66
シェパード, E・H	60, 89, 101
シェパード, メアリー	78
ジェム, エルザ	86
塩田 雅紀	140
塩谷 太郎	39, 40, 111, 147
シーガー, エリザベス	193
シス, ピーター	91
シートン, アーネスト・トムソン	135
ジーハ, ボフミル	24
柴田 美佳	199
ジーペン, クリスタ a.d.	157
しまだ しほ	104

島田 順子	203
島田 光雄	201, 202, 207
島田 陽子	203
島津 やよい	166
島原 落穂	84
シマント, マーク	24
清水 達也	73
清水 正和	119, 161
清水 真砂子	33, 116, 120, 151, 160, 164, 188
清水 勝	147
清水 義博	142
下村 隆一	47, 103
肖 甘牛（シャオ カンニュウ）	66
シャスターマン, ニール	135
シャープ, マージェリー	67
シャーマット, マージョリー・ワインマン	24
シャミ, ラフィク	135
シャラット, ニック	46
シャルドネ, ジャニーヌ	67
シャーロック, パティ	135
シュウエル, アンナ	67
樹下 節（じゅげ たかし）	88
シュタイガー, オットー	135
シュミット, アニー・M・G	24, 68
シュミット=メンツェル, イゾルデ	176
シュラム, ウルリク	146
シュレーダー, ビネッテ	81
シューロー, ケイ	18
城 侑（すすむ）	198
生野 幸吉	56, 146
ショーエンヘール, ジョン	121, 136
ジョシー, ジャグデシュ	72
ジョージ, ジーン・クレイグヘッド	136
ジョーダン, シェリル	53
ジョーンズ, コーディリア	136, 153
ジョンソン, バーバラ・フォン	53
ジョンソン, ミルトン	157
ジョンソン-デイヴィーズ, デニス	185
シール, コリン	68
シンガー, アイザック・バシェビス	68, 136
新川 和江	203

神宮 輝夫（じんぐう てるお）......... 32, 58, 106, 114, 116, 140, 141, 157, 161
シンデルマン, J................................73

す

スウィフト, ジョナサン 136
スウェイト, アン 68
末松 氷海子 101
杉 捷夫 102
杉 みき子 137
杉浦 範茂 64, 204
杉浦 明平 63, 190
杉木 喬 138
杉田 豊 207
杉山 亮 203
スークソパ, テプシリ 174
スズキ コージ 17, 68, 179, 190
鈴木 成子 193
鈴木 武樹 33, 48
鈴木 千歳 72
鈴木 哲子 96, 112
鈴木 徹郎 103
鈴木 まもる 27
鈴木 義治 117, 130, 171, 202
ズスマーン, L 99
須田 寿 208
スタイグ, ウィリアム 59
スタム, ジャック 206
スタルク, ウルフ 68, 137
スターン, サイモン 66
スタンレー, ダイアナ 82
スティーヴンスン, ロバート・ルイス
　→スティーブンソン
スティーブンズ, カーラ 25
スティーブンソン（スティーヴンスン）,
　ロバート・ルイス 137
ステーエフ, B 25
ステリット, フランセス 25
ストー（ストーア）, キャサリン 25, 69, 138
ストウ, ハリエット・エリザベス・ビーチャー
　..138

ストックム, ヒルダ・ファン 52, 77
ストラーテン, ハルメン・ファン 45
ストラーテン, ペーター・ファン 94
ストルテンベルグ, ハーラル 25
ストレトフィールド, ノエル 69
ストング, フィル 26
スピア, エリザベス・ジョージ 138
スピネッリ, ジェリー 138
スピリ, ヨハンナ 69
スペンス, G 33
スマッカー, バーバラ 139
ズマトリーコバー, ヘレナ 24
スミス, ドディー 69
スミス, ノラ・A 191
スラトコフ, ニコライ 70
スレイ, バーバラ 70
スロボトキン（スロボドキン）, ルイス
　................................23, 26, 47, 49
孫 剣冰（スン チェンピン）......................173
スンド, シャスティン 70

せ

瀬川 康男 170, 192, 204
関 楠生 46, 47, 146, 158
関口 英子 54, 109
関口 コオ 206
関沢 明子 28
セケリ, チボール 70
瀬田 貞二（せた ていじ）........... 26, 70, 75, 79,
　　95, 108, 115, 131, 139, 143,
　　168, 170, 177, 179, 182, 193
セーデリング, シーブ 26
セベスティアン, ウィーダ 139
セラーノ＝プネル, アンジェリカ 70
セーリン, ガンヒルド 71
セルー, ポール 71
セルデン, ジョージ 26, 71
セルバンテス, ミゲール・デ 139
セレディ, ケート 139
セレリヤー, ヤン 140
センダック, モーリス 68, 75

そ

曽田 和子（飯島 和子） 115, 116
征矢 清 26, 71
ソーヤー，ルース 71
ゾンマーフェルト，エイメ 72

た

ダイアモンド，ドナ 84
タイタス，イヴ（イブ）......................... 27, 72
ダイナン，キャロライン 35
ダウド，シヴォーン 140
ダウレア，イングリ 179
ダウレア，エドガー 179
タウンゼンド，ジョン・ロウ 140
多賀 京子 78
高士 與市（たかし よいち）........................72
高杉 一郎
 ....70, 87, 88, 121, 125, 149, 182, 195
タカタ ケンジ 53
高田 三郎 114
高田 ゆみ子 145
高楼 方子（たかどの ほうこ）.....................27
高橋 健二 62, 63, 65, 76
高橋 由為子 87
高畠 純 202
高松 甚二郎 121, 138
高森 登志夫 183
高柳 英子 135
滝沢 岩雄 135
武内 孝夫 128
竹崎 有斐 141
竹下 文子 27
竹田 鎮三郎 188
武田 知万 51
竹中 淑子 190
武部 利男 192
武部 本一郎 72, 87
竹山 のぼる 76
竹山 道雄 69

タゴール 暎子 175
タゴール，クリスティ 175
タゴール，サンディップ・K 175
田崎 眞喜子 106
多田 ヒロシ 169, 179
ダッタ，アルプ・クマル 72
龍口 直太郎 135
立間 祥介 192
建石 修志 137, 157
ターナー，フィリップ 141
田中 明子 78, 104, 148, 149
田中 亜希子 151
田中 薫子 87, 109
田中 かな子 49
田中 俊夫 56
田中 奈津子 61
田中 信彦 187
田中 槙子 131
田中 泰子 182
田中 義三 80
谷川 俊太郎 199, 204, 205
谷口 由美子 22, 50, 51, 58, 91, 112, 131
タニクリフ，C・F 118
谷崎 精二 157
田沼 武能 206
ターヒューン，アルバート・ペイソン 73
タマリ，ヴラディミール 177
田村 和子 160
田村 隆一 73
ダーリング（ダーリン），ルイス 58, 59, 84
ダール，ロアルド 73
足沢 良子 87, 115
ダーレンオールド，ジェニー 189
ダンカン，ロイス 141

ち

崔 仁鶴（チェ インハク）....................... 172
チェンバーズ，エイダン 141
チトゥヴルテック，ヴァーツラフ 28
千葉 茂樹 89, 138, 140, 151, 185
賈芝（チャー チ）.................................. 173

237

チャーチ, リチャード	74
チャプマン, フレデリク・F	115
チャペック, カレル	74
チャペック, ヨセフ	28, 66, 74
チャルーシン, イェ	88
チャルーシン, ニキータ	70
長 新太	36, 112, 153, 206, 207
長南 実	151
チョン スンガク	172

つ

ツェマック, マーゴット	136
辻 直四郎	193
辻 まこと	125, 187
土橋 とし子	26
土屋 哲	185
筒井 悦子	169
筒井 頼子	74
坪井 郁美	40, 94, 119
坪田 譲治	170
鶴見 敏	73

て

デイヴィス, ロバート	182
田 海燕 (ティエン ハイイェン)	173
ディクソン, E	191
ディケンズ, チャールズ	142
ディッキー, ロバート	73
ティバー, ロバート	75
ディヤング, マインダート	28, 75
デイ・ルイス, セシル (ルイス, セシル・デイ)	75
ディロン, ダイアン	184
ディロン, レオ	184
テツナー, リザ	142
テニエル, ジョン	56
デフォー, ダニエル	142
デュエーム, ジャクリーヌ	79
デュボア, ウィリアム・ペン	76
デュボアザン, ロジャー	180
デューマ, アレクサンドル	142

寺島 龍一 (竜一)	35, 52, 60, 79, 104, 111, 124, 137, 138, 143, 161, 179
寺村 輝夫	28
デ・ラ・メア, ウォルター・ジョン	142, 189, 205
デルグレーシュ, アリス	29
デンスロウ, ウィリアム・ウォーレス	83
デンネボルク, ハインリヒ・マリア	76

と

土井 すぎの	67
ドイル, コナン	143
トウェイン (トウェーン), マーク	76, 77
東京子ども図書館	168
ドウシニスカ, ユリア	77
当麻 ゆか	91
トゥルスカ, クリスティーナ	183
ドーガァティ, J	152
徳永 康元	86
ドッジ, メアリー・メイプス	77
ドハティ, バーリー	143
トーファノ, セルジョ	54
トペリウス, サカリアス	77
トーマス, ハンス	154
富田 博之	170
ドミトリエフ, D	49
富安 陽子	29, 78
富山 妙子	111, 120, 128, 180, 194
ド・モーガン, メアリ	78
豊島 与志雄	162
トラヴァース, パメラ・L	78
ドラモンド, V・H	60
ドリアン, マーガリット	29
鳥越 やす子	172
トリース (トレーズ), ジョフリー	78
トリース, ヘンリー	79
トリップ, F・J	92, 93
鳥見 真生	90
トリヤー, ワルター	62, 63
ドリュオン, モーリス	79
トール, アニカ	143

トールキン, J・R・R 79, 143
トールキン, ベイリー 79
トルストイ, A 182
トルストイ, レフ・ニコラーエヴィッチ 80
ドレ, ギュスターヴ 139
トレーズ, ジョフリー　→トリース
トレセルト, アルビン 29

な

ナイト, エリック 80
ナイト, デイヴィッド 161
内藤 濯 66
ナイドゥー, ビヴァリー 144
長尾 みのる 90, 94
中釜 浩一郎 125, 130
中川 宗弥（なかがわ そうや）
　　　　 .... 14, 31, 36, 44, 46, 133
中川 千尋（なかがわ ちひろ）......... 23, 132, 143
中川 李枝子 14, 30, 31, 42
中崎 一夫 130
長崎 源之助 144
長沢 節 142
永田 耕作 173
永田 寛定 139
中谷 千代子 22, 86
長野 晃子 181
中野 京子 155
中野 重治 163
長野 徹 150
長野 ヒデ子 20, 80, 201
中野 好夫 74, 126, 130, 136, 191
中村 采女 152
中村 悦子 97, 127, 163
中村 和彦 127
中村 浩三 33, 92, 152, 155
中村 妙子（なかむら たえこ）........... 28, 33, 61,
　　　　 69, 80, 105, 121, 122, 130, 149, 160
中村 稔 205
中山 知子 72
中山 正美 34

梨木 香歩 144
那須 辰造 26
那須 正幹 80, 144
なたぎり すすむ 173
難波 淳郎 170
南部 和也 31

に

ニイマン, イングリッド・ヴァン 92
新美 南吉 80
ニクソン, ジョーン・ラウリー 145
ニクル, ペーター 81
ニコルソン, ウィリアム 46
西尾 哲夫 191
西岡 由利子 175, 176
西川 おさむ 18, 19, 37
西田 登 128
にしむら あつこ 27, 28
西村 醇子 96
西村 由美 24, 68
西山 三郎 173
新田 道雄 155
二宮 フサ 99
日本航空広報部 206
二本柳 泉 172
ニューウェル, ホープ 31
ニューマン, ロバート 81
ニールセン, カイ 179

ぬ

ヌヴィル, アルフォンス・ド 119

ね

ネイラー, フィリス・レノルズ 81
根岸 貴子 190
ネス, エバリン 22
ネストリンガー, クリスティーネ 81, 145
ネストリンガー Jr., クリスティーネ 81
ネズビット, イーディス 81
ねべりよん（浦川 良治,　岡田 淳）............51

239

の

野上 彰 168
野上 彌生子 163, 194
野坂 悦子 45, 94
野沢 佳織 118
ノース，スターリング 145
ノーソフ，ニコライ・ニコラエヴィチ 82
ノートン，メアリー 82
野の 永生 →幸田 敦子
野村 泫 92, 120, 152, 178

は

灰谷 健次郎 206
バイヤール，エミール・アントワーヌ 99
パイル，ハワード 83, 196
ハーウィッツ，ヨハンナ 31
ハーヴェイ，W 191
パウゼヴァング，グードルン 145
ハウフ，ヴィルヘルム 146
バウマン，ハンス 146
バウム，ライマン・フランク 83
バーカー，C 63
蕗原 富美枝 97
パーキンズ，デイヴィッド
　（パーキンス，デヴィッド） 20, 57
パーク，リンダ・スー 83
ハクスリー，オールダス 32
バケット，モーリー 83
ハザレル，W 76
バージェス，メルヴィン 147
パジェット，ウォルター 142
橋本 哲 172
バジョーフ，パーヴェル・ペトローウィチ 84
ハスフォード，ドロシー 194
蓮見 治雄 174
はせ みつこ 206
はた こうしろう 137, 144, 199
はたさわ ゆうこ 93
パターソン，キャサリン 84, 147

畑中 圭一 203, 206
畠中 光享 175
波多野 完治 56
バターワース，オリバー 84
ハッチ，メリー・C 180
初山 滋 43, 200, 208
パトン，ジョン・D 177
華鼓 156
バーニンガム，ジョン 92
バーネット，フランセス・ホッジソン
　（フランシス・ホジソン） 84, 85
バーバ，アントニア 85
パパズ，ウイリアム 182
パビット，ナタリー 85
ハビランド，バージニア 181
ハフナー，マリリン 21
バーボー，マリュース 187
浜田 洋子 32, 43, 158
浜本 武雄 148
バーマン，ベン・ルーシャン 86
ハムズン，マリー 86
ハムレ，レイフ 86
林 明子 32, 53
林 克己 116, 143, 161
林 容吉 78, 82
林田 康一 159
林田 路郎 →佐々木 利明
バヤール 161
ハラー，アドルフ 147
バラージュ，ベーラ 86
原田 勝 141
バリー，ジェイムズ・マシュー 86
張替 惠子（恵子） 15, 31, 66
ハリス，ジョーエル・チャンドラー 186
ハリス，ルース・エルウィン 147
ハリス，ローズマリー 148
パール，スーザン 14
バルゲール，エドアルド 63
バルトス＝ヘップナー，バルバラ 148
パルムクヴィスト，エーリック 107
ハーン，メアリー・ダウニング 87, 148

ハーン, ラフカディオ（小泉 八雲）............. 148
バンクス, リン・リード................................... 87
バーンスタイン, ゼナ................................... 122
バーンスタイン, ダン................................... 103
ハンター, モーリー............................... 148, 149
パンテレーエフ, アレクセーイ・イヴァーノヴィチ
　（パンテレーエフ, L）........................ 32, 149
バーンフォード（バンフォード）, シーラ
　.. 87, 149
ハンフリーズ, グラハム.............................. 140

ひ

ピアス, フィリパ（フィリッパ）
　................................. 87, 88, 149, 150
ピアソン, クライド....................................... 52
ビアンキ, ヴィタリー................................... 88
ビアンコ, マージェリイ............................. 179
ピアンコフスキー, ヤン............................... 48
ピウミーニ, ロベルト................................ 150
稗田 一穂... 195
稗田 宰子... 202
東 君平.. 32, 200
ピカード, バーバラ・レオニ............... 150, 195
土方 重巳... 25
土方 久功.. 185
菱木 晃子............... 25, 68, 105, 137, 143, 160
ビーゼ, クルト　→ヴィーゼ
ピーターシャム, ミスカ................................ 20
ピーターシャム, モード................................ 20
ヒッカム・ジュニア, ホーマー................... 150
ヒッテルセン, テオドル.............................. 180
BB（B.B.／ワトキンス＝ピッチフォード, D・J）
　.. 88, 151
ヒープ, スー... 46
ヒメネス, フランシスコ.............................. 151
ヒメネス, フワン・ラモン.......................... 151
ヒューエット, アニタ................................... 33
ヒューズ, アーサー....................................... 97
ヒューズ, シャーリー............................. 88, 98
ヒューズ, モニカ.. 88
ビヨルクンド, ローレンス.......................... 187

平田 美恵子....................................... 174, 181
平野 恵理子... 101
平野 ふみ子... 150
平山 英三（ひらやま えいぞう）......... 64, 189
ヒル, デイヴィッド.................................... 151
興 安（ヒン ガン）................................... 174
ヒントン, スーザン・E.............................. 151

ふ

ファージョン, エリナー（エリノア）..... 89, 152
ファトゥーフ, ハグ－ハムディ・モハンメッド
　... 185
フィオリ, ローレンス・ディ......................... 18
フィツォフスキ, イェジー......................... 184
ブィリーナ, ミーハウ................................ 183
フィールド, レーチェル............................... 89
フィンガー, チャールズ・ジョゼフ（ジョゼフ）
　... 152, 187
フェーアマン, ヴィリ................................ 152
フェーアマン, トーマス............................ 152
フェラ, J... 119
フェラ＝ミークラ, ヴェーラ......................... 33
フェルト, フリードリヒ............................... 33
フォゲリン, エイドリアン............................ 89
フォックス, ポーラ................................... 152
フォートナム, ペギー................. 46, 96, 110
深沢 紅子... 44
福井 研介................................... 44, 70, 82
福井 恵樹... 188
福井 信子... 179
福田 貂太郎... 192
福永 武彦... 190
藤枝 リュウジ... 203
藤川 秀之..................................... 83, 123
藤沢 友一... 81
藤城 清治... 168
藤沼 貴... 80
伏原 納知子................................... 144, 185
藤松 玲子... 55
藤森 和子... 29
藤原 英司.. 52, 101

二俣 英五郎 169
ブッシュ, ヴィルヘルム 178
ブッシュ, ヘレン 90
ブッツァーティ, ディーノ 90
フナイ, マモル 187
舟崎 克彦 90
ブライアント, サムエル 122
フライシュマン, シド 90, 91
ブライス, アーサー 187
ブライス, スーザン 91
ブライト, ロバート 33
ブラウン, マーシャ 44
プラチェット, テリー 91
ブラックウッド, ゲアリー 153
ブラッドフォード, カーリン 153
ブラッドベリ, レイ 153
ブラートフ, M 182
フランケンバーグ, R 102
ブリスリー, ジョイス・L 34
ブリッグズ, キャサリン・M 153
ブリッシェン, エドワード 125
ブリッシュ, K・J 163
ブリョイセン, アルフ 34, 91
ブリヨン, G 161
プリンズミード, ヘプサ・フェイ 154
ブルガー, ホルスト 154
ブルスト, カール・フリードリヒ 146
古田 足日 34
ブルック, レズリー 177
ブルックナー, カルル 154
ブルードラ, ベンノー 155
ブルフィンチ, トマス 194
古谷 久美子 173
ブレイク, クェンティン（クウェンティン）
  .... 73, 75, 177
プレス, ハンス・ユルゲン 92
プレスラー, ミリアム 155
ブレッグヴァッド, エリック 82
フレミング, イアン 92
フロイゲン, ピーバルク 92
プロイスラー, オトフリート ...92, 93, 155, 179

フロスト, アーサー（フロスト, A・B）
  .... 186, 187
フロム, リロ 99
フロロフ, ワジム 155

へ

ヘイウッド, キャロリン 93
ペイトン, K・M 155, 156
ペイトン, ジェイン 35
ベイリー, キャロライン・シャーウィン 94
ヘイルズ, ロバート 164
ベインズ, ポーリン 108
ベーカー, アラン 87
ヘグルンド, アンナ 68
ヘス, カレン 156
ヘス, リチャード 156
ペック, リチャード 156
ペック, ロバート・ニュートン 156
ベッティーナ（エアリク, ベッティーナ）........ 34
ベッドフォード, F・D 86
ヘップワース, フィリップ 42
ベネット, ジャック 156
ベネット, ジル 73
ベヒシュタイン, ルードヴィヒ 179
ヘプナー 176
ベリューキン, A 84
ベルイ, ビョールン（ビヨルン）..... 91, 106
ヘルダン, ロジャー 68
ヘルトリング, ペーター 94, 157
ベルトレ, ハンス 65
ベルナ, ポール 94
ベルヌ, ジュール →ヴェルヌ
ペルフロム, エルス 94
ペロー, シャルル 181
ヘントフ, ナット 157

ほ

ポー, エドガー・アラン 157
蒲 松齢（ホショウレイ）..................... 192
ホーウィ, ヤン 104
ホウゴー 政子 159

北条 元一 154
ボウマン, ジェイムズ・C 179
ホガード, エリック・C 157
ポガニー, ウィリー 177, 194
ホーキンズ, アイリーン 42
ボージン, ゲ 82
ボストン, ピーター 95
ボストン, ルーシー（ルーシィ）・M 95
ホーズレー, 順子 118
細田 理美 176
ホーダー, M 162
ポーター, エレノア・ホジマン 95
ポター, ミリアム・クラーク 34
ホッジズ（ホジス）, C・ウォルター
 .... 127, 134, 157, 158
保手濱 拓 198
ボーデン, ニーナ 158
ホーバン, リリアン 24
ホフ, シド 35
ホフマン, エルンスト・テオドール・アマデウス
 95
ホメーロス 195
ポラジンスカ, ヤニーナ 183
ホランダー, カール 68
ホランド, イザベル 158
ポーランド, マーグリート 96
堀 文子 203
堀内 誠一（ほりうち せいいち） 18, 20, 34,
 39, 40, 70, 85, 93, 100,
 131, 180, 184, 204, 205
堀川 理万子 129
堀口 香代子 51
堀越 千秋 135
ポリコフ, バーバラ・ガーランド 158
ポルスター, ドーラ 178
ホルスト, メノ 158
ポールセン, ゲイリー 96, 159
ホルツィング, ヘルベルト 152, 155
ボルン, アドルフ 24
ホレンダー, カレン 165
ホワイト, E・B 96

ホワイト, ルース 159
ホワイト, ロブ 159
本庄 久子 97
ボンド, フェリシア 35
ボンド, マイケル 96
ホーンヤンスキー, マイケル 187

ま

マイヤーズ, ウォルター・ディーン 159
マーウィン, ディシー 22
前川 純子 162
前沢 明枝 124
前田 晁 115
槇 未知子 130
牧野 鈴子 80
マーク, ジャン 160
マクドナルド, ジョージ 97
マクネイル, ジャネット 35
マクマラン, ジム 28
マクラクラン, パトリシア 97
マゴリアン, ミシェル 160
まさき るりこ 36, 181, 205
マーシャル, ジェームズ 97
増山 暁子 90
松井 孝爾 44
松井 豊 158
松浦 久子 83
松枝 茂夫 192
松枝 張（ひらく） 184
松尾 幸子 53
松岡 享子（まつおか きょうこ） 15, 17, 18,
 29, 31, 34, 35, 36, 43, 44, 58, 59, 84,
 89, 96, 171, 172, 178, 183, 192, 207
松岡 達英 70
マッカーサー＝オンスロー, アネット 154
松川 真弓 98
マッキュー, リサ 59
マッギンリー, フィリス 36
マックニーリイ, トム 139
マックロスキー, ロバート 98

松沢 あさか 165
松瀬 七織 173, 177
松谷 みよ子 98
松永 冨美子（ふみ子）........... 54, 102, 109, 124
松野 正子 35, 36, 110, 115
松谷 さやか 17, 25, 70, 84, 183
まど・みちお 207, 208
マーヒー，マーガレット 98, 160
マーフィ，ジル 98
マブリナ，タチヤーナ 183
マリアット，パット 48
マリマ，キバチ 185
丸木 俊 77, 186, 191, 199
マルシャーク，サムイル 99
マロ，エクトール 99
マロクヴィア，アーサー 125
マンケル，ヘニング 160
万沢 まき 77
マンシンガー，リン 22

み

三浦 佑之 190
三木 卓 22, 208
ミクルスキ，カジミェシュ 63
水内 喜久雄 198, 199, 200, 209
水四 澄子 171
水野 あきら 206
水野 和子 88
箕田 源二郎 50, 170, 190
三谷 靭彦 174
美智子 208
光吉 郁子 26, 37, 38
光吉 夏弥 14, 20, 21, 24, 25, 27,
                  29, 35, 174, 175, 184, 188
水上 勉 191
南本 史 67
ミヒェルス，ティルデ 99
ミヒル，ラインハルト 50
三村 美智子 57
宮口 しづえ 100
三宅 忠明 177

宮坂 宏美 159
宮崎 駿 118
宮沢 賢治 100
宮下 嶺夫 73, 145, 159
宮田 奈穂 80, 169
美山 二郎 →神鳥 統夫
三山 陵 173
宮本 正興 185
三芳 悌吉 89
ミラー，ハロルド・R 81
ミル，エリノア 38
ミルン，A・A 101

む

向井 潤吉 143, 154, 163
むかい ながまさ 31, 174
ムシェロヴィチ，マウゴジャタ 160
武者 圭子 150
村岡 花子 102
村上 勉 23, 65
村上 光彦 97
村田 収 64
村山 亜土 196
村山 英太郎 142
村山 籌子 37
村山 籌子作品集編集委員会 37
村山 知義 37, 136, 196
室生 犀星 208

め

メイスフィールド，ジョン 161
メイトランド，アントニー（アントニィ）
           .... 125, 150
メイン，ウィリアム 161
メーテルリンク，モーリス 101
メランビー，ケネス 101
メリル，ジーン 101

も

モー（モオ），ヨルゲン 180
もき かずこ 129

茂田井 武.....................................100, 178, 193
母袋 夏生...123
本信 公久...206
百々 佑利子..53, 120
森 幹男..175
もりうち すみこ.......................................55, 126
森川 弘子...129
森下 研..161
森田 元子...84
守屋 多々志..190
モーリヤック, フランソワ............................102
森山 京...37
モワット, ファーレイ....................................102
モンゴメリ, ラザフォード..............................102
モンゴメリー, ルーシー・モード..................102

や

八百板 洋子..183
矢川 澄子............................52, 69, 78, 81, 179
八木 賢治...62
八木 重吉...208
八木田 宜子...75, 82, 180
柳生 弦一郎..205
矢崎 源九郎... 115, 168
安 泰..16
保川 亜矢子...74
八波 直則...186
柳井 薫..122, 127
柳原 良平...76
柳瀬 尚紀...73
矢野 ゆたか..194
薮内（藪内）正幸..................................52, 64
山口 智子（やまぐち ともこ）......... 39, 40, 181
山口 マオ...162
山口 みねやす..176
山﨑 香文子..190
山﨑 勉..128
山下 一徳...154
山下 明生...110
山末 やすえ...37

山田 三郎..16, 55
山田 順子...116
山高 登..170
山内 清子...180
山内 玲子...57, 136, 153
山野辺 進..147
山村 浩二...78
山室 静................................39, 86, 103, 194
山本 定祐...95
山本 耀也...166
山本 真基子..176
山本 まつよ.............. 69, 70, 87, 133, 193, 194
山本 容子...102
山脇（大村）百合子（やまわき ゆりこ）
.... 16, 17, 22, 30, 31, 38, 40
ヤング, エド..173
ヤング, ジム..103
ヤング, ミリアム...37
ヤンソン, トーベ...103

ゆ

湯浅 芳子...99
ゆうき よしこ..162
ゆぐち えみこ..23
ユゴー, ヴィクトル.......................................161
湯沢 朱実..173, 179
ユードリイ, ジャニス・メイ.........................38
ユネスコ・アジア文化センター.......... 171, 172
油野 誠一...168
柚木 沙弥郎..198, 208
湯本 香樹実..103

よ

葉 祥明...209
横溝 英一...90
横山 充男...103
吉井 忠...45
吉岡 賢二...190
吉上 恭太...22
吉川 民仁...198
吉川 利治...174

吉田 勝江 84
吉田 甲子太郎 84, 152
吉田 新一 71
吉野 源三郎 104
吉野 弘 209
吉原 高志 132
与田 準一 200
よつだ ゆきえ 23
ヨング，ドラ・ド 104
ヨンソン，ルーネル 104

ら

羅 貫中（ラ カンチュウ）................... 192
ライアー，ベッキー 38
ライヴリィ，ピネロピ 104
ライス，イブ 25
ライス，デイヴィッド 162
ライス，ヨハンナ 162
ライトソン，パトリシア 162
ライナー，ヴァルター 17
ライナー，トラウドゥル 17
ライニガー，L 196
ライヒェ，ディートロフ 104
ライラント，シンシア 163
ラヴリン，ノーラ 109
ラウレル，エーヴァ 108
ラーゲルレーヴ，セルマ 105
ラスロップ，D・P 97
ラダ，ヨゼフ 105
ラチョフ，E 182
ラニア，シドニー 195
ラノス，H 99
ラープチェフ，アレクセイ・ミハイロビッチ....82
ラブレイス，モード・ハート 38
ラム，チャールズ 163
ラム，メアリ 163
ランキン，ルーイズ 105
ラング，アンドルー 168
ランサム，アーサー 106

り

リズニチ，イ 88
リーチ，ジョン 142
リップマン，ピーター 26
リード バンクス，リン →バンクス
リトル，ジーン 106
リヒター，ハンス・ペーター 163
リーフ，マンロー 38
リーブズ，ジェイムズ 106
リーベック，ベッティール 105
柳亭 燕路（りゅうてい えんじ）........ 169
リュートゲン，クルト・ハインリヒ・ボードー
.... 163
リンチ，パトリック 91
リンドグレーン，アストリッド
.... 39, 106, 107, 108, 164

る

ルイス，C・S 108
ルイス，セシル・デイ →デイ・ルイス
ルイス，ヒルダ 109
ルイス，リチャード 209
ル＝グウィン，アーシュラ・K 164
ルック＝ポーケ，ギナ 39
ルッツァーティ，エマヌエーレ 182
ルブラン，モーリス 164

れ

レアード，クリスタ 165
レアンダー，リヒャルト 109
レイナー，メアリー 57
レスター，ジュリアス 165
レスツィンスキー，M 116
レスロー，ウルフ 185
レティッヒ，ロルフ 60
レティヒ，マルグレット 93
レヒアイス，ケーテ 165
レムケ，ホルスト（レムケ，H）...... 62, 76, 179
レンスキー，ロイス 110

ろ

ローソン, ロバート 42, 109
ロダーリ, ジャンニ 109
ロックリン, ジョアン 166
ロッシュ＝マゾン, ジャンヌ 39, 40
ロートフックス 146
ロビンス（ロビンズ）, ルース 130, 164
ロビンソン, ジョーン・G 40, 110
ロフティング, ヒュー 110
ローベ, ミラ 40, 111
ロベル, アーノルド 37
ローランド, ベティ 111
ローリー, ロイス 166
ローレンス, ジョン 71
ロンゲン, ビエルン 111
ロンドン, ジャック 166

わ

ワイエス, ニューエル・コンヴァース
　（ワイス, N・C）............................. 127, 195
ワイゲル（ヴァイゲル）, ズージ 40, 111
ワイス, N・C　→ワイエス
ワイズガード, レオナード
　（ヴァイスガルト, レオナルト）............ 27, 69
ワイルダー, ローラ・インガルス 111
ワイルドスミス, ブライアン 193
若林 ひとみ.. 81, 135
脇 明子 75, 97, 142, 147, 148
ワーシー, ジュディス 112
鷲津 名都江 205
ワシーリエフ, ユーリイ 155
ワースバ, バーバラ 166
和田 正平... 184
和田 穹男（たかお）................................ 123
和田 誠 28, 112, 176, 202, 204
渡辺 茂男（わたなべ しげお）........... 17, 18, 19,
　　　　 20, 21, 34, 38, 40, 45, 48,
　　　　 49, 67, 76, 83, 92, 112, 120,
　　　　 128, 138, 180, 185, 186, 187

渡辺 照宏 193
渡辺 南都子 21, 87
渡部 翠（みどり）.. 61
渡辺 洋子 178
渡邉 了介 53, 90
渡部 雄吉（わたべ）................................. 163
ワッツ, マージョリー＝アン
　（ウォッツ, マージョリ＝アン）......... 25, 138
ワトキンス＝ピッチフォード, D・J　→BB

件名索引

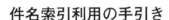

件名索引利用の手引き

この件名索引は、ことばから本を探すための索引です。本リストに収録された図書が扱っている主な題材、出来事、登場人物、場所、時代、事物などを、見出しとなることば（＝件名）で表現し、次ページのような大項目、中項目のもとに体系的に整理しました。

●シリーズ全体が同じ件名をもつ場合は、
　シリーズ名またはシリーズ初巻の書名の後に◆をつけました。
●シリーズのうちの何冊かのみが、同じ件名をもつ場合は、
　カンマ（,）でつなぎ列記しました。
●神話・古典文学の原典名は、〈　〉をつけて示しました。

件名総索引

目指す件名を探すために、すべての件名（主人公名を除く）と、件名に選定されなかった同義語を50音順に一覧できる総索引を巻末（p.373～）に付しました。末尾の数字は件名索引中の収載ページを示します。

件名索引
大・中項目一覧

それぞれの件名は、下記のような大項目、中項目のもとに、体系的に整理しました。項目中の件名の配列は、50音順のものと、年代順や類縁関係で並べたものがあります。関連のある項目は ⇔ マークで示しました。そちらもご参照ください。

登場人物 ……… 252
- 主要な登場人物名
- 家族・親類
- 王族・貴族
- その他の人物
- 性格・人柄

体・健康 ……… 286
- 体の部位・容姿
- 感覚・生理・その他
- 性
- 病気・障害
- 薬・化学物質

気持ち・こころ ……… 290

食べもの ……… 292

衣服・装飾品 ……… 293

道具・機械 ……… 294
- 道具
- 機械

のりもの ……… 296
- 電車・汽車
- 車
- 船
- 飛行機
- その他

あそび・スポーツ ……… 298
- あそび・ゲーム・おもちゃ
- ことばあそび
- 運動・スポーツ
- 動作

芸術 ……… 303
- 絵・美術
- 彫刻
- 色
- 写真
- うた
- 音楽・音
- 楽器
- 演劇・芸能

学問・教育 ……… 306
- 学問分野
- 調査・研究
- 教育

ことば ……… 308
- ことば
- その他

文学 ……… 310
- 伝承文学
- 文学
- 詩
- 戯曲
- 伝記
- その他

- メディア ... 313
  - 本
  - マスコミ・報道
- 仕事 ... 314
  - 職業
  - 家事・その他
- 社会 ... 318
  - 政治・社会・人間関係
  - 経済
  - 法律
  - 災害・事故・サバイバル
  - 事件・犯罪
  - 風俗・慣習
- 世界 ... 325
  - 世界の国
  - 国際関係
  - 戦争
  - 人種・民族
  - 宗教
- 時 ... 336
  - 時の流れ
  - 世界史
  - 日本史
  - 暦
  - 季節・行事
- 場所 ... 341
  - 地形・地勢
  - 方角
  - 施設・建造物
  - 家・家具など

- 資源・環境 ... 349
  - 資源・物質
  - 岩石・鉱物
  - 環境
- 天文・気象 ... 350
  - 宇宙・空
  - 気象
- 動物 ... 352
  - 動物全般
  - けもの
  - 魚・水の生き物
  - 鳥
  - 虫
  - 爬虫類・両生類
  - 古生物
- 植物 ... 359
  - 植物全般
  - 果実
  - 木
  - 草花
  - 野菜・穀物
  - その他
- 生物・生命 ... 361
- 不思議 ... 362
  - 超自然・異界
  - 架空の生き物
- 旅・冒険 ... 366
- その他 ... 368
  - 数・順番
  - 形・重さ
  - いろいろ

件名索引

登場人物
⇨職業 p.314　⇨動物 p.352
⇨架空の生き物 p.364

●主要な登場人物名

- アイビー
  クリスマスの女の子 21
- アイリス
  木かげの家の小人たち 45
- アイリーン姫
  お姫さまとゴブリンの物語◆ 97
- アウレリア
  （オレルカ／アウレリア・イェドヴァビンスカ）
  金曜日うまれの子 160
- アガサ
  魔女のたまご 18
- あき（千葉あき）
  算法少女 50
- あきよ（みずむらあきよ）
  大きい1年生と小さな2年生 34
- 明（藤本明）
  チョコレート戦争 51
- アキレウス
  ホメーロスのイーリアス物語 195
- アクイラ
  ともしびをかかげて 134
- アーサー・ラムズギル
  シェパートン大佐の時計◆ 141
- アーサー王
  〈アーサー王物語〉 195
- 朝子
  キツネ森さいばん 64

- アダム（アダム・コドリング）
  ハヤ号セイ川をいく 87
- アナンシ
  うたうカメレオン 184
- アニー（アニー・ド・レウ）
  シニとわたしのいた二階 162
- アニー・バナニー
  ハートビート 129
- アーノルド（アーノルド・ヘイスウェイト）
  アーノルドのはげしい夏 140
- アバラー
  がんばれヘンリーくん，ヘンリーくんと
  アバラー，アバラーのぼうけん ... 58
- アビー（アビゲイル・モリス）
  愛しのアビー 114
- アブラクサス
  小さい魔女 93
- アミーリア・カー
  からすのカーさんへびたいじ 32
- アムンゼン（ロアルト・アムンゼン）
  地のはてにいどむ 118
- あや太郎
  くしゃみくしゃみ天のめぐみ 35
- アライグマ博士
  アライグマ博士 河をくだる 86
- アラビス・タルキーナ
  馬と少年 109
- アラン・ブレック
  さらわれたデービッド 137
- アリ
  わにのはいた 29
- アリー・ゲイター
  ふたりはなかよし 22
- アリアドニー
  チャーリー・ムーン大かつやく ... 88
- アリエッティ
  床下の小人たち◆ 82
- アリク・ブカ
  草原の子ら 146
- アリス
  アリスの見習い物語 127

- ふしぎの国のアリス ◆ 56
- アリスティード
  アリスティードの夏休み 75
- アリソン
  ゾウの王パパ・テンボ 126
- アルヴィド王
  鳴りひびく鐘の時代に 129
- アルフレッド（片足のアルフレッド）
  アルフレッド王の戦い 157
- アルフレッド王
  アルフレッド王の戦い ◆ 157
- アルマンゾ
  農場の少年 112
- アレクサンドラ
  ザリガニ岩の燈台 60
- アレクシオス
  （アレクシオス・フラビウス・アクイラ）
  辺境のオオカミ 134
- アレック（アレクサンダー・モット）
  アレックと幸運のボート 57
- アレックス
  壁のむこうの街 123
- アレン
  さいはての島へ 164
- アレン・ブルースター
  ぼくの最高機密 53
- アロナックス（ピェール・アロナックス）
  海底二万海里 119
- アローン
  プリデイン物語 ◆ 116
- アン（アン・シャーリー）
  赤毛のアン ◆ 102
- アン・バーデン
  死のかげの谷間 122
- アンガス
  すずめのくつした 26
- アンクル・ビーズレー
  大きなたまご 84
- アンソン（アンソン・ストーン）
  大地に歌は消えない 116

- アンディ
  リンゴの木の上のおばあさん 111
- アンディ（アンディ・ホデル）
  ぼくはレース場の持主だ！ 162
- アンドリュー（アンドリュー・クレイギー／
  アンドリュー・ティレット）
  ホームズ少年探偵団 81
- アンドルー
  ライトニングが消える日 160
- アンドルー（アンドルー・タイラー）
  時間だよ、アンドルー 87
- アンドルーシク
  けしつぶクッキー 20
- アントン（アントン・ガスト）
  点子ちゃんとアントン 62
- アンナ
  思い出のマーニー 110
- アンナ（アンナ・ウィッティング）
  のっぽのサラ ◆ 97
- アンナ（アンナ・ソルデン）
  ぶきっちょアンナのおくりもの 106
- アンネリ
  オンネリとアンネリのおうち 61
- イエス・キリスト
  青銅の弓 138
- いく子
  ひさしの村，いく子の町 74, 75
- イシ
  イシ 130
- イジー
  あなぐまビルのぼうけん ◆ 88
- イズミ（モリ山イズミ）
  ゲンと不動明王 ◆ 100
- 1414
  きかんしゃ1414 33
- 一郎太（梶一郎太）
  竜のいる島 72
- イッパイアッテナ
  ルドルフとイッパイアッテナ 64
- イップ
  イップとヤネケ 24

253

- 糸世
  風神秘抄 121
- イバール
  町にきたヘラジカ 26
- イービク
  北のはてのイービク 92
- イヒッチェク
  いたずら小おに 77
- イーヨー
  クマのプーさん プー横丁にたった家 101
- 岩永三五郎
  肥後の石工 117
- イワン
  せむしのこうま 49
- ヴァイノ
  ヴァイノと白鳥ひめ 168
- ヴァスコ＝ダ・ガマ
  四せきの帆船 130
- ヴィーチャ（ヴィーチャ・マレーエフ）
  ヴィーチャと学校友だち 82
- ウィッジ
  シェイクスピアを盗め！ 153
- ウィニー（ウィニフレッド・フォスター）
  時をさまようタック 85
- ウイリー
  さんしん王ものがたり 21
- ウィル（ウィリー／ウィリアム・ビーチ）
  おやすみなさいトムさん 160
- ウィル（ウィル・スタントン）
  闇の戦い ◆ 128
- ウィルバー
  シャーロットのおくりもの 96
- ウェールズ王子（エドワード・チュードー）
  王子とこじき 76
- ウェンディ
  （ウェンディ・モイラ・アンジェラ・ダーリング）
  ピーター・パンとウェンディ 86
- ウォートン
  ヒキガエルとんだ大冒険 ◆ 18
- うしわか
  ふたごのでんしゃ 40

- ウーフ
  くまの子ウーフ 19
- ウルピウス家
  隣の家の出来事 152
- ウルフ
  うそつきの天才 137
- ウルフィー
  ウルフィーからの手紙 135
- エイナール
  小さい牛追い ◆ 86
- エイブラハム・カー
  からすのカーさんへびたいじ 32
- エイミー
  ガラス山の魔女たち 48
- エイロヌイ王女
  プリデイン物語 ◆ 116
- エーヴァ・ロッタ
  名探偵カッレくん ◆ 108
- エスカ
  第九軍団のワシ 134
- エステバン（エステバン・デ・サンドバル）
  黄金の七つの都市 122
- エスメラルダ
  みにくいおひめさま 36
- エティン
  赤鬼エティン 168
- エドマンド
  ライオンと魔女，カスピアン王子のつのぶえ，
  　朝びらき丸東の海へ，さいごの戦い
  .... 108, 109
- エパミナンダス
  エパミナンダス 168
- エーファ
  ビターチョコレート 155
- エマ
  私が売られた日 165
- エミー・ゲイター
  ふたりはなかよし 22
- エーミール
  （エーミール・スベンソン／エーミル）
  エーミール物語 ◆ 106

- エーミール(エーミール・ティッシュバイン)
  エーミールと探偵たち ◆ 62
- エラ
  ガラスのくつ 89
- エリザ
  子どもに語るアンデルセンのお話............43
  野の白鳥 43
  白鳥 44
- エリザベス
  魔女ジェニファとわたし 54
- エリック(エリック・バンクス)
  犬になった少年 43
- エリナー(エリナー・アウル)
  フクロウ探偵30番めの事件 97
- エリン
  獣の奏者 119
- エルタ
  かえるのエルタ 30
- エルッキ・セッパラ
  とびきりすてきなクリスマス 57
- エルネスト・ロマジュ
  十八番目はチボー先生 102
- エルマー・エレベーター
  エルマーのぼうけん ◆ 19
- エレン(エレン・テビッツ)
  ひとりっ子エレンと親友 59
- エンネ(エンネ・ゲープハルト)
  ベルリン1945 132
- エンリーコ
  クオレ 115
- オスカル
  さすらいの孤児ラスムス 107
- オースチン(オースチン・アレン)
  ひとりっ子エレンと親友 59
- オスバーン(ディック・オスバーン)
  勇敢な仲間 152
- オーチス(オーチス・スポフォード)
  いたずらっ子オーチス 59
- Oちゃん(オフェリア・ラルソン)
  すえっ子Oちゃん 47
- オットー
  銀のうでのオットー 83
- オーディン(オージン)
  オーディンとのろわれた語り部............91
  〈北欧神話〉................................193
- オデュッセウス
  ホメーロスのオデュッセイア物語..........195
- おとみさん(とみ子)
  べんけいとおとみさん 16
- 音羽(音羽丸)
  えんの松原 117
- オバケ氏
  紳士とオバケ氏 27
- オムリ
  リトルベアー ◆ 87
- おやゆび姫
  おやゆび姫 43
  子どもに語るアンデルセンのお話............43
- オーラ
  小さい牛追い ◆ 86
  山にのまれたオーラ 111
- オリバー
  みにくいガチョウの子 57
- オルウェン・ペンデニス
  イシスの燈台守 88
- オルガ
  おたよりください 70
- オルテギリ
  黄金境への旅 147
- オールドノウ夫人
  グリーン・ノウ物語 ◆ 95
- オンネリ
  オンネリとアンネリのおうち 61
- かおる(平野かおる)
  かおるのたからもの 71
- カシオペイア
  モモ 50
- ガストン
  海が死んだ日 135
- カスパール
  大どろぼうホッツェンプロッツ ◆ 92

255

- ゆかいな子ぐまポン 40
- カスピアン王子
  カスピアン王子のつのぶえ 109
- 風のサンダル
  火のくつと風のサンダル 47
- がちょうおくさん
  ごきげんいかががちょうおくさん 34
- カッレ（カッレ・ヴルムクヴィスト）
  名探偵カッレくん ◆ 108
- カーディ
  お姫さまとゴブリンの物語 ◆ 97
- ガディおばさん
  ガディおばさんのゆうれいたいじ 21
- ガニマール警部
  怪盗ルパン 164
- ガーネット
  ふたごのルビーとガーネット 46
  ゆびぬきの夏 51
- ガブリエル
  フランセスの青春 147
- カーボネル
  黒ネコの王子カーボネル 70
- カミイ
  ロボット・カミイ 34
- カム
  ちびっこカムのぼうけん 55
- カムパネルラ
  銀河鉄道の夜 100
- カーラ（カーラ・ルイーズ・ランドリー）
  こちら『ランドリー新聞』編集部 61
- カラーナ（ウォン・ナ・パ・レィ）
  青いイルカの島 52
- ガリヴァー（ガリバー）
  ガリヴァー旅行記 136
  リリパット漂流記 47
- カール（カール・レヨンイェッタ）
  はるかな国の兄弟 107
- かん子
  雪わたり 100
- かんた
  かえるのエルタ 30

- かん太
  くしゃみくしゃみ天のめぐみ 35
- ガンダルフ
  ホビットの冒険 79
  指輪物語 ◆ 143
- ガンバ
  冒険者たち ◆ 64
- がんりき
  ながすね ふとはら がんりき 168
- キキ
  ながいながいペンギンの話 16
  魔女の宅急便 53
- キーコ
  おさるのキーコ 17
- キジィ・ローベル
  （キザイア・カニンガム・トウィス）
  ディダコイ 131
- キース（キース・グリドリー）
  子ねずみラルフのぼうけん 58
- キース（キース・ヘーゼルタイン）
  地に消える少年鼓手 161
- キース・ロジャーズ
  呪われた極北の島 126
- 吉四六
  ゆかいな吉四六さん 170
- キット（キャサリーン・タイラー）
  からすが池の魔女 138
- キット・クェイル
  ある小馬裁判の記 122
- きつねくん
  きつねものがたり 105
- 金判男（キム ハンネミ）
  むくげの花は咲いていますか 133
- ギャオギャオ王子
  世界でいちばんやかましい音 18
- キャサリン（キャサリン・リンゼイ）
  魔女とふたりのケイト 153
- キャス
  （キャスリーン・マーガレット・ボーディン）
  ジェミーと走る夏 89

- キャット（カトリアオーナ・ナターシャ・ブルック）
  おばあちゃんはハーレーにのって 158
- キャプテンクック
  ポッパーさんとペンギン・ファミリー 42
- キャム・レントン
  海に育つ 116
- キリカ
  ももいろのきりん 31
- クアン
  ラッキー・ドラゴン号の航海 156
- グイド
  小さな魚 157
- クィロー
  おもちゃ屋のクィロー 23
- クインシー
  こんにちは、バネッサ 24
- グウェン・パーセル
  グウェンの旅だち 147
- クサンチップス先生
  カイウスはばかだ 46
- クシ
  アンデスの秘密 128
- クビライ
  草原の子ら 146
- クフロ
  ぼくとくらしたフクロウたち 102
- クメワワ
  ジャングルの少年 70
- クラバート
  クラバート 155
- グラベラ（グラベラ・ローラー）
  村は大きなパイつくり 60
- グラン
  極北の犬トヨン 125
- クリス
  銀の馬車 115
- クリス（クリストファ）
  ディア ノーバディ 143
- クリス・ハリス
  ライオンと歩いた少年 127

- クリスチナ（クリスチナ・パーソンズ）
  フランバーズ屋敷の人びと ◆ 155
- クリスティーナ（クリスティーナ・ラティモア）
  クリスティーナの誘拐 145
- クリステル
  あの年の春は早くきた 145
- クリストフ（クリストフ・ツムベック）
  だれが君を殺したのか 132
- クリストファー・ロビン
  クマのプーさん プー横丁にたった家 101
- グリック
  グリックの冒険 64
- クリノヒコ
  豆つぶほどの小さないぬ 65
- クルエラ（クルエラ・デ・ビル）
  ダルメシアン 69
- クルーザー（クルーザー・トルズベリー）
  ニワトリ号一番のり 161
- クルミノヒコ（ミツバチぼうや）
  星からおちた小さな人 65
- グレイ・ラビット
  グレイ・ラビットのおはなし 14
- グレーカブ
  オオカミは歌う 147
- グレゴリー（グレゴリー・トーマス）
  台所のマリアさま 63
- グレーテル（グレーテル・ブリンカー）
  銀のスケート 77
- グレンジャー先生（ローン・グレンジャー）
  合言葉はフリンドル！ 61
- クローディア（クローディア・キンケイド）
  クローディアの秘密 54
- ケアリイ
  空とぶベッドと魔法のほうき 82
- ケイト（ケイト・ディンズディル）
  砂に消えた文字 68
- ケイト（ケイト・マックスウェル）
  魔女とふたりのケイト 153
- ケイト・マッキンストリー
  歯みがきつくって億万長者 101

- ゲイル（ゲイル・グランド）
  オッター32号機SOS 86
- ケティ（ケティ・ペトリ）
  ケティのはるかな旅 131
- ケート（キャサリン・トランター）
  サティン入江のなぞ 149
- ケート（ケート・ラッグルス）
  ふくろ小路一番地 54
- ゲド（ハイタカ）
  ゲド戦記◆ 164
- ケニー（ケネス・バーナード・ワトソン）
  ワトソン一家に天使がやってくるとき 124
- ケパ
  荒野の羊飼い 128
- ゲピー（スサガペ）
  名探偵しまうまゲピー 76
- ケリー
  12月の静けさ 148
- ゲルランゲ
  おそうじをおぼえたがらないリスの
  　ゲルランゲ◆ 39
- ゲン（モリ山ゲン）
  ゲンと不動明王◆ 100
- けんた
  けんた・うさぎ 30
- こいぬ
  こいぬとこねこはゆかいななかま 28
- 光一（星野光一）
  チョコレート戦争 51
- 公爵
  のらネコ兄弟のはらぺこ放浪記 15
- ゴクリ
  ホビットの冒険 79
  指輪物語◆ 143
- ゴーシュ
  セロひきのゴーシュ 100
- コゼット
  レ・ミゼラブル 161
- こねこ
  こいぬとこねこはゆかいななかま 28
- ゴハおじさん
  ゴハおじさんのゆかいなお話 185
- ゴプー
  モンスーン あるいは白いトラ 132
- コブタ
  クマのプーさん プー横丁にたった家 101
- コブタくん
  コブタくんとコヤギさんのおはなし 28
- コヤギさん
  コブタくんとコヤギさんのおはなし 28
- コリン
  ブリジンガメの魔法の宝石 124
- コリン（コリン・クレーブン）
  秘密の花園 85
- コリン（コリン・ジャッカス）
  幽霊があらわれた 62
- コル
  砦 148
- コルチャック
  ゲットーの壁は高くて 165
- コルテス（エルナン・コルテス）
  黄金境への旅 147
- コルババさん
  長い長いお医者さんの話 74
- コロンブス（クリストファ・コロンブス）
  コロンブス海をゆく 158
  コロンブスのむすこ 146
- ごん
  ごんぎつね 80
- コンラッド（コンラッド・ビトネル）
  金曜日うまれの子 160
- 権六（阿能権六）
  石切り山の人びと 141
- サイモン
  バターシー城の悪者たち 48
- サイモン（サイモン・ショウ）
  僕らの事情。 151
- サイモン（サイモン・ドルウ）
  コーンウォールの聖杯、みどりの妖婆、
  　樹上の銀 128

- サイモン（サイモン・ブレント）
  星に叫ぶ岩ナルガン 162
- サウンダー
  父さんの犬サウンダー 115
- サカジャウィア
  小川は川へ，川は海へ 122
- 坂本君
  くいしんぼ行進曲 18
- サクマット
  光 草（ストラリスコ） 150
- サーシャ
  愛について 155
- サッちゃん
  サッちゃん 202
- サニー（ホーマー・ヒッカム・ジュニア）
  ロケットボーイズ 150
- ザビーネ（ザビーネ・ハラー）
  ゼバスチアンからの電話 132
- サファ
  ゴースト・ドラム 91
- サマー
  メイおばちゃんの庭 163
- サミアド（サミアッド）
  砂の妖精 ◆ 81
- サラ（サラ・エリザベス・フィートン）
  のっぽのサラ ◆ 97
- サライ（ジャン・ジャコモ・ド・カプロティ）
  ジョコンダ夫人の肖像 124
- サラマンカ（サラマンカ・ツリー・ヒドル）
  めぐりめぐる月 129
- サリームじいさん
  片手いっぱいの星 135
- サンタクロース　→聖ニコラウス
- サンドリヨン　→シンデレラ
- ジェイ
  ポケットのたからもの 22
- シェイクスピア
  シェイクスピア物語 163
  シェイクスピアを盗め！ 153
  バレエ・シューズ 69

- ジェイコブ・トッド
  二つの旅の終わりに 141
- ジェイミー
  鉄橋をわたってはいけない 111
- ジェイン（ジェイン・ドルウ）
  コーンウォールの聖杯 128
- ジェシー（ジェシー・アーロンズ）
  テラビシアにかける橋 84
- ジェッペットじいさん
  ピノッキオの冒険 63
- ジェニー（ジェニー・マーシャル）
  運命の馬ダークリング 156
- ジェニー・リンスキー
  黒ネコジェニーのおはなし ◆ 15
- ジェニファ
  魔女ジェニファとわたし 54
- シェヘラザード
  子どもに語るアラビアンナイト 191
- ジェミー
  身がわり王子と大どろぼう 91
- ジェミー（ジェイムズ・アレン）
  幽霊 85
- ジェミー（ジェミール・コンスタンス・ルイス）
  ジェミーと走る夏 89
- ジェームズ・ハリソン
  トーマス・ケンプの幽霊 104
- ジェローム（ジェローム・キルディー）
  キルディー小屋のアライグマ 102
- ジェーン（ジェーン・ドルー）
  みどりの妖婆，樹上の銀 128
- ジェーン（ジェーン・バンクス）
  風にのってきたメアリー・ポピンズ ◆ 78
- ジェーン（ジェーン・モファット）
  元気なモファットきょうだい ◆ 49
- ジェーン（レディー・ジェーン・グレイ）
  九日間の女王さま 153
- ジェーン・ピットマン
  ミス・ジェーン・ピットマン 130
- ジーキル（ヘンリー・ジーキル）
  ジーキル博士とハイド氏 137

- しげる
  いやいやえん 30
- シーシキン（コースチャ・シーシキン）
  ヴィーチャと学校友だち 82
- シッシー（シッシー・キーナン）
  象と二人の大脱走 61
- シド（シド・ファーカー）
  ペットねずみ大さわぎ 87
- ジニー（ヴァージニア・キャロル・ショート）
  スイート川の日々 159
- シニ（シニ・ド・レウ）
  シニとわたしのいた二階 162
- 島子
  山へ行く牛 125
- ジミー
  LSD 120
- ジム
  町かどのジム 89
  リリパット漂流記 47
- ジム・ホーキンズ
  宝島 137
- ジム・ボタン
  ジム・ボタンの冒険◆ 50
- ジャイルズ
  ささやき貝の秘密 110
- ジャーヴィス
  オオカミに冬なし 163
- シャスタ
  馬と少年 109
- ジャスティン
  （ティベリウス・ルシウス・ジャスティニアヌス）
  銀の枝 134
- ジャック
  あの犬が好き 59
  ぼくのすてきな冒険旅行 90
- ジャック・ドウ
  みにくいガチョウの子 57
- シャーマン
  （ウィリアム・ウォーターマン・シャーマン）
  二十一の気球 76

- シャーロット
  シャーロットのおくりもの 96
- ジャン・ヴァルジャン
  レ・ミゼラブル 161
- ジャン＝ピエール
  セシルの魔法の友だち 56
- 秋先
  花仙人 192
- シュタニスラウス
  かみ舟のふしぎな旅 33
- ジュディー（ジェルーシャ・アボット）
  あしながおじさん 119
- ジュハーおじさん（ヌーフ＝アブル＝グスン）
  アラビア物語2・4 176
- ジュリア・パーセル
  海を渡るジュリア 147
- ジュリリー（ジューン・リリー）
  六月のゆり 139
- ジュール・ケルジャン
  海が死んだ日 135
- シュレミール
  まぬけなワルシャワ旅行 136
- シュン
  はじまりはイカめし！ 37
- ジュン（鬼頭潤）
  ジュンとひみつの友だち 65
- ジョー
  海のたまご 95
- ジョー（ジョー・キャラクロー）
  名犬ラッシー 80
- ジョー（ジョゼフィーン・マーチ）
  四人の姉妹 52
- ジョーイ・ダウデル
  シカゴよりこわい町 156
- ショイラー家
  クララをいれてみんなで6人 94
- ジョウ
  はんぶんのおんどり 40
- 正助
  ジンタの音 130

- ジョエル（ジョエル・ウィディスン）
  妖精ディックのたたかい 153
- ジョジー・エア
  ある小馬裁判の記 122
- ジョージイぼうや
  ウサギが丘 109
- ジョセフィーン（ジョセフィーン・
  ヨハンデルソン／アンナ・グロー）
  北国の虹ものがたり ◆ 59
- ジョナサン
  ヘムロック山のくま 29
- ジョナシ
  サンゴしょうのひみつ 53
- ジョーナス
  ザ・ギバー 166
- ジョバンニ
  銀河鉄道の夜 100
- ジョフリー
  海を渡るジュリア 147
- ジョルジョ
  黒い兄弟 142
- ジョン（ジョン・ウォーカー）
  ツバメ号とアマゾン号，ツバメの谷，ヤマネコ
     号の冒険，長い冬休み，ツバメ号の伝書バト，
     海へ出るつもりじゃなかった，ひみつの海，
     女海賊の島，シロクマ号となぞの鳥 106
- ジョン（ジョン・ウォルターズ）
  地下の洞穴の冒険 ◆ 74
- ジョン（ジョン・クレメント・サムナー）
  風船をとばせ！ 133
- ジョン・シルバー
  宝島 137
- ジョン・スペンサー
  反どれい船 123
- シリキ
  ウルフ・サーガ 165
- ジル（ジル・ポール）
  銀のいす 109
- 白いタカ（ジョン）
  白いタカ 115

- 四郎
  雪わたり 100
- ジンギス・カン
  草原の子ら 146
- ジンゴ・ジャンゴ
  ジンゴ・ジャンゴの冒険旅行 90
- シンデレラ（サンドリヨン）
  ガラスのくつ 89
  こぎつねルーファスとシンデレラ 14
  サンドリヨン 180
- シンドバッド
  〈アラビアン・ナイト〉 191
  のらネコ兄弟のはらぺこ放浪記 15
- スキレル
  グレイ・ラビットのおはなし 14
- スクルージ（エビニーザ・スクルージ）
  クリスマス・キャロル 142
- スケリグ
  肩胛骨は翼のなごり 116
- スコティー（スコット・パイリー）
  ある小馬裁判の記 122
- スーザン
  カスピアン王子のつのぶえ 109
  ブリジンガメンの魔法の宝石 124
- スーザン（スーザン・ウォーカー）
  ツバメ号とアマゾン号，ツバメの谷，ヤマネコ
     号の冒険，長い冬休み，ツバメ号の伝書バト，
     海へ出るつもりじゃなかった，ひみつの海，
     女海賊の島，シロクマ号となぞの鳥 106
- スージー
  キリンのいるへや 17
  りすのスージー 37
- スターリング
  はるかなるわがラスカル 145
- スタンリー（スタンリー・イェルナッツ／
  イェルナッツ4世）
  穴 134
- スティーヴン（スティーヴン・ド・ボーヴィル）
  剣と絵筆 150
- ステッグ
  ぼくと原始人ステッグ 56

- ステファヌ
  はんぶんのおんどり 40
- ステフィ（ステファニー・シュタイナー）
  ステフィとネッリの物語◆ 143
- ステュッベ
  きょうだいトロルのぼうけん 71
- スナフキン
  たのしいムーミン一家，ムーミン谷の夏まつり，
  ムーミン谷の仲間たち，ムーミン谷の彗星，
  ムーミン谷の十一月 103
- スヌーク
  青いひれ 68
- スパーキー
  いたずらでんしゃ 21
- スーパーわん
  めいたんていスーパーわん◆ 59
- スピラー
  野に出た小人たち，川をくだる小人たち，
  空をとぶ小人たち，小人たちの新しい家 ... 83
- スプーンおばさん
  小さなスプーンおばさん◆ 91
- スライカープ先生
  ウィロビー・チェースのおおかみ 48
- ズラテー
  やぎと少年 68
- スールー
  ハンニバルの象つかい 146
- セイタカサン
  だれも知らない小さな国 65
- セーイト
  キルギスの青い空 114
- 聖ニコラウス（サンタクロース）
  サンタ・クロースからの手紙 79
- セシル
  セシルの魔法の友だち 56
- ゼッペル
  大どろぼうホッツェンプロッツ◆ 92
- セドリック
  （セドリック・エロル／フォントルロイ）
  小公子 84
- ゼバスチアン
  ゼバスチアンからの電話 132
- セーラ（セーラ・クルー）
  小公女 84
- セーラ・パーセル
  丘の家のセーラ 147
- セーリム・バルフ（盗賊オルバサン）
  冷たい心臓 146
- セント・ジョージ
  おひとよしのりゅう 60
- ゾーイ
  （ゾーイ・ライスマン／ジージー・レイスマン）
  ナタリーはひみつの作家 61
- 草十郎
  風神秘抄 121
- ソフィー
  ソフィーとカタツムリ 20
- 孫悟空
  西遊記 192
- ダイスケ（蜂山十五）
  ジュンとひみつの友だち 65
- 太一（羽崎太一）
  男たちの海 161
- ダイドー（ダイドー・トワイト）
  ナンタケットの夜鳥，かっこうの木,
  ぬすまれた湖，ダイドーと父ちゃん 48
- ダイナ（ダイナ・グラス）
  あやつられた学校 61
- タイラー（タイラー・ウッドラフ）
  クレージー・バニラ 166
- ダ・ヴィンチ　→レオナルド
- 孝（望月孝）
  小さなハチかい 45
- 篁（小野篁）
  鬼の橋 117
- タクちゃん
  ペンギンじるし れいぞうこ 27
- ダグラス（ダグラス・スポールディング）
  たんぽぽのお酒 153
- たけし
  ロボット・カミイ 34

- ダーシェンカ
  ダーシェンカ 74
- タチ
  タチ 122
- ターちゃん
  ターちゃんとルルちゃんのはなし 27
- タック一家
  時をさまようタック 85
- たっくん
  どれみふぁけろけろ 32
- タッド（タッディアス・ホーキンズ）
  象と二人の大脱走 61
- ダニー
  ダニーとなかよしのきょうりゅう 26
- ダニィ（ダニー）
  ぼくらは世界一の名コンビ！ 73
- ダニエル・バー・ヤミン
  青銅の弓 138
- タハカ
  コロンブスのむすこ 146
- タマーロチカ
  ベーロチカとタマーロチカのおはなし 32
- タラン
  プリデイン物語 ◆ 116
- ダリタイ
  急げ 草原の王のもとへ 148
- タルカ
  かわうそタルカ 118
- ダルタニャン
  三銃士 142
- タルパ
  モグラ物語 101
- 太郎（龍の子太郎）
  龍の子太郎 98
- 太郎（まえがみ太郎）
  まえがみ太郎 98
- たんのたんた
  たんたのたんけん ◆ 30
- チェスター
  天才コオロギニューヨークへ 71
- チキチキバンバン
  チキチキバンバン 92
- チップ
  愛しのアビー 114
- チト（フランソワ・バチスト）
  みどりのゆび 79
- ちびた
  かみなりのちびた 36
- チボー先生
  十八番目はチボー先生 102
- チム
  火のくつと風のサンダル 47
- チム・ラビット
  チム・ラビットのぼうけん ◆ 14
- チャス・マッギル
  水深五尋 118
- チャーリー
  サーカスは夜の森で 43
- チャーリー（チャーリー・ゴダード）
  少年は戦場へ旅立った 159
- チャーリー（チャーリー・バケット）
  チョコレート工場の秘密 73
- チャーリー・サムソン
  少年鼓手 125
- チャーリー・ムーン
  チャーリー・ムーン大かつやく 88
- チャールズ
  空とぶベッドと魔法のほうき 82
  チャールズのおはなし 17
- チャールズ（チャールズ・ノースタッド）
  顔のない男 158
- チュート
  アンデスの秘密 128
- チョルベン
  わたしたちの島で 164
- チルチル
  青い鳥 101
- チンギス
  ゴースト・ドラム 91
- 九十九一家
  妖怪一家九十九さん 78

263

- ツトム
    わすれものの森 51
- 常七
    花咲か 117
- デイヴィッド（デイヴィッド・ウィックス）
    地に消える少年鼓手 161
- ディゴリー・カーク
    魔術師のおい 109
- デイジー
    ひみつの海 106
- テイシイ・ケリイ
    （アンナ・アナスタシャ・ケリイ）
    ベッツィーとテイシイ 38
- Ｔ・Ｊ（ザ・タオ／ダウ・ジョーンズ）
    ホエール・トーク 128
- ディック（ディック・カラム）
    長い冬休み，オオバンクラブ物語，ツバメ号の伝書バト，六人の探偵たち，スカラブ号の夏休み，シロクマ号となぞの鳥 106
- ディック（ホバディ・ディック）
    妖精ディックのたたかい 153
- ティティ（ティティ・ウォーカー）
    ツバメ号とアマゾン号，ツバメの谷，ヤマネコ号の冒険，長い冬休み，ツバメ号の伝書バト，海へ出るつもりじゃなかった，ひみつの海，女海賊の島，シロクマ号となぞの鳥 106
- ディニー
    ダニーとなかよしのきょうりゅう 26
- デイビド・ヒューズ
    シェパートン大佐の時計 ◆ 141
- ティベ
    ネコのミヌース 68
- ティム（ティム・ターラー）
    笑いを売った少年 129
- てつた
    もりのへなそうる 40
- テディ
    はずかしがりやのスーパーマン 31
- テディ・ロビンソン
    くまのテディ・ロビンソン ◆ 40
- テナー
    こわれた腕環 164
- デビッド（デビッド・モス）
    ハヤ号セイ川をいく 87
- デービッド・バルファ
    さらわれたデービッド 137
- デボラ
    くまのテディ・ロビンソン ◆ 40
- デリー
    町かどのジム 89
- テンゴ
    草原に雨は降る 131
- 点子（ルイーゼ・ポッゲ）
    点子ちゃんとアントン 62
- トゥートゥ
    ちびっこタグボート 21
- トウヤーヤ
    月からきたトウヤーヤ 66
- 年男
    キツネ森さいばん 64
- 杜子春
    羅生門 杜子春 114
- ドースン（デーヴィッド・Ｑ・ドースン）
    ベイジルとふたご誘拐事件 72
- トチー（トチー・プランタガネット）
    人形の家 131
- トック
    なまくらトック 168
- トード
    オーディンとのろわれた語り部 91
- ドナルド（ドナルド・ジャクソン）
    闇の戦い 161
- トビー
    海のたまご 95
- トーマス・ケンプ
    トーマス・ケンプの幽霊 104
- トミー（トーマス・スタビンズ）
    ドリトル先生航海記，ドリトル先生の動物園，ドリトル先生と月からの使い，ドリトル先生月へゆく，ドリトル先生月から帰る，ドリトル先生と秘密の湖 110

- トム
  - ジャズ・カントリー..................................157
  - トムじいやの小屋..................................138
  - ねこネコねこの大パーティー.................15
  - ネコのタクシー...31
  - 山のトムさん..44
- トム（トム・オークリー）
  - おやすみなさいトムさん....................160
- トム（トム・キャンティ）
  - 王子とこじき..76
- トム（トム・ロング）
  - トムは真夜中の庭で..........................149
- トム・ソーヤー
  - トム・ソーヤーの冒険.........................77
- トム・ティット・トット
  - 銀のシギ...89
- とめ吉
  - くしゃみくしゃみ天のめぐみ.............35
- トヨン
  - 極北の犬トヨン..................................125
- トーリー（トーズランド）
  - グリーン・ノウの子どもたち，グリーン・ノウの煙突，グリーン・ノウの魔女.............95
- ドリトル先生（ジョン・ドリトル）
  - ドリトル先生物語全集◆..................110
- ドリンコート伯爵
  - 小公子...84
- ドル・コドリング
  - 銀のシギ...89
- ドルー（ドルー・タイラー）
  - 時間だよ、アンドルー........................87
- ドレム
  - 太陽の戦士..134
- 泥足にがえもん
  - 銀のいす..109
- ドロシー
  - オズの魔法使い....................................83
- ドロシア（ドロシア・カラム）
  - 長い冬休み，オオバンクラブ物語，ツバメ号の伝書バト，六人の探偵たち，スカラブ号の夏休み，シロクマ号となぞの鳥..........106

- ドン
  - ひみつの海..106
- ドン・キホーテ
  - （ドン・キホーテ・デ・ラ・マンチャ）
  - ドン・キホーテ...................................139
- ながすね
  - ながすね ふとはら がんりき............168
- 長鼻くん
  - 長鼻くんといううなぎの話..................44
- ナスティ（ナスティ・ゾンマー）
  - みんなの幽霊ローザ............................81
- ナタリー
  - （ナタリー・ネルソン／カサンドラ・デイ）
  - ナタリーはひみつの作家....................61
- ナニモセン五世
  - なまけものの王さまとかしこい王女のお話...111
- なほちゃん
  - はじめてのキャンプ............................32
- ナム・フォン
  - ナム・フォンの風................................55
- ナルガン
  - 星に叫ぶ岩ナルガン..........................162
- ナレディ
  - 炎の鎖をつないで..............................144
- ナンシイ（ルース・ブラケット）
  - ツバメ号とアマゾン号，ツバメの谷，ヤマネコ号の冒険，長い冬休み，ツバメ号の伝書バト，ひみつの海，女海賊の島，スカラブ号の夏休み，シロクマ号となぞの鳥..................106
- なんでもふたつさん
  - なんでもふたつさん............................21
- ニコラ
  - もしもしニコラ！..................................67
- ニック（ニック・アレン）
  - 合言葉はフリンドル！........................61
- ニルス・ホルゲション
  - ニルスのふしぎな旅..........................105
- ヌージヤード
  - けっこんをしたがらないリスのゲルランゲ...39
- ネイサン
  - 僕らの事情。......................................151

- ネイト（ネイサン・トゥイッチェル）
  大きなたまご 84
- ネズナイカ
  ネズナイカのぼうけん 82
- ネズミ
  たのしい川べ 60
- ネッド（ネッド・ウォリス）
  十一歳の誕生日 152
- ネッリ（エレノア・シュタイナー）
  ステフィとネッリの物語◆ 143
- ネート
  ぼくはめいたんてい◆ 24
- ネモ艦長
  海底二万海里 119
- ネロ
  フランダースの犬 45
- ネンディ
  ネンディのぼうけん 22
- ノア（エレノア・ロビンス）
  とざされた時間のかなた 141
- ノーチェ（ノーチェ・ファン・デル・フック）
  第八森の子どもたち 94
- ノーニ
  ジャカランダの花さく村 64
- ノリー・ライアン
  ノリー・ライアンの歌 126
- ノンちゃん（田代ノブ子）
  ノンちゃん雲に乗る 44
- のんのん
  グリックの冒険 64
- ハイジ
  ハイジ 69
- ハイド（エドワード・ハイド）
  ジーキル博士とハイド氏 137
- ハウイ
  森に消える道 132
- ハガティーおばさん
  ほがらか号のぼうけん 45
- はくしょん（初太郎）
  くしゃみくしゃみ天のめぐみ 35

- バスタブル家
  砂の妖精◆ 81
- バスチアン
  （バスチアン・バルタザール・ブックス）
  はてしない物語 121
- 畑中マサ
  コタンの口笛 117
- 畑中ユタカ
  コタンの口笛 117
- パディントン
  くまのパディントン◆ 96
- バド（バド・コールドウェル）
  バドの扉がひらくとき 124
- パトラッシュ
  フランダースの犬 45
- バーナード
  ミス・ビアンカ◆ 67
- バーニー
  ぼくと原始人ステッグ 56
- バーニー（バーナビー・パーマー）
  足音がやってくる 160
- バーニィ（バーニィ・ドルウ）
  コーンウォールの聖杯，みどりの妖婆，
    樹上の銀 128
- バネッサ
  こんにちは、バネッサ 24
- バプティ
  モンスーン あるいは白いトラ 132
- パブロ
  ぼくの名はパブロ 72
  メキシコの嵐 154
- パーマー（パーマー・ラルー）
  ひねり屋 138
- ハリー（ハリー・バグリー）
  海辺の王国 118
- バリツキー一家
  銀のナイフ 140
- バリヒ
  たんたのたんけん 30
- ハルオ
  おともださにナリマ小 27

- 春子
  おかえり春子 51
- バルタザル
  ヤンと野生の馬 76
- ハロルド
  ちびっこ大せんしゅ 35
- バンクス家
  風にのってきたメアリー・ポピンズ ◆ 78
- ハンス（ハンス・ゲープハルト）
  ベルリン 1933 132
- ハンス（ハンス・ブリンカー）
  銀のスケート 77
- ハンダー
  おもちゃ屋のクィロー 23
- パンチート
  この道のむこうに 151
- ハンナ（ハンナ・ジンゲルマン）
  二度とそのことはいうな？ 130
- ハンニバル
  ハンニバルの象つかい 146
- ハンノー
  グリーン・ノウのお客さま 95
  ちびドラゴンのおくりもの 23
- バンビ
  バンビ 65
- ヒキガエル
  たのしい川べ 60
- 彦一
  彦一とんちばなし 170
- ひさし
  ひさしの村，いく子の町 74, 75
- ビーザス（ビアトリス・クインビー）
  ヘンリーくんとビーザス，
  　ビーザスといたずらラモーナ 58
- ピーター
  カスピアン王子のつのぶえ 109
- ピーター（ピーター・グラント）
  とぶ船 109
- ピーター・パン
  ピーター・パンとウェンディ 86
- ピーター・ベックフォード
  シェパートン大佐の時計 ◆ 141
- ビッケ
  小さなバイキング ビッケ ◆ 104
- ピッピ（ピッピロッタ・タベルシナジナ・カーテンアケタ・ヤマノハッカ・エフライムノムスメ・ナガクツシタ）
  長くつ下のピッピ ◆ 107
- ヒティ
  人形ヒティの冒険 89
- ビーテク（ビート・カメニーク）
  ビーテクのひとりたび 24
- ヒトラー
  →第二次世界大戦・ナチス p.333
- 火の靴
  火のくつと風のサンダル 47
- ピノッキオ
  ピノッキオの冒険 63
- 百太郎
  お江戸の百太郎 80
- ヒューゴ（ヒューゴ・アンデルソン）
  ヒューゴとジョセフィーン 59
- ピララ
  銀色ラッコのなみだ 52
- ビリー
  ぼくとくらしたフクロウたち 102
- ビリー・ジョー
  ビリー・ジョーの大地 156
- ビル
  あなぐまビルのぼうけん ◆ 88
- ビル（ビル・メルバリー）
  この湖にボート禁止 ◆ 78
- ヒルベル
  ヒルベルという子がいた 157
- ビルボ（ビルボ・バギンズ）
  ホビットの冒険 79
- ひろくん
  おれたちゃ映画少年団 103
- ひろし（よしだひろし）
  かみなりのちびた 36

267

- ピン
  - グリーン・ノウのお客さま，グリーン・ノウの魔女 95
- ビンティ（ビンティ・ピリ）
  - ヘブンショップ 49
- ピンピ（ピンパーネッラ王女）
  - なまけものの王さまとかしこい王女のお話 ... 111
- プー（プーのウィニー）
  - クマのプーさん プー横丁にたった家 101
- ファイバー
  - ウォーターシップ・ダウンのうさぎたち 114
- ファーガス
  - ボグ・チャイルド 140
  - 魔の山 149
- ファーン
  - シャーロットのおくりもの 96
- ファン・オルト家
  - あらしの前 ◆ 104
- 黄順而（ファン スンイ）
  - むくげの花は咲いていますか 133
- フィドルス
  - 王のしるし 134
- フィリップ・マロイ
  - 星条旗よ永遠なれ 114
- フェルコー（カルマール・フェルコー）
  - ほんとうの空色 86
- フェルディナンド（フェルディナンド・ゴリッパー）
  - すばらしいフェルディナンド ◆ 63
- フェルナン
  - コロンブスのむすこ 146
- 福地家
  - 寺町三丁目十一番地 112
- 福っつぁん（福地祐介）
  - 寺町三丁目十一番地 112
- ブータレ
  - ブータレとゆかいなマンモス 66
- ふとはら
  - ながすね ふとはら がんりき 168
- プムックル（ブームックル）
  - いたずら小人プムックル ◆ 53
- フョードルおじさん
  - フョードルおじさんといぬとねこ 17
- ブラァン（ブラァン・ディヴィーズ）
  - 灰色の王，樹上の銀 128
- ブライアン・ロブソン
  - ひとりぼっちの不時着 96
- プライスさん
  - 空とぶベッドと魔法のほうき 82
- ふらいぱんじいさん
  - ふらいぱんじいさん 20
- ブラウン家
  - くまのパディントン ◆ 96
- ブラック・ビューティ
  - 黒馬物語 67
- プラテーロ
  - プラテーロとぼく 151
- フラビウス（マーセルス・フラビウス・アクイラ）
  - 銀の枝 134
- フランセス・パーセル
  - フランセスの青春 147
- フランチェスカ
  - フランチェスコとフランチェスカ 34
- フランチェスコ
  - フランチェスコとフランチェスカ 34
- フランティーク
  - かじ屋横丁事件 66
- ブリジッド
  - パディーの黄金のつぼ 57
- フリスビーおばさん
  - フリスビーおばさんとニムの家ねずみ 122
- フリードリヒ（フリードリヒ・シュナイダー）
  - あのころはフリードリヒがいた 163
- フリードリヒ・ビーンマン
  - 少年ルーカスの遠い旅 152
- ブル（ブル・バーロー）
  - 燃えるタンカー 116
- ブルイユ神父（アンリ・ブルイユ）
  - 大昔の狩人の洞穴 146
- ブルース
  - すずめのくつした 26

- ブレー（ブレーヒー・ヒニイ・ブリニー・フーヒー・ハーハ）
  馬と少年 109
- プレイズワージ
  ぼくのすてきな冒険旅行 90
- プレストン・スコット
  父がしたこと 135
- フレディ
  フレディ 104
- フレドリック
  ぼくの名はパブロ 72
- フロド（フロド・バギンズ）
  指輪物語 ◆ 143
- ブロンテ姉弟
  魔神と木の兵隊 58
- ヘアー
  グレイ・ラビットのおはなし 14
- ベイジル
  ベイジルとふたご誘拐事件 72
- ヘイズル
  ウォーターシップ・ダウンのうさぎたち ... 114
- ベイブ
  子ブタシープピッグ 57
- ペギー
  リリパット漂流記 47
- ペギイ（マーガレット・ブラケット）
  ツバメ号とアマゾン号，ツバメの谷，ヤマネコ号の冒険，長い冬休み，ツバメの伝書バト，ひみつの海，女海賊の島，スカラブ号の夏休み，シロクマ号となぞの鳥 106
- ペーター
  泥棒をつかまえろ！ 135
  ハイジ 69
- ベッツィー・レイ
  ベッツィーとテイシイ 38
- ペーテル（ペーテル・ホブデン）
  オッター32号機SOS 86
- ペトロヴァ（ペトロヴァ・フォッシル）
  バレエ・シューズ 69
- へなそうる
  もりのへなそうる 40

- ベニー
  ともだちができちゃった！ 14
- ペニー（ペニー・ポラード）
  ペニーの日記読んじゃだめ ◆ 57
- ペネロピー
  （ペネロピー・タバナー・キャメロン）
  時の旅人 115
- ヘーパイストス
  ギリシア神話物語 125
- ベービス
  運命の騎士 134
- ヘラクレス
  がんばれヘラクレス 21
  金色の影 125
- ペリーヌ
  家なき娘 99
- ベル（ベル・マリオット）
  サーカスは夜の森で 43
- ベル・リア
  ベル・リア 149
- ヘルゲ
  鳴りひびく鐘の時代に 129
- ベルタ
  年とったばあやのお話かご 89
- ヘールトラウ
  二つの旅の終わりに 141
- ヘレ（ヘルムート・ゲープハルト）
  ベルリン1919 132
- ヘレン
  ディア ノーバディ 143
- ヘレン・ハーパー
  空とぶ庭 112
- ベーロチカ
  ベーロチカとタマーロチカのおはなし ... 32
- ベン
  マデックの罠 159
- ベン（ベン・ブリューイット）
  まぼろしの小さい犬 150
- べんけい
  ふたごのでんしゃ 40
  べんけいとおとみさん 16

- ベンジャミン（ベンジャミン・マクドナルド）
  アナグマと暮した少年 121
- ヘンリー（ヘンリー・ハギンズ）
  がんばれヘンリーくん，ヘンリーくんとアバラー，ヘンリーくんとビーザス，ヘンリーくんと新聞配達，ヘンリーくんと秘密クラブ，アバラーのぼうけん 58
- ポイヤウンベ
  ポイヤウンベ物語 171
- ポインセチア
  こぶたのポインセチア 35
- ホウムズ（シャーロック・ホウムズ／ホームズ）
  怪盗ルパン ◆ 164
  シャーロック・ホウムズの冒険 ◆ 143
  ベイジルとふたご誘拐事件 72
  ホームズ少年探偵団 81
- ホークアイ
  モヒカン族の最後 127
- ポージー（ポージー・フォッシル）
  バレエ・シューズ 69
- ホジャ（ナスレッディン・ホジャ）
  子どもに語るトルコの昔話 176
  天からふってきたお金 176
- ボッセ（ブー・ヴィルヘルム・ウルソン）
  ミオよ，わたしのミオ 107
- ホッツェンプロッツ
  大どろぼうホッツェンプロッツ ◆ 92
- ボッツフォード
  三人のおまわりさん 76
- ポッド
  床下の小人たち ◆ 82
- ポット一家
  チキチキバンバン 92
- ポッパーさん
  ポッパーさんとペンギン・ファミリー 42
- ぽっぺん先生
  ぽっぺん先生の日曜日 ◆ 90
- ボニー
  ウィロビー・チェースのおおかみ 48
  ボニーはすえっこ，おしゃまさん 22

- ポニーボーイ（ポニーボーイ・カーチス）
  アウトサイダーズ 151
- ボーネ
  おばけはケーキをたべない 39
- ボビー
  さんしん王ものがたり 21
- ホーマー
  ホーマーとサーカスれっしゃ 21
  ゆかいなホーマーくん 98
- ホミリー
  床下の小人たち ◆ 82
- ホリー
  クリスマスの女の子 21
- ポリー
  ポリーとはらぺこオオカミ 25
- ポリー・プラマー
  魔術師のおい 109
- ポリアンナ（ポリアンナ・ウィティア）
  少女ポリアンナ 95
- ポーリーン（ポーリーン・フォッシル）
  バレエ・シューズ 69
- ポール
  空とぶベッドと魔法のほうき 82
  夏の終りに 120
- ポルコさま
  ポルコさまちえばなし 182
- ホレイショー（ホレイショー・タッカーマン）
  ホレイショー 158
- ボーン
  町にきたヘラジカ 26
- ポン
  ゆかいな子ぐまポン 40
- ポン吉
  たぬき学校 16
- ポンゴ
  ダルメシアン 69
- ホンジーク
  ホンジークのたび 24
- ポン太
  たぬき学校 16

件名索引

270

- まい
  西の魔女が死んだ 144
- マイケル
  肩胛骨は翼のなごり 116
- マイケル（マイケル・バンクス）
  風にのってきたメアリー・ポピンズ ◆ 78
- マウイ
  マウイの五つの大てがら 188
- マーカス（マーカス・フラビウス・アクイラ）
  第九軍団のワシ 134
- まがり足（ゆうぐれ）
  夜明けの人びと 79
- マカリスター
  魔の山 149
- マーク
  マリアンヌの夢 138
- マーク（マーク・セッツァー）
  ベーグル・チームの作戦 54
- マーク・カントレル
  ウルフィーからの手紙 135
- マクラウド（ジャスティン・マクラウド）
  顔のない男 158
- まさや（おがわまさや）
  大きい１年生と小さな２年生 34
- マジノ・マジヒコ氏
  紳士とオバケ氏 27
- マジョドリ
  魔女のたまご 18
- マスクリン
  遠い星からきたノーム ◆ 91
- マゼラン（フェルナンド・デル・マゼラン）
  死の艦隊 158
  勇敢な仲間 152
- マーセル
  ふしぎなクリスマス・カード 71
- マダー
  果てしなき戦い 123
- 又三郎（高田三郎）
  風の又三郎 100
- マチルダ（マチルダ・ウォームウッド）
  マチルダはちいさな大天才 73

- 松井五郎
  車のいろは空のいろ ◆ 15
- マッカレン
  オオカミに冬なし 163
- 松吉
  天保の人びと 124
- マックス
  魔神と木の兵隊 58
- マッジ
  夏の終りに 120
  はじめてのおてつだい 35
- マーティ（マーティ・プレストン）
  さびしい犬 81
- マーティン・ピピン
  リンゴ畑のマーティン・ピピン ◆ 152
- マデック
  マデックの罠 159
- マデライン
  百まいのドレス 49
- マドゥレール
  光草（ストラリスコ） 150
- マトリョーシカ
  赤ちゃんをほしがったお人形 17
- マーニー
  思い出のマーニー 110
- マノロ（マノロ・オリバー）
  闘牛の影 120
- マハムート
  片手いっぱいの星 135
- まめたろう
  まめたろう 168
- マヤ
  夜が明けるまで 120
- マヤック（ジュリー）
  狼とくらした少女ジュリー 136
- マリー
  クルミわりとネズミの王さま 95
- マリア（マリア・メリウェザー）
  まぼろしの白馬 127
- マリアンヌ
  マリアンヌの夢 138

271

- マリヤ
  ちいさいロッタちゃん 39
- マルコ
  マルコとミルコの悪魔なんかこわくない！... 109
- マルコヴァルド
  マルコヴァルドさんの四季 54
- マルティン
  だれが君を殺したのか 132
- マレク
  壁のむこうから来た男 123
- マンデー
  月曜日に来たふしぎな子 106
- マンフレート（マンフレート・ミヒャエル）
  子どもだけの町 47
- ミイ
  ムーミン谷の夏まつり，ムーミン谷の冬，
   ムーミンパパ海へ行く 103
- ミオ
  ミオよ，わたしのミオ 107
- ミケシュ
  黒ねこミケシュのぼうけん 105
- ミケランジェロ・ブオナロッティ
  クローディアの秘密 54
- ミシェル・サンタンレア
  ミシェルのかわった冒険 56
- ミーシャ（ミハウ・エデルマン）
  ゲットーの壁は高くて 165
- ミス・ビアンカ
  ミス・ビアンカ ◆ 67
- ミス・ヒッコリー
  ミス・ヒッコリーと森のなかまたち 94
- みちこ
  きつねのスーパーマーケット 19
- ミーチャ
  コサック軍シベリアをゆく 148
- ミチル
  青い鳥 101
- ミッツィ（ミッツィ・ジェラード）
  クレージー・バニラ 166
- みつや
  もりのへなそうる 40

- ミナ
  肩胛骨は翼のなごり 116
- 源義経
  源氏の旗風 190
- ミヌース
  ネコのミヌース 68
- ミュロ
  オルリー空港22時30分 94
- ミュンヒハウゼン男爵（ヒエロニムス・カール・フリードリッヒ・フォン・ミュンヒハウゼン）
  ほらふき男爵の冒険 81
- ミリー・モリー・マンデー
  （ミリセント・マーガレット・アマンダ）
  ミリー・モリー・マンデーのおはなし 34
- ミルコ
  マルコとミルコの悪魔なんかこわくない！.... 109
- ミルドレッド・ハブル
  "魔女学校" ◆ 98
- ミンチン先生
  小公女 84
- ムーミントロール
  たのしいムーミン一家 ◆ 103
- ムーミンパパ
  ムーミンパパの思い出，
   ムーミンパパ海へいく 103
- ムルズク
  みなし子のムルズク 88
- メアリー
  はじめてのおてつだい 35
- メアリー・アニング
  海辺のたから 90
- メアリ・アリス
  シカゴよりこわい町 156
- メアリー・ポピンズ
  風にのってきたメアリー・ポピンズ ◆ 78
- メアリイ（メアリ）
  大草原の小さな町 112
- メアリィ＝ジョー
  あのね，わたしのたからものはね 38
- メソ
  ぼくとくらしたフクロウたち 102

- ・メックスヒェン
  （メックスヒェン・ピヒェルシュタイナー）
  サーカスの小びと 62
- ・メラニー・デリア・パワーズ
  グリーン・ノウの魔女 95
- ・メリー（メリー・レノックス）
  秘密の花園 85
- ・メルケルソン家
  わたしたちの島で 164
- ・メレンディ家
  土曜日はお楽しみ 50
- ・モギ
  モギ 83
- ・モグラ
  たのしい川べ 60
- ・モーグリ
  ジャングル・ブック 126
- ・モーゼズ（モーゼズ・ウォーターズ）
  大地に歌は消えない 116
- ・モッサ
  きょうだいトロルのぼうけん 71
- ・モートン
  ヒキガエルとんだ大冒険 ◆ 18
- ・ものみどり
  みてるよみてる 38
- ・モファット家
  元気なモファットきょうだい ◆ 49
- ・モモ
  モモ 50
  山の娘モモの冒険 105
- ・ヤカちゃん
  番ねずみのヤカちゃん 17
- ・ヤスミーン
  おばけはケーキをたべない 39
- ・柳二葉
  ハンサム・ガール 65
- ・ヤネケ
  イップとヤネケ 24
- ・やまんばあさん
  ドングリ山のやまんばあさん 29
- ・やよい
  旅しばいのくるころ 133
- ・ヤン
  ヤンと野生の馬 76
- ・ヤン（ヤン・テラー）
  ぼくたちの船タンバリ 155
- ・ヤンナ－ベルタ
  見えない雲 145
- ・ユウ（三原雄）
  はじまりはへのへのもへじ！ 37
- ・ゆうき
  ゆうきのおにたいじ 26
- ・ユースチス
  （ユースチス・クラレンス・スクラブ）
  朝びらき丸東の海へ，銀のいす 109
- ・ゆり（森山ゆり）
  木かげの家の小人たち 45
- ・ようこ
  ロボット・カミイ 34
- ・ヨエル（ヨエル・グスタフソン）
  少年のはるかな海 160
- ・与吉
  千本松原 126
- ・よし子
  三月ひなのつき 44
- ・ヨナス
  ちいさいロッタちゃん 39
- ・ヨナタン（ヨナタン・レヨンイェッタ）
  はるかな国の兄弟 107
- ・ヨーハン
  ザリガニ岩の燈台 60
- ・ヨーラン
  聖ヨーランの伝説 68
- ・ラヴォーン（ヴァーナ・ラヴォーン）
  レモネードを作ろう 121
- ・ラスカル
  はるかなるわがラスカル 145
- ・ラスムス（ラスムス・オスカルソン）
  さすらいの孤児ラスムス 107
- ・ラスムス（ラスムス・ペーソン）
  ラスムスくん英雄になる 107

273

- ラック
  - 南極へいったねこ 55
- ラッグズ
  - ラッグズ！ぼくらはいつもいっしょだ 52
- ラッグルス家
  - ふくろ小路一番地 54
- ラッシー
  - 名犬ラッシー 80
- ラッド
  - 名犬ラッド 73
- ラーバ
  - きょうだいトロルのぼうけん 71
- ラファエル
  - オルリー空港22時30分 94
- ラーマ
  - ラーマーヤナ 193
- ラモーナ（ラモーナ・クインビー）
  - ビーザスといたずらラモーナ，ラモーナは豆台風，ゆうかんな女の子ラモーナ，ラモーナとおとうさん，ラモーナとおかあさん，ラモーナ，八歳になる，ラモーナとあたらしい家族，ラモーナ，明日へ 58
- ラルフ
  - 子ねずみラルフのぼうけん 58
  - リリパット漂流記 47
- ランダル
  - 運命の騎士 134
- リーサ
  - やかまし村の子どもたち ◆ 108
- りさちゃん
  - クッキーのおうさま 27
- リーズ（リーズ・プララン）
  - もしもしニコラ！ 67
- リチャード（リチャード・リッチモンド）
  - ロッカバイ・ベイビー誘拐事件 85
- リチャード・ブラウン
  - リチャードのりゅうたいじ 33
- リディ（リディア・ウォーセン）
  - ワーキング・ガール 147
- リトル・トリー
  - リトル・トリー 123

- リトルベアー
  - リトルベアー ◆ 87
- リーナ
  - コウノトリと六人の子どもたち 75
- リーナ（リーナ・シルズ）
  - 私は覚えていない 139
- リーパス
  - リーパス 151
- リーマスじいや
  - アメリカのむかし話 186
  - ウサギどんキツネどん 186
- リュフェット男爵（L・リュフェット）
  - 笑いを売った少年 129
- リリー・ローズ（リリー・ローズ・ラッグルス）
  - ふくろ小路一番地 54
- リル（アマリリス・ジェーン・メリウェザー）
  - 青さぎ牧場 154
- リンダ
  - おたよりください 70
- ルイーズ（セイラ・ルイーズ・ブラッドショー）
  - 海は知っていた 147
- ルイーゼ（ルイーゼ・パルフィー）
  - ふたりのロッテ 63
- ルーカス
  - ジム・ボタンの冒険 ◆ 50
- ルーケ（ルーカス・ビーンマン）
  - 少年ルーカスの遠い旅 152
- ルーシー
  - ルーシーのぼうけん ◆ 69
- ルーシー（カリフォルニア・モーニング・ウィップル）
  - 金鉱町のルーシー 127
- ルーシィ
  - ライオンと魔女，カスピアン王子のつのぶえ，朝びらき丸東の海へ，さいごの戦い
    .... 108, 109
- ルーシィ（ルーシィ・アレン）
  - 幽霊 85
- ルシンダ（ルシンダ・ワイマン）
  - ローラー＝スケート 71

- ルース（ルース・ウィンターズギル）
  わたしのねこカモフラージュ 136
- ルドルフ
  ルドルフとイッパイアッテナ 64
- ルパン（アルセーヌ・ルパン）
  怪盗ルパン ◆ 164
- ルビー
  ふたごのルビーとガーネット 46
- ルーピー
  ルーピーのだいひこう 21
- ルーファス
  こぎつねルーファスのぼうけん ◆ 14
- ルーファス（ルーファス・メイフラワー）
  歯みがきつくって億万長者 101
- ルーファス（ルーファス・モファット）
  元気なモファットきょうだい ◆ 49
- ルーフス
  カイウスはばかだ 46
- ルーベン
  ノアの箱船に乗ったのは？ 148
- ルル
  ながいながいペンギンの話 16
- るるこ
  ももいろのきりん 31
- ルルちゃん
  ターちゃんとルルちゃんのはなし 27
- レイ（レイモンド）
  丘はうたう 75
- レオナルド・ダ・ヴィンチ
  ジョコンダ夫人の肖像 124
- レニー（レナ）
  空白の日記 165
- レノアひめ
  たくさんのお月さま 23
- レベッカ
  ジャカランダの花さく村 64
- レミ
  家なき子 99
- レムライン
  レムラインさんの超能力 99

- ロイ（ロイ・アッカーマン）
  犬になった少年 43
- ローザ（ローザ・リーデル）
  みんなの幽霊ローザ 81
- ロージー（ロザモンド・コール）
  わが家のバイオリンそうどう 60
- ロージー（ロージー・ブラウン）
  黒ネコの王子カーボネル 70
- ロジャ（ロジャ・ウォーカー）
  ツバメ号とアマゾン号，ツバメの谷，ヤマネコ号の冒険，長い冬休み，ツバメ号の伝書バト，海へ出るつもりじゃなかった，ひみつの海，女海賊の島，シロクマ号となぞの鳥 106
- ロッタ（ロッタ・ニイマン）
  ちいさいロッタちゃん ◆ 39
- ロッテ（ロッテ・ケルナー）
  ふたりのロッテ 63
- 六平（磯貝六平）
  合言葉は手ぶくろの片っぽ 52
- ロバート（ロバート・ペック）
  豚の死なない日 156
- ロビン
  木かげの家の小人たち 45
- ロビン・フッド
  ロビン・フッドのゆかいな冒険 196
- ロビンソン・クルーソー
  ロビンソン・クルーソー 142
- ローラ
  大きな森の小さな家 ◆ 111
  しずくの首飾り 48
  森に消える道 132
- ローラ（ローラ・チャーント）
  めざめれば魔女 160
- ワッグルズ
  しろいいぬ？ くろいいぬ？ 20
- ワトスン
  シャーロック・ホウムズの冒険 ◆ 143
- ワーニャ（ワーニャ・グリゴーレヴィッチ）
  大力のワーニャ 93
- ワーリャ
  わたしのおかあさんは世界一びじん 38

- ワーリャ（ワーレンチンカ）
  町からきた少女 121
- ワルター（ワルター・イェンドリヒ）
  父への四つの質問 154
- ワルトホフ家
  隣の家の出来事 152
- ワンカ（ウィリー・ワンカ）
  チョコレート工場の秘密 73
- ワンダ・ペトロンスキー
  百まいのドレス 49

● 家族・親類

- 家族
  あの年の春は早くきた 145
  アンデスの秘密 128
  海辺の王国 118
  ウルフィーからの手紙 135
  運命の馬ダークリング 156
  エーミール物語 ◆ 106
  大きな森の小さな家 ◆ 111
  丘はうたう 75
  顔のない男 158
  かみ舟のふしぎな旅 33
  銀のナイフ 140
  銀の馬車 115
  くまのパディントン ◆ 96
  クララをいれてみんなで6人 94
  クレージー・バニラ 166
  ゲットーの壁は高くて 165
  ごきげんなすてご 16
  国境まで10マイル 162
  この道のむこうに 151
  こぶたのポインセチア 35
  ジャカランダの花さく村 64
  シュトルーデルを焼きながら 166
  ゼバスチアンからの電話 132
  大海の光 143
  大地に歌は消えない 116
  旅しばいのくるころ 133
  ダルメシアン 69

父さんの犬サウンダー 115
時をさまようタック 85
ナム・フォンの風 55
人形の家 131
のっぽのサラ ◆ 97
ノリー・ライアンの歌 126
ノンちゃん雲に乗る 44
ハートビート 129
ハンサム・ガール 65
ひさしの村 ◆ 74
ビリー・ジョーの大地 156
ふしぎなクリスマス・カード 71
二つの旅の終わりに 141
ベーグル・チームの作戦 54
ベッツィーとテイシイ 38
ヘブンショップ 49
ベルリン1919 ◆ 132
べんけいとおとみさん 16
まぼろしの小さい犬 150
見えない雲 145
村は大きなパイつくり 60
山のトムさん 44
床下の小人たち ◆ 82
夜が明けるまで 120
ラッキー・ドラゴン号の航海 156
ラモーナとあたらしい家族 58
わたしのねこカモフラージュ 136
ワトソン一家に天使がやってくるとき ... 124

- 大家族
  あらしの前 ◆ 104
  おそうじをおぼえたがらないリスの
    ゲルランゲ ◆ 39
  お話してよ、もうひとつ 23
  すえっ子Оちゃん 47
  寺町三丁目十一番地 112
  とびきりすてきなクリスマス 57
  ふくろ小路一番地 54
  ミリー・モリー・マンデーのおはなし 34
  妖怪一家九十九さん 78

- 両親・親子
  愛について 155

海が死んだ日 135
おさるのキーコ 17
おばあちゃんはハーレーにのって ... 158
風船をとばせ！ 133
ふたりのロッテ 63
マチルダはちいさな大天才 73
魔の山 149
闇の戦い 161

・父親
青いひれ 68
あのね、わたしのたからものはね ... 38
愛しのアビー 114
狼とくらした少女ジュリー 136
お父さんのラッパばなし 70
コロンブスのむすこ 146
サティン入江のなぞ 149
少年のはるかな海 160
少年ルーカスの遠い旅 152
ジンゴ・ジャンゴの冒険旅行 90
ダイドーと父ちゃん 48
第八森の子どもたち 94
小さなハチかい 45
父がしたこと 135
父への四つの質問 154
寺町三丁目十一番地 112
闘牛の影 120
なんでもふたつさん 21
二度とそのことはいうな？ 130
バドの扉がひらくとき 124
はるかなるわがラスカル 145
ピッピ船にのる 107
火のくつと風のサンダル 47
豚の死なない日 156
ぼくらは世界一の名コンビ！ 73
ミオよ、わたしのミオ 107
ムーミンパパ海へいく、
　ムーミンパパの思い出 103
ラモーナとおとうさん 58
私は覚えていない 139

・義父・継父
壁のむこうから来た男 123

ペットねずみ大さわぎ 87
・母親
家なき子 99
おかあさんがいっぱい 32
おかあさんの目 42
ギリシア神話物語 125
けんた・うさぎ 30
三月ひなのつき 44
龍の子太郎 98
点子ちゃんとアントン 62
めぐりめぐる月 129
ラモーナとおかあさん 58
レモネードを作ろう 121
わたしのおかあさんは世界一びじん ... 38
・義母・継母
ゲンと不動明王◆ 100
とざされた時間のかなた 141
のっぽのサラ◆ 97
魔女とふたりのケイト 153
森は生きている 99
・養い親・養子
赤毛のアン、アンの青春 102
おやすみなさいトムさん 160
こぎつねルーファスのぼうけん◆ ... 14
さすらいの孤児ラスムス 107
ステフィとネッリの物語◆ 143
ディダコイ 131
ふたたび洞穴へ 74
ホエール・トーク 128
星に叫ぶ岩ナルガン 162
町からきた少女 121
メイおばちゃんの庭 163
・ひとり親
お江戸の百太郎 80
元気なモファットきょうだい◆ 49
三月ひなのつき 44
スイート川の日々 159
空とぶ庭 112
はるかなるわがラスカル 145
レ・ミゼラブル 161
わたしたちの島で 164

- 兄弟姉妹
  - 青いイルカの島 52
  - 青い鳥 101
  - LSD 120
  - おかえり春子 51
  - 鬼の橋 117
  - キツネ森さいばん 64
  - きょうだいトロルのぼうけん ... 71
  - 銀のスケート 77
  - クローディアの秘密 54
  - ケティのはるかな旅 131
  - 元気なモファットきょうだい ◆ ... 49
  - 肩胛骨は翼のなごり 116
  - ゲンと不動明王 ◆ 100
  - コタンの口笛 117
  - コーンウォールの聖杯 128
  - ジェニーときょうだい 15
  - 砂の妖精 ◆ 81
  - 空とぶベッドと魔法のほうき ... 82
  - 台所のマリアさま 63
  - 小さい牛追い ◆ 86
  - とぶ船 109
  - ともしびをかかげて 134
  - 土曜日はお楽しみ 50
  - 夏の終りに 120
  - 白鳥 44
  - はずかしがりやのスーパーマン ... 31
  - ポイヤウンペ物語 171
  - ボグ・チャイルド 140
  - ぼくのお姉さん 51
  - 魔神と木の兵隊 58
  - めざめれば魔女 160
  - やかまし村の子どもたち ◆ ... 108
  - 幽霊 85
  - 雪わたり 100
  - ラスムスくん英雄になる 107
  - ランサム・サーガ ◆ 106
  - ロッカバイ・ベイビー誘拐事件 ... 85
  - わたしたちの島で 164
- 兄弟
  - アウトサイダーズ 151
  - ウルフ・サーガ 165
  - 草原の子ら 146
  - のらネコ兄弟のはらぺこ放浪記 ... 15
  - はるかな国の兄弟 107
  - ヒキガエルとんだ大冒険 ◆ ... 18
  - もりのへなそうる 40
  - 四せきの帆船 130
- 姉妹
  - きかんぼのちいちゃいいもうと ... 18
  - シニとわたしのいた二階 162
  - ステフィとネッリの物語 143
  - ビーザスといたずらラモーナ,
    ラモーナ、明日へ 58
  - ヒルクレストの娘たち ◆ 147
  - ベーロチカとタマーロチカのおはなし ... 32
  - 魔女とふたりのケイト 153
  - 四人の姉妹 52
- 末っ子
  - アナグマと暮した少年 121
  - 丘の家のセーラ 147
  - 丘はうたう 75
  - すえっ子Oちゃん 47
  - すえっ子のルーファス 49
  - 聖ヨーランの伝説 68
  - せむしのこうま 49
  - 大力のワーニャ 93
  - ちいさいロッタちゃん ◆ 39
  - 小さなジョセフィーン 59
  - びりっかすの子ねこ 28
  - ぶきっちょアンナのおくりもの ... 106
  - ボニーはすえっこ、おしゃまさん ... 22
  - ルーシーのぼうけん ◆ 69
- 双子
  - アンの青春 102
  - 海は知っていた 147
  - エーミールと三人のふたご ... 62
  - かっこうの木 48
  - ながいながいペンギンの話 ... 16
  - ふたごのでんしゃ 40
  - ふたごのルビーとガーネット ... 46
  - ふたりのロッテ 63

ベイジルとふたご誘拐事件 72
　　マルコとミルコの悪魔なんかこわくない！... 109
　　密猟者を追え 72
・いとこ
　　銀の枝 134
　　ほがらか号のぼうけん 45
・祖母・曽祖母
　　大どろぼうホッツェンプロッツ◆ 92
　　おばあちゃんはハーレーにのって 158
　　お姫さまとゴブリンの物語 97
　　金曜日うまれの子 160
　　グリーン・ノウ物語◆ 95
　　シカゴよりこわい町 156
　　夏の終りに 120
　　西の魔女が死んだ 144
　　ヘブンショップ 49
　　ホンジークのたび 24
　　魔女がいっぱい 73
　　山にのまれたオーラ 111
　　リトル・トリー 123
・祖父
　　青さぎ牧場 154
　　家なき娘 99
　　シュトルーデルを焼きながら 166
　　小公子 84
　　少年ルーカスの遠い旅 152
　　草原の子ら 146
　　ハイジ 69
　　冒険がいっぱい 112
　　ホレイショー 158
　　ホンジークのたび 24
　　リトル・トリー 123
・伯父・叔父
　　さらわれたデービッド 137
　　ボグ・チャイルド 140
　　わが家のバイオリンそうどう 60
・伯母・叔母
　　スカラブ号の夏休み 106
　　ビーテクのひとりたび 24
　　ほがらか号のぼうけん 45

・甥・姪
　　ほがらか号のぼうけん 45
　　魔術師のおい 109
・親類
　　足音がやってくる 160
　　アーノルドのはげしい夏 140
　　フランバーズ屋敷の人びと◆ 155
・先祖
　　穴 134
　　時間だよ、アンドルー 87
・夫婦
　　からすのカーさんへびたいじ 32
　　小さなスプーンおばさん◆ 91
・妻・花嫁
　　⇨結婚・離婚 p.324
　　吸血鬼の花よめ 183
・子ども
　　⇨子守・保育士 p.315　⇨労働問題・児童労働 p.317
　　子どもだけの町 47
　　こどものひろば 200
　　たいようのおなら 206
　　ピーター・パンとウェンディ 86
　　ぼくは12歳 199
・孤児・捨て子
　　⇨孤児院・児童養護施設 p.346
　　あしながおじさん 119
　　アリスの見習い物語 127
　　家なき子 99
　　家なき娘 99
　　運命の騎士 134
　　思い出のマーニー 110
　　からすが池の魔女 138
　　銀のナイフ 140
　　クリスマスの女の子 21
　　黒ネコジェニーのお話◆ 15
　　ごきげんなすてご 16
　　さすらいの孤児ラスムス 107
　　シェイクスピアを盗め！ 153
　　小公女 84
　　少女ポリアンナ 95
　　小さな魚 157

バドの扉がひらくとき..................124
バレエ・シューズ........................69
秘密の花園................................85
ヒルクレストの娘たち◆..............147
フランバーズ屋敷の人びと◆........155
ホエール・トーク......................128
まいごのひと............................202
ミオよ、わたしのミオ...............107
モギ..83
レ・ミゼラブル........................161

・赤ちゃん
⇔助産師 p.315
あかちゃんとお母さんのあそびうたえほん...201
赤ちゃんをほしがったお人形.........17
風にのってきたメアリー・ポピンズ，
　帰ってきたメアリー・ポピンズ...78
クララをいれてみんなで6人.........94
ディア ノーバディ....................143
ふくろ小路一番地........................54
ペニーの手紙「みんな、元気？」...57
ラモーナとあたらしい家族...........58

●王族・貴族

・王・皇帝
〈アーサー王物語〉..................195
アルフレッド王の戦い◆..............157
エルマーとりゅう.......................19
黄金のファラオ........................154
王さまのアイスクリーム..............25
王のしるし...............................134
銀の枝.....................................134
クッキーのおうさま....................27
クルミわりとネズミの王さま........95
シチリアを征服したクマ王国の物語...90
せむしのこうま..........................49
タラン・新しき王者..................116
なまけものの王さまとかしこい王女のお話...111
鳴りひびく鐘の時代に...............129
ノアの箱船に乗ったのは？..........148
ぼくは王さま.............................28

ムギと王さま.............................89
・女王・きさき
九日間の女王さま.....................153
時の旅人..................................115
ふしぎの国のアリス....................56
森は生きている..........................99
りこうなおきさき.....................184
・王子・皇子
急げ 草原の王のもとへ.............148
王子とこじき..............................76
カスピアン王子のつのぶえ，銀のいす...109
カナリア王子............................181
黒ネコの王子カーボネル..............70
ゴースト・ドラム.......................91
聖ヨーランの伝説.......................68
世界でいちばんやかましい音......18
星の王子さま.............................66
ミオよ、わたしのミオ...............107
身がわり王子と大どろぼう..........91
みしのたくかにと.......................36
ラーマーヤナ...........................193
・王女・おひめさま
いばら姫..................................178
鬼と姫君物語...........................189
お姫さまとゴブリンの物語◆........97
おやゆび姫................................43
きりの国の王女........................184
黒いお姫さま...........................178
サンドリヨン...........................180
ジム・ボタンの冒険◆..................50
たくさんのお月さま....................23
トンボソのおひめさま...............187
なぞとき名人のお姫さま...........181
なまけものの王さまとかしこい王女のお話...111
ふんわり王女.............................97
みにくいおひめさま....................36
リチャードのりゅうたいじ..........33
・王族・貴族
小公子......................................84
ダイヤの館の冒険.......................67
ほらふき男爵の冒険....................81

- 殿さま
  - 彦一とんちばなし 170
- 騎士・将軍
  - ⇔軍隊・兵士 p.334
  - 〈アーサー王物語〉 195
  - 運命の騎士 134
  - おひとよしのりゅう 60
  - 剣と絵筆 150
  - ささやき貝の秘密 110
  - 三銃士 142
  - 聖ヨーランの伝説 68
  - ドン・キホーテ 139
  - はるかな国の兄弟 107
  - ハンニバルの象つかい 146
  - リチャードのりゅうたいじ 33

● その他の人物

- 跡継ぎ・後継者
  - 家なき娘 99
  - 小公子 84
- 家来・従者
  - アルフレッド王の戦い 157
  - 運命の騎士 134
  - コサック軍シベリアをゆく 148
  - 第九軍団のワシ 134
  - ドン・キホーテ 139
  - ハンニバルの象つかい 146
  - ロビン・フッドのゆかいな冒険 196
- 英雄
  - ⇔叙事詩・英雄伝説 p.311
  - 〈ギリシア・ローマ神話〉 194
  - 〈古事記〉 190
  - 三国志 192
  - 大力のワーニャ 93
  - 闘牛の影 120
  - ポイヤウンベ物語 171
  - 名犬ラッド 73
  - ラスムスくん英雄になる 107

- おじさん
  - ⇔伯父・叔父 p.279
  - あしながおじさん 119
  - ドリトル先生物語全集 ◆ 110
  - フォードルおじさんといぬとねこ 17
  - ぼっぺん先生の日曜日 ◆ 90
  - マルコヴァルドさんの四季 54
  - 木馬のぼうけん旅行 46
  - レムラインさんの超能力 99
- おばさん
  - ⇔伯母・叔母 p.279
  - けしつぶクッキー 20
  - 小さなスプーンおばさん ◆ 91
  - フリスビーおばさんとニムの家ねずみ 122
  - みしのたくかにと 36
- お年寄り
  - ⇔祖父 p.279　⇔祖母・曽祖母 p.279
  - ⇔老人ホーム p.346　⇔老い p.361
  - あたまをつかった小さなおばあさん 31
  - おたよりください 70
  - おばさんのひこうき 23
  - おばあちゃんのすてきなおくりもの 25
  - おやすみなさいトムさん 160
  - 片手いっぱいの星 135
  - きかんしゃ1414 33
  - キルディー小屋のアライグマ 102
  - クローディアの秘密 54
  - 空とぶ庭 112
  - 月からきたトウヤーヤ 66
  - 年とったばあやのお話かご 89
  - トムじいやの小屋 138
  - とらとおじいさん 29
  - ドン・キホーテ 139
  - 夏の庭 103
  - ノンちゃん雲に乗る 44
  - はじめてのおてつだい 35
  - ピノッキオの冒険 63
  - ふしぎなクリスマス・カード 71
  - ふらいぱんじいさん 20
  - ペニーの日記読んじゃだめ 57
  - 町かどのジム 89

281

もしもしニコラ！ 67
リンゴの木の上のおばあさん 111
わたしのねこカモフラージュ 136

- **語り部**
  →昔話 p.168
  オーディンとのろわれた語り部 91
  お父さんのラッパばなし 70
  お話を運んだ馬 136
  語りつぐ人びと 184
  子どもに語るアラビアンナイト 191
  チベットのものいう鳥 173
  冷たい心臓 146
  年とったばあやのお話かご 89
  火のくつと風のサンダル 47
  町かどのジム 89
  床下の小人たち 82

- **友だち・仲間**
  ⇔クラブ p.319
  合言葉は手ぶくろの片っぽ 52
  アウトサイダーズ 151
  赤毛のアン，アンの愛情 102
  あのころはフリードリヒがいた，
  　ぼくたちもそこにいた 163
  あやつられた学校 61
  アライグマ博士 河をくだる 86
  石切り山の人びと 141
  イップとヤネケ 24
  愛しのアビー 114
  犬になった少年 43
  ヴィーチャと学校友だち 82
  ウィロビー・チェースのおおかみ ◆ 48
  ウォーターシップ・ダウンのうさぎたち ... 114
  海のたまご 95
  運命の騎士 134
  エーミールと探偵たち ◆ 62
  大きい1年生と小さな2年生 34
  おさるのキーコ 17
  オタバリの少年探偵たち 75
  オッター 32 号機 SOS 86
  おともだきにナリマ小 27
  思い出のマーニー 110

おやすみなさいトムさん 160
おれたちゃ映画少年団 103
オンネリとアンネリのおうち 61
カイウスはばかだ 46
かおるのたからもの 71
かみなりのちびた 36
きょうだいトロルのぼうけん 71
くいしんぼ行進曲 18
クオレ 115
くまのテディ・ロビンソン ◆ 40
クマのプーさん プー横丁にたった家 101
グリックの冒険 64
グレイ・ラビットのおはなし 14
黒い兄弟 142
くろて団は名探偵 92
黒ねこミケシのぼうけん 105
木かげの家の小人たち 45
子どもだけの町 47
子ねずみラルフのぼうけん 58
この湖にボート禁止 ◆ 78
コロンブスのむすこ 146
こんにちは、バネッサ 24
西遊記 192
さらわれたデービッド 137
三国志 192
三銃士 142
さんしん王ものがたり 21
三びき荒野を行く 87
シェイクスピアを盗め！ 153
シェパートン大佐の時計 141
ジェミーと走る夏 89
ジム・ボタンの冒険 ◆ 50
シャーロットのおくりもの 96
ジャングルの少年 70
ジュンとひみつの友だち 65
ジンタの音 130
砂に消えた文字 68
セシルの魔法の友だち 56
草原に雨は降る 131
象と二人の大脱走 61
第九軍団のワシ ◆ 134

太陽の戦士 134	ベーグル・チームの作戦 54
ダニーとなかよしのきょうりゅう 26	ベッツィーとテイシイ 38
たぬき学校 16	ペニーの手紙「みんな、元気？」............... 57
たのしい川べ 60	ヘンリーくんとビーザス，ヘンリーくんと
たのしいムーミン一家 ◆ 103	秘密クラブ，ラモーナ，明日へ 58
旅しばいのくるころ 133	冒険者たち ◆ 64
だれが君を殺したのか 132	ホエール・トーク 128
地下の洞穴の冒険 ◆ 74	ぼくたちの船タンバリ 155
ちびドラゴンのおくりもの 23	ぼくと原始人ステッグ 56
チョコレート戦争 51	ぼくのすてきな冒険旅行 90
テラビシアにかける橋 84	ぼくの名はパブロ 72
天才コオロギニューヨークへ 71	ぼくはレース場の持主だ！ 162
隣の家の出来事 152	僕らの事情。 151
飛ぶ教室 62	魔女のたまご 18
トム・ソーヤーの冒険 77	マリアンヌの夢 138
トムは真夜中の庭で 149	身がわり王子と大どろぼう 91
ともだちができちゃった！..................... 14	ミシェルのかわった冒険 56
ともだちシンフォニー 202	ミス・ビアンカ ◆ 67
泥棒をつかまえろ！........................... 135	密猟者を追え 72
とんとんともだち 202	見習い物語 125
ナタリーはひみつの作家 61	ミリー・モリー・マンデーのおはなし 34
夏の庭 103	向こう横町のおいなりさん 144
南極へいったねこ 55	名探偵カッレくん ◆ 108
二年間の休暇 119	メキシコの嵐 154
ネズナイカのぼうけん 82	燃えるアッシュ・ロード 133
ハイジ 69	もしもしニコラ！............................... 67
ハートビート 129	森に消える道 132
ハヤ号セイ川をいく 87	モンスーン あるいは白いトラ 132
ハンサム・ガール 65	やかまし村の子どもたち ◆ 108
ひさしの村 ◆ 74	幽霊があらわれた 62
ひとりっ子エレンと親友 59	ゆかいな子ぐまポン 40
秘密の花園 85	指輪物語 ◆ 143
百まいのドレス 49	ライトニングが消える日 160
ヒューゴとジョセフィーン，	ラスムスくん英雄になる 107
森の子ヒューゴ 59	ランサム・サーガ ◆ 106
ヒルズ・エンド 133	ルドルフとイッパイアッテナ 64
ふたりはなかよし 22	ロケットボーイズ 150
ブータレとゆかいなマンモス 66	ロッカバイ・ベイビー誘拐事件 85
プラテーロとぼく 151	わたしたちの島で 164
フランダースの犬 45	わたしのねこカモフラージュ 136
プリデイン物語 ◆ 116	

283

- 身代わり
  ⇔交換・取引き p.321
  王子とこじき 76
  王のしるし 134
  時間だよ、アンドルー 87
  紳士とオバケ氏 27
  ダイドーと父ちゃん 48
  鳴りひびく鐘の時代に 129
  ふたりのロッテ 63
  フランチェスコとフランチェスカ 34
  身がわり王子と大どろぼう 91
- 親方・弟子
  アリスの見習い物語 127
  いたずら小人プムックル ◆ 53
  男たちの海 161
  クラバート 155
  少年ルーカスの遠い旅 152
  ジョコンダ夫人の肖像 124
  花咲か 117
  見習い物語 125
  燃えるタンカー 116
  モギ 83
- お客
  車のいろは空のいろ ◆ 15
  ネコのタクシー 31
  魔女の宅急便 53
- 紳士
  紳士とオバケ氏 27
  すばらしいフェルディナンド ◆ 63
- 海賊
  アルフレッド王の戦い 157
  海賊のしゅうげき 88
  ジム・ボタンと13人の海賊 50
  宝島 137
  小さなバイキング ビッケ ◆ 104
  果てしなき戦い 123
  ピーター・パンとウェンディ 86
  ヤマネコ号の冒険，女海賊の島 106
- 泥棒・悪者
  ⇔盗み・略奪 p.323
  あなぐまビルのぼうけん ◆ 88

〈アラビアン・ナイト〉 191
ウィロビー・チェースのおおかみ ◆ 48
エーミールと大どろぼう 106
エーミールと探偵たち 62
大どろぼうホッツェンプロッツ ◆ 92
オタバリの少年探偵たち 75
怪盗ルパン ◆ 164
こぶたのおまわりさん 26
さすらいの孤児ラスムス 107
冷たい心臓 146
点子ちゃんとアントン 62
泥棒をつかまえろ！ 135
番ねずみのヤカちゃん 17
マデックの罠 159
身がわり王子と大どろぼう 91
名探偵カッレくん 108
名探偵しまうまゲピー 76
モモ 50
ゆかいなどろぼうたち 48
羅生門 杜子春 114
ラスムスくん英雄になる 107
ルーシーのぼうけん 69
- スパイ
  水深五尋 118
  名探偵カッレとスパイ団 108
- 義賊
  水滸伝 192
  ロビン・フッドのゆかいな冒険 196

●性格・人柄

- 性格いろいろ
  みてるよみてる 38
- あくたれ・いじわる
  ⇔けんか・いじめ p.319
  アレックと幸運のボート 57
  空とぶ庭 112
  ネズナイカのぼうけん 82
  ワトソン一家に天使がやってくるとき 124

- いじっぱり・頑固
  - おそうじをおぼえたがらないリスの
    ゲルランゲ◆ 39
  - 北国の虹ものがたり◆ 59
  - ちいさいロッタちゃん◆ 39
  - 魔女のたまご 18
  - まぼろしの白馬 127
- いたずらっ子
  - いたずら小おに 77
  - いたずら小人プムックル◆ 53
  - いたずらっ子オーチス 59
  - いやいやえん 30
  - エーミール物語◆ 106
  - けんた・うさぎ 30
  - こぎつねルーファスのぼうけん◆ 14
  - すえっ子Oちゃん 47
  - 小さい水の精 93
  - ちびっこタグボート，いたずらでんしゃ 21
  - トム・ソーヤーの冒険 77
  - ニルスのふしぎな旅 105
  - はるかなるわがラスカル 145
  - ビーザスといたずらラモーナ 58
  - ピノッキオの冒険 63
  - マルコとミルコの悪魔なんかこわくない！... 109
- うそつき
  - うそつきの天才 137
  - シカゴよりこわい町 156
  - ほらふき男爵の冒険 81
- おばかさん・愚か者
  - イワンのばか 80
  - エパミナンダス 168
  - おっとあぶない 38
  - クマのプーさん プー横丁にたった家 ... 101
  - ごきげんいかががちょうおくさん ... 34
  - せむしのこうま 49
  - ポリーとはらぺこオオカミ 25
  - まぬけなワルシャワ旅行 136
- お人よし
  - おひとよしのりゅう 60
  - ゆかいなどろぼうたち 48

- 食いしん坊
  - くいしんぼ行進曲 18
  - ついでにペロリ 168
- けち・欲張り
  ⇔欲望・野心 p.291
  - かじ屋横丁事件 66
  - クリスマス・キャロル 142
- 豪傑
  - シカゴよりこわい町 156
  - 水滸伝 192
- 力持ち
  - 大力のワーニャ 93
  - ドングリ山のやまんばあさん 29
  - 長くつ下のピッピ◆ 107
- 天才
  - うそつきの天才 137
  - 天才コオロギニューヨークへ 71
  - マチルダはちいさな大天才 73
- 泣き虫・弱虫
  - 小さなバイキング ビッケ◆ 104
  - はてしない物語 121
  - わにのはいた 29
- なまけ者
  - 銀のシギ 89
  - 大力のワーニャ 93
  - なまくらトック 168
  - なまけものの王さまとかしこい王女のお話 ... 111
  - ものぐさ成功記 175
  - ゆかいなどろぼうたち 48
- 人気者
  - 合言葉はフリンドル！ 61
  - サーカスの小びと 62
  - 天才コオロギニューヨークへ 71
  - ポッパーさんとペンギン・ファミリー ... 42
- 恥ずかしがり・内気
  - あのね、わたしのたからものはね ... 38
  - 黒ネコジェニーのおはなし◆ 15
  - こんにちは、バネッサ 24
  - はずかしがりやのスーパーマン 31
- 働き者・勤勉
  - グレイ・ラビットのおはなし 14

- レムラインさんの超能力 99
- **不器用**
  - ぶきっちょアンナのおくりもの 106
- **ふとっちょ**
  - ちびドラゴンのおくりもの 23
  - 火のくつと風のサンダル 47
  - わたしたちの島で 164
- **不平屋**
  - ブータレとゆかいなマンモス 66
- **まじめ**
  - 紳士とオバケ氏 27
- **みそっかす**
  - はじめてのキャンプ 32
- **りこう**
  - フレディ 104
  - ポリーとはらぺこオオカミ 25
  - りこうなおきさき 184
- **変人**
  - ドン・キホーテ 139
  - なんでもふたつさん 21
- **わがまま・きかんぼ**
  - きかんぼのちいちゃいいもうと 18
  - 十八番目はチボー先生 102
  - チョコレート工場の秘密 73
  - ベーロチカとタマーロチカのおはなし 32
  - ぼくは王さま 28
  - ラモーナは豆台風 58
  - ロボット・カミイ 34
- **わんぱく・おてんば**
  - 赤毛のアン 102
  - 石切り山の人びと 141
  - なまけものの王さまとかしこい王女のお話 111
  - 向こう横町のおいなりさん 144
  - ローラー＝スケート 71

体・健康

●体の部位・容姿

- **体あちこち**
  - ながすね ふとはら がんりき 168
  - なぞなぞのすきな女の子 36
- **頭・首**
  - あたまをつかった小さなおばあさん 31
  - ひねり屋 138
- **髪・たてがみ**
  - 赤毛のアン 102
  - 三本の金の髪の毛 183
  - ラモーナとおかあさん 58
- **顔**
  - 顔のない男 158
  - みにくいおひめさま 36
- **目**
  - ⇔視覚障害 p.289
  - おかあさんの目 42
  - 十一歳の誕生日 152
  - 龍の子太郎 98
  - 星のひとみ 77
- **耳**
  - ⇔聴覚障害・聾唖 p.289
  - みみをすます 205
- **鼻**
  - ゾウの鼻が長いわけ 55
  - トンボソのおひめさま 187
  - 長鼻くんといううなぎの話 44
  - ピノッキオの冒険 63
  - めいたんていスーパーわん ◆ 59
- **舌**
  - くさらなかった舌 191
- **歯・きば**
  - きかんぼのちいちゃいいもうと 18
  - ゾウの王パパ・テンボ 126
  - やかまし村はいつもにぎやか 108
  - わにのはいた 29
- **角**
  - エルマーのぼうけん 19

バンビ 65
町にきたヘラジカ 26
まぼろしの白馬 127
密猟者を追え 72

・腕
銀のうでのオットー 83

・手・指
おやゆびトム 177
おやゆび姫 43
くろて団は名探偵 92
みどりのゆび 79

・爪・ひづめ
火のおどり子 銀のひづめ 84

・背・背丈
大きい1年生と小さな2年生 34
ちびっこ大せんしゅ 35
のっぽのサラ 97

・心臓
オズの魔法使い 83
冷たい心臓 146
まめたろう 168

・へそ
かみなりのちびた 36

・羽・翼
あたまをつかった小さなおばあさん 31
肩胛骨は翼のなごり 116
翼あるうた 203

・足・脚
  ⇔走る p.302
あしながおじさん 119
すずめのくつした 26
宝島 137
ネコのタクシー 31
ヤンと野生の馬 76

・尾
クマのプーさん プー横丁にたった家 101
グレイ・ラビットのおはなし 14
ネコのしっぽ 182

・毛・毛皮
犬の毛にご注意！ 59
銀色ラッコのなみだ 52

ダルメシアン 69

・骨
肩胛骨は翼のなごり 116
呪われた極北の島 126
ボグ・チャイルド 140
骨をかぎだせ！ 59

・美人・不美人
お月さまより美しい娘 176
ジョコンダ夫人の肖像 124
眠れる森の美女 181
みにくいおひめさま 36
わたしのおかあさんは世界一びじん 38

・肥満・ダイエット
  ⇔ふとっちょ p.286
ビターチョコレート 155

●感覚・生理・その他

・におい
めいたんていスーパーわん ◆ 59
闇の戦い 161

・飢え・空腹
  ⇔飢饉 p.321
狼とくらした少女ジュリー 136
オオカミに冬なし 163
オッター32号機SOS 86
北のはてのイービク 92
寺町三丁目十一番地 112
天保の人びと 124
長い冬 112
ニワトリ号一番のり 161
ノリー・ライアンの歌 126
呪われた極北の島 126
ポリーとはらぺこオオカミ 25
町にきたヘラジカ 26

・痛み
わにのはいた 29

・あくび
くしゃみくしゃみ天のめぐみ 35

・いびき
くしゃみくしゃみ天のめぐみ 35

287

- おしっこ・おねしょ
  - くまの子ウーフ 19
- おなら
  - くしゃみくしゃみ天のめぐみ 35
  - たいようのおなら 206
- くしゃみ
  - くしゃみくしゃみ天のめぐみ 35
- しゃっくり
  - くしゃみくしゃみ天のめぐみ 35
- 声・鳴き声
  - 足音がやってくる 160
  - クラバート 155
  - 荒野の呼び声 166
  - 声でたのしむ美しい日本の詩 ◆ 199
  - ゴースト・ドラム 91
  - ささやき貝の秘密 110
  - 世界でいちばんやかましい音 18
  - ダルメシアン 69
  - 番ねずみのヤカちゃん 17
  - 秘密の花園 85
  - 星に叫ぶ岩ナルガン 162
- 眠り
  - 眠れる森の美女 181
- 目覚め・起床
  - おきなさいフェルディナンド 63
  - 星に叫ぶ岩ナルガン 162
  - ムーミン谷の冬 103
- 催眠術
  - あやつられた学校 61
- 夢
  - ⇔願い・希望・憧れ p.291
  - きつねのスーパーマーケット 19
  - クラバート 155
  - 鳴りひびく鐘の時代に 129
  - ふしぎの国のアリス 56
  - マリアンヌの夢 138
  - 雪女 夏の日の夢 148
  - 夜明けの人びと 79
  - 羅生門 杜子春 114
- にがい
  - ビターチョコレート 155

- 静か・静けさ
  - ⇔音楽・音 p.305
  - こぶたのポインセチア 35
  - 12月の静けさ 148
  - 世界でいちばんやかましい音 18
- うるさい・騒音
  - ⇔音楽・音 p.305
  - ガディおばさんのゆうれいたいじ 21
  - 国境まで10マイル 162
  - 世界でいちばんやかましい音 18
  - 寺町三丁目十一番地 112
  - 番ねずみのヤカちゃん 17
  - ふくろ小路一番地 54
  - やかまし村の子どもたち ◆ 108
- 暑い
  - ⇔気象 p.351
  - 死の艦隊 158
  - マデックの罠 159
  - 燃えるアッシュ・ロード 133
- 寒い・冷たい
  - ⇔冬・冬休み p.340　⇔極地 p.343　⇔気象 p.351
  - 王さまのアイスクリーム 25
  - 狼とくらした少女ジュリー 136
  - 北のはてのイービク 92
  - 水仙月の四日 100
  - すずめのくつした 26
  - 冷たい心臓 146
  - 長い冬 112
  - ブータレとゆかいなマンモス 66
  - ポッパーさんとペンギン・ファミリー 42
  - 雪女 夏の日の夢 148

●性

- 性別・性差
  - 愛について 155
  - 海辺のたから 90
  - 翼あるうた 203
  - ハンサム・ガール 65
  - ヒルクレストの娘たち ◆ 147
  - フランバーズ屋敷の人びと ◆ 155

ルーシーのぼうけん 69
・性的虐待
　　愛しのアビー 114
・同性愛
　　⇔愛・愛情 p.290
　　顔のない男 158
　　クレージー・バニラ 166
　　二つの旅の終わりに 141

●病気・障害
　　⇔医者・獣医 p.315　　⇔看護師 p.315

・病気・障害全般
　　ある小馬裁判の記 122
　　おかえり春子 51
　　クララをいれてみんなで6人 94
　　肩胛骨は翼のなごり 116
　　コウノトリと六人の子どもたち 75
　　シェパートン大佐の時計 141
　　光　草（ストラリスコ）........................... 150
　　せむしのこうま 49
　　太陽の戦士 134
　　砦 148
　　ドリトル先生アフリカゆき 110
　　なまけものの王さまとかしこい王女のお話 111
　　ハイジ 69
　　ぼくのお姉さん 51
　　マリアンヌの夢 138
　　ヤンと野生の馬 76
・健康
　　けんこうだいいち 38
・アルコール中毒
　　⇔酒 p.293
　　クレージー・バニラ 166
・エイズ
　　ヘブンショップ 49
・おたふくかぜ
　　すえっ子Oちゃん 47
　　長い冬休み 106
・筋ジストロフィー
　　僕らの事情。.. 151

・けが
　　十一歳の誕生日 152
　　若い兵士のとき 163
・視覚障害
　　⇔目 p.286
　　グリーン・ノウの煙突 95
　　夏の終りに 120
　　ぶきっちょアンナのおくりもの 106
・心的外傷・心の傷
　　おやすみなさいトムさん 160
　　12月の静けさ 148
・摂食障害
　　ビターチョコレート 155
・多重人格
　　ジーキル博士とハイド氏 137
・知的障害
　　ヒルベルという子がいた 157
　　ぼくはレース場の持主だ！ 162
・聴覚障害・聾唖
　　⇔耳 p.286
　　サンゴしょうのひみつ 53
・脳性マヒ
　　風船をとばせ！ 133
・遺伝子操作
　　フリスビーおばさんとニムの家ねずみ 122
・人体改造
　　⇔変身 p.363
　　イシスの燈台守 88

●薬・化学物質

・薬品
　　ジーキル博士とハイド氏 137
・タバコ
　　ラモーナとおとうさん 58
・麻薬
　　LSD 120

気持ち・こころ

- **気持ち・こころ**
  - こころのうた 208
  - みにくいおひめさま 36
- **魂・霊**
  - メイおばちゃんの庭 163
- **愛・愛情**
  - ⇔同性愛 p.289
  - 青銅の弓 138
  - 父がしたこと 135
  - 見習い物語 125
  - メイおばちゃんの庭 163
  - 名犬ラッド 73
- **恋愛**
  - 愛について 155
  - アンの愛情 102
  - イシスの燈台守 88
  - 愛しのアビー 114
  - 運命の馬ダークリング 156
  - からすが池の魔女 138
  - キルギスの青い空 114
  - ケティのはるかな旅 131
  - 九日間の女王さま 153
  - 少年鼓手 125
  - ゼバスチアンからの電話 132
  - タランとリールの城, 旅人タラン,
    　　タラン・新しき王者 116
  - ディア ノーバディ 143
  - 風神秘抄 121
  - 二つの旅の終わりに 141
  - フランセスの青春, 海を渡るジュリア 147
  - フランチェスコとフランチェスカ 34
  - フランバーズ屋敷の人びと ◆ 155
  - リンゴ畑のマーティン・ピピン 152
- **寛容・許す**
  - コサック軍シベリアをゆく 148
  - 父がしたこと 135
  - 果てしなき戦い 123
  - 私は覚えていない 139

- **勇気**
  - こんにちは、バネッサ 24
  - ジェニーとキャットクラブ 15
  - 太陽の戦士 134
  - 闘牛の影 120
  - ゆうかんな女の子ラモーナ 58
  - 勇敢な仲間 152
  - ライオンと歩いた少年 127
- **忠誠**
  - 運命の騎士 134
  - 極北の犬トヨン 125
  - 黒馬物語 67
  - ベル・リア 149
  - 名犬ラッシー 80
  - 名犬ラッド 73
- **好き**
  - あの犬が好き 59
  - なぞなぞのすきな女の子 36
- **きらい**
  - おそうじをおぼえたがらないリスの
    　　ゲルランゲ ◆ 39
- **ごきげん・うれしい**
  - ごきげんなすてご 16
  - 少女ポリアンナ 95
- **不きげん**
  - 秘密の花園 85
  - 魔女のたまご 18
- **忙しい**
  - ふたりはなかよし 22
- **たいくつ**
  - 悪魔の物語 85
- **不屈・あきらめない**
  - 海が死んだ日 135
  - 運命の騎士 134
  - 王のしるし 134
  - オオカミに冬なし 163
  - 死の艦隊 158
  - 千本松原 126
  - だめといわれてひっこむな 168
  - ボグ・チャイルド 140
  - 炎の鎖をつないで 144

ミス・ジェーン・ピットマン 130
- **欲望・野心**
  ⇔けち・欲張り p.285
  黄金境への旅 147
  ギリシア神話物語 125
  コロンブス海をゆく 158
  死の艦隊 158
  少年鼓手 125
  宝島 137
  ハンニバルの象つかい 146
  ふしぎなオルガン 109
  指輪物語 ◆ 143
- **願い・希望・憧れ**
  ⇔夢 p.288
  オズの魔法使い 83
  ギリシア神話 194
  キルギスの青い空 114
  クリスマスの女の子 ◆ 21
  しあわせのテントウムシ 34
  砂の妖精 ◆ 81
  たくさんのお月さま 23
  とぶ船 109
  人形の家 131
  バレエをおどりたかった馬 25
  まぼろしの小さい犬 150
  モギ 83
  ヤンと野生の馬 76
  リンゴ畑のマーティン・ピピン ... 152
  忘れ川をこえた子どもたち 129
- **笑い**
  ⇔落語 p.306　⇔笑い話 p.311
  いたずら小おに 77
  金のがちょうのほん 177
  笑いを売った少年 129
- **幸福**
  青い鳥 101
  しあわせのテントウムシ 34
- **思い出・記憶**
  ⇔日記・回想録 p.312
  思い出のマーニー 110
  顔のない男 158

黒馬物語 67
ザ・ギバー 166
ダニーとなかよしのきょうりゅう .. 26
だれが君を殺したのか 132
父がしたこと 135
人形ヒティの冒険 89
ムーミンパパの思い出 103
- **空想**
  赤毛のアン 102
  いたずらでんしゃ 21
  ぼくはレース場の持主だ！ 162
  リンゴの木の上のおばあさん 111
- **憎しみ**
  青銅の弓 138
  果てしなき戦い 123
- **怒り・怒る**
  ホメーロスのイーリアス物語 195
- **恐怖**
  ⇔怪談・怖い話 p.311
  足音がやってくる 160
  あのころはフリードリヒがいた .. 163
  エドガー・アラン・ポー 怪奇・探偵小説集
  157
  クラバート 155
  死のかげの谷間 122
  マデックの罠 159
  魔の山 149
  見えない雲 145
  幽霊があらわれた 62
- **ねたみ・やきもち**
  海は知っていた 147
  影との戦い 164
  ごきげんなすてご 16
  サティン入江のなぞ 149
  ジェニーときょうだい 15
  人形の家 131
  魔女とふたりのケイト 153
- **劣等感**
  落ちこぼれ 199
  さんしん王ものがたり 21
  ジェニーとキャットクラブ 15

太陽の戦士 134
　ちびドラゴンのおくりもの 23
　闘牛の影 120
　ビターチョコレート 155
　火のくつと風のサンダル 47
・さびしい・孤独
　エーミールと三人のふたご 62
　思い出のマーニー 110
　顔のない男 158
　クレージー・バニラ 166
　ゲンと不動明王 100
　荒野の羊飼い 128
　さすらいの孤児ラスムス 107
　さびしい犬 81
　12月の静けさ 148
　少年のはるかな海 160
　ステフィとネッリの物語 ◆ 143
　ディダコイ 131
　ホレイショー 158
　メイおばちゃんの庭 163
　ラッグズ！ ぼくらはいつもいっしょだ 52
　ロビンソン・クルーソー 142
・悲しみ
　テラビシアにかける橋 84
　時をさまようタック 85
　ナム・フォンの風 55
　私は覚えていない 139
・失望・絶望
　コタンの口笛 117
　ともしびをかかげて 134
　ビリー・ジョーの大地 156
　若い兵士のとき 163
　私が売られた日 165
・心配・不安
　アーノルドのはげしい夏 140
　ウサギが丘 109
　肩胛骨は翼のなごり 116
　マリアンヌの夢 138
　夜が明けるまで 120
・悩み・葛藤
　運命の馬ダークリング 156

　かおるのたからもの 71
　ジャズ・カントリー 157
　少年ルーカスの遠い旅 152
　ステフィとネッリの物語 ◆ 143
　だれが君を殺したのか 132
　ディア ノーバディ 143
　闘牛の影 120
　ボグ・チャイルド 140
・反省・後悔
　大どろぼうホッツェンプロッツ
　　三たびあらわる 93
　ジンタの音 130
　泥棒をつかまえろ！ 135
　燃えるアッシュ・ロード 133
　レ・ミゼラブル 161
・犠牲
　ボグ・チャイルド 140
・アイデンティティ・自分探し
　⇔独立・自立 p.318
　アーノルドのはげしい夏 140
　ギリシア神話物語 125
　剣と絵筆 150
　白いシカ 139
　旅人タラン 116
　ディダコイ 131
　闘牛の影 120
　鳴りひびく鐘の時代に 129
　めぐりめぐる月 129

食べもの

・食べもの全般・食事
　⇔料理 p.317　⇔動物 p.352　⇔植物 p.359
　エーミールとねずみとり 107
　大きな森の小さな家 ◆ 111
　かもとりごんべえ 169
　くいしんぼ行進曲 18
　ついでにペロリ 168
　ロビン・フッドのゆかいな冒険 196

- イカめし
  - はじまりはイカめし！ 37
- いなり寿司
  - すずめのおくりもの 15
- 天ぷら
  - てんぷらぴりぴり 207
- 豆腐
  - すずめのおくりもの 15
- パイ
  - 孔雀のパイ 205
  - 村は大きなパイつくり 60
- パン
  - ベーグル・チームの作戦 54
- 菓子・おやつ
  - シュトルーデルを焼きながら 166
- アイスクリーム
  - 王さまのアイスクリーム 25
  - クレージー・バニラ 166
- クッキー
  - クッキーのおうさま 27
  - けしつぶクッキー 20
  - 長くつ下のピッピ 107
- ケーキ
  - おばけはケーキをたべない 39
  - こぶたのおまわりさん 26
  - 魔法使いのチョコレート・ケーキ 98
- ホットケーキ
  - 小さなスプーンおばさん 91
  - ぼくはめいたんてい ◆ 24
  - ホットケーキ 168
- チョコレート
  - チョコレート工場の秘密 73
  - チョコレート戦争 51
  - ビターチョコレート 155
- ドーナッツ
  - ゆかいなホーマーくん 98
- はちみつ
  - クマのプーさん プー横丁にたった家 101
  - 小さなハチかい 45
- 牛乳
  - 木かげの家の小人たち 45
- 小さい牛追い 86
- やぎと少年 68
- 山にのまれたオーラ 111
- 山へいく牛 125
- 紅茶
  - はじめてのおてつだい 35
  - ふしぎの国のアリス 56
- 酒
  - ⇔アルコール中毒 p.289
  - 白いタカ 115
  - 宝島 137
  - たんぽぽのお酒 153
- 卵
  - 海のたまご 95
  - 大きなたまご 84
  - からすのカーさんへびたいじ 32
  - ひとつぶのサッチポロ 171
  - ビルマ（ミャンマー）のむかし話 174
  - ふらいぱんじいさん 20
  - ぼくは王さま 28
  - 魔女のたまご 18
  - みにくいガチョウの子 57
  - ラモーナ、八歳になる 58

衣服・装飾品

- 服いろいろ
  - 王子とこじき 76
  - きつねものがたり 105
  - すばらしいフェルディナンド 63
  - なんでもふたつさん 21
  - ひとりっ子エレンと親友 59
- マント
  - はずかしがりやのスーパーマン 31
- ドレス・ワンピース
  - ひとりっ子エレンと親友 59
  - 百まいのドレス 49
- ポケット
  - ポケットのたからもの 22

- 装飾品いろいろ
  ⇔宝石 p.350
  針さしの物語 78
- 傘
  風にのってきたメアリー・ポピンズ◆ 78
  チム・ラビットのぼうけん 14
  はじめてのおてつだい 35
- 帽子
  くまのパディントン◆ 96
  黒ネコの王子カーボネル 70
  たのしいムーミン一家 103
  たんたのたんけん 30
- かんざし
  銀のかんざし 173
- めがね
  イタリアののぞきめがね 89
  とんぼのめがね 201
  ぶきっちょアンナのおくりもの 106
- 首飾り
  犬の毛にご注意！ 59
  しずくの首飾り 48
- マフラー
  黒ネコジェニーのおはなし◆ 15
- 手袋
  合言葉は手ぶくろの片っぽ 52
- 指輪
  ちびっこカムのぼうけん 55
  ホビットの冒険 79
  魔法のゆびわ 175
  指輪物語◆ 143
- 腕輪
  こわれた腕環 164
  ブリジンガメンの魔法の宝石 124
  ゆかいなホーマーくん 98
- 靴・長ぐつ
  ガラスのくつ 89
  黒ねこミケシュのぼうけん 105
  野に出た小人たち 83
  パディーの黄金のつぼ 57
  バレエ・シューズ 69
  火のくつと風のサンダル 47

フランチェスコとフランチェスカ 34
ぼっぺん先生の日曜日◆ 90
めぐりめぐる月 129
- わらじ・サンダル
  月からきたトウヤーヤ 66
  火のくつと風のサンダル 47
  ふしぎなサンダル 188
- スケートぐつ
  銀のスケート 77
  ジェニーとキャットクラブ 15
  トムは真夜中の庭で 149
  長い冬休み 106
- くつした
  すずめのくつした 26
  長くつ下のピッピ◆ 107
- 変装・仮装
  ⇔変身 p.363
  悪魔の物語 85
  えんの松原 117
  大どろぼうホッツェンプロッツ
    ふたたびあらわる 93
  怪盗ルパン◆ 164
  チャーリー・ムーン大かつやく 88
  フランチェスコとフランチェスカ 34
  めいたんていスーパーわん◆ 59
  ロビン・フッドのゆかいな冒険 196

道具・機械

●道具

- 道具いろいろ
  エルマーのぼうけん 19
  大どろぼうホッツェンプロッツ 92
  クッキーのおうさま 27
  たんたのたんけん 30
  地下の洞穴の冒険 74
  月からきたトウヤーヤ 66
  なんでもふたつさん 21
  ネンディのぼうけん 22

村山籌子作品集 ◆ 37
　　床下の小人たち 82
・糸・毛糸
　　家なき娘 99
　　ワーキング・ガール 147
・うきぶくろ・マット
　　アリスティードの夏休み 75
・絵の具
　　⇔絵・美術 p.303
　　ほんとうの空色 86
・鉛筆削り
　　星からおちた小さな人 65
・斧
　　ひとりぼっちの不時着 96
・お守り
　　魔よけ物語 82
・かかし
　　オズの魔法使い 83
・鏡
　　鏡の国のアリス 56
・鍵
　　かぎのない箱 179
　　かぎはどこだ 24
　　金の鍵 97
　　小さいおばけ 93
　　西風のくれた鍵 42
　　リトルベアー ◆ 87
・かご
　　年とったばあやのお話かご 89
　　なまくらトック 168
　　ロッタちゃんのひっこし 39
・紙
　　なくなったかいものメモ 24
　　ももいろのきりん 31
　　ロボット・カミイ 34
・切手
　　きょうりゅうのきって 24
・クレヨン
　　ももいろのきりん 31
・コップ
　　木かげの家の小人たち 45

・さかずき・聖杯
　　〈アーサー王物語〉 195
　　コーンウォールの聖杯, みどりの妖婆 128
・シャベル
　　穴 134
・車輪
　　コウノトリと六人の子どもたち 75
　　幽霊 85
・じゅうたん
　　子どもに語るアラビアンナイト 191
　　火の鳥と魔法のじゅうたん 82
・スプーン
　　小さなスプーンおばさん ◆ 91
・たらい・ボウル
　　水深五尋 118
・チューブ
　　たんたのたんてい 31
　　歯みがきつくって億万長者 101
・槌・かなづち
　　神々のとどろき 194
　　マルコとミルコの悪魔なんかこわくない！ ... 109
・つぼ・陶器
　　⇔陶芸家 p.315
　　パディーの黄金のつぼ 57
　　モギ 83
・ナイフ
　　銀のナイフ 140
・鍋・釜・やかん
　　川をくだる小人たち 83
　　タランと黒い魔法の釜 116
　　ふらいぱんじいさん 20
　　ヘムロック山のくま 29
　　ものいうなべ 180
・布
　　錦の中の仙女 174
　　ビロードうさぎ 46
・ネズミ捕り
　　エーミールとねずみとり 107
　　番ねずみのヤカちゃん 17
・粘土
　　ネンディのぼうけん 22

295

- 箱・棺
  - かぎのない箱 179
  - 黒いお姫さま 178
  - ごきげんなすてご 16
  - 詩の玉手箱 208
  - 小さいおばけ 93
  - ヘブンショップ 49
- はさみ
  - チム・ラビットのぼうけん 14
- 歯みがき粉
  - ⇔歯・きば p.286
  - エルマーのぼうけん 19
  - 歯みがきつくって億万長者 101
- 針さし
  - 針さしの物語 78
- 袋
  - チャールズのおはなし 17
- ペン
  - 合言葉はフリンドル！ 61
- ペンキ
  - トム・ソーヤーの冒険 77
- ほうき
  - 黒ネコの王子カーボネル 70
  - 空とぶベッドと魔法のほうき 82
  - 小さい魔女 93
  - 魔女の宅急便 53
- 虫めがね
  - シャーロック・ホウムズの冒険◆ 143
  - たんたのたんてい 31
  - ベイジルとふたご誘拐事件 72
- 鞭
  - 黒馬物語 67
  - 鳴りひびく鐘の時代に 129
  - 身がわり王子と大どろぼう 91
- ゆびぬき
  - ゆびぬきの夏 51
- ろうそく
  - 愛蔵版おはなしのろうそく ◆ 168

● 機械

- 機械全般
  - 三人のおまわりさん 76
- 望遠鏡
  - たんたのたんけん 30
  - ドリトル先生と月からの使い 110
  - ほがらか号のぼうけん 45
- コンピュータ
  - フレディ 104
- ロボット
  - イシスの燈台守 88
  - ロボット・カミイ 34
- 電話
  - ゼバスチアンからの電話 132
  - もしもしニコラ！ 67
- 時計
  - 金時計 149
  - サンドリヨン 180
  - シェパートン大佐の時計 141
  - トムは真夜中の庭で 149
- 冷蔵庫・冷凍庫
  - ⇔家具いろいろ p.349
  - ペンギンじるし れいぞうこ 27
  - ポッパーさんとペンギン・ファミリー 42
- エレベーター
  - すばらしいフェルディナンド 63

のりもの

● 電車・汽車
  - ⇔鉄道員 p.316
  - いたずらでんしゃ（電車） 21
  - きかんしゃ1414（機関車） 33
  - 銀河鉄道の夜（汽車） 100
  - ジム・ボタンの冒険◆（機関車） 50
  - 鉄橋をわたってはいけない（汽車） 111
  - 天才コオロギニューヨークへ（地下鉄） 71
  - ビーテクのひとりたび（汽車） 24
  - ふたごのでんしゃ（電車） 40

ホーマーとサーカスれっしゃ（汽車）............21
　ホンジークのたび（汽車）............24

●車
　⇔ドライブ p.368
　がんばれヘラクレス（消防車）............21
　車のいろは空のいろ◆（タクシー）............15
　スプーンおばさんのゆかいな旅（乗用車）............92
　たのしい川べ（乗用車）............60
　チキチキバンバン（乗用車）............92
　ディガーズ（ショベルカー）............91
　トラッカーズ（トラック）............91
　ネコのタクシー（タクシー）............31
　星に叫ぶ岩ナルガン（ブルドーザー）............162
　山の終バス（バス）............100

●船
　⇔船乗り・船長 p.316　⇔難破・漂流 p.322
　⇔航海・密航 p.367

・船
　合言葉は手ぶくろの片っぽ............52
　青いひれ............68
　朝びらき丸東の海へ............109
　あなぐまビルのぼうけん◆............88
　海が死んだ日............135
　海に育つ............116
　男たちの海............161
　海底二万海里............119
　かえるのエルタ............30
　かみ舟のふしぎな旅............33
　死の艦隊............158
　シー・ペリル号の冒険............141
　とぶ船............109
　南極へいったねこ............55
　二年間の休暇............119
　ニワトリ号一番のり............161
　ノアの箱船に乗ったのは？............148
　反どれい船............123
　美人ネコジェニーの世界旅行............15
　ピッピ船にのる............107

　ほがらか号のぼうけん............45
　ぼくたちの船タンバリ............155
　燃えるタンカー............116
　勇敢な仲間............152
　四せきの帆船............130
　ラッキー・ドラゴン号の航海............156
　ランサム・サーガ◆............106

・潜水艦
　海底二万海里............119
　水深五尋............118
　どらねこ潜水艦............88

・ボート・カヌー
　アレックと幸運のボート............57
　この湖にボート禁止............78
　たのしい川べ............60
　ちびっこタグボート............21
　ニワトリ号一番のり............161
　ハヤ号セイ川をいく............87

●飛行機
　⇔とぶ・飛行 p.302
　⇔パイロット・宇宙飛行士 p.316
　⇔墜落・不時着 p.322

・飛行機
　オッター32号機SOS............86
　おばあさんのひこうき............23
　セシルの魔法の友だち............56
　フランバーズ屋敷の人びと◆............155
　ライトニングが消える日............160
　ルーピーのだいひこう............21

・宇宙船・ロケット
　⇔宇宙・空 p.350
　ウィングス............91
　ロケットボーイズ............150

・気球
　SOS！あやうし空の王さま号............18
　神秘の島............119
　空をとぶ小人たち............83
　二十一の気球............76
　ネズナイカのぼうけん............82

バターシー城の悪者たち 48

●その他

・オートバイ
　おばあちゃんはハーレーにのって 158
　子ねずみラルフのぼうけん 58
・車椅子
　ハイジ 69
　僕らの事情。.. 151
・自転車
　ヘンリーくんとビーザス 58
　ライトニングが消える日 160
・そり
　オオカミに冬なし 163
　荒野の呼び声 166
　南極へいったねこ 55
　呪われた極北の島 126
　ゆきの中のふしぎなできごと 24
・馬車
　お話を運んだ馬 136
　がんばれヘラクレス 21
　銀の馬車 115
　黒馬物語 67
　ジンゴ・ジャンゴの冒険旅行 90
　大草原の小さな家 112
　ディダコイ 131
　ドリトル先生のキャラバン 110
　ぼくらは世界一の名コンビ！.................... 73

あそび・スポーツ

●あそび・ゲーム・おもちゃ

・あそび・ゲーム
　あかちゃんとお母さんのあそびうたえほん ... 201
　遊びの詩 204
　イップとヤネケ 24
　くまのテディ・ロビンソン ◆ 40
　けんた・うさぎ 30

　子どもとお母さんのあそびうたえほん 201
　少女ポリアンナ 95
　長くつ下のピッピ 107
　ボニーはすえっこ、おしゃまさん 22
　向こう横町のおいなりさん 144
　木曜日はあそびの日 59
　もりのへなそうる 40
　やかまし村の子どもたち ◆ 108
　ロボット・カミイ 34
　わたしたちの島で 164
・かくれんぼ
　⇔隠す・隠れる p.300
　ライオンと魔女 108
・木のぼり
　⇔木 p.359
　たぬき学校 16
　風船をとばせ！....................................... 133
・雪あそび
　⇔スキー p.299　⇔雪・吹雪 p.351
　雪わたり 100
・ごっこあそび
　⇔まねる・まね p.303
　アリスティードの夏休み 75
　はずかしがりやのスーパーマン 31
　魔女ジェニファとわたし 54
　名探偵カッレくん 108
・くじ引き・福引き
　アレックと幸運のボート 57
　チョコレート工場の秘密 73
・凧
　二年間の休暇 119
　魔法使いのチョコレート・ケーキ 98
・チェス
　鏡の国のアリス 56
・人形・ぬいぐるみ
　⇔人形劇 p.306
　赤ちゃんをほしがったお人形 17
　くまのテディ・ロビンソン ◆ 40
　クマのプーさん プー横丁にたった家 101
　クリスマスの女の子 ◆ 21
　クルミわりとネズミの王さま 95

三月ひなのつき 44
　人形の家... 131
　人形ヒティの冒険 89
　ネンディのぼうけん 22
　ピノッキオの冒険 63
　ビロードうさぎ 46
　魔神と木の兵隊 58
　ミス・ヒッコリーと森のなかまたち 94
　ゆかいな子ぐまポン 40
　りすのスージー 37
　リトルベアー ◆ 87
・人形の家
　⇔家・巣 p.347
　人形の家... 131
・トランプ
　ふしぎの国のアリス 56
・風船
　風船とばしの日 93
　風船をとばせ！ 133
・ボール・玉
　時間だよ、アンドルー 87
　ゆかいな子ぐまポン 40
・なわとび
　ターちゃんとルルちゃんのはなし 27
・木馬
　ギリシア神話 194
　ホメーロスのイーリアス物語 195
　木馬のぼうけん旅行 46
・工作いろいろ
　ロボット・カミイ 34
・折り紙
　かみ舟のふしぎな旅 33
　三月ひなのつき 44

●ことばあそび

・ことばあそび
　⇔わらべうた p.305　⇔ことば p.308
　⇔詩 p.311
　お江戸決まり文句 203
　ことばあそびうた ◆ 204

　しゃべる詩あそぶ詩きこえる詩◆ 206
　すかたんマーチ 206
　それほんとう？ 207
　にほんご にこにこ 207
　はじまりはへのへのもへじ！ 37
　ふしぎの国のアリス 56
　ぽっぺん先生の日曜日 90
・なぞなぞ
　⇔問う・問答 p.302
　お江戸なぞなぞあそび 203
　月からきたトウヤーヤ 66
　なぞなぞのすきな女の子 36
　ぽっぺん先生の日曜日 90
　ホビットの冒険 79
・早口ことば
　お江戸はやくちことば 203

●運動・スポーツ
　⇔運動会 p.340

・キャンプ
　ツバメ号とアマゾン号 106
　泥棒をつかまえろ！ 135
　はじめてのキャンプ 32
　ふたりのロッテ 63
　森に消える道 132
・釣り
　⇔漁師・漁業 p.314　⇔魚・水の生き物 p.357
　六人の探偵たち 106
・スキー
　⇔雪あそび p.298
　火曜日のごちそうはヒキガエル 18
　キツネ森さいばん 64
・スケート
　風のローラースケート 43
　銀のスケート 77
　ジェニーとキャットクラブ 15
　トムは真夜中の庭で 149
　長い冬休み 106
　ボニーはすえっこ、おしゃまさん 22
　ローラー＝スケート 71

299

- 乗馬・競馬
  - ⇔ウマ p.354
  - 急げ 草原の王のもとへ 148
  - 運命の馬ダークリング 156
  - ドン・キホーテ 139
  - フランバーズ屋敷の人びと ◆ 155
- 水泳・海水浴
  - ⇔海 p.341
  - アリスティードの夏休み 75
  - どれみふぁけろけろ 32
  - ホエール・トーク 128
- 闘牛
  - ⇔闘牛士 p.315　⇔ウシ p.354
  - 闘牛の影 120
- 野球
  - さんしん王ものがたり 21
  - ちびっこ大せんしゅ 35
  - ハンサム・ガール 65
  - ベーグル・チームの作戦 54

●動作

- 会う・再会
  - 家なき子 99
  - 三びき荒野を行く 87
  - ターちゃんとルルちゃんのはなし 27
  - 名犬ラッシー 80
- 預ける・託す
  - 魔女の宅急便 53
  - 魔女のたまご 18
  - 指輪物語 ◆ 143
  - レモネードを作ろう 121
- 集める・コレクション
  - 海辺のたから 90
  - ノアの箱船に乗ったのは？ 148
  - ペニーの日記読んじゃだめ 57
- 歩く
  - 北のはてのイービク 92
  - さらわれたデービッド 137
  - とぶ船 109
  - ヘムロック山のくま 29

- ベル・リア 149
- ホビットの冒険 79
- 雪わたり 100
- 指輪物語 ◆ 143
- ライオンと歩いた少年 127
- 六月のゆり 139
- 選ぶ・選択
  - 金鉱町のルーシー 127
  - 剣と絵筆 150
  - タラン・新しき王者 116
  - ディア ノーバディ 143
  - 闘牛の影 120
- 贈る・贈り物
  - おばあちゃんのすてきなおくりもの 25
  - 三月ひなのつき 44
  - シャーロットのおくりもの 96
  - 砂に消えた文字 68
  - 台所のマリアさま 63
  - とびきりすてきなクリスマス 57
  - 百まいのドレス 49
  - まぼろしの小さい犬 150
  - 森は生きている 99
  - ゆきの中のふしぎなできごと 24
- 落ちる・落下
  - ギリシア神話物語 125
  - たぬき学校 16
- 隠す・隠れる
  - ⇔かくれんぼ p.298
  - 合言葉は手ぶくろの片っぽ 52
  - エルマーのぼうけん 19
  - おばけはケーキをたべない 39
  - 壁のむこうの街 123
  - シニとわたしのいた二階 162
  - 床下の小人たち ◆ 82
- 貸す・借りる
  - だれも知らない小さな国 65
  - ヘムロック山のくま 29
  - 床下の小人たち ◆ 82
- 勝つ・勝利
  - ⇔やっつける・退治 p.303
  - アルフレッド王の勝利 157

運命の馬ダークリング........................156
さんしん王ものがたり........................21
ニワトリ号一番のり........................161

・競う・競争
⇔コンクール・コンテスト p.341
⇔旅・冒険 p.366
アレックと幸運のボート........................57
銀のスケート........................77
算法少女........................50
地のはてにいどむ........................118
なぞなぞのすきな女の子........................36
ニワトリ号一番のり........................161
ポリーとはらぺこオオカミ........................25
村は大きなパイつくり........................60

・計画する・作戦
⇔陰謀・裏切り p.324　⇔旅・冒険 p.366
エーミールと探偵たち........................62
オタバリの少年探偵たち........................75
クローディアの秘密........................54
コウノトリと六人の子どもたち........................75
シャーロットのおくりもの........................96
スカラブ号の夏休み，
　シロクマ号となぞの鳥........................106
ダルメシアン........................69
小さなバイキング ビッケ◆........................104
点子ちゃんとアントン........................62
ナタリーはひみつの作家........................61
なんでもふたつさん........................21
歯みがきつくって億万長者........................101
ふたりのロッテ........................63
フリスビーおばさんとニムの家ねずみ......122
ベーグル・チームの作戦........................54
冒険者たち........................64
魔女がいっぱい........................73
ミス・ビアンカ◆........................67

・こわす・故障
⇔災害・事故・サバイバル p.321
こわれた腕環........................164
ジュンとひみつの友だち........................65
二十一の気球........................76
ゆかいなホーマーくん........................98

・さがす・探し物
⇔捜索・追跡 p.322　⇔探検 p.367　⇔宝探し p.367
青い鳥........................101
〈アーサー王物語〉........................195
黒ネコの王子カーボネル........................70
コーンウォールの聖杯◆........................128
宝島........................137
月からきたトウヤーヤ........................66
ともだちができちゃった！........................14
はじまりはへのへのもへじ！........................37
豆つぶほどの小さないぬ........................65
森は生きている........................99

・しくじる・失敗
赤毛のアン........................102
悪魔の物語........................85
くまのパディントン◆........................96
太陽の戦士........................134
はじめてのおてつだい........................35
辺境のオオカミ........................134
"魔女学校"◆........................98
ロケットボーイズ........................150

・成功する・達成
天才コオロギニューヨークへ........................71
どじ魔女ミルの大てがら........................99
ぼくのすてきな冒険旅行........................90
ぼくらは世界一の名コンビ！........................73
マウイの五つの大てがら........................188
マチルダはちいさな大天才........................73
マルコとミルコの悪魔なんかこわくない！...109

・助ける・救助
エーミールと三人のふたご........................62
エルマーのぼうけん，
　エルマーと16ぴきのりゅう........................19
オオカミに冬なし........................163
お姫さまとゴブリンの物語........................97
きょうだいトロルのぼうけん........................71
銀のいす........................109
ジム・ボタンの冒険◆........................50
ダニーとなかよしのきょうりゅう........................26
ダルメシアン........................69
ちびっこタグボート........................21

301

ドリトル先生と秘密の湖	110
白鳥	44
星からおちた小さな人	65
魔の山	149
ミス・ビアンカ ◆	67
名探偵カッレとスパイ団	108
木馬のぼうけん旅行	46
もしもしニコラ！	67
ラスムスくん英雄になる	107
ラーマーヤナ	193
ルーシーの家出	69
ロッカバイ・ベイビー誘拐事件	85

・だます・うそ
⇨身代わり p.284 ⇨ほら話 p.311
⇨本当・真実 p.371

ウサギどんキツネどん	186
うそつきの天才	137
キツネ森さいばん	64
少年鼓手	125
ネズナイカのぼうけん	82
ピノッキオの冒険	63

・つくる・創作

こちら『ランドリー新聞』編集部	61
台所のマリアさま	63
歯みがきつくって億万長者	101
肥後の石工	117
魔法使いのチョコレート・ケーキ	98
村は大きなパイつくり	60
モギ	83
レモネードを作ろう	121
ロケットボーイズ	150

・伝える・伝承
⇨伝説・言い伝え p.310

ザ・ギバー	166
シュトルーデルを焼きながら	166
モギ	83

・問う・問答
⇨なぞなぞ p.299

くまの子ウーフ	19
素直な疑問符	209
たぬき学校	16

父への四つの質問	154

・とぶ・飛行
⇨飛行機 p.297

ウィングス	91
エルマーのぼうけん ◆	19
おばあさんのひこうき	23
風にのってきたメアリー・ポピンズ ◆	78
黒ネコの王子カーボネル	70
空とぶベッドと魔法のほうき	82
空をとぶ小人たち	83
小さい魔女	93
チキチキバンバン	92
地のはてにいどむ	118
とぶ船	109
ニルスのふしぎな旅	105
ピーター・パンとウェンディ	86
火の鳥と魔法のじゅうたん	82
風船とばしの日	93
星からおちた小さな人	65
ほらふき男爵の冒険	81
魔女の宅急便	53
森おばけ	31
ルービーのだいひこう	21

・なくす・失せ物

大どろぼうホッツェンプロッツ　三たびあらわる	93
チャーリー・ムーン大かつやく	88
はんぶんのおんどり	40
わすれものの森	51

・走る
⇨足・脚 p.287

ジェミーと走る夏	89
ドングリ山のやまんばあさん	29
ネコのタクシー	31
ハートビート	129

・拾う・拾い物

オンネリとアンネリのおうち	61
ジェニーのぼうけん	15
チム・ラビットのぼうけん	14
ゆびぬきの夏	51

・掘る
　穴 134
　モグラ物語 101
・間違う・勘違い
　⇔無実・冤罪 p.324
　おたよりください 70
　おともださにナリマ小 27
　星条旗よ永遠なれ 114
　泥棒をつかまえろ！ 135
　みしのたくかにと 36
　もりのへなそうる 40
・まねる・まね
　⇔ごっこあそび p.298　⇔同じ・そっくり p.372
　きつねものがたり 105
　すばらしいフェルディナンド 63
　ベイジルとふたご誘拐事件 72
・まわる・回転
　メイおばちゃんの庭 163
　めぐりめぐる月 129
・やっつける・退治
　⇔勝つ・勝利 p.300
　アーノルドのはげしい夏 140
　おひとよしのりゅう 60
　おもちゃ屋のクィロー 23
　ガディおばさんのゆうれいたいじ 21
　からすのカーさんへびたいじ 32
　クラバート 155
　聖ヨーランの伝説 68
　ちびっこカムのぼうけん 55
　チョコレート工場の秘密 73
　マチルダはちいさな大天才 73
　メキシコの嵐 154
　ゆうきのおにたいじ 26
　リチャードのりゅうたいじ 33
　ロビン・フッドのゆかいな冒険 196
・別れる・別れ
　クマのプーさん プー横丁にたった家 101
　時の旅人 115
　はるかなるわがラスカル 145
　向こう横町のおいなりさん 144

・忘れる・忘れ物
　あやつられた学校 61
　忘れ川をこえた子どもたち 129
　わすれものの森 51

芸術

● 絵・美術
　⇔絵の具 p.295　⇔図画工作 p.306
　⇔絵文字・記号 p.310　⇔画家 p.315
　⇔美術館 p.346

・絵・美術
　大昔の狩人の洞穴 146
　ガラス山の魔女たち 48
　きえた犬のえ 24
　キルギスの青い空 114
　くろて団は名探偵 92
　剣と絵筆 150
　ジョコンダ夫人の肖像 124
　光草（ストラリスコ） 150
　台所のマリアさま 63
　ダニーとなかよしのきょうりゅう 26
　バターシー城の悪者たち 48
　ハートビート 129
　百まいのドレス 49
　ふしぎなクリスマス・カード 71
　フランダースの犬 45
　星の王子さま 66
　ほんとうの空色 86
　マリアンヌの夢 138
　夜明けの人びと 79

● 彫刻

・彫刻
　エーミール物語 ◆ 106
　クローディアの秘密 54

●色

・色いろいろ
　うたうカメレオン 184
　みどりいろの童話集 ◆ 168

・青色
　青いイルカの島 52
　青い鳥 101
　青いひれ 68
　青さぎ牧場 154
　キルギスの青い空 114
　車のいろは空のいろ ◆ 15
　ほんとうの空色 86

・赤色
　赤毛のアン 102
　すずめのくつした 26
　太陽の戦士 134
　ビッケと赤目のバイキング 104
　名探偵しまうまゲピー 76

・ピンク
　ももいろのきりん 31

・黄色
　元気なモファットきょうだい 49

・金色
　⇔金・ゴールドラッシュ p.349
　金色の影 125
　金時計 149
　金の鍵 97
　三本の金の髪の毛 183

・銀色
　⇔銀 p.350
　銀色ラッコのなみだ 52
　銀のいす 109
　銀のシギ 89
　銀のスケート 77
　銀の馬車 115
　樹上の銀 128
　火のおどり子 銀のひづめ 84

・黒色
　黒いお姫さま 178
　黒い兄弟 142

　黒馬物語 67
　くろて団は名探偵 92
　黒ネコジェニーのおはなし ◆ 15
　黒ネコの王子カーボネル 70
　黒ねこミケシュのぼうけん 105
　しろいいぬ？くろいいぬ？ 20
　小さいおばけ 93

・白色
　しろいいぬ？くろいいぬ？ 20
　白いオオカミ 179
　白いシカ 139
　白いタカ 115
　小さいおばけ 93
　まぼろしの白馬 127
　名探偵しまうまゲピー 76
　モンスーン あるいは白いトラ 132

・茶色
　くまのパディントン 96

・灰色
　グレイ・ラビットのおはなし 14
　灰色の王 128
　灰色の畑と緑の畑 120
　モモ 50

・緑色
　アラビア物語 1・3 175
　オズの魔法使い 83
　灰色の畑と緑の畑 120
　ぼくの最高機密 53
　みどりいろの童話集 168
　みどりの小鳥 182
　みどりのゆび 79
　みどりの妖婆 128
　ロビン・フッドのゆかいな冒険 196

●写真
　⇔写真集・写真絵本 p.313　⇔写真家 p.315

・写真・カメラ
　クレージー・バニラ 166
　ダーシェンカ 74
　ふたりのロッテ 63

六人の探偵たち 106
　　わが家のバイオリンそうどう 60
・映画・スライド
　　エーミールと三人のふたご 62
　　おれたちゃ映画少年団 103
　　雪わたり 100

●うた
　　⇔詩 p.311　⇔歌手 p.315

・うた
　　うたうカメレオン 184
　　かえるのエルタ ◆ 30
　　キルギスの青い空 114
　　銀のシギ 89
　　クッキーのおうさま 27
　　クマのプーさん　プー横丁にたった家 ... 101
　　たのしい川べ 60
　　月からきたトウヤーヤ 66
　　どれみふぁけろけろ 32
　　ノリー・ライアンの歌 126
　　ヒルベルという子がいた 157
　　ゆかいなどろぼうたち 48
　　リンゴ畑のマーティン・ピピン ◆ 152
・国歌
　　星条旗よ永遠なれ 114
・童謡
　　からたちの花がさいたよ 200
　　サッちゃん 202
　　ぞうさん 207
　　誰もしらない 204
　　ともだちシンフォニー 202
　　とんとんともだち 202
　　とんぼのめがね 201
　　みつばちぶんぶん 202
・わらべうた
　　⇔ことばあそび p.299
　　あかちゃんとお母さんのあそびうたえほん ◆
　　　 201
　　マザー・グースのうた ◆ 204
　　雪わたり 100
　　よりぬきマザーグース 205
　　ロシアのわらべうた 199
　　わらべうた 205
・口笛
　　コタンの口笛 117

●音楽・音
　　⇔静か・静けさ p.288　⇔うるさい・騒音 p.288

・音楽・音
　　足音がやってくる 160
　　家なき子 99
　　天才コオロギニューヨークへ 71
　　てんぷらぴりぴり 207
　　みみをすます 205
　　闇の戦い 161
・ジャズ
　　ジャズ・カントリー 157
　　バドの扉がひらくとき 124
・マーチ
　　くいしんぼ行進曲 18
　　すかたんマーチ 206

●楽器

・ギター
　　ギターねずみ 33
・竪琴・リュート
　　灰色の王 128
　　プリデイン物語 ◆ 116
　　リンゴ畑のマーティン・ピピン ◆ 152
・チェロ
　　セロひきのゴーシュ 100
・バイオリン
　　大きな森の小さな家 111
　　ゼバスチアンからの電話 132
　　わが家のバイオリンそうどう 60
・オルガン
　　ふしぎなオルガン 109
・トランペット
　　ジャズ・カントリー 157

305

- ・笛
  - カスピアン王子のつのぶえ 109
  - ジェニーのぼうけん 15
  - 風神秘抄 121
  - わすれものの森 51
- ・太鼓
  - ゴースト・ドラム 91
  - 少年鼓手 125
  - 地に消える少年鼓手 161

● 演劇・芸能
  ⇔戯曲 p.312　⇔俳優・役者・芸人 p.315

- ・演劇・芸能一般
  - シェイクスピア物語 163
  - シェイクスピアを盗め！ 153
  - 洲本八だぬきものがたり 20
  - 旅しばいのくるころ 133
  - 飛ぶ教室 62
  - ドリトル先生のキャラバン 110
  - バレエ・シューズ 69
  - ヘブンショップ 49
  - 向こう横町のおいなりさん 144
  - 幽霊があらわれた 62
  - 四人の姉妹 52
- ・踊り・バレエ
  ⇔踊り手 p.315
  - ガラスのくつ 89
  - 元気なモファットきょうだい 49
  - サンドリヨン 180
  - ジェニーとキャットクラブ 15
  - バレエ・シューズ 69
  - バレエをおどりたかった馬 25
  - ひとりっ子エレンと親友 59
  - 風神秘抄 121
- ・サーカス・曲芸
  - エーミールと三人のふたご 62
  - サーカスの小びと 62
  - サーカスは夜の森で 43
  - セシルの魔法の友だち 56
  - 象と二人の大脱走 61
  - ドリトル先生のサーカス 110
  - ピノッキオの冒険 63
  - ポッパーさんとペンギン・ファミリー 42
  - ホーマーとサーカスれっしゃ 21
  - 名探偵しまうまゲピー 76
  - 木馬のぼうけん旅行 46
  - ゆかいな子ぐまポン 40
- ・人形劇
  ⇔人形・ぬいぐるみ p.298
  - 金曜日うまれの子 160
- ・落語
  ⇔笑い p.291　⇔笑い話 p.311
  - 子ども寄席 ◆ 169

学問・教育
⇔学者・教授 p.316

● 学問分野

- ・科学・理科
  - 海底二万海里 119
  - 神秘の島 119
- ・考古学
  - 黄金のファラオ 154
  - この湖にボート禁止 78
  - ボグ・チャイルド 140
- ・数学・算数
  - ヴィーチャと学校友だち 82
  - 算法少女 50
  - 歯みがきつくって億万長者 101
- ・図画工作
  ⇔絵・美術 p.303
  - 放課後の時間割 51
- ・生物学
  - ぽっぺん先生の日曜日 ◆ 90

●調査・研究
　⇔謎解き・推理 p.372

・実験・試行錯誤
　ジーキル博士とハイド氏 137
　フリスビーおばさんとニムの家ねずみ 122
　ぼくの最高機密 53
　ロケットボーイズ 150
・観察・観測
　⇔野鳥観察 p.357
　北の森の十二か月 70
　クレージー・バニラ 166
　シートン動物記 ◆ 135
　みなし子のムルズク ◆ 88
　フクロウ物語 83
・発見・発掘
　⇔遺跡 p.347　⇔宝探し p.367
　海辺のたから 90
　黄金のファラオ 154
　大昔の狩人の洞穴 146
　コロンブス海をゆく 158
　ふたたび洞穴へ 74
　ボグ・チャイルド 140
　四せきの帆船 130
　竜のいる島 72
・発明
　王さまのアイスクリーム 25
　三人のおまわりさん 76
　神秘の島 119
　小さなバイキング ビッケ ◆ 104
　歯みがきつくって億万長者 101
　ブータレとゆかいなマンモス 66
　リチャードのりゅうたいじ 33
　ロビンソン・クルーソー 142

●教育

・教育・学習
　きつねものがたり 105
　算法少女 50
　ハイジ 69

　フレディ 104
　ルドルフとイッパイアッテナ 64
・学校
　⇔教師 p.315
　合言葉はフリンドル！ 61
　あしながおじさん 119
　あの犬が好き 59
　あのね、わたしのたからものはね 38
　あやつられた学校 61
　アンの青春，アンの愛情 102
　石切り山の人びと 141
　ヴィーチャと学校友だち 82
　うそつきの天才 137
　大きい１年生と小さな２年生 34
　おかあさんがいっぱい 32
　おさるのキーコ 17
　おともださにナリマ小 27
　カイウスはばかだ 46
　かおるのたからもの 71
　影との戦い 164
　キルギスの青い空 114
　くいしんぼ行進曲 18
　クオレ 115
　コウノトリと六人の子どもたち 75
　コタンの口笛 117
　こんにちは、バネッサ 24
　ジェニーとキャットクラブ 15
　小公女 84
　ジンタの音 130
　すずめのおくりもの 15
　星条旗よ永遠なれ 114
　草原に雨は降る 131
　たぬき学校 16
　だれが君を殺したのか 132
　ちびドラゴンのおくりもの 23
　飛ぶ教室 62
　どれみふぁけろけろ 32
　ネンディのぼうけん 22
　ひとりっ子エレンと親友 ◆ 59
　ヒューゴとジョセフィーン，
　　森の子ヒューゴ 59

307

風船とばしの日 93
放課後の時間割 51
僕らの事情。 151
ポケットのたからもの 22
"魔女学校" ◆ 98
森おばけ 31
ゆうかんな女の子ラモーナ、
　ラモーナ、八歳になる 58
幽霊があらわれた 62

・試験・受験
　たぬき学校 16
　小さい魔女 93
　"魔女学校" ◆ 98

・宿題
　あのね、わたしのたからものはね 38
　たぬき学校 16
　ハートビート 129

・入学
　あのころはフリードリヒがいた 163
　元気なモファットきょうだい 49
　すずめのおくりもの 15
　ヒューゴとジョセフィーン 59
　ラモーナは豆台風 58

・転校・転校生
　⇔引越し・移住 p.368
　いく子の町 75
　こちら『ランドリー新聞』編集部 61
　百まいのドレス 49
　魔女学校の転校生 99

・中学生
　ぼくは12歳 199

・不登校
　西の魔女が死んだ 144

・訓練・修業
　アリスの見習い物語 127
　アレックと幸運のボート 57
　海に育つ 116
　おっとあぶない ◆ 38
　男たちの海 161
　影との戦い 164
　クラバート 155

ゲンと不動明王 100
さんしん王ものがたり 21
セロひきのゴーシュ 100
小さい魔女 93
ちびドラゴンのおくりもの 23
西の魔女が死んだ 144
花咲か 117
バレエ・シューズ 69
バレエをおどりたかった馬 25
光の六つのしるし 128
魔女の宅急便 53
見習い物語 125
わが家のバイオリンそうどう 60

ことば

●ことば
　⇔ことばあそび p.299

・ことば全般
　きつねものがたり 105
　黒ねこミケシュのぼうけん 105
　ドリトル先生物語全集 ◆ 110

・読み書き・文字
　こうさぎのあいうえお 37
　シェイクスピアを盗め！ 153
　シャーロットのおくりもの 96
　父さんの犬サウンダー 115
　フレディ 104
　ルドルフとイッパイアッテナ 64

・英語
　どうぶつたち 208
　春の日や庭に雀の砂あひて 209

・ポルトガル語
　ブラジルのむかしばなし ◆ 188

・イディシ語
　お話を運んだ馬 136
　まぬけなワルシャワ旅行 136
　やぎと少年 68

- エスペラント
  - ジャングルの少年 70
- 日本語
  - にほんご にこにこ 207
- 方言
  - ⇔昔話 p.310
  - すかたんマーチ 206
  - ほんまにほんま 203

● その他

- 名前
  - 合言葉はフリンドル！ 61
  - あしながおじさん 119
  - アーノルドのはげしい夏 140
  - アリスの見習い物語 127
  - 影との戦い 164
  - かみ舟のふしぎな旅 33
  - 銀のシギ 89
  - サッちゃん 202
  - 長くつ下のピッピ◆ 107
  - 火のくつと風のサンダル 47
  - みてるよみてる 38
  - ミリー・モリー・マンデーのおはなし 34
  - モギ 83
  - もりのへなそうる 40
  - ゆかいな子ぐまポン 40
  - ルドルフとイッパイアッテナ 64
- 約束・誓い
  - ⇔禁止・禁忌 p.325
  - 海へ出るつもりじゃなかった 106
  - オタバリの少年探偵たち 75
  - 黒いお姫さま 178
  - けっこんをしたがらないリスのゲルランゲ ... 39
  - はじめてのキャンプ 32
- 占い・予言
  - 三本の金の髪の毛 183
  - 〈聖書〉 189
  - 大力のワーニャ 93
  - 遠い星から来たノーム◆ 91

- 証言・独白
  - 黒馬物語 67
  - 父がしたこと 135
- うわさ
  - おばけはケーキをたべない 39
  - からすが池の魔女 138
  - ささやき貝の秘密 110
  - スイート川の日々 159
  - 隣の家の出来事 152
- 落書き
  - カイウスはばかだ 46
- のろい・まじない
  - 穴 134
  - いばら姫 178
  - オーディンとのろわれた語り部 91
  - 子どもに語るアンデルセンのお話 43
  - 野の白鳥 43
  - 白鳥 44
  - ふんわり王女 97
  - 魔女ジェニファとわたし 54
  - 魔の山 149
  - めざめれば魔女 160
- 悪口・皮肉
  - 赤毛のアン 102
  - おばあちゃんはハーレーにのって 158
  - ペニーの日記読んじゃだめ 57
  - 僕らの事情。 151
- 口封じ・口止め
  - 風の妖精たち 78
  - 肥後の石工 117
- あいさつ
  - おやすみなさいトムさん 160
  - こんにちは、バネッサ 24
- 遺言
  - ⇔財産・遺産 p.320
  - さらわれたデービッド 137
  - ジーキル博士とハイド氏 137
  - ナザルの遺言 176
  - はんぶんのおんどり 40
  - まほうの馬 182

- 合図・暗号
  - 合言葉は手ぶくろの片っぽ 52
  - 合言葉はフリンドル！ 61
  - 犬になった少年 43
  - エーミールと探偵たち 62
  - カッレくんの冒険 108
  - 長い冬休み 106
- 絵文字・記号
  - ペンギンじるし れいぞうこ 27
  - ラモーナは豆台風 58
- しるし・シンボル
  - 王のしるし 134
  - 第九軍団のワシ，銀の枝 134

文学
⇔作家・詩人 p.315

●伝承文学
伝承文学の様式や要素を含んだフィクション作品のみ取りあげました。昔話・神話・古典文学についてては、各ページへの参照をつけました。

- 神話　→p.189
  - ⇔宗教 p.336
  - サンゴしょうのひみつ 53
  - 白いシカ 139
- ギリシア・ローマ神話　→p.194
  - 風にのってきたメアリー・ポピンズ 78
  - ギリシア神話物語 125
  - 金色の影 125
  - たのしい川べ 60
  - ムギと王さま 89
- 北欧神話　→p.193
  - オーディンとのろわれた語り部 91
  - とぶ船 109
  - ビッケと赤目のバイキング 104
  - 星のひとみ 77
- 日本神話
  - 〈古事記〉 190

- 伝説・言い伝え
  - →昔話 p.168　→神話・古典文学 p.189
  - ⇔伝える・伝承 p.302
  - 鬼の橋 117
  - おひとよしのりゅう 60
  - クラバート 155
  - コーンウォールの聖杯 128
  - 洲本八だぬきものがたり 20
  - 聖ヨーランの伝説 68
  - ゾウの王パパ・テンボ 126
  - 大力のワーニャ 93
  - 龍の子太郎 98
  - 地に消える少年鼓手 161
  - ドリトル先生と月からの使い，
    ドリトル先生と秘密の湖 110
  - ニルスのふしぎな旅 105
  - ブリジンガメンの魔法の宝石 124
  - 星に叫ぶ岩ナルガン 162
  - まえがみ太郎 98
  - 魔の山 149
  - ミオよ、わたしのミオ 107
  - めぐりめぐる月 129
  - 雪女 夏の日の夢 148
  - 妖精ディックのたたかい 153
  - 竜のいる島 72
- 昔話　→p.168
  - イワンのばか 80
  - ガラスのくつ 89
  - 銀のシギ 89
  - 月からきたトウヤーヤ 66
  - ポリーとはらぺこオオカミ 25
  - 魔女とふたりのケイト 153
  - 森は生きている 99
- 古典・説話　→神話・古典文学 p.189
  - 羅生門 杜子春 114
- 宇治拾遺物語　→p.189
- 御伽草子　→p.189
- 義経記　→p.190
- 今昔物語　→p.190
- 日本霊異記　→p.191

- アラビアン・ナイト　→p.191
  - ミオよ、わたしのミオ..............................107
- 西遊記　→p.192
- 三国志　→p.192
- ラーマーヤナ　→p.193
- 叙事詩・英雄伝説
  - ⇔英雄 p.281
  - 白いシカ..139
- アーサー王物語　→p.195
  - コーンウォールの聖杯◆.........................128
  - 地に消える少年鼓手.................................161
- ロビン・フッド物語　→p.196
- 寓話・イソップ　→p.195

● 文学

- SF
  - イシスの燈台守...88
  - ザ・ギバー..166
  - 死のかげの谷間.......................................122
  - 遠い星からきたノーム◆...........................91
  - とざされた時間のかなた.........................141
  - フリスビーおばさんとニムの家ねずみ...122
  - 見えない雲..145
- ほら話
  - ⇔だます・うそ p.302
  - アメリカのむかし話................................186
  - お父さんのラッパばなし...........................70
  - くしゃみくしゃみ天のめぐみ....................35
  - ほらふき男爵の冒険..................................81
- 怪談・怖い話
  - ⇔恐怖 p.291　⇔お化け・幽霊 p.364
  - エドガー・アラン・ポー 怪奇・探偵小説集
   157
  - 吸血鬼の花よめ.......................................183
  - くさらなかった舌...................................191
  - 黒いお姫さま...178
  - とざされた時間のかなた.........................141
  - 日本のおばけ話.......................................170
  - プロイスラーの昔話◆.............................179
  - 幽霊を見た10の話....................................88
  - 雪女 夏の日の夢.....................................148
  - 聊斎志異..192
- 笑い話
  - ⇔笑い p.291　⇔落語 p.306
  - アジアの笑いばなし................................172
  - アラビア物語2・4..................................176
  - かもとりごんべえ...................................169
  - くしゃみくしゃみ天のめぐみ....................35
  - ゴハおじさんのゆかいなお話..................185
  - 小さなわらいばなし◆.............................169
  - 天からふってきたお金............................176
  - 彦一とんちばなし...................................170
  - ゆかいな吉四六さん................................170

● 詩

- 詩
  - 詩の形式や要素を含んだフィクションのみを
  - 取りあげました。→詩集 p.198
  - ⇔ことばあそび p.299　⇔うた p.305
  - あの犬が好き...59
  - おひとよしのりゅう..................................60
  - ハートビート...129
  - ハヤ号セイ川をいく..................................87
  - ビリー・ジョーの大地............................156
  - プラテーロとぼく...................................151
- 俳句
  - おーいぽぽんた.......................................198
  - 声でたのしむ美しい日本の詩　和歌・俳句篇
   199
  - 俳句の国の天使たち................................206
  - 春の日や庭に雀の砂あひて.....................209
  - 星の林に月の船.......................................199
- 和歌
  - おーいぽぽんた.......................................198
  - 声でたのしむ美しい日本の詩　和歌・俳句篇
   199
  - 啄木のうた..198
  - 星の林に月の船.......................................199

● 戯曲

・戯曲
⇔演劇・芸能 p.306
青い鳥 101
シェイクスピアを盗め！ 153
とらとおじいさん 29
森は生きている 99
私が売られた日 165

● 伝記
『知識の海へ』に収録予定

・伝記・自伝的物語
⇔一生・人生 p.361
あの年の春は早くきた 145
イシ 130
石切り山の人びと 141
黄金境への旅 147
大きな森の小さな家 ◆ 111
お話を運んだ馬 136
片手いっぱいの星 135
空白の日記 165
この道のむこうに 151
コロンブス海をゆく 158
死の艦隊 158
ジンタの音 130
スイート川の日々 159
地のはてにいどむ 118
寺町三丁目十一番地 112
父さんの犬サウンダー ◆ 115
二度とそのことはいうな？ 130
はるかなるわがラスカル 145
豚の死なない日 156
ぼくとくらしたフクロウたち 102
ボニーはすえっこ、おしゃまさん 22
勇敢な仲間 152
夜が明けるまで 120
四せきの帆船 130
リトル・トリー 123
ロケットボーイズ 150

● その他

・日記・回想録
⇔思い出・記憶 p.291
ある小馬裁判の記 122
アルフレッド王の戦い ◆ 157
エーミール物語 ◆ 106
LSD 120
黄金境への旅 147
黄金の七つの都市 122
大きなたまご 84
オタバリの少年探偵たち 75
片手いっぱいの星 135
ガリヴァー旅行記 136
空白の日記 165
クオレ 115
さらわれたデービッド 137
死のかげの谷間 122
砂に消えた文字 68
星条旗よ永遠なれ 114
二十一の気球 76
人形ヒティの冒険 89
呪われた極北の島 126
ふたごのルビーとガーネット 46
ペニーの日記読んじゃだめ 57
ムーミンパパの思い出 103
幽霊があらわれた 62
ロビンソン・クルーソー 142
ローラー＝スケート 71

・手紙・はがき
あしながおじさん 119
ウルフィーからの手紙 135
おたよりください 70
ガラス山の魔女たち 48
金鉱町のルーシー 127
サンタ・クロースからの手紙 79
タチ 122
たんたのたんけん 30
ツバメ号の伝書バト 106
ディア ノーバディ 143
トーマス・ケンプの幽霊 104

長い長いお医者さんの話 74
ナム・フォンの風 55
はじまりはへのへのもへじ！ 37
風船とばしの日 93
ふしぎなクリスマス・カード 71
ペニーの手紙「みんな、元気？」 57
ぼくはめいたんてい ◆ 24
魔法使いのチョコレート・ケーキ 98

・作文・小論文
　うそつきの天才 137

・お話・語り
　⇔語り部 p.282　⇔昔話 p.310　⇔神話 p.310
　お父さんのラッパばなし 70
　おばあちゃんのすてきなおくりもの 25
　お話を運んだ馬 136
　語りつぐ人びと 184
　子どもに語るアンデルセンのお話 43
　ザリガニ岩の燈台 60
　冷たい心臓 146
　年とったばあやのお話かご 89
　ドリトル先生と緑のカナリア 110
　火のくつと風のサンダル 47
　放課後の時間割 51
　冒険がいっぱい 112
　町かどのジム 89
　山にのまれたオーラ 111
　リンゴ畑のマーティン・ピピン ◆ 152

メディア

●本
　⇔図書館 p.346

・本
　お話を運んだ馬 136
　かおるのたからもの 71
　ザ・ギバー 166
　すえっ子のルーファス 49
　ナタリーはひみつの作家 61
　はてしない物語 121

ぼっぺん先生の日曜日 90
マチルダはちいさな大天才 73

・写真集・写真絵本
　⇔写真 p.304
　ダーシェンカ 74
　ぼくの町にくじらがきた 103
　わが家のバイオリンそうどう 60

・辞書・事典
　合言葉はフリンドル！ 61

●マスコミ・報道

・マスコミ・報道全般
　大きなたまご 84
　星条旗よ永遠なれ 114
　ネコのミヌース 68

・新聞
　⇔新聞記者 p.317
　片手いっぱいの星 135
　かみ舟のふしぎな旅 33
　こちら『ランドリー新聞』編集部 61
　シェパートン大佐の時計 141
　シャーロック・ホウムズの冒険 ◆ 143
　チョコレート戦争 51
　ヘンリーくんと新聞配達 58
　豆つぶほどの小さないぬ 65

・広告
　おたよりください 70
　風にのってきたメアリー・ポピンズ 78
　シャーロットのおくりもの 96
　のっぽのサラ 97
　歯みがきつくって億万長者 101
　ゆかいなホーマーくん 98
　ルドルフとイッパイアッテナ 64

仕事

●職業

- **職業いろいろ**
  - 見習い物語 125
- **地主・小作人**
  - メキシコの嵐 154
- **農業・お百姓**
  - ⇔水田・畑 p.344　⇔農場・牧場 p.345
  - ⇔園芸・栽培 p.359　⇔野菜・穀物 p.360
  - 千本松原 126
  - 旅しばいのくるころ 133
  - 天保の人びと 124
  - 農場の少年 112
  - 魔の山 149
  - 山のトムさん 44
  - わたしのおかあさんは世界一びじん 38
- **園芸家・植木屋**
  - ⇔園芸・栽培 p.359
  - 花咲か 117
- **酪農家・牧童**
  - ⇔ペット・家畜 p.352
  - 荒野の羊飼い 128
  - 子ブタシープピッグ 57
  - 千びきのうさぎと牧童 183
  - ソフィーとカタツムリ 20
  - 小さい牛追い ◆ 86
  - 山にのまれたオーラ 111
  - 山へいく牛 125
  - リトルベアー ◆ 87
- **飼育係**
  - ⇔動物園 p.346
  - 運命の馬ダークリング 156
  - 獣の奏者 119
  - 象と二人の大脱走 61
  - ハンニバルの象つかい 146
  - プリデイン物語 ◆ 116
- **養蜂業**
  - 小さなハチかい 45

- **きこり・林業**
  - オズの魔法使い 83
  - ミシェルのかわった冒険 56
- **猟師・狩り**
  - ⇔密猟 p.323
  - オオカミは歌う 147
  - かもとりごんべえ 169
  - かわうそタルカ 118
  - 北のはてのイービク 92
  - 極北の犬トヨン 125
  - 銀色ラッコのなみだ 52
  - ジャングルの少年 70
- **漁師・漁業**
  - ⇔釣り p.299
  - 青いひれ 68
  - 男たちの海 161
  - ぼくたちの船タンバリ 155
- **鉱夫・石工**
  - ⇔岩石・鉱物 p.349
  - 石切り山の人びと 141
  - 石の花 84
  - お姫さまとゴブリンの物語 ◆ 97
  - 肥後の石工 117
  - むくげの花は咲いていますか 133
- **ケーキ屋・お菓子屋**
  - チョコレート戦争 51
  - 村は大きなパイつくり 60
- **豆腐屋**
  - すずめのおくりもの 15
- **商人・隊商**
  - 冷たい心臓 146
- **工員・女工**
  - ⇔工場 p.345
  - 家なき娘 99
  - すずめのくつした 26
  - ワーキング・ガール 147
- **大工・建築家**
  - ⇔施設・建造物 p.345
  - キルディー小屋のアライグマ 102
  - 少年ルーカスの遠い旅 152

- 靴屋
  - ⇔靴・長ぐつ p.294
  - 月からきたトウヤーヤ 66
  - 火のくつと風のサンダル 47
- 画家
  - ⇔絵・美術 p.303
  - ジョコンダ夫人の肖像 124
  - 光 草（ストラリスコ） 150
  - フランセスの青春 147
  - フランダースの犬 45
  - 夜明けの人びと 79
- 陶芸家
  - ⇔つぼ・陶器 p.295
  - モギ 83
- 写真家
  - ⇔写真 p.304
  - 寺町三丁目十一番地 112
- おもちゃ屋・人形作家
  - ⇔人形・ぬいぐるみ p.298
  - 赤ちゃんをほしがったお人形 17
  - おもちゃ屋のクィロー 23
  - ピノッキオの冒険 63
  - 木馬のぼうけん旅行 46
- 俳優・役者・芸人
  - ⇔演劇・芸能 p.306
  - 家なき子 99
  - サーカスの小びと 62
  - たくさんのお月さま 23
  - 鳴りひびく鐘の時代に 129
- 踊り手
  - ⇔踊り・バレエ p.306
  - バレエ・シューズ 69
  - 火のおどり子 銀のひづめ 84
- 闘牛士
  - ⇔闘牛 p.300
  - 闘牛の影 120
- 歌手
  - ⇔うた p.305
  - リンゴ畑のマーティン・ピピン ◆ 152

- 作家・詩人
  - ⇔文学 p.311
  - 金色の影 125
  - ナタリーはひみつの作家 61
  - 木曜日はあそびの日 59
- 書記
  - アルフレッド王の戦い ◆ 157
  - シェイクスピアを盗め！ 153
- 医者・獣医
  - ⇔病気・障害 p.289
  - ジーキル博士とハイド氏 137
  - ドリトル先生物語全集 ◆ 110
  - 長い長いお医者さんの話 74
  - わにのはいた 29
- 看護師
  - ⇔病気・障害 p.289
  - 海を渡るジュリア 147
- 助産師
  - ⇔誕生・出産 p.361
  - アリスの見習い物語 127
- 子守・保育士
  - 風にのってきたメアリー・ポピンズ ◆ 78
  - 年とったばあやのお話かご 89
  - レモネードを作ろう 121
- 教師
  - ⇔学校 p.307
  - 合言葉はフリンドル！ 61
  - あやつられた学校 61
  - アンの青春 102
  - ウィロビー・チェースのおおかみ 48
  - おさるのキーコ 17
  - 顔のない男 158
  - 片手いっぱいの星 135
  - キルギスの青い空 114
  - こちら『ランドリー新聞』編集部 61
  - 十八番目はチボー先生 102
  - たぬき学校 16
  - 飛ぶ教室 62
  - 泥棒をつかまえろ！ 135
  - ナム・フォンの風 55
  - 放課後の時間割 51

315

マチルダはちいさな大天才 73
ラモーナは豆台風 58

- **学者・教授**
⇔学問・教育 p.306
オオカミに冬なし（人類学） 163
大きなたまご（古生物学） 84
大昔の狩人の洞窟（考古学） 146
おばあちゃんはハーレーにのって（精神医学）
　　.. 158
海底二万海里（博物学） 119
二十一の気球 76
ぽっぺん先生の日曜日 ◆（生物学） 90

- **発明家**
海底二万海里 119
チキチキバンバン 92
ぼくの最高機密 53

- **図書館員**
⇔図書館 p.346
金鉱町のルーシー 127
12月の静けさ 148
すえっ子のルーファス 49
名探偵しまうまゲピー 76

- **僧侶・牧師**
⇔宗教 p.336　⇔教会・寺院など p.346
銀のうでのオットー 83
こわれた腕環 164
西遊記 192
天からふってきたお金 176

- **政治家・大統領**
⇔政治・社会・人間関係 p.318
ぼくの最高機密 53

- **市長・村長**
おばけはケーキをたべない 39

- **弁護士**
ジーキル博士とハイド氏 137

- **警察官**
お江戸の百太郎 80
大どろぼうホッツェンプロッツ ◆ 92
怪盗ルパン ◆ 164
こぶたのおまわりさん 26
三人のおまわりさん 76

長い長いお医者さんの話 74
めいたんていスーパーわん ◆ 59
レ・ミゼラブル 161

- **運転手**
車のいろは空のいろ ◆ 15
ネコのタクシー 31

- **パイロット・宇宙飛行士**
⇔飛行機 p.297　⇔宇宙・空 p.350
愛の旅だち，雲のはて 155
星の王子さま 66

- **船乗り・船長**
⇔船 p.297　⇔航海・密航 p.367
合言葉は手ぶくろの片っぽ 52
海に育つ 116
コロンブス海をゆく 158
死の艦隊 158
宝島 137
ニワトリ号一番のり 161
美人ネコジェニーの世界旅行 15
町かどのジム 89
燃えるタンカー 116
勇敢な仲間 152

- **鉄道員**
⇔電車・汽車 p.296
ジム・ボタンの冒険 ◆ 50

- **郵便屋・宅配・運送業**
あなぐまビルのぼうけん ◆ 88
長い長いお医者さんの話 74
魔女の宅急便 53

- **洗濯屋**
ふくろ小路一番地 54

- **清掃員・作業員**
マルコヴァルドさんの四季 54
モモ 50

- **煙突掃除夫**
黒い兄弟 142

- **廃品回収**
⇔ゴミ・リサイクル p.350
ふくろ小路一番地 54

- **執事**
ぼくのすてきな冒険旅行 90

・ガイド
　小川は川へ、川は海へ................................122
・探偵
　⇔謎解き・推理 p.372
　エドガー・アラン・ポー 怪奇・探偵小説集2
　　　　..157
　エーミールと探偵たち........................62
　お江戸の百太郎..................................80
　オタバリの少年探偵たち....................75
　くろて団は名探偵..............................92
　シャーロック・ホウムズの冒険◆......143
　たんたのたんてい..............................31
　フクロウ探偵30番めの事件..............97
　ベイジルとふたご誘拐事件................72
　ぼくはめいたんてい◆........................24
　ホームズ少年探偵団..........................81
　名探偵カッレくん◆..........................108
　名探偵しまうまゲピー........................76
　めいたんていスーパーわん◆..............59
　ルーシーのぼうけん..........................69
　六人の探偵たち................................106
・新聞記者
　⇔新聞 p.313
　片手いっぱいの星............................135
　ネコのミヌース..................................68
・仕事・用事
　黒馬物語..67
　ひねり屋..138
・アルバイト
　ヘンリーくんと新聞配達....................58
・出かせぎ
　この道のむこうに............................151
　少年ルーカスの遠い旅....................152
・工事
　千本松原..126
・失業
　ラモーナとおとうさん......................58
・労働問題・児童労働
　家なき娘..99
　黒い兄弟..142
　ぼくの名はパブロ..............................72

　ワーキング・ガール........................147

●家事・その他

・家事全般
　大きな森の小さな家◆......................111
　グレイ・ラビットのおはなし............14
　こいぬとこねこはゆかいななかま......28
　小さなスプーンおばさん◆................91
・手伝い
　はじめてのおてつだい........................35
　ミリー・モリー・マンデーのおはなし........34
・買い物・お使い
　ヘムロック山のくま..........................29
　マンホールからこんにちは................16
・裁縫・手芸
　おばあさんのひこうき........................23
　グリーン・ノウの煙突........................95
　年とったばあやのお話かご................89
　ぶきっちょアンナのおくりもの........106
・掃除・片付け
　おそうじをおぼえたがらないリスの
　　ゲルランゲ....................................39
　たぬき学校..16
　ヒキガエルとんだ大冒険◆................18
・料理
　⇔食べもの全般・食事 p.292
　ヒキガエルとんだ大冒険◆................18
　魔法使いのチョコレート・ケーキ......98
・留守番・見張り
　きつねものがたり............................105
　はじまりはへのへのもへじ！............37
　番ねずみのヤカちゃん........................17
　妖怪一家九十九さん..........................78
・修理・修繕
　チキチキバンバン..............................92
　ディダコイ......................................131

317

社会

●政治・社会・人間関係
⇔政治家・大統領 p.316
⇔労働問題・児童労働 p.317

・社会問題・運動
灰色の畑と緑の畑 120

・民主主義・人権
こちら『ランドリー新聞』編集部....... 61
千本松原 126

・抵抗運動・地下組織
海が死んだ日 135
ウルフィーからの手紙 135
壁のむこうから来た男 123
壁のむこうの街 123
黒旗山のなぞ 78
草原に雨は降る 131
天保の人びと 124
二度とそのことはいうな? 130
ボグ・チャイルド 140
炎の鎖をつないで 144
ミス・ビアンカ ◆ 67
六月のゆり 139

・革命
ベルリン 1919 132
メキシコの嵐 154

・奴隷・奴隷解放
王のしるし 134
第九軍団のワシ 134
トムじいやの小屋 138
反どれい船 123
魔の山 149
ミス・ジェーン・ピットマン 130
六月のゆり 139
私が売られた日 165

・独立・自立
⇔アイデンティティ・自分探し p.292
海は知っていた 147
金鉱町のルーシー 127
ゼバスチアンからの電話 132

バンビ 65
風船をとばせ! 133
フランバーズ屋敷の人びと ◆ 155
魔女の宅急便 53

・差別・偏見
⇔人種・民族 p.334
アウトサイダーズ 151
あのころはフリードリヒがいた ...163
顔のない男 158
からすが池の魔女 138
コタンの口笛 117
ジェミーと走る夏 89
ジャカランダの花さく村 64
白いタカ 115
青銅の弓 138
草原に雨は降る 131
大地に歌は消えない 116
ディダコイ 131
隣の家の出来事 152
トムじいやの小屋 138
泥棒をつかまえろ! 135
ひさしの村 74
ヒルベルという子がいた 157
ホエール・トーク 128
炎の鎖をつないで 144
ミス・ジェーン・ピットマン 130
モンスーン あるいは白いトラ ...132
私は覚えていない 139
ワトソン一家に天使がやってくるとき ...124

・難民・強制連行・追放
⇔引越し・移住 p.368
ウルフ・サーガ 165
ガラス山の魔女たち 48
グリーン・ノウのお客さま 95
この道のむこうに 151
ナム・フォンの風 55
炎の鎖をつないで 144
むくげの花は咲いていますか 133
ラッキー・ドラゴン号の航海 156

・虐待
愛しのアビー 114

おやすみなさいトムさん 160
　　さびしい犬 81
　　ホエール・トーク 128
・共生・ともぐらし
　　アナグマと暮らした少年 121
　　アンの愛情 102
　　キルディー小屋のアライグマ 102
　　グレイ・ラビットのおはなし 14
　　こいぬとこねこはゆかいななかま 28
　　コブタくんとコヤギさんのおはなし 28
　　ステフィとネッリの物語◆ 143
　　妖怪一家九十九さん 78
・協力・団結
　　エーミールと探偵たち 62
　　オタバリの少年探偵たち 75
　　黒い兄弟 142
　　コウノトリと六人の子どもたち 75
　　三銃士 142
　　光　草 150
　　ストラリスコ
　　ダルメシアン 69
　　二年間の休暇 119
　　ロケットボーイズ 150
・クラブ
　　⇔友だち・仲間 p.282
　　牛追いの冬 86
　　オオバンクラブ物語 106
　　黒ネコジェニーのおはなし◆ 15
　　地下の洞穴の冒険 74
　　土曜日はお楽しみ 50
　　ひみつの塔の冒険 67
　　ヘンリーくんと秘密クラブ 58
　　ホエール・トーク 128
・保護・かくまう
　　合言葉は手ぶくろの片っぽ 52
　　あらしの前◆ 104
　　グリーン・ノウのお客さま 95
　　さびしい犬 81
　　シニとわたしのいた二階 162
　　象と二人の大脱走 61
　　第八森の子どもたち 94
　　ひねり屋 138

・使命・役目
　　王のしるし 134
　　オオカミに冬なし 163
　　第九軍団のワシ 134
　　ドン・キホーテ 139
　　燃えるタンカー 116
　　指輪物語◆ 143
　　四せきの帆船 130
・正義・善悪
　　かおるのたからもの 71
　　かじ屋横丁事件 66
　　コーンウォールの聖杯 128
　　ジーキル博士とハイド氏 137
　　少年は戦場へ旅立った 159
　　泥棒をつかまえろ！ 135
　　ブリジンガメンの魔法の宝石 124
　　プリデイン物語◆ 116
　　指輪物語◆ 143
　　ロビン・フッドのゆかいな冒険 196
・名誉
　　〈アーサー王物語〉 195
　　カイウスはばかだ 46
　　三銃士 142
　　ジェニーとキャットクラブ 15
　　第九軍団のワシ 134
・交渉・話合い
　　おひとよしのりゅう 60
・けんか・いじめ
　　⇔あくたれ・いじわる p.284
　　アウトサイダーズ 151
　　青さぎ牧場 154
　　ある小馬裁判の記 122
　　石切り山の人びと 141
　　おさるのキーコ 17
　　おばあちゃんはハーレーにのって 158
　　かおるのたからもの 71
　　子どもだけの町 47
　　小公女 84
　　地下の洞穴の冒険 74
　　ちびドラゴンのおくりもの 23
　　ディダコイ 131

319

寺町三丁目十一番地 112
飛ぶ教室 62
二年間の休暇 119
ひとりっ子エレンと親友 59
ひねり屋 138
百まいのドレス 49
ふたごのルビーとガーネット 46
ぼくたちの船タンバリ 155
ぼくのお姉さん 51
向こう横町のおいなりさん 144
森に消える道 132

●経済

・お金・金もうけ
エーミールと探偵たち 62
オタバリの少年探偵たち 75
九つの銅貨 142
しあわせのテントウムシ 34
天からふってきたお金 176
点子ちゃんとアントン 62
隣の家の出来事 152
歯みがきつくって億万長者 101
木馬のぼうけん旅行 46
ゆかいなヘンリーくん ◆ 58
レモネードを作ろう 121
笑いを売った少年 129

・金持ち
あしながおじさん 119
クリスマス・キャロル 142
チョコレート工場の秘密 73
点子ちゃんとアントン 62
二十一の気球 76
モンスーン あるいは白いトラ 132
忘れ川をこえた子どもたち 129
わらしべ長者 170

・こづかい
土曜日はお楽しみ 50

・貯金
ソフィーとカタツムリ 20
ルーシーの家出 69

・税
天保の人びと 124

・財産・遺産
⇔遺言 p.309
青さぎ牧場 154
さらわれたデービッド 137
はんぶんのおんどり 40
ぼくたちの船タンバリ 155

・宝・財宝
⇔宝探し p.367
あのね、わたしのたからものはね 38
海辺のたから 90
エルマーとりゅう 19
怪盗ルパン ◆ 164
かおるのたからもの 71
宝島 137
地に消える少年鼓手 161
パディーの黄金のつぼ 57
ポケットのたからもの 22
ホビットの冒険 79
みどりの妖婆 128
妖精ディックのたたかい 153

・破産・没落
小公女 84
妖精ディックのたたかい 153

・貧困
アウトサイダーズ 151
ある小馬裁判の記 122
石切り山の人びと 141
かじ屋横丁事件 66
銀のスケート 77
クリスマス・キャロル 142
黒い兄弟 142
元気なモファットきょうだい 49
スイート川の日々 159
旅しばいのくるころ 133
チョコレート工場の秘密 73
点子ちゃんとアントン 62
父さんの犬サウンダー 115
ニューヨーク145番通り 159
ふくろ小路一番地 54

フランダースの犬 45
　　フランチェスコとフランチェスカ..............34
　　ぼくの名はパブロ 72
　　まずしい子らのクリスマス 118
　　見習い物語 125
　　レ・ミゼラブル 161
　　レモネードを作ろう 121
　　ワーキング・ガール 147
・浮浪者・浮浪児
　　王子とこじき 76
　　銀のナイフ 140
　　さすらいの孤児ラスムス 107
　　12月の静けさ 148
　　小さな魚 157
・交換・取引き
　⇔身代わり p.284
　　銀のシギ 89
　　グレイ・ラビットのおはなし 14
　　ゲットーの壁は高くて 165
　　さびしい犬 81
　　笑いを売った少年 129
・賭け
　　笑いを売った少年 129
・売買
　　黒馬物語 67
　　ヘブンショップ 49
　　ぼくはレース場の持主だ！ 162
　　私が売られた日 165
・独占・ひとりじめ
　　この湖にボート禁止 78

●法律

・裁判
　　ある小馬裁判の記 122
　　キツネ森さいばん 64

●災害・事故・サバイバル
　⇔気象 p.351

・災害・事故全般
　　青いイルカの島 52
　　海が死んだ日 135
　　おっとあぶない 38
　　北のはてのイービク 92
　　子どもだけの町 47
　　サンゴしょうのひみつ 53
　　鉄橋をわたってはいけない 111
　　ヒルズ・エンド 133
　　ヘムロック山のくま 29
　　ホーマーとサーカスれっしゃ 21
　　山にのまれたオーラ 111
　　リーパス 151
・洪水
　　アライグマ博士 河をくだる 86
　　千本松原 126
　　ノアの箱船に乗ったのは？ 148
　　ムーミン谷の夏まつり 103
・噴火
　　二十一の気球 76
・火事
　⇔火 p.349
　　がんばれヘラクレス 21
　　グリーン・ノウの煙突 95
　　ツバメ号の伝書バト 106
　　寺町三丁目十一番地 112
　　はるかな国の兄弟 107
　　ビリー・ジョーの大地 156
　　燃えるアッシュ・ロード 133
　　幽霊 85
・飢饉
　⇔飢え・空腹 p.287
　　天保の人びと 124
　　ノリー・ライアンの歌 126
・原発事故
　　見えない雲 145

321

- 墜落・不時着
  ⇔飛行機 p.297
  オッター32号機SOS 86
  神秘の島 119
  ひとりぼっちの不時着 96
  星の王子さま 66
  ライオンと歩いた少年 127
- 難破・漂流
  ⇔船 p.297
  アリスティードの夏休み 75
  海へ出るつもりじゃなかった 106
  海底二万海里 119
  ジャングルの少年 70
  二年間の休暇 119
  ニワトリ号一番のり 161
  ピッピ船にのる 107
  燃えるタンカー 116
  リリパット漂流記 47
  ロビンソン・クルーソー 142
- 行方不明・迷子
  アナグマと暮した少年 121
  アバラーのぼうけん 58
  狼とくらした少女ジュリー 136
  グレイ・ラビットのおはなし 14
  三びき荒野を行く 87
  地に消える少年鼓手 161
  びりっかすの子ねこ 28
  風神秘抄 121
  ふしぎなクリスマス・カード 71
  まいごのひと 202
  ミオよ、わたしのミオ 107
  めぐりめぐる月 129
  ルドルフとイッパイアッテナ 64
  忘れ川をこえた子どもたち 129
  わたしのおかあさんは世界一びじん 38
- 捜索・追跡
  ⇔さがす・探し物 p.301
  エーミールと探偵たち 62
  オオバンクラブ物語 106
  消えたモートンとんだ大そうさく 18
  水深五尋 118

第九軍団のワシ 134
タチ 122
ともだちができちゃった！ 14
泥棒をつかまえろ！ 135
呪われた極北の島 126
バドの扉がひらくとき 124
ぼくはめいたんてい◆ 24
密猟者を追え 72
山の娘モモの冒険 105
- 騒動
  いたずらっ子オーチス 59
  くまのパディントン◆ 96
  こいぬとこねこはゆかいななかま 28
  子どもだけの町 47
  すばらしいフェルディナンド 63
  寺町三丁目十一番地 112
  長くつ下のピッピ◆ 107
  ふくろ小路一番地 54
  ヘンリーくんとアバラー，
  　　ラモーナは豆台風 58
  "魔女学校" ◆ 98
  町にきたヘラジカ 26
  ゆかいなホーマーくん 98
  妖怪一家九十九さん 78

●事件・犯罪

- 事件・犯罪全般
  かじ屋横丁事件 66
  三人のおまわりさん 76
  シャーロック・ホウムズの冒険◆ 143
  点子ちゃんとアントン 62
  ニューヨーク145番通り 159
  フクロウ探偵30番めの事件 97
  ふたたび洞穴へ 74
  ぼくはめいたんてい◆ 24
  ホームズ少年探偵団 81
- 殺人・暗殺
  ⇔死・死別 p.361
  アウトサイダーズ 151

エドガー・アラン・ポー 怪奇・探偵小説集
　　　　.................................. 157
　　カッレくんの冒険 108
　　父がしたこと 135
　　とざされた時間のかなた 141
　　トム・ソーヤーの冒険 77
　　肥後の石工 117
　　マデックの罠 159
　　私は覚えていない 139
・死刑・処刑
　　九日間の女王さま 153
　　時の旅人 115
・罰
　　穴 134
　　いやいやえん 30
　　エーミール物語 ◆ 106
　　たぬき学校 16
　　小さい魔女 93
　　天保の人びと 124
　　ピノッキオの冒険 63
・脱出・逃亡
　　⇔監獄・更生施設 p.346
　　大どろぼうホッツェンプロッツ
　　　　ふたたびあらわる 93
　　オオバンクラブ物語 106
　　怪盗ルパン ◆ 164
　　グリックの冒険 64
　　サーカスは夜の森で 43
　　さらわれたデービッド 137
　　しろいいぬ？ くろいいぬ？ 20
　　象と二人の大脱走 61
　　トムじいやの小屋 138
　　ドリトル先生のサーカス 110
　　フリスビーおばさんとニムの家ねずみ 122
　　マデックの罠 159
　　森に消える道 132
　　モンスーン あるいは白いトラ 132
　　レ・ミゼラブル 161
　　六月のゆり 139
・脅迫
　　ドッグフードは大きらい 59

・侵略・征服
　　あの年の春は早くきた 145
　　黄金境への旅 147
　　黄金の七つの都市 122
　　コサック軍シベリアをゆく 148
　　シチリアを征服したクマ王国の物語 90
　　白いシカ 139
　　果てしなき戦い 123
　　ハンニバルの象つかい 146
・侵入
　　アーノルドのはげしい夏 140
・盗み・略奪
　　⇔泥棒・悪者 p.284
　　犬の毛にご注意！、骨をかぎだせ！ 59
　　黄金のファラオ 154
　　オタバリの少年探偵たち 75
　　シェイクスピアを盗め！ 153
　　ぬすまれた湖 48
　　モモ 50
　　ゆうえんちのわたあめちゃん 22
　　レ・ミゼラブル 161
・奪還
　　ジェニーのぼうけん 15
　　第九軍団のワシ 134
　　ホビットの冒険 79
　　りすのスージー 37
・復讐・仕返し
　　からすのカーさんへびたいじ 32
　　銀のうでのオットー 83
　　青銅の弓 138
　　小さい魔女 93
　　果てしなき戦い 123
・密猟
　　⇔猟師・狩り p.314
　　オオカミは歌う 147
　　ゾウの王パパ・テンボ 126
　　ぼくらは世界一の名コンビ！ 73
　　密猟者を追え 72
・誘拐
　　大どろぼうホッツェンプロッツ
　　　　ふたたびあらわる 93

323

オルリー空港 22 時 30 分 94
きょうだいトロルのぼうけん 71
クリスティーナの誘拐 145
さらわれたデービッド 137
シチリアを征服したクマ王国の物語 90
白いタカ 115
ダルメシアン 69
ベイジルとふたご誘拐事件 72
名探偵カッレとスパイ団 108
山の娘モモの冒険 105
ラーマーヤナ 193
ロッカバイ・ベイビー誘拐事件 85
忘れ川をこえた子どもたち 129

・幽閉・捕虜
⇨監獄・更生施設 p.346
⇨強制収容所・ゲットー p.346
女海賊の島 106
火曜日のごちそうはヒキガエル 18
銀のうでのオットー 83
ゴースト・ドラム 91
空をとぶ小人たち 83
リンゴ畑のマーティン・ピピン 152

・無実・冤罪
穴 134
大どろぼうホッツェンプロッツ
　　三たびあらわる 93
カイウスはばかだ 46
クリスティーナの誘拐 145
さすらいの孤児ラスムス 107
チョコレート戦争 51
隣の家の出来事 152
泥棒をつかまえろ！ 135
幽霊があらわれた 62
六人の探偵たち 106

・陰謀・裏切り
⇨計画する・作戦 p.301
あやつられた学校 61
アルフレッド王の勝利 157
急げ 草原の王のもとへ 148
ウィロビー・チェースのおおかみ◆ 48
カーディとお姫さまの物語 97

銀の枝 134
九日間の女王さま 153
こちら『ランドリー新聞』編集部 61
三国志 192
三銃士 142
水滸伝 192
宝島 137
天保の人びと 124
時の旅人 115
マデックの罠 159
村は大きなパイつくり 60
四せきの帆船 130

●風俗・慣習

・風俗・慣習
⇨季節・行事 p.339
イシ 130
大きな森の小さな家◆ 111
ジンタの音 130
小さな雪の町の物語 137
向こう横町のおいなりさん 144
山へいく牛 125
妖精ディックのたたかい 153

・階級・身分
運命の騎士 134
王子とこじき 76
千本松原 126
身がわり王子と大どろぼう 91
モンスーン あるいは白いトラ 132

・結婚・離婚
⇨妻・花嫁 p.279
カラスだんなのおよめとり 186
ガラスのくつ 89
銀のシギ 89
銀の馬車 115
けっこんをしたがらないリスのゲルランゲ ... 39
サンドリヨン 180
夏の終わりに 120
眠れる森の美女 181
のっぽのサラ 97

はんぶんのおんどり 40
ふしぎなオルガン 109
ふたごのルビーとガーネット 46
ふたりのロッテ 63
フランセスの青春 147
めぐりくる夏 156
・掟・規則
　ウルフ・サーガ 165
　星条旗よ永遠なれ 114
　龍の子太郎 98
　虹になった娘と星うらない 174
　みてるよみてる 38
・教訓
　イソップのお話 195
　眠れる森の美女 181
・禁止・禁忌
　⇔約束・誓い p.309
　この湖にボート禁止 78
　だめといわれてひっこむな 168
　チベットのものいう鳥 173
　鉄橋をわたってはいけない 111
　二度とそのことはいうな? 130
　白鳥 44
　燃えるアッシュ・ロード 133
・いけにえ
　ボグ・チャイルド 140
・通過儀礼
　太陽の戦士 134
・埋葬・ミイラ
　⇔墓・ピラミッド p.347
　ボグ・チャイルド 140
・お礼・恩返し
　おばあちゃんのすてきなおくりもの 25
　すずめのおくりもの 15
　ダニーとなかよしのきょうりゅう 26
　花仙人 192
　ぼくのお姉さん 51
・迷信
　サンゴしょうのひみつ 53

世界

●世界の国
フィクションは、作者の出身地にかかわらず、作品の舞台となっている国をとりあげました。

・国いろいろ
　⇔国歌 p.305
　愛蔵版おはなしのろうそく ◆ 168
　お父さんのラッパばなし 70
　子どもに聞かせる世界の民話 168
　俳句の国の天使たち 206
　美人ネコジェニーの世界旅行 15
　ほらふき男爵の冒険 81
　みどりいろの童話集 ◆ 168
・地図
　黄金の七つの都市 122
　コーンウォールの聖杯 128
　ジンゴ・ジャンゴの冒険旅行 90
　宝島 137
　たんたのたんけん 30
　ひみつの海 106
　ふしぎなクリスマス・カード 71
・国境
　国境まで10マイル 162
　ボグ・チャイルド 140
・国旗
　星条旗よ永遠なれ 114
・アジア
　アジアの昔話 ◆ 171
　アジアの笑いばなし 172
・日本
日本を舞台にしたフィクションは省略しました。
　→日本の昔話 p.169　→日本神話 p.189
　⇔日本史 p.338
・韓国・朝鮮
　→韓国・朝鮮の昔話 p.172
　むくげの花は咲いていますか 133
　モギ 83

- 中国
  - →中国の昔話 p.173
  - 西遊記 192
  - 三国志 192
  - 水滸伝 192
  - 月からきたトウヤーヤ 66
  - 花仙人 192
  - 聊斎志異 192
- 中華民国
  - 金剛山のトラたいじ 172
- モンゴル
  - 急げ 草原の王のもとへ 148
  - 金剛山のトラたいじ 172
  - 子どもに語るモンゴルの昔話 174
  - 草原の子ら 146
  - タチ 122
- チベット
  - チベットのものいう鳥 173
  - 山の娘モモの冒険 105
- 東南アジア
  - 象のふろおけ 174
- ベトナム
  - ナム・フォンの風 55
  - ラッキー・ドラゴン号の航海 156
- タイ
  - タイのむかし話 174
  - ものぐさ成功記 175
- ミャンマー・ビルマ
  - ビルマ（ミャンマー）のむかし話 174
- インドネシア
  - 虹になった娘と星うらない 174
  - 二十一の気球 76
- インド
  - →インドの昔話 p.175
  - ジャングル・ブック 126
  - 人形ヒティの冒険 89
  - 密猟者を追え 72
  - モンスーン あるいは白いトラ 132
  - 山の娘モモの冒険 105
  - 四せきの帆船 130
  - ラーマーヤナ 193

- 中東・アラブ諸国
  - アラビア物語1・3 175
  - 〈アラビアン・ナイト〉 191
  - 冷たい心臓 146
  - ナザルの遺言 176
  - ものいう馬 177
- イラン・ペルシア
  - ペルシアのむかし話 176
- トルコ
  - お月さまより美しい娘 176
  - 子どもに語るトルコの昔話 176
  - 光 草（ストラリスコ） 150
  - 天からふってきたお金 176
- イラク・メソポタミア
  - アラビア物語2・4 176
- シリア
  - 片手いっぱいの星 135
- イスラエル・パレスチナ
  - 〈聖書〉 189
  - 青銅の弓 138
- カザフスタン
  - キルギスの青い空 114
- キルギス
  - キルギスの青い空 114
- 古代ローマ帝国
  - カイウスはばかだ 46
  - 〈ギリシア・ローマ神話〉 194
  - ハンニバルの象つかい 146
- イギリス
  - →イギリスの昔話 p.177
  - アーノルドのはげしい夏 140
  - あやつられた学校 61
  - アリスティードの夏休み 75
  - アリスの見習い物語 127
  - アルフレッド王の戦い◆ 157
  - 犬になった少年 43
  - ウィロビー・チェースのおおかみ◆ 48
  - ウォーターシップ・ダウンのうさぎたち ... 114
  - 海に育つ 116
  - 海のたまご 95
  - 海辺の王国 118

件名索引

海辺のたから	90
運命の馬ダークリング	156
運命の騎士	134
王子とこじき	76
王のしるし	134
オオカミは歌う	147
オタバリの少年探偵たち	75
おばあちゃんはハーレーにのって	158
おひとよしのりゅう	60
思い出のマーニー	110
おやすみなさいトムさん	160
風にのってきたメアリー・ポピンズ ◆	78
かわうそタルカ	118
金の鍵	97
くまのパディントン ◆	96
くらやみ城の冒険	67
クリスマス・キャロル	142
クリスマスの女の子	21
グリーン・ノウ物語 ◆	95
黒馬物語	67
黒ネコの王子カーボネル	70
剣と絵筆	150
九日間の女王さま	153
この湖にボート禁止 ◆	78
子ブタシープピッグ	57
コーンウォールの聖杯 ◆	128
サーカスは夜の森で	43
サティン入江のなぞ	149
さらわれたデービッド	137
シェイクスピアを盗め！	153
シェパートン大佐の時計	141
ジーキル博士とハイド氏	137
シャーロック・ホウムズの冒険 ◆	143
小公子	84
小公女	84
少年鼓手	125
水深五尋	118
すずめのくつした	26
砂の妖精 ◆	81
ソフィーとカタツムリ	20
空とぶベッドと魔法のほうき	82
第九軍団のワシ ◆	134
台所のマリアさま	63
太陽の戦士	134
タチ	122
たのしい川べ	60
ダルメシアン	69
地下の洞穴の冒険 ◆	74
チキチキバンバン	92
地に消える少年鼓手	161
チャーリー・ムーン大かつやく	88
ディア ノーバディ	143
ディダコイ	131
遠い星からきたノーム ◆	91
時の旅人	115
とぶ船	109
トーマス・ケンプの幽霊	104
トムは真夜中の庭で	149
砦	148
ドリトル先生物語全集 ◆	110
夏の終りに	120
ナルニア国ものがたり ◆	108
人形の家	131
果てしなき戦い	123
ハヤ号セイ川をいく	87
バレエ・シューズ	69
反どれい船	123
ピーター・パンとウェンディ	86
秘密の花園	85
ヒルクレストの娘たち ◆	147
フクロウ物語	83
ふくろ小路一番地	54
フランバーズ屋敷の人びと ◆	155
ブリジンガメンの魔法の宝石	124
ベイジルとふたご誘拐事件	72
ベル・リア	149
ほがらか号のぼうけん	45
ボグ・チャイルド	140
ぼくらは世界一の名コンビ！	73
ホームズ少年探偵団	81
マザー・グースのうた ◆	204
魔女がいっぱい	73

魔女とふたりのケイト	153
魔神と木の兵隊	58
町かどのジム	89
マチルダはちいさな大天才	73
魔の山	149
まぼろしの小さい犬	150
まぼろしの白馬	127
マリアンヌの夢	138
見習い物語	125
名犬ラッシー	80
モグラ物語	101
闇の戦い	161
幽霊	85
幽霊があらわれた	62
床下の小人たち ◆	82
妖精ディックのたたかい	153
よりぬきマザーグース	205
ライトニングが消える日	160
ランサム・サーガ ◆	106
リトルベアー ◆	87
リーパス	151
リンゴ畑のマーティン・ピピン ◆	152
ルーシーのぼうけん ◆	69
ロビンソン・クルーソー	142
ロビン・フッドのゆかいな冒険	196
わたしのねこカモフラージュ	136

・アイルランド
イギリスとアイルランドの昔話	177
子どもに語るアイルランドの昔話	178
ノリー・ライアンの歌	126
パディーの黄金のつぼ	57

・ドイツ
→ドイツの昔話 p.178
あのころはフリードリヒがいた ◆	163
いたずら小人プムックル ◆	53
エーミールと探偵たち ◆	62
銀のうでのオットー	83
グウェンの旅だち	147
クラバート	155
クラをいれてみんなで6人	94
ザリガニ岩の燈台	60

ゼバスチアンからの電話	132
だれが君を殺したのか	132
小さいおばけ	93
父への四つの質問	154
冷たい心臓	146
点子ちゃんとアントン	62
隣の家の出来事	152
飛ぶ教室	62
二度とそのことはいうな？	130
ハイジ	69
ビターチョコレート	155
ぶきっちょアンナのおくりもの	106
ふたりのロッテ	63
ベルリン1919 ◆	132
ぼくたちの船タンバリ	155
見えない雲	145
ヤンと野生の馬	76
笑いを売った少年	129

・スイス
銀のナイフ	140
黒い兄弟	142
サンドリヨン	180
泥棒をつかまえろ！	135
ハイジ	69

・オーストリア
あの年の春は早くきた	145
空白の日記	165
ふたりのロッテ	63
みんなの幽霊ローザ	81

・ハンガリー
白いシカ	139

・チェコ・旧チェコスロバキア
かじ屋横丁事件	66
ダーシェンカ	74
ピーテクのひとりたび	24
ホンジークのたび	24

・ポーランド
お話を運んだ馬	136
壁のむこうから来た男	123
壁のむこうの街	123
銀のナイフ	140

金曜日うまれの子 160
ゲットーの壁は高くて 165
少年ルーカスの遠い旅 152
千びきのうさぎと牧童 183
まぬけなワルシャワ旅行 136
夜が明けるまで 120

- **フランス**
  →フランスの昔話 p.180
  アリスティードの夏休み 75
  家なき子 99
  家なき娘 99
  海が死んだ日 135
  海を渡るジュリア 147
  大昔の狩人の洞穴 146
  オルリー空港22時30分 94
  怪盗ルパン◆ 164
  三銃士 142
  十八番目はチボー先生 102
  少年鼓手 125
  セシルの魔法の友だち 56
  ベル・リア 149
  ミシェルのかわった冒険 56
  木曜日はあそびの日 59
  もしもしニコラ！ 67
  レ・ミゼラブル 161

- **ベルギー**
  フランダースの犬 45

- **オランダ**
  あらしの前◆ 104
  イップとヤネケ 24
  銀のスケート 77
  コウノトリと六人の子どもたち 75
  シニとわたしのいた二階 162
  第八森の子どもたち 94
  二つの旅の終わりに 141

- **南欧**
  ネコのしっぽ 182

- **スペイン**
  荒野の羊飼い 128
  コロンブス海をゆく 158
  スペインのむかしばなし 181

闘牛の影 120
ドン・キホーテ 139
プラテーロとぼく 151
ポルコさまちえばなし 182

- **ポルトガル**
  四せきの帆船 130

- **イタリア**
  イタリアののぞきめがね 89
  カナリア王子 181
  クオレ 115
  黒い兄弟 142
  子どもに語るイタリアの昔話 181
  シチリアを征服したクマ王国の物語 90
  ジョコンダ夫人の肖像 124
  小さな魚 157
  泥棒をつかまえろ！ 135
  フランチェスコとフランチェスカ 34
  マルコヴァルドさんの四季 54
  マルコとミルコの悪魔なんかこわくない！... 109
  みどりの小鳥 182

- **ロシア・旧ソビエト連邦**
  →ロシアの昔話 p.182
  愛について 155
  赤ちゃんをほしがったお人形 17
  あの年の春は早くきた 145
  石の花 84
  ヴィーチャと学校友だち 82
  北の森の十二か月 70
  極北の犬トヨン 125
  金時計 149
  コサック軍シベリアをゆく◆ 148
  せむしのこうま 49
  大力のワーニャ 93
  フョードルおじさんといぬとねこ 17
  ベル・リア 149
  ベルリン1945 132
  町からきた少女 121
  みなし子のムルズク 88
  ロシアのわらべうた 199

- **ウクライナ**
  わたしのおかあさんは世界一びじん 38

- 北欧
  - 子どもに語る北欧の昔話 179
  - ソリア・モリア城 179
  - 〈北欧神話〉 193
- フィンランド
  - かぎのない箱 179
  - フィンランド・ノルウェーのむかし話 180
- スウェーデン
  - うそつきの天才 137
  - エーミールと大どろぼう 106
  - おたよりください 70
  - 北国の虹ものがたり ◆ 59
  - さすらいの孤児ラスムス 107
  - 少年のはるかな海 160
  - すえっ子Oちゃん 47
  - ステフィとネッリの物語 ◆ 143
  - ちいさいロッタちゃん ◆ 39
  - 長くつ下のピッピ ◆ 107
  - ニルスのふしぎな旅 105
  - ミオよ、わたしのミオ 107
  - 名探偵カッレくん ◆ 108
  - やかまし村の子どもたち ◆ 108
  - ラスムスくん英雄になる 107
  - わたしたちの島で 164
- ノルウェー
  - オッター32号機SOS 86
  - くらやみ城の冒険 67
  - 太陽の東 月の西 180
  - 小さい牛追い ◆ 86
  - 小さなスプーンおばさん ◆ 91
  - ノルウェーの昔話 180
  - フィンランド・ノルウェーのむかし話 180
- グリーンランド
  - 北のはてのイービク 92
- デンマーク
  - ものいううなべ 180
- アイスランド
  - オーディンとのろわれた語り部 91
- 東欧
  - 三本の金の髪の毛 183
- ルーマニア
  - りこうなおきさき 184
- ブルガリア
  - 吸血鬼の花よめ 183
- ギリシア
  - ギリシア神話物語 125
  - 〈ギリシア・ローマ神話〉 194
  - 金色の影 125
- アフリカ
  - うたうカメレオン 184
  - 語りつぐ人びと 184
  - キバラカと魔法の馬 184
  - ドリトル先生アフリカゆき、
    ドリトル先生と秘密の湖 110
  - ミシェルのかわった冒険 56
- エジプト
  - 黄金のファラオ 154
  - 旧約聖書物語 189
  - ゴハおじさんのゆかいなお話 185
  - ノアの箱船に乗ったのは？ 148
- リビア
  - 砂に消えた文字 68
- チュニジア・カルタゴ
  - ハンニバルの象つかい 146
- モロッコ
  - モロッコのむかし話 185
- シエラレオネ
  - 反どれい船 123
- コンゴ
  - グリーン・ノウのお客さま 95
- エチオピア
  - 山の上の火 185
- ケニア
  - なぜどうしてものがたり 185
- タンザニア
  - ゾウの王パパ・テンボ 126
  - タンザニアのむかし話 185
  - ライオンと歩いた少年 127
- マラウイ
  - ヘブンショップ 49

- 南アフリカ共和国
  - カマキリと月 96
  - ジャカランダの花さく村 64
  - 草原に雨は降る 131
  - 炎の鎖をつないで 144
- 北米
  - 北の巨人 187
  - 白いタカ 115
- カナダ
  - 赤毛のアン ◆ 102
  - アナグマと暮した少年 121
  - 三びき荒野を行く 87
  - トンボソのおひめさま 187
  - 呪われた極北の島 126
  - ひとりぼっちの不時着 96
  - ぶきっちょアンナのおくりもの 106
  - ぼくとくらしたフクロウたち 102
  - 六月のゆり 139
- アメリカ合衆国
  - 合言葉はフリンドル！ 61
  - アウトサイダーズ 151
  - 青いイルカの島 52
  - あしながおじさん 119
  - あの犬が好き 59
  - アメリカのむかし話 186
  - アライグマ博士 河をくだる 86
  - アレックと幸運のボート 57
  - イシ 130
  - 愛しのアビー 114
  - ウサギどんキツネどん 186
  - 海は知っていた 147
  - ウルフィーからの手紙 135
  - LSD 120
  - 狼とくらした少女ジュリー 136
  - 大きなたまご 84
  - 大きな森の小さな家 ◆ 111
  - 小川は川へ、川は海へ 122
  - オズの魔法使い 83
  - 顔のない男 158
  - からすが池の魔女 138
  - カラスだんなのおよめとり 186

- キリンのいるへや 17
- キルディー小屋のアライグマ 102
- 金鉱町のルーシー 127
- 銀の馬車 115
- クリスティーナの誘拐 145
- クレージー・バニラ 166
- クローディアの秘密 54
- 黒ネコジェニーのおはなし ◆ 15
- ケティのはるかな旅 131
- 元気なモファットきょうだい ◆ 49
- 荒野の羊飼い 128
- 荒野の呼び声 166
- こちら『ランドリー新聞』編集部........... 61
- 国境まで10マイル 162
- 子ねずみラルフのぼうけん 58
- この道のむこうに 151
- さびしい犬 81
- ジェミーと走る夏 89
- シカゴよりこわい町 156
- 時間だよ、アンドルー 87
- 死のかげの谷間 122
- ジャズ・カントリー 157
- シャーロットのおくりもの 96
- 十一歳の誕生日 152
- 12月の静けさ 148
- シュトルーデルを焼きながら 166
- 少女ポリアンナ 95
- 少年は戦場へ旅立った 159
- 少年ルーカスの遠い旅........................ 152
- ジンゴ・ジャンゴの冒険旅行 90
- スイート川の日々 159
- 星条旗よ永遠なれ 114
- 象と二人の大脱走 61
- たんぽぽのお酒 153
- 父がしたこと 135
- テラビシアにかける橋 84
- 天才コオロギニューヨークへ.............. 71
- 父さんの犬サウンダー ◆ 115
- とざされた時間のかなた 141
- とびきりすてきなクリスマス 57
- トムじいやの小屋 138

トム・ソーヤーの冒険	77
土曜日はお楽しみ	50
ナタリーはひみつの作家	61
南極へいったねこ	55
二十一の気球	76
ニューヨーク145番通り	159
人形ヒティの冒険	89
のっぽのサラ ◆	97
はずかしがりやのスーパーマン	31
バドの扉がひらくとき	124
ハートビート	129
歯みがきつくって億万長者	101
はるかなるわがラスカル	145
ひとりっ子エレンと親友 ◆	59
ひねり屋	138
百まいのドレス	49
ビリー・ジョーの大地	156
風船とばしの日	93
ふしぎなクリスマス・カード	71
豚の死なない日	156
ベーグル・チームの作戦	54
ベッツィーとテイシイ	38
ホエール・トーク	128
ぼくのすてきな冒険旅行	90
ぼくの最高機密	53
ぼくの町にくじらがきた	103
ポケットのたからもの	22
ポッパーさんとペンギン・ファミリー	42
ボニーはすえっこ、おしゃさん	22
ホレイショー	158
魔女ジェニファとわたし	54
町にきたヘラジカ	26
ミス・ジェーン・ピットマン	130
メイおばちゃんの庭	163
名犬ラッド	73
めいたんていスーパーわん ◆	59
めぐりめぐる月	129
モヒカン族の最後	127
ゆかいなヘンリーくん ◆	58
ゆかいなホーマーくん	98
ゆびぬきの夏	51

四人の姉妹	52
リトル・トリー	123
レモネードを作ろう	121
六月のゆり	139
ロケットボーイズ	150
ロッカバイ・ベイビー誘拐事件	85
ローラー＝スケート	71
わが家のバイオリンそうどう	60
ワーキング・ガール	147
私が売られた日	165
私は覚えていない	139
ワトソン一家に天使がやってくるとき	124

・中南米

海に育つ	116
銀の国からの物語	187
ふしぎなサンダル	188

・メキシコ・アステカ

黄金境への旅	147
黄金の七つの都市	122
国境まで10マイル	162
この道のむこうに	151
ジンゴ・ジャンゴの冒険旅行	90
ぼくの名はパブロ	72
メキシコの嵐	154

・ハイチ

魔法のオレンジの木	188

・ブラジル

ジャングルの少年	70
ブラジルのむかしばなし ◆	188

・ペルー・古代インカ帝国

アンデスの秘密	128
くまのパディントン	96

・オーストラリア

青いひれ	68
青さぎ牧場	154
ある小馬裁判の記	122
鉄橋をわたってはいけない	111
ナム・フォンの風	55
ヒルズ・エンド	133
風船をとばせ！	133
ペニーの日記読んじゃだめ ◆	57

ぼくはレース場の持主だ！ 162
　　星に叫ぶ岩ナルガン 162
　　燃えるアッシュ・ロード 133
　　ラッキー・ドラゴン号の航海 156
　　ラッグズ！ ぼくらはいつもいっしょだ 52
　　リリパット漂流記 47
・ニュージーランド
　　二年間の休暇 119
　　僕らの事情。 151
　　めざめれば魔女 160
・太平洋諸島
　　サンゴしょうのひみつ 53
　　マウイの五つの大てがら 188

●国際関係

・国際交流・国際理解
　　国境まで10マイル 162
　　ディダコイ 131
　　ぼくの名はパブロ 72

●戦争

・戦争全般
　　アルフレッド王の戦い ◆ 157
　　急げ 草原の王のもとへ 148
　　ウルフ・サーガ 165
　　黄金境への旅 147
　　王のしるし 134
　　カーディとお姫さまの物語 97
　　銀うでのオットー 83
　　獣の奏者 119
　　さいごの戦い 109
　　三国志 192
　　シチリアを征服したクマ王国の物語 90
　　死のかげの谷間 122
　　少年鼓手 125
　　草原の子ら 146
　　チョコレート戦争 51
　　砦 148
　　果てしなき戦い 123

　　ブリジンガメンの魔法の宝石 124
　　辺境のオオカミ 134
　　ポイヤウンペ物語 171
　　冒険者たち 64
　　〈北欧神話〉 193
　　ホメーロスのイーリアス物語 ◆ 195
　　みどりのゆび 79
　　モヒカン族の最後 127
　　闇の戦い ◆ 128
　　闇の戦い 161
　　リトルベアーとふしぎなカギ 87
・第一次世界大戦
　　雲のはて、めぐりくる夏 155, 156
　　はるかなるわがラスカル 145
　　ヒルクレストの娘たち ◆ 147
　　ベルリン1919 132
・第二次世界大戦・ナチス
　　⇔ユダヤ人 p.335
　　あのころはフリードリヒがいた ◆ 163
　　あの年の春は早くきた 145
　　あらしの前 ◆ 104
　　石切り山の人びと 141
　　海辺の王国 118
　　おやすみなさいトムさん 160
　　壁のむこうから来た男 123
　　壁のむこうの街 123
　　キルギスの青い空 114
　　銀のナイフ 140
　　空白の日記 165
　　ゲットーの壁は高くて 165
　　木かげの家の小人たち 45
　　シニとわたしのいた二階 162
　　少年たちの戦場 144
　　水深五尋 118
　　ステフィとネッリの物語 ◆ 143
　　第八森の子どもたち 94
　　小さな魚 157
　　父への四つの質問 154
　　二度とそのことはいうな？ 130
　　二つの旅の終わりに 141
　　ベル・リア 149

333

ベルリン 1933，ベルリン 1945 132
冒険がいっぱい 112
町からきた少女 121
むくげの花は咲いていますか 133
燃えるタンカー 116
夜が明けるまで 120

・ポエニ戦争
ハンニバルの象つかい 146

・南北戦争
少年は戦場へ旅立った 159
四人の姉妹 52

・ベトナム戦争
ウルフィーからの手紙 135
12月の静けさ 148
ナム・フォンの風 55
ラッキー・ドラゴン号の航海 156

・軍隊・兵士
⇔騎士・将軍 p.281
あの年の春は早くきた 145
ウルフィーからの手紙 135
クルミわりとネズミの王さま 95
源氏の旗風 190
コサック軍シベリアをゆく ◆ 148
三銃士 142
少年鼓手 125
少年たちの戦場 144
少年は戦場へ旅立った 159
千本松原 126
第九軍団のワシ ◆ 134
第八森の子どもたち 94
父への四つの質問 154
地に消える少年鼓手 161
二度とそのことはいうな？ 130
反どれい船 123
ハンニバルの象つかい 146
ぼくたちもそこにいた，若い兵士のとき ... 163
魔神と木の兵隊 58

・疎開
おやすみなさいトムさん 160
ステフィとネッリの物語 ◆ 143
第八森の子どもたち 94

ひさしの村 74
冒険がいっぱい 112
ライオンと魔女 108

・爆弾
オルリー空港22時30分 94
ドッグフードは大きらい 59

・原爆・核兵器
⇔放射能 p.349
死のかげの谷間 122

・銃・鉄砲
シカゴよりこわい町 156
十一歳の誕生日 152

・弓矢
青銅の弓 138

・剣
〈アーサー王物語〉 195
剣と絵筆 150
三銃士 142
樹上の銀 128

・槍
太陽の戦士 134

●人種・民族
⇔差別・偏見 p.318

・人種・民族さまざま
太陽の戦士 134
呪われた極北の島 126

・黒人
アメリカのむかし話 186
ウサギどんキツネどん 186
グリーン・ノウの煙突 95
ジャカランダの花さく村 64
ジャズ・カントリー 157
草原に雨は降る 131
大地に歌は消えない 116
父さんの犬サウンダー 115
トムじいやの小屋 138
ニューヨーク145番通り 159
バドの扉がひらくとき 124
反どれい船 123

ミス・ジェーン・ピットマン 130
　六月のゆり 139
　私が売られた日 165
　私は覚えていない 139
　ワトソン一家に天使がやってくるとき ... 124
・白人
　ジャズ・カントリー 157
　白いタカ 115
・アイヌ
　アイヌ童話集 171
　コタンの口笛 117
　ひとつぶのサッチポロ 171
　ポイヤウンペ物語 171
・中国少数民族
　中国のむかし話 ◆ 173
　月からきたトウヤーヤ 66
・ツングース人
　極北の犬トヨン 125
・タタール人
　急げ 草原の王のもとへ 148
・コサック
　コサック軍シベリアをゆく 148
・ロマ
　きりの国の王女 184
　ジンゴ・ジャンゴの冒険旅行 90
　太陽の木の枝 ◆ 184
　ディダコイ 131
・フン族・マジャール族
　白いシカ 139
・ユダヤ人
　⇔第二次世界大戦・ナチス p.333
　あのころはフリードリヒがいた 163
　あらしの前 ◆ 104
　お話を運んだ馬 136
　壁のむこうから来た男 123
　壁のむこうの街 123
　ゲットーの壁は高くて 165
　シニとわたしのいた二階 162
　シュトルーデルを焼きながら 166
　ステフィとネッリの物語 ◆ 143
　隣の家の出来事 152

　ベーグル・チームの作戦 54
　ベルリン1933，ベルリン1945 132
　やぎと少年 68
・ラップ人・サーメ
　星のひとみ 77
・バスク人
　荒野の羊飼い 128
・エスキモー・イヌイット
　狼とくらした少女ジュリー 136
　オオカミに冬なし 163
　カラスだんなのおよめとり 186
　北のはてのイービク 92
　銀色ラッコのなみだ 52
・北米先住民・インディアン
　青いイルカの島 52
　アメリカのむかし話 186
　イシ 130
　小川は川へ、川は海へ 122
　ケティのはるかな旅 131
　白いタカ 115
　精霊と魔法使い 187
　めぐりめぐる月 129
　モヒカン族の最後 127
　リトル・トリー 123
　リトルベアー ◆ 87
・中南米先住民・インディオ
　アンデスの秘密 128
　黄金の七つの都市 122
　コロンブスのむすこ 146
　ジャングルの少年 70
　メキシコの嵐 154
・アボリジニ
　星に叫ぶ岩ナルガン 162
・遊牧民
　草原の子ら 146

335

● 宗教
　⇔神話 p.310　⇔僧侶・牧師 p.316
　⇔教会・寺院など p.346

・イスラム教
　アラビア物語 1～4 175
　〈アラビアン・ナイト〉................. 191
　お月さまより美しい娘................. 176
　子どもに語るトルコの昔話 176
　ゴハおじさんのゆかいなお話 185
　タンザニアのむかし話................. 185
　天からふってきたお金................. 176
　モロッコのむかし話..................... 185

・キリスト教
　アルフレッド王の勝利................. 157
　イワンのばか 80
　黄金境への旅 147
　からすが池の魔女 138
　クリスマス物語集 80
　ケティのはるかな旅................... 131
　〈聖書〉.. 189
　青銅の弓 138
　台所のマリアさま 63
　トムじいやの小屋 138
　ノアの箱船に乗ったのは？....... 148
　ハイ・フォースの地主屋敷 141
　果てしなき戦い 123
　豚の死なない日 156
　私は覚えていない 139

・ユダヤ教
　お話を運んだ馬 ◆ 136
　やぎと少年 68

・ヒンズー教
　人になりそこねたロバ 175
　ラーマーヤナ 193

・仏教
　くさらなかった舌 191
　ゲンと不動明王 100
　ジャータカ物語 193
　タイのむかし話 174
　寺町三丁目十一番地 112

　武蔵野の夜明け 190
　山の娘モモの冒険 105

・お経
　鬼と姫君物語 189
　西遊記 192
　武蔵野の夜明け 190

・古代宗教・その他
　アイヌ童話集 171
　ギリシア神話物語 125
　金色の影 125
　白いシカ 139
　遠い星からきたノーム ◆ 91
　砦 148

時

● 時の流れ

・時・タイムトラベル
　⇔別世界・異次元 p.363　⇔旅・冒険 p.366
　思い出のマーニー 110
　オルリー空港 22 時 30 分 94
　グリーン・ノウの子どもたち 95
　時間だよ、アンドルー 87
　空とぶベッドと魔法のほうき 82
　地に消える少年鼓手................... 161
　時の旅人 115
　とざされた時間のかなた 141
　とぶ船 109
　トムは真夜中の庭で................... 149
　魔よけ物語 82
　モモ 50
　幽霊 85
　リトルベアー ◆ 87

・過去・昔
　クリスマス・キャロル 142

・未来・将来
　イシスの燈台守 88
　クリスマス・キャロル 142
　ザ・ギバー 166

・永遠・無限
　星条旗よ永遠なれ 114
　時をさまようタック 85
　はてしない物語 121
・期限
　オルリー空港22時30分 94
　ガラスのくつ 89
　サンドリヨン 180
　砂の妖精 81

●世界史

・世界通史
　黄金のファラオ 154
・起源・由来
　　→昔話 p.168　→神話・古典文学 p.189
　赤ちゃんをほしがったお人形 17
　王さまのアイスクリーム 25
　白いシカ 139
　ゾウの鼻が長いわけ 55
　砦 148
　なぜどうしてものがたり 185
　魔術師のおい 109
・先史時代
　大昔の狩人の洞穴 146
　太陽の戦士 134
　ダニーとなかよしのきょうりゅう 26
　ブータレとゆかいなマンモス 66
　ぼくと原始人ステッグ 56
　夜明けの人びと 79
・古代
　王のしるし 134
　カイウスはばかだ 46
　三国志 192
　白いシカ 139
　青銅の弓 138
　第九軍団のワシ ◆ 134
　砦 148
　ノアの箱船に乗ったのは？ 148
　ハンニバルの象つかい 146
　ボグ・チャイルド 140

・中世
　アリスの見習い物語 127
　アルフレッド王の戦い ◆ 157
　アンデスの秘密 128
　運命の騎士 134
　銀のうでのオットー 83
　剣と絵筆 150
　草原の子ら 146
　果てしなき戦い 123
　モギ 83
　ロビン・フッドのゆかいな冒険 196
・ルネサンス
　ジョコンダ夫人の肖像 124
・近世・近代
　黄金境への旅 147
　黄金の七つの都市 122
　王子とこじき 76
　からすが池の魔女 138
　グリーン・ノウの子どもたち 95
　ケティのはるかな旅 131
　九日間の女王さま 153
　コサック軍シベリアをゆく ◆ 148
　コロンブス海をゆく 158
　コロンブスのむすこ 146
　さらわれたデービッド 137
　三銃士 142
　シェイクスピア物語 163
　シェイクスピアを盗め！ 153
　死の艦隊 158
　少年鼓手 125
　白いタカ 115
　宝島 137
　ドン・キホーテ 139
　花仙人 192
　魔女とふたりのケイト 153
　見習い物語 125
　モヒカン族の最後 127
　勇敢な仲間 152
　妖精ディックのたたかい 153
　四せきの帆船 130
　ロビンソン・クルーソー 142

337

- 19世紀

　青いイルカの島 52
　アナグマと暮した少年 121
　ウィロビー・チェースのおおかみ◆ 48
　海辺のたから 90
　エドガー・アラン・ポー 怪奇・探偵小説集2
　　... 157
　オオカミに冬なし 163
　大きな森の小さな家◆ 111
　小川は川へ、川は海へ 122
　海底二万海里 119
　金鉱町のルーシー 127
　クオレ 115
　クリスマス・キャロル 142
　黒い兄弟 142
　黒馬物語 67
　時間だよ、アンドルー 87
　ジーキル博士とハイド氏 137
　シャーロック・ホウムズの冒険◆ 143
　少年は戦場へ旅立った 159
　少年ルーカスの遠い旅 152
　ジンゴ・ジャンゴの冒険旅行 90
　神秘の島 119
　象と二人の大脱走 61
　隣の家の出来事 152
　トムじいやの小屋 138
　トム・ソーヤーの冒険 77
　二十一の気球 76
　二年間の休暇 119
　ニワトリ号一番のり 161
　ノリー・ライアンの歌 126
　反どれい船 123
　ベイジルとふたご誘拐事件 72
　ぼくのすてきな冒険旅行 90
　まぼろしの白馬 127
　四人の姉妹 52
　レ・ミゼラブル 161
　六月のゆり 139
　ワーキング・ガール 147
　私が売られた日 165

- 20世紀
　時代設定が20世紀以降のフィクションは省略しました。ただし、第一次世界大戦、第二次世界大戦がテーマの作品は戦争の項目に含めました。→ p.333

●日本史

- 平安時代

　えんの松原 117
　鬼の橋 117
　源氏の旗風 190
　風神秘抄 121
　武蔵野の夜明け 190

- 鎌倉時代

　鬼と仏と人間の小さな物語 189

- 室町時代

　鬼と姫君物語 189

- 近世・江戸時代

　お江戸の百太郎 80
　お江戸はやくちことば◆ 203
　鬼と姫君物語 189
　子ども寄席◆ 169
　算法少女 50
　少年たちの戦場 144
　千本松原 126
　小さなわらいばなし ◆ 169
　天保の人びと 124
　花咲か 117
　肥後の石工 117

●暦

- 明日

　ラモーナ、明日へ 58

- 昼

　小さいおばけ 93

- 夜

　〈アラビアン・ナイト〉 191
　きかんしゃ1414 33
　少年のはるかな海 160
　トムは真夜中の庭で 149

ピーター・パンとウェンディ 86
　まよなかのはんにん 24
・月曜日
　月曜日に来たふしぎな子 106
　放課後の時間割 51
・火曜日
　風にのってきたメアリー・ポピンズ 78
　火曜日のごちそうはヒキガエル 18
・水曜日
　帰ってきたメアリー・ポピンズ 78
・木曜日
　木曜日はあそびの日 59
・金曜日
　金曜日うまれの子 160
・土曜日
　土曜日はお楽しみ 50
・日曜日
　ターちゃんとルルちゃんのはなし 27
　ぽっぺん先生の日曜日 90
・12ヵ月
　北の森の十二か月 70
　クオレ 115
　詩の玉手箱 208
　ビリー・ジョーの大地 156
　べんけいとおとみさん 16
　見習い物語 125
　森は生きている 99
・3月
　三月ひなのつき 44
・6月
　六月のゆり 139
・9月
　風の又三郎 100
・10月
　百まいのドレス 49
・11月
　ムーミン谷の十一月 103
・12月
　12月の静けさ 148

●季節・行事
　⇨風俗・慣習 p.324

・四季
　からたちの花がさいたよ 200
　小さなハチかい 45
　動物のうた 208
　ひさしの村◆ 74
　プラテーロとぼく 151
　マルコヴァルドさんの四季 54
　やかまし村の春・夏・秋・冬 108
　リーパス 151
・行事・催しいろいろ
　風船とばしの日 93
・正月・大晦日
　べんけいとおとみさん 16
　まえがみ太郎 98
・祭り
　千本松原 126
　旅しばいのくるころ 133
　小さい魔女 93
　フランチェスコとフランチェスカ 34
　ムーミン谷の夏まつり 103
・ひな祭り
　⇨人形・ぬいぐるみ p.298
　三月ひなのつき 44
・春・春休み
　あの年の春は早くきた 145
　水仙月の四日 100
　春の日や庭に雀の砂あひて 209
　みどりの妖婆 128
・たなばた
　べんけいとおとみさん 16
・夏・夏休み
　アーノルドのはげしい夏 140
　アリスティードの夏休み 75
　アレックと幸運のボート 57
　海のたまご 95
　エーミールと三人のふたご 62
　思い出のマーニー 110
　オンネリとアンネリのおうち 61

顔のない男 158
銀の馬車 115
黒ネコの王子カーボネル 70
コーンウォールの聖杯, 樹上の銀 ... 128
ジェミーと走る夏 89
シカゴよりこわい町 156
たんぽぽのお酒 153
地下の洞穴の冒険 ◆ 74
チャーリー・ムーン大かつやく 88
ツバメ号とアマゾン号, ツバメの谷, ツバメ号の伝書バト, 六人の探偵たち, スカラブ号の夏休み 106
夏の終りに 120
夏の庭 103
パディントンフランスへ 96
火のくつと風のサンダル 47
フクロウ探偵30番めの事件 97
ふたりはなかよし 22
魔女がいっぱい 73
ムーミン谷の夏まつり 103
名探偵カッレくん ◆ 108
燃えるアッシュ・ロード 133
森に消える道 132
雪女 夏の日の夢 148
ゆびぬきの夏 51
ライトニングが消える日 160
わたしたちの島で 164

・お月見
　⇔月・月光 p.351
　月からきたトウヤーヤ 66
　べんけいとおとみさん 16

・ハロウィーン
　ガラス山の魔女たち 48
　元気なモファットきょうだい 49
　公園のメアリー・ポピンズ 78
　ジェニーのぼうけん 15
　魔女ジェニファとわたし 54
　ラモーナは豆台風 58

・冬・冬休み
　⇔寒い・冷たい p.288
　牛追いの冬 86

オオカミに冬なし 163
小さな雪の町の物語 137
ディガーズ 91
長い冬 112
長い冬休み 106
光の六つのしるし 128
ヘムロック山のくま 29
星のひとみ 77
ムーミン谷の冬 103
雪わたり 100
ライオンと魔女 108

・クリスマス・クリスマスツリー
　あらしの前 104
　ウォートンのとんだクリスマス・イブ 18
　牛追いの冬 86
　おたよりください 70
　お話してよ, もうひとつ 23
　風にのってきたメアリー・ポピンズ 78
　がんばれヘンリーくん,
　　ラモーナとおとうさん 58
　クリスマス・キャロル 142
　クリスマスの女の子,
　　クリスマスのようせい 21, 22
　クリスマス物語集 80
　クルミわりとネズミの王さま 95
　コタンの口笛 117
　サンタ・クロースからの手紙 79
　しあわせのテントウムシ 34
　とびきりすてきなクリスマス 57
　飛ぶ教室 62
　パディントンのクリスマス 96
　ふしぎなクリスマス・カード 71
　船のクリスマス 88
　べんけいとおとみさん 16
　まずしい子らのクリスマス 118
　やかまし村の子どもたち 108
　四人の姉妹 52

・休暇・休日
　きかんしゃ1414 33

・運動会
　かみなりのちびた 36

べんけいとおとみさん 16
・誕生日
　　⇔誕生・出産 p.361
　　オンネリとアンネリのおうち 61
　　こぶたのおまわりさん 26
　　十一歳の誕生日 152
　　世界でいちばんやかましい音 18
　　たんたのたんけん 30
　　パディーの黄金のつぼ 57
　　ビーザスといたずらラモーナ 58
　　ベッツィーとテイシイ 38
　　町かどのジム 89
・記念日
　　風にのってきたメアリー・ポピンズ 78
　　パディントンの一周年記念 96
・遠足・ピクニック
　　ヒルズ・エンド 133
・パーティ
　　エーミールとねずみとり 107
　　クマのプーさん　プー横丁にたった家 101
　　ねこネコねこの大パーティー 15
　　はずかしがりやのスーパーマン 31
　　魔女ジェニファとわたし 54
　　ミリー・モリー・マンデーのおはなし 34
・コンクール・コンテスト
　　⇔競う・競争 p.301
　　子ブタシープピッグ 57
　　シャーロットのおくりもの 96
　　ドッグフードは大きらい 59
　　バレエ・シューズ 69
　　ふたごのルビーとガーネット 46
　　ゆびぬきの夏 51

場所
　　⇔超自然・異界 p.362

●地形・地勢

・池・湖
　　オオバンクラブ物語 106

　　からすが池の魔女 138
　　この湖にボート禁止 ◆ 78
　　シルバー・レイクの岸辺で 112
　　龍の子太郎 98
　　小さい水の精 93
　　地下の湖の冒険 67
　　ツバメ号とアマゾン号，長い冬休み，
　　　　六人の探偵たち，スカラブ号の夏休み ... 106
　　時をさまようタック 85
　　ドリトル先生と秘密の湖 110
　　ぬすまれた湖 48
　　ふんわり王女 97
　　ボグ・チャイルド 140
　　ぽっぺん先生と帰らずの沼 90
・海
　　⇔水泳・海水浴 p.300　⇔船乗り・船長 p.316
　　⇔航海・密航 p.367
　　合言葉は手ぶくろの片っぽ 52
　　青いひれ 68
　　アリスティードの夏休み 75
　　アレックと幸運のボート 57
　　海があるということは 200
　　海が死んだ日 135
　　海に育つ 116
　　海の王国 48
　　海のたまご 95
　　海は知っていた 147
　　海辺の王国 118
　　海辺のたから 90
　　男たちの海 161
　　海底二万海里 119
　　銀色ラッコのなみだ 52
　　コロンブス海をゆく 158
　　コロンブスのむすこ 146
　　サティン入江のなぞ 149
　　死の艦隊 158
　　少年のはるかな海 160
　　小さなバイキング ビッケ ◆ 104
　　長鼻くんといううなぎの話 44
　　夏の終りに 120
　　ニワトリ号一番のり 161

341

反どれい船 123
ほがらか号のぼうけん 45
ぼくたちの船タンバリ 155
ぼくの町にくじらがきた 103
魔女学校、海へいく 99
ムーミンパパ海へいく 103
燃えるタンカー 116
ヤマネコ号の冒険，
　海へ出るつもりじゃなかった 106
勇敢な仲間 152
竜のいる島 72
ルーシーの家出 69
ロビンソン・クルーソー 142

・サンゴ礁
サンゴしょうのひみつ 53

・干潟
アーノルドのはげしい夏 140
思い出のマーニー 110
ひみつの海 106

・川
⇔銀河 p.351
あなぐまビルのぼうけん ◆ 88
アライグマ博士 河をくだる 86
小川は川へ、川は海へ 122
かわうそタルカ 118
川をくだる小人たち 83
ガンバとカワウソの冒険 64
きょうだいトロルのぼうけん 71
ケティのはるかな旅 131
ジャングルの少年 70
スイート川の日々 159
千本松原 126
たのしい川べ 60
トム・ソーヤーの冒険 77
ハヤ号セイ川をいく 87
プラム・クリークの土手で 112
忘れ川をこえた子どもたち 129

・水路・運河
銀のスケート 77
六人の探偵たち 106

・島
青いイルカの島 52
赤毛のアン，アンの青春 102
朝びらき丸東の海へ 109
海は知っていた 147
エルマーのぼうけん，エルマーとりゅう 19
かえるのエルタ 30
北のはてのイービク 92
さいはての島へ 164
サンゴしょうのひみつ 53
三人のおまわりさん 76
神秘の島 119
ステフィとネッリの物語 ◆ 143
空とぶベッドと魔法のほうき 82
宝島 137
ツバメ号とアマゾン号，女海賊の島，
　シロクマ号となぞの鳥 106
ドリトル先生航海記 110
二十一の気球 76
二年間の休暇 119
呪われた極北の島 126
ピーター・パンとウェンディ 86
ピッピ南の島へ 107
冒険者たち ◆ 64
竜のいる島 72
ロビンソン・クルーソー 142
わたしたちの島で 164

・山
アンデスの秘密 128
石切り山の人びと 141
石の花 84
風のローラースケート 43
黒旗山のなぞ 78
泥棒をつかまえろ！ 135
ハイジ 69
ハンニバルの象つかい 146
ヘムロック山のくま 29
魔の山 149
山にのまれたオーラ 111
山の上の火 185
山のトムさん 44

山の娘モモの冒険 105
山へいく牛 125
ゆうきのおにたいじ 26

・丘
ウォーターシップ・ダウンのうさぎたち ... 114
ウサギが丘 109
丘の家のセーラ 147
丘はうたう 75

・谷
死のかげの谷間 122
たのしいムーミン一家 ◆ 103
ツバメの谷 106

・崖
ヒルズ・エンド 133

・草原・野原
急げ 草原の王のもとへ 148
草原の子ら 146
大草原の小さな家 112
チム・ラビットのぼうけん ◆ 14
のっぽのサラ ◆ 97
野に出た小人たち 83
のはらうた 1 201
ヒナギク野のマーティン・ピピン 152
ぼくとくらしたフクロウたち 102

・サバンナ
ライオンと歩いた少年 127

・洞窟・鍾乳洞
⇔穴・裂け目 p.370
大昔の狩人の洞穴 146
地下の洞穴の冒険 ◆ 74

・地面・地下
アナグマと暮した少年 121
石の花 84
お姫さまとゴブリンの物語 97
銀のいす 109
ダイドーと父ちゃん 48
地下の湖の冒険 67
地に消える少年鼓手 161
むくげの花は咲いていますか 133
モグラ物語 101

・森・林
⇔木 p.359
大きな森の小さな家 111
北の森の十二か月 70
きつねものがたり 105
キツネ森さいばん 64
キルディー小屋のアライグマ 102
クマのプーさん プー横丁にたった家 101
こぎつねルーファスのぼうけん 14
サーカスは夜の森で 43
第八森の子どもたち 94
冷たい心臟 146
バンビ 65
ひとりぼっちの不時着 96
ミシェルのかわった冒険 56
ミス・ヒッコリーと森のなかまたち 94
みなし子のムルズク 88
森の子ヒューゴ 59
もりのへなそうる 40
森は生きている 99
ロビン・フッドのゆかいな冒険 196
わすれものの森 51

・ジャングル
ジャングルの少年 70
ジャングル・ブック 126

・砂漠
⇔干ばつ・乾燥 p.351
穴 134
馬と少年 109
砂に消えた文字 68
冷たい心臟 146
星の王子さま 66
マデックの罠 159
ラッグズ！ ぼくらはいつもいっしょだ 52

・極地
狼とくらした少女ジュリー 136
オオカミに冬なし 163
オッター 32 号機 SOS 86
北のはてのイービク 92
銀色ラッコのなみだ 52
地のはてにいどむ 118

343

ながいながいペンギンの話 16
南極へいったねこ 55
呪われた極北の島 126
ポッパーさんとペンギン・ファミリー 42

・田舎・田園
おやすみなさいトムさん 160
北国の虹ものがたり ◆ 59
この湖にボート禁止 78
シカゴよりこわい町 156
たのしい川べ 60
チム・ラビットのぼうけん ◆ 14
はるかなるわがラスカル 145
ボニーはすえっこ、おしゃまさん........... 22
町からきた少女 121
もしもしニコラ！ 67
リーパス 151

・水田・畑
⇨農業・お百姓 p.314　⇨野菜・穀物 p.360
ウサギが丘 109
丘はうたう 75
天保の人びと 124
灰色の畑と緑の畑 120
みしのたくかにと 36
ミス・ヒッコリーと森のなかまたち 94
ムギと王さま 89
リンゴ畑のマーティン・ピピン 152

・町・街
いく子の町 75
おもちゃ屋のクィロー 23
金鉱町のルーシー 127
子どもだけの町 47
シカゴよりこわい町 156
大草原の小さな町 112
小さな雪の町の物語 137
寺町三丁目十一番地 112
町にきたヘラジカ 26

・都会・都
お江戸の百太郎 80
風にのってきたメアリー・ポピンズ ◆ ... 78
くまのパディントン 96
クリスマス・キャロル 142

クローディアの秘密 54
黒ネコジェニーのおはなし ◆ 15
台所のマリアさま 63
天才コオロギニューヨークへ 71
土曜日はお楽しみ 50
ナタリーはひみつの作家 61
ニューヨーク 145 番通り 159
見習い物語 125
ロッカバイ・ベイビー誘拐事件 85

・村
アーノルドのはげしい夏 140
アンの青春 102
石切り山の人びと 141
海が死んだ日 135
空白の日記 165
ゲンと不動明王 100
コウノトリと六人の子どもたち 75
旅しばいのくるころ 133
天保の人びと 124
ひさしの村 74
ヒルズ・エンド 133
ぼくたちの船タンバリ 155
村は大きなパイつくり 60
やかまし村の子どもたち ◆ 108
山へいく牛 125

・ふるさと・故国
お話を運んだ馬 136

・隣・近所
あのころはフリードリヒがいた 163
イップとヤネケ 24
ウサギが丘 109
オンネリとアンネリのおうち 61
かじ屋横丁事件 66
風にのってきたメアリー・ポピンズ ◆ ... 78
くまのパディントン 96
ジェミーと走る夏 89
隣の家の出来事 152
はじめてのおてつだい 35
ヒルズ・エンド 133
ミリー・モリー・マンデーのおはなし ... 34
向こう横町のおいなりさん 144

やかまし村の子どもたち ◆ 108
リンゴの木の上のおばあさん 111
ロッタちゃんのひっこし 39

●方角

・東
風にのってきたメアリー・ポピンズ ◆ 78
太陽の東 月の西 180

・西
コロンブス海をゆく 158
西遊記 192
白いシカ 139
象と二人の大脱走 61
大草原の小さな家 112
太陽の東 月の西 180
西風のくれた鍵 42
西の魔女が死んだ 144
のっぽのサラ ◆ 97

・南
空とぶベッドと魔法のほうき 82
ピッピ南の島へ 107
名犬ラッシー 80

・北
北の森の十二か月 70
ゴースト・ドラム 91
ちびっこカムのぼうけん 55
山のトムさん 44
六月のゆり 139

●施設・建造物

・高層ビル
お父さんのラッパばなし 70

・工場
⇔工員・女工 p.314
家なき娘 99
すずめのくつした 26
チョコレート工場の秘密 73
ワーキング・ガール 147

・農場・牧場
⇔農業・お百姓 p.314
青さぎ牧場 154
アナグマと暮した少年 121
エーミール物語 ◆ 106
子ブタシープピッグ 57
シャーロットのおくりもの 96
ソフィーとカタツムリ 20
大地に歌は消えない 116
第八森の子どもたち 94
小さい牛追い ◆ 86
鉄橋をわたってはいけない 111
農場の少年 112
パディーの黄金のつぼ 57
豚の死なない日 156
ポケットのたからもの 22
ホンジークのたび 24
みにくいガチョウの子 57
ゆびぬきの夏 51
ラッグズ！ ぼくらはいつもいっしょだ 52

・店
かじ屋横丁事件 66
きつねのスーパーマーケット 19
クリスマスの女の子 21
すずめのおくりもの 15
チャーリー・ムーン大かつやく 88
トラッカーズ 91
ヘブンショップ 49

・飲食店
くいしんぼ行進曲 18
くまのパディントン 96
ぼくのお姉さん 51
メドヴィの居酒屋 179

・宿屋・ホテル
子ねずみラルフのぼうけん 58
冷たい心臓 146
ねこネコねこの大パーティー 15
フクロウ探偵30番めの事件 97
魔女がいっぱい 73

345

- 動物園
  - ⇔動物 p.352
  - 大きなたまご 84
  - ドリトル先生の動物園 110
- 図書館
  - ⇔図書館員 p.316
  - がんばれヘンリーくん 58
  - 12月の静けさ 148
  - すえっ子のルーファス 49
  - ふたごのでんしゃ 40
  - マチルダはちいさな大天才 73
  - ゆびぬきの夏 51
- 美術館
  - ⇔絵・美術 p.303
  - クローディアの秘密 54
- 博物館
  - 大きなたまご 84
  - 骨をかぎだせ！ 59
- 教会・寺院など
  - ⇔僧侶・牧師 p.316 ⇔宗教 p.336
  - 銀のうでのオットー 83
  - 剣と絵筆 150
  - ゲンと不動明王 ◆ 100
  - 小人たちの新しい家 83
  - 小さなジョセフィーン 59
  - ハイ・フォースの地主屋敷 141
  - 果てしなき戦い 123
  - ヒルクレストの娘たち ◆ 147
  - 向こう横町のおいなりさん 144
- 郵便局・ポスト
  - たんたのたんてい 31
  - ドリトル先生の郵便局 110
- 幼稚園・保育園
  - いやいやえん 30
  - はずかしがりやのスーパーマン 31
  - ラモーナは豆台風 58
  - ロボット・カミイ 34
- 孤児院・児童養護施設
  - ⇔孤児・捨て子 p.279
  - クリスマスの女の子 21
  - ゲットーの壁は高くて 165

- ヒルベルという子がいた 157
- 老人ホーム
  - ⇔お年寄り p.281 ⇔老い p.361
  - エーミールとねずみとり 107
  - ペニーの日記読んじゃだめ 57
- 映画館
  - おれたちゃ映画少年団 103
- 競技場
  - 王のしるし 134
  - ぼくはレース場の持主だ！ 162
- 公園
  - 公園のメアリー・ポピンズ 78
- 遊園地
  - ゆうえんちのわたあめちゃん 22
- メリーゴーランド
  - 氷の花たば 42
  - 魔法使いのチョコレート・ケーキ ... 98
- 見世物小屋
  - チャーリー・ムーン大かつやく 88
- 監獄・更生施設
  - ⇔脱出・逃亡 p.323 ⇔幽閉・捕虜 p.324
  - 穴 134
  - 黄金の七つの都市 122
  - くらやみ城の冒険 67
- 強制収容所・ゲットー
  - ⇔幽閉・捕虜 p.324
  - 壁のむこうから来た男 123
  - 壁のむこうの街 123
  - ゲットーの壁は高くて 165
- 駅
  - くまのパディントン 96
  - 天才コオロギニューヨークへ 71
- 線路
  - 鉄橋をわたってはいけない 111
- トンネル
  - ⇔穴・裂け目 p.370
  - ウィロビー・チェースのおおかみ，
    ダイドーと父ちゃん 48
  - 時の旅人 115
  - モグラ物語 101

件名索引

- 橋
  - 鬼の橋 117
  - きょうだいトロルのぼうけん 71
  - クマのプーさん プー横丁にたった家 101
  - 鉄橋をわたってはいけない 111
  - テラビシアにかける橋 84
  - 肥後の石工 117
- 道・道路
  - オズの魔法使い 83
  - かじ屋横丁事件 66
  - 国境まで 10 マイル 162
  - この道のむこうに 151
  - どきん 204
  - ニューヨーク 145 番通り 159
  - ふくろ小路一番地 54
  - めぐりめぐる月 129
  - 燃えるアッシュ・ロード 133
- 迷路・迷宮
  - こわれた腕環 164
- 飛行場
  - オルリー空港 22 時 30 分 94
- 港
  - ちびっこタグボート 21
- 灯台
  - イシスの燈台守 88
  - ザリガニ岩の燈台 60
- 井戸
  - 鬼の橋 117
  - 〈北欧神話〉 193
  - ミオよ、わたしのミオ 107
  - リンゴ畑のマーティン・ピピン 152
- 水道・下水道
  - 壁のむこうから来た男 123
  - マンホールからこんにちは 16
  - レ・ミゼラブル 161
- 水車小屋
  - クラバート 155
  - 小さい水の精 93
- 堤防
  - 銀のスケート 77

- 風車
  - 思い出のマーニー 110
  - ドン・キホーテ 139
- 炭鉱・炭坑
  - 家なき子 99
  - むくげの花は咲いていますか 133
  - ロケットボーイズ 150
- 塔
  - ジュンとひみつの友だち 65
  - ひみつの塔の冒険 67
- 壁・塀
  - エドガー・アラン・ポー 怪奇・探偵小説集
    157
  - 壁のむこうから来た男 123
  - 壁のむこうの街 123
  - ゲットーの壁は高くて 165
  - ジェミーと走る夏 89
  - トム・ソーヤーの冒険 77
  - レムラインさんの超能力 99
- 砦
  - 第九軍団のワシ,辺境のオオカミ 134
  - 砦 148
- 遺跡
  - ⇔発見・発掘 p.307
  - 大昔の狩人の洞穴 146
  - シー・ペリル号の冒険 141
  - 地に消える少年鼓手 161
  - モモ 50
- 墓・ピラミッド
  - ⇔埋葬・ミイラ p.325
  - 黄金のファラオ 154
  - こわれた腕環 164
  - サティン入江のなぞ 149
  - 呪われた極北の島 126
  - 雪女 夏の日の夢 148

●家・家具など

- 家・巣
  - ⇔人形の家 p.299 ⇔家出 p.368
  - アナグマと暮した少年 121

347

| アンの愛情 102
| ウォーターシップ・ダウンのうさぎたち ... 114
| 大きな森の小さな家 ◆ 111
| オンネリとアンネリのおうち 61
| クマのプーさん プー横丁にたった家 101
| 元気なモファットきょうだい 49
| シニとわたしのいた二階 162
| たのしい川べ 60
| 番ねずみのヤカちゃん 17
| 魔女のたまご 18
| ミス・ヒッコリーと森のなかまたち 94
| モグラ物語 101
| 床下の小人たち ◆ 82
| りすのスージー 37

・屋敷・館
| あの年の春は早くきた 145
| ウィロビー・チェースのおおかみ 48
| 銀のうでのオットー 83
| グリーン・ノウ物語 ◆ 95
| ダイヤの館の冒険 67
| 時の旅人 115
| とざされた時間のかなた 141
| 夏の終りに 120
| 秘密の花園 85
| フランバーズ屋敷の人びと ◆ 155
| まぼろしの白馬 127
| 幽霊 85
| 妖精ディックのたたかい 153

・城・宮廷
| えんの松原 117
| かえるのエルタ 30
| 奇岩城 165
| くらやみ城の冒険 67
| ソリア・モリア城 179
| 太陽の東 月の西 180
| タランとリールの城 116
| 小さいおばけ 93
| 鳴りひびく鐘の時代に 129
| バターシー城の悪者たち 48

・長屋
| 子ども寄席 ◆ 169

向こう横町のおいなりさん 144
・団地
| 妖怪一家九十九さん 78
・小屋・山小屋
| キルディー小屋のアライグマ 102
| だれも知らない小さな国 65
| トムじいやの小屋 138
| ハイジ 69
| ヘンリーくんと秘密クラブ 58
| やかまし村の子どもたち ◆ 108
・庭
| グリーン・ノウのお客さま 95
| 空とぶ庭 112
| トムは真夜中の庭で 149
| 夏の庭 103
| 秘密の花園 85
| みしのたくかにと 36
| メイおばちゃんの庭 163
・屋根・屋根裏
| コウノトリと六人の子どもたち 75
| 時間だよ、アンドルー 87
| 小公女 84
| 小さいおばけ 93
| ネコのミヌース 68
| 魔神と木の兵隊 58
・煙突
| グリーン・ノウの煙突 95
| 黒い兄弟 142
・かまど
| 大力のワーニャ 93
| まほうの馬 182
| 村は大きなパイつくり 60
・風見鶏
| はんぶんのおんどり 40
・鐘
| 鳴りひびく鐘の時代に 129
| 真夜中の鐘がなるとき 179
・ベランダ・バルコニー
| 空とぶ庭 112
・地下室・床下
| 床下の小人たち 82

妖怪一家九十九さん............................78
・台所
　　ガディおばさんのゆうれいたいじ............21
　　台所のマリアさま................................63
・風呂
　　象のふろおけ....................................174
・窓・扉
　　チョコレート戦争................................51
　　とびらをあけるメアリー・ポピンズ..........78
　　バドの扉がひらくとき..........................124
　　ふしぎの国のアリス..............................56
・家具いろいろ
　　⇔冷蔵庫・冷凍庫 p.296
　　〈アーサー王物語〉（テーブル）................195
　　銀のいす（いす）................................109
　　空とぶベッドと魔法のほうき（ベッド）......82
　　森おばけ（戸棚）..................................31
　　ライオンと魔女（たんす）....................108
　　リトルベアー◆（戸棚）..........................87

資源・環境

●資源・物質

・石油
　　海が死んだ日....................................135
・火
　　⇔火事 p.321
　　〈ギリシア・ローマ神話〉......................194
　　ギリシア神話物語................................125
　　ともしびをかかげて............................134
　　火のおどり子 銀のひづめ......................84
　　火のくつと風のサンダル........................47
　　炎の鎖をつないで..............................144
　　森は生きている....................................99
　　山の上の火..185
・光
　　⇔太陽・日光 p.351　⇔月・月光 p.351
　　光草（ストラリスコ）............................150
　　光の六つのしるし..............................128

　　ホビットの冒険....................................79
・闇・かげ
　　影との戦い..164
　　キリンのいるへや..................................17
　　金色の影..125
　　くらやみ城の冒険................................67
　　闘牛の影..120
　　はじめてのキャンプ..............................32
　　ホビットの冒険....................................79
　　闇の戦い◆..128
　　闇の戦い..161
・水・氷
　　⇔池・湖 p.341　⇔海 p.341　⇔川 p.342
　　⇔水道・下水道 p.347　⇔雪・吹雪 p.351
　　銀色ラッコのなみだ..............................52
　　氷の花たば..42
　　時をさまようタック..............................85
　　まえがみ太郎......................................98
・放射能
　　死のかげの谷間................................122
　　見えない雲......................................145

●岩石・鉱物
　　⇔装飾品いろいろ p.294　⇔鉱夫・石工 p.314
　　⇔宝探し p.367

・岩石・鉱物いろいろ
　　石の花..84
　　海のたまご..95
　　奇岩城..165
　　砦..148
　　星に叫ぶ岩ナルガン............................162
・金・ゴールドラッシュ
　　⇔金色 p.304
　　黄金境への旅....................................147
　　黄金の七つの都市..............................122
　　黄金のファラオ..................................154
　　金鉱町のルーシー..............................127
　　金時計..149
　　金の鍵..97
　　荒野の呼び声....................................166

349

コロンブス海をゆく 158
ツバメ号の伝書バト 106
パディーの黄金のつぼ 57
ぼくのすてきな冒険旅行 90
・銀
　⇔銀色 p.304
　銀のうでのオットー 83
　銀の国からの物語 187
　銀のナイフ 140
・銅・青銅
　青銅の弓 138
・ダイヤ
　〈アラビアン・ナイト〉 191
　ダイヤの館の冒険 67
　二十一の気球 76
・宝石
　⇔装飾品いろいろ p.294
　ブリジンガメンの魔法の宝石 124
　名探偵カッレくん 108
・鉄・砂鉄
　鉄のハンス 178
・ガラス
　ガラスのくつ 89
　ガラス山の魔女たち 48
　忘れ川をこえた子どもたち 129
・砂
　アーノルドのはげしい夏 140
　砂に消えた文字 68
　砂の妖精 81
・土・泥
　ボグ・チャイルド 140
・化石
　⇔古生物 p.359
　海辺のたから 90
　ダニーとなかよしのきょうりゅう 26
　竜のいる島 72

●環境

・自然全般
　⇔野性 p.353
　北の森の十二か月 70
　シートン動物記 ◆ 135
　みなし子のムルズク ◆ 88
・環境問題・自然保護
　ウォーターシップ・ダウンのうさぎたち ... 114
　海が死んだ日 135
　だれも知らない小さな国 65
　フクロウ物語 83
　星に叫ぶ岩ナルガン 162
・ゴミ・リサイクル
　⇔廃品回収 p.316
　ふくろ小路一番地 54
　ぼくと原始人ステッグ 56
　まよなかのはんにん 24

天文・気象

●宇宙・空
　⇔宇宙船・ロケット p.297
　⇔パイロット・宇宙飛行士 p.316

・宇宙・空全般
　アイヌ童話集 171
　宇宙の片隅で 198
　キルギスの青い空 114
　星の林に月の船 199
・宇宙人
　イシスの燈台守 88
　遠い星からきたノーム ◆ 91
・星
　イシスの燈台守 88
　星からおちた小さな人 65
　星に叫ぶ岩ナルガン 162
　星の王子さま 66
　星のひとみ 77

- 太陽・日光
    〈ギリシア・ローマ神話〉........................ 194
    銀のシギ.. 89
    光 草(ストラリスコ).................................... 150
    たいようのおなら................................... 206
    太陽の木の枝... 184
    太陽の東 月の西.................................... 180
- 月・月光
    ⇔お月見 p.340
    お月さまより美しい娘............................ 176
    カマキリと月... 96
    こぎつねルーファスとシンデレラ............... 14
    ジェニーのぼうけん.................................. 15
    太陽の東 月の西.................................... 180
    たくさんのお月さま................................... 23
    月からきたトウヤーヤ.............................. 66
    ドリトル先生と月からの使い，ドリトル先生
        月へゆく，ドリトル先生月から帰る....... 110
    めぐりめぐる月....................................... 129
- 銀河
    銀河鉄道の夜.. 100
- 北斗七星
    イワンのばか... 80
    ちびっこカムのぼうけん........................... 55
- 彗星・隕石
    ムーミン谷の彗星.................................. 103
- 北極星
    六月のゆり... 139

● 気象
    ⇔暑い p.288 ⇔寒い・冷たい p.288
    ⇔災害・事故・サバイバル p.321

- 天気いろいろ
    雨のち晴.. 168
    マルコヴァルドさんの四季........................ 54
- 雨
    しずくの首飾り.. 48
    草原に雨は降る.................................... 131
- 嵐・台風・竜巻
    オズの魔法使い..................................... 83

    ちびっこタグボート，
        ルーピーのだいひこう........................ 21
    ヒルズ・エンド....................................... 133
    ラッグズ！ ぼくらはいつもいっしょだ......52
- 風
    ⇔風見鶏 p.348
    風にのってきたメアリー・ポピンズ.......... 78
    風の又三郎... 100
    風のまにまに号の旅................................ 88
    風の妖精たち... 78
    風のローラースケート.............................. 43
    西風のくれた鍵...................................... 42
    火のくつと風のサンダル......................... 47
    メイおばちゃんの庭............................... 163
    燃えるアッシュ・ロード.......................... 133
    モンスーン あるいは白いトラ................ 132
- 雲
    かみなりのちびた.................................... 36
    ノンちゃん雲に乗る................................. 44
- 霧
    きりの国の王女.................................... 184
- 虹
    金の鍵.. 97
    虹になった娘と星うらない..................... 174
- 雪・吹雪
    ⇔雪あそび p.298 ⇔水・氷 p.349
    オオカミに冬なし.................................. 163
    オッター 32 号機 SOS............................ 86
    水仙月の四日....................................... 100
    小さな雪の町の物語............................. 137
    長い冬... 112
    森は生きている...................................... 99
    ゆきの中のふしぎなできごと.................. 24
    雪わたり... 100
- 干ばつ・乾燥
    草原のサラ... 97
    ビリー・ジョーの大地............................ 156
    燃えるアッシュ・ロード.......................... 133
    ゆびぬきの夏... 51

351

動物
⇔動物園 p.346

●動物全般

・動物いろいろ

青いイルカの島 52
アライグマ博士 河をくだる 86
あわていきもののうた 200
イソップのお話 195
ウサギが丘 109
エルマーのぼうけん 19
大きいゾウと小さいゾウ 33
お父さんのラッパばなし 70
おばあちゃんのすてきなおくりもの 25
風のローラースケート 43
カマキリと月 96
北の森の十二か月 70
キルディー小屋のアライグマ 102
クマのプーさん プー横丁にたった家 101
黒ねこミケシュのぼうけん 105
ごきげんいかががちょうおくさん 34
こねずみとえんぴつ 25
こんにちは、バネッサ 24
シートン動物記 ◆ 135
ジャータカ物語 193
ジャングルの少年 70
ジャングル・ブック 126
セロひきのゴーシュ 100
ゾウの鼻が長いわけ 55
ソフィーとカタツムリ 20
チム・ラビットのぼうけん ◆ 14
どうぶつたち 208
動物のうた 208
ドリトル先生物語全集 ◆ 110
ノアの箱船に乗ったのは？ 148
のはらうた 1 201
バンビ 65
ひとつぶのサッチポロ 171
フクロウ探偵30番めの事件 97
ふらいぱんじいさん 20

ぽっぺん先生の日曜日 ◆ 90
ホーマーとサーカスれっしゃ 21
ミス・ヒッコリーと森のなかまたち 94
みなし子のムルズク 88
村山籌子作品集 ◆ 37
ロシアのわらべうた 199

・ペット・家畜
⇔酪農家・牧童 p.314

あの犬が好き 59
馬と少年 109
ウルフィーからの手紙 135
運命の馬ダークリング 156
運命の騎士 134
エルマーのぼうけん，
　エルマーと16ぴきのりゅう 19
大きなたまご 84
丘はうたう 75
お話を運んだ馬 136
がんばれヘンリーくん，ヘンリーくんと
　アバラー，アバラーのぼうけん 58
極北の犬トヨン 125
黒馬物語 67
黒ネコジェニーのおはなし ◆ 15
黒ネコの王子カーボネル 70
獣の奏者 119
荒野の羊飼い 128
荒野の呼び声 166
子ブタシープピッグ 57
こぶたのおまわりさん 26
さびしい犬 81
三びき荒野をいく 87
シャーロットのおくりもの 96
セシルの魔法の友だち 56
ダーシェンカ 74
ダルメシアン 69
小さい牛追い ◆ 86
天才コオロギニューヨークへ 71
父さんの犬サウンダー 115
ともだちができちゃった！ 14
南極へいったねこ 55
ネコのタクシー 31

ハイジ	69
はじまりはイカめし！	37
はるかなるわがラスカル	145
フクロウ物語	83
豚の死なない日	156
フョードルおじさんといぬとねこ	17
プラテーロとぼく	151
フランダースの犬	45
フランバーズ屋敷の人びと ◆	155
プリデイン物語 ◆	116
フレディ	104
ペットねずみ大さわぎ	87
べんけいとおとみさん	16
ぼくとくらしたフクロウたち	102
ぼくはめいたんてい ◆	24
ほらふき男爵の冒険	81
ホレイショー	158
まえがみ太郎	98
まぼろしの小さい犬	150
ミオよ、わたしのミオ	107
名犬ラッシー	80
名犬ラッド	73
名探偵しまうまゲピー	76
めいたんていスーパーわん ◆	59
やぎと少年	68
山にのまれたオーラ	111
山のトムさん	44
山の娘モモの冒険	105
山へいく牛	125
ゆびぬきの夏	51
ラスムスくん英雄になる	107
ラッグズ！ ぼくらはいつもいっしょだ	52
ルドルフとイッパイアッテナ	64
わたしたちの島で	164
わたしのねこカモフラージュ	136

・**野性**
⇔自然全般 p.350

アナグマと暮した少年	121
ウォーターシップ・ダウンのうさぎたち	114
ウルフ・サーガ	165
狼とくらした少女ジュリー	136

オオカミに冬なし	163
オオカミは歌う	147
かわうそタルカ	118
北の森の十二か月	70
極北の犬トヨン	125
グリーン・ノウのお客さま	95
荒野の呼び声	166
シートン動物記 ◆	135
ジャングルの少年	70
ジャングル・ブック	126
ゾウの王パパ・テンボ	126
タチ	122
長鼻くんといううなぎの話	44
はるかなるわがラスカル	145
バンビ	65
フクロウ物語	83
ぼくとくらしたフクロウたち	102
ぼくの町にくじらがきた	103
みなし子のムルズク ◆	88
モグラ物語	101
ヤンと野生の馬	76
ライオンと歩いた少年	127
リーパス	151

●**けもの**

・**アナグマ**
アナグマと暮した少年	121
あなぐまビルのぼうけん ◆	88
こぎつねルーファスのぼうけん ◆	14

・**アライグマ**
アライグマ博士 河をくだる	86
キルディー小屋のアライグマ	102
はるかなるわがラスカル	145

・**イタチ**
SOS！あやうし空の王さま号	18
風のローラースケート	43
冒険者たち	64

・**イヌ**
あの犬が好き	59
犬になった少年	43

353

| 海辺の王国 118
| ウルフィーからの手紙 135
| 運命の騎士 134
| おばけはケーキをたべない 39
| がんばれヘンリーくん，ヘンリーくんと
| アバラー，アバラーのぼうけん 58
| 極北の犬トヨン 125
| こいぬとこねこはゆかいななかま 28
| 荒野の呼び声 166
| さびしい犬 81
| 三びき荒野を行く 87
| しろいいぬ？くろいいぬ？ 20
| すばらしいフェルディナンド ◆ 63
| ダーシェンカ 74
| ダルメシアン 69
| 父さんの犬サウンダー 115
| ともだちができちゃった！ 14
| 南極へいったねこ 55
| 灰色の王 128
| はじまりはイカめし！ 37
| フョードルおじさんといぬとねこ 17
| フランダースの犬 45
| ベル・リア 149
| べんけいとおとみさん 16
| ぼくはめいたんてい ◆ 24
| ホレイショー 158
| まぼろしの小さい犬 150
| 豆つぶほどの小さないぬ 65
| 名犬ラッシー 80
| 名犬ラッド 73
| めいたんていスーパーわん ◆ 59
| 山の娘モモの冒険 105
| ラスムスくん英雄になる 107
| ラッグズ！ぼくらはいつもいっしょだ 52
| わたしたちの島で 164
| ・イノシシ
| ゆうきのおにたいじ 26
| ・ウサギ
| ウォーターシップ・ダウンのうさぎたち ... 114
| ウサギが丘 109
| ウサギどんキツネどん 186

くまの子ウーフ 19
グレイ・ラビットのおはなし 14
けんた・うさぎ 30
こうさぎのあいうえお 37
こぎつねルーファスとシンデレラ 14
千びきのうさぎと牧童 183
チム・ラビットのぼうけん ◆ 14
ビロードうさぎ 46
ふしぎの国のアリス 56
リーパス 151

・ウシ
    ⇔闘牛 p.300
    小さい牛追い ◆ 86
    山へいく牛 125
・ウマ
    ⇔乗馬・競馬 p.300 ⇔ユニコーン p.366
    ある小馬裁判の記 122
    馬と少年 109
    運命の馬ダークリング 156
    丘はうたう 75
    お話を運んだ馬 136
    キバラカと魔法の馬 184
    黒馬物語 67
    せむしのこうま 49
    タチ 122
    ドン・キホーテ 139
    バレエをおどりたかった馬 25
    フランバーズ屋敷の人びと ◆ 155
    ペニーの日記読んじゃだめ 57
    ほらふき男爵の冒険 81
    まえがみ太郎 98
    まほうの馬 182
    ミオよ，わたしのミオ 107
    名探偵しまうまゲピー 76
    ものいう馬 177
    ヤンと野生の馬 76
・オオカミ
    ウィロビー・チェースのおおかみ，
        ダイドと父ちゃん 48
    ウルフ・サーガ 165
    狼とくらした少女ジュリー 136

オオカミは歌う 147
　おそうじをおぼえたがらないリスの
　　　ゲルランゲ 39
　北の巨人 187
　荒野の呼び声 166
　ジャングル・ブック 126
　白いオオカミ 179
　太陽の戦士 134
　なぞなぞのすきな女の子 36
　辺境のオオカミ 134
　ポリーとはらぺこオオカミ 25
・カワウソ
　かわうそタルカ 118
　ガンバとカワウソの冒険 64
・キツネ
　ウサギどんキツネどん 186
　おともださにナリマ小 27
　きつねのスーパーマーケット 19
　きつねものがたり 105
　キツネ森さいばん 64
　くまの子ウーフ 19
　こうさぎのあいうえお 37
　こぎつねルーファスのぼうけん ◆ 14
　ごんぎつね 80
　雪わたり 100
・キリン
　キリンのいるへや 17
　マンホールからこんにちは 16
　ももいろのきりん 31
・クマ
　ウォートンのとんだクリスマス・イブ 18
　北のはてのイービク 92
　くまさん 207
　くまの子ウーフ 19
　くまのテディ・ロビンソン ◆ 40
　くまのパディントン ◆ 96
　クマのプーさん プー横丁にたった家 101
　シチリアを征服したクマ王国の物語 90
　ジャングル・ブック 126
　ヘムロック山のくま 29
　ゆかいな子ぐまポン 40

・ゴリラ
　グリーン・ノウのお客さま 95
・サイ
　密猟者を追え 72
・サル
　おさるのキーコ 17
　さいごの戦い 109
　西遊記 192
　長くつ下のピッピ ◆ 107
　ラーマーヤナ 193
・シカ
　オオカミに冬なし 163
　こんにちは、バネッサ 24
　白いシカ 139
　ちびっこカムのぼうけん 55
　バンビ 65
　町にきたヘラジカ 26
・スカンク
　ゆかいなホーマーくん 98
・ゾウ
　大きいゾウと小さいゾウ 33
　かっこうの木 48
　サーカスは夜の森で 43
　ぞうさん 207
　象と二人の大脱走 61
　ゾウの王パパ・テンボ 126
　ゾウの鼻が長いわけ 55
　象のふろおけ 174
　ハンニバルの象つかい 146
　密猟者を追え 72
・タヌキ
　洲本八だぬきものがたり 20
　たぬき学校 16
・トラ
　金剛山のトラたいじ 172
　とらとおじいさん 29
　モンスーン あるいは白いトラ 132
・ネコ
　あなぐまビルのぼうけん ◆ 88
　エルマーのぼうけん，
　　エルマーと 16 ぴきのりゅう 19

355

黒ネコジェニーのおはなし ◆ 15
黒ネコの王子カーボネル 70
黒ねこミケシュのぼうけん 105
こいぬとこねこはゆかいななかま 28
三びき荒野を行く 87
十一歳の誕生日 152
ついでにペロリ 168
天才コオロギニューヨークへ 71
南極へいったねこ 55
ネコのしっぽ 182
ネコのタクシー 31
ネコのミヌース 68
びりっかすの子ねこ 28
フョードルおじさんといぬとねこ 17
べんけいとおとみさん 16
魔女の宅急便 53
山のトムさん 44
ゆきの中のふしぎなできごと 24
ルドルフとイッパイアッテナ 64
わたしのねこカモフラージュ 136

・ネズミ
壁のむこうの街 123
ギターねずみ 33
クルミわりとネズミの王さま 95
子ねずみラルフのぼうけん 58
こんにちは、バネッサ 24
セシルの魔法の友だち 56
たのしい川べ 60
だめといわれてひっこむな 168
でっかいねずみとちっちゃなライオン 27
天才コオロギニューヨークへ 71
ドリトル先生の動物園 110
番ねずみのヤカちゃん 17
フリスビーおばさんとニムの家ねずみ 122
ベイジルとふたご誘拐事件 72
ペットねずみ大さわぎ 87
放課後の時間割 51
冒険者たち ◆ 64
魔女がいっぱい 73
ミス・ビアンカ ◆ 67

・ハムスター
フレディ 104
・ハリネズミ
あなぐまビルのぼうけん ◆ 88
・ヒツジ
⇔酪農家・牧童 p.314
荒野の羊飼い 128
子ブタシープピッグ 57
・ビーバー
消えたモートンとんだ大そうさく 18
・ヒョウ
ジャングル・ブック 126
たんたのたんけん 30
・ブタ
コブタくんとコヤギさんのおはなし 28
子ブタシープピッグ 57
こぶたのおまわりさん 26
こぶたのポインセチア 35
シャーロットのおくりもの 96
タランと角の王 116
豚の死なない日 156
ポルコさまちえばなし 182
ゆびぬきの夏 51
・モグラ
ウォートンのとんだクリスマス・イブ 18
たのしい川べ 60
モグラ物語 101
・ヤギ
コブタくんとコヤギさんのおはなし 28
ハイジ 69
やぎと少年 68
山にのまれたオーラ 111
・ライオン
オズの魔法使い 83
かえるのエルタ 30
でっかいねずみとちっちゃなライオン 27
てつがくのライオン 201
ナルニア国ものがたり ◆ 108
ライオンと歩いた少年 127
・ラマ
アンデスの秘密 128

- リス
  - おそうじをおぼえたがらないリスの
    - ゲルランゲ ◆ 39
  - グリックの冒険 64
  - グレイ・ラビットのおはなし 14
  - こうさぎのあいうえお 37
  - りすのスージー 37
- ロバ
  - ドン・キホーテ 139
  - 人になりそこねたロバ 175
  - プラテーロとぼく 151

● 魚・水の生き物
⇔釣り p.299

- 魚いろいろ
  - 小さな魚 157
- ウナギ
  - 長鼻くんといううなぎの話 44
  - ひみつの海 106
- グッピー
  - がんばれヘンリーくん 58
- マグロ
  - 青いひれ 68
  - 男たちの海 161
- ザリガニ
  - エーミールと六十ぴきのざりがに 107
  - ザリガニ岩の燈台 60
- タコ
  - 海底二万海里 119
- イルカ
  - 青いイルカの島 52
- クジラ
  - ながいながいペンギンの話 16
  - ナンタケットの夜鳥 48
  - 呪われた極北の島 126
  - ピノッキオの冒険 63
  - ぼくの町にくじらがきた 103
- ラッコ
  - 青いイルカの島 52
  - 銀色ラッコのなみだ 52

- 貝
  - ささやき貝の秘密 110

● 鳥
⇔金の鳥・不死鳥 p.366　⇔怪鳥 p.366
⇔鳳凰 p.366

- 鳥いろいろ
  - 青い鳥 101
  - オオバンクラブ物語，
    - シロクマ号となぞの鳥 106
  - フクロウ物語 83
  - みどりの小鳥 182
- 野鳥観察
  - オオバンクラブ物語 106
  - クレージー・バニラ 166
- ガチョウ
  - 金のがちょうのほん 177
  - ごきげんいかががちょうおくさん 34
  - ニルスのふしぎな旅 105
- カッコウ
  - 魔女のたまご 18
- カナリア
  - エルマーとりゅう 19
  - カナリア王子 181
  - ドリトル先生のキャラバン，
    - ドリトル先生と緑のカナリア 110
- カモメ
  - ザリガニ岩の燈台 60
- カラス
  - カラスだんなのおよめとり 186
  - からすのカーさんへびたいじ 32
  - クラバート 155
  - 小さい魔女 93
  - 風神秘抄 121
  - 忘れ川をこえた子どもたち 129
- キジ
  - ぼくらは世界一の名コンビ！ 73
- クジャク
  - 孔雀のパイ 205

357

- コウノトリ
  - コウノトリと六人の子どもたち 75
- サギ
  - 青さぎ牧場 154
- シギ
  - 銀のシギ 89
- スズメ
  - すずめのおくりもの 15
  - すずめのくつした 26
- タカ
  - 白いタカ 115
- ダチョウ
  - みにくいガチョウの子 57
- ニワトリ
  - はんぶんのおんどり 40
- ハクチョウ
  - ヴァイノと白鳥ひめ 168
  - こぎつねルーファスとシンデレラ 14
  - 野の白鳥 43
  - 白鳥 44
- ハト
  - ツバメ号の伝書バト 106
  - ひねり屋 138
- フクロウ・ミミズク
  - 火曜日のごちそうはヒキガエル 18
  - フクロウ探偵30番めの事件 97
  - フクロウ物語 83
  - ぼくとくらしたフクロウたち 102
- ペンギン
  - ながいながいペンギンの話 16
  - ペンギンじるし れいぞうこ 27
  - ポッパーさんとペンギン・ファミリー 42
- ワシ
  - 第九軍団のワシ，銀の枝 134

●虫

- ガ
  - ドリトル先生と月からの使い 110
- カタツムリ
  - ソフィーとカタツムリ 20

- カマキリ
  - カマキリと月 96
- クモ
  - うたうカメレオン 184
  - ギリシア神話 194
  - シャーロットのおくりもの 96
- コオロギ
  - 天才コオロギニューヨークへ 71
  - ピノッキオの冒険 63
  - ポケットのたからもの 22
- テントウムシ
  - しあわせのテントウムシ 34
  - てんとうむし 202
- トンボ
  - とんぼのめがね 201
- ハチ
  - 小さなハチかい 45
  - みつばちぶんぶん 202
- ミミズ
  - がんばれヘンリーくん 58

● 爬虫類・両生類

- カエル
  - かえるのエルタ 30
  - げんげと蛙 201
  - ジャングル・ブック 126
  - たのしい川べ 60
  - どれみふぁけろけろ 32
  - ヒキガエルとんだ大冒険 ◆ 18
- カメ
  - サンゴしょうのひみつ 53
  - ドリトル先生と秘密の湖 110
  - モモ 50
- カメレオン
  - うたうカメレオン 184
- ヘビ
  - ⇔大蛇 p.366
  - アライグマ博士 河をくだる 86
  - からすのカーさんへびたいじ 32
  - ジャングル・ブック 126

星の王子さま 66
・ワニ
　ふたりはなかよし 22
　わにのはいた 29

●古生物
　⇔化石 p.350

・古生物いろいろ
　海辺のたから 90
・恐竜
　大きなたまご 84
　きょうりゅうのきって 24
　ダニーとなかよしのきょうりゅう 26
・首長竜
　竜のいる島 72
・マンモス
　ブータレとゆかいなマンモス 66
　マンホールからこんにちは 16

植物

●植物全般

・植物いろいろ
　カマキリと月 96
　のはらうた１ 201
・園芸・栽培
　⇔農業・お百姓 p.314　⇔園芸家・植木屋 p.314
　グウェンの旅だち 147
　空とぶ庭 112
　みどりのゆび 79

●果実

・果実・木の実いろいろ
　ひとりぼっちの不時着 96
・オレンジ・ミカン
　エルマーのぼうけん 19
　魔法のオレンジの木 188

・レモン
　レモネードを作ろう 121
・クルミ
　クルミわりとネズミの王さま 95
・ハシバミ・ヒッコリー
　ミス・ヒッコリーと森のなかまたち 94
・モモ
　西遊記 192
・リンゴ
　旧約聖書物語 189
　ギリシア神話 194
　ささやき貝の秘密 110
　トンボソのおひめさま 187
　ハートビート 129
　〈北欧神話〉 193
　魔法使いのチョコレート・ケーキ 98
　ミオよ、わたしのミオ 107
　ミス・ヒッコリーと森のなかまたち 94
　リンゴの木の上のおばあさん 111
　リンゴ畑のマーティン・ピピン 152

●木
　⇔木のぼり p.298　⇔森・林 p.343

・木いろいろ
　かっこうの木 48
　人形の家 131
　〈北欧神話〉 193
・イチイ
　グリーン・ノウの子どもたち 95
　トムは真夜中の庭で 149
・カラタチ
　からたちの花がさいたよ 200
・サクラ
　花咲か 117
　はるかな国の兄弟 107
・ジャカランダ
　ジャカランダの花さく村 64
・ナナカマド
　人形ヒティの冒険 89

359

- マツ
  - えんの松原 117
  - 千本松原 126
- ムクゲ
  - むくげの花は咲いていますか 133

● 草花

- 草花
  - きかんしゃ1414 33
  - 草にすわる 198
  - 光草(ストラリスコ) 150
  - 小さなハチかい 45
  - ネズナイカのぼうけん 82
  - 秘密の花園 85
- 花束
  - 氷の花たば 42
- 薬草
  - ちびっこカムのぼうけん 55
- コスモス
  - 夏の庭 103
- スイセン
  - 水仙月の四日 100
- スイレン
  - 睡蓮の池 143
- ゼラニウム
  - まぼろしの白馬 127
- タンポポ
  - おーいぽぽんた 198
  - たんぽぽのお酒 153
- バラ・イバラ
  - いばら姫 178
  - オンネリとアンネリのおうち 61
  - 星の王子さま 66
  - ムギと王さま 89
- ヒナギク
  - チム・ラビットのぼうけん 14
  - ヒナギク野のマーティン・ピピン 152
- ホタルブクロ
  - 大きい1年生と小さな2年生 34
- ボタン
  - 花仙人 192
- マツユキソウ
  - 森は生きている 99
- ヤグルマギク
  - ほんとうの空色 86
- ユリ
  - 六月のゆり 139
- ラン
  - グウェンの旅だち 147
- レンゲ
  - げんげと蛙 201

● 野菜・穀物
⇔農業・お百姓 p.314　⇔水田・畑 p.344

- 野菜・穀物いろいろ
  - けしつぶクッキー 20
  - 村山籌子作品集 ◆ 37
- イネ
  - 天保の人びと 124
- カボチャ
  - みしのたくかにと 36
- ジャガイモ
  - ノリー・ライアンの歌 126
- トウモロコシ
  - 丘はうたう 75
  - 月からきたトウヤーヤ 66
- ネギ・タマネギ
  - 穴 134
  - ネギをうえた人 172
- ムギ
  - ムギと王さま 89
- マメ
  - 子どもに語るアンデルセンのお話 43
  - まめたろう 168
  - まめつぶうた 208
- わら
  - わらしべ長者 170

●その他

・キノコ
　ベーロチカとタマーロチカのおはなし 32
　マルコヴァルドさんの四季 54
・種
　グレイ・ラビットのおはなし 14
　月からきたトウヤーヤ 66
　みしのたくかにと 36
　レモネードを作ろう 121
・枝
　太陽の木の枝 184
・光合成
　ぼくの最高機密 53

生物・生命

・一生・人生
　⇔伝記・自伝的物語 p.312
　アルフレッド王の勝利 157
　イシ 130
　金色の影 125
　黒馬物語 67
　ハンニバルの象つかい 146
　ミス・ジェーン・ピットマン 130
・誕生・出産
　⇔助産師 p.315　⇔誕生日 p.341
　アリスの見習い物語 127
　クララをいれてみんなで６人 94
　ディア ノーバディ 143
　ハートビート 129
　豚の死なない日 156
・思春期
　愛について 155
　アウトサイダーズ 151
　アンの青春 102
　愛しのアビー 114
　顔のない男 158
　キルギスの青い空 114
　金曜日うまれの子 160

　クレージー・バニラ 166
　シー・ペリル号の冒険 141
　少年のはるかな海 160
　ステフィとネッリの物語◆ 143
　砂に消えた文字 68
　ゼバスチアンからの電話 132
　だれが君を殺したのか 132
　たんぽぽのお酒 153
　父がしたこと 135
　夏の終りに 120
　西の魔女が死んだ 144
　はるかなるわがラスカル 145
　ビターチョコレート 155
　二つの旅の終わりに 141
　めぐりめぐる月 129
　めざめれば魔女 160
　森に消える道 132
　闇の戦い 161
　夜が明けるまで 120
　レモネードを作ろう 121
・成長
　クマのプーさん プー横丁にたった家 101
　ダーシェンカ 74
　とぶ船 109
　バンビ 65
　ピーター・パンとウェンディ 86
・老い
　⇔お年寄り p.281　⇔老人ホーム p.346
　たんぽぽのお酒 153
　トムは真夜中の庭で 149
　ハートビート 129
・死・死別
　⇔殺人・暗殺 p.322　⇔死刑・処刑 p.323
　あの犬が好き 59
　あのころはフリードリヒがいた 163
　ウルフィーからの手紙 135
　エドガー・アラン・ポー 怪奇・探偵小説集
　　 157
　おばあちゃんのすてきなおくりもの 25
　壁のむこうの街 123
　クラバート 155

361

さいはての島へ 164
サティン入江のなぞ 149
死のかげの谷間 122
死の艦隊 158
少年たちの戦場 144
少年は戦場へ旅立った 159
スイート川の日々 159
光　草（ストラリスコ）........................ 150
千本松原 126
大地に歌は消えない 116
だれが君を殺したのか 132
ディダコイ 131
テラビシアにかける橋 84
トムじいやの小屋 138
夏の庭 103
ナム・フォンの風 55
西の魔女が死んだ 144
二度とそのことはいうな？ 130
パディーの黄金のつぼ 57
はるかな国の兄弟 107
バンビ 65
ひねり屋 138
ビリー・ジョーの大地 156
二つの旅の終わりに 141
豚の死なない日 156
プラテーロとぼく 151
フランダースの犬 45
ヘブンショップ 49
ぼくの町にくじらがきた 103
ぼくは12歳 199
僕らの事情。.. 151
ホレイショー 158
メイおばちゃんの庭 163

・不老不死
　時をさまようタック 85
　とざされた時間のかなた 141
・食物連鎖
　ぼっぺん先生と帰らずの沼 90

不思議

●超自然・異界
→昔話 p.168　→神話・古典文学 p.189

・超自然・魔法いろいろ
青い鳥 101
アンデルセン童話選◆ 43
海のたまご 95
エドガー・アラン・ポー 怪奇・探偵小説集 157
えんの松原 117
オズの魔法使い 83
お父さんのラッパばなし 70
おばあさんのひこうき 23
お姫さまとゴブリンの物語◆ 97
風にのってきたメアリー・ポピンズ◆ ... 78
風の又三郎 100
かみ舟のふしぎな旅 33
キツネ森さいばん 64
クリスマスの女の子 21
車のいろは空のいろ◆ 15
クルミわりとネズミの王さま 95
黒ネコの王子カーボネル 70
月曜日に来たふしぎな子 106
獣の奏者 119
氷の花たば 42
九つの銅貨 142
子どもに語るアンデルセンのお話 43
コーンウォールの聖杯 128
ささやき貝の秘密 110
時間だよ、アンドルー 87
しずくの首飾り◆ 48
ジュンとひみつの友だち 65
少年鼓手 125
水仙月の四日 100
砂の妖精◆ 81
セシルの魔法の友だち 56
せむしのこうま 49
空とぶベッドと魔法のほうき 82
チキチキバンバン 92

362

冷たい心臓 146
でっかいねずみとちっちゃなライオン 27
時の旅人 115
時をさまようタック 85
とざされた時間のかなた 141
とぶ船 109
トムは真夜中の庭で 149
長い長いお医者さんの話 74
西風のくれた鍵 42
ネコのミヌース 68
針さしの物語 78
ピーター・パンとウェンディ 86
ビロードうさぎ 46
ふしぎなオルガン 109
ふしぎなクリスマス・カード 71
ふしぎの国のアリス ◆ 56
ふんわり王女 97
ペンギンじるし れいぞうこ 27
放課後の時間割 51
星の王子さま 66
星のひとみ 77
ぽっぺん先生の日曜日 ◆ 90
ほんとうの空色 86
魔神と木の兵隊 58
魔法使いのチョコレート・ケーキ 98
まぼろしの白馬 127
マリアンヌの夢 138
みどりのゆび 79
めざめれば魔女 160
木曜日はあそびの日 59
モモ 50
森は生きている 99
幽霊があらわれた 62
リトルベアー ◆ 87
忘れ川をこえた子どもたち 129
わすれものの森 51
笑いを売った少年 129

・奇跡
　シャーロットのおくりもの 96
　青銅の弓 138

・超能力
　マチルダはちいさな大天才 73
　レムラインさんの超能力 99
・変身
　⇔人体改造 p.289　⇔変装・仮装 p.294
　犬になった少年 43
　クラバート 155
　ゲド戦記 ◆ 164
　ジーキル博士とハイド氏 137
　たのしいムーミン一家 103
　小さなスプーンおばさん ◆ 91
　チキチキバンバン 92
　ネコのミヌース 68
　ぽっぺん先生と帰らずの沼 90
　魔女がいっぱい 73
　魔女とふたりのケイト 153
　めざめれば魔女 160
・まぼろし
　グリーン・ノウの子どもたち 95
　スイート川の日々 159
　まぼろしの小さい犬 150
　まぼろしの白馬 127
・別世界・異次元
　⇔時・タイムトラベル p.336
　金の鍵 97
　ゲド戦記 ◆ 164
　ナルニア国ものがたり ◆ 108
　ノンちゃん雲に乗る 44
　はてしない物語 121
　はるかな国の兄弟 107
　風神秘抄 121
　プリデイン物語 ◆ 116
　ホビットの冒険 79
　ミオよ、わたしのミオ 107
　闇の戦い 161
　指輪物語 ◆ 143
・天国・地獄
　悪魔の物語 85
　鬼の橋 117
　くさらなかった舌 191
　ムギと王さま 89

羅生門 杜子春 114

● 架空の生き物

・架空の生き物いろいろ
カーディとお姫さまの物語 97
西遊記 192
シチリアを征服したクマ王国の物語 90
大千世界のなかまたち 68
たのしいムーミン一家 ◆ 103
ブリジンガメンの魔法の宝石 124
まえがみ太郎 98
マンホールからこんにちは 16
雪女 夏の日の夢 148

・悪魔・悪霊
悪魔の物語 85
あやつられた学校 61
イワンのばか 80
地獄の使いを呼ぶ呪文 179
めざめれば魔女 160
笑いを売った少年 129

・あまんじゃく
木かげの家の小人たち 45

・大男・巨人
おもちゃ屋のクィロー 23
ガリヴァー旅行記 136
北の巨人 187
キリンのいるへや 17
太陽の東 月の西 180
ちびっこカムのぼうけん 55
ドリトル先生月へゆく 110
ノルウェーの昔話 180
〈北欧神話〉 193

・鬼
赤鬼エティン 168
いたずら小おに 77
鬼と姫君物語 189
鬼と仏と人間の小さな物語 189
鬼の橋 117
銀のシギ 89
ゆうきのおにたいじ 26

・お化け・幽霊
⇔怪談・怖い話 p.311
足音がやってくる 160
オーディンとのろわれた語り部 91
おばけはケーキをたべない 39
ガディおばさんのゆうれいたいじ 21
クリスマス・キャロル 142
紳士とオバケ氏 27
魂をはこぶ船 179
小さいおばけ 93
トーマス・ケンプの幽霊 104
ブームックルとお城のおばけ 53
みんなの幽霊ローザ 81
森おばけ 31
幽霊 85
幽霊があらわれた 62
幽霊を見た10の話 88
妖怪一家九十九さん 78
聊斎志異 192

・怪獣・怪物
獣の奏者 119
もりのへなそうる 40

・かっぱ・水の精
小さい水の精 93
長い長いお医者さんの話 74

・トッケビ
だまされたトッケビ 172

・雷様・雷神
かみなりのちびた 36
くしゃみくしゃみ天のめぐみ 35
〈北欧神話〉 193

・人魚
海のたまご 95
ザリガニ岩の燈台 60

・吸血鬼
吸血鬼の花よめ 183

・小人
いたずら小人プムックル ◆ 53
お姫さまとゴブリンの物語 97
おやゆびトム 177
ガリヴァー旅行記 136

きょうだいトロルのぼうけん	71
金の鍵	97
木かげの家の小人たち	45
コロボックル物語 ◆	65
サーカスの小びと	62
ザリガニ岩の燈台	60
しあわせのテントウムシ	34
遠い星からきたノーム ◆	91
ニルスのふしぎな旅	105
ネズナイカのぼうけん	82
パディーの黄金のつぼ	57
ホビットの冒険	79
まめたろう	168
床下の小人たち ◆	82
指輪物語 ◆	143
リリパット漂流記	47

・仙人・仙女

錦の中の仙女	174
花仙人	192
ピノッキオの冒険	63

・天使

イワンのばか	80
クローディアの秘密	54
肩胛骨は翼のなごり	116
はじめての聖書２	189
みどりのゆび	79
みんなの幽霊ローザ	81
森は生きている	99

・超人

ながすね ふとはら がんりき	168
はずかしがりやのスーパーマン	31
ゆかいなホーマーくん	98

・魔女

からすが池の魔女	138
ガラス山の魔女たち	48
グリーン・ノウの魔女	95
黒ネコの王子カーボネル	70
ゴースト・ドラム	91
地獄の使いを呼ぶ呪文	179
空とぶベッドと魔法のほうき	82
小さい魔女	93

西の魔女が死んだ	144
魔女がいっぱい	73
"魔女学校" ◆	98
魔女ジェニファとわたし	54
魔女とふたりのケイト	153
魔女の宅急便	53
魔女のたまご	18
めざめれば魔女	160
ライオンと魔女	108

・魔神・魔物

〈アラビアン・ナイト〉	191
魔神と木の兵隊	58
ミオよ、わたしのミオ	107

・魔法使い

足音がやってくる	160
大どろぼうホッツェンプロッツ	92
オズの魔法使い	83
オーディンとのろわれた語り部	91
クラバート	155
ゲド戦記 ◆	164
シチリアを征服したクマ王国の物語	90
精霊と魔法使い	187
トーマス・ケンプの幽霊	104
ホビットの冒険	79
魔術師のおい	109
魔法使いのチョコレート・ケーキ	98
わすれものの森	51

・やまんば・鬼ばば

水仙月の四日	100
ドングリ山のやまんばあさん	29

・妖精・精霊

石の花	84
風の妖精たち	78
金の鍵	97
砂の妖精 ◆	81
西風のくれた鍵	42
ピーター・パンとウェンディ	86
星に叫ぶ岩ナルガン	162
魔女とふたりのケイト	153
魔の山	149
妖精ディックのたたかい	153

- ユニコーン
  - ⇔ウマ p.354
  - こぎつねルーファスとシンデレラ 14
  - まぼろしの白馬 127
- 金の鳥・不死鳥
  - 月からきたトウヤーヤ 66
  - 火の鳥と魔法のじゅうたん 82
  - まえがみ太郎 98
- 怪鳥
  - 〈アラビアン・ナイト〉 191
  - えんの松原 117
- 鳳凰
  - チベットのものいう鳥 173
- 竜・竜王
  - エルマーのぼうけん ◆ 19
  - おひとよしのりゅう 60
  - 影との戦い，さいはての島へ 164
  - ジム・ボタンの冒険 ◆ 50
  - 白いりゅう黒いりゅう 173
  - 聖ヨーランの伝説 68
  - 龍の子太郎 98
  - ちびドラゴンのおくりもの 23
  - ホビットの冒険 79
  - 闇の戦い 161
  - リチャードのりゅうたいじ 33
- 大蛇
  - ⇔ヘビ p.358
  - 獣の奏者 119
  - 〈古事記〉 190

旅・冒険

- 旅・冒険
  - ⇔時・タイムトラベル p.336
  - あなぐまビルのぼうけん ◆ 88
  - アリスティードの夏休み 75
  - アンデスの秘密 128
  - エルマーのぼうけん ◆ 19
  - オズの魔法使い 83
  - 海底二万海里 119

- カッレくんの冒険, 名探偵カッレとスパイ団 108
- かみ舟のふしぎな旅 33
- ガリヴァー旅行記 136
- きょうだいトロルのぼうけん 71
- 〈ギリシア・ローマ神話〉 194
- 銀のナイフ 140
- グリックの冒険 64
- 黒ねこミケシュのぼうけん 105
- 荒野の羊飼い 128
- 西遊記 192
- さらわれたデービッド 137
- ジム・ボタンの冒険 ◆ 50
- 白いシカ 139
- スプーンおばさんのぼうけん, スプーンおばさんのゆかいな旅 92
- 聖ヨーランの伝説 68
- せむしのこうま 49
- 第九軍団のワシ 134
- 大力のワーニャ 93
- 宝島 137
- 龍の子太郎 98
- たのしい川べ 60
- 小さなハチかい 45
- 地下の洞穴の冒険 ◆ 74
- ちびっこカムのぼうけん 55
- ドン・キホーテ 139
- 長鼻くんといううなぎの話 44
- ナルニア国ものがたり ◆ 108
- ニルスのふしぎな旅 105
- 人形ヒティの冒険 89
- ノアの箱船に乗ったのは？ 148
- パディントンフランスへ 96
- はてしない物語 121
- はるかな国の兄弟 107
- はんぶんのおんどり 40
- ピーター・パンとウェンディ 86
- ビーテクのひとりたび 24
- 火のくつと風のサンダル 47
- 二つの旅の終わりに 141
- ふらいぱんじいさん 20

ブリジンガメンの魔法の宝石 124
プリデイン物語 ◆ 116
冒険者たち ◆ 64
ほがらか号のぼうけん 45
ホビットの冒険 79
ほらふき男爵の冒険 81
ホンジークのたび 24
まえがみ太郎 98
まぬけなワルシャワ旅行 136
ミオよ、わたしのミオ 107
ミシェルのかわった冒険 56
ミス・ビアンカ ◆ 67
木馬のぼうけん旅行 46
モヒカン族の最後 127
ゆかいな子ぐまポン 40
指輪物語 ◆ 143
リトルベアのふしぎな旅 87
リーパス 151
ルーシーのぼうけん 69
ロビンソン・クルーソー 142
笑いを売った少年 129

・航海・密航
  ⇔船 p.297   ⇔船乗り・船長 p.316
  合言葉は手ぶくろの片っぽ 52
  青いひれ 68
  朝びらき丸東の海へ 109
  海に育つ 116
  エルマーのぼうけん 19
  男たちの海 161
  海底二万海里 119
  コロンブス海をゆく 158
  コロンブスのむすこ 146
  死の艦隊 158
  宝島 137
  地のはてにいどむ 118
  ドリトル先生航海記 110
  南極へいったねこ 55
  ナンタケットの夜鳥 48
  ニワトリ号一番のり 161
  反どれい船 123
  美人ネコジェニーの世界旅行 15

ピッピ船にのる 107
ほがらか号のぼうけん 45
町かどのジム 89
ミシェルのかわった冒険 56
燃えるタンカー 116
ヤマネコ号の冒険 106
勇敢な仲間 152
四せきの帆船 130
ラッキー・ドラゴン号の航海 156

・探検
  ⇔さがす・探し物 p.301
  黄金境への旅 147
  小川は川へ、川は海へ 122
  コロンブス海をゆく 158
  コロンブスのむすこ 146
  死の艦隊 158
  たんたのたんけん 30
  地下の洞穴の冒険 ◆ 74
  地のはてにいどむ 118
  ドリトル先生月へゆく 110
  モヒカン族の最後 127
  もりのへなそうる 40
  勇敢な仲間 152
  四せきの帆船 130

・宝探し
  ⇔装飾品いろいろ p.294   ⇔さがす・探し物 p.301
  ⇔発見・発掘 p.307   ⇔宝・財宝 p.320
  ⇔岩石・鉱物 p.349
  黄金の七つの都市 122
  この湖にボート禁止 78
  シェパートン大佐の時計 141
  ジンゴ・ジャンゴの冒険旅行 90
  宝島 137
  ハヤ号セイ川をいく 87
  ぼくのすてきな冒険旅行 90
  真夜中の鐘がなるとき 179
  ヤマネコ号の冒険 106

・放浪
  家なき子 99
  銀のナイフ 140
  さすらいの孤児ラスムス 107

小さな魚 157
のらネコ兄弟のはらぺこ放浪記 15
ベル・リア 149
ホメーロスのオデュッセイア物語 195
床下の小人たち ◆ 82
夜明けの人びと 79

・帰郷
オズの魔法使い 83
三びき荒野を行く 87
タチ 122
ドリトル先生月から帰る 110
名犬ラッシー 80

・ドライブ
⇨車 p.297
国境まで10マイル 162
スプーンおばさんのゆかいな旅 92
チキチキバンバン 92
めぐりめぐる月 129
ワトソン一家に天使がやってくるとき 124

・家出
うそつきの天才 137
おそうじをおぼえたがらないリスの
　　ゲルランゲ 39
クローディアの秘密 54
ごきげんなすてご 16
小さなハチかい 45
フォードルおじさんといぬとねこ 17
ルーシーの家出 69
ロッタちゃんのひっこし 39

・引越し・移住
⇨転校・転校生 p.308
⇨難民・強制連行・追放 p.318　⇨疎開 p.334
イシスの燈台守 88
ウォーターシップ・ダウンのうさぎたち ... 114
荒野の羊飼い 128
こぶたのポインセチア 35
シュトルーデルを焼きながら 166
ゼバスチアンからの電話 132
大草原の小さな家,
　　プラム・クリークの土手で 112
遠い星からきたノーム ◆ 91

ともだちができちゃった！ 14
ぶきっちょアンナのおくりもの 106
フリスビーおばさんとニムの家ねずみ 122
ミス・ヒッコリーと森のなかまたち 94
森おばけ 31
ライトニングが消える日 160
ロッタちゃんのひっこし 39

・開拓
大きな森の小さな家 ◆ 111
ケティのはるかな旅 131
山のトムさん 44

その他

●数・順番

・1・ひとり
青いイルカの島 52
海辺の王国 118
狼とくらした少女ジュリー 136
おばあちゃんのすてきなおくりもの 25
北のはてのイービク 92
荒野の羊飼い 128
こぶたのポインセチア 35
ステフィとネッリの物語 ◆ 143
ビーテクのひとりたび 24
ひとりで読もう 205
ひとりぼっちの不時着 96
ホンジークのたび 24
わたしのねこカモフラージュ 136

・一番・最初
アレックと幸運のボート 57
けんこうだいいち 38
世界でいちばんやかましい音 18
ニワトリ号一番のり 161
はじめてのキャンプ 32
ぼくらは世界一の名コンビ！ 73
わたしのおかあさんは世界一びじん 38

- 2・ふたり
  ⇔双子 p.278
  イップとヤネケ 24
  大どろぼうホッツェンプロッツ
    ふたびあらわる 93
  オンネリとアンネリのおうち 61
  シニとわたしのいた二階 162
  なんでもふたつさん 21
  二度とそのことはいうな？ 130
  二年間の休暇 119
  二つの旅の終わりに 141
  ふたりのロッテ 63
  ふたりはなかよし 22
  フランチェスコとフランチェスカ 34
- 3
  エーミールと三人のふたご 62
  大どろぼうホッツェンプロッツ
    三たびあらわる 93
  かみ舟のふしぎな旅 33
  三国志 192
  三銃士 142
  三人のおまわりさん 76
  三びき荒野を行く 87
  三本の金の髪の毛 183
  夏の庭 103
  やかまし村の子どもたち ◆ 108
  ゆかいなどろぼうたち 48
- 4
  水仙月の四日 100
  父への四つの質問 154
  ヒルクレストの娘たち ◆ 147
  四人の姉妹 52
  四せきの帆船 130
- 5
  水深五尋 118
- 6
  クララをいれてみんなで6人 94
  コウノトリと六人の子どもたち 75
  夏の庭 103
  光の六つのしるし 128
  六人の探偵たち 106

- 7
  黄金の七つの都市 122
  大力のワーニャ 93
  ふくろ小路一番地 54
  魔の山 149
- 8
  おたよりください 70
  洲本八だぬきものがたり 20
  第八森の子どもたち 94
  ラモーナ、八歳になる 58
- 9
  九日間の女王さま 153
  九つの銅貨 142
- 10
  幽霊を見た10の話 88
- 11
  十一歳の誕生日 152
  寺町三丁目十一番地 112
  白鳥 44
- 12
  ⇔12ヵ月 p.339
  ぼくは12歳 199
  森は生きている 99
- 13
  ジム・ボタンと13人の海賊 50
  トムは真夜中の庭で 149
  魔女の宅急便 53
- 15
  二年間の休暇 119
  冒険者たち 64
- 16
  エルマーと16ぴきのりゅう 19
- 18
  十八番目はチボー先生 102
- 21
  二十一の気球 76
- 22
  オルリー空港22時30分 94
- 30
  フクロウ探偵30番めの事件 97

- 34
    - おかあさんがいっぱい 32
- 60
    - エーミールと六十びきのざりがに 107
- 100
    - 人形ヒティの冒険 89
    - 百まいのドレス 49
- 101
    - ダルメシアン 69
- 108
    - 水滸伝 192
- 127
    - 小さい魔女 93
- 145
    - ニューヨーク 145 番通り 159
- 296
    - ドングリ山のやまんばあさん 29
- 297
    - からすのカーさんへびたいじ 32
- 1000
    - 〈アラビアン・ナイト〉 191
    - 千びきのうさぎと牧童 183
    - 千本松原 126
    - 大千世界のなかまたち 68
- 1414
    - きかんしゃ 1414 33
- 2万
    - 海底二万海里 119
- いっぱい
    - たくさんのお月さま 23
    - 魔女がいっぱい 73
- 最後・びり
    - イシ 130
    - オオカミは歌う 147
    - さいごの戦い 109
    - 死のかげの谷間 122
    - 樹上の銀 128
    - びりっかすの子ねこ 28
    - モヒカン族の最後 127
- まんなか
    - ジェーンはまんなかさん 49

● 形・重さ

- 穴・裂け目
    - ⇔洞窟・鍾乳洞 p.343　⇔トンネル p.346
    - 穴 134
    - アナグマと暮した少年 121
    - ふしぎの国のアリス 56
    - ぼくと原始人ステッグ 56
    - マンホールからこんにちは 16
    - モグラ物語 101
- 輪
    - ⇔指輪 p.294　⇔腕輪 p.294　⇔車輪 p.295
    - ポイヤウンベ物語 171
- 縞
    - 名探偵しまうまゲピー 76
- 半分
    - はんぶんのおんどり 40
- 大きい・拡大
    - 大きなたまご 84
    - とぶ船 109
    - ドリトル先生月へゆく 110
    - 番ねずみのヤカちゃん 17
    - ふしぎの国のアリス 56
    - 星に叫ぶ岩ナルガン 162
    - 村は大きなパイつくり 60
- 小さい・縮小
    - ⇔小人 p.364
    - すずめのおくりもの 15
    - 小さいおばけ 93
    - 小さい魔女 93
    - 小さい水の精 93
    - 小さなスプーンおばさん ◆ 91
    - ちびっこ大せんしゅ 35
    - ちびっこタグボート 21
    - ちびドラゴンのおくりもの 23
    - つぶつぶうた 207
    - ドリトル先生月から帰る 110
    - ふしぎの国のアリス 56
    - マチルダはちいさな大天才 73
    - まぼろしの小さい犬 150
    - まめつぶうた 208

・大・中・小
　大きい１年生と小さな２年生 34
　大きいゾウと小さいゾウ 33
　大きな森の小さな家 111
　かみ舟のふしぎな旅 33
　ガリヴァー旅行記 136
　でっかいねずみとちっちゃなライオン 27
　リリパット漂流記 47
・長い
　あしながおじさん 119
　長い長いお医者さんの話 74
　ながいながいペンギンの話 16
　長くつ下のピッピ ◆ 107
　長鼻くんといううなぎの話 44
　ミリー・モリー・マンデーのおはなし 34
・短い
　日本一みじかい詩の本 198
　ミリー・モリー・マンデーのおはなし 34
・軽い
　ふんわり王女 97

●いろいろ

・運・不運・運命
　穴 134
　運命の騎士 134
　コウノトリと六人の子どもたち 75
　南極へいったねこ 55
　ゆびぬきの夏 51
・本当・真実
　⇔身代わり p.284　⇔だます・うそ p.302
　クローディアの秘密 54
　子どもに語るアンデルセンのお話 43
　さいごの戦い 109
　それほんとう？ 207
　ビロードうさぎ 46
　ほんとうの空色 86
　ほんまにほんま 203
・上手・特技
　⇔演劇・芸能 p.306　⇔超能力 p.363
　ギターねずみ 33

　くしゃみくしゃみ天のめぐみ 35
　シェイクスピアを盗め！ 153
　ジェニーとキャットクラブ，
　　ジェニーときょうだい 15
　バレエをおどりたかった馬 25
　番ねずみのヤカちゃん 17
　風神秘抄 121
　ベル・リア 149
　みどりのゆび 79
・下手
　さんしん王ものがたり 21
　セロひきのゴーシュ 100
　どれみふぁけろけろ 32
　わが家のバイオリンそうどう 60
・知恵・とんち
　合言葉はフリンドル！ 61
　あたまをつかった小さなおばあさん 31
　あのね、わたしのたからものはね 38
　アラビア物語２・４ 176
　おもちゃ屋のクィロー 23
　からすのカーさんへびたいじ 32
　きつねものがたり 105
　けっこんをしたがらないリスのゲルランゲ ... 39
　ゴハおじさんのゆかいなお話 185
　ジャングルの少年 70
　小さなスプーンおばさん ◆ 91
　小さなバイキング ビッケ ◆ 104
　天からふってきたお金 176
　とらとおじいさん 29
　彦一とんちばなし 170
　ポルコさまちえばなし 182
　みしのたくかにと 36
　ゆかいな吉四六さん 170
・謎・秘密
　青さぎ牧場 154
　アーノルドのはげしい夏 140
　あやつられた学校 61
　アンデスの秘密 128
　犬になった少年 43
　海のたまご 95
　エルマーとりゅう 19

371

| 海底二万海里 119
| クラバート 155
| この湖にボート禁止 ◆ 78
| ささやき貝の秘密 110
| サティン入江のなぞ 149
| ジム・ボタンと13人の海賊 50
| ジュンとひみつの友だち 65
| 神秘の島 119
| だれも知らない小さな国,
| 豆つぶほどの小さないぬ 65
| チョコレート工場の秘密 73
| テラビシアにかける橋 84
| とざされた時間のかなた 141
| ナタリーはひみつの作家 61
| ハヤ号セイ川をいく 87
| ひみつの海,シロクマ号となぞの鳥 106
| 秘密の花園 85
| ふたりのロッテ 63
| ヘンリーくんと秘密クラブ 58
| ボグ・チャイルド 140
| ぼくの最高機密 53
| 魔神と木の兵隊 58
| まぼろしの白馬 127
| みんなの幽霊ローザ 81
| 竜のいる島 72

・謎解き・推理
⇔調査・研究 p.307　⇔探偵 p.317
エドガー・アラン・ポー 怪奇・探偵小説集
.... 157
エーミールと探偵たち 62
お江戸の百太郎 80
大昔の狩人の洞穴 146
オタバリの少年探偵たち 75
オルリー空港22時30分 94
カイウスはばかだ 46
怪盗ルパン ◆ 164
クリスティーナの誘拐 145
クローディアの秘密 54
くろて団は名探偵 92
シェパートン大佐の時計 141
シャーロック・ホウムズの冒険 143

たんたのたんてい 31
とざされた時間のかなた 141
なぞとき名人のお姫さま 181
フクロウ探偵30番めの事件 97
ベイジルとふたご誘拐事件 72
ぼくはめいたんてい ◆ 24
ホームズ少年探偵団 81
名探偵カッレくん ◆ 108
名探偵しまうまゲピー 76
めいたんていスーパーわん ◆ 59
六人の探偵たち 106

・変・ナンセンス
こいぬとこねこはゆかいななかま 28
すばらしいフェルディナンド ◆ 63
それほんとう？ 207
なんでもふたつさん 21
ネコのタクシー 31
バレエをおどりたかった馬 25
ふしぎの国のアリス ◆ 56
ぼくは王さま 28
ぽっぺん先生の日曜日 ◆ 90
ほらふき男爵の冒険 81
レムラインさんの超能力 99

・同じ・そっくり
⇔まねる・まね p.303
王子とこじき 76
王のしるし 134
時間だよ,アンドルー 87
なんでもふたつさん 21
ひとりっ子エレンと親友 59
ふたりのロッテ 63

・反対・さかさま
⇔抵抗運動・地下組織 p.318
王子とこじき 76
ちびっこ大せんしゅ 35
身がわり王子と大どろぼう 91
みしのたくかにと 36

・見える・見えない
いたずら小人プムックル ◆ 53
ホビットの冒険 79
名探偵しまうまゲピー 76

件名総索引

数字

1	368
2	369
3	369
4	369
5	369
6	369
7	369
8	369
9	369
10	369
11	369
12	369
13	369
15	369
16	369
18	369
21	369
22	369
30	369
34	370
60	370
100	370
101	370
108	370
127	370
145	370
296	370
297	370
1000	370
1414	370
2万	370
10月	339
11月	339
12ヵ月	339
12月	339
19世紀（世界）	338
20世紀（世界）	338
3月	339
6月	339
9月	339
一年　→12ヵ月	339

あ

愛	290
あいうえお　→読み書き・文字	308
合言葉　→合図・暗号	310
あいさつ	309
愛情	290
合図	310
アイスクリーム	293
アイススケート　→スケート	299
アイスランド	330
アイデンティティ	292
アイヌ	335
相棒　→友だち・仲間	282
アイルランド	328
会う	300
青色	304
アオサギ　→サギ	358
赤色	304
赤ちゃん	280
あきらめない	290
あくたれ	284
あくび	287
悪魔・悪霊	364
憧れ	291
アーサー王物語	311
足・脚	287
アジア	325
明日	338

373

預ける 300
アステカ 332
あそび 298
あそびうた　→わらべうた 305
頭 286
暑い 288
悪漢　→泥棒・悪者 284
集める 300
アッラー　→イスラム教 336
跡継ぎ 281
穴 370
アナグマ 353
あの世　→別世界・異次元 363
アパルトヘイト　→差別・偏見 318
アフリカ 330
アボリジニ 335
天の川　→銀河 351
アマノジャキ　→あまんじゃく 364
あまんじゃく 364
編み物　→裁縫・手芸 317
雨 351
アメリカ合衆国 331
アライグマ 353
嵐 351
アラビア　→中東・アラブ諸国 326
アラビアン・ナイト 311
アラブ諸国 326
歩く 300
アルコール中毒 289
アルバイト 317
暗号 310
暗殺 322
案内　→ガイド 317
安楽死　→死・死別 361

い

言い伝え 310
家 347
イエス・キリスト　→キリスト教 ... 336
家出 368
異界 362

イカめし 293
怒り 291
イギリス 326
いくさ　→戦争全般 333
池 341
いけにえ 325
いさかい　→けんか・いじめ 319
遺産 320
石　→岩石・鉱物いろいろ 349
石工 314
異次元 363
いじっぱり 285
いじめ 319
いじめっ子　→あくたれ・いじわる 284
医者 315
移住 368
いじわる 284
いす　→家具いろいろ 349
泉　→池・湖 341
イスラエル 326
イスラム教 336
遺跡 347
忙しい 290
イソップ 311
いたずらっ子 285
イタチ 353
痛み 287
イタリア 329
イチイ 359
一年　→12ヵ月 339
一番 368
一揆　→抵抗運動・地下組織 318
いっしょ　→共生・ともぐらし 319
いっしょ　→協力・団結 319
いっしょ　→同じ・そっくり 372
一生 361
いっぱい 370
イディシ語 308
遺伝子操作 289
糸 295
井戸 347

いとこ	279
田舎	344
稲作　→イネ	360
いなり寿司	293
イヌ	353
イヌイット	335
犬ぞり　→そり	298
イネ	360
イノシシ	354
イバラ	360
いびき	287
衣服	293
異文化　→国際交流・国際理解	333
移民　→引越し・移住	368
いやがらせ　→けんか・いじめ	319
イラク	326
イラン	326
イーリアス　→ギリシア・ローマ神話	310
イルカ	357
入れ替わり　→身代わり	284
色	304
飲食店	345
隕石	351
インディアン	335
インディオ	335
インド	326
インドネシア	326
陰謀	324

う

ヴァイキング　→海賊	284
飢え	287
植木屋	314
うきぶくろ	295
ウクライナ	329
ウサギ	354
ウシ	354
牛飼い　→酪農家・牧童	314
宇治拾遺物語	310
失せ物	302
うそ	302
うそつき	285
うた	305
内気	285
宇宙	350
宇宙人	350
宇宙船	297
宇宙飛行士	316
腕	287
うでくらべ　→競う・競争	301
腕輪	294
ウナギ	357
乳母　→子守・保育士	315
ウマ	354
海	341
裏切り	324
占い	309
うるさい	288
うれしい	290
うわさ	309
運	371
運河	342
運送業	316
運転手	316
運動	299
運動会	340
運命	371

え

絵	303
永遠	337
映画	305
映画館	346
英語	308
エイズ	289
英雄	281
英雄伝説	311
駅	346
エジプト	330
SF	311
SL　→電車・汽車	296
エスキモー	335

375

エスペラント	309
枝	361
エチオピア	330
江戸時代	338
絵の具	295
絵本　→『絵本の庭へ』に収録	
絵文字	310
選ぶ	300
えりまき　→マフラー	294
エレベーター	296
園芸	359
園芸家	314
演劇	306
冤罪	324
遠足	341
煙突	348
煙突掃除夫	316
鉛筆削り	295

お

尾	287
甥	279
老い	361
お祝い　→記念日	341
王	280
黄金　→金・ゴールドラッシュ	349
王子・皇子	280
王女	280
王族	280
大男	364
オオカミ	354
大きい	370
オオジカ　→シカ	355
大晦日	339
大昔　→先史時代	337
丘	343
お母さん　→母親	277
お菓子屋	314
お金	320
掟	325
お客	284

お経	336
臆病　→泣き虫・弱虫	285
贈る・贈り物	300
怒る	291
伯父・叔父	279
おじいさん　→祖父	279
おじいさん　→お年寄り	281
おじさん　→伯父・叔父	279
おじさん	281
おしっこ	288
オーストラリア	332
オーストリア	328
おたふくかぜ	289
落ちこぼれ　→劣等感	291
落ちる	300
お使い	317
お月見	340
オーディション　→コンクール・コンテスト	341
オデュッセイア　→ギリシア・ローマ神話	310
おてんば	286
音	305
お父さん　→父親	277
御伽草子	310
落し物　→なくす・失せ物	302
お年寄り	281
オートバイ	298
踊り	306
踊り手	315
同じ	372
おなら	288
鬼	364
鬼ばば	365
おねしょ	288
斧	295
伯母・叔母	279
おばあさん　→祖母・曽祖母	279
おばあさん　→お年寄り	281
おばかさん	285
お化け	364
おばさん　→伯母・叔母	279
おばさん	281

お話	313
おひさま　→太陽・日光	351
お人よし	285
おひめさま	280
お百姓	314
オペラ　→演劇・芸能一般	306
お守り	295
おまわりさん　→警察官	316
お土産　→贈る・贈り物	300
思い出	291
重さ	370
おもちゃ	298
おもちゃ屋	315
親方	284
親子	276
おやつ	293
オランダ	329
折り紙	299
織物　→布	295
オルガン	305
お礼	325
オレンジ	359
愚か者	285
おろち　→大蛇	366
恩返し	325
音楽	305
温度　→暑い	288
温度　→寒い・冷たい	288
オンドリ　→ニワトリ	358

か

ガ	358
貝	357
海外　→世界の国	325
海岸　→海	341
階級	324
海軍　→軍隊・兵士	334
外国　→世界の国	325
開墾　→開拓	368
怪獣	364
改心　→反省・後悔	292
海水浴	300
回想録	312
海賊	284
開拓	368
怪談	311
怪鳥	366
海底　→海	341
回転	303
ガイド	317
怪物	364
買い物	317
カウボーイ　→酪農家・牧童	314
替え玉　→身代わり	284
カエル	358
顔	286
画家	315
科学	306
科学者　→学者・教授	316
化学物質	289
かかし	295
鏡	295
鍵	295
がき大将　→わんぱく・おてんば	286
家具	347, 349
架空の生き物	364
学者	316
学習	307
隠す	300
拡大	370
核兵器	334
かくまう	319
革命	318
学問	306
学問分野	306
隠れ家　→隠す・隠れる	300
隠れる	300
かくれんぼ	298
賭け	321
かげ	349
崖	343

377

過去	336	壁	347
かご	295	カボチャ	360
傘	294	釜	295
カザフスタン	326	カマキリ	358
風見鶏	348	鎌倉時代	338
菓子	293	かまど	348
家事	317	髪	286
火事	321	紙	295
果実	359	紙芝居　→演劇・芸能一般	306
歌手	315	雷様	364
過食症　→摂食障害	289	カメ	358
貸す	300	カメラ	304
数	368	カメラマン　→写真家	315
風	351	カメレオン	358
化石	350	カモメ	357
仮装	294	火曜日	339
家族	276	カラス	357
敵討ち　→復讐・仕返し	323	ガラス	350
形	370	体	286
片付け	317	カラタチ	359
カタツムリ	358	狩り	314
語り	313	借りる	300
語り部	282	軽い	371
家畜	352	カルタゴ	330
ガチョウ	357	川	342
勝つ	300	カワウソ	355
楽器	305	感覚	287
カッコウ	357	環境	349, 350
学校	307	環境問題	350
葛藤	292	頑固	285
かっぱ	364	韓国	325
カード　→手紙・はがき	312	監獄	346
悲しみ	292	看護師	315
カナダ	331	看護婦　→看護師	315
かなづち	295	かんざし	294
カナリア	357	観察	307
カーニバル　→祭り	339	慣習	324
カヌー	297	岩石	349
鐘	348	乾燥	351
金もうけ	320	観測	307
金持ち	320	勘違い	303

干ばつ	351
寛容	290

き

木	359
黄色	304
記憶	291
飢餓　→飢え・空腹	287
機械	294, 296
機関士　→鉄道員	316
機関車　→電車・汽車	296
きかんぼ	286
危機　→災害・事故全般	321
気球	297
帰郷	368
戯曲	312
飢饉	321
義経記	310
期限	337
起源	337
気候　→気象	351
記号	310
きこり	314
きさき	280
騎士	281
キジ	357
汽車	296
寄宿舎　→学校	307
起床	288
気象	350, 351
犠牲	292
奇跡	363
季節	339
競う	301
規則	325
貴族	280
義賊	284
北	345
ギター	305
切手	295
キツネ	355
機転　→知恵・とんち	371
記念日	341
キノコ	361
木のぼり	298
木の実	359
きば	286
義父	277
義母	277
希望	291
気持ち	290
虐待	318
逆転　→反対・さかさま	372
キャンプ	299
休暇	340
吸血鬼	364
休日	340
救出　→助ける・救助	301
救助	301
旧ソビエト連邦	329
旧チェコスロバキア	328
宮廷	348
牛乳	293
教育	306, 307
教会	346
競技場	346
教訓	325
教師	315
行事	339
教授	316
共生	319
強制収容所	346
強制連行	318
競争	301
兄弟	278
兄弟姉妹	278
脅迫	323
恐怖	291
恐竜	359
協力	319
漁業	314
曲芸	306

極地	343	口封じ・口止め	309
拒食症　→摂食障害	289	口笛	305
巨人	364	靴	294
きらい	290	クッキー	293
霧	351	くつした	294
ギリシア	330	グッピー	357
ギリシア神話	310	靴屋	315
キリスト教	336	国　→世界の国	325
キリン	355	首	286
キルギス	326	首飾り	294
金	349	首長竜	359
銀	350	クマ	355
金色	304	雲	351
銀色	304	クモ	358
銀河	351	暮らし　→風俗・慣習	324
禁忌	325	クラブ	319
金鉱　→金・ゴールドラッシュ	349	クリスマス・クリスマスツリー	340
禁止	325	グリーンランド	330
筋ジストロフィー	289	車	297
近所	344	車椅子	298
近世（日本）	338	クルミ	359
近世・近代（世界）	337	クレヨン	295
金の鳥	366	黒色	304
勤勉	285	軍隊	334
吟遊詩人　→歌手	315	訓練	308
金曜日	339		

く

け

食いしん坊	285	毛	287
空港　→飛行場	347	計画する	301
空想	291	経済	320
空腹	287	警察官	316
寓話	311	刑事　→警察官	316
9月	339	芸術	303
草　→草花	360	毛糸	295
草花	360	芸当　→上手・特技	371
くじ引き	298	芸人	315
クジャク	357	芸能	306
くしゃみ	288	競馬	300
クジラ	357	警備　→留守番・見張り	317
薬	289	継父	277
		継母	277

けが	289
毛皮	287
ケーキ	293
ケーキ屋	314
ケシ　→野菜・穀物いろいろ	360
下水道	347
けち	285
月光	351
結婚	324
結婚式　→結婚・離婚	324
ゲットー	346
月曜日	339
ケニア	330
ゲーム	298
けもの	353
家来	281
剣	334
けんか	319
研究	307
健康	286, 289
原始人　→先史時代	337
建造物	345
建築家	314
幻燈　→映画・スライド	305
原爆	334
原発事故	321

こ

恋　→恋愛	290
工具	314
幸運　→運・不運・運命	371
公園	346
後悔	292
航海	367
公害　→環境問題・自然保護	350
交換	321
交換ノート　→日記・回想録	312
抗議運動　→抵抗運動・地下組織	318
後継者	281
豪傑	285
光合成	361
考古学	306
考古学者　→学者・教授	316
広告	313
工作	299
工事	317
交渉	319
工場	345
洪水	321
更生施設	346
高層ビル	345
紅茶	293
校長　→教師	315
皇帝	280
コウノトリ	358
鉱夫	314
幸福	291
鉱物	349
公民権運動　→政治・社会・人間関係	318
声	288
氷	349
コオロギ	358
ごきげん	290
国語　→日本語	309
国際関係	333
国際交流・国際理解	333
黒人	334
穀物	360
故国	344
こころ	290
心得　→掟・規則	325
心の傷	289
小作人	314
コサック	335
孤児	279
孤児院	346
古事記　→日本神話	310
故障	301
コスモス	360
古生物	359
古代（世界）	337
古代インカ帝国	332

381

古代宗教	336
古代ローマ帝国	326
国歌	305
こづかい	320
国旗	325
国境	325
ごっこあそび	298
コップ	295
古典	310
孤独	292
ことば	308
ことばあそび	299
子ども	279
小人	364
ゴブリン　→小人	364
ゴミ	350
ゴミ屋　→廃品回収	316
米　→イネ	360
子守	315
子守うた　→わらべうた	305
小屋	348
コヨーテ　→オオカミ	354
暦	338
ゴリラ	355
ゴールドラッシュ	349
コレクション	300
コロボックル　→小人	364
衣　→服いろいろ	293
怖い話	311
こわがり　→泣き虫・弱虫	285
こわす	301
コンクール	341
コンゴ	330
今昔物語	310
昆虫　→虫	358
コンテスト	341
コンピュータ	296

さ

サイ	355
再会	300
災害	321
最後	370
再婚　→結婚・離婚	324
財産	320
最初	368
栽培	359
裁判	321
裁縫	317
財宝	320
催眠術	288
西遊記	311
さかさま	372
探し絵　→絵・美術	303
さがす・探し物	301
サーカス	306
さかずき	295
魚	357
サギ	358
作業員	316
作戦	301
作文	313
サクラ	359
策略　→計画する・作戦	301
酒	293
裂け目	370
さすらい　→放浪	367
作家	315
殺人	322
砂鉄	350
里親　→養い親・養子	277
サバイバル	321
砂漠	343
サバンナ	343
さびしい	292
差別	318
寒い	288
サメ	335
ザリガニ	357
サル	355
3月	339

三国志	311
サンゴ礁	342
算数	306
サンダル	294
産婆　→助産師	315

し

詩	311
死	361
幸せ　→幸福	291
飼育係	314
寺院	346
シェーカー教　→キリスト教	336
シエラレオネ	330
シカ	355
仕返し	323
刺客　→殺人・暗殺	322
視覚障害	289
時間　→時・タイムトラベル	336
四季	339
シギ	358
識字　→読み書き・文字	308
しきたり　→風俗・慣習	324
しくじる	301
死刑	323
試験	308
事件	322
資源	349
事故	321
試行錯誤	307
時刻　→時の流れ	336
地獄	363
仕事	314, 317
思春期	361
辞書	313
詩人	315
静か・静けさ	288
施設	345
自然	350
自然保護	350
舌	286

市長	316
失業	317
しつけ　→訓練・修業	308
実験	307
執事	316
湿地　→池・湖	341
失敗	301
しっぽ　→尾	287
失望	292
質問　→問う・問答	302
師弟関係　→親方・弟子	284
事典	313
自転車	298
自伝的物語	312
自動車　→車	297
児童養護施設	346
児童労働	317
地主	314
芝居　→演劇・芸能一般	306
ジプシー　→ロマ	335
自分探し	292
死別	361
島	342
縞	370
姉妹	278
シマウマ　→ウマ	354
使命	319
地面	343
社会	318
社会運動	318
ジャガイモ	360
社会問題	318
ジャカランダ	359
写真	304
写真絵本	313
写真家	315
写真集	313
ジャズ	305
しゃっくり	288
謝肉祭　→祭り	339
シャベル	295

車輪	295
ジャングル	343
銃	334
獣医	315
11月	339
10月	339
19世紀（世界）	338
宗教	336
従者	281
修繕	317
住宅　→家・巣	347
じゅうたん	295
修道院　→教会・寺院など	346
修道士　→僧侶・牧師	316
12ヵ月	339
12月	339
修理	317
手記　→日記・回想録	312
修業	308
縮小	370
宿題	308
手芸	317
受験	308
出産	361
俊足　→走る	302
順番	368
小（大・中・小）	371
ショーウィンドウ　→窓・扉	349
障害	289
生涯　→一生・人生	361
正月	339
蒸気機関車　→電車・汽車	296
将軍	281
証言	309
上手	371
鍾乳洞	343
商人	314
乗馬	300
消防車　→車	297
乗用車　→車	297
将来	336

勝利	300
小論文	313
女王	280
書記	315
職業	314
食事	292
植物	359
食物連鎖	362
食糧　→食べもの全般・食事	292
処刑	323
女工	314
助産師	315
叙事詩	311
女性　→性別・性差	288
ショベルカー　→車	297
シリア	326
自立	318
しるし	310
城	348
白色	304
シロクマ　→クマ	355
シングルマザー　→ひとり親	277
人権	318
紳士	284
真実	371
神社　→教会・寺院など	346
人種	334
人種差別　→差別・偏見	318
人生	361
心臓	287
人体改造	289
心的外傷	289
侵入	323
心配	292
神父　→僧侶・牧師	316
新聞	313
新聞記者	317
シンボル	310
侵略	323
親類	276, 279
神話	310

す

巣	347
水泳	300
水車小屋	347
スイス	328
彗星	351
スイセン	360
水田	344
水道	347
水夫　→船乗り・船長	316
水曜日	339
推理	372
スイレン	360
水路	342
スウェーデン	330
数学	306
末っ子	278
図画工作	306
スカンク	355
好き	290
スキー	299
スケート	299
スケートぐつ	294
スコットランド　→イギリス	326
スズメ	358
巣立ち　→独立・自立	318
捨て子	279
ストリートチルドレン　→浮浪者・浮浪児	321
砂	350
スパイ	284
スーパーマーケット　→店	345
スーパーマン　→超人	365
スプーン	295
スペイン	329
スペースシャトル　→宇宙船・ロケット	297
スポーツ	298, 299
スライド	305

せ

背	287
性	288
税	320
性格	284
正義	319
成功する	301
性差	288
政治	318
政治家	316
青春　→思春期	361
聖書　→キリスト教	336
聖像　→キリスト教	336
清掃員	316
成長	361
性的虐待	289
青銅	350
聖杯	295
征服	323
生物	361
生物学	306
生物学者　→学者・教授	316
性別	288
生命	361
生理	287
精霊	365
世界	325
世界一　→一番・最初	368
世界史	337
世界通史	337
世界の国	325
石油	349
背丈	287
石器時代　→先史時代	337
摂食障害	289
切腹　→死・死別	361
絶望	292
説話	310
ゼラニウム	360
善悪	319
船員　→船乗り・船長	316
戦士　→軍隊・兵士	334
先史時代	337

385

潜水艦	297
先生　→教師	315
先祖	279
戦争	333
選択	300
洗濯屋	316
船長	316
仙人・仙女	365
占領　→侵略・征服	323
線路	346

そ

ゾウ	355
僧院　→教会・寺院など	346
騒音	288
草原	343
創作	302
捜索	322
掃除	317
装飾品	293, 294
曽祖母	279
ゾウ使い　→飼育係	314
騒動	322
遭難　→災害・事故全般	321
僧侶	316
疎開	334
疎外感　→さびしい・孤独	292
そっくり	372
祖父	279
祖母	279
空	350
空色　→青色	304
そり	298
村長	316

た

タイ	326
大（大・中・小）	371
第一次世界大戦	333
ダイエット	287

大家族	276
大工	314
たいくつ	290
体験談　→日記・回想録	312
太鼓	306
退治	303
大蛇	366
隊商	314
大草原　→草原・野原	343
大統領	316
台所	349
第二次世界大戦	333
台風	351
太平洋諸島	333
タイムトラベル	336
ダイヤ	350
太陽	351
対立　→けんか・いじめ	319
台湾　→中華民国	326
タカ	358
宝	320
宝探し	367
タクシー　→車	297
託す	300
宅配	316
凧	298
タコ	357
多重人格	289
助ける	301
戦い　→戦争全般	333
タタール人	335
ダチョウ	358
奪還	323
脱出	323
達成	301
竜巻	351
たてがみ	286
竪琴	305
たなばた	339
谷	343
タヌキ	355

種	361	地下鉄 →電車・汽車	296
タバコ	289	力持ち	285
旅	366	地形	341
旅人 →旅・冒険	366	地図	325
食べもの	292	地勢	341
玉	299	父親	277
卵	293	知的障害	289
魂	290	チベット	326
だます	302	茶色	304
玉手箱 →箱・棺	296	中（大・中・小）	371
タマネギ	360	中学生	308
たらい	295	中華民国	326
短歌 →和歌	311	中国	326
タンカー →船	297	中国少数民族	335
団結	319	忠誠	290
探検	367	中世（世界）	337
炭鉱・炭坑	347	中東	326
探索 →さがす・探し物	301	中南米	332
探索 →探検	367	中南米先住民	335
タンザニア	330	チュニジア	330
男女 →性別・性差	288	チューブ	295
誕生	361	聴覚障害	289
誕生日	341	彫刻	303
たんす →家具いろいろ	349	調査	307
ダンス →踊り・バレエ	306	超自然	362
団地	348	超人	365
探偵	317	朝鮮	325
田んぼ →水田・畑	344	挑戦する →競う・競争	301
タンポポ	360	挑戦する →計画する・作戦	301
		超能力	363
		貯金	320

ち

小さい	370	チョコレート	293
知恵	371	沈没 →難破・漂流	322
知恵くらべ →競う・競争	301		

つ

チェコ	328	追跡	322
チェス	298	追放	318
チェロ	305	墜落	322
地下	343	通過儀礼	325
誓い	309	月	351
地下室	348	つくる	302
地下組織	318		

伝える	302
槌	295
土	350
角	286
翼	287
つぼ	295
妻	279
爪	287
冷たい	288
釣り	299
ツングース人	335

て

手	287
抵抗運動	318
堤防	347
出かせぎ	317
手紙	312
手柄　→成功する・達成	301
弟子	284
鉄	350
手伝い	317
鉄道　→電車・汽車	296
鉄道員	316
鉄砲	334
デパート　→店	345
手袋	294
テーブル　→家具いろいろ	349
田園	344
天気	351
伝記　→『知識の海へ』に収録予定	
伝記的物語	312
転校・転校生	308
天国	363
天才	285
天使	365
電車	296
伝承	302
伝承文学	310
伝説	310
天体　→宇宙・空	350

テントウムシ	358
天女　→仙人・仙女	365
転覆　→難破・漂流	322
天ぷら	293
デンマーク	330
天文	350
電話	296

と

ドイツ	328
問う	302
塔	347
銅	350
東欧	330
陶器	295
闘牛	300
闘牛士	315
道具	294
洞窟	343
道化　→俳優・役者・芸人	315
陶芸家	315
動作	300
登場人物	252
同性愛	289
闘争　→戦争全般	333
盗賊　→泥棒・悪者	284
灯台	347
東南アジア	326
豆腐	293
動物	352
動物園	346
豆腐屋	314
逃亡	323
トウモロコシ	360
童謡	305
道路	347
通り　→道・道路	347
都会	344
時	336
時の流れ	336
特技	371

独占	321
独白	309
独立	318
時計	296
年越し →正月・大晦日	339
図書館	346
図書館員	316
戸棚 →家具いろいろ	349
ドタバタ →騒動	322
トッケビ	364
徒弟 →親方・弟子	284
となえことば →のろい・まじない	309
トナカイ →シカ	355
ドーナッツ	293
隣	344
殿さま	281
扉	349
とぶ	302
トムテ →小人	364
ともぐらし	319
友だち	282
土曜日	339
トラ	355
ドライブ	368
トラウマ →心的外傷・心の傷	289
ドラゴン →竜・竜王	366
トラック →車	297
ドラッグ →麻薬	289
ドラム →太鼓	306
トランプ	299
トランペット	305
鳥	357
砦	347
取引き	321
トルコ	326
奴隷・奴隷解放	318
ドレス	293
トレーニング →訓練・修業	308
泥	350
泥棒	284
トロル →大男・巨人	364
とんち	371
トンネル	346
トンボ	358
とんま →おばかさん・愚か者	285

な

内緒 →謎・秘密	371
ナイフ	295
長い	371
長ぐつ	294
仲間	282
仲間はずれ →政治・社会・人間関係	318
長屋	348
仲よし →友だち・仲間	282
流れ星 →彗星・隕石	351
鳴き声	288
泣き虫	285
なくす	302
なぜなぜ話 →起源・由来	337
謎	371
謎解き	372
なぞなぞ	299
ナチス	333
夏・夏休み	339
ナナカマド	359
鍋	295
なまいき →わがまま・きかんぼ	286
名前	309
なまけ者	285
悩み	292
なわとび	299
南欧	329
南極 →極地	343
ナンセンス	372
難破	322
南北戦争	334
難民	318

に

におい	287

件名	ページ
にがい	288
にぎやか　→うるさい・騒音	288
憎しみ	291
逃げる　→脱出・逃亡	323
西	345
虹	351
西インド諸島　→中南米	332
錦　→布	295
20世紀（世界）	338
日曜日	339
日記	312
日光	351
日本	325
日本語	309
日本史	338
日本神話	310
日本霊異記	310
2万	370
入学	308
ニュージーランド	333
ニュース　→マスコミ・報道全般	313
庭	348
ニワトリ	358
人気者	285
人魚	364
人形	298
人形劇	306
人形作家	315
人形の家	299
人間関係	318

ぬ

ぬいぐるみ	298
盗み	323
布	295
沼　→池・湖	341
ぬれぎぬ　→無実・冤罪	324

ね

願い	291
ネギ	360
ネコ	355
ネズミ	356
ネズミ捕り	295
ねたみ	291
熱帯雨林　→ジャングル	343
眠り	288
年貢　→税	320
粘土	295

の

農業	314
農場	345
脳性マヒ	289
野原	343
のりもの	296
ノルウェー	330
のろい	309

は

歯	286
ばあや　→お年寄り	281
ばあや　→子守・保育士	315
パイ	293
灰色	304
バイオリン	305
俳句	311
ハイチ	332
売買	321
廃品回収	316
俳優	315
パイロット	316
墓	347
はがき	312
迫害　→政治・社会・人間関係	318
白人	335
爆弾	334
ハクチョウ	358
博物館	346
化け物　→架空の生き物	364
箱	296

箱船　→船	297	針さし	296
はさみ	296	ハリネズミ	356
破産	320	春	339
橋	347	バルコニー	348
ハシバミ	359	春休み	339
始まり　→起源・由来	337	バレエ	306
はじめて　→一番・最初	368	パレスチナ	326
馬車	298	ハロウィーン	340
場所	341	パン	293
走る	302	ハンガリー	328
バス　→車	297	パンケーキ　→ホットケーキ	293
恥ずかしがり	285	犯罪	322
バスク人	335	反省	292
旗　→国旗	325	帆船　→船	297
畑	344	反戦　→戦争	333
働き者	285	反対	372
ハチ	358	犯人　→事件・犯罪	322
はちみつ	293	番人　→留守番・見張り	317
爬虫類	358	半分	370
罰	323	ハンマー　→槌・かなづち	295
発見・発掘	307		
パッチワーク　→裁縫・手芸	317	**ひ**	
発明	307		
発明家	316	火	349
パーティ	341	ひいおばあさん　→祖母・曽祖母	279
ハト	358	ピエロ　→俳優・役者・芸人	315
バードウォッチング　→野鳥観察	357	東	345
鼻	286	干潟	342
花　→草花	360	光	349
話合い	319	ピクニック	341
花束	360	飛行	302
花嫁	279	飛行機	297
羽	287	飛行場	347
母親	277	美術	303
浜辺　→海	341	美術館	346
歯磨き　→歯・きば	286	美人	287
歯みがき粉	296	ピストル　→銃・鉄砲	334
ハムスター	356	ビー玉　→ボール・玉	299
早口ことば	299	棺	296
林	343	引越し	368
バラ	360	ヒッコリー	359
		ヒツジ	356

391

羊飼い →酪農家・牧童	314
ひづめ	287
PTSD →心的外傷・心の傷	289
人柄	284
人助け →助ける・救助	301
ひとり	368
ひとり親	277
ひとりじめ	321
ヒナギク	360
ひな祭り	339
皮肉	309
火の鳥 →金の鳥・不死鳥	366
ビーバー	356
肥満	287
秘密	371
ヒョウ	356
病気	289
漂流	322
ピラミッド	347
ひらめき →知恵・とんち	371
びり	370
昼	338
ビルマ	326
拾う・拾い物	302
ビロード →布	295
ピンク	304
貧困	320
ヒンズー教	336
品評会 →コンクール・コンテスト	341
貧乏 →貧困	320

ふ

不安	292
フィンランド	330
風車	347
風船	299
風俗	324
夫婦	279
不運	371
笛	306
部活動 →クラブ	319
不きげん	290
不器用	286
服	293
復讐	323
不屈	290
福引き	298
袋	296
フクロウ	358
袋小路 →道・道路	347
武士 →軍隊・兵士	334
父子家庭 →ひとり親	277
不思議	362
不時着	322
不死鳥	366
ブタ	356
双子	278
ふたり	369
仏教	336
物質	349
不登校	308
不得意 →下手	371
ふとっちょ	286
船乗り	316
船	297
不美人	287
吹雪	351
不平屋	286
冬・冬休み	340
フライパン →鍋・釜・やかん	295
ブラジル	332
フランス	329
ブルガリア	330
ふるさと	344
ブルドーザー →車	297
プレゼント →贈る・贈り物	300
風呂	349
浮浪者・浮浪児	321
不老不死	362
噴火	321
文学	310, 311
紛争 →戦争	333

フン族	335
文通　→手紙・はがき	312

へ

塀	347
平安時代	338
兵士	334
へそ	287
下手	371
別世界	363
別荘　→屋敷・館	348
ベッド　→家具いろいろ	349
ペット	352
ベトナム	326
ベトナム戦争	334
ヘビ	358
ベビーシッター　→子守・保育士	315
へま　→しくじる・失敗	301
ヘラジカ　→シカ	355
ベランダ	348
ペルー	332
ベルギー	329
ペルシア	326
変	372
ペン	296
ペンキ	296
勉強　→教育・学習	307
ペンギン	358
偏見	318
弁護士	316
変身	363
変人	286
変装	294

ほ

保育園	346
保育士	315
ボーイスカウト　→クラブ	319
望遠鏡	296
鳳凰	366
方角	345
ほうき	296
方言	309
冒険	366
坊さま　→僧侶・牧師	316
帽子	294
放射能	349
宝石	350
報道	313
法律	321
ボウル	295
放浪	367
ポエニ戦争	334
北欧	330
北欧神話	310
牧師	316
牧師館　→教会・寺院など	346
牧場	345
牧童	314
北斗七星	351
北米	331
北米先住民	335
ポケット	293
保護	319
星	350
母子家庭　→ひとり親	277
ポスト	346
ホタルブクロ	360
ボタン	360
北極　→極地	343
北極星	351
ホットケーキ	293
没落	320
ホテル	345
ボート	297
骨	287
ホームレス　→浮浪者・浮浪児	321
ほらあな　→洞窟・鍾乳洞	343
ほら話	311
ほらふき　→うそつき	285
ポーランド	328
ポリネシア　→太平洋諸島	333

捕虜	324
掘る	303
ボール	299
ポルトガル	329
ポルトガル語	308
本	313
本当	371
ほんもの　→本当・真実	371

ま

迷子	322
埋葬	325
マグロ	357
マザーグース　→わらべうた	305
まじない	309
まじめ	286
マジャール族	335
魔術師　→魔法使い	365
魔女	365
魔神	365
魔人　→魔神・魔物	365
マスコミ	313
町・街	344
マーチ	305
間違う	303
マツ	360
マット	295
マツユキソウ	360
祭り	339
窓	349
マトリョーシカ　→人形・ぬいぐるみ	298
まぬけ　→おばかさん・愚か者	285
まねる・まね	303
マフラー	294
魔法	362
魔法使い	365
まぼろし	363
継母	277
マメ	360
魔物	365

麻薬	289
マラウイ	330
まわる	303
満月　→月・月光	351
マント	293
まんなか	370
マンホール　→水道・下水道	347
マンモス	359

み

ミイラ	325
見える・見えない	372
身代わり	284
ミカン	359
巫女　→僧侶・牧師	316
短い	371
水	349
湖	341
水の生き物	357
水の精	364
店	345
見世物小屋	346
みそっかす	286
道	347
密航	367
密入国　→難民・強制連行・追放	318
密猟	323
緑色	304
みなしご　→孤児・捨て子	279
港	347
南	345
南アフリカ共和国	331
見習い　→親方・弟子	284
みにくい　→美人・不美人	287
見張り	317
身分	324
耳	286
ミミズ	358
ミミズク	358
都	344
ミャンマー	326

未来	336
ミルク　→牛乳	293
民主主義	318
民族	334

む

昔	336
昔話	310
ムギ	360
ムクゲ	360
無限	337
虫	358
無実	324
虫めがね	296
鞭	296
村	344
室町時代	338

め

目	286
姪	279
名案　→知恵・とんち	371
迷宮	347
迷信	325
名人　→上手・特技	371
名誉	319
迷路	347
めがね	294
メキシコ	332
めぐる　→まわる・回転	303
目覚め	288
メソポタミア	326
メディア	313
メリーゴーランド	346

も

木馬	299
木曜日	339
モグラ	356
文字	308
もめごと　→けんか・いじめ	319

モモ	359
桃色　→ピンク	304
催し	339
森	343
モロッコ	330
モンゴル	326
紋章　→しるし・シンボル	310
モンスーン　→風	351
問答	302

や

館	348
やかましい　→うるさい・騒音	288
やかん	295
ヤギ	356
ヤギ飼い　→酪農家・牧童	314
やきもち	291
焼き物　→つぼ・陶器	295
野球	300
役者	315
薬草	360
約束	309
薬品	289
役目	319
ヤグルマギク	360
野菜	360
屋敷	348
養い親	277
野心	291
野性	353
野鳥観察	357
やっつける	303
宿屋	345
屋根・屋根裏	348
山	342
山小屋	348
やまんば	365
闇	349
槍	334

395

ゆ

遺言 309
遊園地 346
誘拐 323
勇敢　→勇気 290
勇気 290
優勝　→勝つ・勝利 300
友情　→友だち・仲間 282
郵便受け　→郵便局・ポスト 346
郵便局 346
郵便屋 316
幽閉 324
遊牧民 335
幽霊 364
床下 348
雪 351
雪あそび 298
行方不明 322
ユダヤ教 336
ユダヤ人 335
ユニコーン 366
指 287
ゆびぬき 296
指輪 294
弓矢 334
夢 288
由来 337
ユリ 360
許す 290

よ

妖怪　→お化け・幽霊 364
養子 277
容姿 286
用事 317
妖精 365
幼稚園 346
養父母　→養い親・養子 277
養蜂業 314
欲張り 285

欲望 291
予言 309
読み書き 308
黄泉の国　→天国・地獄 363
夜 338
弱虫 285

ら

ライオン 356
雷神 364
ライバル　→競う・競争 301
落書き 309
落語 306
酪農家 314
落下 300
ラッコ 357
ラップ人 335
ラビリンス　→迷路・迷宮 347
ラマ 356
ラマ教　→仏教 336
ラーマーヤナ 311
ラン 360

り

理科 306
りこう 286
離婚 324
リサイクル 350
リス 357
リビア 330
略奪 323
竜・竜王 366
リュート 305
猟師 314
漁師 314
両親 276
両生類 358
料理 317
林業 314
リンゴ 359

隣人　→隣・近所 344

る

留守番 317
ルネサンス 337
ルーマニア 330

れ

霊 290
冷蔵庫・冷凍庫 296
歴史　→世界史 337
歴史　→日本史 338
レストラン　→飲食店 345
列車　→電車・汽車 296
劣等感 291
レプラコーン　→小人 364
レモン 359
恋愛 290
レンゲ 360
練習　→訓練・修業 308

ろ

聾唖 289
老人　→お年寄り 281
老人ホーム 346
ろうそく 296
労働　→仕事 314
労働問題 317
牢屋　→監獄・更生施設 346
6月 339
ロク鳥　→怪鳥 366
ロケット 297
ロシア 329
ロバ 357
ロビン・フッド物語 311
ロボット 296
ロマ 335
ローマ神話 310
ローラースケート　→スケート 299

わ

輪 370
和歌 311
わがまま 286
別れる・別れ 303
惑星　→星 350
ワシ 358
忘れる・忘れ物 303
渡り　→旅・冒険 366
罠　→陰謀・裏切り 324
ワニ 359
わら 360
笑い 291
笑い話 311
わらじ 294
わらべうた 305
悪がき　→あくたれ・いじわる 284
悪口 309
悪だくみ　→陰謀・裏切り 324
悪者 284
わんぱく 286
ワンピース 293

当館児童室 分類表

子どもの興味や利用のしやすさを考えて、日本十進分類表（NDC）を整理・簡略化しました。

◆
- 00　総記
- 01　図書館・図書・本づくり
- 03　百科事典
- 05　年鑑
- 06　博物館
- 07　ジャーナリズム・新聞・放送
- 08　全集
- 09　郷土資料

◆
- 10　哲学・思想・心理学
- 16　宗教

◆
- 20　世界の歴史・考古学
- 21　日本の歴史・地理
- 22　アジアの歴史・地理
- 23　ヨーロッパの歴史・地理
- 24　アフリカの歴史・地理
- 25　北アメリカの歴史・地理
- 26　中・南アメリカの歴史・地理
- 27　オセアニア・両極地方の歴史・地理
- 28　伝記→B
- 29　世界各地の地理・国旗・探検

◆
- 30　社会科学
- 31　政治・法律・経済・財政・統計
- 36　社会問題・仕事・ボランティア
- 37　学校・教育

- 38　風俗習慣・民具
- 388　昔話→M
- 39　戦争・原爆・平和・その体験記

◆
- 40　自然科学
- 41　数学
- 42　物理・化学
- 44　天文学・宇宙開発・時計・暦
- 450　地球科学
- 451　気象
- 452　海・川
- 453　地震・火山
- 454　地形・地質
- 457　古生物・化石・恐竜
- 458　岩石・宝石・土
- 46　生物・生態系・自然
- 47　植物・園芸・花ことば
- 480　動物・飼育
- 484　水辺・水中の動物
- 485　魚
- 486　虫
- 487　爬虫類・両生類
- 488　鳥
- 489　哺乳類
- 490　病気・身体のしくみ・性教育
- 499　障害・闘病記・手話・点字

◆
- 50　発明・発見
- 51　公害・環境問題

52	土木・建築		
	地域が限定されるもの、歴史的なもの	80	ことば全般・記号・なぞなぞ
	→21～27　歴史・地理	81	日本語
53	機械・電気・原子力・核問題・		（文字・ことわざ・方言・作文）
	エネルギー	82	世界のことば
54	コンピュータ・ロボット		
55	船・船旅	◆	
56	電車・汽車	90	文学全般・鑑賞法・作法
57	自動車		物語→F　　古典文学→K
58	飛行機		詩→P　　　その他の読み物→S
590	家庭科一般		
593	衣服・手芸	◆	
596	料理・食物・食事作法	B	伝記
			被伝者名順に排架
◆			
60	産業	M	昔話
61	農業		地域分類で排架
62	工業・伝統工芸		（地理区分は2門に準じる）
63	鉱業		
64	畜産業	E	絵本
65	林業		判型で大別のうえ画家名順に排架
66	水産業		
67	商業・サービス業	F	フィクション
68	郵便・切手・電信		言語や出版地による区分はおこなわず、対象年齢別に3段階に分けて作者名順に排架
◆			
70	芸術		
71	彫刻・絵画・書道・写真	K	古典文学（原則、日本は江戸時代以前の作品、それ以外は17世紀以前の作品）
726	絵本→E		地域分類で排架
74	おりがみ・きりがみ		（地理区分は2門に準じる）
75	工作・おもちゃ・押し花		
76	音楽・舞踊	P	詩・和歌・俳句・わらべうた
77	劇・映画		作者・編者名の順に排架
78	スポーツ・屋外の遊び		
79	屋内の遊び（囲碁・将棋・トランプ・手品・あやとり・クイズなど）	S	その他の読み物（体験記、半生記、地域が限定しづらい実話）
			著者名順に排架

引用文献

p.5 　『本・子ども・大人』　ポール・アザール 著　矢崎源九郎, 横山正矢 訳
　　　　紀伊國屋書店　1957 年

p.13, p.197 　『幼い子の文学』　瀬田貞二 著
　　　　中央公論社　1980 年

p.41 　『物語る力――英語圏のファンタジー文学：中世から現代まで』
　　　　シーラ・イーゴフ 著　酒井邦秀ほか 訳　偕成社　1995 年

p.113 　『中野重治全集 第25巻』　中野重治 著
　　　　筑摩書房　1978 年

p.167 　『"グリムおばさん"とよばれて――メルヒェンを語りつづけた日々』
　　　　シャルロッテ・ルジュモン 著　高野享子 訳　こぐま社　1986 年

p.197 　*This way delight : a book of poetry for the young*
　　　　selected by Herbert Read.　Faber and Faber　1957
　　　　訳文は、上記『幼い子の文学』による

p.403 　『子どもの本の書きかた』　ジョーン・エイキン 著　猪熊葉子 訳
　　　　晶文社　1986 年

p.403 　『子どもと文学』　石井桃子ほか 著
　　　　中央公論社　1960 年

編集担当者

張替惠子◆　護得久えみ子◆　綿引淑美　古賀由紀子●　吉田真理
清水千秋　杉山きく子　土屋智子　佐藤苑生　飯野真帆子
加藤節子　内藤直子　小関知子　浅見和子　阿部公子　藤本万里
内田直子　金野早希子　鈴木晴子　床井文子　林直子　吉田啓子
松岡享子　荒井督子　　　　　（◆は編集責任者、●はデザイン担当者）

協力者 (50音順)

本目録作成にあたっては、収録図書の選定や書誌事項確認、事実確認などのために、以下の方々のお力をお借りしました。心より感謝申し上げます。

石井素女　岩渕千絵　岩間恵子　小野寺愛美　熊田富士江　杉山英夫
髙橋史子　築山真希子　富澤佳恵子　中野百合子　西村めぐみ
三野紗矢香　三宅陽子　望月博子　森本真実　吉野庸子

子どもが子ども時代に読むのはたかだか六百冊なのです。
しかも、その六百冊というのは、もうすべてこれまでに書かれてしまっているのです。
現代には子どものための本が何百冊もあります——その多くは第一級の作品です。それと同様に、古典となった作品があります。たとえそのうちのいくらかは捨てられるとしても、多くはどんなことがあっても見捨てられてはならないものなのです。

ジョーン・エイキン『子どもの本の書きかた』

物語は、作者の心に生まれ、育てられ、作品として完成され、その後、何年かのあいだの子どもの批判をうけて、価値がさだまるのです。そのようにして、よい作品が、いわば、子どもとの協力でつぎつぎに世のなかにのこされてゆくためには、それだけの社会的土台がなければなりません。

石井桃子『子どもと文学』

公益財団法人 東京子ども図書館

東京子ども図書館は、子どもの本と読書を専門とする私立の図書館です。1950年代から60年代にかけて東京都内4ヵ所ではじめられた家庭文庫が母体となり1974年に設立、2010年に内閣総理大臣に認定され、公益財団法人になりました。子どもたちへの直接サービスのほかに、"子どもと本の世界で働くおとな"のために、資料室の運営、出版、講演・講座の開催、人材育成など、さまざまな活動を行っています。

子どもへのサービス

- 児童室……本の貸出のほか、「おはなしのじかん」や「わらべうたの会」などがあります。小規模図書館ならではの、ひとりひとりの子どもへの、きめこまかいサービスを心がけています。また、保護者を対象に、お子さんの読書相談なども行っています。

おとなへのサービス

- 資料室……国内外の児童書や、児童文学関係の研究書などを備えた研究資料室です。貸出、読書相談やレファレンスサービスも行っています。
- 講演・講座・人材育成……子どもと本に関わる仕事や活動をしている方のために、さまざまな講習会、講演会、お話会などを行っています。また、読み聞かせやお話、ブックトークなどに関する研修や学習会に講師を派遣しています。

石井桃子記念 かつら文庫 (杉並区荻窪)

写真　志田三穂子

かつら文庫は、作家、翻訳家、編集者として活躍された石井桃子さんによって、1958年にはじめられた小さな図書室です。現在は東京子ども図書館の分室として活動しています。本の読み聞かせや貸出、「おはなしのじかん」などを行っています。

おとなの方には、石井桃子さんの書斎、日本の児童図書賞受賞作や、児童文学者・渡辺茂男さんの蔵書を置く公開書庫、全国の読書推進グループの活動を紹介する「マップのへや」、展示室等もご利用いただけます。

＊お問合せ、見学のお申込みは東京子ども図書館までお願いいたします。

より詳しい活動内容は、当館におたずねくださるか、ホームページをご覧ください。
〒165-0023　東京都中野区江原町1-19-10
Tel. 03-3565-7711　Fax. 03-3565-7712　URL http://www.tcl.or.jp

東京子ども図書館　出版あんない (2017年5月)

● **おはなしのろうそく 1〜31 [以下続刊]**
東京子ども図書館 編　大社玲子 さしえ　A6判　48p　各定価：本体400円＋税
（増刷時に順次500円＋税に価格改定しています）

てのひらにのる小さなお話集です。各巻に幼児から小学校中・高学年までたのしめる日本や外国の昔話、創作、わらべうた、指遊びなど数編を収録。いずれも実際に子どもたちに語った経験をもとに編集しています。1973年刊行開始以来、語りのテキストとして圧倒的な支持を受け、現在までに発行部数178万部を超えるロングセラーです。

● **愛蔵版おはなしのろうそく 1〜10**
東京子ども図書館 編　大社玲子 絵　16×12cm　約180p　各定価：本体1600円＋税

「おはなしのろうそく」の活字を少し大きくし、子ども向きに再編集した小型のハードカバー本です。大社玲子さんの魅力的な挿絵がたっぷりはいった、たのしいシリーズです。もとの小冊子の2冊分が1巻になっています。

● **機関誌 こどもとしょかん** 季刊
4、7、10、1月の各20日発行
A5判　48p　定価：本体710円＋税
年間定期購読料 3600円（発送費込み）　ISSN 0387-9224¥

子ども、本、図書館などについての評論や、当館の講習会から生まれた研究成果などを掲載。ほかに、現場の図書館員による書評、新刊案内、名誉理事長・松岡享子の随筆の連載などがあります。

●絵本の庭へ（児童図書館 基本蔵書目録 1）

東京子ども図書館 編　A5 判　400p　定価：本体 3600 円＋税
ISBN978-4-88569-199-7

子どもたちに手渡しつづけたい絵本 1157 冊を厳選、それぞれに表紙の画像と簡潔な紹介文をつけました。
キーワードから本を探せる件名索引、お話会に役立つ読み聞かせマークなども充実しています。図書館はもちろん、文庫や幼稚園、保育園、ボランティアの方々に幅広くご活用いただけます。

絵本、物語に続く 3 巻目、ノンフィクションのブックリスト
知識の海へ（児童図書館 基本蔵書目録 3） を刊行予定です。

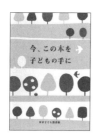

●今、この本を子どもの手に

東京子ども図書館 編　A5 判　192p　定価：本体 1000 円＋税
ISBN978-4-88569-075-4

書店で手に入る児童書の中から選りすぐった 1000 冊を収録（2014 年価格調査）したブックリストです。対象は幼児から中高生。絵本、物語、昔話、詩、伝記、図鑑、科学読み物等を、簡潔な内容紹介や対象年齢とともに紹介しています。

●ブックトークのきほん── 21 の事例つき（TCL ブックレット）

東京子ども図書館 編　A5 判　88p　定価：本体 600 円＋税
ISBN978-4-88569-226-0

ブックトークは、子どもを本の世界へ招き入れる手だてのひとつです。その基本となる考えや、実演に当たって気をつけることを具体的に論じた入門書。実践者による「シナリオ」7 点と「実践報告──プログラムと子どもの反応」14 点を収録。初心者から経験者まで役立ちます。

出版物をご希望の方は、お近くの書店から、地方・小出版流通センター扱いでご注文ください。当館への直接注文の場合は、書名、冊数、送り先を明記のうえ、はがき、ファックス、メール（アドレス honya@tcl.or.jp）でお申込みください。総額 2 万円以上のご注文の方、東京子ども図書館に賛助会費を 1 万円以上お支払いの方は、送料をこちらで負担いたします。

物語の森へ （児童図書館 基本蔵書目録 2）

2017 年 5 月 19 日初版発行
2017 年 8 月 29 日第 2 刷発行

編　集　　東京子ども図書館
発行者　　張替惠子
発行所・著作権所有
　　　公益財団法人 東京子ども図書館
　　　〒165-0023　東京都中野区江原町 1-19-10
　　　Tel. 03-3565-7711　　Fax. 03-3565-7712
　　　URL http://www.tcl.or.jp

印刷・製本　　株式会社 ユー・エイド

©Tokyo Kodomo Toshokan 2017　　　Printed in Japan
ISBN 978-4-88569-200-0

本書の内容を無断で転載・複写・引用すると著作権上の問題が生じます。
ご希望の方は必ず当館にご相談ください。